U0143124

國家古籍整理出版專項經費資助項目
中國藝術研究院基本科研業務費項目

教育部人文社會科學重點研究基地
復旦大學中國古代文學研究中心 叢刊

黄霖 陳維昭 周興陸 主編

陳斐 輯著

唐詩三體家法彙注彙評

上

鳳凰出版社

圖書在版編目（ＣＩＰ）數據

唐詩三體家法彙注彙評 / 陳斐輯著. -- 南京 : 鳳凰出版社, 2023.6
（古代文學名著彙評叢刊 / 黄霖, 陳維昭, 周興陸主編）
ISBN 978-7-5506-3906-5

Ⅰ. ①唐… Ⅱ. ①陳… Ⅲ. ①唐詩－詩歌研究 Ⅳ. ①I207.227.42

中國國家版本館CIP數據核字(2023)第116190號

書　　　名	唐詩三體家法彙注彙評	
輯　　著	陳　斐	
題　　簽	程毅中	
責 任 編 輯	李相東	
裝 幀 設 計	陳貴子	
責 任 監 製	程明嬌	
出 版 發 行	鳳凰出版社(原江蘇古籍出版社)	
	發行部電話025-83223462	
出版社地址	江蘇省南京市中央路165號, 郵編:210009	
照　　排	江蘇鳳凰製版有限公司	
印　　刷	蘇州市越洋印刷有限公司	
	江蘇省蘇州市吳中區南官渡路20號, 郵編:215104	
開　　本	880毫米×1230毫米　1/32	
印　　張	40.625	
字　　數	946千字	
版　　次	2023年6月第1版	
印　　次	2023年6月第1次印刷	
標 準 書 號	ISBN 978-7-5506-3906-5	
定　　價	320.00圓(全二册)	
	(本書凡印裝錯誤可向承印廠調換,電話:0512-68180638)	

元本唐賢絕句三體詩
法二十卷

此本有何小山袁漱六兩家朱
筆校語葉氏郎園讀書
志云曾以明本因朱藍二筆
迻錄此真祖本也⋯⋯此書
當日為訓蒙之用然元刊
顓難觀可珍⋯⋯
戊子五月光煒識

胡小石題元刊本《箋注唐賢絕句三體詩法》二十卷
今藏北京故宮博物院圖書館

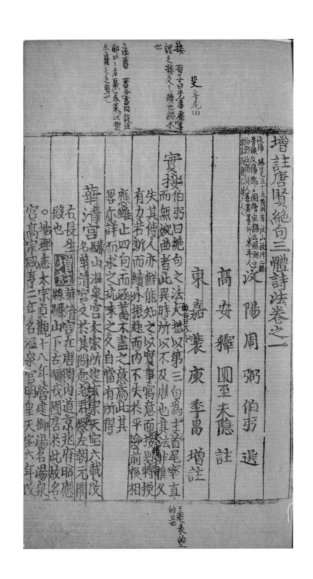

朝鮮正統元年（1436）刊《增注唐賢絕句三體詩法》三卷
今藏日本國會圖書館

磧砂唐詩卷一之一

汶陽周　弼伯弜選
高安釋圓至天隱註
崑山
　　盛傳敏訥夫纂釋
王　謙太冲

實接

周弼伯弜曰絕句之法大抵以第三句為主
尾率直而無婉曲者此異時所以不及唐也以
事寓意而接則轉換有力若斷而續外振起而
內不失於平妥則後句亦顯應相帶者如此詳玩
盡之意為其蓄如第四句有渾蓄不
論接有虛實之分固在第三句着力然亦有傾出
之法不可不知如首聯從別處說來忽然落題
則有態有勢所謂倒入側出也若在本意
則為正入正出卻伯弜氏所謂首尾率直而無
婉曲者是已竊嘗聞之修齡吳氏與伯弜之說

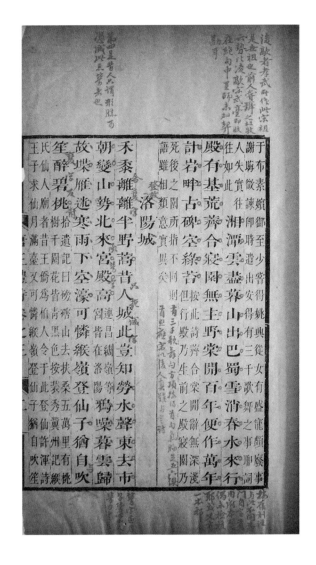

清康熙朗潤堂刊《唐三體詩》六卷，姚世鈺錄何焯批校
今藏北京大學圖書館

目　録

上　册

下 册

總　序

黄　霖

一

　　評點是一種富有中國特色的文學批評樣式，其主要特徵是在正文邊或天頭上有評语或點圈。其評之源可上溯到秦漢的經史之學。如《易》之有繫辭、説卦，《詩》之有《毛傳》《鄭箋》，乃至司馬遷的"太史公曰"，《楚辭章句》每篇前的小序，等等，均可視爲其濫觴。後加上看書時隨手"點煩""點抹""鈎識""朱墨別異"等，就形成了一套有圈點、有批語、有總論的評點模式，並逐步完善。宋中葉以後，始有刻本[1]。宋元間曾産生過吕祖謙、真德秀、方回、劉辰翁等著名的文學評點家。至明代，刊刻評點之風大盛，整個清代也久盛不衰，以至到當代，一些評本的出版還絡繹不斷，致使若干小説作家也按捺不住，紛紛伸紙弄筆，批點起一些古典文學名著來了。

　　文學評點的走紅，恐怕與宋代吕祖謙《古文關鍵》的一炮打響頗有關係。俞樾曾評此書曰："先生論文極細，凡文中精神、命脉，悉用

----

[1] 葉德輝："刻本書之有圈點，始於宋中葉以後。"耿素麗點校《書林清話》卷二，國家圖書館出版社 2009 年版，第 23 頁。

筆抹出；其用字得力處，則或以點識之；而段落所在，則鈎乙其旁，以醒讀者之目。學者循是以求，古文關鍵可坐而得矣。"①《古文關鍵》的評點，不僅使一些經典選文精神全出，而且其卷首的"總論"也十分精闢，如《論作文法》云：

　　文字一篇之中須有數行齊整處，須有數行不齊整處。

　　或緩，或急，或顯，或晦。緩急顯晦相間，使人不知其爲緩急顯晦。

　　常使經緯相通，有一脉過接乎其間，然後可。蓋有形者綱目，無形者血脉也。

　　有用文字，議論文字是也。爲文之妙，在叙事狀情。

　　筆健而不粗，意深而不晦，句新而不怪，語新而不狂。

　　常中有變，正中有奇。

　　題常則意新，意常則語新。

　　辭源浩渺而不失之冗，意思新轉處多則不緩。②

諸如此類，都是創作經驗的總結，具有高度的概括意義。

其後，樓昉《崇古文訣》、謝枋得《文章軌範》、周應龍《文髓》、真德秀《文章正宗》等相繼致力於選文評點，揭示"文法"，"抽其關鍵，以惠後學"③，捲起了第一陣文學評點的旋風。這一代評家，多深得文章奧秘，下筆淵雅得體，故其書能風行，其人亦足傳世。明人隨其後，文學的評點擴而大之，推向詩詞稗曲各體，乃至對儒家的經典也敢用文學的眼光、評點的手法去重新解讀，真可謂是百花競放。到明末清初，終於出現了如金聖歎這樣天才的評點大家，將文學評點

---

① 俞樾《東萊先生古文關鍵後跋》，清光緒廿四年江蘇書局本《東萊先生古文關鍵》卷末。
② 吕祖謙《論作文法》，清光緒廿四年江蘇書局印本《東萊先生古文關鍵》卷上，第3頁。
③ 樓昉《崇古文訣》卷首，景印文淵閣《四庫全書》本，臺北商務印書館1986年版，第1354冊，第2頁。

推向了高峰，爲中國古代的文學理論特別是叙事文學理論做出了不可磨滅的貢獻。然而，凡事如一窩蜂式地爭上之時，必然是泥沙俱下，並招致一些嗜利之徒蠅營蟻附而拼命跟風炮製，幾使部部名著有評點，家家書肆出評本，其粗劣、惡俗、拼凑、抄襲之作也就層見疊出，這就必然使評點遭致一片詬病，乃至詈罵之聲。

　　當然，假如對於評點的否定僅僅是針對一些粗劣惡俗之作而發，當天經地義，無可厚非。然在歷史上蔑視與否定評點的緣由並非這麼簡單，主要還是有相當一批有影響的文人學士在思想認識上並不認可這種批評樣式。

　　第一類是封建社會中的儒學衛道者。他們將儒家經典奉爲神明，就將用非傳統的儒家觀點與方法來評點《詩經》《尚書》之類視爲旁門左道，甚至是洪水猛獸。如錢謙益、顧炎武等看到孫鑛、鍾惺等評點《詩》《書》而被世人"奉爲金科玉律，遞相師述"，"天下之士，靡然從之"之時，就起而痛批，甚至上綱到"非聖無法"的地步，説：

> 　　古之學者，九經以爲經，三史以爲緯……敬之如神明，尊之如師保……越僭而加評騭焉，其誰敢？……妄而肆論議焉，其誰敢？評騭之滋多也，論議之繁興也，自近代始也。而尤莫甚於越之孫氏，楚之鍾氏。孫之評《書》也，於《大禹謨》則譏其"漸排矣"；其評《詩》也，於《車攻》則譏其"選徒囂囂"，背於有聞無聲矣。尼父之刪述，彼將操金椎以觳之，又何怪乎孟堅之《史》、昭明之《選》，詆訶如蒙僮，而揮斥如徒隸乎！……是之謂非聖無法，是之謂侮聖人之言……學術日頗，而人心日壞，其禍有不可勝言者！①

後來，顧炎武在《日知録》中談及鍾惺時，照抄了錢謙益的話，在

---

① 錢謙益《葛端調編次諸家文集序》，《牧齋初學集》卷二十九，《四部叢刊初編》本，第 269 册，第 6 頁。

指責鍾氏評點"好行小慧，自立新説"的同時，更説他是"文人無行"，甚至是"病狂喪心"①。

第二類是將評點同"八股"簡單等同者。評點流行過程中，確與時文八股關係密切。八股文本身也是古代的文章之一，其"文法"自然與"古文之法"息息相通，所以，《古文關鍵》一類書所揭示的"作文之法"，對於應試者來説也是枕中秘寶。而評點這些"作文之法"者也往往是爲了給應試學子提供方便。比如《文章軌範》一書，王陽明在爲其作序時就指出，謝枋得的選評是"有資於場屋者"，他所標揭的"篇章句字之法"，"獨爲舉業者設耳"②。萬青銓在《文章軌範跋》中進一步引申説，編選者"蓋欲學者由舉業以達於伊、傅、周、召，不能不教之，用韓、柳、歐、蘇之筆，發周、程、張、朱之理，以期有當於孔、曾、思、孟之心，有當於千百世上下人之心"③。事實上，大量的評點之作爲當時的應試學子提供了仕途進取的實用門徑。所以，明清兩代，特別是科舉廢除之後，學界往往給評點戴上"八股"的帽子而加以否定。如胡適、魯迅等在否定金聖歎的評點時，都用上了這頂帽子。胡適在《水滸傳考證》中説金聖歎評《水滸》曰："這種機械的文評正是八股選家的流毒，讀了不但没有益處，並且養成一種八股式的文學觀念，是很有害的。"④魯迅在《談金聖歎》一文中全面否定金聖歎時也説《水滸》經他一批，"布局行文，也都被硬拖到八股的作

① 顧炎武《日知録》"鍾惺"條注，《日知録集釋(外七種)》影印本中册卷十八，上海古籍出版社 1985 年版，第 1428 頁。
② 王守仁《文章軌範序》，謝枋得《文章軌範》卷首，景印文淵閣《四庫全書》本，第 1359 册，第 543 頁。
③ 萬青銓《文章軌範跋》，謝枋得《文章軌範》卷首，光緒二十一年冬湖北官書處重刻本，第 1 頁。
④ 胡適《〈水滸傳〉考證》，《胡適古典文學研究論集》，上海古籍出版社 1988 年版，第 745 頁。

法上"①。胡適、魯迅等人的看法在二十世紀三十年代到七十年代影響很大。

　　第三類是將評點視爲"純藝術論"而加以拋棄者。在相當長的一段時間内，我們的文學理論的指導思想是重内容而輕形式，甚至簡單地將注重形式美判定爲"形式主義""純藝術論"。在這樣的潮流中，評點也就被看作是表現"形式主義""純藝術論"的糟粕。郭紹虞在 1979 年版的《中國文學批評史》之"六二"《評點之學的理論》中就說："明代文壇也可說是熱鬧喧天了。然而結果怎樣呢？最後的結穴卻成爲評點之學。我們從這一個歷史的教訓看來，也就可以知道唯心的觀點和純藝術的論調之爲害於文學與文學批評是没法估計的。"他說"評點之學"的"眼光只局限於形式技巧，那就所得有限。然而他們沉溺其中，迷不知返，還自以爲走的是正路呢"②。

　　從明代以來的這些蔑視、否定文學評點的看法實際上都是不能成立的。古代的文學評點不是壞在"非聖無法"，恰恰相反，好的評點作品往往就在於能離經叛道，特立獨行，有創新意識。凡是不成功的評點之作，大都壞在不能衝破一套封建教條與僵化的批評方法，只知一味順應封建統治者所好，而背離了百姓，背離了時代。不要說像《詩經》那樣本身是屬於"經"的作品要擺脱"尊聖""宗經"的觀念十分困難，就是小説、戲曲類的作品，大量枯燥無味的評點就是用一套封建的標準來臧否人物，評價是非，而對作品的藝術性則置若罔聞。這樣的評點作品，理所當然地要被讀者所拋棄，被歷史所淘汰。只有像金聖歎那樣有膽有識，用獨特的思想、文學的觀點和精美的語言來評點的，纔是真正有價值的文學批評，值得我們去發

① 魯迅《談金聖歎》，《文學》第一卷第一號，1933 年 7 月 1 日。
② 郭紹虞《中國文學批評史》，上海古籍出版社 1979 年版，第 446、452 頁。

掘與研究。至於評點受八股的影響，並不全是壞事，甚至可以説在總體上看是好事。因爲八股恰恰是引導中國文學批評走進追求文學形式美大門的重要使者。八股作爲一種考試形式，要求代聖人立言，束縛人們的思想，當然要拋棄，但八股是建築在中國文字特點上的一種形式美的總結。應該承認它作爲一種表現形式，確實是美的。壞的不在於八股這一形式的本身，壞是壞在將這一種、僅僅是一種美的形式僵化，一元化，逼着文人們都去走這華山一條路。正像肉是美味的，但假如要你天天吃、頓頓吃，那就味不美了。金聖歎等總結的種種"文法"，即明顯地帶有八股味，但正是在這裏他們很好地總結了一些小説、戲曲、詩文表現的藝術特點與表現技巧，對中國古代文學理論與創作的發展是大有貢獻的。實際上，好的評點，就是當時的"新批評"，就是將文學當作文學來讀。它們既講藝術，也有思想，如金聖歎評《水滸》，既將《水滸》的藝術奧秘條分縷析，也充分地暴露了貪官污吏的醜惡嘴臉，揭示了《水滸》英雄的人性之美。他的評點根本就不是"純藝術"或"形式主義"的。因此，如今要將評點的研究引向康莊大道，首先要徹底拋棄以上所説的三道"緊箍咒"，特別是後兩道，因爲這已經深深地印在現當代一些人的頭腦中，恐怕不時還會有人拿出來念念有詞。

　　解放了思想，纔能正確地去認識評點的價值。我曾經將包括評點在内的中國古代文學批評的特點概括成"即目散評"四個字。所謂"即目"，即寫於閱讀直覺的當下；所謂"散評"，即顯得並不完整與條貫。這實際上與中國文論的思維特點着重於直覺體悟密切相關，可以説是直覺體悟思維的必然結果與外在表現。在中國古代，曾經有過一些經年累月寫成的較有條理、略成體統的文論之作，如《文心雕龍》《詩藪》《原詩》等等，但這樣的作品實在不多，大量的是在感性直覺的主導下，將即目或即時體悟所得，信手揮灑而成，因而多爲散體的點評。像詩格、詩話（包括詞話、曲話、文話等），乃至以詩論詩及詞、文、曲、稗等都是，評點即是其中的一種。它們大都是由評論者即目所悟，直抒己見，隨手作評，點到爲止，往往給人以一種零散而雜亂的錯覺。但實際上，一個成熟的評家往往在心底裏潛藏着一把理性的標尺，其直覺的批評從根本上是並未脫離他的理性思維，所以多數著作是表現爲形散而神完，外雜而内整，有一個核心的見解或理論包容在裏面，或重格調，或標性靈，或倡神韻，一絲不亂。一部《第五才子書水滸傳》，金聖歎就小説中的人物、叙事、寫景，乃至一句一字的點評，看似信手拈來，隨意點到，却都圍繞着他的“性格論”“因緣説”“動心説”“結構論”“文法論”等，井井有條。其中不少評點本不但有評議，而且有圈點。一些圈點記號，十分醒目，不繁言而使人一目瞭然。當然這裏也留下了一定的空白，讓讀者自己去想象，去思考。這些評點就是用了最爲經濟的符號與文字，引導讀者用最爲節省的時間去理解詩歌的要義與文法的美妙，這就是中國古代文論的一個明顯的表現特點。

　　這種特點，現在還常常被一些人否定。説得不客氣一點，這些人中相當一部分實際上根本不懂文學批評的本質特點。文學批評就要從文學的角度來作批評。評點的長處，就在於憑着切身的感受、真實的體味，用自己的心貼近着作者的心去作出批評，而不是編造懸空的理論，或者是搬用别人的所謂理論來硬套。現在西方的有些理論，越來越離開文本，弄得那麽玄乎，甚至爲了理論而理論。然後有一些人跟在屁股後面，戴着某種理論的眼鏡，將文本作爲没有生命的標本放在手術臺上，去作冷漠的解剖，這樣的批評早已離開了鮮活的生命體驗，往往就會給人一種“隔”的感覺。可惜的是，我們現在的文學批評大都是這樣的批評。而評點就與此相反，能呈現出一種"不隔"的特點。這種"不隔"的特點，往往能在讀者與評者、再與作者的兩個層次上達到心靈融合的境地：第一個層次是評者與作者的心靈融合，第二個層次是讀者與評者、作者的心靈融合。評點家在評點每一部作品時，絕不能走馬看花、浮光掠影地將文本一翻而過，而是必須細讀文本，身入其境，通過對每一個字、詞、句的細細咀嚼，與作者心心相印，真正達到"知人論世"的地步，纔能一言中的。而當讀者在閱讀時，由於正文與評點是緊密地結合在一起的，所以往往能通過評點而深入地瞭解作者的匠心，引發更廣闊的想象空間，或者通過正文而體味到評者的眼光，從而更細緻、更全面地理解作品的旨意與妙處。評點就是溝通讀者與作者之間的一座橋梁，就是一種鮮活而不僵硬、靈動而不冷漠的文學批評。它有鮮明的民族特點，有豐富的理論資源，是我們的祖宗留給我們的一份寶貴遺産。正因此，它雖幾經風刀與霜劍，但仍明媚鮮豔，直到今天。

二

對於評點這樣一份寶貴而豐富的遺產，今天我們有責任將它整理、研究並發揚光大。彙評，就是一種很好的整理方式。

文學名著評點的彙輯工作，原盛於明代。當時，由於社會經濟的發展，版刻事業的進步，作者、讀者、出版商從各自的立場上分別認識到了評點的價值，同時又受到了解經之作"集解""集説""義海""纂言""輯説""義叢""會説"之類的直接影響，於是在歷史與文學的名著作品中陸續出現了"評林""合評"等彙評式編著。較早且形成影響的有凌稚隆輯《史記評林》《漢書評林》等。之後，明清兩代各種文集乃至小説的集評層出不窮，諸如楊慎選《合諸名家評注三蘇文選》、周珽輯《唐詩選脉會通評林》、李廷機選《新刻注釋草堂詩餘評林》、于光華編《文選集評》等等。這些彙評本多數是用心彙輯、認真出版的，充分顯示了它們特有的文獻價值、理論價值與傳播價值。

　　彙評本的文獻價值顯而易見。在網羅一時有關名著評點的目標下，必然保存了大量或罕見或珍貴的材料。一部《史記評林》，彙集了自漢晉至明代嘉、隆年間百餘家論評《史記》的文字，保存了十分豐富的資料。茅坤爲此書作《序》稱：“猶之採南山之藥，而牛溲、馬渤、敗龜、破鼓，君無不以貯之篋而入之肆，以需異日倉公、扁鵲者之按而求也……噫，兹編也，殆亦渡海之筏矣。”①它確實爲後來研究《史記》者鋪設了一條堅實的道路。而且，在其引用的百餘家書目中，至今不少已經亡佚，就賴此書以存其吉光片羽，這就顯示了它的文獻價值。這也誠如《四庫全書總目》評《古文集成》的彙評所云：此書“所録自春秋以逮南宋，計文五百二十二首。其中宋文居十之八。雖多習見之作，而當日名流，其集不傳於今者，如馬存、程大昌、陳謙、方恬、鄭景望諸人，亦頗賴以存。所引諸評，如槐城、松齋、敖齋、郎學士、《戴溪筆議》、《東塾燕談》之類，今亦罕見其書，且有未知其名者。宋人選本，傳世者稀，録而存之，亦足以資循覽也”②。

　　爲了保證我們的彙輯也具較高的文獻價值，故在主觀上也是力求窮盡當下所存的評本。比如《西廂記》一劇版本繁多，現存明刊本（包括重刻本）有 110 餘種，清刊本也有 70 種左右。自日本學者傳田章作《明刊元雜劇西廂記目録》以來，已有多種專論、專著著録或考

---

① 凌稚隆輯校、李光縉增補、于亦時整理《史記評林》第一册，天津古籍出版社 1998 年版，第　21—22 頁。

② 《四庫全書總目》，中華書局 1965 年影印本，第 1703 頁。

論其各種版本的異同優劣。粗看起來，人們對其版本的搜求與著録已經網羅殆盡。其實不然，如現存的少山堂本《新刻考正古本大字出像釋義北西廂》，刊於萬曆七年，是弘治本後萬曆年間最早的《西廂》刊本①，比人稱"《西廂記》評點史上的發軔之作"②的徐士範本《重刻元本題評音釋西廂記》早一年。然而由於此本藏於一個比較特殊的圖書館，致使長期"藏在深閨人不識"。這個圖書館是日本東京的御茶之水圖書館。這是一個"婦人專用"的圖書館，一般只爲18歲以上的女性提供閱讀服務，所以連當年在不遠的東京大學工作的傳田章教授編寫《明刊元雜劇西廂記目録》時也著録爲"未見"，東京大學名教授田仲一成所撰《關於十五、六世紀爲中心的江南地方劇的變質》一書中詳論明代"《西廂記》諸本"時也未論列，至於他國學者更未置一詞③，故往往被研究者所忽略。其實，這是一部很有價值的評點本。筆者就設法將此本的評點抄出，輯進我們的彙評本。與此情況相近，新近發現的劉應襲評點的《李卓吾批評合像北西廂記》，也是一部稀見的孤本，藏於美國加州大學伯克萊東亞圖書館，也輯進了我們的彙評本。這些都增强了我們彙評本的文獻價值。可以説，本叢書各彙評本都輯進了數量不等的珍本，特別是杜詩的彙評本，收羅了大量稀見的稿抄本、孤本，一旦問世，都可給學者提供不少有用的文獻資料。我們在整理彙評的過程中，還發現了不少評本本身就輯録了一些後來亡佚的評點文字，十分珍貴。例如在金批系統的

① 美國加州大學伯克萊東亞圖書館藏劉應襲刊本《李卓吾先生批評西廂記》有牌記云梓於"萬曆新歲"。此"新歲"是指新的一年，而並非是"元年"。據李贄批點《西廂記》的具體情況及文本批評文字，此書當刊於萬曆後期。
② 譚帆《論〈西廂記〉的評點系統》，《戲劇藝術》1988年第3期。
③ 蔣星煜《論徐士範本〈西廂記〉》："而萬曆七年(1579)金陵胡氏少山堂刊本……過去我國戲曲家也從未有過評述。"(《〈西廂記〉的文獻學研究》，上海古籍出版社1997年版，第53頁)後也未見有人評述。

《西廂記》中，有一種《朱景昭批評西廂記》，係抄本，其書中録有王思任批語數則，十分罕見。本來，王思任有關《西廂》的評論文字僅見兩篇，一爲《三先生合評本北西廂》的序言，一爲《王季重十種》中的《王實甫〈西廂記〉序》。至於是否有過“王思任《西廂》評本”，却早已成爲一樁學術公案。傅惜華先生《元代雜劇全目》等重要書目都將它列出，但也都無法提供文獻證據。蔣星煜先生因而認爲它“並不存在，王思任嘗爲《三先生合評本北西廂》作過一篇短序，因此書流傳不廣，後人以訛傳訛，王思任‘作序’本竟成爲王思任‘評本’了”①。但是，我們在整理彙評本的過程中，發現就在王氏身後不久的同鄉朱璐批本中録有幾條罕見的王氏批語，這就不能不使人相信確實有王氏評本的存在，並進一步瞭解王思任的戲曲觀點②。與此同時，也更使我們明確彙輯文學名著的評點本，將會使我們發現更多的文獻資料，推動文學研究的進展。

　　彙評本的文獻價值不僅僅表現在文論方面，而且對於鑒別各本的先後、優劣與真偽等也具有實用的意義。特别是在明代，評點盛行，書商見有利可圖，往往用抄襲、托名的辦法紛紛炮製，搞得同一種名著、同一個評家的名下不斷冒出不同的版本，各本間良莠不齊，魚龍混雜，真假難辨。但假如將它們彙輯在一起，冒牌的狐狸尾巴馬上會顯露出來。這種現象，在《西廂記》出版過程中表現得特别突出。或許是由於《西廂記》故事特别能打動人心，篇幅又比之《三國》《水滸》之類較小，刊刻的成本不大，出版迅速，因此，其不同的版本包括評本恐怕比任何一部小説、戲曲更多。據目前所知，《西廂記》的評點本尚存 20 餘種，其中顯然有一些是抄襲前人、臨時拼湊的急

① 詳見蔣星煜《王思任評本〈西廂記〉疑案》，載《華東師範大學學報》(哲社版)1998 年第 2 期。
② 參見韋樂《清代〈西廂記〉評點研究》，復旦大學 2010 年博士學位論文，第 26—27 頁。

就章。我們且看《西廂記》"楔子"中老夫人說"因此俺就這西廂下一座宅子安下"一句後的評語就可略見一二：

　　　容與堂本李卓吾眉批：老夫人原大膽，和尚房裏可是住的？

　　　孫鑛本眉批：老夫人原大膽，和尚房裏可是住的？

　　　三先生合評本眉批：和尚房豈可内家住？老夫人甚欠明白。

　　　魏仲雪本眉批：老夫人原大膽，和尚房裏可是住的？

　　　徐筆峒本眉批：老夫人原大膽，和尚房裏可是住的？

　　從中可見，這句批語自容本之後，孫鑛本、魏仲雪本、徐筆峒本都是一字不差在照抄的。三先生本的文字雖然不同，但語意也是一樣的。再看"楔子"中張生嘆曰"暗想小生螢窗雪案，刮垢磨光，學成滿腹文章，尚在湖海飄零，何日得遂大志也呵"之後，容與堂本旁批："不獨你一個。"後三先生合評本、魏仲雪本眉批、徐筆峒本眉批也都照樣批曰："不獨你一個。"諸如此類相同的批語極多。在當時，孫、魏、徐等都頗有名氣，似不會這樣張狂抄襲。合理的推測，當爲書商借用他們的聲名來炮製贋品。彙輯本將不同評本的批語彙輯在一起相互比較，猶如葱拌豆腐一樣，其評本的真僞優劣就一清二楚了。

　　彙評的理論價值，就在於它能集各家之説於一處，"可以融會群言"①，在客觀上形成了對批評對象的一種個案批評鏈，方便人們在縱橫比較中認知歷史，認知真諦，認知方向。這種比較的優勢，是由於就某一篇文章、某一種觀點、某一類表達不同的批評鱗次櫛比地集中在一起，給人以一種短兵相接、針鋒相對、一針見血、痛快淋漓的衝擊。例如劉濬的《杜詩集評》在彙評《八哀詩·故右僕射相國張公九齡》處共引録了朱鶴齡、李因篤、吳農祥、王士禎等人批語多條。

---

① 《四庫全書總目》關於張鳳翼《文選纂注》的提要，中華書局 1965 年影印本，第 1773 頁。

在這些人的衆多批評中，一般多作贊揚語，而王士禎則發表了與衆不同的意見，説：

> 《八哀詩》本非集中高作，世多稱之，不敢議者，皆揣骨聽聲者耳。〇《八哀詩》最冗雜，不成章，亦多囈語，而古今稱之，不可解也。

後來有人進一步批評《八哀詩》"拉拉雜雜，紛乘龐集"的缺陷。這類批評十分尖鋭，讀後足能增進人的見識。

同時，彙評將前後不同時代具有不同思想品格、藝術趣味的批評家的觀點彙集在一起，它實際上成了有關名著、有關作家、有關問題的一部接受史、闡釋史，從中可以看出不同時代的哲學觀念、學術思想、文學觀念之異同與演進。在這裏，可以看到後人的批點不僅僅在於發表不同的批評意見，也有補充、完善、發展性的。如對杜甫《發同谷縣》一詩，吳農祥稱該詩"一氣讀，一筆寫，相見尋常事却説得駭異不同，此人人胸臆所有，人不道耳"。對此，吳廣霈補充説："非人不道，實人人道不出耳。"從"人不道"，到"人道不出"，就進一步突出了杜詩的超妙和難以企及，是一種發展。有些問題也將會沿着同一個大方向論述得越來越深入。這在關於論定《西廂記》之類歌頌青年男女愛情的作品中表現得比較突出。當時抒寫的青年男女違反封建禮教而自主戀愛，就容易在社會上引起爭議。在這漫長的爭議過程中，評點都從不同的角度來肯定《西廂記》的愛情描寫，充分地展示了闡釋、接受《西廂記》的歷史過程。

評點與彙評工作的文學價值，還表現在各抒己見的過程中，在理論上豐富與發展了中國古代的文學批評的内涵。首先看我國古代的寫人論。在宋明以前，以詩文批評爲基點的文論，雖然也偶爾涉及人物批評，但很不充分。元明以後，隨着小説、戲曲創作的繁榮,中國的寫人論也得以迅猛發展,特別是在傳統哲學與畫論的影響下所形成的"形神論",在小説與戲曲的評點本中得到前所未有的豐富與完善。作爲形神論的補充與發展,在中國古代文論中,特別是在小説、戲曲的評點中,又引人注目地提出了一個富有創意的理論範疇"態"。"態"超越了描寫對象的形與神,而又相容了人物形象的神與形。正因爲"態"具有形神相容而又超越形神的特點,它似無形而有形,説有形而實無形。可見,"態"就是傳統寫人論中超越形神的一種特殊的審美境界,具有相對獨立的品格。它又與現代的所謂"體語""態語""體態語""態勢語""人體語言""肢體語言"等方面的理論具有相通之處,故值得我們重視①。

　　評點也豐富、發展了傳統的範疇論。如戴問善在《西廂引墨》中提出的"恰",指的是《西廂記》作者寫出了一般人不能道出的讀者對作品的接受期待。換一個角度看,也就是劇中人物的一言一行都最恰當地表現了當時的心理狀態、性格特徵與身份處境等等。這個"恰"與"真""自然"等範疇的意思有點接近,但也略有差別。"真"是側重在作品所反映的客觀世界作爲標準來加以衡量,"自然"也關係到主體表現的角度上加以考慮,而"恰"是側重在從主體表現的角度來批評,又融入了讀者接受時的感受,所謂"蓋人人心頭口頭所恰有"者也②。又如方拱乾批點《杜詩論文》時以"緒"論詩,也值得注意。"緒"字本義是絲綫的端頭,由此而衍生爲清理頭緒之意,就有思路、綫索、條理的意思,再有餘留、遺下之意,所謂"餘緒"等。此"緒"字自劉勰在《文心雕龍》中引進論文,説"章句在篇,如繭之抽

---

① 參見李桂奎、黃霖《中國古代寫人論中的"態"範疇及其現代意義》,《學術月刊》2007 年第11 期。
② 參見韋樂《清代〈西廂記〉評點研究》,復旦大學 2010 年博士學位論文,第 145 頁。

緒”之後，至宋明以下用“緒”論文者漸多，到清代使用者更爲普遍。正是在這樣的背景中，方拱乾在卷首的題識和序言中提綱挈領地申述了有關“緒”的理論，又輔以大量的批點，將“緒”這個範疇突出了出來，不但成爲他論文的一大特色，同時也豐富了中國古代文論的寶庫①。

　　在明清兩代的評點中，“文法論”的蓬勃發展也特別引人注目。“文法論”，就是在《古文關鍵》卷首《總論看文字法》所總結的多種“作文法”之後，加以發揚光大的。《新刻繡像批評金瓶梅》就在評點中提出了諸如“躲閃法”(第 21 回)、“捷收法”(第 57 回)等文法，雖然比較零碎，但明確概括了一些“文法”。到金聖歎在批評《水滸傳》時就比較系統化了。他在《讀第五才子書法》中就集中總結了“倒插法”“夾叙法”“草蛇灰綫法”“大落墨法”等近二十種法。後來的毛綸毛宗崗父子、張竹坡、脂硯齋等又有所發展，名目更多，如“回風舞雪、倒峽逆波法”“由遠及近、由小至大法”“橫雲斷嶺法”“偷度金針法”等等。這些叙事“文法”，雖然有的含義比較模糊，但它畢竟形象地總結了不少叙事文學的表現手法和形式美，不但推動了以後的創作，而且對今天也還是有一定借鑒作用的。

　　文學名著的彙評本還有巨大的傳播能力，這是由於評點這種批評形式是隨文下筆，即興感言；有批有點，點到爲止；文筆靈動，餘意不盡。所以不論男女老少，讀來明白好懂，饒有興味，常常會愛不釋手，容易接受與傳播。如今將它們彙集在一起，猶見千岩競秀，萬壑爭流，更能引人入勝，“興起其嗜學好古之念”②，很能引發讀者的閱讀欲、想象欲。更何況大量的評點之作是面向廣大青少年學子的。

---

① 參見曾紹皇《杜詩未刊評點的整理與研究》，復旦大學 2010 年博士學位論文，第 194 頁。
② 黃汝亨《批點前漢書序》，《寓林集》卷一，明天啓四年刻本。

它們作爲古代教學的實用教材,如今又將有關評點彙輯在一起,省去了許多查覓翻檢之勞,這正如王世貞《史記評林序》所言:"蓋一發簡而瞭然若指掌,又林然若列璟寶於肆而探之也。"①這就自然會得到廣大家長與學子的普遍歡迎,擁有了巨大的市場,從而使一部部文學名著經彙評的新包裝後,以一種新的面貌,又一次得以傳播。

三

　　彙評在保存有關文獻、總結理論批評、傳播文學名著等方面有如此重要的作用,這就是引起我們重視這一工作的根本原因。再看當前古籍保存的實際情況,國內外各大圖書館還塵封着相當數量的評點本,由於長期以來對評點的忽視,致使這些多爲孤本、罕見本的評點本不少已在存亡之間,亟待搶救、整理和研究。這就更使我們下定決心,對尚存的文學評點本進行一次廣泛的調查、輯録、考辨、整理與研究。

　　當然,在我們的前輩與同行中,早有一些有識之士在這方面作了努力,特別是在一些小説名著的彙評方面,已經取得了可喜的成績。早在 20 世紀 50 年代,俞平伯就開始對《紅樓夢》的脂評進行整理,60 年代有《聊齋志異》彙評,至 80 年代以後,《三國演義》《水滸傳》《金瓶梅》《儒林外史》《紅樓夢》等都陸續有了彙評本。近年來,一些唐宋詩、詞、散文等也有若干彙評之作。但是,總的説來,除小説文體的彙評之外,多數工作顯得比較零碎,不成系統,疏漏與闕略也多。有鑒於此,我們這次的彙評工作,除小説之外,準備將歷代文

① 王世貞《史記評林序》,凌稚隆輯校、李光縉增補、于亦時整理《史記評林》第一册,天津古籍出版社 1998 年版,第 13 頁。

學名著的評點有系統地進行收輯與整理。從《詩經》《楚辭》《文選》一類文學經典，到陶淵明、杜甫、韓愈、柳宗元、蘇軾、歸有光等名家詩文別集，再到《西廂記》《琵琶記》《牡丹亭》等戲曲名著，開放性地逐步擴大範圍。這一工作實際起步於 2006 年，屈指算來，已有十多年，但由於這一工程規模浩大，困難多多，非親歷其事者，恐難知其中之甘苦。令人欣慰的是，這項工作同時也得到了各方專家的關注與支持，故還是一步一步地在按計劃前進。我們將成熟一部先出版一部，希望在不久的將來，當全部告竣付印之時，再集中推出一套比較完整的中國古代文學名著彙評的叢書，以饗讀者。

前　言

陳　斐

我國號稱"詩的國度"，與唐詩的璀璨成就密不可分。唐代詩人衆多，詩派紛呈，僅康熙年間編撰的《全唐詩》就收錄了詩人兩千多位、詩作四萬八千餘首。除研究者外，一個人要將這麼多的唐詩全部讀完，既不可能也沒必要。所以，從唐代起，人們就開始編撰唐詩選本，意在"删汰繁蕪，使莠稗咸除，菁華畢出"（《欽定四庫全書總目》卷一八六"總集類"序），以推動唐詩的普及和傳播，并爲當下詩歌創作樹立典範。

晚清以來，我國最流行的唐詩選本自然是蘅塘退士所編的《唐詩三百首》。然而，唐詩流傳到今天，已有一千多年的歷史，且很早就走出了國門，在朝鮮、日本等國家亦産生了深遠影響。好奇的讀者也許會問："是不是唐人、宋人、明人、古代日本人……讀的唐詩經典也和我們一樣呢？"答案自然是否定的。因爲每個時代、每個民族的詩學觀念、審美風尚等總是有差異的，這也會反映在其對唐詩經典的編選、欣賞中，就像服裝、飲食的時代、民族差異一樣。這裏介紹給大家的《唐詩三體家法》，就是一部我國今天的讀者或許比較陌生，但在元、明時期和古代日本却非常盛行的唐詩選本。

一、周弼的生平與《唐詩三體家法》的成書

　　周弼,字伯弜①。祖籍汶陽(今山東汶上),家郶溪(今屬浙江)。紹熙五年(1194)生。其父文璞是南宋後期有名的江湖詩人,與韓淲、姜夔、葛天民等交遊,四庫館臣謂其古體短章、近體小詩“可肩隨於白石、澗泉諸集之閒”(《欽定四庫全書總目》卷一六二《方泉集》提要)。弼十七八時即博聞强記,侍父時已好吟。嘉定間(1208—1224)中進士,宦游吳、楚、江、漢間,歷任江都(或廣陵)令、江夏令、江西漕幕、某路帳管等職。足迹所到,多有吟詠。嘉定十七年(1224)曾解官歸里,後復官。卒于淳祐十二年(1252)至寶祐三年(1255)間。

　　弼善墨竹,能詩。王士禎稱其雖名不甚著,而詩“實足名家”(《香祖筆記》卷五);將其與姜夔、鄧林並稱,認為在《南宋詩小集》二十八家中,惟此“三家最可觀”(《居易録》卷二)。弼嘗自刊《端平集》十二卷行于世,今佚。寶祐丁巳(1257),李龏從《端平集》和集外詩中選出近二百首,編成《端平詩雋》,今存《汲古閣景宋鈔南宋群賢六十家小集》本、讀畫齋刊《南宋群賢小集》本、《四庫全書》本。《全宋詞》第四册收弼詞二首。《全宋詩》卷三一四六至三一四九録弼詩四卷。《全宋文》卷七〇四三收弼文一篇②。另外,筆者發現釋元肇《淮海挐音》卷首收有弼所作的序文一篇,特輯録在本書附録部分,以便同道

---

① 宋代釋永頤、釋元肇、李龏、朱繼芳、徐集孫、黃文雷、董嗣杲皆稱周弼為“伯弜”。圓至注元刊本方回序作“伯弨”,但卷端却題“汶陽周弼伯弜選”。《中國文學家大辭典·宋代卷》云周弼“字伯弨”(中華書局 2004 年版,第 582 頁)。按,“弜”音 jiàng,《説文解字·弜部》:“弜,彊也……從二弓。”“弸”音 bì,同“弜”,《説文解字·弜部》:“弸,亦古文弜。”“弨”音 bì,《説文解字·弜部》:“弨,輔也……從弜西聲。”周弼字當以時人所稱“伯弜”為是,“伯弨”或“伯弸”應為後起之訛。

② 關於周弼生平的考辨,詳參拙著《南宋唐詩選本與詩學考論》,大象出版社 2013 年版,第167—171 頁。

翻檢。

　　《唐詩三體家法》編于何時，在我國已無明確記載。村上哲見《三體詩·解說》云，從日本室町時代的抄本看，當成書于淳祐十年（1250）[1]。檢室町時代的素隱抄《增注唐賢絶句三體詩法》，于卷首《三體詩集起》可見："梅菴曰：'宋理宗淳祐十年庚戌秋八月，汶陽周伯弜選此集。'"[2]日本明曆三年（1657）刊昌易《首書增注唐賢三體詩法》卷一首頁"三體詩"條注亦謂："宋朝第十四代理宗皇帝淳祐十年庚戌秋八月，周伯弜選集《三體集》。"[3]此說當有所本，極有可能源于宋人序跋之落款。

　　今存諸本《唐詩三體家法》皆無宋人序跋。然據查屏球考證，吳澄《吳文正集》卷一九《唐詩三體家法序》當為周弼所作，因為：首先，成書于 1262 年以前的范晞文《對床夜語》卷二已徵引此序一半多的内容，明確說"周伯弜弼云"，而 1262 年吳澄纔 13 歲，不可能寫出此序；其次，方回作于 1305 年的《至天隱注周伯弜三體詩序》亦徵引此序部分内容，知此序元時尚存；再次，序文云"今所編摭，閱誦數百家，擇取三體之精者"，乃編者行文口氣；最後，《吳文正集》為吳澄之孫吳當所編，四庫館臣云"未免病於稍濫"（《欽定四庫全書總目》卷一六六《吳文正集》提要），完全有可能竄入他人作品[4]。筆者以為查文論據充分，其說可從。此一發現為《唐詩三體家法》的研究提供了新的材料，值得關注。

　　但遺憾的是，《唐詩三體家法序》沒有保留寫作時日。不過，筆者綜合分析各方面情况，仍然以為"淳祐十年庚戌秋八月"成書說可

① ［日］村上哲見：《三體詩·解說》，（日本）朝日新聞社 1978 年版，第 15 頁。
② （日本）早稻田大學圖書館藏寬永十四年（1637）野田莊右衛門刊本。
③ （日本）早稻田大學圖書館藏本。
④ 查屏球：《周弼〈唐詩三體家法序〉輯考》，《古典文學知識》2009 年第 4 期。

信。因為，一方面，編書需要大量的書籍與時間，在外宦遊時期，公務倥傯、不便攜書，故解官歸里時期最有可能從事此項"閲誦數百家，擇取三體之精者"的工作。周弼解官歸里可考者有兩次：一次是在嘉定十七年（1224），後復官；還有一次乃推算所得：周弼為嘉定間（1208—1224）進士，"四十年間宦游吳、楚、江、漢"（李龏《汶陽端平詩雋序》），則周弼1248年左右再次解官，此後似未復官。另一方面，從成書動機來看，周弼曾侍父吟詩，後又帶徒授詩，《（正德）姑蘇志》卷五四載，湯仲友、高常、顧逢、陳瀧皆學詩于弼，有"蘇臺四妙"之美譽。《唐詩三體家法》極有可能是周弼吸納父親及時人心得編輯而成的詩學教材，四庫館臣即推測"其時詩家授受，有此規程"（《欽定四庫全書總目》卷一八七《三體唐詩》提要）存焉。而有人前來問詩，應在周弼獲得一定詩名之後。李龏《汶陽端平詩雋序》云，周弼"嘗手刊《端平集》十二卷行于世……聲騰名振，江湖人皆爭先求市"。按，端平乃南宋理宗年號（1234—1236），《端平集》應刊于其時或稍後，而引起一定的反響、為周弼帶來詩名應更晚于《端平集》之付梓。綜上所述，筆者推測：《唐詩三體家法》極有可能是周弼帶徒授詩的教材，成書于其晚年解官歸里時期，日本有些版本云編于"淳祐十年（1250）"，可信。

二、《唐詩三體家法》的體例及其背景

　　一般來説，選本的體例有分體編排、依人繫篇和分題材類編三種。有些選本較為複雜，分層次採用多種形式，但大致不出以上三種範圍。《唐詩三體家法》雖然也是一部詩選，但却按"詩法"分體編排，這在中國古代頗為罕見。

（一）體例：按“詩法”分體編排

在《唐詩三體家法序》中，周弼指出，言詩當以唐為本，“詩之變至於唐而止”。而唐詩之所以取得如此高的成就，是因為講究詩法、句法和字法，法度森嚴。元和以後，詩道漸衰，也是由于“立心不專，用意不精”，體制漸散，“僻事險韻以爲富，率意放辭以爲通”。南渡後有些人聲稱學習唐詩，但“眩名失實”。“永嘉四靈”又未着眼姚、賈以上。所以他編輯是書，是要選擇唐人“三體之精者”，分析蘊于其中的詩法、句法和字法，作為當下詩歌創作的“規矩準繩”。由此可見，“法”是周弼詩學關注的核心，也是他編輯《唐詩三體家法》的出發點。

周弼首先將所選詩歌分為五律、七律、七絕三種體裁。每種體裁之下，又按他分析、總結出來的“法”分為若干體。每體前有解說，後附詩例。各體解說是對各體詩法的具體説明，既詳細分析各體的構成、特點和寫作時的注意事項，也間或指出各體的價值地位和在唐詩史上的流行階段。如在五律“四實”解說中，周弼首先説明其構成是中間四句皆寫景，接着指出在唐詩史上“開元、大曆多此體”，此體的特點及可貴之處是“華麗典重之間有雍容寬厚之態”，“稍變然後入於虛，間以情思”，所以此體當為“眾體之首”，最值得推崇；最後指出寫作時要防止“堆積窒塞，寡於意味”。隨後所附第一首詩例是杜審言《早春游望》：“獨有宦遊人，偏驚物候新。雲霞出海曙，梅柳渡江春。淑氣催黃鳥，晴光轉綠蘋。忽聞歌古調，歸思欲沾巾。”此詩中間兩聯寫游望所見之景，尾聯逐漸過渡，抒發由古調觸發的情思，風格華麗典重，完全符合解説的分析。這種解説附詩例的編輯方式，更便于讀者揣摩、學習。

從解説透露的信息看，《唐詩三體家法》把所選詩歌分為五律、七律、七絕三類，也是從“詩法”視角着眼的。周弼有較強的“辨體”

意識,已認識到五律、七律、七絕是具有各自獨立生命的詩體。如七律"四實"解說云:"其説在五言,但造句差長,微有分別。七字當為一串,不可以五言泛加兩字。"即使是同類詩法,周弼也沒有一刀切,而是根據詩體差異仔細分辨各自的特徵與規範,提出不同要求。可見,周弼按詩體進行的一級分類,也不是泛泛地沿襲前人,更多的是從詩體差異隱含的詩法差異着眼的。

　　周弼把每體詩法解說後面所附的詩例,以"已上/前共×首"的小計分為若干小類①。如此分類,依據何在? 周弼沒有明確説明,僅在五律"起句"解說中有所提示:"發首兩句平穩者多,奇健者予所見惟兩篇。然聲太重,後聯難稱。後兩篇發句亦佳,聲稍輕,終篇均停,然奇健不及前兩篇遠矣。故著此為法,使識者自擇焉。"隨後共選了四首詩:暢當《軍中醉飲寄沈八劉叟》、司空曙《題江陵臨沙驛樓》為一組,後云"已前共二首";周賀《送耿山人遊湖南》、僧栖蟾《宿巴江》為一组,後云"已前共二首"。根據這裏的提示,再細玩自序和全書每種詩體下按"法"分體的體例,可以推斷:詩例的這種分類應該也是從"法"的角度着眼的:即聚為一類的若干首詩,有着相似的"法"。這些"法"可能是自序所謂詩法,也可能是句法、字法。總之,只要在"法"上有一定的共同點,就聚為一類。至于此一小類的"法"和彼一小類的"法",則不一定相同。周弼沒有解説各小類所蘊含的具體之"法",按照自序的説法,是"欲夫人體驗自得,不以言而玩也"。這就給讀者留下了見仁見智的廣大空間。

---

① 筆者將此類小計與實際收詩數相核,發現有兩處不符:一、七律"四實"最後一首來鵬《寒食》後有小計云"已前共三首",但從此首算起,至前一小計——劉禹錫《西塞山》後"已前共六首"止,凡七首;二、七律"前虛後實"鄭谷《慈恩偶題》後有小計云"已前共九首",但從此首算起,至前一小計——來鵬《清明日與友人遊玉塘莊》後"已前共二首"止,凡八首。以上兩處是計數或版刻有誤,還是詩有脱漏,現已無從判斷。

（二）背景：“以詩行謁”之風的興起和詩法的盛行

周弼將“法”作為詩學關注的核心和編輯《唐詩三體家法》的出發點，並非無源之水、無本之木，而是有着深厚的歷史文化背景和現實根源的。

“詩法”是中國詩學的重要範疇，往往隨着詩歌遺産的積累和詩歌創作的興盛不斷問世。詩法在中國文學史上首次比較集中地出現，是在詩歌全面繁榮的唐代。唐人有不少以“詩格”“詩式”“詩例”“詩法”等命名的著作。這些著作意在標示詩的法度、標準，多為初學者或應舉者而作，主要探討詩的聲韻、病犯、對偶、體勢等。如皎然《詩式》包含詩有“四不”“四深”“二要”“二廢”“四離”“六至”“七德”“五格”等節目①。

入宋以後，詩法依然不時出現，除了科舉試詩的原因外，還與統治者“右文”重詩的統治策略有關。如北宋宮廷舉行的“賞花釣魚之會”，即要求從臣皆賦詩。有時還將作品送往中書“第其優劣”，優異者獲得嘉獎，當場受窘者或做詩鄙劣者不僅丟臉出醜，甚至會落職、外放。這必然督促大臣勤練賦詩本領②。在統治者的影響下，普通民眾也往往結社吟詩。吳可《藏海詩話》記載，北宋曾有“一切人皆預”的詩社，“屠兒”“質庫”或經營“酒肆”“貨角梳”的市民在一起切磋“平仄之學”，且有集問世。上至王公大臣、下至市井小民對詩歌創作的普遍熱衷，必然會産生對詩法的需求。盛行天下的江西詩派就十分重視詩歌創作的格式、法度。南渡以後，伴隨着詩人的平民化，詩法的需求也在逐漸增加。到南宋後期，“以詩行謁”之風的興起又使這種需求顯得空前迫切。

---

① 參見張伯偉：《中國古代文學批評方法研究·外篇》第三章“詩格論”，中華書局 2002 年版，第 346—386 頁。
② 諸葛憶兵：《北宋宮廷“賞花釣魚之會”與賦詩活動》，《文學遺産》2006 年第 1 期。

　　儒家十分重視詩的政治、教化功用。從孔子"興觀群怨"説，到白居易"諷喻"説，再到黄庭堅"文章功用不經世，何異絲窠綴露珠"（《戲呈孔毅父》），皆在强調此點。即使不得志的時候，士人也往往發憤抒情，鳴自身之不幸，將做詩看作安頓生命之途徑，以"立言"留名。但在南宋後期，人們賦詩的動機發生了很大改變。此時，社會上湧現出了大批江湖謁客，他們期望通過投獻詩作換來達官貴人的資助①。方回對此有一形象描繪："慶元、嘉定以來，乃有詩人為謁客者，龍洲劉過改之之徒不一人，石屏亦其一也。相率成風，至不務舉子業，干求一二要路之書為介，謂之'闊匾'，副以詩篇，動獲數千緡，以至萬緡。如壺山宋謙父自遜，一謁賈似道，獲楮幣二十萬緡，以造華居是也。錢塘湖山，此曹什伯為群，阮梅峰秀實、林可山洪、孫花翁季蕃、高菊磵九萬，往往雌黄士大夫，口吻可畏，至於望門倒屣。"方回所説的石屏即戴復古，此人"以詩游諸公間，頗有聲……以詩為生涯而成家"（《瀛奎律髓彙評》卷二〇"梅花類"戴復古《寄尋梅》方回評）。可見，他把詩當作生計經營。有時，他甚至把自己的行謁乾脆稱為"賣詩"："歲裏無多日，閩中過一年。黄堂解留客，時送賣詩錢。"（《謝王使君送旅費》）這樣，詩就由"經國之大業，不朽之盛事"（曹丕《典論·論文》），變成了行走干謁的羔雁之具，"與物質追求直接聯繫起來"②。而當一種藝術或才能異化為達到某種功利目的的"敲門磚"，尤其是關乎生計大事時，人們就會趨之若鶩地學習。伴隨着學習，人們對指引門徑的法度、技巧書籍的需求就會格外迫切，此類書籍也會雨後春筍般不斷出現。就像今日英語、計算機成為升學、就業的必考科目後，"技法""秘笈""寶典"之類的書籍和相關培

<hr>

① 參見張宏生：《江湖詩派研究》"附錄二　南宋江湖謁客考論"，中華書局1995年版，第323—357頁。

② 張宏生：《江湖詩派研究》，第38頁。

訓班、講座的廣告鋪天蓋地般滾滾而來。

　　南宋後期興起的"以詩行謁"之風是詩法著作盛行的沃土。"法"幾乎成了談詩者開口必及的話題。連主張"妙悟"，將"羚羊掛角，無迹可求"的盛唐詩標爲詩學理想的嚴羽也在《滄浪詩話》中專列"詩法"一篇，談論"五俗""發端忌作舉止，收拾貴在出場""不必太着題，不必多使事""押韻不必有出處，用字不必拘來歷""下字貴響，造語貴圓"等詩歌創作的格法、規律。足見風氣所向，蓋有不得不然者。

　　在這樣的背景下，不僅前人的一些詩法著作得到整理、重梓（如《吟窗雜録》），而且還湧現出了不少詩法新著。也許是爲了更便于讀者揣摩、學習，這些新著往往和詩話、選本等結合在一起。北宋詩話就已包含着"辨句法"（許顗《彦周詩話》）、"論詩而及辭"（章學誠《文史通義‧詩話》）的成分，詩法更是南宋詩話不可或缺的組成部分。如成書于淳祐甲辰（1244）的魏慶之《詩人玉屑》，前十一卷竟以格法分類，有"詩法""句法""口訣""初學蹊徑""命意""造語""用事""壓韻""屬對""沿襲""點化""詩病"等四十餘格。這種體例或對周弼有所啓發。詩話中詩法成分的逐漸加大，最終導致了元代詩話的衰微與詩格的復興[1]。類書中亦出現了不少與詩法相關的條目。如成書于寶祐丁巳（1257）的謝維新《古今合璧事類備要‧前集》，是書卷四四"儒業門"專列"詩律"一類，下有"假對""八句法""蜂腰""鶴膝""兩節""雙聲""疊韻""響字""交股""拗句""折句""促句"等條目，並附解説。

　　南宋流行的詩法著作，内容廣泛，五花八門；從成書緣起來説，是爲學詩者指示詩學門徑或標示創作格式。如浩然子《吟窗雜録

---

[1] 參見蔡鎮楚：《中國古代文學批評史》第七章第六節"詩話的衰微與詩格的復興"，岳麓書社1999年版，第322—327頁。

序》云："余編此集，是亦琴譜、棋式之類也，有意于學詩者，其可捨
旃？"再如黃昇《詩人玉屑序》云："方今海內詩人林立，是書既行，皆
得靈方。""海內詩人林立"，指的正是"以詩行謁"之風興起後江湖上
普遍存在的學詩訴求，在這種需求召喚下，詩法著作應運而生，承擔
着為文化素養不高的江湖詩人指引詩學門徑的使命。反過來説，詩
法著作的廣泛盛行，也折射了江湖詩人的普遍存在。

　　詩法著作在明、清遭到李東陽、王夫之等詩學巨擘的批評，但一
直不絕如縷地產生。這使我們有對其進行平議的必要。誰也不能
憑空創造。面對前人的詩歌遺產，後人必然要從中分析、概括成功
或失敗的經驗、教訓，以指導創作，這便是"法"。初學者或文化素養
不高的人要瞭解詩歌創作的基本規則，進而撰寫合格的詩作，求助
于"法"還是必要的。連把"法"批得一無是處的王夫之也不得不承
認："起承轉收以論詩，用教幕客作應酬或可。"（《夕堂永日緒論內
編》)南宋江湖謁客在詩法著作的引導下撰寫行謁作品的事實，似可
為王氏之言作注腳。然而，"法"的總結、提煉往往帶有個人性和主
觀性。而且，在豐富生動的創作實踐中，任何"法"都會有失靈的時
候；面對浩如煙海的作品，任何"法"都會有反例存在，于是人們常常
慨歎本來"無法"。況且，真正偉大的詩歌也不是依"法"炮製出來
的，死守"法"，只會故步自封。

　　對于"法"與"無法"的矛盾，《唐詩三體家法》的編者周弼就已意
識到了。他既示人以詩歌創作應該注意的法度，又在法度中單立
"一意"一體，解説道："確守格律，揣摩聲病，詩家之常。若時出度
外，縱橫放肆，外如不整，中實應節，則又非造次所能也。"周弼還讚
揚元肇詩"自天資流出，不拘束於對偶聲病"（《淮海挐音序》)①。指

---

① 陳斐：《和刻本〈淮海挐音〉所收宋文輯考》，《南都學壇》2012 年第 6 期。

出遵守法度是一般人寫詩的常態,但還有一種超出法度之外、"非造
次所能"的更高境界。這表明周弼對"常"與"變"的辯證關係有一定
認識。在《唐詩三體家法序》中,周弼又説:"言其略而不及詳者,欲
夫人體驗自得,不以言而玩也。"似乎擔心讀者死守法度。范晞文
《對床夜語》卷二評《唐詩三體家法》云:"是編一出,不為無補後學,
有識高見卓不為時習熏染者,往往于此解悟。"用禪宗術語"解悟"談
後學閱讀是書的效果,可謂深得周弼本心。由"法"達到對"法"的超
越,正是中國古典詩學解決"法"與"無法"矛盾的方案①。此點後人
説得更為明白,如紀昀《唐人試律説序》曰:"大抵始於有法,而終於
以無法為法。"

三、周弼及其《唐詩三體家法》的唐詩觀

周弼對唐詩風貌、唐詩流變以及唐詩在整個詩歌發展史中所處
位置的認識與價值判斷,都是由其詩學理想決定的。在《唐詩三體
家法序》中,他説:

> 言詩本於唐,非固於唐也。自河梁之後,詩之變至於唐而
> 止也……元和蓋詩之極盛,其體製自此始散。僻事險韻以爲
> 富,率意放辭以爲通,皆有其漸,一變則成五代之陋矣。異時厭
> 弃纖碎,力追古製,然猶未免陰蹈元和之失。大篇長什未暇深
> 論,而近體三詩,法則先壞矣。"一鳩""雙燕"或者方且謙遜,而
> "落木長江"得意之句,自謂於唐人活計得之,眩名失實,是時昧
> 者之過耳。永嘉嘗有意於變體,姚、賈以上,蓋未之思。

"河梁"指舊題蘇武、李陵作的"蘇李詩",其中李陵《與蘇武詩三

---

① 參見蔣寅:《至法無法:中國詩學的技巧觀》,《文藝研究》2000 年第 6 期。

首》之三有句云:"攜手上河梁,遊子暮何之?"古代有不少人將蘇李詩看作五言詩的源頭,如鍾嶸《詩品總序》:"逮漢李陵,始著五言之目矣。"皎然《詩式》卷一"不用事第一格·李少卿并《古詩十九首》":"其五言,周時已見濫觴,及乎成篇,則始於李陵、蘇武。"嚴羽《滄浪詩話·詩體》:"五言起於李陵、蘇武。"周弼認同這種説法。以"蘇李詩"為起點,他將整個詩歌的發展歷程劃分為三個階段:西漢至唐代元和以前、元和至五代、宋代(即所謂"異時""永嘉"云云)。

第一階段,周弼曰:"自河梁之後,詩之變至於唐而止也。"意思是説,"蘇李詩"以後,詩歌從内容、形式等方面都朝着唐詩的目標發展、演變。"變至於唐而止",實際上將唐詩尊為集數代之大成。這是對唐詩的極高評價,乃"言詩本於唐"的根本原因。然而,言詩又不能"固於唐"。"固"指固執、拘泥。"固於唐"有"唯唐是尚,凡唐皆學"的含義。在周弼看來,唐詩也有正有變、有可學有不可學者。前面"言詩本於唐""詩之變至於唐而止"之"唐",非泛指"唐一代之詩",而是狹義的特指。此"唐",根據自序僅知在元和以前。要弄清其具體含義,還得聯繫周弼的其他言論:

> 五律"四實"解説:"開元、大曆多此體,華麗典重之間有雍容寬厚之態,此其妙也。"
>
> 五律"四虚"解説:"元和已後用此體者,骨格雖存,氣象頓殊。向後則偏於枯瘠,流於輕俗,不足采矣。"
>
> 《送陳雲崖遊三衢》:"不專瘦島(賈島)元和末,要且長城(劉長卿)大曆間。"

可見,周弼認為在開元、大曆間"唐"詩達到了頂峰。這在當時不是孤立的言論,嚴羽亦在《滄浪詩話》中力主"盛唐"。不過,兩人的差異還是比較明顯的。嚴羽將唐詩分為"唐初""盛唐""大曆""元和""晚唐"五體,專主"盛唐",鄙夷其他階段。《滄浪詩話·詩辨》云:"論詩如論禪:漢、魏、晉與盛唐之詩,則第一義也。大曆以還之詩,則小乘禪也,已落第二義矣。晚唐之詩,則聲聞、辟支果也。"周弻則以元和為界,將唐詩分為兩個階段,推崇開元、大曆,從時間段上説,取徑較寬。

再來看第二階段。周弻云:"元和蓋詩之極盛。"此言容易被誤解為元和時期詩歌達到了頂峰,仿佛周弻對元和之詩十分推崇。其實,"極盛"應理解為詩人衆多、流派紛呈。這樣解釋既符合元和詩壇的實際,也與下文"其體製自此始散"相貫通。周弻認為,元和時期,詩歌歷數代之演進而形成的"唐"詩集大成的特點、體制開始涣散,主要表現為:"僻事險韻以爲富,率意放辭以爲通"。的確,"詩到元和體變新"(白居易《餘思未盡加為六韻重寄微之》),面對盛唐詩歌取得的成就,元和詩人創新求變的意識愈來愈明確,詩壇出現了流派紛呈、風格多樣的局面。周弻用"極盛"來描述,並將之定為唐代詩歌轉變的分水嶺,目光可謂敏鋭。同時,他還言簡意賅地指出了此時最大的兩個詩歌流派韓、孟詩派和元、白詩派的病症。韓、孟詩派指以韓愈、孟郊為中心的詩派。此派詩人在"不平則鳴"理論的指導下,發憤抒情,側重通過個人不幸的抒寫揭露社會弊病。他們"惟陳言之務去",充分發揮藝術想象的作用,追求奇險鐫刻的風格。有時為了達到驚聳視聽的效果,不惜逞才使氣地押險韻、用僻事。此即周弻批評的"僻事險韻以爲富"。元、白詩派指以元積、白居易為代表的流派。此派詩人要求以詩"俾補時闕",藝術上務盡、尚俗、崇實,主張"辭質而徑""言直而切""事覈而實""體順而肆"(白居易《新樂府序》)。但這也會帶來繁複淺露、餘味不足的毛病。對此,白居易已有覺察:"每下筆時輒相顧,共患其意太切而理太周。故理太周則辭繁,意太切則言激。然與足下為文,所長在於此,所病亦在於此。"(《和答詩十首序》)怪不得周弼會責難為"率意放辭以爲通"。

對于元和以後詩歌的演變,周弼用一句"皆有其漸,一變則成五代之陋矣"來概括,似乎是把晚唐看作元和詩歌的延續,五代則弊病更深,鄙陋不足觀矣。

接着周弼談到了第三階段——宋代。首先,他説:"異時厭弃纖碎,力追古製。"這應當指北宋詩文革新後建立的新詩風。北宋初期,楊億、劉筠、錢惟演等為代表的"西昆體"盛行一時。他們以李商隱為法,講究詞采豔麗、音節鏗鏘、對仗工整、典實密麗,但失于晦澀纖碎、内容空洞。伴隨着政治改革的深化,人們對此種詩風越來越不滿。歐陽修、王安石等以杜甫、韓愈為師,倡導變革。後蘇軾、黃庭堅等繼之,終于建立了體現有宋一代特質的新詩風——"宋調"。周弼認為它"猶未免陰蹈元和之失":"僻事險韻以爲富,率意放辭以爲通。"這在一定程度上切中了"宋調"的弊病,嚴羽也説:"近代諸公乃……以文字為詩,以才學為詩,以議論為詩……且其作多務使事,不問興致;用字必有來歷,押韻必有出處,讀之反覆終篇,不知着到何處。"(《滄浪詩話·詩辨》)江西末流更有汗漫無禁、拗戾艱澀、堆砌典故等毛病。

南宋前期,詩壇反思中逐漸將目光投向晚唐。周弼注意到了這一變化,他説:"'一鳩''雙燕'或者方且謙遜,而'落木長江'得意之句,自謂於唐人活計得之,眩名失實,是時昧者之過耳。""'一鳩''雙燕'或者方且謙遜"出自《苕溪漁隱叢話·前集》卷二四《唐人雜記》:"《西清詩話》云:陳傳道嘗於彭門壁間見書一聯云:'一鳩鳴午寂,雙燕話春愁。'後以語東坡:'世謂公作,然否?'坡笑曰:'此唐人得意句,僕安能道此!'"這裏,周弼借用一代文豪蘇軾低首唐人的故事為自己的尊唐説張本。"'落木長江'得意之句"云云,當指趙蕃《十九日雨中》:"帆來鳥去蘇州句,落木長江老杜詩。得意寫圖那辦此,驚人吐句或能之。長年役役愁肝腎，老態駸駸入鬢髭。寄謝樵夫與漁子，可憐日用不能知。"趙蕃等人編有《唐詩絶句》，已在向唐人有限度、有選擇地學習，但其詩尤其是律詩仍未擺脱"江西"詩風的籠罩。如此首《十九日雨中》，雖然表達了對韋應物、杜甫詩句的推崇，但音節拗峭、語意直露，是典型的"江西"詩。周弼非議他"眩名失實"，可謂事出有因。

　　另外，周弼對"永嘉四靈"也不太滿意，因為他們主要師法姚合、賈島，没有抓住唐詩最精華的部分，他説："永嘉嘗有意於變體，姚、賈以上，蓋未之思。"其實，"四靈"對于大曆詩還是有所汲取的。只不過"四靈"眼中的大曆詩與姚、賈相類，比較符合大曆詩的實際，與周弼所謂在體貌上和開元詩一樣的大曆詩不同。正因為有此差異，所以周弼纔會批評"四靈"，提出上法開元、大曆的主張。

　　綜上所述，周弼以元和為界，將唐詩分為前、後兩期，認為此前的開元、大曆時期是整個詩歌發展的高峰，言詩當以此為本；此後則體制漸散，一變而為五季之陋。出于對南渡後學習唐詩過程中出現的或眩名失實、法度盡壞，或取法不高、止于姚賈失誤的反思，他編輯了《唐詩三體家法》，期望為人指示"規矩準繩"。此書可以説是周弼唐詩觀的直接呈現。

　　而周弼之所以專選五律、七律、七絶三體，首先，是因為這三種體式在近體詩中最具有代表性、最為詩人習用，而近體詩又是在唐代定型的，頗有唐代"一代"之詩的代表意味；其次，要講解、分析為詩法度的話，這三種體式最好措手，而據周弼觀察，入宋以來，"近體三詩，法則先壞矣"；再次，這三種體式最便于應酬。南宋後期，伴隨着詩人的平民化及"以詩行謁"之風的興起，這三體在詩壇最為盛行。正如四庫館臣所云："宋末風氣日薄，詩家多不工古體，故趙師秀《衆妙集》、方回《瀛奎律髓》所録者，無非近體。弼此書亦復相

同。"(《欽定四庫全書總目》卷一八七《三體唐詩》提要)

　　具體編選時,周弼將五律分為"四實""四虛""前虛後實""前實後虛""一意""起句""結句""詠物"八體,七律分為"四實""四虛""前虛後實""前實後虛""結句""詠物"六體①,七絕分為"實接""虛接""用事""前對""後對""拗體""側體"七體。細緻考察諸體解說會發現,周弼認為各"體"流行的時段以及他對諸"體"的態度並不相同。周弼既選擇了在他看來能够代表唐詩最高成就的正體,但也兼容變體。然而,周弼對于各"體"形態的正變、地位的高低,還是有分別的。如五律選詩最多的"前虛後實"一體,周弼認為主要流行于大中以後,評價並不高:"大中以後多此體,至今宗唐詩者尚之。然終未及前兩體渾厚,故以其法居三。"可見,若不顧選本的編選體例,對選中諸詩不加分別地統計,認為如此得出的結論代表了編者的看法,就有些牽强了②。無獨有偶,元人楊士弘《唐音》總共選中、晚唐詩831首,初、盛唐詩591首③。我們並不能因此説楊士弘偏重中、晚唐,因為該書體例與《唐詩三體家法》有些類似,"始音""正音""遺響"三部分的地位並不平等。

　　在《唐詩三體家法》中,五律"四實"、七律"四實"、七絕"實接"居于各種體裁的首位,應該説是周弼心目中能够代表唐詩最高成就的正體。不過,即使統計分析這三體所録詩人詩作的時段分佈,也是後期(尤其是晚唐)占絕對優勢。如五律"四實",周弼在解説中明言:"開元、大曆多此體。"但詩例也沒有多選前期詩歌。如果説從總體上統計説服力還不够,那麼讓我們再分析一下諸正體中選詩最多

①　七律比五律少"一意""起句"兩體,是原本即無,還是後來脱漏,現已無從得知。
②　張智華、王園皆如此統計後,認為周弼重視中、晚唐。參見張智華《南宋的詩文選本研究》,北京師範大學出版社2002年版,第175頁;王園:《唐詩與宋代詩學》,三晉出版社2012年版,第256頁。
③　張紅:《元代唐詩學研究》,岳麓書社2006年版,第208頁。

的前幾位詩人的時段分佈①：

序次	五律"四實"	七律"四實"	七絕"實接"	總　計
1	王維 4(前)	許渾 6	杜牧 7	許渾 10
2	岑參 3(前)、張祜 3	岑參 2(前)、李郢 2	雍陶 5、王建 5、張籍 5	王維 7(前)、杜牧 7
3	司空曙 2(前)、劉禹錫 2、賈島 2、劉得仁 2、司空圖 2、李洞 2	(人多不錄)	韓翃 3(前)、唐彦謙 3、許渾 3、李涉 3、鄭谷 3	岑參 6(前)、王建 6
4	(人多不錄)	(人多不錄)	(人多不錄)	韓翃 5(前)、張籍 5、雍陶 5
5	(人多不錄)	(人多不錄)	(人多不錄)	劉禹錫 4、李群玉 4

　　上表詩人除標"前"者外，其餘皆屬周弼所云後期。從總數看，選詩最多的詩人竟是晚唐許渾，杜牧、王建、張籍、雍陶、劉禹錫、李群玉等後期詩人亦名列前茅。分體來看：五律"四實"中，前、後期基本相當；七律"四實"則又是許渾高居榜首；七絕"實接"，晚唐杜牧榮獲桂冠，前三名中僅韓翃一人屬于前期。可見，從入選詩人、詩作所屬時段分析，周弼確實偏重元和以後。晚唐許渾是周弼看好的詩壇明星，這與范晞文《對床夜語》卷二所記"周伯弜以唐詩自鳴，亦惟以許集諄諄誨人"相符。然而，在文字表述中，周弼明明將元和以前看作唐詩的高峰，讓人上法開元、大曆。究竟應如何看待這些近乎矛盾的現象？

---

① 關于此書所選詩人詩作的詳細時段分析，可參見拙著《南宋唐詩選本與詩學考論》，第214—232 頁。

　　原來，宋、元人對于唐代"某時段詩"的理解較為通達，不像明人僅看作"某時段人之詩"。如嚴羽將唐詩分為"唐初""盛唐""大曆""元和""晚唐"五體，但又説："盛唐人詩，亦有一二濫觴晚唐者，晚唐人詩，亦有一二可入盛唐者，要當論其大概耳。"（《滄浪詩話・詩評》）一是大判斷，一是具體分析。在文字表述中，周弼以"元和"為界看待唐詩，認為此前是詩歌的高峰，此後則體制漸散。這是縱覽唐詩全局得出的大判斷。但在編選《唐詩三體家法》時，他面對的是一首首的具體作品，當從體格性着眼決定去取。這種編選特點在元人楊士弘《唐音》中表現得更為清晰。楊士弘主張詩宗盛唐，但《唐音》"正音"部分的選録情況却是：初、盛唐 425 首，中唐 409 首，晚唐 51 首①。"正音"小序説明如此選編的原因道："專取乎盛唐者，欲以見其音律之純，係乎世道之盛。附之以中唐、晚唐者，所以幸其遺風之變而僅存也。""幸其遺風之變而僅存也"，應該也是周弼在正體中大量選録元和以後人之詩，並"以許集諄諄誨人"的原因，只不過没有點明罷了。

　　問題的關鍵是，周弼所謂"開元、大曆"詩，到底具有怎樣的風貌？且看幾條解説：

　　　　五律"四實"解説："開元、大曆多此體，華麗典重之間有雍容寬厚之態，此其妙也。"

　　　　五律"前虛後實"解説："實則氣勢雄健，虛則態度諧婉……然終未及前兩體（四實、四虛）渾厚。"

　　　　七絶"實接"解説："首尾率直而無婉曲者，此異時所以不及唐也。"

---

① 張紅：《元代唐詩學研究》，第 208 頁。

可見,周弼推崇的"開元、大曆"詩,具有"華麗典重""雍容寬厚""雄健""渾厚""婉曲"等特點。這確切地説是周弼理想中的"開元、大曆"詩,不一定符合客觀實際。從唐詩各個階段的真實風貌看,"雍容寬厚""雄健""渾厚""典重"較切合盛唐詩,而"華麗""婉曲",中、晚唐詩體現得比較突出。然而,周弼將這些特點都歸結到"開元、大曆"詩身上。

在《唐詩三體家法》的編選實踐中,周弼面對的是具體作品。儘管他主觀上推崇"開元、大曆"詩,但在客觀上却轉化為對"雍容寬厚""雄健""渾厚""典重"和"華麗""婉曲"等風格的推崇。而這,正是《唐詩三體家法》的取捨標準。清人高士奇《唐詩三體家法序》似乎看到了此點:

> 有唐三百餘年,才人傑士馳驟于聲律之學,體裁風格與時盛衰。其間正變雜出,莫不有法。後之選者各從其性之所近,膠執己見,分別去取,以為詩必如是而後工。規初、盛者薄中、晚為佻弱,效中、晚者笑初、盛為膚庸……其(指《唐詩三體家法》)詞婉曲綿麗,去膚庸者絕遠,而猶未至于佻弱。

在高士奇看來,《唐詩三體家法》偏向于中、晚唐的"婉曲綿麗",但未至于"佻弱",是因為對初、盛唐亦有擷取的緣故。的確,從編選實際看,周弼在兼顧"雍容寬厚""雄健""渾厚""典重"的同時,對"華麗""婉曲"的追求更為突出。瀘州鹽局朱墨套印本《唐三體詩》錢保塘跋亦云:"其所選詩大都清深婉麗、和雅可誦。"周弼自己的詩尤其是五、七言近體,"婉麗"的特點十分明顯,故被四庫館臣稱為"時時出入晚唐"。正是因為《唐詩三體家法》最為重要的取捨標準——"華麗""婉曲"更符合中、晚唐詩的實際(儘管在周弼看來這是"開元、大曆"詩的特點),所以周弼總會多選中、晚唐人之詩。另外,中、晚唐五律、七律、七絕的數量遠遠多于初、盛唐①，也是周弼多選中、晚唐人之詩的原因。

下面，讓我們分析一下周弼心目中能够代表唐詩最高成就的正體——五律"四實"、七律"四實"、七絕"實接"，是如何實踐上述取捨標準的。

五律"四實"解說云："謂四句皆景物而實。開元、大曆多此體，華麗典重之間有雍容寬厚之態，此其妙也。稍變然後入於虛，間以情思。故此體當為衆體之首。"第一首詩例是初唐沈佺期《早春游望》。此詩已逗盛唐氣象，中二聯寫景，筆調明麗華贍，的確稱得上"華麗典重之間有雍容寬厚之態"。其他元和以前詩例大致如此，如王灣《次北固山下》、張均《岳陽晚景》、王維《與崔員外秋直》等。此體下，周弼選錄的元和以後人之詩，在體格性分上仍然與他所謂"開元、大曆"詩相同，或"雄健""渾厚""典重"，或辭藻"華麗"，或兼而有之，如劉禹錫《秋日送客至潛水驛》、張又新《三月五日泛長沙東湖》、李咸用《江行》、孫魴《甘露寺》等。

七律"四實"選錄的元和以前詩人有：岑參 2 首，王維、崔曙、高適、韓翃、劉長卿各 1 首，所選詩作雄渾、華麗的特點較為明顯。如王維、岑參的兩首《和賈至早朝大明宮》，《詩法家數·榮遇》云："榮遇之詩，要富貴尊嚴，典雅溫厚。寫意要閒雅，美麗清細，如王維、賈至諸公《早朝》之作，氣格雄深，句意嚴整，如宮商迭奏，音韻鏗鏘，真麟游靈沼，鳳鳴朝陽也。"再如崔曙《九日登望仙臺呈劉明府容》，首二聯云："漢文皇帝有高臺，此日登臨曙色開。三晉雲山皆北向，二陵風雨自東來。"頷聯被黃培芳贊為"堂堂正正"，近藤元粹也認為"有李杜口吻，自是盛唐正聲"②，《網師園唐詩箋》卷一〇"七言律詩一"

---

① 施子愉：《唐代科舉制度與五言詩的關係》，《東方雜誌》第 40 卷第 8 號，1944 年 4 月 30 日。
② 周興陸輯著：《唐賢三昧集彙評》，鳳凰出版社 2016 年版，第 373 頁。

亦評云"名語渾成"。即使是寫悲情的如劉長卿《別嚴士元》,頸聯亦云:"日斜江上孤帆影,草緑湖南萬里情。"《大曆詩略》卷五評云:"神彩飛動,調亦高朗,殊不類隨州。"

此體下選詩最多的是晚唐許渾。《唐詩品·郢州刺史許渾》云:"元和以後,專事聲偶,文藻疏薄而神氣委靡,無足取者。許渾之在當時,獨以精審俊麗見稱。"的確,許渾詩尤其是七律,既辭藻華麗、對仗工穩,又保持了盛唐詩的雄渾。如周弼所選《咸陽城東樓》:"一上高城萬里愁,蒹葭楊柳似汀洲。溪雲初起日沉閣,山雨欲來風滿樓。鳥下緑蕪秦苑夕,蟬鳴黃葉漢宮秋。行人莫問當年事,故國東來渭水流。"《删補唐詩選脉箋釋會通評林·七言律詩·晚唐》:周珽:"創識由眼鋭,創局由腕活。可怪讀唐律者,多横據'晚唐'二字在胸,致使用晦輩此等詩便用卑調概視,吹毛索瘢,徒煩饒舌。"這裏,周珽為許渾叫屈,認為常人讀詩,懷有以時代為高下的成見(這正是明人"詩必盛唐"、而"盛唐"又專指"盛唐人之詩"帶來的危害),鄙視晚唐,孰不知許渾此詩迴出時輩之上? 再如周弼所選《凌歊臺》《洛陽城》《金陵》《晚自東郭留一二遊侣》《題飛泉觀宿龍池》等,皆華麗雄渾。楊士弘《唐音》"正音"七律,晚唐僅取許渾、李商隱兩家,所選許渾詩有四首與周弼所選相同。《唐詩品彙·七言律詩叙目》亦云許渾"雖不足以鳴乎大雅之音,亦變風之得其正者矣"。都指出許渾人雖生活在晚唐,但詩歌却有盛唐的某些特點。可見,許渾詩最符合周弼看到的"開元、大曆"詩風貌,無怪乎他要"以許集諄諄誨人"了。另外,周弼選録的元和以後其他詩人詩作,如劉禹錫《西塞山》、李商隱《錦瑟》、李群玉《黃陵廟》、方干《龍泉寺絶頂》、王建《早春五門西望》等,亦有"華麗"與"雄渾"的特點。

王世貞《藝苑卮言》卷四云:"七言絶句,盛唐主氣,氣完而意不盡工;中、晚唐主意,意工而氣不甚完。"精闢地道出了唐人七絶的時代差異。周弼在七絕"實接"的解說中說,七絕要"若斷而續,外振起而内不失於平妥,前後相應""涵蓄不盡之意"。這更接近盛唐七絕的審美特徵。"若斷而續",正是強調氣脈的貫通、完備。但周弼又要求"婉曲",選詩大都具有"婉麗"的風貌。這又靠近中、晚唐絕句了。氣脈通暢、婉麗是最主要的選録標準,最好是二者兼備,退而求其次也要得其一端。此體下,周弼未選初唐詩人,盛唐詩人僅有王昌齡 2 首、王維 2 首、岑參 1 首。所選詩作除了具有盛唐詩的氣脈通暢外,大都婉曲、華麗。如王昌齡《長信秋詞》:"奉帚平明金殿開,且將團扇共徘徊。玉顔不及寒鴉色,猶帶昭陽日影來。"第三句轉入宫怨,結構上顯得婉曲;言宫怨而又不直説,表現手法上亦是一層婉曲。同時,"金殿""玉顔""日影"等詞,有明麗、温暖的感覺,與宫怨形成了鮮明的對比。《唐詩別裁集》卷一九評云:"優柔婉麗,含蘊無窮,使人一唱而三嘆。"再如王維《題崔處士林亭》與《送元二使安西》,"緑樹""青苔""白眼""客舍青青柳色新"等色彩描寫,使詩作呈現出一種秀麗、清新的氣息。

　　此體下選詩最多的晚唐杜牧,最符合氣脈通暢、婉麗的標準:一方面,杜牧詩"情致豪邁"(《新唐書》本傳),"天才橫逸,有太白之風"(《讀雪山房唐詩序例・七絕凡例》),被楊士弘選入《唐音》"正音"七絕;另一方面,又"豪而豔,宕而麗"(《升庵詩話》卷一〇《杜牧之》)。如周弼所選《江南春》《山行》,皆肆口天成而又婉麗可喜。再如《貴池縣亭子》:"勢比凌歊宋武臺,分明百里遠帆開。蜀江雪浪西江滿,強半春寒去却來。"又以氣勢雄健取勝,逼近盛唐。其他中、晚唐詩人,周弼所選詩歌或氣脈通暢,或婉麗,或兼而有之。如韓翃《寒食》、李群玉《黄陵廟》、温庭筠《贈彈筝人》、張演《社日》等。

　　總之,周弼以元和為界,將唐詩分為前、後兩期,認為此前的開元、大曆時期是整個詩歌發展的高峰,言詩當以此為本;此後則體制漸散，一變而為五季之陋。但在面對具體作品編選《唐詩三體家法》時，周弼沒有像明人那樣拘泥時代分界，而是從體格性分着眼決定去取。周弼所謂“開元、大曆”詩，内涵比較豐富：既有比較符合盛唐詩實際的“雍容寬厚”“雄健”“渾厚”“典重”等特點，也有更接近中、晚唐詩的“華麗”“婉曲”等風貌。如此，在編選實踐中，周弼對“開元、大曆”詩的推崇，便轉化為對“雍容寬厚”“雄健”“渾厚”“典重”與“華麗”“婉曲”風格的推崇。從編選實際看，周弼對“華麗”“婉曲”的追求更為突出。又中、晚唐五律、七律、七絶的數量遠遠多于初、盛唐，這便決定了《唐詩三體家法》大量選錄中、晚唐人之詩。如果我們換位思考，站在周弼的立場，就會發現周弼文字表述的唐詩觀與《唐詩三體家法》的編選傾向並不矛盾，只不過周弼對“開元、大曆”詩的體認與客觀實際以及我們的體認出現了偏差。

在《唐詩三體家法》中，周弼既選錄他認為能够代表唐詩成就的“四實”等正體，也兼容“前虚後實”等變體。雖然他沒有明確提出“正”“變”的概念，但從他對諸體的不同態度以及流行時段的劃分中，可以看出已有用“正”“變”考察唐詩的觀念，此亦對後世影響較大①。

最後説明一下周弼推崇“開元、大曆”詩，却未選盛唐大詩人李白、杜甫的原因。首先，可能是李白、杜甫詩普及程度高，無需選入。元人楊士弘《唐音》未選李白、杜甫、韓愈，《凡例》云：“李、杜、韓詩，世多全集，故不及錄。”周弼好友戴復古《昭武太守王子文日與李賈嚴羽共觀前輩一兩家詩及晚唐詩因有論詩十絶子文見之謂無甚高論亦可作詩家小學須知》之一云：“舉世吟哦推李、杜，時人不識有陳、黄。”足見李、杜在當時的影響。其次，可能是李白、杜甫詩不符合周

---

① 楊士弘更為清晰地從源流正變的角度看唐詩，其《唐音》既選錄“正音”，也兼容“始音”“遺響”，且“正音”亦選中、晚唐人之詩。

弻的選録標準。杜甫詩下啓宋調,是江西詩派的老祖,對宋調持批判態度的周弻不選其詩,不足爲奇。李白屬于天才型詩人,絕句"蓋以不用意得之,即太白亦不自知其所至"(李攀龍《古今詩删·選唐詩序》),律詩亦多自由揮灑,難尋筆墨蹊徑。周弻《唐詩三體家法序》云:"謫仙號爲雄拔,而法度最爲森嚴,況餘者乎?"是爲其法度説張本的誇大之言,目的在類推"餘者(其他人)"有法度可循,一到具體的編選實踐中,便難以措手分析。黃昇《詩人玉屑序》云:"方今海內詩人林立,是書既行,皆得靈方……姜白石云:'不知詩病,何由能詩;不觀詩法,何由知病?'人非李、杜,安能徑詣聖處!吾黨盍相與戀之!"亦在强調法度的重要性,但是用反襯法,承認只有李、杜可以"徑詣聖處",其他人皆需循法度而入。周弻、黃昇之言一正一反,但都表明李白是當時公認的詩學泰斗,故二人都需與其拉上關係以支持自己的觀點。

四、《唐詩三體家法》與晚宋"宗唐"詩學之關係

選本是選家詩學觀念的直觀呈現,亦是當時詩壇風氣的投影。只有將《唐詩三體家法》置于晚宋詩學流變特別是"宗唐"詩學發展的脈絡中考察,纔能對其宗尚、傾向等獲得準確的定位和理解。

正如紀昀所云:"有一變必有一弊,弊極而變又生焉。互相激,互相救也。"(《冶亭詩介序》)詩學史某種意義上説就是這樣一個不斷糾偏補弊的過程。北宋前期,學習唐詩的"白體""西昆體""晚唐體"盛行詩壇。隨着"詩文革新"的漸次開展,人們不甘心在唐人的藩籬下討生活,經過艱苦的努力,終于創造了中國詩歌史上堪與"唐音"媲美的"宋調"。這種新的詩歌範型讓宋人獲得了文化自信與歸屬,以故北宋後期和南宋初期,宋調的典型代表"江西"詩風盛行天

下。特别是在南宋初期,元祐學術復興,"江西"詩風流播甚廣,但氣乏渾厚、拗戾艱澀、汗漫無禁等缺點也愈益突出。反思中,人們逐漸將目光投向晚唐,由此開啓了南宋、元、明"宗唐"之風,掀起了唐詩編選史上的第一個高潮。伴隨着詩學觀念與詩歌風貌的流變,南宋人的"宗唐"經歷了一個動態發展的過程。這也影響到了唐詩選本的編選、更迭。

起初,人們意識到"江西"詩弊除了與其末流不善其學、閉門覓句式的創作方式有關外,也與師法對象的過于狹窄有關。正如徐俯所云:"近世人學詩,止於蘇、黄。"(曾季貍《艇齋詩話》引)趙蕃也説:"世競江西派,人吟老杜詩。"(《讀東湖集二首》之一)為了突圍,有識之士在學詩門徑與創作方式上,逐漸朝着面向生活與自然的有感而發、觸興而長轉變;同時,在師法對象上,視野也在逐漸擴大,以興發感動見長的晚唐詩越來越受到重視。被周必大譽為"執詩壇之牛耳"(《跋楊廷秀贈族人復字道卿詩》)的楊萬里就不遺餘力地為晚唐張本。誠如錢鍾書所云:"南宋詩流之不墨守江西派者,莫不濡染晚唐。"①

在這樣的詩學氛圍中,一些學詩自"江西"入的詩人紛紛向晚唐取法,使"江西"詩學在新形勢下獲得了嬗變與拓展。以"江西"傳人自居的"上饒二泉"(趙蕃、韓淲),對"江西"宗主黄庭堅懸為厲禁的晚唐亦有汲取②,並編有以晚唐為主的《唐詩絕句》(約成書于1201—1224年)接引後學。不過,"二泉"始終不忘"江西"衣鉢。謝枋得《唐詩絕句序》云:"章泉、澗泉二先生誨人學詩,自唐絕句始,熟於此,杜詩可漸進矣。"可見,"二泉"僅僅將晚唐絕句作為上窺老杜之堂奧的

---

① 錢鍾書:《談藝録》,生活·讀書·新知三聯書店2007年版,第318頁。
② 《詩人玉屑》卷五"初學蹊徑·向背"引黄魯直《與趙伯充書》:"學老杜詩,所謂刻鵠不成尚類鶩也;學晚唐諸人詩,所謂作法於凉,其弊猶貪,作法於貪,弊將若何!"

橋樑。在他們心目中,杜詩依然是最高的詩歌典範。這又是對江西詩派審美理想的回歸與堅守。為此,《唐詩絶句》也反映了江西詩派的某些詩學觀念,如所選作品皆含蓄委婉、平和中正。這種選録傾向既與"二泉"思想上的理學背景有關①,也是對"江西"宗主黄庭堅詩學觀的繼承和呼應②。

　　《唐詩絶句》專選七絶的體裁傾向,亦體現了"江西"詩學的嬗變。南宋詩學對有感而發、觸興而長的重視,體現在創作中,即是七絶的繁榮。因為七絶一體,篇幅短小,且較五絶、六絶易于迴旋,最便于抒發一時的興致,與興發感動的創作方式最為契合。南宋中期,代表詩人的七絶在創作中所占比例普遍很高③。如楊萬里高達50.5%,其享譽詩壇的"誠齋體"便以七絶為主要載體④。與詩學觀念、創作風尚的轉變一致,南宋中期湧現出了不少專選絶句的詩歌選本或總集。單就唐詩而言,就有洪邁《萬首唐人絶句》、林清之《唐絶句選》、柯夢得《唐賢絶句》等⑤。後一部體裁不明,前兩部皆以七絶為主。"二泉"雖為"江西"傳人,但也重視興發感動,排斥學養、法度⑥。可見,《唐詩絶句》專選七絶,是有着深厚的詩學背景的。

① 趙蕃受學于劉清之、朱熹。朱熹《答徐斯遠》:"昌父志操文詞皆非流輩所及……欲其刊落枝葉,就日用間深察義理之本然,庶幾有所據依,以造實地,不但爲騷人墨客而已。"韓淲父韓元吉少時師事尹焞,元吉、淲父子皆與朱熹有交往。
② 黄庭堅《書王知載〈胊山雜詠〉後》:"詩者,人之情性也,非强諫争於廷,怨忿詬於道,怒鄰罵坐之爲也。其人忠信篤敬,抱道而居,與時乖逢,遇物悲喜,同牀而不察,並世而不聞,情之所不能堪,因發爲呻吟調笑之聲,胸次釋然,而聞者亦有所勸勉,比律吕而可歌,列干羽而可舞,是詩之美也。其發爲訕謗侵陵,引頸以承戈,披襟而受矢,以快一朝之忿者,人皆以爲詩之禍,是失詩之旨,非詩之過也。"
③ 王圃:《唐詩與宋代詩學》,第 209 頁。
④ 參見莫礪鋒:《論楊萬里詩風的轉變過程》,《求索》2001 年第 4 期。
⑤ 參見孫琴安:《唐詩選本六百種提要》,陝西人民教育出版社 1987 年版。
⑥ 參見拙著《南宋唐詩選本與詩學考論》第一章"《唐詩絶句》與'江西'詩學之嬗變",第 37—52 頁。

　　隨着"江西"流弊的突出和師法晚唐風氣的興盛,必然有人完全
抛棄"江西"衣鉢皈依"唐詩"①。南宋首先提倡唐詩的是"永嘉四
靈"。"四靈"以前,雖有不少人向晚唐學習,但除了楊萬里、陸游等
少數大家能躍出"江西"藩籬自立門户外,大多數人學詩自"江西"入
或念念不忘"江西"衣鉢,因而也就無法擺脱"江西"詩風的籠罩。
"四靈"則不同,他們抓住"江西"詩弊亟待革除的契機,直接擎出"唐
詩"旗號。戴表元《洪潛甫詩序》:"邇來百年間,聖俞、魯直之學皆
厭。永嘉葉正則倡四靈之目,一變而為清圓。"王綽《薛瓜廬墓誌
銘》:"永嘉之作唐詩者,首四靈。"這就從根本上顛覆了江西詩派的
師法對象和詩學理想,邁出脱離"江西"陰影的第一步。從這個意義
上説,"四靈"扭轉了中國古代詩歌史的進程,揭開了南宋、元、明"宗
唐"詩學的序幕。"四靈"不僅提出明確的理論主張,"四靈"之一的
趙師秀還繼踵姚合《極玄集》,編輯了《衆妙集》與《二妙集》(約成書
于 1208—1211 年),標示創作範本,以供案頭揣摩。"四靈"主要師法
晚唐姚賈詩派。《二妙集》專選賈島、姚合詩,《衆妙集》所選亦與姚、
賈相類。二集以直觀呈現的方式完成了唐詩研究史上姚賈詩派的
首次確認。

　　"四靈"首倡"唐詩",為被"江西"詩弊困擾的詩壇吹進了一股
新風。且"唐詩"不像"江西"那樣"以學問為詩",對學養、才氣的要
求較低。這使"唐詩"在江湖詩人中大為流行。此"唐",主要指唐
詩中的姚賈詩派。嚴羽《滄浪詩話·詩辨》云:"近世趙紫芝、翁靈
舒輩,獨喜賈島、姚合之詩,稍稍復就清苦之風;江湖詩人多效其
體,一時自謂之唐宗。"劉克莊《跋蒲領衛詩》亦曰:"今江湖諸人競
為四靈體。"甚至出現了"舉世紛紛學姚賈"(劉克莊《再和二首》之

---

① 南宋人師法"唐詩",往往出于對"江西"流弊的反撥。而杜甫是江西詩派的老祖,故南宋人
　言"唐詩","尤外少陵"(錢鍾書:《談藝録》,第 320 頁)。

一)的局面。

但隨着學習者的漸多,弊病也慢慢顯露。時人對"四靈"及其後繼者學"唐"的批評,主要集中于以下幾點。第一,枯淡無味,缺乏含蓄。"四靈"詩佳者"清而不枯,淡而有味"(曹豳《瓜廬詩跋》),後繼者不善其學,往往枯淡無味。另外,"四靈"重視景物刻畫的逼真、生肖,但也有缺乏含蓄的毛病。劉克莊《宋希仁詩序》:"蓋四靈抉露無遺巧,君含蓄有餘意。"第二,局促拘攣,尖纖破碎。如劉克莊《劉圻父詩序》:"世之為唐律者,膠攣淺易,窘局才思,千篇一體。"俞文豹《吹劍錄》:"近世詩人好爲晚唐體,不知唐祚至此,氣脈浸微,士生斯時,無他事業,精神技倆,悉見于詩。局促于一題,拘攣于律切,風容色澤,輕淺纖微,無復渾涵氣象。求如中葉之全盛,李杜元白之瑰奇,長章大篇之雄偉,或歌或行之豪放,則無此力量矣。故體成而唐祚亦盡,蓋文章之正氣竭矣。今不爲中唐全盛之體,而爲晚唐哀思之音,豈習矣而不察邪。"第三,描摹景物,格卑氣弱。一方面,有人從以詩繫政、"文章與時高下"的角度提出批評。如前引俞文豹之言。另一方面,有人指出,學唐詩者背離了儒家詩教以詩關注國計民生或内聖修為的傳統,斤斤于景物描寫。如葉適《王木叔詩序》:"木叔不喜唐詩,謂其格卑而氣弱,近歲唐詩方盛行,聞者皆以爲疑。夫爭妍鬭巧,極外物之變態,唐人所長也;反求於内,不足以定其志之所止,唐人所短也。木叔之評,其可忽諸!"

出現以上缺陷的根本原因是師法對象不對。正如范晞文《對床夜語》卷二所云:"四靈,倡唐詩者也,就而求其工者,趙紫芝也。然具眼猶以為未盡者,蓋惜其立志未高而止於姚、賈也……吁!宗之者反所以累之也!"周弼《唐詩三體家法序》也说:"永嘉嘗有意於變體,姚、賈以上,蓋未之思。"對此,有人提出師法唐以上或江西詩派,或試圖融合、超越諸派。"宗唐"者自己也在"闢而廣之"——擴大視野以補弊。

　　針對學習姚、賈帶來的"枯淡無味，缺乏含蓄"之弊，詩歌的"麗""婉""韻""味"等特徵得到肯定、強調。劉克莊《野谷集序》："明翁詩兼衆體……及斂爲五、七言，則又妥帖麗密，若唐人鍛煉之作。"鄧允端《題社友詩稿》："韻勝想君言外得，字新令我意邊尋。"職是之故，一些詩人用花卉的色澤、馨香比擬、贊美朋友的詩作。如許棐《讀南嶽新稿》："細把劉郎詩讀後，鶯花雖好不須看。"《謝施雲溪寄詩》："折得桂花三數枝，雲谿又寄幾篇詩。詩香入在花香裏，韻似龍涎火暖時。"周弼《贈從古上人》："山僧袖出新詩卷，字字馨香撲人面。"

　　與此同時，有些"宗唐"者提出向李商隱、溫庭筠、許渾、杜牧、韓偓等晚唐工麗綿邈一派學習。詩壇領袖劉克莊《後村詩話·新集》摘句評說晚唐詩人的優、缺點，指出可學與不可學處，其中就有不少此派詩人。比如，卷四云："溫庭筠與商隱同時齊名，時號溫李。二人記覽精博，才思橫逸，其豔麗者類徐、庾，其切近者類姚、賈。義山之作尤煅煉精粹，探幽索微，不可草草看過。"一些詩人甚至直接仿效創作"香奩""無題"體詩①。如何應龍《效香奩體》："雲幕重重雨未收，嫩寒先到玉簾鉤。一杯晚酒無人共，羞帶雙花下小樓。"高翥《無題二首》之一："獨展羅衾無夢成，寶香熏徹轉愁生。癡心不願郎思妾，只願郎今厭客情。"不少晚宋詩人的詩作頗有晚唐深婉工麗的風味。如施樞詩"雖乏氣格，而神韻尚為清婉"（《欽定四庫全書總目》卷一六四《芸隱橫舟稿·芸隱倦遊稿》提要）。樂雷發詩"風骨頗遒，調亦瀏亮……如《寄姚雪篷》《寄許介之》《送丁少卿》《讀繫年録》諸篇，尚有杜牧、許渾遺意"（《欽定四庫全書總目》卷一六四《雪磯叢稿》提要）。宋伯仁詩"有流麗之處，亦有淺率之處……點綴映媚，

———————

① 參見張巍：《韓偓與江湖詩派》，《深圳大學學報》2006 年第 4 期。

時亦小小有致"(《欽定四庫全書總目》卷一六四《西塍集》提要》)。何應龍"《桔潭詩稿》一卷,俱七言絶句,其詩本法晚唐,所存之作,兼多纏綿猗旎之思。如《寫情》云:'青箱再展牋雲看,蠹却相思字不完。'《東風》云:'新裁白紵春衫薄,猶怯東風一陣寒。'此種句調,全似韓偓香奩體。"(《宋百家詩存》卷二八)

　　對晚唐工麗綿邈一派的學習雖有助于矯正"枯淡無味,缺乏含蓄"的毛病,但仍然無法克服"局促拘攣,尖纖淺易"與"格卑氣弱"的缺陷,因為晚唐詩本身就有這些弊病。吳可《藏海詩話》:"晚唐詩失之太巧,只務外華,而氣弱格卑,流爲詞體耳。"羅大經《鶴林玉露》卷六:"晚唐詩綺靡乏風骨,或者薄之。"胡仔《苕溪漁隱叢話·前集》卷二"國風漢魏六朝下"引《雪浪齋日記》:"蓋唐自大曆以來,詩人無不可觀者,特晚唐氣象衰苶耳。"黃文雷《看雲小集自序》較為客觀地指出了時人學習晚唐工麗綿邈一派的成績和局限:"詩以唐體爲工,清麗婉約,自有佳處。或者乃病格力之浸卑。"反思中,不少"宗唐"者主張向上取法(主要是盛唐),以引入雄健、渾厚的詩風。同時,盛唐國威遠揚,從以詩繫政的視角看,亦有助于療治因學習"氣脈浸微"的晚唐而帶來的"格卑氣弱"。如嚴羽《答出繼叔臨安吳景僊書》:"盛唐諸公之詩,如顏魯公書,既筆力雄壯,又氣象渾厚。"姚鏞《題戴石屏詩卷後》:"詩盛於唐,極盛於開元、天寶間。昭、僖以後,則氣索矣。世變使然,可與識者道也。"1262年,儲君賜陳郁贊云:"文窺先漢,詩到盛唐。"[1]説明將"盛唐"標為詩學理想,已成為士大夫階層的共識。

　　《唐詩三體家法》成書于1250年,周弼以元和為界,將唐詩分為前、後兩期,認為此前的開元、大曆時期是整個詩歌發展的高峰,言

---

[1]《隨隱漫録》卷三:"壬戌秋,儲君賜先臣記顏贊云:'文窺先漢,詩到盛唐。'"

詩當以此為本。周弼對開元、大曆詩"雍容寬厚""雄健""渾厚""典重"風格的推崇，與當時不滿晚唐、主張向上取法的潮流一致。但他同時用"華麗""婉曲"體認開元、大曆詩，《唐詩三體家法》的編選亦體現出對此風格的偏愛。這又顯示了晚唐詩風惰性之大。即使"志在天寶以前"的嚴羽，自作詩之"格實不能超大曆之上"（《欽定四庫全書總目》卷一六三《滄浪集》提要》）。周弼詩亦被四庫館臣稱為"風格未高，不出宋末江湖一派，而時時出入晚唐"（《欽定四庫全書總目》卷一六四《汶陽端平詩雋》提要》）。身兼詩學觀念之表達與創作樣板的《唐詩三體家法》，既反映了人們的實際審美趣味，也折射了當時的真實詩風。對它在詩學史上的地位可作如下界定：南宋以晚唐為師到元、明以盛唐為師的過渡。

　　《唐詩三體家法》選錄篇幅最大的詩人——許渾，不僅受到編者周弼的擊賞①，也受到晚宋"宗唐"者的普遍推崇。從時人對許渾的評論與學習，亦可看出晚宋"宗唐"詩學處于過渡期的某些特徵。一方面，許渾律詩對仗精工、辭藻華麗、詩風淺近，很投合文化素養不高、受市民審美情趣熏染的江湖詩人的胃口。如劉克莊贊美許渾詩"如天孫之織，巧匠之斫，尤善用古事以發新意。其警聯快句雜之元微之、劉夢得集中不能辨"（《後村詩話·新集》卷三）。方回雖嚴屬批評許渾，但記錄了其詩在江湖詩人中的流行盛況："予獨悲夫近日之詩，組麗浮華，祖李玉溪，偶比淺近，尚許郢州。"（《又跋馮庸居詩》》"初學晚生不深於詩……乃獨喜許丁卯體，作偶儷嫵媚態。予平生不然之，而江湖友朋未易以口舌爭也。"（《讀張功父〈南湖集〉并

---

① 周弼"以唐詩自鳴，亦惟以許集諄諄誨人"（《對床夜語》卷二）。其詩受許渾沾溉的痕迹較為明顯，如《嚴陵釣臺》，從意境、造語、命意等方面看，都受《唐詩三體家法》所選許渾《咸陽城東樓》影響。《唐詩三體家法》選許渾詩16首（五律4首、七律9首、七絕3首），僅次於杜牧詩17首（七律2首、七絕15首）。然從選錄篇幅看，許渾的地位無疑更為重要。

序》)另一方面,許渾詩又頗具氣勢,佳者能達到雄渾,逼近盛唐,不少晚宋詩人對此甚是心儀。范晞文《對床夜語》卷二:"七言律詩極不易,唐人以詩名家者,集中十僅一二,且未見其可傳。蓋語長氣短者易流于卑,而事實意虛者又幾乎塞。用物而不為物所贅,寫情而不為情所牽,李杜之後,當學者許渾而已。""卑""塞""贅""牽",正是晚唐詩常見的弊病。范氏認為許渾詩避免了這些缺陷,頗值得學習。有些詩人甚至將許渾具有盛唐雄健、渾厚之氣的詩句經典化,加以模仿。方回云:"今'江湖'學詩者,喜許渾詩'水聲東去市朝變,山勢北來宮殿高''湘潭雲盡暮山出,巴蜀雪消春水來',以為丁卯句法。"(《瀛奎律髓彙評》卷二五"拗字類"序)方回所記在晚宋膾炙人口的兩聯許詩,後聯被《唐詩善鳴集·晚唐》卷上評為"遠矣不覺其遠,大矣不見其大,另開生面,正是善變化盛唐處",皆越中、晚而逼盛唐,故受到晚宋"宗唐"者的贊譽、模仿。陳允平"石屋雨來春樹暗,海門潮起暮雲高"①,張志道《西湖懷古》"天目山來孤鳳歇,海門潮去六龍移",均由許詩化出。正是因為許渾詩既富有晚唐的精工華麗,又雄健渾厚、逼近盛唐,最符合詩學過渡時期人們的審美趣味,故受到周弼等晚宋宗唐者的普遍推崇和贊譽。

五、周弼及其《唐詩三體家法》的詩學觀

在《唐詩三體家法》所列詩法的解說中,周弼對詩歌本體論、情景論、結構論、辨體論、聲律論、用事、詠物等進行了論述。這些詩學觀點大多針對當時詩壇流弊而發,具有一定價值。

---

① 厲鶚《宋詩紀事》卷六六"陳允平"句"石屋雨來春樹暗,海門潮起暮雲高"下注云:"方虛谷《桐江集》云:'予淳祐中,偶至靈隱冷泉,時京尹盡去楣間詩板,僅存者二,其一云云。此四明陳允平詩,蓋許渾體也。'"

(一) 本體論

南宋中、後期,社會上興起了一股"以詩行謁"之風。不少人將詩當作行走干謁的羔雁之具,期望通過投獻詩作换來達官貴人的資助,正如方回《滕元秀詩集序》所云:"近世為詩者……借是以為游走乞索之具,而詩道喪矣。"這背離了以詩裨補時政且立言留名的傳統觀念。對此,周弼在《戴式之垂訪村居》中提出批評:

> 故人手持一緘書,扁舟清晨造我廬。爲問舟從何方來,欲應未應先長吁。長安平旦朱門開,曳裾靸履喧春雷。獨有詩人貨難售,朔雪寒風常滿袖……松菊荒蕪歸計遲,欲向何門誦佳句。君不見古者防川不禁口,里諺村謡無不有。美刺箴規三百篇,删取皆經聖人手。漢魏著述充層雲,采擷花草香紛紛。其間國政最親切,世許少陵能愛君。交衢謗木求胥誨,盛若勛華猶不改。風雅遺音儻尚存,篇篇遒鐸皆應採。小人幾度邪侵正,何嘗斷隔無歌詠。風雨蕭蕭雞自鳴,誰顧寒莎響蛙黽。但恐君詩未工耳,工則奚愁强疵毀。益藉譏評達九重,送起聲名赤霄裏。况於時事無交涉,仿效寒山題木葉。千齡得失寸心知,笑爾隨群走干謁。

戴式之即戴復古。此人是個典型的江湖謁客,因投詩受挫向周弼發牢騷。周弼指出,從最早的"里諺村謡""三百篇",到"漢魏著述""少陵"詩,"美刺箴規"的傳統從未間斷。詩要親切國政、交涉時事,發揮裨補時政的社會功用,不應像詩僧寒山那樣只管在樹葉上題寫無關痛癢的句子。周弼還説,不能因為小人的疵毁、陷害停止歌詠,相反,越在艱難的處境中越要鳴出自己的心聲:"風雨蕭蕭雞自鳴,誰顧寒莎響蛙黽。"這有點類似韓愈的"不平則鳴"。可見,除重視詩歌的社會功用外,周弼對詩歌排憂泄憤、安慰心靈的作用亦有認識。同時，他亦認識到內心真實的感觸、情感是詩歌創作的原動力，強調生活體驗對詩歌創作的興發作用。其《聞友人過吳》曰："詩囊掛在船篷上，吟過江楓落葉中。"《行吟》云："詩就隨山爲人寫，等閑抽盡錦中題。"這是對"江西"末流"閉門覓句"創作方式的一種撥正。最後，周弼奉勸友人要懷有視文章爲千古事的神聖感和使命感，以立言留名，不應隨群干謁、沽名釣譽。這些批評皆擊中了干謁詩的軟肋。江湖謁客爲干謁撰寫的應酬詩，缺乏真實的感情，多諛誦之辭，只能應一時之景，難有長久的生命力。周弼能超越時風認識到此點，難能可貴。

可見，儘管《唐詩三體家法》談論"詩法"之背景是南宋中、後期興起的"以詩行謁"之風，但周弼也清醒意識到了干謁給詩歌創作帶來的戕害；"法"雖是他詩學關注的核心和編輯《唐詩三體家法》的出發點，但對詩歌創作的原動力、詩歌的社會功用、詩人的使命感和臨文態度等更帶本體性的詩學問題，周弼亦有着正確認識，他并沒有捨本逐末，斤斤于法度、技巧的推求。這符合中國古典詩學對"道"與"技"、"體"與"用"關係的辯證思考。

不過，周弼雖然主張詩要親切國政、交涉時事，但他本人所作仍多個人日常情事的抒發與友朋間酬唱贈答的生活瑣事。如《幽居漫成》二首之二："乍歸無定業，蕭索帶村居。神樹當中朽，人家着外疏。藻痕千漂絮，花影一床書。何必爲真隱，相安便有餘。"抒寫的僅是偶然而發的感觸，故云"漫成"。《唐詩三體家法》所選詩作，在題材上亦多日常瑣事。這是現存《唐詩絕句》《衆妙集》《二妙集》《唐僧弘秀集》等南宋唐詩選本的共同特點。從根本上説，這是由編選者的身份決定的。北宋歐陽修、王安石等詩人，多兼官僚、學者、詩人三重身份于一體，故集中不乏關涉時事、國政的詩作。南宋詩人逐漸平民化，大多被排斥于政治舞臺之外，對時事、國政的感觸不像身居中樞的大官僚那樣切膚，故詩歌題材越來越集中于他們最熟悉的日常瑣事。周弼白髮"尚選人"(釋元肇《送周伯弜帳管(君嘗爲江夏令江西漕幕)》)，儘管認同詩要裨補時政的詩教傳統，也偶爾在個人情事的抒發中涉及時事①，但要多寫，就無話可說了，因爲他對時事、國政並不熟悉。

(二) 情景論

唐代以前，人們"往往是從外部景物對詩人感官的刺激而引發情感這一角度來談論情景關係"②。唐宋時期，隨着詩歌創作的繁榮，人們開始關注詩歌結構上的情景搭配。如舊題王昌齡《詩格》："詩有上句言意，下句言狀；上句言狀，下句言意。如'昏旦變氣候，山水含清暉'‘蟬鳴空桑林，八月蕭關道'是也。""詩一向言意，則不清及無味；一向言景，亦無味。事須景與意相兼始好。"但王氏此説長期以來没有得到回應，直到晚宋周弼編選《唐詩三體家法》，纔將其發揚光大。

《唐詩三體家法》每種體裁下分爲若干"法"。諸"法"中，周弼最看重詩歌結構上的情景搭配，將結構、表現手法(描寫景物和抒寫情意)、風格綜合在一起探討。五律、七律主要關注中間兩聯，七絕主要關注第三句。如五律，"四實"指中"四句皆景物而實"，"四虛"指"中四句皆情思而虛"，"前虛後實"指"前聯(即頷聯)情而虛，後聯(即頸聯)景而實"，"前實後虛"指"前聯景而實，後聯情而虛"。七絕"實接""虛接"分別指用景語、情語接前兩句。

在"虛"(情意)、"實"(景物)比例上，周弼偏向于在詩歌中多描寫景物、少抒寫情意。周弼將"四實"標爲"衆體之首"(五律解說)，

---

① 如《吳山仁王寺》："何時汴水東流畔，君返宸居臣故園。"
② 王德明：《論中國古代詩歌情景理論在晚宋元初的轉變與發展》，蔣寅、張伯偉主編：《中國詩學》第 7 輯，人民文學出版社 2002 年版，第 188 頁。

這說明他對"實"十分推崇。他要求"四虛""不以虛為虛，以實為虛"（五律解說），"要須於景物之中而情思通貫"（七律解說）。五律"前實後虛"的頸聯也要"稍間以實"。七絕"虛接"解說亦云："亦有語雖實而意虛者，於承接之間略加轉換。"可見他所謂"虛"，雖然也有直抒胸臆的意思，但主要指"實"的"虛"化，是化景物為情思。

　　而周弼之所以會在總結詩法時特別強調詩歌結構上的情景搭配，且崇"實"重景，除了與宋末詩法盛行的背景有關外，也與當時詩壇分化之際，"宗唐"者與"宗江西"者在論爭中使情景問題凸顯出來有關。

　　南渡初期，"江西"詩風盛行。這種詩風以"才學、議論、文字"為詩，借用周弼的方法分析，即輕"實"重"虛"。詩宗"江西"的方回便極力批判周弼，主張少描寫景物，多抒寫情意。如《瀛奎律髓》卷一〇杜甫《曲江陪鄭八丈南史飲》評云："此詩中四句不言景，皆止言乎情。後山得其法，故多瘦健者此也。"卷一六戴叔倫《除夜宿石頭驛》評云："此詩全不說景，意足辭潔。"卷四七杜甫《因許八奉寄江寧旻上人》評云："看前輩詩，不專於景上觀，當於無景言情處觀。"

　　在南渡以後的發展過程中，"江西"詩風氣乏渾厚、拗戾艱澀、汗漫無禁等缺點愈益突出。反思中，有識之士逐漸擴大師法對象，晚唐越來越受到重視。而對景物描寫的態度，恰恰是詩壇分化之際，"宗唐"者和"宗江西"者爭執的一大關鍵，也是造成唐詩和以江西詩派為代表的宋詩在體格性分上不同的一大原因。首倡"唐詩"的"四靈"之一徐照聲稱："詩憑景物全。"（《舟中》）趙汝回云："世之病唐詩者，謂其短近不過景物，無一言及理。此大不然。詩未有不託物，而理未有出於物之外。古人句在此而意在彼。今觀三百篇，大抵鳥獸草木之間，不可以是訾也。"（《雲泉詩序》）葉適《王木叔詩序》曰："木叔不喜唐詩，謂其格卑而氣弱，近歲唐詩方盛行，聞者皆以為疑。夫争妍鬭巧,極外物之變態,唐人所長也;反求於内,不足以定其志之所止,唐人所短也。木叔之評,其可忽諸!”可見,周弼探討詩法時注重情景搭配,且崇“實”重景,是對“宗唐”前輩“四靈”、趙汝回等人觀點的繼承和回應。不過,他更加强調“景”的獨立、重要,不再用“理”爲“景”辯護。

　　周弼在詩法解説中特意彰顯的情景論,有以下幾點值得注意:

　　首先,用情景體認虚實,豐富了傳統虚實論的内涵。虚實是中國傳統文化中極富衍生功能的元範疇,源于老莊哲學的有無論,後來逐漸被引進到軍事、醫學、文藝、園林等諸多領域。僅就文藝美學中的虚實而言,内涵亦非常豐富。“從文藝活動的客體方面到主體方面,從文藝創作到文本狀態,從文藝接受到審美風貌(含風格),都貫穿着虚實論。”①而在文藝作品表達的内容上,將虚實體認爲情景,就筆者所見史料而言,應該是周弼的首創。《文鏡秘府論》《誠齋詩話》《鶴林玉露》《詩人玉屑》等著作品評詩中用字,往往“以名詞、數詞爲實字,以動詞爲活虚字,以動詞以外的虚字即副詞、形容詞、前置詞之類爲死虚字”②。漢語名詞多指稱景物,動詞中與人的心理、活動相關者亦占了很大一部分,周弼可能由此獲得啓發。

　　其次,從虚實看待情景,深化了中國古典詩學對情景關係的認識。中國古代的虚實論或有無論,既講究二者的對立、分别,又强調二者的轉化、相生。周弼受此思維方式的影響,既看到了情、景的區别,也注意到情、景的互相轉化、交融。如五律“四虚”解説:“不以虚爲虚,以實爲虚。”五律“前實後虚”解説:“蓋發興盡則難於繼,後聯

① 胡立新、沈嘉達:《虚實範疇在傳統文藝學中的表義系統辨析》,《中南民族大學學報》2003年第5期。
② [日]青木正兒:《中國文學思想史》,孟慶文譯,春風文藝出版社1985年版,第262頁。

稍間以實，其庶乎！”七律“四虛”解說：“要須於景物之中而情思通貫。”七絕“虛接”解說：“亦有語雖實而意虛者，於承接之間略加轉換。”均在強調景物、情思的互相轉化。其在五律“四虛”下所舉詩例劉長卿《送朱放賊退後往山陰》：“越中初罷戰，江上送歸橈。南渡無來客，西陵自落潮。空城垂故柳，舊業廢春苗。閭里稀相見，鶯花共寂寥。”中四句景物描寫中浸透着情思。“自”“故”“舊”“廢”等字眼，尤其使客觀之物染上了主觀之情。特別值得注意的是，七律“前實後虛”解說云：“句既長，易於飽滿，景物、情思互相揉絆無痕迹，惟才有餘者能之。”實際上是在強調詩中情景的配合、協調乃至交融，這與後世詩論家所說的“意境”已十分接近。正是因為詩中情、景往往具有轉化、交融的一面，所以周弼對有些情句、景句的劃分顯得不盡合理。如將吳融《西陵夜居》（頷聯：“漏永沉沉靜，燈孤的的青。”）歸入“四實”。這也是可以理解的。因為有些詩句情、景成分孰重孰輕，各人看法或許存在差異。

　　再次，雖抓住了古典詩歌生成的核心要素，但難免機械、片面。中國古典詩歌孕育于農耕文明的沃土，在“天人合一”觀念浸潤下，很早就重視物色、情意的呈現、表達與交融，形成了源遠流長的“抒情傳統”。周弼捻出情、景二端，並從帶有哲學本根思維特點的虛、實視角加以解讀，彰顯其重要性，可以說抓住了古典詩歌生成的關鍵，故在後世得到不少詩論家的認同、回應。如謝榛《四溟詩話》卷三：“作詩本乎情景，孤不自成，兩不相背……景乃詩之媒，情乃詩之胚，合而為詩。”袁枚《隨園詩話·補遺》卷一〇：“詩家兩題，不過‘寫景、言情’四字。”朱庭珍《筱園詩話》卷一：“夫律詩千態百變，誠不外情景、虛實二端。”王國維《文學小言（四）》更是將“景”與“情”看作文學的“二原質”。

　　然而，周弼又將情景虛實和結構聯繫起來，在《唐詩三體家法》

中，他分析了五律、七律、七絕三種體裁中他認為最重要的部分（五律、七律的中間兩聯和七絕的第三句）的情景搭配模式，其他部分乃至全詩的情景關係如何，他沒有分析。事實上，中間兩聯和第三句的情景搭配模式，也不止他分析的幾種。故這種分析雖便于指引初學者掌握詩中情景的配合與交融要領，但難免機械拘泥、以偏概全。范晞文、方回、朱庭珍等人對他的批評即着眼于此，如《瀛奎律髓》卷二六"變體類"序："周伯弢詩體，分四實、四虛、前後虛實之異。夫詩止此四體耶？然有大手筆焉，變化不同。用一句説景，用一句説情。或先後，或不測。此一聯既然矣，則彼一聯如何處置？"其實，周弼自己也意識到了。他選録了一些一句情、一句景的詩例，按整聯重心所在歸類。如五律"前虛後實"詩例賈島《送耿處士》，頷聯云："萬水千山路，孤舟幾日程。"上句景，下句情；"四虛"詩例于武陵《客中》，頸聯云："一封書未返，千樹葉皆飛。"上句情，下句景。又在五律中專立"一意"一體，指出詩歌創作還有超出"度外"的境界。這種困窘，某種程度上説是詩法天生所帶的，因為任何法度都難以涵括所有的創作情境。後人接過周弼的話頭，從"常"與"變"、"初學"與"老手"的分別着眼，就説得更加圓融、透徹。如胡應麟《詩藪·内編》卷四"近體上·五言"："作詩不過情、景二端。如五言律體，前起後結，中四句二言景、二言情，此通例也……若老手大筆，則情景渾融，錯綜惟意，又不可專泥此論。"

　　還有，將情景搭配與風格探討聯繫起來，使較為抽象、虛幻的風格有迹可尋。五律"四實"解説："華麗典重之間有雍容寬厚之態，此其妙也……昧者為之，則堆積窒塞，寡於意味矣。""四虛"解説："自首至尾，如行雲流水，此其難也。元和已後用此體者，骨格雖存，氣象頓殊。向後則偏於枯瘠，流於輕俗。""前虛後實"解説："實則氣勢雄健，虛則態度諧婉。輕前重後，劑量適均，無窒塞輕俗之患……然終未及前兩體渾厚。"可見，在周弼看來，"實"會使作品呈現出"華麗典重""雍容寬厚""雄健""渾厚""飽滿"的風貌，但也有"堆積""窒塞"的缺陷；"虛"會使詩歌顯得"如行雲流水""諧婉"，但要警惕"枯瘠""輕俗""弱""疏弱""柔弱"等毛病。這樣分析有一定道理，但不可拘泥。而且，在對"虛"與"實"的辨析中，周弼似乎將二者所引起的風格歸為兩類，探討其對立、轉化關係，這對後人從陰、陽對立的視角討論風格亦有一定影響。

（三）結構論

蔣寅在《起承轉合：機械結構論的消長——兼論八股文法與詩學的關係》一文中，將詩學與經義中的"起承轉合"結構論聯繫起來考察，視野開闊，新人耳目。但蔣氏忽視了此論在詩學內部的傳承，認為："從現存文獻看，作為詩學問題的起承轉合之說，最早見于元人詩法，具體說就是楊載《詩法家數》與傅若金《詩法正論》。"①其實，周弼《唐詩三體家法》已具梗概。周弼先將五律、七律、七絕的結構分為三部分：五律、七律分為"起句"②，"四實""四虛""前虛後實""前實後虛"，"結句"；七絕分為"前對"，"實接""虛接"，"後對"。其"前虛後實""前實後虛"，又將中二聯分為兩部分，正如七律"前虛後實"解說云："五言人多留意於景聯、頷聯之分。"如此，則在此兩體中，結構實際上是四部分，已具"起承轉合"之輪廓。

在周弼看來，全篇要婉曲、跌宕，忌率直、平板。五律"四虛"解說："自首至尾，如行雲流水，此其難也。"七絕"實接"解說："首尾率直而無婉曲者，此異時所以不及唐也……以實事寓意而接，則轉換

---

① 蔣寅：《起承轉合：機械結構論的消長——兼論八股文法與詩學的關係》，《文學遺産》1998年第 3 期。

② 七律無"起句"一體，或許是已散佚，或許是周弼認為與五律分別不大，未單獨列出。但從其他幾體的劃分看，周弼將"起句"看作七律結構的一部分是很明顯的。

有力,若斷而續,外振起而内不失於平妥。"七絶"虚接"解説:"反與正相依,順與逆相應,一呼一喚,宮商自諧,如用千鈞之力而不見形迹。"同時,周弼亦重視前後呼應,酌量適均。五律"前虚後實"解説:"輕前重後,劑量適均。"七絶"前對"解説:"相去僅一間,特在乎稱停之間耳。"七絶"實接"解説:"前後相應,雖止四句,而涵蓄不盡之意焉。"五律"前實後虚"解説:"前重後輕,多流於弱……蓋發興盡則難於繼,後聯稍間以實,其庶乎!"七律"四實"解説:"最難飽滿,易疏弱,而前後多不相應。"七律"詠物"解説:"有足喜者,然特前聯用意頗密,後聯未能稱。"他欣賞"起句"奇健者,但又擔心"聲太重,後聯難稱",使全篇缺乏均停,故僅"著此為法"(五律解説)。"結句"他認為要"意盡而寬緩,能躍出拘攣之外"(五律解説),如截奔馬;七律更要"平妥婉順",不能像起句那樣奇健。

　　周弼從總體上要求結構應婉曲、呼應,忌率直、失衡,無疑是正確的。但將全篇具體分為固定的三部分或四部分,且與虚實、情景相聯繫,像總結公式似的歸為若干體,規定每體的注意事項,又失於機械、拘泥。因為這忽視了詩歌創作意隨筆生、靈感湧現、漫然成篇的一面。後來王夫之提出詩之"真脈理、真局法"在"以情事為起合"(《明詩評選》卷四錢宰《白野太守游賀監故居得水字》詩評),就更為通達。其實,"一意"一體的設立,也顯示了周弼在結構論上的二難處境。

　　(四) 辨體論

　　王運熙在《唐人的詩體分類》中説:"中國詩歌自詩三百篇、楚辭以後,自兩漢迄清代,是五言詩、七言詩的時代。五、七言詩肇始于漢,發展于魏晉南北朝,大盛于唐。五、七言詩的幾種基本樣式,到唐代也臻于完成和齊備……(唐人)把五、七言詩分為古體、今體(後代多稱近體)兩大類……又往往别出歌行一類,不像後代那樣把它歸入七古；又有所謂齊梁體的名目，也不能籠統歸入五古。"①從詩體分類看，唐人的辨體意識不太明確、細緻，可能是身處其中、缺乏必要的距離感的緣故。宋人面對前人諸體皆備的詩歌遺產，必然要進行理論總結，以作爲創作的借鑒，辨體意識也越來越强烈。如張戒《歲寒堂詩話》卷上云："論詩文當以文體爲先，警策爲後。"姜夔《白石道人詩説》對不同體式詩歌的作法與特點作了簡略的區別②。嚴羽《滄浪詩話》主要按時代、作家分辨詩體，但也探討了不同體裁的起源與難易③。蕭泰來《皇荂曲跋》分析了鄧林古、律、絶的風格差異："古如洞庭樂，其思幽；律如嶰谷箭，其和宣；絶如喬木嚶，其音活。"周弼《唐詩三體家法》從作法着眼較爲細緻地比較五律、七律、七絶的區別，尤其值得注意。

首先，周弼看到了律詩、絶句的差異。他認爲律詩最重要的是中間二聯，故專門探討它們的"虛""實"搭配；絶句則是第三句，分爲"實接""虛接"二體。這就指出了律詩、絶句結構上的不同。七絶"後對"解説云："必使末句雖對而詞足意盡，若未嘗對。不然則如半截長律，皚皚齊整，略無結合。"在周弼看來，即使是末句對仗的絶句，也要全篇渾然一體，不應像半截律詩，缺乏生氣。詩學史上曾有不少人將"絶句"稱爲"截句"，認爲乃截取律詩而成。如《詩法源流》引范德機語云："絶句者，截句也。後兩句對者，是截律詩前四句；前兩句對者，是截律詩後四句；四句皆對者，是截中四句；四句皆不對

---

① 王運熙：《當代學者自選文庫·王運熙卷》，安徽教育出版社1998年版，第562頁。
② 姜夔《白石道人詩説》："小詩精深，短章藴藉，大篇有開闔，乃妙。""守法度曰詩，載始末曰引，體如行書曰行，放情曰歌，兼之曰歌行。悲如蛩螿曰吟，通乎俚俗曰謡，委曲盡情曰曲。"
③ 嚴羽《滄浪詩話·詩體》："風雅頌既亡，一變而爲《離騷》，再變而爲西漢五言，三變而爲歌行雜體，四變而爲沈、宋律詩。五言起於李陵、蘇武（或云枚乘）。七言起於漢武柏梁。四言起於漢楚王傅韋孟。六言起於漢司農谷永。三言起於晉夏侯湛。九言起於高貴鄉公。"同書《詩法》："律詩難於古詩；絶句難於八句；七言律詩難於五言律詩；五言絶句難於七言絶句。"

者,是截前後四句。"這一方面不符合絕句的起源早于律詩的實際,另一方面也抹殺了絕句獨立的詩體生命。清高士奇删改《唐詩三體家法》,將"絕句"改為"截句",並删去了解説"不然則如半截長律"云云。對此,何焯批評道:"如兩句為一連,四句為一絕,自南朝即有'連''絕'之語,乃忽改'絕'字為'截',則是訛于近代截律詩首尾之語,不可通矣。"①

其次,周弼還探討了五律、七律的不同。他雖然在兩種體裁下同列"四實""四虛""前虛後實""前實後虛""結句"五體,但又在七律解説中專門辨析差異。如七律"四實"解説:"其説在五言,但造句差長,微有分别。七字當為一串,不可以五言泛加兩字。""四虛"解説:"其説在五言,然比於五言,終是稍近於實而不全虛。蓋句長而全虛,則恐流於柔弱。""前實後虛"解説:"其説在五言,然句既長,易於飽滿,景物、情思互相揉絆無痕迹,惟才有餘者能之。"可見,即使是同類詩法,周弼也没有一刀切,而是根據詩體差異提出不同的要求。他没有將七言當作五言的附庸,而是看成有自身生命的獨立詩體,分辨二者各自的特徵與規範。

總之,周弼已認識到五律、七律、七絕是獨立的詩體,須充分考慮各自的審美特徵與規範進行創作。這在宋代辨體論中比較具體、成熟,也給後人以較大影響。

（五）聲律論

在聲律方面,周弼亦提出了一些有價值的觀點。他要求詩歌"音節諧婉"(五律"前虛後實"解説)、宮商和諧(七絕"虛接"解説),這有助於矯正"江西"末流的拗戾之病。他還將詩歌的聲韻與結構結合起來分析,認為全篇的聲氣要均停。五律"起句"解説云:"發首兩

---

① 周弼編,高士奇補正,何焯批校:《唐三體詩》卷首,清光緒十二年(1886)瀘州鹽局朱墨套印本。

句平穩者多,奇健者予所見者惟兩篇。然聲太重,後聯難稱。後兩篇發句亦佳,聲稍輕,終篇均停,然奇健不及前兩篇遠矣。"周弼所謂發首奇健、聲太重的詩例如暢當《軍中醉飲寄沈八劉叟》:"酒渴愛江清,餘酣漱晚汀。軟莎欹坐穩,冷石醉眠醒……"的確,首聯橫空擲來,聲氣重拙;頷聯語調舒緩,難以為繼。

　　然而,周弼又不拘泥于聲律。他在五律中專立"一意"一體,解説云:"確守格律,揣摩聲病,詩家之常。若時出度外,縱橫放肆,外如不整,中實應節,則又非造次所能也。"并在《淮海挐音序》中贊揚元肇詩"自天資流出,不拘束於對偶聲病"。這實際上是在強調,詩歌創作應該講究聲律但不能被聲律所縛。

　　一般來説,律詩的平仄搭配有固定的格式,按此創作,會使音節諧和。但任何格式都不足以應對所有的創作情境,故杜甫晚年為取得拗峭的表達效果,嘗試打破律詩固有的平仄格式,這樣寫出來的詩被稱為"拗體"。宋代黃庭堅進一步發揚光大。然而,到了"江西"末流手中,"拗體"成了不顧格律的借口,故"四靈"等向唐詩學習的人重申聲律和諧的美學理想。周弼亦然,但又不執著,在七絶下列"拗體""側體"二體。"拗體"解説云:"此體必得奇句,時出而用之。姑存此以備一體。""側體"解説云:"其説與拗體相類,然發興措辭,則奇健矣。"説明他把詩意的優劣放在首位,符合創作規律。然而,正如何焯評"側體"解説云:"絶句自有古、今二體,'側體'二字乃杜撰也。"(《唐三體詩》卷二)絶句的産生早于律詩,伴隨着律詩的出現纔逐漸"律化"。用"拗體""側體"稱不合乎"律化"規律的絶句,隱含的前提是絶句本來就是"律化"的,的確不太妥當。另外,"拗體""側體"在明、清詩論中基本没有分别,且多指律詩。周弼却用來指七絶,認為"側體"比"拗體"發興措辭更為奇健。這些觀點雖不盡合理,但有助于瞭解宋人的聲韻論,應當引起注意。

　　此外，周弼解説詩法時提到的其他一些詩學觀點，亦值得關注。如七絶“用事”解説云：“詩中用事，既易窒塞，況於二十八字之間，尤難堆疊。若不融化，以事爲意，更加以輕率，則鄰於里謡巷歌，可撃筑而謳矣。”“用事”可以增加情意表達的密度，且有含蓄、典雅的效果，但容易窒塞，犯“掉書袋”的毛病。周弼指出了此病，主張要將所用之事融化于詩意之中，確爲卓識！

　　周弼還探討了“詠物”這一特定題材詩歌的作法。五律“詠物”解説云：“隨寓感興而爲詩者易，驗物切近而爲詩者難，太近則陋，太遠則疏，此皆於和易寬緩之中而精切者也。”七律“詠物”解説云：“不拘所詠物，别入外意，而不失模寫之巧。”可見，周弼認爲，詠物詩一方面要“隨寓感興”“别入外意”，另一方面又要“驗物切近”“不失模寫之巧”，如此則不陋、不疏，既精切，又高遠。這與王士禎“不黏不脱、不即不離”[1]的觀點略同，在當時有矯治詩壇流弊的意義。對“驗物切近”的强調，彌補了江西詩派詠物詩多從側面渲染、烘托，“如霧裏看花，終隔一層”[2]的缺陷。《詩人玉屑》卷六引《吕氏童蒙訓》云，“詠物詩不待分明説盡，只仿佛形容，便見妙處”，魯直、無己諸人“多用此體”。陳與義《和張規臣水墨梅五絶》之四云：“意足不求顔色似，前身相馬九方皋。”足見江西詩人對所詠之物的形態摹寫不太重視。而江湖詩人的詠物詩，又描寫鄙俚，過于粘題，缺乏高遠的感興寄託。如滕元秀《挂杖》，頷聯云：“斷橋測水露半影，野路撅泥留亂痕。”被紀昀評爲“刻畫太鄙”（《瀛奎律髓彙評》卷二七“着題類”）。再如顧逢《圓池》：“一片水環璧，分明鏡可窺。游魚吹白沫，浴鷺撲清漪。有月有星夜，無雲無雨時。倚欄相對處，如看渾天儀。”寫圓池

―――――――――――――

[1] 王士禎《帶經堂詩話》卷一二“賦物類”：“詠物之作，須如禪家所謂不黏不脱、不即不離，乃爲上乘。”

[2] 此爲王國維《人間詞話》評姜夔詠物詞語，用來形容江西詩派的詠物詩，亦頗恰切。

之景,精細恰切,但没有做進一步的審美開拓,末句類似打油。張宏生談到江湖詩"表現手法之俗"時,專門提及描寫的"切而近",認為在詠物詩中,便不免"着題","不能不説是反映了世俗的審美趣味"①。可見,詠物詩"着題"、切近,是江湖詩比較普遍的特徵,與詩人世俗化的審美追求有關。周弼要求兼顧"隨寓感興"與"驗物切近",乃糾正詩壇流弊的有為之言。

　　周弼主張詩歌要有餘味。七絶"實接"解説云:"雖止四句,而涵蓄不盡之意焉。"在當時亦是"四靈"與"江西"的對症之藥。劉克莊《跋王秘監合齋集》云:"文字至永嘉,無餘蘊矣。"《劉圻父詩序》云:"世之……為派家者,則又馳騖廣遠,蕩棄幅尺,一嗅味盡。"

六、《唐詩三體家法》的流傳與版本②

　　《唐詩三體家法》原本無注,或為"四卷"。大德九年(1305),圓至注付梓,方回為序。今存元刊《唐三體詩説》二十一卷本,應當最接近圓至注原貌。後來又有殘缺的二十卷本刊行。元以後,我國刊刻的《唐詩三體家法》主要為圓至注二十卷本系統。至大二年(1309),又有裴庚為《唐詩三體家法》作注。裴庚注應是在圓至注的基礎上而作,元以後在我國失傳,幸在日本、朝鮮有翻刻。日本翻刻本有兩種,一是《諸家集注唐詩三體家法》,二是《增注唐賢絶句三體詩法》,皆三卷。清代康熙年間,出現了兩種删改圓至注二十卷本而成的新注本:盛傳敏、王謙《磧砂唐詩》三卷和高士奇《唐三體詩》六卷。高氏本被收入《四庫全書》。後何焯據明内府刊圓至注二十卷本還原、

---

① 張宏生:《江湖詩派研究》,第115頁。
② 這裏僅略述版本源流及主要版本内容,各版本具體情況可參拙著《南宋唐詩選本與詩學考論》第三章第二節"《唐詩三體家法》版本考",第173—197頁。

評批朗潤堂刊高氏本。何氏批校本于光緒十二年（1886）由瀘州鹽局朱墨套印出版。

（一）無注原本

《唐詩三體家法》詩法附詩例的編排方式，更便于讀者揣摩學習，因而更有可能影響讀者。此書成編後，時人范晞文《對床夜語》卷二給予了極高評價：“是編一出，不爲無補後學，有識高見卓不爲時習熏染者，往往於此解悟。間有過於實而句未飛健者，得以起或者窒塞之譏，然刻鵠不成尚類鶩，豈不勝於空疏輕薄之爲？使稍加探討，何患不古人之我同也。”儼然當作學詩的必讀書。方回却頗有微詞：“其説以爲有一詩之法，有一句之法，有一字之法，止於此三法，而江湖無詩人矣。”（《至天隱注周伯弜三體詩序》）在《瀛奎律髓》中批判甚力。范、方二氏所論一正一反，但都表明此書在江湖詩人中影響較大。

而江湖詩人往往文化素養不高。他們在詩法的指引下習得創作能力，詩法標示的格法、規律或多或少地會反映、呈現在他們的詩作中。詩法爲觀照江湖詩提供了一個新的視角。從《唐詩三體家法》總結詩法時最爲關注的詩歌結構上的“虛”（情意）、“實”（景物）搭配着眼，抽樣考察江湖詩，可以看出：江湖詩從整體上説“虛”多“實”少，其“空疏輕薄”“油腔滑調”“俗”的詩風以交往詩爲主要載體。大多數江湖詩人的“宗唐”，僅僅在學習“唐體”擺脱了書本學問、順口而吟的創作方式，並沒有學得唐詩的精髓——情景交融的風神和感人肺腑的真情，不過“優孟衣冠”罷了。這些，都是由江湖詩人“以詩行謁”的功利目的決定的。受制于詩學修養不高的客觀條件和“以詩行謁”的主觀動機，江湖詩人往往不能由“法”“解悟”，達到詩歌創作的自由境界。這注定江湖詩格調不高、成就不大[1]。

---

[1] 詳參拙著《南宋唐詩選本與詩學考論》第三章第七節“從《唐詩三體家法》的詩法看晚宋江湖詩”，第255—264頁。

周弼所編《唐詩三體家法》原本應該無注。周弼序没有提到有注。此書圓至注本方回序云："近高安沙門至天隱……又從而注伯弜所集之詩。"則原本無注明矣。

范晞文《對床夜語》卷二曰："周伯弜選唐人家法，以四實為第一格，四虛次之，虛實相半又次之。其説四實，謂中四句皆景物而實也，於華麗典重之間有雍容寬厚之態，此其妙也。昧者為之，則堆積窒塞，而寡於意味矣。"范氏所引"四實"解説見于今存本五律，可見原本以"五律"起首。然後世流傳最廣的圓至注本和增注本皆以"七絶"開篇。日本留存的集注本編排次序為五律、七律、七絶。明代王越曾逐首和此書，其集中"和三體詩"亦按五律、七律、七絶的順序編排，應該保持了原本之舊。又楊慎《升庵詩話》卷六《杜審言詩》云："杜審言《早春游望》詩，《唐詩三體》選為第一首是也。"説明以"五律"起首的版本在明代還有流傳。

周弼自序題"唐詩三體家法序"，集注本題名為"諸家集注唐詩三體家法"，增注本有《諸家集注唐詩三體家法諸例》，范晞文亦云"周伯弜選唐人家法"。可見，原本題名當為《唐詩三體家法》。

《宋史·藝文志》未著録是書。明清之際，一些書目著録之"四卷本"或為無注原本系統。如焦竑《國史經籍志》卷五"集類·總集"："《三體唐詩》四卷，元周弼。"然清中葉以後，"四卷本"再無著録，殆已失傳。

（二）圓至注本

此書在元、明兩朝十分盛行，成為幼童學詩的入門書。陳璉《注唐詩三體序》曰："近代選唐人詩者無慮數十家，惟周伯敬《唐詩三體》蓋有益於學者，故能盛傳於世。"《明實録·明武宗毅皇帝實録》卷四八"正德四年四月庚申"載："……賜魯府輔國將軍當澤、當沏《四書集注》《唐三體詩》各一部，從其請也。"陸雲龍《翠娛閣詩草小引》

云："予小少貧甚，無書可閱，僅《三體唐詩》、于鱗選詩，借為導師。"可見，不論是皇室還是寒門，都備有此書，時人儼然將其看作與《四書》一樣最為基礎的讀物。直到明代後期，隨着李攀龍所編標舉盛唐詩風的《唐詩選》的流行，選詩以晚唐風格為主的此書影響纔慢慢弱化。正如何焯在批校本《唐三體詩》卷末跋云："《鼓吹》《三體》二編，嘉靖以前童兒皆能倒誦，如宋人讀鄭都官詩也。自王、李盛而幾無能舉其名者；然所論詩注，亦多陰竊伯弢餘唾云。"

　　元、明時期，伴隨着"宗唐"詩學的興起，"和唐""拟唐"蔚然成風。那時人們追和的唐詩經典，主要來自此書和《唐音》《唐詩鼓吹》等流行的唐詩選本。有人甚至挨次遍和選中諸詩。錢謙益《列朝詩集小傳·乙集》"張僉都楷"小傳云："國初詩家，遥和唐人，起於閩人林鴻、高棅。永、天以後，浸以成風。式之遍和《唐音》及李、杜詩，各十餘卷。又有并和《瀛奎》《三體》諸編者。"元代隱中山和明代嚴子安、蕭宗魯、王越、萬愆之等人，亦曾和過此書。這種和詩，可以看作元、明詩人和唐詩經典之間的一場對話，既是閱讀筆記，也是臨帖般的效仿習作。其中既融入了他們對唐詩意境、情感、體制、格調、風格、作法等的理解、追步甚至挑戰，也浸透着其自身的性情、襟抱、閱歷和感觸等，折射着他們所受詩學教育及詩藝水平的高低。通過和詩，可以使我們對元、明"宗唐"詩風的生成、流布和演變等獲得更為切實的認識。

　　元僧圓至是第一個為《唐詩三體家法》作注的人。大德九年(1305)方回序曰："近高安沙門至天隱，乃大魁姚公勉之猶子，聰達博贍，禪熟、文熟、詩熟，又從而注伯弢所集之詩。一山魁上人，回之方外交也，將磧砂南峰袁公之命俾回為序，以弁其端云。"按，圓至(1256—1298)，字天隱，號牧潛、筠溪老衲，高安(今屬江西)人。俗姓姚，季父勉為寶祐元年進士第一。年十九依仰山慧朗禪師為僧，至元中自淮入浙，依承天覺庵真禪師，期間曾留磧砂寺三年，與僧行魁友善。大德二年卒于廬山。行魁掇拾遺稿，刊于磧砂，故吳人稱圓至注本為《磧砂唐詩》。

　四庫館臣將圓至注本列入存目，對其注屢加撻伐，云其"詮解文句，頗為弇陋"（《欽定四庫全書總目》卷一九一《唐詩説》提要），"疏漏殊甚"（《欽定四庫全書總目》卷一八七《三體唐詩》提要），"弇陋不可言狀"（《欽定四庫全書總目》卷一六六《牧潛集》提要）。高士奇亦稱其注"語多紕繆"（《唐三體詩》序）。其實，平心而論，圓至注雖沿着比興寄託之傳統説詩，偶有牽強附會之失，但對于典故、語詞的訓釋及詩意的闡説，絕大多數情況下是準確的。錢保塘跋瀘州鹽局朱墨套印本《唐三體詩》云："惟天隱注語，存者大致明贍，或加箋語亦能契合作者本旨。度其全注，未必如高江村所言語多紕繆。"應為持平之論。而且，圓至注作為早期的注本，徵引文獻頗為廣博，具有較高的校勘、輯佚價值①。今日一些唐詩箋注者亦留意到了此書圓至等人注的價值，對其有所引用，但因為對諸家注評之間的承襲關係缺乏考究，往往張冠李戴。如儲仲君《劉長卿詩編年箋注》和廖立《岑嘉州詩箋注》皆將圓至注誤以為高士奇注②。

　今（臺灣）"國家圖書館"藏元刊本《唐三體詩説》二十一卷一部。此本封面鈐乾隆三十八年四庫接收圖書章，乃兩淮鹽政李質穎進呈；收詩數與增注本相同，應當最接近圓至注原貌。元以後，我國刊

---

① 岑參《和賈至早朝大明宫》"玉堦仙仗擁千官"圓至注引《唐志》："凡朝會立仗，三衛番上，分為五仗。"按，這段話出自《新唐書‧儀衛志上》，但《新唐書》和日本明應甲寅（1494）刊本《增注唐賢絕句三體詩法》皆將"立仗"誤作"之仗"，時代更早的元刊本《唐三體詩説》和朝鮮正統元年（1436）刊本《增注唐賢絕句三體詩法》皆作"立仗"，不誤。據文意，"立仗"更佳，"之"當為"立"殘缺後形訛。其他諸人注評亦或多或少有類似的校勘價值。未來校勘學應充分利用"數字化"技術帶來的便利，打破學科壁壘和經、史、子、集界限。

② 劉長卿著，儲仲君箋注：《劉長卿詩編年箋注》，中華書局1996年版，第461頁；岑參著，廖立箋注：《岑嘉州詩箋注》，中華書局2004年版，第602頁。

刻的《唐詩三體家法》主要為殘缺的圓至注二十卷本系統。今（北京）故宮博物院圖書館、（日本）靜嘉堂文庫各藏有元刊本《箋注唐賢絕句三體詩法》二十卷一部。前者有胡光煒、楊樹達題識，後者為陸心源皕宋樓舊物。與臺灣藏二十一卷本相較，故宮藏二十卷本脫詩三十三首：卷一〇五律"前虛後實"許渾《瀼東司馬郊園》後，二十卷本脫許渾《下第寓居崇聖寺》至周賀《春喜友人至山舍》二十五首；另外，二十卷本還脫卷二一——五律"詠物"八首。

　　元代後期和明代流行的此書，主要為圓至注二十卷本。上至主要為皇家服務的內府，下至射利之書坊，紛紛翻刻，然魚龍混雜，品質不齊。光從題名來說，"三體"本指七絕、七律、五律，不少版本于"三體"前再冠以"絕句"，可謂畫蛇添足。現存明刊本約有二十來種之多，刊刻者姓名可考者有吳春、凝真子、火錢元卿、黃文光、汪氏等；還有不少版本沒有牌記或刊刻者序跋，乍看內容一樣，但仔細比對版框或筆體的話，却發現并非同版。以地域而言，僅周弘祖《古今書刻》上編著錄者，就有"內府""南直隸·蘇州府""江西·臨江府""福建·書坊""湖廣·楚府""陝西·延安府"。足見此書在當時的風靡盛況。

　　（三）裴庾注本

　　圓至注付梓四年後，至大二年（1309）又有裴庾為《唐詩三體家法》作注。按，裴庾，字季昌，號芸山（一作雲山），溫州平陽人。延祐三年删訂《清穎一源集》，著有《井西秋嘯集》。《（民國）平陽縣志》卷三五有傳。林正《寄裴雲山》云："手注《三體詩》，名滿四海耳。"可見當時頗有影響。

　　元、明之際裴庾注本尚有流傳，《南村輟耕錄》卷二六《盧橘》、瞿佑《歸田詩話》卷上都曾提及，但此後就罕見談藝者論及。孫詒讓《溫州經籍志》卷三二："裴氏（庾）《三體唐詩注》（乾隆《溫州府志》二十九），佚。案:《三體唐詩》宋汶陽周弼編。其書今有元釋圓至注，及國朝高士奇補注本（見《四庫全書總目》一百八十七）。裴雲山注，明以來書目並未載。蓋其佚久矣。"

幸運的是，裴庚注本在日本、朝鮮等國有翻刻。日本現存的翻刻本，主要有兩種:一是《諸家集注唐詩三體家法》（以下簡稱"集注本"），二是《增注唐賢絕句三體詩法》（以下簡稱"增注本"），皆保留了元刊本的版式。集注本以裴庚注為主，加進若干圓至注而成，以五律、七律、七絕的順序編排，凡三卷。增注本以圓至注為主，選出一些裴庚注作為增注，以七絕、七律、五律的順序編排，亦三卷。

集注本又稱"季昌本""古本"，比增注本注釋量多，但在日本流傳稀少。據村上哲見《三體詩‧解說》，集注本有下述兩種版本:

1. 南北朝刊本。慶應義塾圖書館藏殘本一冊，是現在可知的唯一刊本。僅存第三卷（七絕）。當為覆刻元刊本，刻印精巧，應是來日的中國刻工手刻（參考川瀨一馬《日本書志學之研究》及《慶應義塾圖書館藏和漢書善本解題》）。

2. （室町時代）抄本。至少存在三種。國立國會圖書館所藏乃三卷足本，但書寫稍顯粗略、頗有損杇。大東急紀念文庫（東京）所藏乃保存很好的精抄本，但缺少第三卷（七絕）。奈良龍門文庫當藏有同種抄本一部，可惜未見①。

增注本是《唐詩三體家法》在日本最為通行的版本。長澤規矩也《和刻本漢籍分類目錄》（汲古書院1976年版）著錄之版本就有二十餘種。今存日本最早的翻刻全本為明應甲寅（1494）葉巢之刊本，東洋文庫、實踐女子大學圖書館等有藏。筆者所見為早稻田大學圖書館藏本。此本卷首有裴庚自序及《求名公校正謠目》（以下簡稱

---

① 以上兩段由劉芳翻譯自村上哲見《三體詩‧解說》（第30—31頁），特此致謝!

"《諅目》")、《諸家集注唐詩三體家法諸例》(以下簡稱"《諸例》")。自序後鑴一香爐形牌記"季昌"(裴庚字)和一陽文方印"芸山"(裴庚號);《諅目》《諸例》提到"聖主""天子""皇朝"等字眼時,另起一行頂格排版。這種版式,顯然是沿襲元刊本而來。又此本卷一末頁刻陰、陽文題記兩則,陰文曰:"明應甲寅之秋,新板畢工矣。先是舊刻之在京師者,散失于丁亥(1467)之亂,以故捐貲刊行焉。置板於萬年廣德云。葉巢之敬誌。"陽文曰:"此版流傳自京至泉南,於是阿佐井野宗禎贖以置之於家塾也。欲印摺之輩,以待方來矣。"則此版為京師舊刻之覆刻,後版片歸阿佐井野宗禎所有,早稻田藏本為後印本。

增注本在朝鮮亦有翻刻。今存朝鮮最早的翻刻全本為(日本)國立國會圖書館藏正統元年(1436)刊本。卷末有正統元年韓臣鄭麟趾跋,云:"殿下出賜經筵所藏善本,許令開刊,遂鋟梓于清州牧,數月而功訖。"又,此本方回序落款比日本翻刻的增注本多"大德九年乙巳九月初六日"十一字。另經筆者核校,發現此本與日本明應翻刻本相比,既有錯訛相同之處,也有一些文字互為優劣[1],故鄭跋所謂"善本",究竟為日本早期的翻刻本還是中國的古刻本,不好推斷。

增注本前裴庚自序云:"今人作詩,以唐為法。唐詩蓋數百家,雖不盡預四庫之目,先賢猶慮其繁,欲便後學,乃選為《三體》《四體》《極玄》《又玄》《衆妙》《二妙》《英靈》《間氣》等集。然其用事源委多有未達,因博采簡冊所載,參以平昔見聞,訓釋成編,驗諸同志,咸俾入

---

[1] 如卷一秦系《題張道士山居》"回頭猶看五枝花"圓至注引《山海經》曰:"少室山有木,其花五衢"之"少室",正統本、明應本皆誤作"玉室";卷三李嘉祐《送王牧往吉州謁史君叔》"應念倚門愁"之"念",正統本誤作"合",明應本不誤;卷三孫欣《冷井》"玉甃抱虛圓"圓至注引江淹《井賦》"構玉甃之百節"之"構",明應本誤作"濤",正統本不誤。

梓以助啓蒙。"此序顯然不是專為《唐詩三體家法》一書而作。《諸例》又曰:"《三體》詩多且格式最明,故首於諸集。""唐賢履歷,《三體》《四體》《二妙》,並以詩之次第為先後。他集重名,類之於前,明該已見其集,其餘則列於後,遂不復依次。間有未詳,姑俟明哲。"正與自序互相呼應。可見,裴庾曾有為《四體》《二妙》等一系列唐詩選本作注的計劃,但首先成書并流傳後世者唯有《唐詩三體家法》之注。

裴庾注應是在圓至注的基礎上而作。首先,圓至注由磧沙寺初刻,距離裴庾生活地不遠,裴庾應該能看到。裴注《諸例》云:"《唐世系紀年》并《唐地理圖志》附見集首,庶幾作詩時世及所指處所便於稽考。"這裏提到的《唐世系紀年》和《唐地理圖》,正見于圓至注本。其次,裴庾注凡例題為《諸家集注唐詩三體家法諸例》,其中一條云:"諸已注者,更不重述。間有事同或前略而後備,觀者互見,自有所得。"裴庾注前,《唐詩三體家法》可考者僅有圓至注,所謂"已注者"應指圓至注。還有,就筆者整理的感覺而言,增注本中的裴氏增注,基本上沒有與圓至注重複的。而且,按《諸例》,裴氏主要增補了一些地名、職官的沿革和典故、語詞的出處。也許是懲于圓至以比興寄託說詩難免牽強的失誤,對于詩人措意,"如無所據,不敢臆說",但"諸詩或經先賢講說及諸詩話已嘗辨論者,各附載本篇之末"。這些交待,都符合裴氏增注的實際面貌。以上種種,似都說明裴庾注乃圓至注之增補。然而,又有不可解者:為何編排次序更接近周弼原本的集注本,比增注本注釋量多,且以裴庾注為主、圓至注為輔? 這不是"喧賓奪主"了嗎? 筆者未見集注本,不敢臆測,留此存疑。

(四)盛傳敏、王謙纂釋本

與明代相比,清代《唐詩三體家法》的影響大為弱化。清人為了標舉詩學理想、引導詩風走向,往往熱衷于編選新的唐詩選本,如

《唐賢三昧集》《唐詩別裁集》《唐詩三百首》等。但在康熙年間,出現了兩種删改圓至注二十卷本而成的新注本:盛傳敏、王謙《磧砂唐詩》三卷和高士奇《唐三體詩》六卷。

《磧砂唐詩》初刊于康熙年間,後來又有三徑堂翻刻本問世。康熙刊本中國科學院圖書館等有藏。該本卷首有康熙庚申(1680)王謙《序》,次方回序,次盛傳敏《序》,次《例言》,次《磧砂唐詩總目》,次《磧砂詩選唐人爵里詳節》。卷一首頁題"崑山盛傳敏訥夫、王謙太冲纂釋"。

按,王謙字太冲,清代崑山人。《江蘇詩徵》卷四七收其詩,并云其有《蕉雨亭集》《大樹堂稿》,今佚。《(光緒)崑新兩縣續修合志》卷三一"文苑二"載:"盛傳敏,字訥夫。幼孤,孝事其母。師事太倉陳瑚,於象、緯、兵、農、禮、樂靡不通曉。從軍閩中,旋棄去,遊迹幾遍天下。後入都館朝貴家,未嘗輕出投一刺。遇故鄉親友困阨旅邸者,輒傾囊相濟。喜飲工詩,與同邑楊子水、鄭儒纂釋唐詩,多前人所未發。"然是集未署楊、鄭二人名,或别有所作。

《例言》云,"體僅有三,分為廿卷";"是集原注出於天隱釋圓至……但詮疏處夫人知之者,僭為删去。至臆見偶及,苟可互相引申者,不揣附錄";"原板漫漶,並無副本,因遍搜專集諸選參互考訂,特從其是,並不兩存";"集中所選諸賢仍本《唐人爵里誌》節錄,附諸卷首"。則是集乃就圓至注二十卷本删削、補釋而成,並參校了一些唐人别集和唐詩選本。因不存異文,專斷之失不可避免。圓至注在文中以"圓至原注曰""原注曰"標明,補釋則以"敏曰"或"謙曰"開頭。二氏亦以比興寄託説詩,有時結合史事闡釋詩意,兼析意脈結構、前後照應等,偶有牽强、拘泥之處。

因所據底本漫漶,故是集脱誤較多。如卷一之一方澤《武昌阻風》後脱曹松《己亥歲》;卷一之二《經賈島墓》脱作者"鄭谷",依前成了李群玉詩。不過,與圓至注二十一卷本相比,是集僅脱五律"詠物”八首,五律“前虛後實”并不脱。

(五)高士奇補正本

《唐三體詩》六卷,康熙間由朗潤堂初刊。該本卷一首頁題“錢塘高士奇澹人輯”。按,高士奇(1645—1704),字澹人,號竹窗,又號江村。浙江錢塘(今杭州)人。康熙初,以薦由監生供奉内廷,遷内閣中書。十九年授額外侍講,屢擢至少詹事。因結党攬權納賄被劾致仕。三十三年再起,值南書房,以養母乞歸。後又擢禮部侍郎,未赴。謚文恪。高氏少落魄,賣文為活,後以才華敏贍受寵于清聖祖。著有《清吟堂全集》《江村消夏録》等。生平事迹見《清史列傳》卷一〇、《清史稿》卷二七一等。除補正是書外,高氏另外編有《續唐三體詩》八卷,專選五、七言古詩及五言排律。

高氏補正本後來被收入其本人的《高文恪公四部稿》丙函。因其又被《四庫全書》收録,故清代以來影響頗大。然四庫本删去了違礙字眼較多的高適《營州歌》,文津閣四庫本另脱高士奇序及《選例》。

高氏序是書云:“詩故有高安釋圓至箋注,語多紕繆,為删其十之四五,間附以臆説。”又補正本亦缺五言律詩“詠物”一體,知其由圓至注二十卷本删改而成。高氏所作的工作,主要是校勘文字、删削圓至注,然删得太多,不大合理,故何焯批校其本時又要還原。高氏本人新增的注評并不多,僅二十條左右,十分簡略,大抵補釋詩意、典故等。

(六)何焯批校本

清代校勘家何焯曾在朗潤堂刊高氏補正本《唐三體詩》六卷上施加批校。按,何焯(1661—1722),字潤千,號無勇,後改字屺瞻,號茶仙、憩閑老人,學者稱義門先生。江南長洲(今江蘇蘇州)人。康熙四十一年(1702)由太學生薦直南書房,次年賜舉人,復賜進士,改庶起士,授編修。兼武英殿纂修。以事繫獄,事白,解官,仍參書局。

勤讀書，精于校勘，長于評點，手所校書，人争傳寶。著有《義門先生集》《義門讀書記》。生平事迹見《清史稿》卷四八四、《清史列傳》卷七一等。

何氏批校原本現藏（臺灣）"國家圖書館"，上有近人鄧邦述題記。此外，還有數部抄録、過録本存世。復旦大學圖書館藏有乾隆丁未（1787）鄞縣勵蠱閣主人范敏的朱墨雙筆抄録本①。北京大學圖書館藏有何氏門生姚世鈺用另一部朗潤堂本過録的本子，封面鈐"閶門鼓樓前大來堂書坊李氏圖章記"（朱長）。按，姚世鈺（1695—1749），字玉裁，號薏田，浙江歸安人。諸生。貫穿經史，有所考訂，必詳核精當。有《屑守齋遺稿》。全祖望《姚薏田壙誌銘》云："薏田之學，私淑義門；義門之徒，莫之或先。人亦有言，墨守太堅。"姚世鈺《何批唐三體詩跋》云："乾隆辛酉，雲中鮑公方官長興，買得《三體詩》舊刻，是吳趨書賈謄寫義門校本。汪學山適有此書，屬余對勘一過。今年初夏，從馬氏叢書樓見新購江村高氏所開，係何批真迹。因復為喆士兄校此……丁卯五月十三日麗澤書堂記。"姚氏所謂為汪學山校本，乃其用明刊本《箋注唐賢絶句三體詩法》二十卷，謄録吳趨書賈傳寫之何氏批校，今藏杭州圖書館；而其所謂"復為喆士"校本，乃據何批真迹謄録，當為北大藏本。筆者將《"國立中央圖書館"善本題跋真迹》影何校原本三頁書影②與北大藏本相應頁對勘，發現批語位置、圈點皆同，若為影摹。可見，北大藏本十分接近何批原貌。

姚世鈺過録本（當即北大藏本）後被夏曾在京師廠肆購得，由夏

---

① 與何氏批校原本相比，這個抄録本少了一些評語，如卷五劉長卿《漂母墓》。但因為抄録較早，也有一定的校勘價值。

② "國立中央圖書館"特藏組編：《"國立中央圖書館"善本題跋真迹》，（臺灣）"國立中央圖書館"1982年版，第2917—2919頁。

氏在光緒十二年(1886)春刊于任所四川瀘州鹽局。夏崿《校刊唐賢三體詩序》云:"余往在都門,得是書於廠肆。何義門先生以朱筆通部點勘……考先生《讀書記》無此一種,念世間未必有副本流傳,因為別寫清本,校録刊之。先生評語、圈點、鉤抹處用朱印以為識別。有名世鈺者不知為何人,間為校正數語,又有不著名而所言與先生評語不相應者一二條,原本所有,仍附列焉。"夏氏校刊時偶加按語。筆者發現,同為瀘州本,夏氏個別按語亦有差異。如卷二李群玉《湘妃廟》末尾,北京大學圖書館藏本有按語云:"此注語涉侮聖,宜删。夏崿記。"中國國家圖書館藏本删去了相應的圓至注,另加按語云:"原注引范攄《雲溪友議》李群玉、段成式語,侮聖殊甚,與詩意亦不相洽,不知天隱何以引此? 何義門偶未删去,今特删之。夏崿記。"後者或為後印本,略有修訂。

　　《選例》後何批云:"選例本在各體之首,總撮于前,已為紛紜,況可竄易之耶? 今以舊刻改正……伯弜與天隱輩,即非達識,尚未若此憒憒耳。"卷一原本題"唐三體詩卷之一",何氏于"唐"字後增"賢"字、"詩"字後增"句法"二字。卷二薛能《柳枝》後高士奇注云:"比也,謂粉飾太平於京師,而馳廢防守於邊塞也。"何氏批云:"棄外為粗官,所謂'一株憔悴'也。下二句乃自比,注非也。然余家所有内府舊刻至原注無此,豈江村以三百篇為諫書耶,抑内府本諱之也?"又卷末何氏跋云:"舊刻分二十卷,前有方虛谷序。"由上可知,何焯乃據内府刊圓至注《唐賢三體詩句法》二十卷本還原、評批。

　　王重民云,何批"卷内所記年月,有己卯、乙酉、丙戌、丁亥、庚寅、壬辰,則自(康熙)三十七年至五十一年,均有校注。蓋義門以此本為讀本,十餘年内,有得輒記卷内,故是正舊注之處多而且精"[1]。

---

① 王重民:《中國善本書提要》,上海古籍出版社 1983 年版,第 463 頁。

夏峕《校刊唐賢三體詩序》亦云："何義門先生以朱筆通部點勘，評語多者，上下眉、行間幾滿。於詩人比興寄託之旨、起伏照應之法，細意尋繹、體會入微。間有題字注語為江村所删而詩意不明者，皆為補入。《選例》為江村所改者據原書校改，還其舊觀。"這兩人對于何焯批校、評注的評價是公允的。何氏不僅參校善本，對是書文字多有校正；而且補注了不少典故、語詞的出處及詩歌的本事，對詩意、詩法的闡釋也多能切中肯綮。

　　此外，《(同治)南昌府志》卷六二"南昌書目·南昌縣·國朝"著録的熊大杺著作中，有《唐三體詩定本》，但版刻、存佚情況不明。臺灣學者王禮卿著有《唐賢三體詩法詮評》二十卷，臺灣學生書局 1998年版。該書《凡例》云："今所據本，為廣文書局影印'中央圖書館'藏鮹元刊本。"然查"國立中央圖書館"善本書目，二十卷者僅"明廣陵火錢校刊本"《箋注唐賢三體詩法》，筆者懷疑廣文書局據以影印者應為此本。

　　《唐詩三體家法》很早就借着佛緣東渡日本并受到彼土人士的青睞。正如日本學者越後館機序其校刊《唐詩三體家法》所云："元大德中，僧圓至天隱注之，長洲陳湖磧沙寺僧行魁天紀刻之，置寺中，吳人稱'磧沙唐詩'。於是叢林奉為自家之寶，參禪之餘，講習傳授焉。此方僧徒，渡海求法於彼土者，亦受而東歸，各為注釋，以授其徒。至郡邑句讀之師，亦以為必讀之書。"室町時代，此書在五山學僧中十分流行。義堂周信(1325—1388)的《空華老師日用工夫略集》中，就有為弟子講解《三體詩》的記録①。現在存世的學僧抄本，有幻雲抄、素隱抄、行雲流水抄等數種。一直到江户中期，《唐詩選》在荻生徂徠的鼓吹下流行起來平分秋色前，《唐詩三體家法》都是學

――――――
① 如應安二年(1369)九月二日條。

詩者的必讀書。林羅山《三體詩古文真寶辨》:"本朝之泥于文字者,學詩則專以《三體唐詩》,學文則專以《古文真寶》。"中野了隨《(平仄傍訓)三體詩自序》:"蓋《三體詩》者……以自開詩學之針路渡航,我邦爾後為學者不可須臾離坐右者也。"時至今日,此書還是日本民衆閱讀唐詩的最流行的讀物之一。這或許是因為它多選中晚唐婉麗之作,更投合大和民族的審美趣味。森槐南為《三體詩評釋》題詩四首,之一即云:"才情雙絶抵清新,中晚唐詩最可人。宛是江南好風景,落花片片媚濃春。"

　　從可考情況看,首先傳到日本的是集注本和增注本:集注本流傳稀少,增注本翻刻甚多。後來又有圓至注二十卷本和高士奇注本傳到,亦有翻刻。除以上諸本的翻刻本外,日本還出現了不少本土化的詳解、批點、注譯、訓讀本。有些評點或注解直接是用漢語文言書寫的,價值較高。如昌易《(首書)增注唐賢三體詩法》三卷、熊谷立閑《增注唐賢絶句三體詩法備考大成》二十卷、大槻崇《三體詩絶句解》二卷等。

　　《唐詩三體家法》傳到朝鮮的時間也比較早,影響亦很大。據韓國學者朴正教《三體詩的實體及國内接受情況》(載《大東漢文學》1999 年第 11 期)一文考察,此書 1436 年在清州刊行[①],到 16 世紀末共刊行了 15 次之多,説明深受彼邦文人的喜愛[②]。

① 當即上文所言鄭麟趾跋本。
② 參見韓梅:《朝鮮王朝漢詩風格變遷考》,牛林傑、劉寶全主編:《中韓人文社會科學研究》第　　3 輯,山東大學出版社 2008 年版,第 44 頁。

凡　例

一、此次整理《唐詩三體家法》，詩作正文以（臺灣）"國家圖書館"藏元刊《唐三體詩説》二十一卷為底本，用以下諸本對校：

1.《箋注唐賢絕句三體詩法》二十卷，《故宮珍本叢刊》（海南出版社 2000 年版）第 609 册影（北京）故宮博物院藏元刊本，簡稱"元刊本"。此本個別文字上面有墨筆批改，影印後看不清楚原刻為何字。對此，一般皆核查原書辨別，但不再另外説明。

2.《增注唐賢絕句三體詩法》三卷，裴庚增注，（日本）國立國會圖書館藏朝鮮正統元年（1436）刊本，簡稱"正統本"。

3.《增注唐賢絕句三體詩法》三卷，裴庚增注，（日本）早稻田大學圖書館藏明應甲寅（1494）刊本，簡稱"明應本"。

4.《磧砂唐詩》三卷，盛傳敏、王謙纂釋，中國科學院圖書館藏清康熙刊本，簡稱"磧砂本"。

5.《唐三體詩》六卷，高士奇補正，北京大學圖書館藏清康熙朗潤堂刊本，簡稱"高本"。此本有姚世鈺過録何焯批校，遇有疑誤時姚氏間下按語。

6.《三體唐詩》六卷，高士奇補正，上海古籍出版社 1987 年影文淵閣《四庫全書》本，簡稱"四庫本"。

7.《全唐詩》，中華書局 1960 年點校本，簡稱"全唐詩"；必要時參校上海古籍出版社 1986 年影揚州詩局本，簡稱"影印本全唐詩"。一般取與本書署名一致者集中之詩校勘,樂府或他人重出者不取校。

圓至注本和增注本卷首,有《唐分十道之圖》《唐世系紀年》等圖表,因價值不大,現不予保留。

二、每首詩後,緊跟"【考證】"一項,注明該詩在《全唐詩》點校本中的卷次、頁碼、詩題等。若該詩被《全唐詩》分錄于兩個以上的詩人名下,則亦注明,并在吸納佟培基《全唐詩重出誤收考》等前人成果的基礎上,儘量通過考辨推斷出作者歸屬。

三、"【注評】"部分,全面輯錄了本書在國內流傳過程中產生的注釋、評點。周弼解說因原文已有"周弼曰"字樣,故不再提示。圓至注以"【圓至】"開頭。二者皆用"元刊本"為底本,對校"明應本",參校"正統本"、(臺灣)"國家圖書館"藏元刊《唐三體詩說》二十一卷本(簡稱"詩說本"),酌情采用"磧砂本""高本""四庫本"等版本轉引時的校正和何焯批校高本時的校正。對于元刊本脫詩之周弼解說和圓至注,則以"明應本"為底本,參校"正統本""詩說本"等。

四、裴庾增注以"【增注】"開頭,用"明應本"為底本,參校"正統本"、(日本)富山房《漢文大系》叢書所收明治四十三年(1910)文學博士服部宇之吉校訂之《增注三體詩》三卷(簡稱"大系本")。

五、盛傳敏、王謙纂釋以"【磧砂】"開頭,用"磧砂本"為底本,參校首都圖書館藏清末三徑堂刊《磧砂三體唐詩》三卷(簡稱"三徑堂本")。

六、高士奇補正以"【高士奇】"開頭,用"高本"為底本,參校"四庫本"。

七、何焯批校以"【何焯】"開頭,用姚世鈺過錄之"高本"為底本,對校北京大學圖書館藏清光緒十二年(1886)瀘州鹽局刊朱墨套印《唐三體詩》六卷(簡稱"瀘州本"),必要時參校(臺灣)"國家圖書館"

藏何焯批校原本和復旦大學圖書館藏清乾隆丁未（1787）范敏抄
録本。

八、中國國家圖書館藏瞿鏞舊物明刊《箋注唐賢絶句三體詩法》
二十卷，有未題名者朱筆過録何焯批校（僅選録卷一至八）和黄筆自
評。因自評和跋尾稱何焯爲“何師”，知此人爲何焯門生。這次整理
時將此人自評亦采録，以“【何焯門生】”開頭。

九、本書在日本影響很大。這裏亦輯録日人大槻崇《三體詩絶
句解》二卷之評點，以“【大槻崇】”開頭，略見域外學者評點、注解之
一斑。大槻崇另有《周選唐賢絶句拾遺》一卷，也很有特色，特輯録
在本書“附録”部分。二書皆以萬延元年（1860）仙臺大槻氏寧静閣
刊本爲底本。

一〇、因本次整理已輯録了圓至注、裴庾增注全文，故對往後諸
家注評中直接或縮略引用、節録二氏注的内容，不再收録，其新增的
批注則悉數照輯。

一一、諸家的個别注評，未置于所注評的詩句之下，現統一調
整、分配至其下。

一二、諸家注評之間的關係如下：裴庾增注應在圓至注的基礎
上所作；盛傳敏和王謙纂釋、高士奇補正皆分别在圓至注的基礎上
增删或另抒己見；何焯批校又在高士奇補正本的基礎上所作，何氏
還原了一部分被高氏删削的圓至注，同時又新增了不少注評；大槻
崇的評解，引用、批駁了一些圓至注（行文中稱爲“舊注”）和裴庾增
注（行文中稱爲“增注”）。

一三、在單行的圓至注本中，作者小傳繫于該人首次署名下。
裴庾增注統一移至卷首，總題曰“三體集一百六十七人”，并間有增
補、改寫。現仍將作者小傳繫于該人首次署名下，但將裴庾增注新
增或改寫較多的文字，以“【增注】”開頭，補録于後。個别僅有字詞

差異、内容無甚變化的改寫，則不再補録或説明。

一四、輯録完諸家注評後，為使本書成為一個較為完善的注本，筆者另外增加了"【補注】"，總共約兩千餘條、三十餘萬字。補注時，首先參考今人所著學術性較強的唐詩別集、選本之箋注本，若其已注明，則徑直采用；其有疏誤，亦時或糾辨，并抒己見。今人箋注本或論著徵引的前人文獻，皆核校了原書，庶乎既不没人輯録、發明之功，又能確保準確。補注參考的工具書主要有《漢語大詞典》《辭源》《詩詞曲語辭辭典》《漢語典故大辭典》《中國歷史大辭典》《中國歷代官制大辭典》《中國歷史地名大辭典》《中國文學家大辭典·唐五代卷》等，謹此致謝！

一五、諸家注評、批校中涉及文字校勘的内容，一般統一移至"【校勘】"部分，用"圓校""裴校""磧砂校""高校""何校"等表示。但校勘與注評關係密切、不可分割者，仍保留在"【注評】"部分。

一六、何焯的大部分校勘，用朱筆直接在高本原刻文字上改字，或在原刻文字上加删字符號，旁批他認為正確的文字；但也有些校勘，僅有旁批，原刻文字上没有删字符號。大體來説，前者何氏比較肯定、認同，後者雖有依據，但何氏不太肯定、認同。為示區别，前者用"何校"表示，後者用"何批"表示。有些異體字，何焯亦加以校勘（如卷一孟遲《閒情》之"閒"，何校"閑"），現據目前古籍整理的通行體例，不再保留。對于本書底本之異體字，亦就近做了大致的統一、規範。

一七、諸家注評、批校遇有疑誤，版本校不能解決時，還酌情采用本校、他校或理校加以訂正，皆出校記説明。

一八、本書所選唐詩正文之校勘，采取"彙校"，詳列諸本異同，包括訛誤；周弼解説、諸家注評和批校則僅述異文，不録訛誤。

一九、"附録"部分，還儘可能全面地分類輯録了與本書編（注、評）者生平、序跋著録、諸家評論、影響傳播等相關之資料。

二〇、經考證，本書題名應為"唐詩三體家法"，現予以還原。因四庫本流傳最廣，且被多家古籍數據庫收録，為方便讀者檢索、對照，現依四庫本分卷，將全書釐為六卷。

二一、經考證，吳澄《吳文正集》卷一九《唐詩三體家法序》，應為周弼所作。現依《全元文》所收該序，謹録以弁本書。

唐詩三體家法序

　　言詩本於唐，非固於唐也。自河梁之後，詩之變至於唐而止也。於一家之中則有詩法，於一詩之中則有句法，於一句之中則有字法。謫仙號爲雄拔，而法度最爲森嚴，況餘者乎？立心不專，用意不精，而欲造其妙者，未之有也。元和蓋詩之極盛，其體製自此始散。僻事險韻以爲富，率意放辭以爲通，皆有其漸，一變則成五代之陋矣。異時厭弃纖碎，力追古製，然猶未免陰蹈元和之失。大篇長什未暇深論，而近體三詩，法則先壞矣。"一鳩""雙燕"或者方且謙遜，而"落木長江"得意之句，自謂於唐人活計得之，眩名失實，是時昧者之過耳。永嘉嘗有意於變體，姚、賈以上，蓋未之思。故今所編摭，閱誦數百家，擇取三體之精者，有詩法焉，有句法焉，有字法焉，大抵皆規矩準繩之要。言其略而不及詳者，欲夫人體驗自得，不以言而玩也。

　　（李修生主編：《全元文》第 14 册，江蘇古籍出版社 1999 年版，第 323—324 頁。）

至天隱注周伯弜①三體詩序

方　回

　　子曰：“詩三百，一言以蔽之，曰思無邪。”此詩之體也。又曰：“小子何莫學夫詩，可以興，可以觀，可以群，可以怨，邇之事父，遠之事君，多識於鳥獸草木之名。”此詩之用也。聖人之論詩如此，後世之論詩不容易矣。後世之學詩者，捨此而他求，可乎？近世永嘉葉正則水心倡為晚唐體之説，於是“四靈”詩江湖宗之，而宋亦晚矣。聖人之論詩，不暇講矣，而漢、魏、晉以來《河梁》、《柏梁》、曹、劉、陶、謝俱廢矣。又有所謂汶陽周伯弜《三體法》者，專為四韻五、七言小律詩設，而古之所謂詩益付之鴻荒草昧之外矣。其説以為有一詩之法，有一句之法，有一字之法，止於此三法，而江湖無詩人矣。唐詩前以李、杜②，後以韓、柳為最，姚合而下，君子不取焉。宋詩則歐、梅、黃、陳為第一，渡江以後，放翁、石湖諸賢詩，皆當深玩熟觀，體認變化。雖然，以吾朱文公之學而較之，則又有向上工夫，而文公詩未易可窺測者也。近高安沙門至天隱，乃大魁姚公勉之猶子，聰達博贍，禪熟、文熟、詩熟，又從而注伯弜所集之詩。一山魁上人，回之方外交也，將磧砂南峰袁公之命俾回為序，以弁其端云。大德九年乙

---

① 伯弜　底本作“伯弢”，據史實改。下文同，徑改。
② 李杜　底本作“杜李”，據《增注唐賢絕句三體詩法》改。

巳九月初六日紫陽山虛叟方回序。

　　(《箋注唐賢絕句三體詩法》卷首，故宮博物院編：《故宮珍本叢刊》第 609
册，海南出版社 2000 年版，第 2 頁；此本殘缺部分，據[日本]早稻田大學圖書館
藏明應甲寅[1494]刊本《增注唐賢絕句三體詩法》補。)

增注唐賢絶句三體詩法序

裴　庚

　　詩自《三百篇》以還，至唐而聲律大備。今人作詩，以唐為法。唐詩蓋數百家，雖不盡預四庫之目，先賢猶慮其繁，欲便後學，乃選為《三體》《四體》《極玄》《又玄》《衆妙》《二妙》《英靈》《間氣》等集。然其用事源委多有未達，因博采簡册所載，參以平昔見聞，訓釋成編，驗諸同志，咸俾入梓以助啓蒙。余尚懼疏昧，或曰：“朱文公注《楚辭》，未免闕疑；李侍讀注《文選》，亦或祖述之謬，況其餘者乎？博洽君子，庶幾補而正之云。”時至大二年重陽日裴庚季昌書。

　　（《增注唐賢絶句三體詩法》卷首，［日本］早稻田大學圖書館藏明應甲寅［1494］刊本。）

磧砂唐詩·序

王　謙

　　昔夫子删贊修定，不聞謂選也。文之有選，肇自蕭統，而概之臆見，蘇軾譏其强作解事矣。後世文益繁、學日卑，剽竊記誦，以簡為便，於是選者林立。夫古人出其心思，明道理、達性情，淺深甘苦之致人不相師、家不相襲，要不僥於醇正而自信焉。我則塗之乙之，悦者入之，拂者汰之，當時奉為繩尺，身未死而訾謷者斷然雜起。極古來之賢人才士，遺文具在，誦讀之者恨不與之同時生。繙閱選本，輒指某選為佳、某選為劣，顧若經夫人之纂輯，而古人之文章頓異，此皆不可解也。余嘗伏而思之，不得其故。曠覽遐稽，慨如三唐之詩，有《河岳英靈》《中興①間氣》《才調》諸集，不過其人之或治所短而録焉，或慊所志而録焉，或備所見聞而録焉，烏有所謂選哉？謬立選名，競為門户，無怪乎前所述之二病轉相率而愈痼也。是故余與訥夫雅好風騷，博求反約，不敢別有妄設。惟見此集，例類有則，裨益吾黨，即停稱格調，尚未免俗，而世或有好之惡之者，究與他選特殊而且有用。偶因原本字畫舛訛校讎鋟版，并附二人夙昔討論之辭，亦助伯弢、圓至之所未逮云爾。其他詆訶，幸可謝之已。

康熙庚申如月崑山太冲王謙書於南邨草廬

　　（《磧砂唐詩》卷首，中國科學院圖書館藏清康熙刊本。）

---

① 中興　底本作"中州"，據該著書名改。

磧砂唐詩·序

崑山訥夫盛傳敏譔

　　余有磧砂唐詩之嗜三十年矣，始愛其皆近體，既愛其區別例類，既又愛其音響、節奏諧不怪張。積十餘年而稍稍疑，疑久不解以至大惑，亦嘗廢棄不視，謂是書無足道者。而一旦悟得，出諸破簏中，讀三四日夜，歎為唐詩善本，莫克京此。酒甘音中，癖痼至今，一切可駭可慕之事，弗能間也。夫是書，既咸取律而絲分派異，溫然和平，始學所便宜。余少之嗜之篤也。然詩之為物，原本《三百篇》，中函六義，"采苣"鄙語，有當而存；《貍首》雅音，靡當而紬。磧砂不務是闚，而顧虛實起止、前後拗側，偲偲瑣辨為？抑《詩》不云乎："婉兮孌兮，總角丱兮。未幾見兮，突而弁兮。""良弓之子先學箕，良冶之子先學裘。""梓匠輪輿，能與人規矩，不能使人巧。"今夫虛實起止、前後拗側，規矩也。怨哀不懟、毀怒不罟、樂樂不淫，巧也。磧砂之為教，顯顯微微，俾學者游焉，則為武夷不為江陵，豈非詩人所詠古善教之事乎？而是書久不顯，殆疑者多而疑而悟者寡乎？今年來，余比太冲纂輯舊注，兼補以衷思顯微也。既而思之曰：微階畏，顯階易，姑引而不發乎？然後之覽者視余，則已逸矣。

　　（《磧砂唐詩》卷首，中國科學院圖書館藏清康熙刊本。）

唐三體詩序

高士奇

　　有唐三百餘年，才人傑士馳驟于聲律之學，體裁風格與時盛衰。其間正變雜出，莫不有法。後之選者各從其性之所近，膠執己見，分別去取，以為詩必如是而後工。規初、盛者薄中、晚為佻弱，效中、晚者笑初、盛為膚庸，各持一說而不相下，選者愈多而詩法愈晦。今所傳《才調》《國秀》《河嶽英靈》《中興間氣》諸集，皆唐人選其本朝之詩，未失繩尺。厥後汶陽周伯弼取唐人律詩及七言斷句若干首類集成編，名《唐三體詩》，自標選例，有虛接、實接諸格。其持論未必盡合于作者之意，然別裁規制，究切聲病，辨輕重于毫釐，較清濁于呼噏①，法不可謂不備矣。明楊升庵、焦弱侯號稱好古，于是編每有所指摘。予童時曾受于塾師，長迺棄去。去年冬，將自京師南還，見此本于旅店，攜之贏綱中。每當車殆馬煩，輒一披展，如見故人。其詞婉曲綿麗，去膚庸者絕遠，而猶未至于佻弱；且卷帙無幾，行囊旅笥摒擋甚便，因取而授梓。詩故有高安釋圓至箋注，語多紕繆，為刪其十之四五，間附以臆說，欲使作者之意宛若告語，三唐詩法亦庶幾存什一于千百也。至才人傑士以詩擅當時名後世者，非古體不能窮其

_____

①【何焯】不及聲病也。輕重、清濁皆聲病邊事。

變，非排體不能盡其長，則予將有續三體之選，與學詩者共參之。江邨高士奇序。

（《唐三體詩》卷首，北京大學圖書館藏清康熙朗潤堂刊本。）

唐詩三體家法卷一

實　接

　　周弼曰：絕句之法，大抵以第三句為主。首尾率直而無婉曲者，此異時所以不及唐也。其法非惟久失其傳，人亦鮮能知之。以實事寓意而接，則轉換有力，若斷而續，外振起而內不失於平妥，前後相應，雖止四句，而涵蓄不盡之意焉。此其略爾。詳而求之，玩味之久，自當有所得①。

【注評】

　　①【磧砂】敏曰：按伯弜氏論，接有虛實之分，固在第三句着力，然有側出之法，不可不知。如首聯從別處說來，忽然落題，則有態有勢，所謂側入、側出也。若在本意說起，則為正入、正出，即伯弜氏所謂“首尾率直而無婉曲者”是已。竊嘗聞之修齡吳氏，與伯弜之說可以互相發明，故謹附緒論於此。

華清宮①

杜　常②

　　行盡江南數十程③，曉風殘月入華清④[一]。朝元閣上西風急⑤，都入[二]長楊作雨聲⑥。

【考證】

此詩見《全宋詩》卷七七九(P. 9046)。

【注評】

①【圓至】驪山溫泉宮,太宗所建,玄宗天寶六載改名華清宮。又於其間起老君殿,左朝元閣,右長生殿也。【增注】華清宮在唐關內道京兆府昭應縣驪山下,古驪戎國居於此,故名。《地理志》:"太宗貞觀十八年營建御湯,名湯泉宮。高宗咸亨二年,名溫泉宮。明皇天寶六年,改為華清宮。北向正門曰津陽,東曰開陽,西曰望京,南曰昭陽。其中有瑠光殿、飛霜殿、九龍殿、宜春亭、朝元閣、長生殿、羯鼓樓、重名閣、芳風閣,凡十八名。又有石甕寺等。華清宮治井為湯池,環山列宮室。"《明皇雜録》云:"上新廣一湯,制度宏麗。安禄山自范陽獻玉魚龍、鳬雁、石梁、石蓮花,雕鐫猶妙!上大悅,命陳湯中。每年冬十月行幸,至明年春還宮闕,去即與貴妃同輦。華清有端正樓,貴妃梳洗之處;有蓮花湯,貴妃澡沐之室。置溫湯監,隸司農寺,監丞掌湯浣器物,奏除供奉。兩湯外別更有[三]長湯十六所,嬪御之類浴焉。天寶十四年六月一日,華清宮為貴妃作生日。其年十一月,禄山反幽陵。平原太守顏真卿遣李平間道奏。時帝在華清,反書聞,失色。"【大槻崇】按,左思《魏都賦》:"華清蕩邪而難老。"宮名蓋取於此。

【補注】華清宮,在今西安臨潼東南驪山北麓。

②【圓至】新、舊《史》及唐諸家小説並無杜常姓名。惟《孫公談圃》以杜常為宋人,《西清詩話》亦曰:"世有才藻擅名而詞不工者,有不以文藝稱而語驚人者,如近傳《華清宮》一[四]絶乃杜常,《武昌阻風》乃方澤也。"按二説,則杜常、方澤皆宋人。伯弜詩學傳家,列之於唐,必有據,更俟博聞者定之。【何焯】曾子固《元豐類稿》有《杜常兵部郎中制》,《宋史》三百三十卷有《杜常傳》。○陸儼山《跋溫泉石刻》云:"乙未初夏,予入關浴於溫泉,起覽諸石

刻,命拓數種。此《華清宮》詩與今所行《三體唐詩》前二句數字不同,疑當從石。按,杜常,字正甫,本宋元豐間人,據此刻明甚。伯弨精選,不應開卷便訛甚矣。編纂之難如此。此貼字畫亦佳。"己卯六月附錄。【大槻崇】杜常,宋元豐中人,此詩奉使秦鳳時之作,詳《宋詩紀事》。

【補注】吳企明《唐音質疑錄·讀詩偶識》(P. 87)云,杜常為北宋時人。《宋史》有傳云:"字正甫,衛州人,昭憲皇后族孫也。折節學問,無戚里氣習。嘗跨驢讀書,驢嗜草失道,不之覺,觸桑木而墮,額為之傷。中進士第,調河陽司法參軍事,富弼禮重之。積遷河東轉運判官,提點河北刑獄,歷兵部左司郎中、太常少卿,太僕太府卿,戶、工、刑、吏部侍郎,出知梓州,青、郿、徐州,成德軍。"《畫墁錄》云:"杜常,昭憲太后之族子也。神宗聞憲之門有登甲科者,深喜之,有旨上殿。翌日喻執政曰:'杜常第四人及第,却一雙鬼眼,可提舉農田水利。'"《詩藪·外編》卷四云:"自洪景盧誤輯,趙昌父、周伯敳因之,遂為唐人,非也。"陳尚君《〈全唐詩〉誤收詩考》(《文史》第24輯)云,此詩最早見載於北宋末蔡絛著《西清詩話》。胡仔《苕溪漁隱叢話·前集》卷二四錄此條入"唐人雜記"。後周弼、高棅、沈德潛等當沿襲胡書而定為唐人。常,《宋史》卷三三〇有傳,元符元年知青州,二年改郿州,崇寧二年自徐州移鎮州,崇寧末以龍圖閣學士知河陽軍,卒,年七十九(參吳廷燮《北宋經撫年表》)。明隆慶進士朱夢震著《河上楮談》據華清宮宋代刻石,錄杜常詩四首,《華清宮》亦在其間,謂詩前題:"權發遣秦、鳳等路提點刑獄公事太常寺杜常。"後跋云:"正甫大寺自河北移使秦、鳳,元豐三年九月二十七日過華清,有詩四首。詞意高遠,氣格清古。邑人曹端儀,既親且舊,因請副本,勒諸方石,以垂不朽。閏九月初一日,潁川杜詡記。"(轉引自《宋詩紀事》卷二九)則常為宋人無疑。

③【增注】江南,指蜀江之南。自蜀望長安為北,蜀為南。

【補注】程,指以驛站郵亭或其他停頓止宿地點為起訖的行程段落。《東觀漢記·東平憲王蒼傳》:"置驛馬,傳起居,以千里為程。"白居易《從陝至東京》:"風光四百里,車馬十三程。"

④【圓至】華清自祿山亂後空宮,希復巡幸,故其景如此。

⑤【圓至】朝元閣,降聖閣也。天寶七載,老君降於朝元閣,改曰降聖閣。程大昌《雍録》曰:"長生殿,齋殿也。有事於朝元閣,則齋沐於此殿。"蓋朝元閣乃祠玄元之所。

【補注】唐初,追號老子李耳為太上玄元皇帝。朝元閣,在華清宮西繡嶺上。

⑥【圓至】《三輔黃圖》云:"長楊,本秦宮,漢武修之,以備巡幸,在盩厔縣東南三十里。"風作雨聲,皆空宮凄涼之象也。此詩蓋譏玄宗惑於神仙之事,與秦皇、漢武同,遺迹荒涼,俱為後人感慨之具。長楊、華清相去道里遼遠,況秦漢舊宮至唐惟未央尚在,長楊已不存,乃詩人寓言以託諷耳。王建《華清宮》亦云:"武帝自知身不死,看修玉殿號長生。"其譏意亦同,但不若此詩語意含蓄、情景混融耳。【增注】長楊,樹也,宮以樹名。【何焯】下二句是感歎身世之辭。人主求仙猶不可得,況光陰豈足把玩,乃欲效子雲四十餘獻《長楊賦》乎?於是如曉夢乍回,冷風苦雨侵肌撲面也。○詩意即義山詩"誰料蘇卿老歸國,茂陵松柏雨蕭蕭"也。乙酉。【何焯門生】朝元閣外豈無楊樹?必欲以漢武長楊為言,拘而不通矣。【大槻崇】長楊非宮,即華清宮前之長楊樹耳。王建詩"宮前楊柳"是也。○東去家山,凡十有六程矣。今晨方纜和殘月以到華清宮,則昔時全盛之迹既銷歇,而唯見朝元閣上之西風吹入長楊樹者,颯然作急雨之聲耳。按,徐而庵《説唐詩》曰:"楊樹有風,其聲若雨。西風雨聲,總是衰颯景況。"此解得之。

【補注】《升庵詩話》卷一一《杜常華清宮》:"'曉星',今本作'曉風',重下句'西風'字,或改作'曉乘',亦不佳。余見宋敏求《長安志》,乃是'星'字。敏求又云:'長楊非宮名,朝元閣去長楊五百餘里,此乃風入長楊樹,葉似雨聲也。'深得作者之意。"按,楊慎此説非出自宋敏求《長安志》,乃本于李好文《長安志圖》卷中:"長楊,關中人家園圃池沼多植白楊,今九龍池尤多,皆大合抱,長數丈,葉厚多,風恒如有雨。因憶唐人詩:'朝元閣上西風急,都入長楊作雨聲。'正謂此樹,以見故宮悲涼之意也。說者以'長楊'為漢宮,今宮在盩厔,去驪山百餘里,殊無相涉。且漢以木名宮,如桂宮、棠梨、豫章、五柞者非一,又安知長楊不以是木名耶!"明代西安知府李經以李氏《長安志圖》附刻于宋敏求《長安志》之前，故為楊氏誤引。參見王大厚《升庵詩話新箋證》（P. 617）。

【校勘】

　　[一]行盡……華清　高本、四庫本作"一別家山十六程，曉來和月到華清"，高校"原本作'行盡江南數十程，曉風殘月入華清'，今從焦氏所載杜常石刻本"，何校"焦氏石刻真偽不可知，安足據以妄改元人相傳之本"。

　　[二]入　磧砂本作"向"。

　　[三]更有　底本、正統本作"有更"，據大系本改。

　　[四]一　底本作"二"，據詩説本和增注正統本、明應本改。

宮　詞①

王　建②

　　金殿當頭紫閣[一]重，僊人掌上玉芙蓉③。太平天子朝元日④[二]，五色雲車[三]駕六龍⑤。

【考證】

　　此詩見《全唐詩》卷三〇二（P. 3445），為《宮詞一百首》之八十九。

【注評】

　　①【增注】《古今詩話》云："王建《宮詞》百首，皆言宮中事，史傳小説多所不載。"《苕溪詩話》："建《宮詞》凡百絶。天下傳播，傚[四]此體者雖有數家，而建為之祖耳。"

　　②【圓至】大暦十年第二進士，大和中為陝州司馬。初為渭南尉，與宦者王守澄有宗人之分，澄以弟呼之，故多知禁掖故事，作《宮詞》百篇。

【增注】《苕溪漁隱詩話》引王建《宮詞》舊跋云：“建與韓愈、張籍[五]同時，而籍相友善，工為樂府歌行，思遠格幽。”

　　【補注】賈晉華撰《中國文學家大辭典·唐五代卷》(P. 37—38)“王建”條云，建(766？—？)，字仲初，行六，關輔(今陝西)人，郡望潁川(今河南許昌)。約于德宗初年求學齊州鵲山，與張籍同學友善。貞元中歷佐淄青、幽州、嶺南節度幕，元和初復佐荊南、魏博幕。八年前後任昭應丞。轉渭南尉，與宦者王守澄聯宗，盡得宮中之情，作《宮詞》百首，膾炙人口。遷太府丞，長慶二年間任秘書郎。大和二年自太常丞出為陝州司馬，罷任閒居京郊。約卒于大和中。建除與張籍過從甚密外，與李益、白居易、韓愈、劉禹錫、楊巨源等亦有交誼唱酬。少慕李益為詩，長有詩名，尤長樂府、宮詞，與張籍並稱，世稱“張王”。白居易稱：“詩人之作麗以則，建為文近之矣。故其所著章句，往往在人口中，求之輩流，亦不易得。”(《授王建秘書郎制》)《新唐書·藝文志》著錄《王建集》十卷。今人尹占華有《王建詩集校注》(巴蜀書社 2006 年版)，王宗堂有《王建詩集校注》(中州古籍出版社 2006年版)。

　　③【圓至】玉芙蓉，玉杯也。《漢武故事》曰：“上作承露盤，仙人掌擎玉杯，以取雲表之露，和玉屑服之，求不死。”《三輔黃圖》謂：“仙掌在甘泉宮通天臺上。”按，古人挹注之器多作芙蓉，如“華清池中玉芙蓉”是也。【增注】玉芙蓉，庾信《春賦》：“芙蓉玉碗。”【何焯】玉芙蓉即太華峰頭玉井蓮也，注誤。仙人掌即太華仙掌，玉芙蓉即玉井蓮也。

　　【補注】尹占華《王建詩集校注》(P. 529—530)云，金殿，金鑾殿。《雍錄》卷四“大明宮右銀臺門翰林院學士院圖·金鑾坡”載，“金鑾坡者，龍首山之支隴”，其上之殿名為金鑾殿，“殿西有坡，德宗即之以造東學士院而明命”。紫閣，終南山峰名。杜甫《秋興八首》之八：“紫閣峰陰入渼陂。”

　　④【增注】《明皇雜錄》載：“上為皇孫，嘗呰武攸暨。武后曰：‘此兒當為太平天子。’又在藩嘗私謁萬回，回撫其背曰：‘五十年太平天子，可自愛！’”【磧砂】謙曰：曰“天子”，又曰“太平”，皆皮裏春秋語意。

　　【補注】王宗堂《王建詩集校注》(P. 641)云，朝元，朝拜老子。唐高宗曾封老子為玄元皇帝。華清宮西繡嶺上建有朝元閣,參見卷一杜常《華清宮》注⑤。

⑤【圓至】五色雲車,畫雲氣車也。《郊祀志》:"文成言上欲與神通,宮室被服非象神,神不至。乃作畫雲氣車。甲、丙、戊、庚、壬日,各以其色駕之。"《甘泉賦》曰:"於是[六]乘輿乃登鳳凰兮翳華芝,駟蒼螭兮六素虯。"注曰:"六馬也。"此篇乃全用甘泉宮事,以刺世主違禮而好怪。《禮》:"奇器不入宮,君不乘奇車。"況作非禮之器,為服食以求不死,御鬼神之車服以淫祀乎?辭惟序事而譏自見,此杜元凱所謂"具文見意"者也。人多以《宮詞》為情詩者,非也。按,建《宮詞》百篇,有情者,有事者,有怨者,有刺者,指不一也。而或者概以情怨説《宮詞》,誤矣。【何焯】此諷溺神仙而崇淫祀,失之目前,求之恍惚也。【何焯門生】按,石淙詩"雲車遥裔三株樹","雲車"亦通用字。此詩刻意,蓋在第二句用實事以見意,三句接得更妙!【大槻崇】余謂:其命意之巧,結構之妙,讀者須得之玩味之餘。

【校勘】

[一] 閣　正統本、明應本作"閤"。

[二] 朝元日　何校"《百家選》與本集皆作朝迎日",全唐詩作"朝迎(今作元)日"。

[三] 車　圓校"或作中者非,今從本集",全唐詩校"一作中"。

[四] 傚　底本、正統本、大系本脱,據《苕溪漁隱叢話・前集》(P.149)補。

[五] 張籍　底本、正統本作"張藉",據大系本改;下文同,逕改。

[六] 是　底本、詩説本、正統本、明應本脱,據《文選》卷七揚雄《甘泉賦》補。

吴　姬①

薛　能②

自[一]是三千第一名③,内家叢裏獨分明④。芙蓉殿上中元日⑤,

水拍銀盤^[二]弄化生^⑥。

【考證】

　　此詩見《全唐詩》卷五六一（P. 6520），為《吳姬十首》之十。

【注評】

　　①【增注】薛許昌元集《吳姬》詩共八首，此其一也。按，顏師古云：“姬者，周之姓，貴於諸國之女，故婦人之美號皆稱姬。後總謂眾妾為姬。”

　　【補注】吳姬，吳地的美女。

　　②【圓至】字至拙，會昌六年狄慎思榜及第。後鎮徐，軍亂而敗。

【增注】字太拙，汾州人。會昌六年登進士第。大中末書判中選，補盩厔尉，太原、陝、虢、河陽等從事。李福鎮滑州，表觀察判官，歷御史都官^[三]、刑部員外。福徙^[四]西川，取為節度副使。咸通中攝嘉州刺史，乾符中許州刺史。歸朝，遷主客度支刑部郎中，俄刺同州。京兆溫漳貶，命權知尹事，出領感化節度，入^[五]授工部尚書，復節度徐州，徙忠武。廣明中徐兵戍殷水，經許館城中。許軍懼見襲^[六]，逐能據城。大將周岌自稱留後，因屠其家。

　　【補注】吳在慶撰《中國文學家大辭典·唐五代卷》（P. 836—837）“薛能”條云，能（？—880），字大拙，汾州（今山西汾陽）人。會昌六年登進士第。大中八年，書判入等，補盩厔尉。歷太原、陝虢、河陽從事。李福鎮滑州，表為觀察判官，歷侍御史、都官、刑部二員外郎。咸通五年，李福鎮劍南，表為節度副使。後攝嘉州刺史。復入為主客、度支、刑部郎中，遷同州刺史、給事中。十一年，拜京兆尹。後歷任感化軍節度使、工部尚書、忠武軍節度使。能癖於詩，日賦一章，而狂妄自傲，好詆訶前輩詩人。嘗謂“李白終無取”（鄭谷《讀故許昌薛尚書詩集》自注），又譏白居易《荔枝詩》“興旨卑泥，與無詩同”（《荔枝詩》序）。而其詩多題詠寄酬之作，題材殊窄，且詩意顯露，少含蓄之致。《新唐書·藝文志》著錄《薛能詩集》十卷、《繁城集》一卷。今存《許昌集》十卷。《全唐詩》卷五五八至五六一編其詩為四卷。

③【圓至】三千者,宮女之數。自此以下,皆自述其昔日才寵如此。

④【圓至】崔令欽《教坊記》曰:"妓女入宜春院,謂之內人,亦曰前頭人。其家在教坊,謂之內人家。"【增注】內家,天子宮中為禁內,又為大內。

【補注】內家,這裏指宮女。

⑤【圓至】芙蓉殿,在曲江。

【補注】中元,指農曆七月十五日。舊時道觀於此日作齋醮,僧寺作盂蘭盆會,民間亦有祭祀亡故親人等活動。《歲華紀麗》卷三《中元》:"道門寶蓋,獻在中元。釋氏蘭盆,盛於此日。"

⑥【圓至】唐《歲時紀事》曰:"七夕,俗以蠟作嬰兒形,浮水中以為戲,為婦人宜子之祥,謂之化生。本出西域,謂之摩睺羅。"今富貴家猶有此。已上皆自述昔日才寵如此。此詩鑿説者不一,多失作者之意。今觀薛能《吳姬詞》凡八首,皆以女自喻。古詩多有此體,如《妾薄命》之類是也。蓋能早負才名,自謂當作文字官。及為將,常怏怏不平,數賦詩以見意。此詩乃矜其少日才望之盛,而不平之意隱然言外。【增注】化生,《金剛經》:"若化生。"【磧砂】敏曰:"第一名","獨分明",何等矜貴!胡天胡帝之一人也。"芙蓉殿",何等地位!"中元日",何等良辰!僅令其人銀盤拍水,閑弄化生,冀徵宜子之祥。則上三句極其鋪張,下一句極其冷淡,而託意深遠矣。【何焯門生】有上二句,益覺下二句凄涼。

【校勘】

[一]自　圓校"一作身",何校、全唐詩作"身",全唐詩校"一作自"。

[二]盤　全唐詩作"臺"。

[三]都官　底本作"都宮",據正統本、大系本改。

[四]徙　底本、正統本作"建",據大系本改。

[五]入　底本作"八",據正統本、大系本改。

[六]襲　底本作"龍",據正統本、大系本改。

已前[一]共三首①

【注評】

　　①【圓至】伯弜立此而不著其説。以余觀之，其例不一。若絶句，則以第三句爲主。或以其句法相似，或字面相同，或第三句喚第四句者，或不喚而第四句申其意者，或純似[二]景物者，或景物中有人者。但第三句皆如是，則聚爲一類，曰“已上若干首”。其首尾三句則不必同，而又必篇篇聲勢、輕重相似。其揣摩稱停，用心之精，可謂細入忽微，非苟然者。故不顯言其旨，欲使觀者自得焉。【磧砂】謙曰：工於此道者，似不煩尋章摘句，然當細玩。【大槻崇】按，此説極得伯弜之旨矣。今且以句法、字面之同者言之，曰“朝元閣”，曰“太平天子”，曰“芙蓉殿”，皆以實物接也。曰“二十五絃”，曰“十二街”，曰“四百八十寺”，皆以數字接也。餘可以類推，但其謂聲勢輕重相似者，究竟在讀者玩味自得耳。

【校勘】

　　[一]已前　底本、正統本、明應本作“已上”，詩説本作“已前”。按，底本此類説法頗不一致，或題“已前”，或題“已上”，現據大多數題法，統一爲“已前”；下文徑改，不再出校記。

　　[二]似　底本作“以”，據詩説本、正統本、明應本改。

歸　雁

錢　起①

　　瀟湘何事等閑回，水碧沙明兩岸苔②。二十五絃彈夜月③，不勝清怨却飛來④。

【考證】

此詩見《全唐詩》卷二三九（P. 2688）。

【注評】

①**【圓至】**湖州人，天寶十年李巨卿榜及第。**【增注】**吳興人。天寶中舉進士，終考功郎中。與郎士元齊名。

【補注】賈晉華撰《中國文學家大辭典·唐五代卷》（P. 633—634）"錢起"條云，起（710？—782？），字仲文，行大，湖州（今屬浙江）人。天寶九載登進士第，授秘書省校書郎。乾元二年任藍田尉，與王維過往唱酬。廣德二年後入朝任職。大曆中歷祠部員外郎、司勳員外郎。與盧綸等人文詠唱和，游於駙馬郭曖之門。建中初任考功郎中。約卒於建中、貞元之間。起在肅、代時期詩名藉甚，省試詩《湘靈鼓瑟》膾炙人口。與盧綸、吉中孚、韓翃、司空曙、苗發、崔峒等並稱"大曆十才子"，又與郎士元並稱"錢郎"，與郎士元、劉長卿、李嘉祐並稱"錢郎劉李"。其詩長於餞別應酬之作，大曆中公卿出京，無其詩祖餞，時論鄙之。高仲武選《中興間氣集》，列起為第一人，並稱其詩"體格新奇，理致清贍……文宗右丞，許以高格。右丞沒後，員外為雄"（卷上）。《新唐書·藝文志》著錄《錢起詩》一卷，《郡齋讀書志》錄為二卷，《直齋書錄解題》錄為十卷，並云"蜀本作前、後集十三卷"。今人王定璋有《錢起詩集校注》（浙江古籍出版社 1992 年版），阮廷瑜有《錢起詩集校注》（新文豐出版股份有限公司 1996 年版）。

②**【圓至】**衡陽有回雁峰，雁至此不南去。**【大槻崇】**按，杜牧《早雁》詩："莫厭瀟湘少人處，水多菰米岸莓苔。"據此，苔蓋雁之食餌，非唯言其景物也。

【補注】瀟湘，指湘水。因水色清深，故名。《山海經·中山經》："帝之二女居之，是常遊于江淵。澧沅之風，交瀟湘之淵。"參見卷一戴叔倫《湘南即事》注④。何事，為何，何故。左思《招隱詩二首》之一："何事待嘯歌？灌木自悲吟。"王定璋《錢起詩集校注》（P. 299）：等閒，尋常、隨便。白居易《琵琶引》："今年歡笑復明年，秋月春風等閒度。"馬茂元《唐詩選》（P. 403）："意謂瀟湘一帶,景色優美,雁群盡可棲托,何必飛回北方……《太平御覽》卷六五引《湘中記》:‘湘水至清,雖深五六丈,見底了了……白沙如雪。’水深而清,故曰碧。”閻簡弼《唐詩選注》(P.136):“唐人認為在瀟水和湘水合流處的洞庭湖一帶,是雁南來時適宜的居宿處,所以杜牧《早雁》也説:‘莫厭瀟湘少人處,水多菰米岸莓苔。’”

③【圓至】《漢書》:“泰帝使素女鼓五十絃瑟,瑟聲悲,帝禁不得,破瑟為二十五絃。”

④【圓至】瑟中有《歸雁操》。詩意謂:瀟湘佳境,水碧沙明,何事即回?我瑟夜彈方怨,汝却飛來乎?又一説以“二十五絃彈夜月”為湘妃鼓瑟,詩意謂:瀟湘佳境,雁不應回,乃湘瑟之怨不可留耳!此詩人發興之言,其説亦通。【磧砂】敏曰:“何事等閑回”,直喚三、四句。“水碧沙明兩岸苔”,補寫瀟湘之景,正襯“何事”二字,起“不勝”二字也。【何焯】後説得之,蓋託意於遷客也。禽鳥猶畏卑濕而却歸,況于人乎?【何焯門生】前説是,為湘妃鼓瑟之説者迂遠極矣。【大槻崇】舊解有二説,後説以“二十五絃彈夜月”為湘妃之靈鼓瑟於空中……此解為是。按唐仲言《唐詩解》曰:“雁至衡陽而回,即瀟湘之間也。汝何事而即回?彼瀟湘之旁,山水甚美,儘可棲託,所以歸者,得非湘靈以二十五絃彈月,汝不勝其悲而飛來耶?”

【補注】馬茂元《唐詩選》(P.403):“樂府《相和歌·瑟調曲》有《鴻雁生塞北行》(見《樂府詩集》卷三七)。又《楚辭·遠遊》有‘使湘靈鼓瑟’之語。湘靈,指湘水女神。按:瀟湘為鴻雁翔集之地,雁群多在月夜長征,這裏以二十五弦作為瑟的代稱,而把有關瀟湘和鴻雁的典故綜合起來,意思説,歸雁之所以由南飛北,當是有感於水鄉清冷,瑟聲哀怨的緣故。李益《春夜聞笛》:‘洞庭一夜無窮雁,不待天明盡北飛。’與此詞略同,可參看。”按,錢起另有《省試湘靈鼓瑟》專言湘靈瑟聲之悲怨:“善鼓雲和瑟,常聞帝子靈。馮夷空自舞,楚客不堪聽。苦調凄金石,清音入杳冥。蒼梧來怨慕,白芷動芳馨。流水傳瀟浦,悲風過洞庭。曲終人不見,江上數峰青。”此詩當亦用湘靈鼓瑟典。然圓至二説皆通。按後説,末句“却”字當副詞“纔”解,《雲溪友議》卷中《澧陽宴》:“遂遣人扶起李秀才,於東院以香水沐浴,更以新衣,却赴中座。"首、尾兩聯一問一答。按前説,末句"却"字當副詞"反而,倒"解。
李白《江夏行》:"為言嫁夫婿,得免長相思。誰知嫁商賈,令人却愁苦。"末
聯與首句"何事等閑回"口吻一致,進一步補充、延展所問,殆謂:大雁,汝放
棄瀟湘優越的生活環境飛來此地,當是不勝湘靈瑟聲之怨;這裏亦有人鼓
瑟,我正不勝其怨,汝反而飛來,究為何故?

逢賈島①

張　籍②〔一〕

僧房逢著欸冬花③,出寺吟行〔二〕日已斜④。十二街中春雪遍⑤,
馬蹄今去入誰家⑥。

【考證】

此詩見《全唐詩》卷三八六(P.4360)。

【注評】

①【大槻崇】按,賈島與張籍,皆係韓門弟子。此詩述其同為君子徒而
小人不可與之意。舊注以為島未加冠巾時之作,大謬。

【補注】賈島,與張籍、韓愈、姚合等交往密切,多有唱酬。參見卷一賈
島《三月晦日贈劉評事》注②。

②【圓至】字文昌,和州人。貞元十五年封孟仲榜及第。【增注】字文
昌,和州烏江人。登進士第,韓愈薦為國子博士,歷水部主客郎中,終國子
司業。

【補注】吳汝煜撰《中國文學家大辭典·唐五代卷》(P.449)"張籍"條
云,籍(766?—830?),字文昌,行十八。吳郡(今江蘇蘇州)人。後遷居和
州烏江(今安徽和縣)。貞元十三年十月北遊汴州,與韓愈相識,時韓愈主

持府試,解送入京應舉。明年登進士第。旋返和州,居喪不仕。元和元年,補太常寺太祝,十年不調。害眼疾三年,幾至失明,故孟郊贈詩稱為"窮瞎張太祝"。十一年,始轉為國子助教。十五年遷秘書郎。宰相裴度自太原寄馬相贈,張籍賦《謝裴司空寄馬》,韓愈、白居易、元稹、劉禹錫、李絳等均有和作,一時推為文壇盛事。長慶元年,韓愈薦為國子博士。次年遷水部員外郎。四年擢主客郎中。大和二年拜國子司業,世稱張水部或張司業。大和四年前後卒。張籍"長於樂府,多警句"(《新唐書》本傳)。與王建詩風相近,宋人每以"張王"並稱。《艇齋詩話》云:"唐人樂府,惟張籍、王建古質。"張洎《張司業詩集序》稱:"元和中,公及元丞相、白樂天、孟東野歌詞,天下宗匠,謂之'元和體'。"足見影響之大。五言律不事藻飾雕琢,于平易中見委宛深情,亦多佳作。《升庵詩話》卷四謂晚唐朱慶餘、陳標、任蕃、章孝標、司空圖、項斯等俱學張籍五律。《新唐書‧藝文志》著錄《張籍詩集》七卷等。今人李冬生有《張籍集注》(黃山書社1989年版),李建崑有《張籍詩集校注》(華泰文化事業股份有限公司2001年版),徐禮節和余恕誠有《張籍集繫年校注》(中華書局2011年版)。

③【圓至】《本草》"款冬花"注:"出雍州南山及華州,十一、十二月采其花。"【增注】款冬花,《古今方》用為治嗽之最。【何焯】顏注《急就》云:"款東,即款冬也,亦曰款凍,以其凌寒叩冰而生,故為此名。生水中,華紫赤色。"

【補注】徐禮節、余恕誠《張籍集繫年校注》(P.783):款冬花,多年生草本植物,性耐寒,嚴冬開花。《本草綱目》卷一六:"《述征記》云:'洛水至歲末凝厲時,款冬生于草冰之中,則顆凍之名以此而得,後人訛為款冬,即款凍爾。款者,至也,至冬而花也。'"宗奭曰:"百草中,惟此不顧冰雪,最先春也,故世謂之'鑽凍'。雖在冰雪之下,至時亦生芽。"

④【圓至】島初為僧,名無本。此詩有"僧房""出寺"之語,當是島未加冠巾時作。

⑤【圓至】鮑昭詩:"京城十二衢。"【增注】十二街,張衡《西都賦》:"方軌十二,街衢相經。"注:"城門三面皆平正,可齊十二車,其中街衢互相經涉。"

【補注】徐禮節、余恕誠《張籍集繫年校注》(P. 783)：“十二街：指京師長安。唐長安城有東西向五街，南北向七街，合稱十二街。唐韓愈《南內朝賀歸呈同官》：‘綠槐十二街，渙散馳輪蹄。’”

⑥【圓至】按，張衡《四愁詩》序云：“效《楚詞》以香草比君子，以雪霏[三]水深比小人。”此詩用其體，以款冬花耐寒寂比島，以春雪比小人，以日斜比時昏，而傷己與島未知所託也。杜云：“風濤暮不穩，捨棹宿誰門。”全用杜意。【磧砂】謙曰：比為“六義”之一，今罕知之矣。善夫！孟子之言曰：“故說詩者，不以文害辭，不以辭害志，以意逆志，是謂得之。”【何焯門生】絕不露出時勢，并不露出賈島，故妙！○此等詩方見詩人妙用，得騷中之神也。【大樾崇】按，《詩》之《節南山》云：“我瞻四方，蹙蹙靡所騁。”此詩庶乎得其旨矣。

【補注】徐禮節、余恕誠《張籍集繫年校注》(P. 784)：《刪補唐詩選脉箋釋會通評林・七言絕句・中唐中》：敖英：“後二句托喻末路艱虞，知己難遇。”

【校勘】

[一] 張籍　元刊本作“張藉”。

[二] 吟行　磧砂本、全唐詩作“行吟”。

[三] 霏　何校“雰”。

江南春①

杜　牧②

千[一]里鶯啼綠映紅，水村山郭酒旗風③。南朝四百八十寺，多少樓臺煙雨中④。

【考證】

此詩見《全唐詩》卷五二二(P.5964)，題末多"絕句"二字。

【注評】

①【增注】指楊子江以南。

②【圓至】佑之孫，字牧之。【增注】舉進士，復舉賢良方正。太和末自侍御史出作沈傳師宣城幕，除官入京。後二十餘年，連典池、黃、湖等四郡。遷殿中侍御史，後爲司勛員外郎。逾年遷中書舍人卒，年五十。牧詩情致豪邁，人號小杜，以別杜甫。

【補注】吳在慶撰《中國文學家大辭典·唐五代卷》(P.253—255)"杜牧"條云，牧(803—853)，字牧之，行十三，京兆萬年(今西安)人。杜佑孫。父從郁，官至駕部員外郎。杜牧少小即受其祖影響，博覽群籍，於"治亂興亡之迹，財賦兵甲之事，地形之險易遠近，古人之長短得失"(《上李中丞書》)尤爲留意。大和二年登進士第，又中賢良方正直言極諫科，解褐弘文館校書郎，試左武衛兵曹參軍。旋爲江西觀察使沈傳師幕史，後又隨轉宣歙觀察使幕。大和七年，爲牛僧孺辟爲淮南節度推官、監察御史里行，轉掌書記。九年，入爲監察御史，分司東都。開成二年，復爲宣歙觀察使幕團練判官。次年冬，遷左補闕、史館修撰，後轉膳部、比部員外郎。會昌二年，出爲黃州刺史。四年九月，遷池州刺史。六年秋，復徙刺睦州。大中二年，入任司勳員外郎、史館修撰，轉吏部員外郎。四年秋，出爲湖州刺史。次年，復入爲考功郎中、知制誥。六年，遷中書舍人。是年十二月，病卒。杜牧爲晚唐大家，詩、賦、古文均擅，書畫亦精。自言"苦心爲詩，本求高絶，不務奇麗，不涉習俗，不今不古，處於中間"(《獻詩啓》)。杜牧關心國事，力主削平藩鎮，收復河湟，大有以天下蒼生爲己任之氣概，曾注《孫子兵法》。五言古詩融叙事、抒情、議論於一爐，縱橫馳騁，感慨蒼涼。七言律、絶則於拗折峭健之中，時見風華流美之致，氣勢豪宕而情韻纏綿。其集初有其甥裴延翰所編之《樊川文集》二十卷，宋人復廣事搜集，又編成《樊川外集》《樊川別集》。清人馮集梧有《樊川詩集注》(上海古籍出版社1998年版)，並編有

《樊川詩補遺》。今人繆鉞有《杜牧傳・杜牧年譜》（河北教育出版社 1999
年版），吳在慶有《杜牧集繫年校注》（中華書局 2008 年版）。

③【補注】郭，外城，古代在城的周邊加築的一道城牆。山郭，指山城，
山村。酒旗，酒簾，酒店的標幟。

④【圓至】余觀本集，此詩蓋牧之赴宣州時紀道中所見景耳。【增注】
《釋氏通鑑》載："金陵舊來七百餘寺，經侯景亂，焚蕩幾盡，陳高祖修復。"
【磧砂】敏曰：上二句本題意也。第三句是轉開語。只看落句，"多少"二字，
可見不然，何又説"煙雨"？【何焯】首句用邱記室書，那得止賦所見？○綴
以"煙雨"二字便是春景，古人工夫細密。【何焯門生】上二句逼真，是"江
南"。逼真，是"春"。

【補注】南朝，南北朝時期，據有江南地區的宋、齊、梁、陳四朝的總稱。
其時君主如梁武帝蕭衍等大多崇佛，所建佛寺尤多。

【校勘】

［一］千　磧砂本作"十"。

已前共三首

別李浦之京①

王昌齡②

故園今在灞［一］陵西③，江畔逢君醉不迷④。小弟鄰莊尚漁獵⑤，
一封書寄數行啼⑥。

【考證】

此詩見《全唐詩》卷一四三（P. 1448）。

【注評】

①【補注】胡問濤、羅琴《王昌齡集編年校注》(P.139—142)謂此詩乃昌齡開元(713—741)末至天寶八載(749),任江寧(今南京)丞期間作。李浦,待考。之京,赴京。

②【圓至】江寧[一]人,字少伯。登開元十五年第。【增注】字少伯,江寧人。工詩,時謂王江寧。開元間第進士,補秘書郎。又中博學宏詞,遷汜水尉。不護細行,貶龍標尉。以世亂還鄉里,為刺史閭丘曉所殺。

【補注】吳企明撰《中國文學家大辭典·唐五代卷》(P.33—34)"王昌齡"條云,昌齡(690?—756?),字少伯,行大。郡望瑯玡,京兆萬年(陝西西安)人。早年似曾至西北邊陲。開元十五年進士及第,補秘書省校書郎。二十二年,登博學宏詞科,超絕群類,授汜水尉。二十七年,貶嶺南,翌年北歸,經襄陽,與孟浩然相聚甚歡。冬,出任江寧丞。天寶二、三載間,因公至長安,不久即南回江寧。天寶中,被貶為龍標尉。安史亂時,還江東,為亳州刺史閭丘曉所殺。王昌齡在開元、天寶時,詩名籍甚,當時有"詩家夫子王江寧"之稱。殷璠編《河岳英靈集》,選王昌齡最多。昌齡詩以風骨著稱,尤以七絕成就最高,與李白七絕並稱於世。《新唐書·藝文志》、《舊唐書》本傳云《王昌齡集》五卷,前者又載王昌齡《詩格》二卷。今存於《吟窗雜錄》中之《詩格》,為宋人所竄改,已非原貌。今人李雲逸有《王昌齡詩注》(上海古籍出版社1984年版),胡問濤、羅琴有《王昌齡集編年校注》(巴蜀書社2000年版)。

③【圓至】灞陵,秦芷陽也。文帝葬其上,改曰灞陵。在長安城東七十里。

【補注】灞陵,又作霸陵。漢文帝陵名。參見卷五岑參《送懷州吳別駕》注②。

④【何焯】此句中妙有一"迷"字。

【補注】江畔,長江邊,指江寧附近。迷,昏沉,昏迷。

⑤【圓至】莊猶村。唐人呼別業為莊。

⑥【圓至】漁獵者,少年放逸之習,而小人之事也。憂其弟樂小人之事,

故在外以書戒,又繼以泣。此仁人愛弟之情也。《孟子》曰:"涕泣而道之者,親之也。"此詩近之矣。【磧砂】敏曰:細處在"醉不迷"三字。【何焯】此恐只是傷其流落。○干禄京華,久而不遂,其家盡廢,反以長安為故園。有弟不能教之成業,致其寄迹鄰莊,漁獵以糊其口。即今江畔相逢又將別李而西,徒寄一書,咫尺不能顧其家。愧悔交集,不知涕之横流也。【何焯門生】如傷其流落,不須着"醉不迷"三字。"漁獵"亦非小人事,恐只是指其年少不羈耳。【大槻崇】此解於後二句得之,前二句未盡也。蓋"醉不迷"三字,是此篇主腦。言遥思其弟在故園作小人之事,而隱憂塞乎胸,故雖醉矣,竟不至其昏迷也。按,迷者,言醉之甚。竹醉日,一名竹迷日,可以見矣。

【補注】胡問濤、羅琴《王昌齡集編年校注》(P. 143):《删補唐詩選脉箋釋會通評林·七言絶句·盛唐上》:周珽:"説到情意懇切處,令人味之愈永。"

【校勘】

[一]灞 何校"霸"。

[二]江寧 底本作"江陵",據詩説本改。

題崔處士林亭①

王 維②

緑樹重[一]陰蓋四鄰,青苔日厚自無塵③。科頭箕踞長松[二]下④,白眼看他世上[三]人⑤。

【考證】

此詩見《全唐詩》卷一二八(P. 1307),題作《與盧員外象過崔處士興宗林亭》。

【注評】

①【補注】本集題同《全唐詩》。陳鐵民《王維集校注》（P. 290、101）：盧員外象，劉禹錫《唐故尚書主客員外郎盧公集序》：“尚書郎盧公諱象，字緯卿，始以章句振起於開元中，與王維、崔顥比肩驤首，鼓行於時……由前進士補秘書省校書郎……丞相曲江公方執文衡，揣摩後進，得公，深器之，擢為左補闕、河南府司録、司勛員外郎。名盛氣高，少所卑下，為飛語所中，左遷齊、邠、鄭三郡司馬，入為膳部員外郎。時大盜起幽陵，入洛師，東夏衣冠，不克歸王所，為虜劫執，公墮脅從伍中。初謫果州長史，又貶永州司户，移吉州長史。天下無事，朝廷思用宿舊，徵拜主客員外郎，道病，留武昌，遂不起。”處士，指有道德、學問而隱居不仕之士。崔處士，指崔興宗，趙殿成注：“《唐書·宰相世系表》有崔興宗（按出博陵安平崔氏），乃駙馬都尉崔恭禮之子，後官饒州長史，顧玄緯以為即是其人。成按，《公主列傳》，恭禮尚高祖女真定公主，去開元、天寶世甚遠……其非一人明矣。”趙説是。據王維《秋夜獨坐懷內弟崔興宗》，知興宗為王維內弟。此詩盧象、王縉、裴迪均有同詠，興宗有答詩《酬王維盧象見過林亭》。此詩之作，應在興宗出仕之前，約天寶八、九載（749—750）間。

②【圓至】字摩詰，太原祁人。開元九年及第。【增注】字摩詰，太原人。開元初年十九，進士擢第。調大樂丞，坐累為濟州司倉參軍。張九齡執政，擢右拾遺，歷監察御史，累遷給事中。禄山[四]亂平，下遷太子中允，久之遷中庶子，三遷尚書右丞。有詩名，工畫。上元初卒，年六十一。

【補注】吳企明撰《中國文學家大辭典·唐五代卷》（P. 49—50）“王維”條云，維（701？—761），字摩詰，行十三。祖籍太原祁縣（今屬山西晉中）。父處廉，終汾州司馬，徙家於蒲，遂為河東（今山西永濟）人。開元九年，進士及第，授太樂丞，旋坐伶人舞黄獅子事，貶為濟州司倉參軍。二十三年，張九齡執政，擢為右拾遺。二十五年，遷監察御史，秋，出使涼州慰問，留任河西節度判官。二十八年冬，以殿中侍御史知南選。天寶元年，任右補闕，轉侍御史，五載，遷庫部員外郎、郎中。九載，丁母憂，隱居輞川別業，與裴迪為友，彈琴賦詩，嘯詠終日。十一載，服闋，起為吏部郎中。十四載，轉給事中。十五載，安史亂軍陷長安，維扈從不及，為亂軍所獲，送至洛陽，拘於菩提寺，被迫受偽職。至德二載冬，陷賊官以六等定罪，維因菩提寺口號詩聞於行在，為肅宗所稱許，又以弟縉懇請削己官職以贖兄罪，獲免。乾元元年二月，責授太子中允，加集賢殿學士。不久，又遷太子左庶子、中書舍人，復拜給事中。上元元年，轉尚書右丞，世稱王右丞。維晚年篤志奉佛，退朝之餘，焚香獨坐，以禪誦為事。上元二年卒，享年六十二。王維多才藝，精詩文、書畫、音樂，其詩清新秀雅，兼擅各體，尤擅長山水田園詩，為盛唐山水田園詩派代表作家，與孟浩然齊名，世稱“王孟”。殷璠云：“維詩詞秀調雅，意新理愜，在泉為珠，著壁成繪。一句一字，皆出常境。”（《河岳英靈集》卷上）王維死後不久，代宗命其弟縉綴輯遺文，編成《王維集》十卷，《新唐書·藝文志》有著錄。清人趙殿成有《王右丞集箋注》（上海古籍出版社2007年版），今人張清華有《王維年譜》（學林出版社1988年版），陳鐵民有《王維集校注》（中華書局1997年版）。

③【何焯】第二言世人不到。

④【圓至】科頭，不冠也。管寧云：“吾嘗一朝科頭，三晨晏起。”《張耳傳》：“高祖箕踞嫚罵之。”注曰：“謂伸兩腳，其形如箕。”【增注】“科頭”二字，出《史記·張儀傳》，注謂：“不著兜鍪入敵。”

【補注】陳鐵民《王維集校注》（P. 291）：《說郛》卷一一上引楊伯嵒《臆乘》：“俗謂不冠謂（為）科頭。”古人席地而坐，坐時兩膝着席，臀部壓在腳後跟上，箕踞在古時是一種不講禮節的坐法。

⑤【圓至】阮籍能為青白眼，見禮俗之士，白眼對之。【磧砂】或曰：風雅之道，忠厚和平，此云“科頭箕踞”，不亦倨傲無禮乎？又云“白眼看他”，蓋阮籍見禮法之士則以白眼對之，不又自處無禮而顧以無禮處人乎？且用一“他”字，便非民胞物與之量。摩詰高雅，何亦出此？謙曰：此題崔處士林亭，蓋諷崔也。【大槻崇】未到林亭，先見綠樹高大，蔭蔽四鄰，則樓隱之久可知也。既到林亭，見庭中青苔日厚，則無俗人踪迹可想也。處士既坐此林亭之內，放浪形骸，不拘禮法，如此則世上禮俗之士，不肯以眼珠對之，唯為白眼以見之耳。按，王翼雲《唐詩合解》曰：“‘他’字妙，見王維與盧象不

在其内,處士另以青眼相看也。”

【補注】白眼,露出眼白,表示鄙薄或厭惡。

【校勘】

[一] 重　全唐詩校“一作垂”。

[二] 松　全唐詩校“一作林”。

[三] 他世上　全唐詩校“一作君是甚”。

[四] 禄山　底本作“禄止”,據正統本、大系本改。

楓橋夜泊①[一]

張　繼②

月落烏啼霜滿天,江楓漁火[二]對愁眠③。姑蘇城外寒山寺,夜半
鍾聲到客舡④。

【考證】

此詩見《全唐詩》卷二四二(P.2721),題下校“一作《夜泊楓江》”。

【注評】

①【增注】楓橋在蘇州吳縣西十里,有楓樹,故名。

【補注】楓橋,橋名,在今江蘇省蘇州市閶門外寒山寺附近。周義敢《張
繼詩注》(P.22)云,此詩是繼至德年間(756—758)客遊蘇州時所作。關於
楓橋橋名之由來,古來説法歧異。一説楓橋舊作封橋。《(同治)蘇州府志》
卷一四六“雜記三”引宋周遵道《豹隱記談》:“舊作封橋,王郇公居吳時書張
繼詩刻石作‘楓’字,相承至今。天平寺藏經,多唐人書,背有‘封橋常住’四
字朱印。”另一説稱古來即名楓橋。宋朱長文《吳郡圖經續記》卷中:“楓橋

之名遠矣,杜牧詩嘗及之,張繼有《晚泊》一絶……舊或誤為封橋,今丞相王
郇公頃居吳門,親筆張繼一絶於石,而'楓'字遂正。"范成大《吳郡志》卷一
七:"楓橋在閶門外九里道傍,自古有名。"卷三三:"普明禪院,即楓橋寺
也。"王楙《野客叢書》卷二三:"近時孫尚書仲益、尤侍郎延之,作《楓橋修造
記》(應為《平江府楓橋普明禪院興造記》)與夫《楓橋植楓記》,皆引唐人張
繼、張祐(祜)詩為證,以謂楓橋之名著天下者,由二公之詩。"可見,楓橋之
名,宋時即有兩說。

②【圓至】字懿孫,襄州人。天寶十二年楊棻榜及第。【增注】字懿孫,
襄州人。登天寶進士第。大曆末檢校祠部員外郎,分掌財賦於洪州,又嘗
為鎮戎軍斡轄。

【補注】賈晉華撰《中國文學家大辭典·唐五代卷》(P.436—437)"張
繼"條云,繼(? —779?),字懿孫,行二十,襄州(今湖北襄陽)人。郡望南陽
(今屬河南)。天寶十二載登進士第。至德元載避地江左,遊歷越州、杭州、
蘇州、潤州等地,與詩僧靈一為方外之友。大曆初在京任侍御(監察御史或
殿中侍御史)。四年以檢校祠部員外郎出任轉運使判官,分掌財賦於洪州。
約卒於大曆十四年。繼與名詩人劉長卿、皇甫冉交誼唱酬甚密。高仲武謂
其"詩體清迥,有道者風"(《中興間氣集》卷下)。《新唐書·藝文志》著錄
《張繼詩》一卷。今人周義敢有《張繼詩注》(上海古籍出版社1987年版),
甘忠銀有《張柬之張子容張繼詩文校注》(湖北科學技術出版社2014
年版)。

③【補注】《楚辭·招魂》:"湛湛江水兮上有楓。"馬茂元《唐詩選》
(P.406、690);江楓,水邊的楓樹。長江以南,無論水的大小,口語都稱為江
(見孔穎達《尚書正義·禹貢》"九江孔殷"條注)。漁火,漁船上的燈火。

④【圓至】霜夜客中愁寂,故怨鍾聲之太早也。"夜半"者,狀其太早而
甚怨之之辭。說者不解詩人活語,乃以為實半夜,故多曲說。而不知首句
"月落""烏啼""霜滿",乃欲曙之候[三]矣,豈真半夜乎?《孟子》曰:"'周餘黎
民,靡有孑遺。'信斯言也,是周無遺民也。故說詩者不以文害辭,不以辭害
志[四]。'斯亦然矣。【增注】寒山寺,《方輿勝覽》載:"楓橋寺在吳縣西十里。"

即繫此詩於後。半夜鐘,《王直方詩話》及《遯齋閑覽》並記歐陽公譏張繼“夜半鐘聲到客船”之詩,以為:“句則佳矣,其如三更不是撞鐘時!”乃云:“嘗過姑蘇,宿一寺,夜半聞鐘,因問寺僧,皆云:‘分夜鐘,曷足怪乎?’又于鵠詩‘遙聽緱山半夜鐘’,白樂天詩‘半夜鐘聲後’,皇甫冉詩‘夜半隔山鐘’,陳羽詩‘隔水悠揚午夜鐘’,乃知歐陽偶未考耳。”【磧砂】敏曰:以愚觀之,總是徹夜不寐耳,何也? 首句是將曉時也,次句是初昏候也,下二句是夜半也。“對愁眠”三字為全章關目。明逗一“愁”字,虛寫竟夕光景,輾轉反側之意自見。【何焯】愁人自不成寐,却咎曉鐘,詩人語妙,往往乃爾。○覆裝。【大槻崇】此詩之解,諸家紛紜。舊注殊瞶瞶,至曰“不以辭害意”,可見其說之窮矣。然以歐公之博大,猶有夜半不是撞鐘時之说,何咎乎圓至焉? 蓋新月落,痴鴉啼,即夜半實景,特以孤客愁眠之眼對之,故錯認為欲曙之候耳。既而鐘聲到耳,欹枕聽之,則猶是夜半鐘矣,始覺為啼鴉所欺,而倦夜待明之情滋切也。如此解去,語意俱融。夫紛紜之説,皆在吾所抹殺。

　　【補注】馬茂元《唐詩選》(P. 406—407):姑蘇城,蘇州的別稱。《元和郡縣圖志》卷二五“江南道一·蘇州”:“隋開皇九年平陳,改為蘇州,因姑蘇山為名。山在州西四十里,其上闔閭起臺,外郭城云是伍胥所築,周迴四十七里。”寒山寺,寺名,在今江蘇蘇州姑蘇區。相傳唐詩僧寒山子曾居於此,故名。始建於南朝梁天監年間,本名妙利普明塔院,又名楓橋寺。宋嘉祐中曾改名普明禪院。韋應物《寄恒璨》:“獨尋秋草徑,夜宿寒山寺。”陳伯海主編《唐詩彙評》(P. 1318—1319):《唐詩摘鈔》卷四“七言絶句”:“三句承上起下,渾而有力……從夜半無眠至曉,故怨鐘聲太早,攪人魂夢耳。語脈渾渾,只‘對愁眠’三字略露意。‘夜半鐘聲’或謂其誤,或謂此地故有半夜鐘,俱非解人。要之,詩人興象所至,不可執著。必欲執著,則‘晨鐘雲外濕’‘鐘聲和白雲’‘落葉滿疎鐘’,皆不可通矣。”

【校勘】

　　[一]裴校“《間氣集》作《夜泊松江》”。

　　[二]火　全唐詩作“父(一作火)”。

［三］候　底本作“時”，據詩説本、正統本、明應本改。

［四］志　底本作“意”，據詩説本、正統本、明應本改。

贈殷亮①

戴叔倫②

日日河邊見水流③，傷春未已復悲秋④。山中舊宅無人住⑤，來
徃風塵共白頭⑥。

【考證】

此詩見《全唐詩》卷二七四（P. 3108），題中“殷”下校“一本有‘御史’
二字”。

【注評】

①【圓至】殷亮，陳郡人，仕終刺史。

【補注】據蔣寅《戴叔倫詩集校注》（P. 211）注和陳尚君撰《中國文學家
大辭典·唐五代卷》（P. 650）“殷亮”條，亮，陳郡長平縣人。祖踐猷，儒學名
師，《新唐書·儒學傳》有傳。父寅，官永寧縣尉，與蕭穎士善。亮早年任校
書郎，為來瑱門下客，累官侍御史，吏部司封、司勛員外郎，遷吏部駕部郎
中，官終給事中、杭州刺史。曾撰《顏魯公行狀》和《顏氏家傳》。

②【圓至】字幼公，潤州金壇人。為撫州刺史，遷容管經略使。【增注】
字幼公，潤州金壇人。師事蕭穎士，為門人冠。劉晏管鹽鐵，奏主運湖南。
嗣曹王[一]皋領湖南江西，表在幕府。德宗建中中李希烈反，皋討希烈，留叔
倫守杭州刺史，後遷容管經略。德宗嘗賦中和節詩，遣使寵賜。代還卒于
道，年五十八。

【補注】賈晉華撰《中國文學家大辭典·唐五代卷》（P. 850—851）“戴叔

倫"條云,叔倫(732—789),字次公,一作幼公。一説名融,字叔倫。潤州金壇(今屬江蘇)人,郡望譙郡(今安徽亳州)。至德元、二載避永王亂移居鄱陽。大曆初任湖南轉運留後。三、四年間,督賦至夔州,逢蜀將楊子琳叛,勸其歸順。改河南轉運留後。建中元年以監察御史里行為東陽令,治績斐然。四年為江西節度從事,興元元年任撫州刺史。二年罷任,罹謗推問,獲雪。四年授容州刺史、本管經略使。五年二月德宗與群臣賦中和節詩,詔寫本賜叔倫於容州。四月以疾受代,上表請為道士,六月卒,年五十八。叔倫出蕭穎士門下,有詩名。《新唐書·藝文志》著録其《述稿》十卷,《崇文總目》録《戴叔倫詩》一卷,《郡齋讀書志》録《外詩》一卷等。今人蔣寅有《戴叔倫詩集校注》(上海古籍出版社 2010 年版),戴文進有《戴叔倫詩文集箋注》(南京師範大學出版社 2013 年版)。

　　③【補注】蔣寅《戴叔倫詩集校注》(P. 211):此句暗用《論語·子罕》:"子在川上曰:'逝者如斯夫,不舍晝夜。'"潘岳《秋興賦》:"臨川感流以歎逝兮。"

　　④【圓至】《九辨》曰:"悲哉!秋之為氣也。"【何焯】含風塵頭白。

　　【補注】傷春悲秋,指因季節、景物變化而引發情懷悲傷。

　　⑤【圓至】叔倫舊宅,今饒州薦福寺是也。

　　⑥【圓至】叔倫貞元中竟為道士,觀此詩,見其雖處塵俗,不忘山林也。【磧砂】敏曰:幼公《酬耿少府見寄》有云:"流年不盡人自老,外事無端心已空。"蓋必少宦情而有志學道者也。今讀此詩,殊有鞭策入禪之意。"舊宅",謂此身腔子人,宗門所謂"主人翁"。"來往風塵",同歸衰老,所謂"行尸"也。人在世上,無常迅速,不自認主人翁在何處,而徒碌碌風塵,敗壞皮囊,則何益矣。謙曰:三教一原,何獨禪乎?首二句即"子在川上曰:'逝者如斯夫,不舍晝夜。'"之意。曠安宅而弗居,不知老之將至,大可哀也。此詩可備興、觀、群、怨四義。【何焯】此歎徒乖邅操,又無所成也。【何焯門生】末句無限不平却一毫不露,且帶"贈",意便捷。【大槻崇】一、二以水流之不已,興歲月之易過;三、四句,舊解見其雖處塵俗,不忘山林,盡矣。

【校勘】

〔一〕曹王　底本作“曹土”，據正統本、大系本改。

湘南即事①

盧橘花開楓葉衰②，出門何處望京師③。沅湘日夜東流[一]去，不為愁人住少時④。

【考證】

此詩見《全唐詩》卷二七四(P. 3110)。

【注評】

①【增注】湘南屬長沙。

【補注】湘南，縣名。秦置，屬長沙郡。治所在今湖南湘潭縣西南花石鎮。西漢屬長沙國。東漢為湘南侯國，屬長沙郡。三國吳仍為湘南縣，為衡陽郡治。南朝宋屬衡陽郡。南齊廢。又泛指湖南南部。即事，就當前的事物、情景而寫作。戴文進《戴叔倫詩文集箋注》(P. 311)云：“作者一生中有兩次供職湖南。其一是建中三年(782)春到十月間在潭州曹王李皋使院任幕府之時。另一次是在大曆五、六年到十三年秋在湖南留後任時曾兩巡湘南諸州……看來，作於大曆十三年夏或建中年夏均有可能。但從國事來看，德宗時田悅、朱滔、李希烈等依仗武力，強占州縣等亂事是在建中三年春至秋十月之間，似乎與此詩所抒發的情感，更契合些。”此詩應為秋天所作，詳參注②。

②【圓至】《廣州記[二]》：“盧橘皮厚，氣色大如柑，酢多[三]，夏熟，土[四]人呼為壺橘。”【增注】盧橘，即枇杷也。【何焯】歲去。

【補注】盧橘，戴文進《戴叔倫詩文集箋注》(P. 311)、蔣寅《戴叔倫詩集校注》(P. 42)皆注為金橘。後者比較謹慎,注末云:"關於盧橘究為何物,古人曾辯説紛紜,參看《藝苑雌黄》、陶宗儀《南村輟耕録》、吳景旭《歷代詩話》、李時珍《本草綱目》。"結合《漢語大詞典》等辭書可知,"盧橘"有兩個義項,一指金橘,一指枇杷。金橘夏季開花,秋冬實熟;而枇杷則在秋天或初冬開花,夏天果熟。戴詩云"盧橘花開楓葉衰",由"楓葉衰"知時令當秋,此時始花者應是枇杷。宋之問《登粵王臺》:"冬花采盧橘,夏果摘楊梅。"劉禹錫《晚歲登武陵城顧望水陸悵然有作》:"霜輕菊秀晚,石淺水紋斜……清風稍改葉,盧橘始含葩。"許渾《別表兄軍倅》:"盧橘花香拂釣磯,佳人猶舞越羅衣。三洲水淺魚來少,五嶺山高雁到稀。客路晚依紅樹宿,鄉關朝望白雲歸。"《病間寄郡中文士》:"盧橘含花處處香,老人依舊卧清漳。心同客舍驚秋早,迹似僧齋厭夜長。"樊珣《狀江南·仲夏》:"盧橘垂金彈,甘蕉吐白蓮。"李商隱《九成宮》:"十二層城閬苑西,平時避暑拂虹霓……荔枝盧橘沾恩幸,鸞鵲天書濕紫泥。"以上諸詩中的"盧橘",據所寫物候推斷,亦為枇杷。《沈佺期宋之問集校注》(P. 571)、《丁卯集箋證》(P. 458、504)、《李商隱詩歌集解》(P. 1492)等皆注為金橘,《劉禹錫全集編年校注》(P. 179)謂指"枇杷,或云金橘之别名",不確。

③【增注】凡帝王所居之地為京師。京,大也;師,衆也。言大衆之所聚會也。【何焯】人愁。

【補注】京師,《詩經·大雅·公劉》:"京師之野,于時處處。"馬瑞辰通釋:"京乃豳國之地名……吳斗南曰:'京者,地名;師者,都邑之稱,如洛邑亦稱洛師之類。'其説是也。""京師"之稱始此。後世因以泛稱國都。《公羊傳·桓公九年》:"京師者何? 天子之居也。"

④【圓至】身不得去,故怨水之去,所以深傷已不能去也。蓋叔倫事曹王於湖湘,故有是作。秦少游謫郴州,有詞云:"郴江幸自繞郴山,為誰流下瀟湘去。"正用此意。【增注】湘水源自泉州。湖嶺之間,湘水貫之,以瀟水合則為瀟湘,以蒸水合則為蒸湘,以沅水合則為沅湘。【磧砂】謙曰:"何處望"三字,便含三、四句意。按,原注曰"怨",恐非。幼公語氣,有身在湖湘,乃心王室之意。蓋京師在西,沅湘東去,而孤臣遠託,所以愁耳。觀逝者之

如斯,恐美人之遲暮也。【大槻崇】按,是自詩人癡情,必以事理所無議之,則高叟之為詩也。

【補注】沅湘,沅水和湘水的並稱;又特指湘水至沅州與沅水合流後的一段江流,古"三湘"之一。二水大致皆在今湖南境內。《水經·沅水》:"沅水出牂柯且蘭縣,為旁溝水,又東至鐔成縣,為沅水,東過無陽縣。又東北過臨沅縣南,又東至長沙下雋縣西,北入于江。"《湘水》:"湘水出零陵始安縣陽海山,東北過零陵縣東……又北至巴丘山,入于江。"屈原遭放逐後,曾長期流浪沅湘間。戴叔倫《過三閭廟》:"沅湘流不盡,屈宋怨何深。"此聯"愁人",既是自稱,又指屈原等放逐沅湘者,暗示從古到今都是如此。

【校勘】

［一］流　全唐詩校"一作歸"。

［二］記　底本作"謂",據詩說本、正統本、明應本改。

［三］多　底本、詩說本、正統本、明應本脫,據《齊民要術今釋》(P. 1033)補。

［四］土　底本、明應本作"士",據詩說本、正統本改。

送齊山人①[一]

韓 翃②[二]

舊事僊人白兔公③,掉[三]頭歸去又乘風④。柴門流水依然在,一路寒山萬木中⑤。

【考證】

此詩見《全唐詩》卷二四五(P. 2759),題末多"歸長白山"四字。

【注評】

①【補注】山人，仙家、道士之流。庾信《道士步虛詞十首》之五：“移梨付苑吏，種杏乞山人。”齊山人，待考。

②【圓至】字君平，天寶十三年楊卿榜及第。【增注】字君平，南陽人。天寶十三年進士。侯希逸鎮淄青，表幕府從事。府罷，閒居十年。李勉鎮夷門，辟為幕屬。建中初除駕部郎中知制誥，終中書舍人。

【補注】賈晉華撰《中國文學家大辭典·唐五代卷》（P. 744—745）“韓翃”條云，翃（生卒年不詳），字君平，南陽（今屬河南）人。天寶十三載登進士第，天寶末尚在京。寶應元年為淄青節度使侯希逸從事、檢校金部員外郎。永泰元年希逸為部將所逐，翃亦隨之返京。閒居十年，與錢起、盧綸等文詠唱和，游於駙馬郭曖之門。大曆九年為汴宋節度使田神玉從事。十一年神玉卒，汴州兵亂，亂平後李忠臣鎮汴，翃仍為從事。十四年李忠臣為部將李希烈所逐，翃留佐希烈。旋詔李勉治汴，翃復佐之。建中元年，德宗賞其《寒食》詩，御筆親注駕部郎中、知制誥，進中書舍人。約卒于貞元初。翃有詩名，長於七絕，與錢起、盧綸、吉中孚、司空曙、李端等並稱“大曆十才子”。高仲武曰：“韓翃員外詩，匠意近於史，興致繁富，一篇一詠，朝士珍之，多士之選也。”（《中興間氣集》卷上）《新唐書·藝文志》著錄《韓翃詩集》五卷。《全唐詩》卷二四三至二四五編其詩為三卷。

③【圓至】《抱朴子》云：白兔公，彭祖弟子也。【增注】白兔公，或云赤松子之師，常乘白兔往來人間。

【補注】事，侍奉、供奉。鮑照《代昇天行》：“從師入遠嶽，結友事仙靈。”白兔公，即白兔公子。《抱朴子內篇·極言》：“又彭祖之弟子，青衣烏公……白兔公子……不肯來七八人，皆歷數百歲，在殷而各仙去。”

④【圓至】列子御風而行。【增注】杜詩：“巢父掉頭不肯住。”注：“掉頭者，於事不可之狀。”《莊子》：“鴻濛拊髀爵躍掉頭曰：‘吾弗知也。’”

【補注】掉頭，轉過頭，多表示不顧而去。

⑤【磧砂】敏曰：第三句謂山人故居，寓不失故我之意。第四句謂山人歸路，寓落落徒步之思，即“鴻飛冥冥，弋人何慕”之謂。【何焯】收“送”字。

〇亦有故山之思而匏繫未能決去。上二句羨其不可拘繫，如列子御風，乃無待者也。【大槻崇】舊事仙人，則山樓為其安身之地。一出人間，百不如意。於是掉頭歸去，則柴門流水依然不改，遂行其寒山萬木之中而歸舊居也。

【校勘】

［一］何校題後增“歸長白山”四字。

［二］韓翃　元刊本作“韓翊”。

［三］掉　四庫本作“棹”。

送元史君[一]自楚移越①

劉　商②

露冕行春向若耶③，野人懷惠欲移家④。東風二月淮陰郡，惟見棠梨一樹花⑤。

【考證】

此詩見《全唐詩》卷三〇四(P. 3459)，題中“史君”作“使君”。

【注評】

①【補注】史君，即使君，這裏指刺史。元史君，霍松林主編《萬首唐人絕句校注集評》中(P. 1049)云，指元亘，洛陽人。《會稽掇英總集》卷一八《唐太守題名記》：“元亘，貞元二年(786)十二月自楚州刺史授。”楚，楚州。隋開皇元年置，治所在壽張縣(後改淮陰，今江蘇淮安市淮陰區西南)。十二年移治山陽縣(今江蘇淮安市淮安區)。大業初廢。唐武德八年改東楚州復置，仍治山陽縣。轄境相當今江蘇盱眙、淮陰、寶應、建湖、金湖、洪澤等地。天寶元年改為淮陰郡，乾元元年復名楚州。至德時復改楚州為淮陰

郡。越,越州。隋大業元年改吳州置,治所在會稽縣(今浙江紹興市)。轄境相當今浙江浦陽江(浦江縣除外)、曹娥江、甬江流域。大業三年改為會稽郡。唐武德四年復改越州,天寶、至德間又改會稽郡。乾元元年復改越州。

②【圓至】彭城人,後居長安。大曆中為檢校禮部郎中。【增注】彭城人,居長安。工畫山水木石,終檢校禮部郎中,汴州觀察判官。又按《唐書》:"貞元比部郎中。"

【補注】賈晉華撰《中國文學家大辭典·唐五代卷》(P. 211)"劉商"條云,商(生卒年不詳),字子夏,彭城(今江蘇徐州)人,久居長安(今陝西西安)。少好學強記,精思攻文。性耽道術,逢道士即師資之。登進士第,大曆初任合肥令。貞元中任汴州觀察推官、檢校虞部郎中。後以病免,去為道士,隱常州義興山中,一云隱湖州武康山中。卒於元和二年前。商工詩,長於歌行,《胡笳十八拍》傳誦一時。武元衡稱其詩"皆思入窅冥,勢含飛動,滋液瓊瓌之朗潤,潝發綺繡之濃華,觸境成文,隨文變象,是謂折繁音於孤韻,貫清濟於洪流者也"(《劉商郎中集序》)。商又工山水樹石,師張璪。《新唐書·藝文志》著錄《劉商詩集》十卷。《全唐詩》卷三〇三、三〇四編其詩為二卷。

③【圓至】後漢郭賀為荆州刺史,百姓歌曰:"厥德仁明郭喬卿。"帝賜三公之服,使賀去襜露冕,令百姓見,以彰有德。後漢鄭弘為臨淮太守,行春,有白鹿當道,夾轂而行。若耶溪,在越州。【增注】行春,《續會記》:"太守常以春行縣,勸課農桑,賑[二]救絕乏。"

【補注】霍松林主編《萬首唐人絕句校注集評》中(P. 1049):"冕,官員戴的禮帽。露冕,謂顯露風采。"若耶,指若耶溪,即今浙江紹興縣東南平水江。相傳西施曾浣紗於此,故又名浣紗溪。參見卷六杜荀鶴《春宮怨》注⑥。這裏代指越州。

④【何焯】直欲"移家"相就,則送時依依惜別更不容説矣。

【補注】野人,庶人,平民。《論語·先進》:"先進於禮樂,野人也;後進於禮樂,君子也。"劉寶楠正義:"野人者,凡民未有爵祿之稱也。"懷惠,謂感念長上的恩惠。《論語·里仁》:"君子懷刑,小人懷惠。"移家,搬家,遷移住地。白居易《移家入新宅》:"移家入新宅。"

⑤【圓至】《詩·甘棠》。陸機《草木疏》曰:棠,棠梨也。昔召公聽訟於棠樹下,民思其德,不伐其棠。此詩以召公比元也。【增注】淮陰,即唐楚州淮陰郡。【磧砂】謙曰:直令懷惠,野人欲移家,以為之泯。因春風和煦,惟見棠梨榮茂也。絕不道破贊美,而贊美極至矣。【何焯】"惠"字。○"移"字出得變化。第四仍暗藏"行春",呼應緻密。○倒敘。【大槻崇】余謂:"野人懷惠欲移家",亦以太王比元也。

【補注】棠梨,俗稱野梨。落葉喬木,葉長圓形或菱形,花白色,果實小,略呈球形,有褐色斑點。可用做嫁接各種梨樹的砧木。《詩經·召南·甘棠》:"蔽芾甘棠,勿翦勿伐,召伯所茇。"《史記·燕召公世家》:"召公之治西方,甚得兆民和。召公巡行鄉邑,有棠樹,決獄政事其下,自侯伯至庶人各得其所,無失職者。召公卒,而民人思召公之政,懷棠樹不敢伐,哥(歌)詠之,作《甘棠》之詩。"

【校勘】

[一] 史君　磧砂本、高本、四庫本作"使君"。

[二] 賑　底本、正統本作"貶",據大系本改。

竹枝詞①

李　涉②

十二峰頭月欲低③,空艑[一]灘上子規啼④。孤舟一夜東歸客,泣向春[二]風憶建溪⑤。

【考證】

此詩見《全唐詩》卷四七七(P.5429),為《竹枝詞(一作歌)》四首之四;

又見卷二八"雜曲歌辭"(P.396)，為《竹枝》四首之四。

【注評】

①【圓至】解題見劉禹錫詩下注。【增注】本楚聲，朗州[三]男女多唱，其流起於夜郎竹節。【大槻崇】余於"竹枝"二字，頗有考據，且於劉詩題下詳之。

【補注】竹枝詞，參見卷二劉禹錫《竹枝詞》注①。李涉曾於元和六年(811)冬被貶為硤州司倉參軍兼夷陵縣令，長慶元年(821)遇赦還京，此詩當為離任途中作。

②【圓至】渤之兄，太和中為博士，號清溪子。【增注】李渤之兄，初偕[四]隱廬山，憲宗時為太子通事舍人，太和中為太學博士，自號清溪子[五]。

【補注】吳汝煜撰《中國文學家大辭典·唐五代卷》(P.312—313)"李涉"條云，涉(生卒年不詳)，自號青溪子。洛陽(今屬河南)人。諫議大夫李渤仲兄。早歲客居梁園，因避兵亂南下，與李渤偕隱廬山白鹿洞。後徙居終南山。憲宗元和初，受辟為陳許節度使劉昌裔從事。入朝為太子通事舍人。元和六年冬，因投匭言吐突承璀有功，不宜出為淮南監軍使，為知匭使孔戣所惡，論其與中官結交，出為硤州司倉參軍，兼為夷陵縣令。長慶元年遇赦還京，為太學博士。嘗於江中遇盜，盜首聞是李博士船，云："自聞詩名日久，但希一篇，金帛非貴也。"李涉為贈一絕云："暮雨蕭蕭江上村，綠林豪客夜知聞。他時不用逃名姓，世上如今半是君。"盜首厚贈之而去。寶曆元年十月，坐事流康州。後歸洛陽，隱居以終。涉工詩，知名當世。張為《詩人主客圖》列之為"高古奧逸主"孟雲卿之入室者。與張祜、朱晝、楊敬之、崔膺交往，長於絕句，多酬贈之作，兼寫遷謫、行旅之思及隱居之樂，詞意卓犖。辛文房稱李涉"長篇叙事，如行雲流水，無可牽制"(《唐才子傳》卷五)。《新唐書·藝文志》著錄《李涉詩集》一卷。《全唐詩》卷四七七編其詩為一卷。

③【圓至】十二峰，在夔州巫山縣。

【補注】十二峰，指川、鄂邊境巫山的十二座峰。峰名分別為：望霞、翠屏、朝雲、松巒、集仙、聚鶴、净壇、上昇、起雲、飛鳳、登龍、聖泉。亦有異説。參見《隱居通議》卷二九“十二峰名”。

④【圓至】空舲灘，在歸州三峽。【增注】《水經》載：“空舲灘，在湘水中。”【何焯】《水經注》：“湘水縣北有空舲峽，驚浪雷奔，濬同三峽。”此云“十二峰頭”，謂此峽也。在宜都、建平二郡界者，又一空泠峽。

【補注】空舲峽，一名空泠峽。在今湖北秭歸縣（剪刀峪）西北。《水經·江水注》：“江水自建平至東界峽，盛弘之謂之空泠峽，峽甚高峻，即宜都、建平二郡界也。其間遠望，勢交嶺表，有五六峰參差互出，上有奇石如二人像，攘袂相對，俗傳兩郡督郵爭界于此。”《輿地紀勝》卷七四“荊湖北路·歸州·景物下”：“在秭歸縣東，絶崖壁立，湍水迅急，上甚艱難。舲中載物盡悉下，然後得過，故謂之空舲峽。上有火爐，插在崖間。”《欽定大清一統志》卷二七三“宜昌府”：“《州志》：峽有大石，大石左下，三石聯珠，峙伏水中，土人號曰三珠石，舟行必由大石左旋，揤柁右轉，毫釐失顧，舟縻（縻）石上。”子規，又名杜鵑、杜宇等。相傳戰國末年杜宇在蜀稱帝，號望帝，為蜀除水患有功，後禪位，退隱西山，蜀人思之；時適二月，子規（杜鵑）啼鳴，以為魂化子規，故名之為杜宇，為望帝。事見《華陽國志·蜀志》和《文選》卷四左思《蜀都賦》劉逵注引《蜀記》等。子規常於春末夏初晝夜啼鳴，其聲哀切，似“不如歸去”，故又名催歸。

⑤【圓至】建溪，在建寧府，出武夷山。涉嘗謫武陵，故有是作。【何焯】何苦數經此嶺，故第二暗寓不如歸去也。【大槻崇】按增注，竹枝本楚聲。今誦此詩，自然覺有悲痛、凄慘之氣，所以為竹枝詞也。

【補注】建溪，閩江北源。在今福建省北部，由南浦溪、崇陽溪、松溪合流而成。南流至南平市和富屯溪、沙溪匯合為閩江。亦名劍溪，又稱延平津。溪多險灘。

【校勘】

　　［一］空舲　全唐詩作“空聆（一作濛，又作澪）”。

　　［二］春　全唐詩作“東（一作春）”。

　　〔三〕朗州　底本、正統本作"閬州",大系本作"關州",據卷二劉禹錫
《竹枝詞》增注改。

　　〔四〕偕　底本、正統本作"借",大系本作"與渤偕",據文意改。

　　〔五〕清溪子　底本、正統本作"自溪子",據大系本改。

香山館聽子規①

竇　常②

　　楚塞餘春聽漸稀③,斷猿今夕讓沾衣④。雲埋老樹空山裏,彷
彿〔一〕千聲一度飛⑤。

【考證】

　　此詩見《全唐詩》卷二七一(P.3034),題中"香山"作"杏山"。

【注評】

　　①【增注】《湘中別記》云:"香山在縣郭西,其水甚香。昔年嘗貢此水,
民多困弊,齊末廢罷。湘鄉本謂之湘香,蓋由此而名。"

　　【補注】李斌愷總編《長沙市志》第13卷(P.294):《寧鄉縣志》卷五:香
山館在縣治小西門。唐竇常詩云云。陳先樞、金豫北《長沙地名古迹攬勝》
"寧鄉十景·香山鐘韻"(P.151—152)云:"縣城小西門外有小山,山中古木
參天,百鳥爭棲。綠蔭深處有一古寺,始名香山館,後為僧人所居,遂稱香
山寺……自唐貞觀(627—649)年間建館起,香山館即為遊覽勝境。開元
(713—741)中,宰相裴休曾居香山館研究佛學。"子規,又名杜鵑、杜宇。相
傳為古蜀王杜宇之魂所化。春末夏初,常晝夜啼鳴,其聲哀切,似"不如歸
去",故又名催歸。參見卷一李涉《竹枝詞》注④。

　　②【圓至】字中行,扶風平陵人。與弟群、牟、庠、鞏俱有名。大曆十四

年王縉榜及第。【增注】字中行，扶風平陵人。左[二]拾遺叔尚之子，與弟牟、群、庠、鞏俱有名。常大曆中及進士第，不肯調，客廣陵，多所論著，隱居二十年。杜祐[三]鎮淮南，署為參謀，歷朗、夔、江、撫四州刺史。寶曆中國子祭酒，致仕卒，贈越州都督。

【補注】賈晉華撰《中國文學家大辭典・唐五代卷》(P. 786—787)"竇常"條云，常(747? —825)，字中行，行大，京兆金城(今陝西興平)人，郡望扶風(今屬陝西)。父叔向，有詩名。常於大曆十四年登進士第，旋丁父憂。以贍養家室，為鹽鐵轉運府小吏十年。後隱居揚州柳楊。貞元十四年為淮南節度參謀，十九年改鹽鐵轉運從事，永貞元年為湖南觀察判官、團練副使。六年入為侍御史，轉水部員外郎。七年授朗州刺史，十年改夔州刺史，移江州刺史。長慶末以國子祭酒致仕，歸居揚州。寶曆元年秋卒，年近八十。工詩，與弟牟、群、庠、鞏齊名。《新唐書・藝文志》著録《竇常集》十八卷；又録《竇氏聯珠集》五卷，收常與諸弟詩各一卷；又録其所編《南熏集》三卷，收大曆詩人韓翃至皎然三十人詩。今僅存《竇氏聯珠集》。《全唐詩》卷二七一存其詩二十六首。

③【圓至】《華陽風俗記》："杜鵑春至則鳴，聞者有别離之苦。"【增注】楚塞，指湘中，蓋潭州古楚黔中地。【何焯】伏"飛"字。

【補注】香山館所在的寧鄉縣，春秋戰國時期隸屬楚國黔中郡，乃楚之邊塞，故云楚塞。

④【圓至】《宜都山川記》曰："峽中猿鳴，行者歌曰：'巴東三峽，猿鳴長悲。猿鳴至三聲，聞者淚沾衣。'""讓沾衣"者，謂猿雖悲人，未若今夕子規尤悲也。【何焯】以三聲起千聲。

⑤【磧砂】敏曰：只以"讓沾衣"三字虛逗愁情。下二句不過實寫其景，便有繪聲繪香手段。【大槻崇】楚塞是暖熱之地，故杜鵑春至則鳴，及至餘春，則其鳴漸稀矣。獨今夕之聲，何其悲也！雖使人悲之斷猿，且欲讓沾衣之事。蓋其一度飛鳴於空山老樹之間，遠響雲外，殆彷彿於千聲，所以不堪悲而沾衣也。

【校勘】

　　［一］彷彿　全唐詩作“髣髴”。

　　［二］左　底本作“右”，據正統本、大系本改。

　　［三］杜祐　底本作“杜祐”，據正統本、大系本改。

長慶春①

徐　　凝②

　　山頭水色薄籠煙③，遠［一］客新愁長慶年④。身上五勞仍病酒⑤，
夭桃窗下背花眠⑥。

【考證】

　　此詩見《全唐詩》卷四七四（P. 5381）。

【注評】

　　①【補注】長慶，詞面意為永久吉昌。王粲《俞兒舞歌四首》之四《行辭新福歌》：“漢國保長慶，垂祚延萬世。”這裏指唐穆宗年號（821—824）。是時内憂外患交至：穆宗多疾，方士復進；李德裕、李宗閔各分朋黨，更相傾軋；牛僧孺、李德裕二黨結怨愈深；軍亂頻發，吐蕃入擾。

　　②【圜至】元和人。【增注】睦州人。按《嚴州圖經》：“凝，分水縣人。”《紀事》云：“元豐中縣令毛直友序凝詩，謂野史稱官至［二］侍郎。不知何據？”

　　【補注】吳汝煜撰《中國文學家大辭典·唐五代卷》（P. 647—648）“徐凝”條云，凝（生卒年不詳），睦州（今浙江建德）人。與白居易早有交往，元和十四年曾有《寄白司馬》詩。長慶三年至杭州謁白居易。時張祜亦至杭州，值州試進士，兩人各希首薦。徐凝以“今古長如白練飛，一條界破青山色”（《廬山瀑布》）奪魁，祜居其次，後皆罷歸。大和四年，白居易為河南尹，

徐凝曾往謁,與元稹亦有交往。後歸隱睦州,以布衣終。徐凝詩以七絕見長。方干曾從之學詩,皮日休謂徐凝詩"朴略椎魯"(《論白居易薦徐凝屈張祜》)。《竹莊詩話》卷二〇"雜編十"謂其詩"皆有情致",《升庵詩話》卷一一則謂其詩"多淺俗"。亦工書法。《唐才子傳》卷六謂有"集一卷,今傳"。前此未見著錄,疑為宋元之際所輯。《全唐詩》卷四七四編其詩為一卷。

③【圓至】謂薄煙色如水。【何焯】含"遠"字。

④【圓至】長慶,穆宗年號。【磧砂】敏曰:按,長慶,穆宗年號也。題云"長慶春",必非泛設。是時再失河北,朝廷荒宴,牛、李之黨結怨日深,而柳泌雖誅,方士復進。凡屬有心,莫不憂之。玩此,有憂時憫亂之思,見得世俗榮華,容易凋落,寧背世趨,聊以自全此身爾。

⑤【圓至】陳無澤《三因方》曰:"五勞,乃五臟之勞。如酒色致贏,此名瘵疾。今人多誤以瘵為勞。"

【補注】五勞,中醫學名詞。《雲笈七籤》卷三二"養性延命録‧服氣療病":"《明醫論》云:疾之所起,自生五勞……五勞者,一曰志勞,二曰思勞,三曰心勞,四曰憂勞,五曰疲勞。"病酒,飲酒沉醉。《晏子春秋‧景公飲酒酲三日而後發晏子諫》:"景公飲酒,酲,三日而後發。晏子見曰:'君病酒乎?'公曰:'然。'"

⑥【何焯】眼目在"長慶年"三字,五勞病酒即其時也。窗下夭桃猶不及賞,況尋謝公之屐齒乎?白公首解鼓枻浩然,此子亦豈庸人也哉!○首尾對照,中間暗藏出處,體勢變化不測。【何焯門生】新進得志而老成謝事也。【大槻崇】此詩以"長慶春"為題,而曰"遠客新愁",知當穆宗之初。或有失政之事,故方山水籠烟之候,當樂而反愁,遂至成五勞之病,兼添酒疾。雖夭桃近開於窗下者,且不能看,而背華以眠。乃詩人憂時之辭耳。

【補注】夭桃,《詩經‧周南‧桃夭》:"桃之夭夭,灼灼其華。"後以"夭桃"稱豔麗的桃花。

【校勘】

[一]遠　全唐詩作"久"。

〔二〕至　底本、大系本作"金"，據正統本改。

宮詞二首[一]

王　建

金吾除夜進儺名①，畫袴朱衣四隊行②。院院燒[二]燈如白日③，沉香火底坐吹笙④[三]。

【考證】

此詩見《全唐詩》卷三〇二(P. 3445)，為《宮詞一百首》之八十七。

【注評】

①【圓至】應劭曰："吾，御也，執金革以御非常。"顏師古曰："金吾，鳥也，執此象，故以名官。"【增注】《職林》："秦中尉掌徼巡京師，備盜賊。漢武帝更名執金吾。"《古今注》："金吾，金輻棒也。漢執金吾亦棒也，以銅為之，金塗兩末，謂之金吾。唐有左右金吾衛上將軍。"《月令》："季冬命有司大儺，旁磔。"注："此月有厲鬼，將隨強陰出害人，故旁磔於四方之門。"

②【圓至】此章皆隋宮事。隋用齊制，季冬晦選樂人二百四十人為儺，赤幘韠衣赤布袴，以逐惡鬼于禁中。其日戍夜，三唱儺集。上水一刻，皇帝御殿，儺入。春秋冬皆儺，冬八隊，春秋四隊。【增注】《唐志》："太卜季冬帥[四]侲子堂贈大儺。天子六隊，太子二隊。方相氏右執盾導之，唱十二神名，以逐惡鬼。鼓吹署令帥[五]鼓角，以助侲子之唱。"侲，音正。

③【圓至】《南部新書》曰："除夜儺[六]入，殿前然蠟，熒煌如晝。"

④【圓至】《續世說》："太宗問蕭后：'隋主何如？'后曰：'每除夜，殿前設火山數十，每一山焚沉香數車，焰起數丈，用沉香百餘車。'太宗口剌其奢，心服其盛。"【何焯門生】只平平寫來，而意自見。【大槻崇】蓋此詩借隋宮之

事,以刺世主,亦與前篇刺好仙同意。○金吾之官,當歲除之夜,進二百四
十人之儺名於禁中,畫袴朱衣,分四隊以行。是時院院設燎,熒煌如白日。
其燎皆用沉香,而二百四十人坐其火底以吹笙,極言其盛也。

　　【補注】王宗堂《王建詩集校注》(P.640):火底,猶言火旁、火邊。杜甫
《秦州雜詩二十首》之十二:"秋花危石底,晚景臥鐘邊。""底""邊"對舉。

【校勘】

　　[一]二首　磧砂本小字。
　　[二]燒　磧砂本作"然"。
　　[三]坐吹笙　全唐詩校"一作鬪音聲"。
　　[四]帥　底本作"師",據正統本、大系本改。
　　[五]帥　底本作"師",據正統本、大系本改。
　　[六]儺　底本作"燈",據詩説本、正統本、明應本改。

　　銀燭秋光冷畫屏①,輕羅小扇撲流螢②[一]。玉階夜色涼如水③,
臥看牽牛織女星④。

【考證】

　　此詩見《全唐詩》卷五二四(P.6002),屬杜牧,題作《秋夕》。圓校"後首
或以為杜牧之作"。裴校"《賓退錄》載此詩,乃杜牧之《秋夕》詩。銀作紅,
玉作瑤"。何校"此篇在杜牧集中"。大槻崇校"舊注以後首為杜牧之作。
今按,係其《秋夕》之詩。蓋伯弜以其體似《宮詞》,一時誤記,并以為王百首
中之詩耳。今且仍其舊,不加訂正云"。吳企明《唐音質疑録·王建〈宮詞〉
辯證稿》(P.344—345)、尹占華《王建詩集校注》(P.540)、王宗堂《王建詩集
校注》(P.637)等皆認為杜牧作,可從。

【注評】

　　①【增注】《穆天子傳》:"穆王至崑崙山,觀寶器,有燭銀。"謂銀有光如

燭。【何焯】淒冷。

【補注】銀燭，謂蠟燭之光皎潔如銀。鮑照《芙蓉賦》：“輝葱河之銀燭。”畫屏，有畫飾的屏風。江淹《空青賦》：“亦有曲帳畫屏，素女綵扇。”

②【補注】輕羅，一種質地較薄的絲織品。流螢，飛行無定的螢。謝朓《玉階怨》：“夕殿下珠簾，流螢飛復息。”

③【圓至】《三輔黃圖》曰：“明光殿，玉階金阤。”

【補注】玉階，玉石砌成或裝飾的臺階。

④【圓至】曹植《九詠》注曰：“牽牛為夫，織女為婦。二星各居，七月七日相會。”燭光屏冷，情之所以生也。撲螢以戲，寫憂也。臥觀牛女，羨之也。蓋怨女之情也。【磧砂】謙曰：怨而不怒，立言有體。【何焯】崔顥《七夕》詩後四句云：“長信深陰夜轉幽，瑤階金閣數螢流。班姬此夕愁無限，河漢三更看斗牛。”此篇蓋點化其意，次句再用團扇事，却渾成無迹。【何焯門生】此情此景，真覺難堪。【大槻崇】按，此詩之妙，在有意無意之間，必欲明說出，則害詩意不少。

【校勘】

　　［一］裴校“元集，流螢作飛螢”。

城西訪友人別墅①

雍　　陶②

澧［一］水橋西小路斜③，日高猶未到君家。村園門巷多相似，處處春風枳殼花④。

【考證】

　　此詩見《全唐詩》卷五一八（P.5924）。

【注評】

①**【增注】**郊外聚土曰墅。

【補注】別墅，本宅外另建的園林住宅。《晉書·謝安傳》：“安遂命駕出山墅，親朋畢集，方與玄圍棋賭別墅。”

②**【圓至】**字國鈞，太和八年進士。**【增注】**字國鈞，大中八年自國子毛詩博士出為簡州刺史。

【補注】吳在慶撰《中國文學家大辭典·唐五代卷》(P. 780—781)“雍陶”條云，陶(生卒年不詳)，字國鈞，成都(今屬四川)人。少家貧，離家覓仕。大和八年登進士第，為當時名輩所推重。曾任監察御史，大中中，又授國子毛詩博士。八年，出任簡州刺史。後辭官閑居，養痾傲世。陶工詩善賦，自比謝宣城、柳吳興。與姚合、賈島、殷堯藩、無可、徐凝、章孝標友善，以琴樽詩文相娛樂。其詩皆律詩與七絕，多為紀遊題詠、寄贈送別之作。張為《詩人主客圖》列之為“瓌奇美麗主”之及門者。胡震亨謂其“矜負好句”，“工於造聯，奈屠於送結，落晚調不振”(《唐音癸籤》卷八)。《新唐書·藝文志》著錄《雍陶詩集》十卷。今人周嘯天、張效民有《雍陶詩注》(上海古籍出版社1988年版)。

③**【圓至】**郭璞曰：“澧水出南陽。”**【增注】**澧水在澧州澧陽縣南，水出衡山。

【補注】澧水，今河南南部、湖南西北部皆有澧水。在湖南者似較有名，為湖南省第四大河，源出桑植縣北，東流經張家界、慈利、澧縣等市縣，在澧縣新洲入洞庭湖。《山海經·中山經》：“澧沅之風，交瀟湘之淵。”《九歌·湘夫人》：“沅有芷兮澧有蘭。”又何焯校“澧”為“灃”，周嘯天、張效民《雍陶詩注》(P. 68)亦依《唐詩品彙》校作“灃”。灃水為“關中八川”之一，即今西安西渭河支流灃河。雍陶足跡半天下，未知孰是，留此待考。

④**【增注】**枳似橘而多刺。**【何焯】**遍地枳棘，誰可結交，所以不辭遠訪也。然極蘊藉。**【大槻崇】**此詩敘友人所以深於棲隱，而其絕意仕進之意自見。蓋“村園門巷多相似”，所以“日高猶未到君家”也。

【補注】枳殼花，枳樹之花。枳為落葉灌木或小喬木。木似橘而小，莖上有刺，春生白花，至秋成實，果小，味酸苦不能食，可入藥。成條種植可作籬笆。《周禮·考工記》：“橘逾淮而北爲枳。”雍陶《寄襄陽章孝標》：“聞説小齋多野意，枳花陰裏麝香眠。”

【校勘】

　　［一］澧　何校“灃”。

貴池縣^{［一］}亭子^①

杜　牧

　　勢比凌歊宋武臺^②，分明百里遠帆開^③。蜀江雪浪西江滿^④，強半春寒^{［二］}去却來^⑤。

【考證】

　　此詩見《全唐詩》卷五二二(P. 5968)，題作《題池州貴池亭》。

【注評】

　　①【圓至】《郡縣志》：“貴池在池州，梁昭明太子以其魚美，封貴池。”

　　【補注】吳在慶《杜牧集繫年校注》(P. 398—399)引馮集梧注云：“《一統志》：池州望江亭在貴池縣南齊山，一名貴池亭。《九華山録》：貴池亭，俗呼望江亭，以其見大江可望淮南也。”此詩杜牧任池州刺史時(會昌四年九月至六年九月)作，而詩有“強半春寒去却來”句，則在會昌五年(845)或六年春作。

　　②【圓至】凌歊，見七言律注^{［三］}。【磧砂】音囂。【何焯】高寒。

　　【補注】馮集梧注云：“《太平寰宇記》：太平州當塗縣黃山，在縣西北五里，上有宋凌歊臺，周迴五里一百步，高四十丈。《入蜀記》：遊黃山，登凌歊臺,臺正如鳳皇、雨花之類,特因山巔名之,宋高祖所營,面勢虛曠,高出氛埃之表。南望青龍山九井諸峰,如在几席。"

③【何焯】呼起末句。○第二賦水又暗藏"風"字,一片寒意矣。

④【補注】吳在慶《杜牧集繫年校注》(P.399)云,蜀江,長江流經蜀地三峽之一段。馮集梧注云:"《名勝志》:《岳陽志》云:荊江五六月間,其水暴漲,則逆泛洞庭、瀟湘,清流為之改色;南至青草,旬日乃復。亦謂之西江。其水極冷,皆云岷峨雪消所致,岳人謂之翻流水。"

⑤【增注】算家以有餘為强。【何焯】若云"夏先秋",即熟俗無筆。【大槻崇】二三月之候,深山冰泮,雪浪俄漲,必作側寒數日。是非水國之人,不能知也。

【補注】强半,大半,過半。隋煬帝《憶韓俊娥二首》之一:"須知潘岳鬢,强半為多情。"

【校勘】

[一]縣　磧砂本作"園"。

[二]寒　全唐詩校"一作風"。

[三]律注　底本作"律",詩說本、正統本、明應本作"注",各脫一字,據文意補。

送隱者

許　渾①

無媒逕路草蕭蕭,自古雲林遠市朝②。公道世間惟白髮,貴人頭上不曾饒③。

【考證】

此詩見《全唐詩》卷五二三(P.5988),屬杜牧,題末多"一絶"二字。杜牧《樊川文集》卷四亦收録，而許渾《丁卯集》不載。《文苑英華》卷二三二、《苕溪漁隱叢話·後集》卷一五、《詩人玉屑》卷一六等皆作杜牧詩，當從。

【注評】

①【圓至】字用晦，太和六年進士。居潤州丁卯橋，故詩號《丁卯集》。【增注】字用晦，圉師之後，居潤州京口。大中三年任[一]監察御史，以疾乞東歸，終睦、郢二州刺史。按，渾本居睦州，而詩號《丁卯集》者，曾彥和《潤州類集[二]》云：《輿地志》："晉元帝子車騎將軍袁[三]鎮廣陵，運糧出京口，以水涸，奏請立埭，丁卯制可，因以為名。"今[四]通吳門外五里有港，曰丁卯。上有石橋，乃昔人立埭之所也。渾詩序言："於朱方丁卯澗[五]村舍，寫於烏絲欄，目之為《丁卯集》。"蓋渾有別墅在，常居此村也。

【補注】吳在慶撰《中國文學家大辭典·唐五代卷》（P. 225—226）"許渾"條云，渾（791？—？），字用晦，一作仲晦，祖籍安州安陸（今屬湖北），寓居潤州丹陽（今屬江蘇），遂為丹陽人。所居近丁卯橋，後又自名其集為《丁卯集》，故人稱許丁卯。宰相許圉師之後。少家貧，苦學勞心，清羸多病。曾北游邊塞，南寓湖湘。大和六年登進士第，後授當塗令，移攝太平縣令，以病免歸。後授監察御史。大中三年，以疾不任朝謁，辭官東歸。復起為潤州司馬，後官虞部員外郎、分司東都。拜睦、郢（一云郢、睦）二州刺史，卒。渾與當時著名詩人杜牧、李頻、李遠等人友善，有詩唱和。其詩工於七律，內容以登臨懷古見長。亦擅書法。其詩有大中四年自編《丁卯集》三卷。《新唐書·藝文志》《郡齋讀書志》著録《丁卯集》二卷，《直齋書録解題》稱蜀本又有拾遺二卷。今人羅時進有《丁卯集箋證》（中華書局2012年版）。

②【補注】無媒，指没有引薦入仕之人，謂進身無路。蕭蕭，象聲詞，這裏形容風吹荒草發出的聲音。雲林，雲霧繚繞、森林密佈之地，指隱居之所。市朝，市場和朝廷，指爭名逐利之所。《戰國策·秦策一》："臣聞'爭名者於朝，爭利者於市'。"

③【何焯】"道"字與上"徑路"呼應。老宜所共，在下者頭偏易白，安得

不決計長往乎？饒，餘也。【何焯門生】此不得已而隱者，故如此云，作意在起句内。〇"饒"字不必依何師説。詩蓋言：貴賤之人同歸於老，急宜隱也。【大槻崇】徑路無媒，所以草蕭蕭，乃所以隔絶雲林與市朝也。但其公道世間者獨白髪，雖貴人頭上亦且不饒，是其不能隔絶者矣。寫得無限感慨！按，饒，杜詩"日月不相饒"之饒，言寛恕也。

　　【補注】吴在慶《杜牧集繫年校注》(P. 611)云，饒，寛饒，放過。夾注："《詩史》：日月不相饒。東坡補注：王獻之覽鏡，見白髪，顧兒童曰：日月不相饒，村野之人，二毛俱催矣。子等何汲汲為競，寸陰過而不可復得也。"馮集梧注："鮑照詩：日月流邁不相饒。"

【校勘】

　　［一］任　底本作"在"，大系本作"拜"，據正統本改。
　　［二］類集　底本、正統本、大系本作"題集"，據該著書名改。
　　［三］哀　底本、正統本、大系本作"衺"，據《太平寰宇記》(P. 1760)改。
　　［四］今　底本作"令"，據正統本、大系本改。
　　［五］澗　底本、正統本、大系本作"潤"，據《丁卯集箋證》(P. 793)改。

送宋[一]處士歸山①

　　賣藥修琴歸去遲，山風吹盡[二]桂花枝②[三]。世間甲子須臾事③[四]，逢著傭人[五]莫看碁④。

【考證】

　　此詩見《全唐詩》卷五三八(P. 6139)。

【注評】

　　①【補注】處士，指有道德、學問而隱居不仕之士。宋處士，待考。

②【圓至】詠[六]隱者多言桂,蓋本《招隱》所謂"桂樹叢生兮山之幽"者也。

③【圓至】一甲子六十日。絳縣老人曰:"臣生正月甲子,四百四十五甲子矣。"

【補注】甲子,甲為天干的首位,子為地支的首位。古代以天干和地支遞次相配,用以紀日或紀年,這裏泛指歲月、光陰。須臾,片刻,短時間。《容齋隨筆·三筆》卷一四《瞬息須臾》:"瞬息、須臾、頃刻,皆不久之辭。"

④【圓至】《述異記》:"晉王質伐木,至信安郡石室山,見數童子圍棋,與質一物如棗核,含之不飢。局未終,斧柯爛盡。既歸,無復時人。"詩意謂:我世間人,無久生之勢。汝見仙人莫看棋,恐出山時,不見我矣。【增注】《抱朴子》云:"安期生賣藥海邊,後世見之,計已千歲。"【磧砂】謙曰:此詩招隱士使出也。"毋金玉爾音,而有遐心",相似。【高士奇】詩意謂:歲月易過,不可久留山中也。【何焯】應"遲"字。○鈎黨紛爭,政當見幾獨善。闖入局內,畢世不能振拔矣。借處士以諷朝士也。【何焯門生】此言其歸之晚也。末句歎其無淹留耳。"逢着仙人",不過點綴字面。

【校勘】

[一] 宋　磧砂本作"朱"。

[二] 盡　全唐詩校"一作落,一作老"。

[三] 枝　全唐詩校"一作時";吹盡桂花枝　圓校"一本作吹落桂花時"。

[四] 事　全唐詩校"一作過"。

[五] 人　全唐詩校"一作翁"。

[六] 詠　底本作"言",據詩説本、正統本、明應本改。

秋　思

琪樹西風枕[一]簟秋①,楚雲湘水[二]憶同遊②。高歌一曲掩明鏡,昨日少年今白頭③。

【考證】

此詩見《全唐詩》卷五三八(P.6139),題下校"一作秋日"。

【注評】

①【圓至】呂延濟曰:"琪樹,玉樹也。"然《圖經》云"建康府寶林寺有琪樹",則謂樹綠如玉。

【補注】琪樹,又指樹名。李紳《琪樹》詩序:"琪樹垂條如弱柳,結子如碧珠,三年子可一熟。每歲生者相續,一年綠,二年碧,三年者紅,綴於條上,璀錯相間。"枕簟,枕席,泛指臥具。

②【何焯】少年事。

③【圓至】謂思少年之時如昨日,今日頭白矣。言老之易也,非真謂昨日少年而今日白頭。不可以辭害意,此與"夜半鐘聲"法同。【磧砂】謙曰:少年之時,恍如昨日。今已白頭,言老之易也。然大約意在"憶同遊"字,思友懷君,寄託必遠矣。【大槻崇】唐仲言云:"樹間風起,枕簟涼生,此時則憶同遊之人於楚雲湘水間也。於是長歌自寬,掩鏡罷照,而想斯遊如昨,何昨少年而今白頭耶?"

【校勘】

［一］枕　全唐詩校"一作華"。

［二］水　全唐詩校"一作月"。

黃陵廟①

李群玉②

黃陵廟前莎草春,黃陵女兒茜裙新③。輕舟短[一]棹[二]唱[三]歌去,水遠山長愁殺人④。

【考證】

　　此詩見《全唐詩》卷五七〇(P. 6610),題下校"一作李遠詩";又見卷五一九(P. 5936),屬李遠,題末多"詞"字,題下校"一作李群玉詩"。本書裴庚注正統本、明應本亦題"李遠"。佟培基《全唐詩重出誤收考》(P. 386)云,《雲溪友議》卷中《雲中命》:"李校書群玉,既解天禄之任,而歸澧陽,經湘中,乘舟題二妃廟詩二首。"第二首即此詩。《太平廣記》卷四九八所載同。《文苑英華》卷三二〇作群玉。然而,宋代已歧出。《唐百家詩選》卷一七作李遠,《唐詩紀事》卷五四作群玉,下注:"或曰李遠之作。"《萬首唐人絕句》卷二七、四四雙載二人名下。《太平廣記》卷二七六言李遠曾任岳陽太守,溫庭筠有《寄岳州李員外》及《春日寄岳州從事李員外》,故李遠亦有可能作此詩。江標影宋刊本《李遠詩集》、宋書棚本《李群玉詩集·後集》卷三皆錄。詩之歸屬難定。

【注評】

　　①【圓至】廟在湘陰縣北八十里。

　　【補注】黄陵廟,又名二妃廟,在今湖南湘陰縣北。舜之二妃從征,溺於湘江,民為立祠焉。參見卷三李群玉《黄陵廟》注①。

　　②【圓至】字文山,澧州人。太和中為弘文館校書。【增注】字文山,澧州人。大中中宰相崔鉉進其詩,以處士除弘文館校書郎。一云:裴休觀察湖南,厚延致之。入相,以詩薦於朝,遂授校書郎。

　　【補注】吳在慶撰《中國文學家大辭典·唐五代卷》(P. 334—335)"李群玉"條云,群玉(? —862?),字文山,澧州(今湖南澧縣)人。清才曠逸,專以吟詠自適。好吹笙,擅草書,不樂仕進。親友強之赴舉,一上即止。素與裴休善。休為湖南觀察使,厚禮延致郡中,並勸其求仕。大中八年,赴京上表,獻詩三百篇,值裴休入相,與令狐綯力薦,授弘文館校書郎。後遭冤屈,憤而棄官南歸，未幾卒。群玉與張祜、杜牧、段成式等皆有交往，與方干唱酬尤多。其詩筆遒麗，文體豐妍。因久居湘沅，宗師屈原、宋玉，故所作頗有湖湘民歌氣息。《新唐書·藝文志》著錄有《李群玉詩》三卷、《後集》五卷，今存。《全唐詩》卷五六八至五七〇編其詩為三卷。今人羊春秋有《李群玉詩集》（岳麓書社 1987 年版）。

③【圓至】茜草，染紅草也。【增注】茜即蒨字。《漢書》："千畝卮茜。"【磧砂】謙曰：上三句皆是興，下一句乃是賦。

【補注】莎草，多年生草本植物，參見卷五張祜《惠山寺》注⑤。茜，茜草，多年生草本植物，根可做紅色染料；引申指絳紅色。茜裙，絳紅色的裙子。

④【何焯】結句是欲往從之而無由，亦《楚詞》求女之意也。【大槻崇】當黃陵廟前莎草之春，遠方之客，覽其土女兒春服既成、舟游唱歌之狀，能不起思家鄉之情？所以"水遠山長愁殺人"也。

【補注】陳伯海主編《唐詩彙評》（P. 2577）：《唐詩摘鈔》卷四"七言絕句"："'水遠山長'，言對面天涯也。此作竹枝體。"

【校勘】

［一］短　全唐詩校"一作小"。

［二］棹　全唐詩校"一作機"。

［三］唱　全唐詩校"一作隨"。

贈彈箏人①

温庭筠②[一]

天寶年中[二]事玉皇，曾將新曲教寧王③。鈿蟬金鴈[三]皆[四]零落④，一曲伊州淚萬行⑤。

【考證】

此詩見《全唐詩》卷五七九（P. 6730），題中無"贈"字。

【注評】

①【圓至】《風俗通》曰："箏，秦聲也[五]。或曰蒙恬所造，五弦筑身。并、凉二州箏形如瑟。"【增注】《釋名》："箏施弦高，箏箏然。"

【補注】箏，撥弦樂器，形似瑟，傳為秦時蒙恬所作。其弦數由五弦增至十二弦、十三弦、十六弦，現經改革，增至十八弦、二十一弦、二十五弦等。

②【圓至】字飛卿，太原人。咸通後為隋縣尉卒。【增注】本名歧，字飛卿。嘗於江淮為親表檟楚，改名庭筠。困於場屋，卒無成。與李商隱皆有名，號"溫李"。然薄於行，與貴胄裴諴、令狐滈等蒲飲狎昵。大中末上書千餘言，授方山尉。徐商鎮襄陽，署巡官。俄而商[六]執政，欲白用。會商罷，楊枚疾之，遂廢卒。

【補注】綜合吳在慶撰《中國文學家大辭典·唐五代卷》（P. 767—768）"溫庭筠"條和劉學鍇《溫庭筠詩詞選·溫庭筠簡譜》（P. 287—318）可知，庭筠（801—866），一作廷筠，又作庭雲。本名歧，字飛卿，行十六。祖籍太原祁縣（今屬山西晉中），生於吳中（今江蘇蘇州），大和年間起寓居長安西南的鄠縣（今西安鄠邑區）。相貌奇醜，人稱溫鍾馗。才思敏捷，下筆萬言。每入試，押官韻作賦，凡八叉手而八韻成，時號溫八叉、溫八吟。庭筠為人放蕩不羈，性倨傲，好譏剌權貴，為執政者所惡，當時士大夫亦詆其"有才無行"。由茲屢舉進士不第。大中十年，貶為隋縣尉。徐商鎮襄陽，召為幕府巡官。與段成式、余知古、韋蟾諸人友善，以詩唱和。咸通二年，在荊南節度使蕭鄴幕府任從事。咸通七年，為國子助教，故後人又稱溫助教。是年冬，貶方城尉，旋卒。庭筠才情綺麗，工為辭章，尤工律賦。與當世詩人李商隱齊名，號"溫李"。又與李商隱、段成式以駢文綺麗著稱，三人皆排行十六，時號三十六體。其詩詞藻華豔，堪為晚唐華豔詩風代表。又精音律，"能逐弦吹之音，為側豔之詞"（《舊唐書》本傳），為花間詞派之鼻祖。其詞以隱約迷離之境，寫惝怳悵惘之情。風格穠豔綺麗，深細婉約。所著頗多，

《新唐書·藝文志》著録其《詩集》五卷等。清人曾益、顧予咸、顧嗣立有《温飛卿詩集箋注》(上海古籍出版社 1998 年版)，今人劉學鍇有《温庭筠全集校注》(中華書局 2007 年版)。

③【圓至】玄宗兄，開元四年封寧王。

【補注】事，侍奉，供奉。《易·蠱》："不事王侯。"玉皇，道教稱天帝曰玉皇大帝，簡稱玉帝、玉皇，這裏借指玄宗皇帝。劉學鍇《温庭筠全集校注》(P. 475)引顧嗣立注："《宗室世系圖》：睿宗六子，長憲，稱寧王房。憲初立為皇太子，以楚王有定社稷功，讓位玄宗。薨，追册為讓皇帝。"又云："《開元天寶遺事》卷上：'天寶初，寧王日侍，好聲樂，風流蘊藉，諸王弗如也。'寧王審音事，又見於《開天傳信記》。按：據《新唐書·三宗諸子傳·讓皇帝憲》及《玄宗紀》，李憲卒於開元二十九年十一月辛未，年六十三。"

④【圓至】劉禹錫云河南房處士得善箏人而夭，作《傷姝行》曰："玫瑰[七]寶柱秋鴈行。"又温庭筠詩："鈿箏絃絕鴈行稀。"蓋鈿蟬者，箏飾。金鴈者，箏柱也。【增注】貫休詩："刻成箏柱鴈相挨。"坡詞："箏聲遠……怨入參差鴈。"

【補注】劉學鍇《温庭筠全集校注》(P. 475)云："鈿蟬，箏飾，蟬形金花。金鴈，對箏柱的美稱。箏柱斜列有如雁行，故云。"

⑤【圓至】《類要》云："天寶中，西涼[八]節度蓋嘉運進《北庭》《伊州》《樗蒲》三曲。"【增注】《地理志》："伊州在燉煌大磧之外。漢明帝始取伊吾盧地，未為郡縣。貞觀初内附，乃置州。"○開元二十四年，升胡部樂於堂上。而天寶樂曲皆以邊地名，若《涼州》《伊州》《甘州》《熙州》之類是也。○《開元傳信記》云："西涼州俗，好音樂，製新曲曰《涼州》。開元中，列士獻。上召諸王便殿同觀，曲終，諸王賀，舞蹈稱善，獨寧王不拜。上問之，曰：'此曲雖嘉，臣有聞焉。夫音者，始於宮，散於商，成於角、徵、羽，莫不根柢於宮、商。斯曲也，宮離而少徵，商亂而加暴。臣聞：宮，君也。商，臣也。宮不勝則君[九]勢卑，商有餘則臣事僭。卑則逼下，僭則犯上。發於忽微，形於音聲。臣恐播遷之禍[十]、悖逼之患，兆於斯曲。'上默然。及禄山亂，乃見寧王審音之妙！"【磧砂】敏曰：與"白頭宮女在，閑坐説玄宗"同慨。【何焯】自比。

【大槻崇】當天寶之初，不唯事玉皇，乃至將新曲教寧王。今則鈿剥柱落，破箏蕭然。當是時，奏《伊州》一曲，則淚下千萬行矣。歎昔之盛而今之不然也。

【校勘】

　　[一]溫庭筠　底本作"溫庭均"，磧砂本作"溫廷筠"，據元刊本、正統本、明應本、高本、四庫本、全唐詩改。

　　[二]中　全唐詩校"一作間"。

　　[三]鴈　全唐詩校"一作鳳"。

　　[四]皆　全唐詩作"今(一作皆，一作俱)"。

　　[五]也　底本脱，據詩説本、正統本、明應本補。

　　[六]商　底本作"蒲"，據正統本、大系本改。

　　[七]玫瑰　底本作"致昭"，據詩説本、正統本、明應本改。

　　[八]西凉　底本、大系本作"西京"，據正統本改。

　　[九]君　底本、正統本作"商"，據大系本改。

　　[十]禍　底本作"禰"，據正統本、大系本改。

韋　曲①

唐彦謙②

　　欲寫愁腸愧不才③，多情練瀲已低摧④。窮郊二月初離別，獨倚[一]寒村[二]覷野梅⑤。

【考證】

　　此詩見《全唐詩》卷六七二(P. 7687)。

【注評】

①【圓至】韋、杜二曲皆在長安。【增注】在京兆城南，韋家所居，即漢未央殿基。

【補注】韋曲，唐代位於長安城南郊，因韋氏世居於此得名。即今陝西西安長安區。其地北有鳳棲原，南有潏水、神禾原，依山傍水，風景秀麗，為唐時遊覽勝地。杜甫《奉陪鄭駙馬韋曲二首》之一："韋曲花無賴，家家惱殺人。"仇兆鰲注："《杜臆》：韋曲，在京城三十里，貴家園亭、侯王別墅，多在於此，乃行樂之勝地……錢箋：《雍録》：呂圖，韋曲在明德門外，韋后家在此，蓋皇子陂之西也。"

②【圓至】并州晉陽人，號鹿門先生。【增注】字茂業，咸通末進士第。中和間王重榮表河中從事，歷節度副使。重榮遇害，貶漢中掾。興元楊守亮留署判官，遷副使，歷晉、絳、閬、璧四州刺史，自號鹿門先生。按《唐書》作大順進士第，一云檢校禮部尚書。

【補注】吳在慶撰《中國文學家大辭典·唐五代卷》(P. 669—670)"唐彥謙"條云，彥謙(?—893?)，字茂業，并州晉陽(今太原)人，唐持子。才高負氣，無所屈降。應進士舉，十餘年不第(一說咸通末登進士第，疑誤)。廣明元年後，避亂遷居漢南，以著述為任，自號鹿門先生。中和時，王重榮鎮河中，辟為從事，旋擢為河中節度副使。二年，任晉州刺史，尋轉絳州。光啓三年，重榮被殺，貶為興元參軍事。後興元節度使楊守亮素聞其名，署為判官，遷節度副使。歷閬、壁二州刺史。景福二年前後，卒於漢中。彥謙博學多才，書畫音樂博飲之技，無不出於輩流。少時詩學溫庭筠、李商隱，故辛文房稱其"初師溫庭筠，調度逼似，傷多纖麗之詞"(《唐才子傳》卷九)。後崇尚杜甫，稍變淳雅。尤能七言詩，文詞壯麗。其詩用事精巧隱僻，對偶工切。彥謙卒後其詩多散佚，後由鄭貽輯綴成《鹿門集》三卷。《新唐書·藝文志》著録《唐彥謙詩集》三卷，《郡齋讀書志》則著録《鹿門詩》一卷，《直齋書録解題》記《唐彥謙集》一卷。《全唐詩》卷六七一、六七二編其詩為二卷。今人袁津琥有《唐彥謙詩箋釋》(巴蜀書社 2021 年版)。

③【補注】不才，沒有才能。《左傳·文公七年》："此子也才，吾受子之

賜；不才，吾唯子之怨。”

④【補注】多情，富於感情，這裏謂心。練漉，《漢語大詞典》等辭書未收，袁津琥《唐彦謙詩箋釋》(P. 81)云“其義不詳，俟考”；周蒙、馮宇主編《全唐詩廣選新注集評》第 10 卷(P. 106)注：“謂月亮。練，白色。漉，瑩潤。”月亮不能言“低摧”，此注誤。按，練，煮熟生絲或生絲織品，使之柔軟潔白。《周禮·冢宰·染人》：“凡染，春暴練，夏纁玄。”鄭玄注：“暴練，練其素而暴之。”漉，過濾。白居易《黑潭龍》：“家家養豚漉清酒，朝祈暮賽依巫口。”練漉為同義複詞，指淘汰、篩選。高士奇《續唐三體詩序》：“淘汰練漉，續茲三體。”引申為煎熬、磨煉。《古今圖書集成·博物彙編·藝術典》卷六八一“選擇部彙考一·吉凶時日善惡宿曜經·二十七宿所為吉凶曆”：“調習象馬，練漉鷹犬。”這裏用引申義。低摧，低首摧眉，形容勞瘁的樣子。此句謂多情之心經過種種煎熬、磨煉，已有點憔悴了。齊己《謝王秀才見示詩卷》：“誰見少年心，低摧向苦吟。”《日本詩話二十種·竹田莊詩話》(P. 271)引松岡信好《送別》：“我心練漉爾知否？悲莫悲兮生別離。”

⑤【圓至】此詩暗用王羲之事。羲之當晉亂，終日撚花，嗅香無言。時人不會其意，蓋憂晉亂也。按《唐史》云：“彦謙乾符末，河南北盜起，兩都復沒，旅於漢南，為王重榮參佐。光啓末，重榮殺死。”所謂“練漉低摧”者也。故末句憂思之意，悠然見於辭，諷之愈有味。【何焯】縕藉。○梅最先發，偏犯寒威。自比有才而遭“練漉”耳。○注所引不知何所出，疑非本意。【大槻崇】此蓋送別敘情之詩。言欲寫愁腸以贈其人，既愧不才，況久練漉世故，百事低摧。今也與君離別矣，唯有倚林覷梅之餘情耳。詩意如此，不必引王重榮以實其事也。

【補注】窮郊，荒僻的郊野。于逖《野外行》：“窮郊日蕭索，生意已蒼黃。”

【校勘】

   ［一］倚　全唐詩作“傍”。

   ［二］村　元刊本、磧砂本、高本、四庫本作“林”。

曲江春望①

杏艷桃嬌[一]奪晚霞，樂遊無廟有年華②。漢朝冠蓋皆陵墓，十里宜春下[二]苑花③。

【考證】

此詩見《全唐詩》卷六七二(P.7683)。

【注評】

①【圓至】《西京雜記》：“京城龍華寺南，有流水屈曲，謂之曲江。秦時為宜春苑，漢為樂遊苑。唐開元中，玄宗鑿池引水植花木，為勝遊之地。”《長安志》曰：“在城東南昇道坊。”《三輔黃圖》：“名宜春下苑。”【增注】唐康駢《劇談》：“曲江池，本秦隑州。開元中疏鑿，遂為勝境。南有紫雲樓、芙蓉苑，西有杏園、慈恩寺。”《寰宇記》：“水似廣陵曲江，故名。”

【補注】曲江，即曲江池，在今西安東南。秦為宜春苑，漢為樂遊苑，有“流水屈曲，謂之曲江”(《資治通鑑》唐代宗大曆二年“奏毀曲江及華清宮館以給之”胡三省注)。隋文帝以曲名不正，更名芙蓉園。唐復名曲江，開元中加以疏鑿，成為遊賞勝地。《劇談錄》卷下《曲江》：“曲江池……花卉環周，煙水明媚。都人遊翫，盛於中和、上巳之節。”另參見《太平寰宇記》卷二五“關西道一·雍州一·長安縣”。

②【圓至】《關中記》：“漢宣帝立廟曲江之北，名曰樂遊廟，因苑為名。”

【補注】奪，壓倒、勝過。韓愈《新竹》：“高標陵秋嚴，貞色奪春媚。”樂遊廟，在唐長安城昇平坊東北隅。漢宣帝所立，因樂遊苑為名，在高原上。《漢書·宣帝紀》：“(神爵)三年春，起樂遊苑。”樂遊苑遺址約在今西安東南郊鐵爐廟村一帶。

③【磧砂】謙曰：秦時為宜春苑，漢時為樂遊苑，唐宣宗立廟曲江，名曰

樂遊廟。如此分別朝代，自見感懷。【何焯】中興之主不出，便成亡秦之續矣。雖妙才盛年，其若無用之者何！

【補注】冠蓋，冠，禮帽；蓋，車蓋。借指仕宦、貴官。班固《西都賦》：“冠蓋如雲，七相五公。”宜春苑，秦代苑囿名。秦時在宜春宮之東，漢稱宜春下苑。即後所稱曲江池者。《史記·司馬相如列傳》“還過宜春宮”張守節正義引《括地志》：“秦宜春宮在雍州萬年縣西南三十里，宜春苑在宮之東，杜之南。”《詩境淺説·續編二》：“詩言曲江春日，桃杏爭妍，爛如霞綺。縱遺廟荒無，而年光依舊。後二句即承上意，言當日滿朝冠蓋，何等尊榮，乃一掩黃腸，功名都盡。試看宜春苑裏，依然十里春光。信乎造物無情，不以興亡而更其物態也。”

【校勘】

〔一〕嬌　全唐詩作“光（一作嬌）”。

〔二〕下　全唐詩作“漢（一作下）”。

鄴　宮①

陸龜蒙②

花飛蝶駭不愁人，水殿雲廊別置春③。曉日靚粧千騎女，白櫻桃下紫綸巾④。

【考證】

此詩見《全唐詩》卷六二九（P.7221），為《鄴宮詞二首》之二。

【注評】

①【圓至】魏所建，石氏、慕容氏、高氏皆居之。此詩用石氏事。【大槻

崇】按，石氏，即石勒。

【補注】何錫光《陸龜蒙全集校注》（P.735—736）：“鄴宮，建安九年，曹操攻取鄴（今河北省臨漳縣西）以後，以鄴為根據地，大治宮室，建銅雀臺。又，鄴為後趙石虎的都城。”又云詩寫石虎荒淫之事。《資治通鑑》晉成帝咸康二年：“趙王虎作太武殿於襄國，作東、西宮於鄴，十二月，皆成。太武殿基高二丈八尺，縱六十五步，廣七十五步，甃以文石，下穿伏室，置衛士五百人。以漆灌瓦，金璫，銀楹，珠簾，玉壁，窮極工巧。殿上施白玉牀、流蘇帳，為金蓮華以冠帳頂。又作九殿於顯陽殿後，選士民之女以實之，服珠玉、被綺縠者萬餘人……以女騎千人為鹵簿，皆著紫綸巾，熟錦袴，金銀鏤帶，五文織成靴，執羽儀，鳴鼓吹，遊宴以自隨。”

②【圓至】字魯望，號天隨子，又號江湖散人。【增注】字魯望，三吳人也。元方七世孫，父賓虞浙東從事。龜蒙少高放，通六經大義，尤[一]明春秋。舉進士一不中，居姑蘇。又云：居松江甫里，藏書萬卷，從事耕釣，性嗜茶，時謂江湖散人。素與李蔚善，及當國，召拜拾遺，詔方下而卒。

【補注】吳在慶撰《中國文學家大辭典·唐五代卷》（P.452—453）“陸龜蒙”條云，龜蒙（？—881?），字魯望，自號江湖散人、天隨子、甫里先生。蘇州吳縣（今屬江蘇）人，父賓虞，曾官浙東從事、侍御史。龜蒙幼聰悟，有高致，通六經大義，尤明《春秋》。善屬文，名振三吳。咸通六年至睦州，謁刺史陸墉，墉處之於龍興觀老君院。咸通中，舉進士，一不第，不復應試，遂隱居松江甫里。十年，崔璞刺蘇州，皮日休為郡從事，龜蒙與之遊，有唱和詩三百餘首，龜蒙編為《松陵集》。多所撰論，雖生計艱難，亦不少輟。有田數百畝，常苦水潦，雖躬耕勤勞，亦不免時遭饑寒。嗜茶好酒，不喜與流俗交。唯好放扁舟，掛篷席，攜束書、茶壺、筆床、釣具，泛於太湖中。乾符四年，鄭仁規刺湖州，龜蒙往依之。未幾，文規罷任，龜蒙亦返故里。李蔚素重之，有起用之意，未果。中和初以疾卒。光化三年，因韋莊奏請，贈右補闕。龜蒙詩文賦並擅，與皮日休齊名，世稱“皮陸”。其論文強調寓“懲勸之道”（《苔賦》序）。雖長期隱居，然於戰禍之頻仍、生民之凋敝、士風之不振頗為關心。其古詩受韓愈影響至為明顯，有時亦炫才耀學。小詩亦有平淡真切可誦者。小品文抨擊醜惡現實，頗富抗爭性。乾符六年春，自編其“歌詩賦頌銘記傳敘”為《笠澤叢書》。著述頗多，《新唐書·藝文志》著録其《詩編》十卷等。今人何錫光有《陸龜蒙全集校注》(鳳凰出版社2015年版)。

③【補注】水殿，臨水的殿堂。雲廊，雲霧繚繞的走廊。何錫光《陸龜蒙全集校注》(P.736)：《晉書·石季龍載記下》：“起三觀、四門，三門通漳水，皆為鐵扉。暴風大雨，死者數萬人。揚州送黃鵠雛五，頸長一丈，聲聞十餘里，泛之于玄武池。郡國前後送蒼麟十六，白鹿七，季龍命司虞張曷柱調之，以駕芝蓋，列于充庭之乘。鑿北城，引水于華林園。”

④【圓至】張挺曰：“靚粧，謂粉白黛黑也。”白櫻桃，有實白者，有花白者。花白者[一]，唐人所賦如于武陵《白櫻桃》詩是也。實白者，如郭義恭《廣志》曰“櫻桃有三種，有白色多肌者”是也。宮中多植櫻桃，如《洛陽宮殿簿》曰“顯陽殿前櫻桃六株，徽音、乾元殿前並三株”是也。《鄴中[三]記》曰：“石季龍常以女騎千人為鹵簿，著紫綸巾、熟錦袴。”詩意謂：花飛春去不足愁，別有春在，即白櫻桃下千騎女是也。【磧砂】敏曰：此亦懷古情深，只説鄴宮石勒之事，如此豪華，縱使“花飛”零落而“蝶駭”春殘，實不足以愁人也。然章首先著此四字而懷古之意偏只形容富麗，則此四字當是倒裝法。有表有裏之作。【何焯】“花飛蝶駭”，比季龍殺人如麻，宮室將空，方自謂天崩地坼，莫如之何也。【何焯門生】只叙其事而詩意自見，此極妙筆法。

【補注】靚妝，濃妝豔抹。鮑照《代朗月行》：“靚妝坐帳裏，當户弄清絃。”綸巾，古代用青色絲帶做的頭巾，一説配有青色絲帶的頭巾。綸，青色絲帶。相傳諸葛亮在軍中服用，故又稱諸葛巾。《晉書·謝萬傳》：“萬著白綸巾，鶴氅裘，履版而前。”

【校勘】

[一]尤　底本、正統本作“猶”，據大系本改。

[二]花白者　底本、詩説本、正統本、明應本脱，據文意補。

[三]鄴中　底本作“宮中”，據詩説本、正統本、明應本改。

閿鄉卜居①

吳　融②

六載抽毫侍禁闈③,可[一]堪衰[二]病決然歸④。五陵年少如相問⑤,阿對泉頭一布衣⑥。

【考證】

此詩見《全唐詩》卷六八六(P. 7877),為《閿鄉寓居十首(一作卜居,一本"閿鄉"上有"壬戌歲"三字)》之《阿對泉》。

【注評】

①【圓至】《地理志》:"陝州閿鄉縣,去州西百七十里,唐屬虢州[三]。"【何焯】閿,音焚,縣名。

【補注】閿鄉,縣名。隋開皇十六年置,屬陝州。治所在今河南靈寶市西北雙橋河入黃河口處東岸文底。大業三年屬河南郡。唐屬虢州。卜居,擇地居住。蕭子良《行宅詩》:"訪宇北山阿,卜居西野外。"此詩為天復元年(901)冬,融流寓閿鄉時作。

②【圓至】字子華,越州山陰縣人。龍紀元年進士。【增注】字子華,越州山陰人。龍紀初及進士第。韋昭度討蜀,表掌書記。累遷[四]侍御史,後為左補闕。以禮部郎中為翰林學士,拜中書舍人。昭宗反正,進户部侍郎,終翰林承旨。

【補注】吳在慶撰《中國文學家大辭典·唐五代卷》(P. 374—375)"吳融"條云,融(? —903),字子華,行大,越州山陰(今浙江紹興)人。自少力學,富有文藻。廣明、中和間即享盛名,雖久困名場而同輩事之如先達。曾隱居潤州茅山西,又徙居長洲(今江蘇蘇州)。龍紀元年登進士第,旋為韋昭度辟為掌書記,隨軍討蜀。累遷侍御史。乾寧二年,因事貶官,流寓荊南,依節度使成汭。次年冬,召為左補闕,以禮部郎中為翰林學士,遷中書舍人。天復元年,昭宗復位,融撰詔書十餘篇,頃刻即成,且簡備精當,為昭宗所激賞,遂擢為户部侍郎。是年冬,朱全忠犯京師,昭宗避往鳳翔,融扈從不及,流寓閿鄉。三年,召為翰林學士,遷翰林承旨學士,卒。融詩文兼擅,亦留心翰墨,工行楷。與詩人韓偓、方干、貫休等交往唱和,並為貫休《禪月集》作序。其詩多紀遊題詠、送別酬和之作。辛文房稱其詩"靡麗有餘,而雅重不足"(《唐才子傳》卷九)。《新唐書·藝文志》著錄《吳融詩集》四卷等。《直齋書錄解題》著錄《唐英集》三卷,今有汲古閣本《唐英歌詩》三卷傳世。《全唐詩》卷六八四至六八七編其詩為四卷。

③【圓至】融昭宗時為翰林承旨。【增注】抽毫,拔筆也。《魏略》:"殿中侍御史簪筆書過,以記不依法。"按,吳融昭宗時累遷侍御史。○禁闈,漢制:天子所居,門闈有禁,非侍御史之臣,不得妄入宫中。小門曰闈。

④【補注】可堪,猶言那堪,怎堪。李商隱《春日寄懷》:"縱使有花兼有月,可堪無酒又無人。"決然,堅決果斷貌。

⑤【圓至】五陵,長陵、安陵、陽陵、茂陵、平陵。

【補注】五陵,長陵、安陵、陽陵、茂陵、平陵五縣的合稱。均在渭水北岸今陝西咸陽市附近,為西漢五個皇帝陵墓所在地。漢元帝以前,每立陵墓,輒遷徙四方富豪及外戚於此居住,令供奉園陵,稱為陵縣。《漢書·游俠傳·原涉》:"郡國諸豪及長安五陵諸為氣節者,皆歸慕之。"年少,猶少年。《三國志·蜀書·先主傳》:"好交結豪俠,年少爭附之。"

⑥【圓至】【全唐詩】自注:"阿對是楊伯起家童,嘗引泉灌蔬,泉至今在。"【何焯】自言其見幾[五]明決,雖楊太尉死致大鳥猶薄而不為也。乙酉。○伯起五十始仕州郡,子華晚遇,以此自寓執鞭之慕耳。丁亥。【大概崇】六載侍禁闈,謂融為翰林承旨時。阿對泉,即融所居。言五陵輕肥之徒,若問余今日之境,須答"阿對泉頭一布衣"耳。自表其絶意仕進而安於貧居也。

【補注】布衣,布製的衣服。借指平民。上古平民不能衣錦繡,故稱。《鹽鐵論·散不足》:"古者庶人耋老而後衣絲,其餘則麻枲而已,故命曰布衣。"

【校勘】

〔一〕可　全唐詩校"一作不"。

〔二〕衰　何校、全唐詩作"多",全唐詩校"一作衰"。

〔三〕唐屬虢州　底本脱,據詩説本、正統本、明應本補。

〔四〕累遷　底本、正統本作"遷累",據大系本改。

〔五〕見幾　底本、瀘州本作"見機",據姚世鈺校改:"當作見幾。世鈺。"

尤溪[一]道中①

韓　偓②

水自潺湲日自斜③,盡無雞犬有鳴鴉。千村萬落如寒食,不見人煙空見花④。

【考證】

此詩見《全唐詩》卷六八一(P.7802),題作《自沙縣抵龍(一作尤)溪縣值泉州軍過後村落皆空因有一絶》(此後庚午年)。

【注評】

①【圓至】尤溪縣在南劍州。【大槻崇】讀者玩味題目,本詩不復費解。舊本省作"尤溪道中"四字,蓋出於後人之妄。今訂之。

【補注】本集題同《全唐詩》;大槻崇訂本亦同,惟"龍"作"尤"。沙縣,隋開皇初改沙村縣置,屬建州。治所即今福建三明市沙縣區東古縣村。《元和郡縣圖志》卷二九"江南道五·汀州·沙縣":"因沙丘以為名。"一説因縣境沙溪而得名。開皇十六年廢。唐武德四年復置,屬建州。後併入建安縣。永徽六年分建安縣復置。大曆十二年改屬汀州。中和四年遷鳳林岡,即今治。尤溪縣，唐開元二十九年開山洞置，屬福州。治所即今福建省尤溪縣。《太平寰宇記》卷一〇〇“江南東道十二·南劍州·尤溪縣”：“其地與漳州龍岩縣、汀州沙縣及福州侯官縣三處交界，山洞幽深，溪灘險峻，向有千里。其諸境逃人，多投此洞。開元二十八年經略使唐修忠使以書招諭，其人高伏等千餘戶請書版籍，因為縣，人皆胥悅。此源先號尤溪，因為縣名。”泉州，唐久視元年分泉州置武榮州，景雲二年改名泉州。治所即今福建泉州市。開元八年置晉江縣為州治。《太平寰宇記》卷一〇二“江南東道十四·泉州·晉江縣”：泉山“在州北五里，因此為名”。轄境相當今福建晉江和木蘭溪兩流域、澎湖地區及廈門、同安、金門等地。天寶元年改為清源郡，乾元元年復為泉州。吳在慶《韓偓集繫年校注》（P. 297）：“泉州軍，指當時泉州刺史王延彬所統領之軍隊。”陳繼龍《韓偓詩注》（P. 128）云，此詩作於後梁太祖開平四年（910）。“龍溪”應是“尤溪”之誤。“尤溪，唐時置縣，在福建省中部，閩江支流尤溪中下游。詩人被王審知勸回福州，走的正是由沙縣而尤溪而南安這樣一條自北向南的道路。”岑仲勉《讀全唐詩札記》（P. 268）：“按唐尤溪屬福州，龍溪屬漳州。‘龍’字草寫略類‘尤’，故兩本不同。但考當日偓自邵武還沙縣，其後又留居南安之桃林場，則自沙縣南下，必經尤溪，作龍者誤，偓斷非西南行至龍溪也。”岑説是。

②【圓至】字致堯，一字致光，昭宗時學士。【增注】字致光，一字致堯，京兆萬年人。擢進士第，佐河中幕府。召拜左拾遺，累遷[二]左諫議大夫。王溥薦為翰林學士，遷中書舍人。後貶濮州司馬，再貶榮懿尉，徙鄧州司馬。天祐二年復召為學士，還故官。不敢入朝，挈族依王審知而卒。有詩名《香奩集》。

【補注】吳在慶撰《中國文學家大辭典·唐五代卷》（P. 745—746）“韓偓”條云，偓（842—914?），字致堯，一作致光，小字冬郎，自號玉山樵人，京兆萬年（今西安）人，韓瞻子。龍紀元年登進士第，初佐河中幕府，召拜左拾遺，遷刑部員外郎。曆司勳（一作司封）郎中兼侍御史知雜事。宰相王溥薦為翰林學士，復遷中書舍人。嘗與崔胤等人定策誅宦官劉季述。天復元年冬，從昭宗避亂鳳翔，以功拜兵部侍郎、翰林學士承旨。時昭宗為宦官所制,偓為其籌畫,以安定局勢,深為昭宗所倚重,屢欲任其為相,固辭不就。
三年,因不阿附朱全忠,為其所惡,貶濮州司馬,再貶榮懿尉,徙鄧州司馬。
天祐二年,復召為翰林學士,懼不赴任。次年,入閩依王審知。後寓居南安
卒。偓十歲即能詩,其姨父李商隱曾稱其"雛鳳清於老鳳聲"(《韓冬郎即席
為詩相送一座盡驚他日余方追吟連宵侍坐裴回久之句有老成之風因成二
絕寄酬兼呈畏之員外》之一)。其詩多感時傷事、慨歎身世之作。而其《香
奩集》多涉豔情,詞致婉麗,了不關風化,致後人稱豔情詩為香奩體。《新唐
書·藝文志》著錄《韓偓詩》《香奩集》各一卷等。今人齊濤有《韓偓詩集箋
注》(山東教育出版社 2000 年版),陳繼龍有《韓偓詩注》(學林出版社 2001
年版),吳在慶有《韓偓集繫年校注》(中華書局 2015 年版)。

　　③【圓至】李周翰曰:"潺湲,流貌。"

　　【補注】陳繼龍《韓偓詩注》(P.128):"自,表示自然現象的一種自在狀
態,説明軍隊擄掠過後,已空寂無人。潺湲,水流貌。"

　　④【圓至】時泉州軍過後,人家盡空。致堯晚依王氏,見兵後之景如此。
【何焯】"雞犬""人煙",猶似冗複。【何焯門生】衰亂之時,可歎可歎!

　　【補注】寒食,節日名,在清明前一日或二日。相傳春秋時晉文公負其
功臣介之推。介憤而隱於綿山。文公悔悟,燒山逼令出仕,之推抱樹焚死。
人民同情介之推的遭遇,相約於其忌日禁火冷食,以為悼念。以後相沿成
俗,謂之寒食。按,《周禮·司寇·司爟》"仲春以木鐸脩火禁于國中",則禁
火為周之舊制。漢劉向《別錄》"《蹙鞠新書》二十五篇"下有"寒食蹋鞠"的
記述,與介之推死事無關;《後漢書·周舉傳》等始附會為介之推事。寒食
日有在春、在冬、在夏諸説,惟在春之説為後世所沿襲。南朝梁宗懍《荊楚
歲時記》:"去冬至節一百五日,即有疾風甚雨,謂之寒食。禁火三日,造餳、
大麥粥。"齊濤《韓偓詩集箋注》(P.91):杜甫《兵車行》:"君不聞漢家山東二
百州,千村萬落生荊杞。"曹植《送應氏詩二首》之一:"中野何蕭條,千里無
人煙。"馬茂元《唐詩選》(P.817)注引《資治通鑑》唐僖宗文德元年(888)李
罕之寇鈔事,然時、地不合。

【校勘】

〔一〕尤溪　磧砂本作“龍溪”。

〔二〕累遷　底本、正統本作“遷累”，據大系本改。

已前共二十四^{〔一〕}首

【校勘】

〔一〕四　高本作“三”。

丹陽送韋參軍^①

嚴　維^②

丹陽郭裏送行舟，一別心知兩地秋^{③〔一〕}。日晚江南望江北，寒鴉飛盡水悠悠^④。

【考證】

此詩見《全唐詩》卷二六三(P. 2919)。

【注評】

①【圓至】丹陽，今鎮江。【增注】丹陽郡，屬潤州。〇《職林》有録事六曹、諸府及大司馬、大將軍等參軍。

【補注】丹陽，郡名，唐天寶元年改潤州置，治所在丹徒縣(今江蘇鎮江市)。轄境相當今江蘇南京、句容、鎮江、丹徒、丹陽、金壇等市縣地。乾元元年復為潤州。參軍，官名。東漢末始有“參某某軍事”的名義，謂參謀軍事，簡稱參軍。晉以後軍府和王國始置為官員。沿至隋唐，兼為郡、府的幕僚官，品級為從七品至從九品不等。韋參軍，待考。

②【圓至】字正文，越州人。至德二載進士。【增注】字正文^[一]，越州人。為越諸暨及河南尉，又充河南嚴中丞幕府，終校書郎。

【補注】賈晉華撰《中國文學家大辭典·唐五代卷》（P.242—243）"嚴維"條云，維（？—780），字正文，越州山陰（今浙江紹興）人。天寶中赴京應進士試未第。至德二載於江淮選補使崔渙下登進士第，授諸暨尉。廣德元年至大曆五年入浙東節度幕，檢校金吾衛長史，與鮑防等五十七人聯唱，盛極一時，結集為《大曆年浙東聯唱集》二卷。後閒居越州，與劉長卿過從唱酬甚密。十二年入河南幕，兼河南尉。十四年入為秘書郎，建中元年卒。維於肅、代時期頗著詩名，靈澈、章八元均出其門。《新唐書·藝文志》著錄《嚴維詩》一卷。《全唐詩》卷二六三編其詩為一卷。

③【圓至】心知，猶言心友。

【補注】郭，外城。心知，猶知心，指好友或情人。李咸用《送進士劉松》："滔滔皆魯客，難得是心知。"

④【大楓崇】第三第四，即第二句注脚，音節洋洋，讀之殆有曠世之想焉。

【補注】悠悠，連綿不盡貌。左思《吳都賦》："直衝濤而上瀨，常沛沛以悠悠。"陳伯海主編《唐詩彙評》（P.1401）：《批點唐詩正聲》卷二一"七言絕句二"：桂天祥："作詩妙處，正不在多道，如《丹陽》詩'日暮'云云二句，多少相思，都在此隱括內。"《詩境淺說·續編二》："臨水寄懷，而不落邊際，自有渺渺余懷之感也。"

【校勘】

[一]秋　磧砂本作"愁"。

[二]正文　底本、正統本、大系本作"文正"，據史實改。

寒　食①

韓　翃

　　春城無[一]處不飛[二]花，寒食東風御柳斜②。日暮[三]漢宮傳蠟燭③，青[四]煙散入五侯家④。

【考證】

　　此詩見《全唐詩》卷二四五(P. 2757)，題下校"一作《寒食日即事》"。

【注評】

　　①【圓至】《荆楚歲時記》："清明前二日，謂之寒食。"

　　【補注】寒食，節日名，在清明前一日或二日，其時禁火冷食。參見卷一韓偓《尤溪道中》注④。

　　②【何焯】首句自比遇之晚。

　　【補注】馬茂元《唐詩選》(P. 410)："御柳：宮苑裏的楊柳。"

　　③【圓至】燭，所以傳火，元稹所謂"特敕宮中許然燭"是也。唐《輦下歲時記》："清明日，取榆柳之火，以賜近臣也。"

　　④【圓至】《宦者傳》："桓帝封單超新豐侯，徐璜[五]武原侯，具瑗東武陽侯，左悺上蔡侯，唐衡汝陽侯。五人同日為侯，世謂五侯。自是權歸宦者，朝政日亂。"唐自肅、代以來，宦者權盛，政之衰亂侔漢矣。此詩蓋刺也。《本事詩》謂翃德宗時，以此詩得擢知制誥。【增注】《詩話》載："德宗嘗召詩人韓翃。有司回奏：'有兩韓翃。'帝曰：'"青煙散入五侯家"韓翃也。'"【磧砂】謙曰："無處不飛花"，春殘也。"御柳"，亦似比。【何焯門生】無一字傷時而詩意自見。【大槻崇】余謂：雖則刺也，優柔婉麗，含蓄不露，宜乎德宗之以此詩擢翃為知制誥也。

　　【補注】馬茂元《唐詩選》(P. 410)："日暮二句：意謂在節日裏受到皇帝

恩寵的，只有豪門貴族而已……傳，挨次遞送的意思。五侯，指當權的宦官或外戚。東漢桓帝時，宦官單超、徐璜、具瑗、左悺、唐衡同時封侯，世稱五侯（見《後漢書·宦者傳》）。又西漢成帝封諸舅王譚、王商、王立、王根、王逢時為侯，稱五侯（見《漢書·元后傳》）。一說，輕煙係指清明日所用的新火之煙。寒食後二日（即冬至後一百七日）為清明節，清明用新火。《古今詩話》：‘《周禮》四時變火，春取榆柳之火，夏取棗杏之火。唐時惟春取榆柳之火，以賜近臣戚里之家，故韓翃有詩云云。’按：清明用新火，是唐時民間普遍流行的風俗，杜甫《清明》：‘朝來新火起新煙。’所指即此。至豪門貴族所用新火，則出於皇帝所賜，以示優異，韋莊《長安清明》：‘內官初賜清明火。’”陳伯海主編《唐詩彙評》（P. 1327）：《詩境淺説·續編二》：“二十八字中，想見五劇春濃，八荒無事。宮廷之閒暇，貴族之沾恩，皆在詩境之內。以輕麗之筆，寫出承平景象，宜其一時傳誦也。”

【校勘】

　　［一］城無　全唐詩校“一作風何”。

　　［二］何校“飛，《才調集》作開”。

　　［三］日暮　全唐詩校“一作一夜”。暮　正統本、明應本作“莫”。

　　［四］青　磧砂本、全唐詩作“輕”，全唐詩校“一作青”。

　　［五］徐璜　底本作“徐瓊”，據詩説本、正統本、明應本改。

上陽宮①

竇　庠②

　　愁雲[一]漠漠草離離，太液[二]勾陳[三]處處疑③。薄暮毀垣春雨裏④，殘花猶發萬年枝⑤。

【考證】

此詩見《全唐詩》卷二七一（P. 3047—3048），為《陪留守韓僕射巡内至上陽宮感興二首》之二。

【注評】

①【圓至】在東都洛城外，武后嘗居之。【增注】在東都禁苑之東，上元中置。高宗之季，常居以聽政。按史，高宗調露元年幸東都。司農卿韋弘機作上陽宮，臨洛水，為長廊，亙一里。宮成，上移御之。御史狄仁杰劾奏弘機導上為奢泰，免官。神龍初，武后失位，亦徙居焉。

②【圓至】字胄卿，嘗為東都判官時作。【增注】字胄卿，婺州刺史。又詳見前竇常及後竇群下。

【補注】賈晉華撰《中國文學家大辭典·唐五代卷》（P. 786）"竇庠"條云，庠（766？—828），字胄卿，行五，京兆金城（今陝西興平）人，郡望扶風（今屬陝西）。父叔向，有詩名。庠初仕為商州從事。永貞元年任武昌節度副使，曾權知岳州。元和三年改浙西觀察副使，五年遷澤州刺史，七年改宣歙觀察副使。十年任奉天令，遷登州刺史。長慶二年為東都留守判官。約寶曆元年任信州刺史，大和元年任婺州刺史。大和二年前後卒，年六十三。工詩，與兄常、牟、群、弟鞏齊名。褚藏言稱其"為五字詩，頗得其妙"（《竇庠傳》）。《新唐書·藝文志》著錄《竇氏聯珠集》五卷，收庠及諸兄弟詩各一卷，今存。《全唐詩》卷二七一存其詩二十一首。

③【圓至】《西都賦》曰："周[四]以勾陳之位。"注曰："勾陳，王者法之，以主行宮。"《隋·天文志》："勾陳六星，在紫宮中，故[五]天子殿前亦有勾陳[六]。"《郊祀志》："武帝於建昌宮北治大池，曰太掖。"上陽宮不應有太掖池，然未央宮有漸臺，而魯靈光亦有漸臺，則上陽宮亦有太掖也。

【補注】漠漠，密佈貌。離離，濃密貌。太液，唐太液池，在長安大明宮中含涼殿後，中有太液亭。這裏泛指宮中亭、池。勾陳，亦作鉤陳，星宿名。共六星，屬紫微垣。勾陳一即今之北極星。《古今圖書集成·明倫彙編·宮闈典》卷三"宮闈總部彙考三·勾陳"引《星經》："勾陳六星在五帝下，為後宮、大帝正妃。又主天子六軍將軍,又主三公。"《晉書・天文志上》:"北極五星,鉤陳六星,皆在紫宮中……鉤陳,後宮也,大帝之正妃也,大帝之常居也。"這裏借指後宮。

④【圓至】《西征賦》:"步毀垣而延佇。"

【補注】薄暮,傍晚,太陽快落山的時候。《楚辭・天問》:"薄暮雷電,歸何憂?"垣,矮牆。

⑤【圓至】方勺《泊宅編》云:"徽宗興畫學,嘗試諸生,以'萬年枝上太平雀'為題,無中程者。或密扣中貴,答曰:'萬年枝,冬青樹也;太平雀,頻伽鳥也。'"【何焯】此説自屬附會,在今日却可作故實使矣。【大槻崇】宮既頹壞矣,雲漠漠而草離離,是太液,是勾陳,索其遺迹而不可得,故處處疑也。萬年枝,即冬青樹,借其萬年之名,以寄懷古之情耳。

【補注】萬年枝,《丹鉛總録》卷四"花木類・萬年枝":"謝朓詩:'風動萬年枝。'唐詩:'青松忽似萬年枝。'《三體詩》注以為冬青,非也。《草木疏》云:'檍木,枝葉可愛,二月花白,子似杏。今官園種之,取億萬之義,改名萬年樹。'即此也。"(又載《逸老堂詩話》卷上)這裏當泛指樹齡古老的大樹。韓偓《鵲》:"莫怪天涯棲不穩,託身須是萬年枝。"劉永濟《唐人絕句精華》(P. 106):"上陽宮在東都,玄宗以後,長都長安,東都置留守,上陽宮遂漸荒蕪。詩描繪出一幅廢宮荒苑之狀。次句言舊日池臺、後宮皆不能辨,故處處可疑。昔日繁華,惟此萬年枝上之殘花而已。蓋高宗晚年嘗在此宮聽政,則天傳位太子後,亦居此。詩人巡視至此,不免有感。"

【校勘】

[一]雲　全唐詩校"一作煙"。

[二]太液　元刊本、正統本、明應本、磧砂本作"太掖",全唐詩作"太乙"。

[三]勾陳　全唐詩作"句陳"。

[四]周　底本作"間",據詩説本、正統本、明應本改。

[五]故　底本作"以",據詩説本、正統本、明應本改。

［六］勾陳　底本作"鉤陳"，據詩說本、正統本、明應本改。

贈楊鍊師①

鮑　溶②

　　紫烟衣上繡春雲③，清隱山［一］書小篆文④。明月在天將鳳管⑤，夜深吹向玉晨君⑥［二］。

【考證】

此詩見《全唐詩》卷四八六（P.5520）。

【注評】

①【圓至】《唐六典》云："道士修行，其德高思精，謂之鍊師。"按此，則"鍊"當作"練"。然魏李順興常［三］著道士冠，時人號為李鍊師，則作"鍊"亦可。

【補注】鍊師，一說道士多鍊內、外丹或習鍊形之術，以求延年，故稱鍊師。楊鍊師，待考。

②【圓至】元和四年進士。【增注】字德元，元和四年進士，與韓愈、李正封、孟郊友善。

【補注】吳汝煜撰《中國文學家大辭典·唐五代卷》（P.779—780）"鮑溶"條云：溶（生卒年不詳），字德源，自稱"楚客"（《吳中夜別》），或為楚人。又云"二京有宅"（《洛陽春望》），知其父祖曾寓家長安、洛陽。初隱江南山中，元和四年登進士第。仕宦不顯，嘗自歎"我生雖努力，榮途難自致"（《秋思》）。一生或隱居山林，或漂泊四方，窮愁潦倒，落落寡合，後客死於三川。與韓愈、李正封、孟郊、韋楚老、殷堯藩友善，與李益交誼尤深。詩多道途旅思、懷古感興之作。張為《詩人主客圖》尊之為"博解宏拔主"，而自居於入室之列。《新唐書・藝文志》《直齋書録解題》著録《鮑溶集》五卷。《郡齋讀書志》著録一卷。《全唐詩》卷四八五至四八七編其詩為三卷。

③【圓至】唐代宗時，李泌乞為道士，賜紫衣。道士衣紫，自此始。【何焯】合載出處。

④【圓至】《大洞玉經》云："清隱書在九華宮中。"《道書》云："碧篆之文，紫庭之誥。"【何焯】清隱道士家，好扁額。

⑤【圓至】《律曆志》："黃帝取竹於嶰谷而吹之，以聽鳳鳴。其雄鳴為六，雌鳴亦六。"

【補注】將，拿，持。鳳管，笙簫的美稱。《漢武帝別國洞冥記》："帝常夕望，東邊有青雲起，俄而，見雙白鵠集臺之上，倏忽變爲二神女，舞於臺，握鳳管之簫。"

⑥【圓至】《黃庭經》曰："太上大道玉晨君[四]。"《真誥》曰："太上者，道之子孫，即玉晨大道君也。"【增注】秦李斯作《蒼頡篇》，取周史籀大篆，省文為小篆。【大槻崇】楊蓋紫衣道士，故首句拆二字用之。清隱仙書，即道家之書，以小篆寫之。三、四句字法錯綜，謂以明月在天之深夜，吹鳳管以向玉晨君也。

【補注】玉晨君，仙號。

【校勘】

［一］山　磧砂本作"仙"。

［二］玉晨君　元刊本、磧砂本、高本、四庫本作"玉宸君"。

［三］常　底本、詩説本作"嘗"，據正統本、明應本改。

［四］玉晨君　底本作"玉宸君"，據詩説本、正統本、明應本改；下文同，徑改。

和孫明府懷舊山①

雍　陶

　　五柳先生本在山②，偶然為客落人間③。秋來見月多歸思，自起開籠放白鷳④。

【考證】

　　此詩見《全唐詩》卷五一八（P.5924）。

【注評】

　　①【圓至】明府，縣令也。

　　【補注】明府，《後漢書·吳祐傳》："國家制法，囚身犯之。明府雖加哀矜，恩無所施。"王先謙集解引沈欽韓曰："縣令爲明府，始見於此。"孫明府，待考。舊山，故鄉、故居，一般兼指未出仕前的居所。《文選》卷二六謝靈運《過始寧墅》："剖竹守滄海，枉帆過舊山。"呂延濟注："謂枉曲船帆，來過舊居。"

　　②【圓至】陶淵明門種五柳，作《五柳先生傳》以自述。淵明嘗為彭澤令，故以比縣令。【增注】《江州志》："淵明本居山南之上京，後遭火，徙居柴桑里。"【何焯】"舊"。

　　③【何焯】起"籠"字。

　　【補注】周嘯天、張效民《雍陶詩注》（P.68）：陶淵明《歸園田居五首》之一："誤落塵網中，一去三十年。"

　　④【圓至】蕭穎士《白鷳賦》序云："白鷳，羽族之奇。處於雕籠，致以駟騎。將集長楊，遊太掖。予旅東陽，適偕至傳舍，感而賦之，其略曰：越水清兮鏡色，吳山遠兮天碧。與心賞兮暌違，念歸飛其何極！"詩意正類此，謂己有山林之志，拘而不遂，猶白鷳困於籠，故因己思歸，起而縱之。蓋穎士因

物而感己，此詩推己以及物，異而同者也。【增注】白鷴，《釋文》："形似雉，白華文而尾長。"【磧砂】敏曰：似賦而實比也，且以穎士比孫耳。

【補注】歸思，回歸的念頭。陶淵明《始作鎮軍參軍經曲阿詩》："眇眇孤舟逝，緜緜歸思紆。"周嘯天、張效民《雍陶詩注》（P.68）：《世説新語‧識鑒》："張季鷹辟齊王東曹掾，在洛見秋風起，因思吳中菰菜羹、鱸魚膾，曰：'人生貴得適意爾！何能羈宦數千里以要名爵！'遂命駕便歸。"白鷴，又稱銀雉。雄鳥的冠及下體純藍黑色，上體及兩翼白色，故名。陳伯海主編《唐詩彙評》（P.2326）：《詩境淺説‧續編二》："因思歸而起放白鷴，推己及物，藹然仁言。與'剔開紅焰救飛蛾'同一慈惠之思。"

贈日東鑒禪師①

鄭　谷②

故國無心渡海潮，老禪方丈倚中條③。夜深雨絶松堂静，一點山螢照寂寥④。

【考證】

此詩見《全唐詩》卷六七五（P.7733）；又見卷六三三（P.7269），屬司空圖。何校："此篇是司空表聖詩。"佟培基《全唐詩重出誤收考》（P.469—470）、嚴壽澄等《鄭谷詩集箋注》（P.231）等云，此詩宋代已歧出。鄭谷集諸本皆録。《文苑英華》卷二六四作鄭谷，題下注云："已見二百二十四卷。"而卷二二四録司空圖《上陌梯寺懷舊僧二首》，其後為《寄懷元秀上人》，脱名，亦無"前人"字樣，另行注"以下七首均見集本"，而卷首目録作"鄭谷"。《寄懷元秀上人》後録有《寄題詩僧秀公》，此詩等七首詩，皆題"前人"。可見，《文苑英華》卷二二四當亦作鄭谷。《萬首唐人絶句》卷五六等作司空圖者，應未審《文苑英華》卷二二四題名脱漏情況，輾轉沿誤。又佟氏云：唐末處

士楊夔亦有送日東僧詩,與鄭谷為同時之作,見《文苑英華》卷二二四鄭詩
之後,楊、鄭唱酬交游之作尚有《送鄭谷》《寄贈楊夔處士》等,司空圖與楊無
交往,故此詩當為鄭作。

【注評】

①【圓至】日東,即日本也。【大槻崇】按,日東,即指皇國。鑒禪師,未
詳其人,蓋入唐僧之留彼土者。

【補注】禪師,對和尚的尊稱。嚴壽澄等《鄭谷詩集箋注》(P. 232):《舊
唐書·東夷傳》:"日本國者,倭國之別種也。以其國在日邊,故以日本為
名。或曰:倭國自惡其名不雅,改為日本。或云:日本舊小國,併倭國之
地。"鑒禪師,待考。

②【圓至】字守愚,袁州人,詩名《雲臺編》。【增注】字守愚,袁州人,故
永州刺史鄭史之子。一云:鄭谷幼時,司空圖與刺史同院,見而奇之,令吟
詩,歎息撫其背曰:"當爲一代風騷主。"為右拾遺,乾寧中以都官郎中卒
於家。

【補注】吳在慶撰《中國文學家大辭典·唐五代卷》(P. 517—518)"鄭
谷"條云,谷(851? —?),字守愚,袁州宜春(今屬江西)人,鄭史子。谷幼穎
悟,七歲能詩。屢舉進士不第。廣明元年,黃巢起義軍入長安,谷避亂入
蜀,羈游巴蜀荊楚間。光啓三年登進士第。景福二年,授京兆府鄠縣尉。
乾寧元年,兼攝府署,尋遷右拾遺。三年,擢為補闕。次年,拜都官郎中,世
稱"鄭都官"。天復二年,曾隨駕在鳳翔。後歸隱宜春仰山書堂,卒於北岩
別墅。谷工詩,有時名,曾受知於馬戴、李朋、李頻、薛能諸人。咸通中,與
許棠、溫憲、張喬等人唱酬往還,齊名當時,號"咸通十哲"。詩僧齊己嘗攜
詩卷謁谷。己《早梅》詩有"前村深雪裏,昨夜數枝開"句,谷曰:"'數枝'非
早也,未若'一枝'佳。"己不覺拜服,稱其為"一字師"。其詩擅長五七言近
體,多為詠物寫景、送別酬贈及感歎身世之作。《鷓鴣》詩最知名,至有稱其
為"鄭鷓鴣"者。辛文房稱其詩"清婉明白,不俚而切"(《唐才子傳》卷九)。
乾寧三年,谷從昭宗避難華州。寓居雲臺道舍時,自編其詩三百首為《雲

臺編》,凡三卷。《新唐書·藝文志》著録其《雲臺編》《宜陽集》各三卷,《郡齋讀書志》另記《宜陽外編》一卷。今人傅義有《鄭谷詩集編年校注》(華東師範大學出版社 1993 年版),嚴壽澄、黃明、趙昌平有《鄭谷詩集箋注》(上海古籍出版社 2009 年版),趙昌平有《鄭谷年譜》(《唐代文學論叢》總第 9 期)。

③【圓至】唐顯慶中,王玄策使西域,至毗邪城維摩室,以手板縱橫量,得十笏,故名方丈。中條山,在河中府虞鄉縣。【增注】《維摩經》:“毘邪離城中有長者維摩詰,一丈之室,能容三萬二千獅子座,無所妨礙。”

【補注】老禪,謂修禪終老。許渾《洛東蘭若夜歸》:“一衲老禪牀,吾生半異鄉。”方丈,初指寺院,後指僧尼長老、住持的居室。《文選》卷五九王簡栖《頭陀寺碑文》:“宋大明五年,始立方丈茅茨,以庇經象。”李善注引高誘曰:“堵長一丈,高一丈,面環一堵爲方丈,故曰環堵,言其小也。”張銑注:“言立方丈之室,覆以茅茨之草,以置經象也。”歐陽詹《同諸公過福先寺律院宣上人房》:“寂爾方丈内,瑩然虛白間。”中條,山名,又名雷首山、首陽山,在唐河東、河南、關内道交界處,即今山西省西南部,黃河、涑水、沁河間。《讀史方輿紀要》卷四一“山西三·平陽府·蒲州”:“其山中狹而延袤甚遠,因名。”《太平寰宇記》卷六“河南道六·陝州·夏縣”:“東西一百二十里。”《欽定大清一統志》卷一一七“解州”:“山狹而長,西華嶽,東太行,此山居中,故曰中條。”

④【磧砂】謙曰:贈禪師不用佛經語,并不着色相語,三、四句景中有人,躍出紙上。金聖歎嘗論烘雲者,意不在雲而在托月也。【何焯】下二句極狀禪寂,所以能證無心也。【大槻崇】首句言無心於渡海歸故國。李益詩“從此無心愛良夜”,與此同句法。或屬讀“無心”二字,非是。

【補注】松堂,松林間的房舍,這裏指僧堂。鄭谷《喜秀上人相訪》:“他夜松堂宿,論詩更入微。”嚴壽澄等《鄭谷詩集箋注》(P. 232):傅咸《螢火賦》:“潛空館之寂寂兮,意遥遥而靡寧。夜耿耿而不寐兮,憂悄悄而傷情……感詩人之攸懷兮,覽熠燿于前庭。”

旅　懷①

杜荀鶴②

　　月華星彩坐來收③，嶽色江聲暗結愁④。半夜燈前十年事，一時和[一]雨到心頭。

【考證】

　　此詩見《全唐詩》卷六九三(P. 7982)，題作《旅舍(一作館)遇雨》。

【注評】

　　①【補注】旅懷，羈旅之情懷。祖詠《過鄭曲》："旅懷勞自慰，淅淅有涼風。"

　　②【圓至】字彥之，九華山人，大順二年第一人(《鑒戒錄》進士第八人)。【增注】字彥之，杜牧之微子也。牧之會昌末自齊安移守秋浦，時妾有妊，出嫁長林鄉正杜筠，生荀鶴。有能詩名，大順初擢第，尋授翰林學士、主客員外郎知制誥，天祐初卒。本池州人，州有九華山，故自稱九華山人。

　　【補注】吳在慶撰《中國文學家大辭典·唐五代卷》(P. 256—257)"杜荀鶴"條云，荀鶴(846—904)，字彥之，行十五，池州石埭(今安徽石臺)人。因居九華山，故自號九華山人。傳杜牧在池州刺史任，妾程氏有孕，再嫁杜筠而生荀鶴。曾隱居廬嶽十年，刻苦為詩，早有詩名，然屢試不第。其間曾遊浙、閩、贛、湘諸地。乾符末，黃巢進軍河南，荀鶴自長安歸隱九華，"一入煙蘿十五年"(《亂後出山逢高員外》)。後游大梁，獻《時世行》十首于朱溫，多勸戒語，不為所納。大順二年方登進士第，後還鄉，頗為宣州節度使田頵器重，辟為從事。天復三年，奉田頵命出使大梁，與朱溫密謀攻討淮南節度使楊行密事。值田頵兵敗被殺，荀鶴遂留朱溫幕。天祐元年，為主客員外郎、知制誥，充翰林學士，旋卒(一說卒於後梁開平元年，疑誤)。荀鶴為詩主張

"詩旨未能忘救物"(《自叙》),故能繼承杜甫、白居易等人關心民生疾苦,反映社會現實之優良傳統。然更多抒發個人身世之感及酬唱投獻之作。擅近體,苦心為詩,自言"此心閒未得,到處被詩磨"(《泗上客思》)。其詩善於白描,語言通俗曉暢。亦精書法。所著《唐風集》三卷,録詩三百餘篇,乃其初及第時自編。《郡齋讀書志》著録《唐風集》十卷,《直齋書録解題》則記為三卷。今尚存宋蜀刻本《杜荀鶴文集》三卷。《全唐詩》卷六九一至六九三編其詩為三卷。

③【何焯】"半夜燈前"。

【補注】月華,月光,月色。星彩,星光。坐來,移時,頃刻。柳宗元《戲題石門長老東軒》:"坐來念念非昔人,萬遍蓮花為誰用。"

④【何焯】"和雨到心"。

【校勘】

［一］和　全唐詩校"一作隨"。

已前共七首

寄别朱拾遺①

劉長卿②

天書遠召滄浪客③,幾度臨岐［一］病未能④。江海茫茫⑤春欲遍⑥,行人一騎發金陵⑦。

【考證】

此詩見《全唐詩》卷一五〇(P. 1557)。

【注評】

①【補注】拾遺，官名。唐武則天於垂拱元年設置，左右各二人，後定制左右各六人，秩從八品上，比左右補闕低一級。左拾遺隸門下省，右拾遺隸中書省，與左、右補闕共掌諷諫，大事廷議，小事則上封事。後隨設隨罷。參見《續通典·職官三》。長卿另有《喜朱拾遺承恩拜命赴上都》詩，儲仲君《劉長卿詩編年箋注》(P. 491—492)云：“朱拾遺，即朱放。姚合《極玄集》下‘朱放’：‘貞元初，召拜拾遺，不就。’按梁肅有《送朱拾遺赴朝廷序》：‘上將以道莅天下，先命大臣舉有道以備司諫，故朱君長通（放字長通）有拾遺之拜。’‘獻歲之吉，涉江而西。’《唐才子傳》卷五《朱放傳》：‘貞元二年，詔舉韜晦奇才。詔下聘禮，拜左拾遺。’”又認為此詩當為貞元二年(786)朱放赴京時作。

②【圓至】字文房，開元二十年徐徵榜及第。【增注】字文房。至德監察御史，以檢校祠部員外郎為轉運使判官，知淮西、鄂岳轉運留後。鄂岳觀察使吳仲孺誣奏，貶潘州南巴尉。會有為之辨者，除睦州司馬，終隨州刺史。

【補注】賈晉華撰《中國文學家大辭典·唐五代卷》(P. 189—190)“劉長卿”條云，長卿(?—790?)，字文房，行八，宣州(今安徽宣城)人，郡望河間(今屬河北)，其家久寓長安。少居嵩山讀書，屢試不第，入國子監為諸生，曾任朋頭。約於天寶後期登進士第。安史亂起，自洛陽避地江東。至德二載任長洲尉，三年曾攝海鹽令。因事陷獄，上元元年貶南巴尉。二年自貶所歸，漫遊江南。約於廣德元年至大曆初，入朝任殿中侍御史(一說監察御史)。大曆四年，以檢校祠部員外郎出任轉運使判官，知淮西、鄂岳轉運留後。約於十年為鄂岳觀察使吳仲孺誣奏犯贓，貶睦州司馬。十四年遷隨州刺史。建中三年，因淮西節度使李希烈作亂去官，閒居揚州江陽縣茱萸村。約卒於貞元六年。長卿交遊甚廣。與其過往之文人有李白、元結、張繼、李嘉祐、朱放、嚴維、秦系、耿湋、皇甫冉、皇甫曾、皎然、靈一、靈澈、蕭穎士、獨孤及、梁肅等。其於肅、代時期詩名頗著，與錢起、郎士元、李嘉祐並稱“錢郎劉李”。其詩各體皆工，尤善五律，自詡“五言長城”。《新唐書·藝文志》著錄《劉長卿集》十卷。今人儲仲君有《劉長卿詩編年箋注》(中華書局1996

年版),楊世明有《劉長卿集編年校注》(人民文學出版社 1999 年版)。

③【圓至】滄浪客,謂逐臣也。《楚詞》:"滄浪之水清兮,可以濯我纓。"

【補注】滄浪客,這裏指浪迹江湖的隱士。儲仲君《劉長卿詩編年箋注》(P. 492):"天書,謂詔書。"庾信《成王刻桐葉封虞叔》:"帝刻桐葉,天書掌文。"

④【補注】岐,亦作歧,岔道。儲仲君《劉長卿詩編年箋注》(P. 492):"臨歧,謂送別。"

⑤【何焯】地遠。

⑥【何焯】時迫。

⑦【圓至】金陵,建康府,楚置金陵邑,以地有王氣,埋金鎮之。或曰:地接華陽金壇之陵。【磧砂】敏曰:此劉自述也。首二句是事,前三、四句是當時事也。妙在"江海",着"茫茫"二字,已有地角天涯之感。且江海茫茫,又當春光欲遍之時,乃瘦馬孤征,乍離佳麗名區,則知己判袂,依依可念,不待言而共喻矣。意味深長如此。【何焯】行期數改,相就又難,故但寄別也。【大槻崇】一、二蓋倒裝法。言幾度欲歸而未能,今日天書召矣,公然就程,其喜可知。三、四言天子雨露之恩已遍,拾遺君當繼見召,我乃一騎先發也。

【補注】金陵,古邑名,今南京市的別稱。戰國楚威王七年滅越後在今南京清凉山(石城山)設金陵邑。謝朓《入朝曲》:"江南佳麗地,金陵帝王州。"

【校勘】

[一]岐　正統本、明應本、何校作"歧"。

題張道士山居①

秦　系②

盤石垂蘿只[一]是家,回頭猶看五枝花③。松間寂寂無烟火,應服朝來一片霞④。

【考證】

此詩見《全唐詩》卷二六〇(P. 2901)，題中"題"後有"贈"字。

【注評】

①【補注】張道士，待考。山居，山中的住所。

②【圓至】字公緒[一]，會稽人。天寶之亂，客居泉州九日山。【增注】字公緒，會稽人。天寶避亂剡溪。本集云："大曆五年，人以詩聞北都，鄴之留守薛兼訓奏為右衛率府倉曹參軍，不就。客泉州，結廬南安大松下，穴石為研注《老子》，彌年不出。張建封聞不可致，請就加校書郎，年八十卒。"

【補注】賈晉華撰《中國文學家大辭典·唐五代卷》(P. 611)"秦系"條云，系(720？—800？)，字公緒，號東海釣客，行十四，越州會稽(今浙江紹興)人。天寶中曾赴京應舉未第。天寶末避亂歸越，隱居剡山。大曆五年相衛節度薛嵩奏為右衛率府倉曹參軍，不就。十二、三年間與妻離異獲謗，流寓睦州，與劉長卿唱酬甚多。建中元年隱泉州南安九日山，三、四年間又歸隱越州。時出遊湖、撫等州，與皎然、戴叔倫、韋應物等過從唱酬。貞元七年徐泗濠節度使張建封辟為從事，檢校秘書省校書郎。再婚，經蘇、潤州赴任。十六年建封卒，系返吳，居茅山，未幾卒，年八十餘。系工詩，多寫山水隱逸，擅長五言。韋應物贈詩云："五言今日為君休。"(《答秦十四校書》)沈德潛稱其"詩格近幽澀"(《唐詩別裁集》卷一四)。《新唐書·藝文志》著録《秦系詩》一卷，《直齋書録解題》作《秦隱君集》一卷。《全唐詩》卷二六〇編其詩為一卷。

③【圓至】《山海經》曰："少室[三]山有木，其花五衢。"【增注】五枝花，道家打坐事，見《神仙傳》，有圖行世。【大槻崇】五枝花，未詳，竊謂"玉枝花"之誤。按，《福地記》："抱犢山有草名玉枝，冬生花高五六尺，味頗甘，取其葉末服之，可以不飢。"公緒蓋用此典耳。

【補注】五枝花，《山海經·中山經》載，少室之山“有木焉，其名曰帝休，葉狀如楊，其枝五衢，黃華黑實，服者不怒”。郭璞注：“言樹枝交錯，相重五出，有象衢路也。《離騷》曰：‘靡萍九衢。’”盤石，即磐石，大石。《荀子·富國》：“國安於盤石，壽於旗、翼。”楊倞注：“盤石，盤薄大石也。”王先謙集解引盧文弨曰：“盤石，即磐石。”

④【圓至】《列仙傳》：“陵陽子言：‘春食朝霞，夏食沆瀣。’”【何焯】猶餘塵累，未得飛昇，然真是神仙才矣。第二頓挫，却畫出深山道流也。○非也。第二是秦自謂，下二句謂自恨未能絶粒，不得相隨久住耳。【何焯門生】第二句似不能忘情意。

【補注】服霞，猶餐霞，餐食日霞，指修仙學道。語出《漢書·司馬相如傳》：“呼吸沆瀣兮餐朝霞。”顏師古注引應劭曰：“《列仙傳》陵陽子言春（朗）〔食〕朝霞，朝霞者，日始欲出赤黃氣也。夏食沆瀣，沆瀣，北方夜半氣也。并天地玄黃之氣爲六氣。”曹植《驅車篇》：“餐霞漱沆瀣，毛羽被身形。”黃節注：“《楚辭》曰：‘餐六氣而飲沆瀣兮，漱正陽而含朝霞。’”

【校勘】

　　〔一〕只　高本、四庫本、全唐詩作“即”。

　　〔二〕公緒　底本、詩説本作“翁緒”，據史實改。

　　〔三〕少室　底本、正統本、明應本作“玉室”，據詩説本改。

寄李渤①

張　籍[一]

五渡[二]溪頭躑躅紅②，嵩陽寺裏講時鍾③。春山處處行應好，一月看花到幾峰④。

【考證】

此詩見《全唐詩》卷三八六(P.4358)。

【注評】

①**【增注】**渤,字濬之,李涉之弟[三],隱嵩岳少室山,號少室山人。

【補注】徐禮節、余恕誠《張籍集繫年校注》(P.756—757):"李渤(七七三—八三一):字濬之,號白鹿先生,行第十。貞元中隱廬山白鹿洞,十九年(八〇三)移居嵩山。元和元年(八〇六)九月徵為左拾遺,不至,移家洛陽;九年拜著作郎;十一年遷右補闕,後歷分司贊善大夫、庫部員外郎、考功員外郎。長慶元年(八二一)貶虔州刺史,轉江州刺史、職方郎中、諫議大夫、給事中……兩《唐書》有傳。"此詩當作於貞元十九年(803)至元和九年(814)間,季節為春季,時張籍居長安,李渤隱居嵩山。

②**【圓至】**五渡溪,在嵩山。常建云:"仙人得道處。"蓋渤隱嵩山少室。《本草》:"躑躅,即杜鵑花,羊食則死,見之躑躅,以此得名。"**【增注】**躑躅花,蜀人號曰映山紅,一名杜鵑花,一名山石榴。

【補注】徐禮節、余恕誠《張籍集繫年校注》(P.756—757):五度溪,嵩山溪流名。度,又作渡。《讀史方輿紀要》卷四八"河南三·河南府·登封縣":"五渡溪,在登封縣東南二十五里,源出嵩山東谷,自山頂下注為二十八浦,山下大潭中有立石,高廣平整,其水縈委,泝者五涉,故名。"頭,猶傍。羊躑躅,《本草綱目》卷一七引《別錄》弘景曰:"羊食其葉,躑躅而死,故名。"

③**【何焯】**上二句是言其身不可得而即。

【補注】徐禮節、余恕誠《張籍集繫年校注》(P.756—757):嵩陽寺,嵩山寺名。《洛陽伽藍記·城北》:"嵩高中有閒居寺、栖禪寺、嵩陽寺、道場寺。"講時鍾,高僧講經説法時敲擊的鍾。

④**【圓至】**嵩陽有三十六峰。**【大槻崇】**五渡,溪名。躑躅,花名。詩人活用,皆有意義。蓋三十六峰,隨處春好,一月看花,知到幾峰,所以五渡其溪,而躑躅不得進也。

【校勘】

[一] 張籍　底本、元刊本作"張藉"，據正統本、明應本、磧砂本、高本、四庫本、全唐詩改。

[二] 渡　全唐詩作"度"。

[三] 弟　底本、正統本作"兄"，據大系本改。

南莊春晚

李群玉

草暖沙長望去舟，微茫烟浪向巴丘①。沅湘[一]寂寂春歸盡，水綠蘋香人自愁②。

【考證】

此詩見《全唐詩》卷五七〇（P.6616），為《南莊春晚二首》之二。

【注評】

①**【圓至】**《十道志》曰："巴陵縣，本漢下雋縣之巴丘。"

【補注】巴丘，即巴陵縣，在今湖南岳陽市，唐為岳州治。相傳城為孫吳所築。《三國志·吳書·吳主傳》：東漢建安十九年，"使魯肅以萬人屯巴丘"。裴松之注："巴丘，今曰巴陵。"西南隅有巴丘山。《水經·湘水》：湘水"又北至巴丘山，入于江"。

②**【增注】**沅水出牂柯入江，湘水出全州。**【大槻崇】**詳首二句，此詩蓋係江上送人之作，末句"水綠蘋香"，即柳詩"欲采蘋花不自由"之意。

【補注】沅湘，沅水和湘水的並稱。參見卷一戴叔倫《湘南即事》注④。蘋，也稱四葉菜、田字草。多年生草本。生淺水中，葉有長柄，柄端四片小葉成田字形。夏秋開小白花。全草入藥。《詩經·召南·采蘋》："于以采蘋？

南澗之濱。”毛公傳：“蘋，大萍也。”《楚辭·九歌·湘夫人》：“鳥萃兮蘋中。”

【校勘】

〔一〕沅湘　全唐詩作“沅江（一作湘）”。

長溪秋思

唐彦謙

柳短莎長溪水流①，雨微烟暝〔一〕立溪頭。寒鴉閃閃前山去，杜曲黄昏獨〔二〕自愁②。

【考證】

此詩見《全唐詩》卷六七二（P. 7686），題中“思”作“望”。

【注評】

①【補注】莎，即莎草，多年生草本植物。參見卷五張祜《惠山寺》注⑤。

②【何焯】亦憂亂之詩。【大槻崇】此詩見寒鴉宿前山，而悲己未得所託也。

【補注】閃閃，物體動摇不定貌。杜曲，在今西安東南，樊川、御宿川流經其間。唐大姓杜氏世居於此，故名。

【校勘】

〔一〕暝　高本作“瞑”，何校“瞑”。

〔二〕獨　磧砂本作“人”。

已前共五首

隋　宮①

鮑　溶

　　柳塘煙起日西斜②，竹浦風回鴈弄沙③。煬帝春遊古城在④，壞
宮芳草滿人家。

【考證】

　　此詩見《全唐詩》卷四八六（P. 5520）。

【注評】

　　①【圓至】煬帝自長安至揚州，置離宮四十餘所，詩意蓋指揚州也。

　　②【圓至】柳，隋帝所種。【何焯】第二是詩人鴻雁劬勞之感，故下文借
隋為喻也。

　　③【圓至】揚州謂之竹西。

　　【補注】竹浦，多竹的水濱。

　　④【補注】煬帝（569—618），即隋朝第二代皇帝楊廣，文帝次子，謚號
“煬”。據《逸周書·謚法》，“去禮遠衆”“好内遠禮”“好内怠政”“肆行勞神”
曰“煬”。煬帝初封晉王。開皇九年，率大軍滅陳。後密謀策劃代兄楊勇為
太子。仁壽四年派人刺殺生病的文帝，奪取帝位。在位期間，肆意享樂，揮
霍無度。又大興土木，營建東都，修築長城，開通運河，興建離宮，四出巡
遊，並連續三次大舉進攻高麗，耗資無數，征役人民動輒數十萬乃至數百
萬，民不聊生，怨聲載道，激起全國性的農民大起義。大業十四年，在江都
（今江蘇揚州）被右屯衛將軍宇文化及等勒死。

綺岫宮①

王　建

　　玉樓傾側[一]粉墙空②,重疊青山遶故宮③。武帝去來紅[二]袖盡④,野花黃蝶領春風⑤。

【考證】

　　此詩見《全唐詩》卷三〇一(P. 3424),題首多"過"字,題下注"東都永寧縣西五里"。

【注評】

　　①【圓至】在東都永寧縣西五里,顯慶三年置。【增注】或曰:唐後宮。一云:在驪山,漢武帝立,玄宗嘗行幸。山光圍繞,因名綺岫。【何焯】河南府永寧縣西五里有綺岫[三]宮,高宗顯慶三年置。

　　②【補注】玉樓,華麗的樓。粉牆,塗刷成白色的牆。

　　③【何焯】"綺岫"。

　　④【圓至】武帝,謂玄宗也。天子崩,謚曰某。有功德在,上廟號曰某宗,以為不遷之廟,至漢猶然。然則某宗者,非謚也。及唐則不論功德,廟號皆曰某宗。然臣稱其主,猶或以尊號中最下一字曰某皇帝,如則天稱太宗為文皇帝,詩人稱玄宗為武皇帝是也。至宋則直稱曰某宗,無稱某皇帝者矣。

　　【補注】王宗堂《王建詩集校注》(P. 426)云,去來,去後。來,語助詞。白居易《琵琶引》:"去來江口守空船。"紅袖,女子的紅色衣袖,借指美女。

　　⑤【何焯門生】目擊心傷。

　　【補注】領,管領。《對床夜語》卷四:"唐人絶句,有意相襲者,有句相襲者……王建《綺岫宮》云:'武帝去來紅袖盡,野花黃蝶領春風。'鮑溶《隋宮》

云：‘煬帝春遊古城在，壞宮芳草滿人家。’……此皆意相襲者。”

【校勘】

[一] 側　全唐詩作“倒（一作側）”。

[二] 紅　全唐詩作“羅”。

[三] 綺岫　底本作“崎岫”，據姚世鈺校改：“崎岫，疑作綺岫。世鈺。”

送三藏歸西域①

李　洞②

十萬里[一]程多少難[二]，沙中[三]彈舌授降龍③。五天到日應頭
白④，月落長安半夜鍾⑤。

【考證】

此詩見《全唐詩》卷七二三（P. 8300），題中“西域”作“西天國”。

【注評】

①【圓至】三藏，朗公，西域人，見耿湋詩。【增注】三藏乃西域三藏法
師。《法苑義林》載：“經、律、論為三藏。”【何焯】唐時能翻譯者皆號三藏法
師。○才江恐不與同時。

【補注】三藏，梵文意譯。佛教經典的總稱，分經、律、論三部分。經，總
説根本教義；律，記述戒規威儀；論，闡明經義。通曉三藏的僧人，稱三藏法
師，如唐玄奘稱唐三藏。西域，漢以來對玉門關、陽關以西地區的總稱。狹
義專指葱嶺以東而言，廣義則凡通過狹義西域所能到達的地區，包括亞洲
中、西部，印度半島，歐洲東部和非洲北部都在内。後亦泛指我國西部地
區。《漢書·西域傳》：“西域以孝武時始通，本三十六國，其後稍分至五十

餘，皆在匈奴之西，烏孫之南。南北有大山。中央有河，東西六千餘里，南北千餘里。東則接漢，陁以玉門、陽關，西則限以葱嶺。”

②【圓至】字才江，唐宗室，雍州人。【增注】唐諸王孫，嘗遊兩川。祝氏《勝覽》：“洞，雍州人。避朱泚之亂入蜀，於晉州大雲山鑿石為洞，讀《易》其中。師事賈島，慕其為詩。”《北夢瑣言》載：“洞鑄島像頂戴，常念賈島佛。”

【補注】吳在慶撰《中國文學家大辭典·唐五代卷》（P.303）“李洞”條云，洞（？—897？），字才江，京兆（今西安）人，唐宗室之後。家貧，苦吟以至廢寢食。乾符中，舉進士不第。光啓初，往遊梓州。龍紀元年冬，自蜀赴京應試，因誤期，不獲試。大順二年，裴贄知貢舉，洞獻詩云：“公道此時如不得，昭陵慟哭一生休。”終又落第，遂失意遊蜀而卒。洞工詩，酷慕賈島詩風，曾鑄賈島銅像，事之如神。常持數珠念賈島佛，一日千遍。人有喜島詩者，必手錄島詩以贈，並再三叮嚀曰：“此無異佛經，歸焚香拜之。”《唐才子傳》卷九又曾集賈島及唐諸賢警句五十聯為《詩句圖》，自為之序。其詩風逼似賈島，而新奇過之，頗為吳融所稱許。然時人多譏誚其僻澀，不貴其奇峭。詩多琢煉字句，頗多佳句。《新唐書·藝文志》著錄《李洞詩》一卷、《賈島句圖》一卷。《全唐詩》卷七二一至七二三編其詩為三卷。

③【圓至】【全唐詩】樊公彈舌，念梵語《心經》以授流沙之龍。

【補注】彈舌，猶搖舌，謂唱念、說話等。降龍，這裏指被佛法降伏的神龍。

④【圓至】五天者，東、西、南、北、中天竺也。【增注】五天，即天竺之五印度，謂東、西、南、北、中之五印度也。

【補注】五天，即五天竺，指古印度。古印度分為東、南、西、北、中天竺五大部分。王維《六祖能禪師碑銘》：“大師至性淳一，天姿貞素……故能五天重迹，百越稽首。”

⑤【圓至】“頭應白”者，程之遠也。“半夜鐘”者，思三藏之時也。【磧砂】敏曰：“五天到日”，其期正遠，我見月沉，遙念人歸月後，月落人前。半夜鐘聲，長安如故，更不知月落幾回，鐘聞何處矣。【大槻崇】詩意謂：十萬里之程，艱難之多可知，而沙中降龍亦難中一事，但三藏彈舌授《心經》以却

之，則其害非所憂。路遠難多，五天到日，應滿頭髮白，今夕何夕，雖月落鐘鳴，夜已半矣，豈可不夜話？此第以敘久別之情乎？舊注“思三藏之時”，何等呆看。

【校勘】

[一] 里　磧砂本作“行”。

[二] 難　全唐詩作“磧”。

[三] 沙中　元刊本、磧砂本、高本、四庫本作“沙頭”，全唐詩校“一作磧頭”。

已前共三首

長信秋詞①

王昌齡②

奉帚[一]平明金[二]殿開③，且[三]將團扇共[四]徘徊④[五]。玉顏不及寒鴉色，猶帶昭陽[六]日影來⑤。

【考證】

此詩見《全唐詩》卷一四三（P. 1445），為《長信秋詞五首》之三；又見卷二〇“相和歌辭”（P. 260），為《長信怨》二首之二。

【注評】

①【圓至】漢班倢伃大幸，其後趙飛燕姊弟有寵，倢伃失寵。飛燕譖之，倢伃恐，乃求共養太后於長信宮也。

【補注】胡問濤、羅琴《王昌齡集編年校注》（P. 87—88）：長信，漢宮殿名。《三輔黃圖》卷三《長樂宮》：“長信宮，漢太后常居之。按《通靈記》：‘太后，成帝母也。后宮在西，秋之象也。秋主信，故殿皆以長信、長秋為名。’”唐高宗寵幸武則天以後，王皇后被廢，囚於密室，被武則天派人砍去手足，投進酒瓮而死。唐玄宗寵幸武惠妃以後，也廢棄了王皇后。《資治通鑑》唐玄宗開元十年：“初，上之誅韋氏也，王皇后頗預密謀，及即位數年，色衰愛弛。武惠妃有寵，陰懷傾奪之志，后心不平，時對上有不遜語。上愈不悦，密與祕書監姜皎謀以后無子廢之。”兩年以後，“廢為庶人，移別室安置”。開元末、天寶初，玄宗又納其子壽王妃楊玉環為貴妃，楊氏姊妹“並承恩澤，出入宮掖，勢傾天下”。王昌齡在京城作官及停留期間，對皇宮內的荒淫無恥與黑暗腐敗應有所了解，因而以漢喻唐，寫了一系列宮怨詩。此為其一。

②【圓至】開元十五年進士。

③【圓至】奉帚，洒掃也。按倢伃《賦》云：“奉共養於東宮兮，託長信之末流。共洒掃於帷幄兮，永終死以為期。”

【補注】奉帚，馬茂元《唐詩選》(P. 142)，拿着掃帚。胡問濤、羅琴《王昌齡集編年校注》(P. 90)：吳均《行路難五首》之五：“班姬失寵顏不開，奉帚供養長信臺。”平明，猶黎明。天剛亮的時候。《荀子·哀公》：“君昧爽而櫛冠，平明而聽朝。”金殿，指宮殿。謝朓《奉和隨王殿下詩十六首》之十三：“端儀穆金殿，敷教藻瓊筵。”

④【圓至】倢伃《團扇歌》云：“常恐秋節至，凉飇奪炎熱。棄捐篋笥中，恩情中道絕。”

【補注】馬茂元《唐詩選》(P. 142)云，班倢伃團扇詩“通篇為比體，以秋扇見捐，喻君恩中斷。這裏説團扇，是暗用其意。將，拿起”。

⑤【圓至】《飛燕傳》：“成帝立為皇后，寵少衰，弟絕幸，為昭儀，居昭陽舍。”詩意謂：己與君隔，不及寒鴉猶得承昭陽日影。【磧砂】謙曰：首二句分明畫出內家，有情有態，遺世獨立，日影寒鴉，頓增感歎，轉憐失意之餘，即飛鳥之不若。下二句仍含蓄不盡。【何焯】“平明”二字中便含“日影”。“秋”字起“團扇”。“寒鴉”關合“平明”。“寒”字仍有“秋”意。詩律之細如是。【大槻崇】唐仲言云：“班姬自言晨起灑掃，而殿門始開，因傷己被棄如

扇之逢秋,故相與盤桓也。適見寒鴉帶日影而來,則謂禽鳥乃得被天子恩輝,是我之顏色不如也。不怨君而歸咎于己顏色,得風人渾厚之旨矣。”

【補注】馬茂元《唐詩選》(P. 142):《唐詩別裁集》卷一九:“昭陽宮,趙昭儀所居,宫在東方。寒鴉帶東方日影而來,見己之不如鴉也。優柔婉麗,含蘊無窮,使人一唱而三歎。”古人常以日喻君,日影象徵君王的恩寵。

【校勘】

[一] 奉帚　裴校“按元集,奉帚作寶仗”。

[二] 金　何校“秋”:“‘秋’字方與第二句貫注”,全唐詩校“一作秋”;大槻崇本作“秋”,校云:“秋,舊作金,今據《才調集》訂之。此詩係《長信秋詞》,故作者拆‘秋扇’二字用之,如作‘金’,有何意味。”

[三] 且　裴校“按元集……且作暫”。

[四] 共　全唐詩作“暫(一作共)”。

[五] 徘徊　元刊本作“俳佪”,全唐詩作“裴回”。

[六] 昭陽　全唐詩作“〔昭〕(朝)陽”。

吳城覽古①

陳　羽②

吳王舊國水烟空③,香徑無人蘭葉紅④。春色似憐歌舞地,年年先發館娃宫⑤。

【考證】

此詩見《全唐詩》卷三四八(P. 3892—3893)。

【注評】

①【補注】吳城,春秋吳國都城。在今江蘇蘇州。《吳越春秋·闔閭内

傳》：吳王闔閭使伍子胥“相土嘗水，象天法地，造築大城，周迴四十七里。陸門八，以象天之八風。水門八，以法地之八聰”。即此。

②【圓至】貞元八年進士。【增注】與韓退之同年登第。

【補注】吳汝煜撰《中國文學家大辭典·唐五代卷》（P. 462—463）“陳羽”條云，羽(733？—?)，字號未詳。吳縣（今屬江蘇）人。早年曾在鏡湖、若耶溪一帶漫遊，與詩僧靈一交遊唱酬。又與戴叔倫友善。貞元四年七月，戴叔倫赴任容州刺史，陳羽有詩相送。後漫遊至桂州，與楊衡有交往。貞元七年由桂州起解入京應試。八年登進士第，歷東宮衛佐。其後事迹不詳。羽工詩。晚唐張為《詩人主客圖》將其列為“瑰奇美麗主”升堂者之一。其詩長於寫景，多警句。宋胡仔激賞其《春日野望》“漸變池塘色，欲生楊柳煙”一聯（《苕溪漁隱叢話·後集》卷一六）。《直齋書録解題》著録《陳羽集》一卷。《全唐詩》卷三四八録其詩一卷。

③【圓至】謂姑蘇。

④【圓至】西施采香徑，在今靈巖寺山之下。

【補注】采香徑，俗稱箭涇。在今蘇州吳中區西南香山，通往靈巖山。《吳郡志》卷八：“采香徑，在香山之傍，小溪也。吳王種香於香山，使美人泛舟於溪以采香。今自靈巖山望之，一水直如矢，故俗又名箭涇。”一說為吳王寵姬西施采摘香草的小徑。

⑤【圓至】館娃宮，今靈巖寺是其地。

【補注】館娃宮，在今蘇州吳中區靈巖山上，今靈巖寺即其故址。吳王夫差所築，以館西施。吳人謂美女爲娃，故稱。《吳郡志》卷一五引《越絕書》云：“吳人於硯石山（即靈巖山）作館娃宮。”《文選》卷五左思《吳都賦》云：“幸乎館娃之宮。”劉逵注曰：“吳俗謂好女為娃。揚雄《方言》曰：‘吳有館娃宮。’”宮中有月井、玩花池、硯池、響屧廊、琴臺、梳妝臺等。陳伯海主編《唐詩彙評》（P. 1754）：《删補唐詩選脉箋釋會通評林·七言絕句·中唐中》：周珽：“吳本水國，國亡人去，是‘水煙空’也。獨有蘭葉逢春先發于故宮，若為有情然者，所以重吊古者之思也。‘似憐’二字妙。”

江南意

于　鵠①

閑[一]向江邊採白蘋，還隨女伴賽江神②。眾中不敢[二]分明語，暗擲金錢卜遠人③。

【考證】

此詩見《全唐詩》卷三一〇（P. 3498），又見卷一九"相和歌辭"（P. 204），題中"意"皆作"曲"。

【注評】

①【圓至】大曆中為諸府[三]從事。【增注】大曆、貞元間詩人也，為諸府從事。居江湖間，嘗自述曰"三十無名客，空山獨臥秋"，豈一時[四]窮者耶？

【補注】賈晉華撰《中國文學家大辭典·唐五代卷》（P. 8—9）"于鵠"條云，鵠（生卒年里不詳），大曆、建中間久居長安，應舉未第，退隱漢陽山中。興元元年至貞元十四年間，累佐山南東道、荆南節度幕。卒於元和九年前。鵠與張籍交善。張為《詩人主客圖》列為"清奇雅正主"李益之入室。辛文房稱其"有詩甚工，長短間作，時出度外，縱橫放逸，而不陷於疏遠，且多警策"（《唐才子傳》卷四）。《新唐書·藝文志》著錄《于鵠詩》一卷，《直齋書錄解題》錄為二卷。《全唐詩》卷三一〇編其詩為一卷。

②【補注】白蘋，水生草本植物，夏秋開小白花。參見卷一李群玉《南莊春晚》注②。賽，酬報。舊時祭祀酬神之稱。《論衡·辨祟》："項羽攻襄安，襄安無噍類，未必不禱賽也。"

③【大槻崇】謂擲錢於神前，視其面背，以卜遠人之歸否也。

【補注】分明，明確，清楚。卜錢，卜術的一種。擲銅錢，以錢的反正代陰陽，看其變化以定吉凶。劉采春《囉嗊曲六首》之三："莫作商人婦，金釵當卜錢。”陳伯海主編《唐詩彙評》(P. 1555)：《載酒園詩話又編・于鵠》：“摹寫一段柔腸慧致，自是化工之筆。”《網師園唐詩箋》卷一六“七言截句二”：“體貼入微。”《唐詩箋注》卷九：“一片心情只自知。曰‘偶向’，曰‘還隨’，分明是勉強從事，却即就賽神，微露于金錢一卜，妙極形容。”

【校勘】

〔一〕閑　全唐詩作“偶(一作閑)”。

〔二〕敢　全唐詩校“一作得”。

〔三〕諸府　底本、詩説本作“儲府”，據增注改。

〔四〕時　底本、正統本作“詩”，據大系本改。

閑[一]情

孟　遲①

山上有山歸不得②，湘江暮雨鷓鴣飛③。蘼蕪亦是王孫草④，莫送春香入客衣⑤。

【考證】

此詩見《全唐詩》卷五五七(P. 6459)，題中“閑”作“閨”。

【注評】

①【圓至】字遲之，會昌五年進士。

【補注】吳在慶撰《中國文學家大辭典・唐五代卷》(P. 543)“孟遲”條云，遲(生卒年不詳)，字遲之(《郡齋讀書志》謂其字叔之，《登科記考》卷二二云《永樂大典》引《池州府志》則謂其字須仲)，平昌(今山東臨邑)人。開成三年夏，遲遊宣城，與杜牧有唱和。會昌五年登進士第。後為浙西掌書記,以讒罷職。大中時,為淮南節度使崔鄲奏為掌書記。遲有詩名,尤工絕句。張為《詩人主客圖》列為"高古奧逸主"之升堂者。辛文房稱其詩"風流嫵媚,皆宮商金石之聲"(《唐才子傳》卷七)。《新唐書·藝文志》《郡齋讀書志》均著錄《孟遲詩》一卷。《全唐詩》卷五五七存詩十七首。

②【圓至】《古樂府》:"藁砧何處去,山上更安山。"謂出也。

③【圓至】客思所以生也。

【補注】湘江,在今湖南省境內,參見卷一戴叔倫《湘南即事》注④。鷓鴣,為中國南方留鳥。古人諧其鳴聲為"行不得也哥哥",詩文中常用以表示思念故鄉。參見卷四鄭谷《鷓鴣》注①和⑤。

④【圓至】《本草》:"芎藭,名蘼蕪。"《招隱》曰:"王孫遊兮不歸,春草生兮萋萋。"

【補注】蘼蕪,香草名。芎藭的苗,葉有香氣。《山海經·西山經》:"(浮山)有草焉,名曰薰草,麻葉而方莖,赤華而黑實,臭如蘼蕪,佩之可以已癘。"《玉臺新詠》卷一《古詩八首》之一《上山采蘼蕪》:"上山采蘼蕪,下山逢故夫。長跪問故夫:'新人復何如?''新人雖言好,未若故人姝。'"思婦擔心被棄,故以"蘼蕪"自比。王孫,王的子孫。後泛指貴族子弟。這裏指夫婿。

⑤【磧砂】敏曰:此與靖節《閑情賦》同義。古詩云:"上山采蘼蕪,下山逢故夫。"以意逆之,當有發乎情而止於禮義者,只看"亦是王孫草"、"莫送""入客衣"等字,可見特曲而不徑耳。【何焯】第一言偶出耳,豈有歸不得者?第二言不如歸去。第三言至竟不歸,莫是別有新人,遂忘其故人。"客衣",體相就也。曰"莫"則猶疑之,故曰怨而不怒。〇下二句言女子重前夫,王孫即棄我不歸,我惟堅貞自矢也。〇上二句言定歸不得耳。豈不知閨中望夫,幾如湘娥淚盡,更行不得耶?【大槻崇】古詩:"上山采蘼蕪,下山逢故夫。"然則蘼蕪是使人逢夫者矣,但未免為王孫一輩之草,則或恐其"送春香入客衣"也,故曰"莫"以戒之,欲其無留夫不使歸也。

【補注】莫,副詞,表示否定,不,不能。《詩經·邶風·終風》:"莫往莫來,悠悠我思。"陳伯海主編《唐詩彙評》(P.2546):《刪補唐詩選脈箋釋會通評林·七言絕句·晚唐上》:周珽:"夫婿一出不得歸,所以因雨中鷓鴣而起思也。春草自生，王孫自感，終無解于深閨之想念，故又致意其‘莫送春香入客衣’也。蓋怨有餘悲，非深諳閨情者不能道此。”

【校勘】

[一]閑　四庫本作“閨”。

曲江春草①

鄭　谷

花落江隄簇暖[一]烟②，雨餘草[二]色遠相連③。香輪莫輾青青破，留與愁[三]人一醉眠④。

【考證】

此詩見《全唐詩》卷六七五(P.7731)。

【注評】

①【圓至】唐李綽《歲時記》:“上巳錫宴曲江，都人於江頭禊飲，踐踏青草，曰踏青。”此詩蓋即事發興。

【補注】曲江，即曲江池，在今西安東南。唐時為遊賞勝地。進士及第，例題名雁塔，并由皇帝賜宴曲江杏園。參見卷一唐彦謙《曲江春望》注①和張籍《哀孟寂》注②。

②【何焯】“簇”字與“破”字呼應。

【補注】嚴壽澄等《鄭谷詩集箋注》(P.212):暖煙，春暖花木氣如煙靄。吳融《東歸次瀛上》:“暖煙輕淡草霏霏。”

③【補注】嚴壽澄等《鄭谷詩集箋注》(P.212):韓愈《早春呈水部張十八員外二首》之一:“天街小雨潤如酥，草色遙看近却無。”

④【磧砂】敏曰：作此詩者，其殆有"當道縱橫，不通賢路"之感也乎？【何焯】"花落"二字，剔醒"春草"，即暗寓下第。○草盛水深，皆刺小人得志。○《丹陽孟珠歌》："陽春二三月，草與水同色。"第二用此。○得意者看花去矣，我欲醉眠芳草，情緒可閔。【何焯門生】此不得志而作，未必刺小人也。【大槻崇】此詩題曰《曲江春草》，必是落第之詩，言花開之日，我愧逢得意之人，故待花落方纔出游矣。何料猶有香輪之來輾青青，而曾不使游人一醉眠，何其彈壓人之甚耶！

【補注】"香輪"當是登第赴杏園宴或踏青賞玩之得意人所乘，"愁人"乃詩人自稱，下第失意之悲見於言外。杜牧《杏園》："夜來微雨洗芳塵，公子驊騮步貼勻。莫怪杏園顛頜去，滿城多少插花人。"與此詩情調相似。

【校勘】

　　[一]暖　全唐詩校"一作晚"。

　　[二]草　何校"江"："草色，集作江色，正用'春草碧色，春水渌波'也"；全唐詩校"一作江，又作山"。

　　[三]愁　元刊本、正統本、明應本、磧砂本、高本、四庫本作"遊"，全唐詩校"一作遊"。

山路見花

崔　魯①

　　曉紅輕[一]坼[二]露香新②，獨立空山冷笑春[三]。春意自知無主惜，恣風吹逐馬蹄塵③。

【考證】

　　此詩見《全唐詩》卷五六七（P.6568），屬崔櫓（一作魯）。

【注評】

①【圓至】大中進士，有《無機集》三百篇。【增注】大中時進士，《摭言》云有酒失。按《唐書》魯作櫓，有《無機集》四卷三百篇。

【補注】吳在慶撰《中國文學家大辭典·唐五代卷》(P. 715—716)"崔櫓"條云，櫓(生卒年不詳)，一作魯，荊南(今湖北荊州)人。廣明(一說大中)間進士。性嗜酒，曾遊虔州為刺史陸肱客，因醉而失禮於肱。醒後頗感羞愧，遂賦詩致歉。後曾任棣州司馬。櫓才情富麗而近蕩，頗慕杜牧詩風範，尤善於題詠。辛文房稱其"善於狀景詠物，讀之如咽冰雪，心爽神怡，能遠聲病，氣象清楚，格調且高，中間別有一種風情"(《唐才子傳》卷九)。《新唐書·藝文志》《直齋書錄解題》均著錄其《無機集》四卷。《全唐詩》卷五六七存詩十六首，《全唐詩補遺》三補錄二十一首，《全唐詩補編·續補遺》卷七又補收一首。

②【補注】坼，花蕾綻開。沈千運《感懷弟妹》："今日春氣暖，東風杏花坼。"

③【磧砂】敏曰："獨立空山"，冷笑春原，似有品之士，偶因世趨動念，便到昏夜乞憐，漂溺無底地位。是以君子固窮也。若苟且功名，必辱身賤行之不顧已。【何焯】"風"比小人，"春"則天工也。"冷笑"二字尖薄。三、四俱傷厚矣。起句則自負如此也。

【補注】春意，春日的意態。恣，聽任，任憑。《戰國策·趙策四》："太后曰：'諾。恣君之所使之。'"

【校勘】

〔一〕輕　全唐詩作"初(一作輕)"。

〔二〕坼　底本、正統本、明應本、磧砂本、高本、四庫本、全唐詩作"拆"，據元刊本、何校改。

〔三〕春　全唐詩作"人(一作春)"。

　　已前共六首

逢入京使^①

岑　參^②

　　故園東望路漫漫，雙袖龍鍾淚不乾^③。馬上相逢無紙筆，憑君傳語報平安^④。

【考證】

　　此詩見《全唐詩》卷二〇一（P. 2106）。

【注評】

　　①【補注】馬茂元、趙昌平《唐詩三百首新編》（P. 155）：“天寶八載（七四九），安西四鎮節度使高仙芝奏調岑參為右威衛録事參軍，充節度使府掌書記。這詩是赴安西時途中所作。”

　　②【圓至】南陽人，文本之後。天寶三年進士第二人。【增注】南陽人，文本之後。登天寶進士第，累為安西、關西節度判官，入為祠功二外郎、虞庫二正郎，出為嘉州刺史。副元帥杜鴻漸表參兼侍御史，列於幕府。使罷寓於蜀，中原多故，卒死於蜀。又至德中，嘗在宣議郎，試大理評事，攝監察御史。

　　【補注】吳企明撰《中國文學家大辭典·唐五代卷》（P. 376—377）“岑參”條云，參（715？—770），行二十七。荊州江陵（今屬湖北）人，郡望南陽。曾祖文本、伯祖長倩、伯父羲，皆以文辭致位宰相。父植，仕至晉州刺史。參少孤，從兄讀書，能自砥礪。天寶三載，進士及第，釋褐授右内率府兵曹參軍。八載，以右威衛録事參軍入參安西節度使高仙芝幕掌書記。十載，回長安，與杜甫、高適、儲光義、薛據遊，同登慈恩寺塔，有詩唱和。十三載，任大理評事，攝監察御史，充安西北庭節度判官。至德元載，領伊西北庭支度副使，歲晚東歸。二載，以杜甫等五人薦舉，入為右補闕。乾元二年，改起居舍人，旋出為虢州長史。寶應元年，以太子中允兼殿中侍御史充關西節度判官。廣德元年，入為祠部員外郎，改考功員外郎，轉虞部、庫部郎中。永泰元年，出為嘉州刺史，因蜀亂半途折回。大曆元年，以職方郎中兼殿中侍御史，隨劍南西川節度使杜鴻漸入蜀，參其幕。二年，赴嘉州刺史任。世稱岑嘉州。三年，罷官東歸，寓居成都，四年末或五年初，卒於旅舍。參博覽史籍，工於綴文，詩調清尚，又"累佐戎幕，往來鞍馬烽塵間十餘載，極征行離別之情。城障塞堡，無不經行"（《唐才子傳》卷三）。故其描繪邊塞風光之作，如《白雪歌》《走馬川行》等最為膾炙人口。與高適同為盛唐邊塞詩派代表作家，人稱"高岑"。其放情山水之作，亦"超拔孤秀，度越常情"（《唐才子傳》卷三）。友人杜確為之編集，"區分類聚，勒成八卷"（杜確《岑嘉州集序》），《新唐書·藝文志》著錄《岑嘉州集》十卷。今人劉開揚有《岑參詩集編年箋注》（巴蜀書社 1995 年版），陳鐵民、侯忠義有《岑參集校注》（上海古籍出版社 2004 年版），廖立有《岑嘉州詩箋注》（中華書局 2004 年版）。

③【圓至】《埤蒼》云："龍鍾，行不進貌。"【增注】《緗素[一]雜記》："古有二聲合為一字者，從西域二合之音，切字之原也。龍鍾、潦倒，正如二合之音。龍鍾，切癃字。潦倒，切老字。老羸癃疾，即以龍鍾、潦倒目之者，此義也。"

【補注】龍鍾，沾濕貌。蔡邕《信立退怨歌》："紫之亂朱粉墨同分，空山歔欷涕龍鍾兮。"陳鐵民、侯忠義《岑參集校注》（P.104）："明方以智《通雅》謂，'龍鍾'轉為'瀧涷'，《廣韻·一東》：'涷，瀧涷，沾漬。'"

④【增注】《酉陽雜俎》："李衛公言：'北都童子寺有竹一窠，相傳寺綱維每日報竹平安。'"【磧砂】謙曰："淚不乾"矣，又欲"傳語報平安"，所以慰其家也。離家而欲遠慰其家，則思家之念，正使人淚落不少。【大槻崇】王翼雲曰："龍鍾，竹名。年老者如竹之枝葉搖曳，不自禁持。此言以拭淚之故，兩袖離披而不振也。"徐而菴云："參時在玉關，則故國在東矣。關外人不離馬，故在馬上相逢。軍中紙筆不便，故曰'無'。此句人人道好，惟在玉關故妙，若在近處，則不為妙矣。"

【補注】憑，請求，煩勞。杜甫《公安送李二十九弟晉肅入蜀余下沔鄂》：

“憑將百錢卜,飄泊問君平。”陳伯海主編《唐詩彙評》(P.832):《刪補唐詩選脉箋釋會通評林·七言絕句·盛唐下》:周敬:“家常話,人却説不來,妙處只是真。”

【校勘】

[一] 緗素　底本、正統本、大系本作“湘素”,據該著書名改。

送客之上黨①

韓　翃^[一]

官柳青青匹馬嘶②,回風暮雨入銅鞮③。佳期別在春山裏,應是人參五葉齊④。

【考證】

此詩見《全唐詩》卷二四五(P.2758—2759),題中“上黨”作“潞府”。

【注評】

①【圓至】上黨,潞州。

【補注】上黨,郡名。戰國韓置,秦、漢治所在長子縣(今山西長子縣西南)。隋開皇初廢,大業初復置,治所在上黨縣(今長治市)。唐武德元年改潞州,天寶初復為上黨郡,乾元元年又改潞州。

②【圓至】《陶侃傳》:“都尉盜西門官柳。”官柳之名始此。【何焯】官柳只是官道之列樹耳。

③【圓至】銅鞮縣屬潞州,太平興國三年置威勝軍。

【補注】回風,旋風。《楚辭·九章·悲回風》:“悲回風之搖蕙兮,心冤結而内傷。”銅鞮,春秋晉邑名。晉平公曾築銅鞮宫於此。漢置縣,治所在今山西省沁縣南。北魏以後屢有遷移。《左傳·成公九年》：“秋，鄭伯如晉，晉人討其貳於楚也；執諸銅鞮。”杜預注：“銅鞮，晉別縣，在上黨。”

　　④【圓至】《本草》：“人參生上黨，含而走者不喘[二]。”高麗人作《人參讚》曰：“三椏五葉，背陽向陰。”【增注】人參，《本草》云：“生潞州太行山上。”《圖經》云：“初生小者，一莖兩葉。深生四椏，各五葉，狀類人。兩莖入土如脚，兩小莖垂下如手，中有一身，首有五葉，象人有髮，故曰人參。”又云：“參葉難得齊。”【何焯門生】末句別。【大槻崇】首句敘首途行色之壯，二句敘風雨之不足愁，三、四句則敘東道有主，百得如其願。蓋人參五葉本難齊者，今乃使其難齊者能得齊，言事之必成也。

　　【補注】佳期，美好的時光，多指同親友重晤或故地重遊之期。謝朓《晚登三山還望京邑詩》：“佳期悵何許，淚下如流霰。”

【校勘】

　　[一] 韓翃　磧砂本作“韓翊”。

　　[二] 喘　底本作“滿”，據詩説本、正統本、明應本改。

病中遣妓[一]①

司空曙②

　　萬事傷心在目前，一身憔悴[二]對花眠[三]。黃金用盡教歌舞，留與他人樂少年③。

【考證】

　　此詩見《全唐詩》卷二九二（P.3324），題中“遣妓”作“嫁女妓”；又見卷二六二（P.2909），屬韓滉，題作《聽樂悵然自述》（一作《病中遣妓》，一作司空曙詩）。本書圓校“此詩《文苑》以[四]為韓滉作”，何校“宋刻集本有此詩，

《文苑》誤耳"，磧砂本署"司空圖"。佟培基《全唐詩重出誤收考》(P. 210)
云，此詩《文苑英華》卷二一三、《唐詩紀事》卷二四、《全唐詩話》卷一作韓
翃，《才調集》卷四、《萬首唐人絕句》卷二八及江標刊宋臨安府本《唐司空文
明詩集》卷中作司空曙。按，《才調集》為五代韋縠所編，且宋刊司空曙本集
收此詩，暫據之定為司空曙作。

【注評】

①【補注】文航生《司空曙詩集校注》(P. 169)云，嫁，遣嫁。《唐律疏
議》卷一四"户婚·雜户官户與良人為婚"："奴婢既同資財，即合由主處
分。""唐代家中所畜女妓略近於婢，亦可由主人處置。女妓……女樂，
歌妓。"

②【圓至】字文明，《唐書》字文初，貞元中水部員外郎。【增注】字文明，
一字文初，廣平人。登進士第，從韋皋於劍南。貞元元[五]年，水部郎中，終
虞部郎中。大曆中才子十[六]人之數，《唐書》詩二卷。

【補注】賈晉華撰《中國文學家大辭典·唐五代卷》(P. 153)"司空曙"條
云，曙(生卒年不詳)，字文初，一作文明，行十四，廣平(今河北永年)人。安
史之亂中避地江南。大曆初登進士第，六、七年間任拾遺。與錢起、盧綸等
文詠唱和，遊於駙馬郭曖之門。大曆末貶長林丞。貞元初為劍南西川節度
從事、檢校水部郎中。後官終虞部郎中。曙有詩名，與錢起、盧綸、吉中孚、
韓翃、苗發、崔峒、耿湋、夏侯審、李端並稱"大曆十才子"。胡震亨評曰："司
空虞部曙婉雅閒淡，語近性情。"(《唐音癸籤》卷七)《新唐書·藝文志》著錄
《司空曙詩集》二卷。今人文航生有《司空曙詩集校注》(人民文學出版社
2011年版)。

③【增注】《漁隱詩話》云："富貴於人，造物所靳。人至晚景得富貴，不
免置宅第，售妓妾，以償平生之不足。如白樂天'多少朱門鎖空宅，主人到
老不曾歸'，司空曙'黃金用盡教歌舞，留與他人樂少年'，二詩令人愴然！"
【磧砂】敏曰：如此詩原無深意，第朗吟一過，火宅清涼，便是有關世道人心
文字，固知先輩不苟作、不泛作。伯弜選之，亦不苟，亦不泛也。【何焯】晉

公猶斸去第中牡丹,應無是語。【何焯門生】真可憐!【大槻崇】用盡黄金教歌舞,將以為樂酒慰老之計,而一身已憔悴矣。其可樂者,付之他少年輩耳。富貴於人,造物所靳,信然。

　　【補注】文航生《司空曙詩集校注》(P. 170);《唐詩鏡》卷三三:"直而摯,故詠之自覺可傷。"

【校勘】

　　[一]妓　磧砂本、何校作"伎"。

　　[二]憔悴　全唐詩作"垂淚"。

　　[三]眠　全唐詩作"筵"。

　　[四]以　底本脱,據詩説本、正統本、明應本補。

　　[五]元　底本、正統本脱,據大系本補。

　　[六]十　底本作"一",據正統本、大系本改。

華清宮

王　建

　　酒幔高樓一百家①,宮前楊柳寺前花②。内園分得温湯水③,二[一]月中旬已進[二]瓜④。

【考證】

　　此詩見《全唐詩》卷三○一(P. 3425—3426),題作《宮前早春》(一作《華清宮》)。

【注評】

　　①【補注】酒幔,酒店門前所懸的布招子。

②【圓至】《風俗通》曰："尚書、御史所止,皆曰寺。"天寶四載,置百司於湯所,故有寺。

③【圓至】《雍錄》云："溫湯,在驪山之北,去臨潼縣一百五十步。貞觀八年營宮殿,明皇改華清宮,益治湯井,與貴妃[三]遊樂,白樂天所謂'賜浴華清池'也。"

【補注】內園,吳企明《王建〈宮詞〉研究五稿·王建〈宮詞〉札迻稿》(P.80)云,皇宮內的園圃,種植瓜果蔬菜,以供宮中食用。《舊唐書》之《昭宗本紀上》及《莊恪太子傳》載"內園小兒",或即此種人。《事物紀原》卷六"東西使班部"云："內園,李吉甫《百司舉要》曰:則天分置園苑使,後改曰內園,又曰司農別有園苑使。《唐會要》:貞元十四年夏旱,吳奉奏有內園使。"

④【圓至】唐置溫湯監,監丞種瓜蔬,隨時貢奉。瓜夏熟者,二月而進。蓋譏明皇違時取[四]物,求口體奇巧之奉,以悅婦人。杜牧《華清宮》"一騎紅塵妃子笑,無人知道荔枝來",亦譏以口腹勞人也。或問："子說佳矣,奈二月非瓜時?"答曰："惟驪山溫湯地暖,可以人力為之。按衛宏《古文奇字》曰:'秦始皇密令人種瓜驪山硎谷中,實成,使人上書曰瓜冬有實。乃詔諸生往視,因坑之。'然則溫湯方冬已瓜矣,何待二月?"【何焯】《廣志》:"御瓜有春白瓜,細小瓣,宜藏。正月種,二月成。"【大槻崇】唐人詠《華清宮》者,多敘壞宮荒凉之狀。此詩獨言其盛時,最覺警拔。詩意謂:溫泉地暖,二月中旬已進夏熟之瓜,極記一時之盛也。舊注"違時求奇物,以悅婦人",則近乎鑿矣。

【校勘】

[一]二　全唐詩作"一作三"。

[二]進　圓校"作'破'者非,今從本集",全唐詩校"一作破"。

[三]貴妃　底本作"宮妃",據詩說本、正統本、明應本改。

[四]取　底本、詩說本、正統本、明應本作"及",據四庫本改。

宣州開元寺^①

杜　牧

　　松寺曾同一鶴棲^②，夜深臺殿月高低。何人為倚東樓柱^③，正是千山雪漲溪^④。

【考證】

　　此詩見《全唐詩》卷五二四(P.5993)，題首多"寄題"二字。

【注評】

　　①【圓至】開元寺，東晉時置。

　　【補注】宣州，隋開皇九年改宣城郡置，治所在宛陵縣（大業初改宣城縣，今安徽宣城市宣州區）。

　　②【圓至】沈傳師為宣州，辟^[一]牧從事，後又為宣州判官。此詩蓋再至時作，故曰"曾同"。

　　③【圓至】"為倚"，猶言共倚也。【增注】東樓，在州治東。【何焯】用"何人為"三字便鬆活，俗筆即云"却思起向東樓望"矣。

　　④【圓至】或謂月色高低如千山之雪者，非也。此詩乃雪後月霽，登樓孤賞，思昔日之歡遊，而歎今夕之無侶。詳味詞意，情思殊甚。首句所謂"同鶴棲"者，恐是與婦人同宿，託名鶴爾。唐人多如此，退之"園花巷柳"，李商隱"錦瑟"，韓翃"章臺柳"，皆是也。【何焯】此解亦非。鶴那可比婦人，注謬。○臥見皓月，因想起向高處一望，更當倍萬空明。下二句不過用虛景襯託之法。○松篁不能蔽，殿臺不能隔，況東樓高曠，極目無際耶？先寫細處，然後放開說便不熟滑。○"雪漲溪"，謂雪消水盛，如所云"月光如水水如天"耳。此詩只是詠月一事，剪作兩層。中夜夢回，皓月方中，人在松際，有如皓鶴。若東樓放眼，水月交光，則水晶宮不足多矣。又從奧處虛想

曠處，一半夜景也。錯會第一句，轉鑿轉謬。○言外亦有水深無路，姑自卑棲之意，然不若就景物求之，已自超妙絶人。【何焯門生】云月類涉鶴，已自欠通，注云婦人，尤可發笑。詩只是目雪後月霽，思與人同玩而作，不必過爲之解。“何人”對“曾同”而言。【大槻崇】按，小杜昔日薄倖得名，則此説或然。

【校勘】

　　［一］辟　底本作“群”，據詩説本、正統本、明應本改。

山　行

　　遠上寒山石徑斜，白雲生[一]處有人家。停車坐愛楓林晚，霜葉紅於二月花①。

【考證】

　　此詩見《全唐詩》卷五二四（P. 5999）。

【注評】

　　①【磧砂】敏曰：味此詩，似與“老馬反爲駒，不顧其後”之語同義。【何焯】“白雲”即是炊煙，已起“晚”字。“白”“紅”二字又相映發。○有“徑”則有“人”，字字相生。○“有人家”三字下反接“停車”，“愛”字方有力。

【校勘】

　　［一］生　四庫本作“深”。

寄山僧

張　喬①

大道[一]本來無所染，白雲那得有心期②。遠公獨[二]刻蓮花漏，猶[三]向山中[四]禮六時③。

【考證】

此詩見《全唐詩》卷六三九（P. 7327），題作《寄清越上人》（一作《寄山僧》）。

【注評】

①【圓至】大順進士，後隱九華。【增注】池州人，咸通中京兆府解試首薦。《唐書》大順進士第，黄巢寇亂，遂與伍喬之徒隱九華。

【補注】吴在慶撰《中國文學家大辭典·唐五代卷》（P. 412）"張喬"條云，喬（生卒年不詳），字伯遷，池州（今安徽貴池）人。嘗隱居九華山苦學，與許棠、張蠙、周繇為時人號為"九華四俊"。咸通十一年，赴京兆府試，試《月中桂》詩，有"根非生下土，葉不墜秋風"句，遂擅場。時京兆府參軍李頻主試，因同試者許棠久困場屋，遂以棠為首薦。時東南多名士，喬與許棠、喻坦之等為人譽為"咸通十哲"。薛能鎮許下，嘗擬表薦於朝，因事未果。廣明後，復歸隱九華山。喬有高致，十年不窺園以苦學。其"詩句清雅，迥少其倫"（《唐才子傳》卷一〇）。鄭谷、杜荀鶴等於贈詩中亦備極推崇。《新唐書·藝文志》著録《張喬詩集》二卷。《全唐詩》卷六三八、六三九編其詩為二卷。

②【補注】大道，常理、正道，這裏指最高的德性、道行。無所染，指不浸染、執著於虚妄不實的外物和意念。佛家認為自性清净，明心見性即成佛道。《勝鬘師子吼一乘大方便方廣經·自性清净章》："如來藏者，是法界

藏、法身藏、出世間上上藏、自性清净藏。此性清净如來藏,而客塵煩惱、上煩惱所染,不思議如來境界。"白雲,陶弘景《詔問山中何所有賦詩以答》:"山中何所有?嶺上多白雲。只可自怡悦,不堪持寄君。"那得,怎得,怎會。心期,心中相許。

③【圓至】遠法師取銅葉,制為蓮花漏。置盆水上,底[五]孔漏水,半之則沉。每晝夜十二沉,為行道之節。【增注】《廬山集》云:"遠法師下僧惠要者,患山中無刻漏,乃於水上立十二葉芙蕖,因彼轉以定十二時,晷景無差。"○佛經:"晝夜六時。"【磧砂】敏曰:玩三句"獨"字,四句"猶"字,則知上二句一言道之。"本來"一言,頑空亦為翳障。"獨刻"定工夫,猶作一切有為之法乎? 寄僧有諷意。【何焯門生】玩上二句,此刺山僧之不離色相也。【大槻崇】大道之無所染,猶白雲無心期,此公獨不付之無染。刻蓮花漏以務六時之誦經,稱其禮佛有節也。

【補注】遠公,東晉高僧慧遠。參見卷六孟浩然《晚泊潯陽望爐峰》注④。這裏借指山僧。六時,佛家分一晝夜為六時:晨朝、日中、日没、初夜、中夜、後夜。徐陵《東陽雙林寺傅大士碑》:"乃起九層磚塔,形相巋然,六時虔拜。"吳兆宜注:"龍樹《十住論》:菩薩晝夜各有三時,於此六時禮拜十方諸佛懺悔,勸請隨喜回向。"

【校勘】

[一]大道　全唐詩校"一作真性"。

[二]獨　全唐詩校"一作猶"。

[三]猶　全唐詩校"一作獨"。

[四]山中　全唐詩作"空山(一作青山,一作山中)"。

[五]底　底本作"成",據詩説本、正統本、明應本改。

寄　人

張　佖[一]

　　酷憐風月為多情，還到春時別恨生①。倚柱尋思倍惆悵，一場春夢不分明②。

【考證】

　　此詩見《全唐詩》卷七七四（P. 8776）；又見卷七四二（P. 8450），屬張泌（一作佖），為《寄人》二首之二。佟培基《全唐詩重出誤收考》（P. 523）云，《才調集》卷四、《唐詩鼓吹》卷八、《唐音統籤》卷八六六作張泌。陳尚君撰《中國文學家大辭典·唐五代卷》（P. 858）"張佖"條亦云此詩為張泌作；唐代是否有張佖其人，殊難確定。吳在慶撰《中國文學家大辭典·唐五代卷》（P. 423）"張泌"條云，泌（生卒年不詳），一作佖，字子澄，淮南（今安徽壽縣）人。仕南唐，後主時為句容縣尉。宋建隆三年，憤國事日非，上書後主言為政之要，詞甚激切。後主手詔慰諭，徵為監察御史。歷考功員外郎、內史舍人。開寶五年，以內史舍人知禮部貢舉。泌擅詩詞，所作多為七言近體，詩風婉麗，時有佳句。《全唐詩》卷七四二編其詩為一卷。

【注評】

　　①【補注】酷憐，酷愛，十分喜愛。風月，指男女間情愛之事。韋莊《古離別》："一生風月供惆悵，到處煙花恨別離。"還，却。白居易《哭皇甫七郎中》："不得人間壽，還留身後名。"

　　②【磧砂】敏曰：風前月下，酷加憐惜，特為多情之人耳。既到春時，正好共憐風月，而偏生言別，堪恨何如乎？尋思至此，倍增惆悵，恍如春夢乍醒，並無分曉也。意甚曲。【何焯門生】此寄婦人詩。

【校勘】

　　［一］張俿　磧砂本作“張健”。

已前共八首

過南鄰花園

雍　陶

　　莫怪頻過有酒家，多情長是惜年華。春風堪賞還堪恨，纔見開花又落花①。

【考證】

　　此詩見《全唐詩》卷五一八（P.5926）。

【注評】

　　①【何焯】下三句總只“莫怪頻”三字。○“賞”“恨”二字透出“多情”。【何焯門生】此歎榮華之易去。

宮　詞

杜　牧

　　監宮［一］引出暫開門①，隨例須［二］朝不是恩②。銀鑰却收金鎖合③，月明花落又黃昏④。

【考證】

此詩見《全唐詩》卷五二四(P.5997)，為《宮詞二首》之二。

【注評】

①**【補注】**《古唐詩合解》卷一〇："宮人鎖閉長門，亦有出來朝君之例，必須監宮者引出。以其閉門是常，故開門只是暫時耳。此時雖暫得近天顏，宮人意中，不無希寵望恩之意。"

②**【補注】**《古唐詩合解》卷一〇："誰知此朝也不過隨例而已，非有特恩也。既不是恩，定須是成怨矣。宮人寂守，不覺開門後反勾動愁腸，奈何！"

③**【補注】**《古唐詩合解》卷一〇："朝罷依舊入門，監宮却收了銀鑰，合上金鎖。此際之情，比不出宮中更慘。此門一入，又不知何日再得出來也。"

④**【增注】**監宮，宮阿監妃嬪之老者。**【何焯】**隨牒遠郡，暫因朝集而至，柄用終無期也。**【大槻崇】**徐而菴曰："宮人而鎖于長門，閉門寂寂，與女伴或可忘。牧之特于此盤旋，以為不見君王，亦不成怨，乃尋出監宮引出一事來，何其思之深且曲也。"王翼雲曰："閉門之後，欲睡不睡，只見滿宮明月，空庭落花。是向日受慣之凄凉，而今又依然在此矣。說至此，字字怨入骨髓。"

【校勘】

［一］宮　何批"官"。

［二］須　全唐詩校"一作趨"。

漢　江①

溶溶漾漾白鷗飛②，綠净春深好染衣。南去北來人自老，夕陽長送釣船歸③。

【考證】

此詩見《全唐詩》卷五二三(P.5979)。

【注評】

①【圓至】即《禹貢》沔水，源出沔州，貫興元、金洋，至襄、郢而入江。
【何焯門生】使人長歎。

【補注】吳在慶《杜牧集繫年校注》(P.492)云，漢江，水名，長江最大支
流，源出陝西寧強縣北嶓冢山，東南流經沔縣(今勉縣)為沔水，又東經褒城
縣(今勉縣褒城鎮)合褒水，始稱漢江。繆鉞《杜牧年譜》(P.159)繫此詩於
開成四年(839)春，杜牧"自潯陽溯長江、漢水，經南陽、武關、商山而至長
安，就左補闕、史館修撰新職"，途經漢水時作。

②【補注】溶溶，水流盛大貌。劉向《九歎·逢紛》："揚流波之潢潢兮，
體溶溶而東回。"漾漾，動蕩閃耀貌。皇甫曾《山下泉》："漾漾帶山光，澄澄
倒林影。"

③【大槻崇】遠而溶溶，近而漾漾，白鷗則忘機以飛，況有淨綠可染衣，
何苦往來役役，不知身老，其見夕陽送船，已無幾耳。寫得多少感慨！

寄維楊[一]故人①

張　喬

離別河邊縐柳條②，千山萬水玉人遙③。月明記得相尋處，城鎖
東風十五橋④。

【考證】

此詩見《全唐詩》卷六三九(P.7329)。

【注評】

①【補注】維楊，即維揚，揚州的別稱。《尚書·禹貢》："淮海惟揚州。"惟，通維。後因截取二字以為名。參見卷四姚合《送崔約下第歸揚州》注①。故人，舊交，老友。

②【圓至】古樂府有《折楊柳》，多言別離之意。

【補注】綰，牽，拉住。《詩經·小雅·采薇》："昔我往矣，楊柳依依。"又唐人有折柳送別之俗，參見卷五岑參《送懷州吳別駕》注②。

③【圓至】《南史》："謝晦、謝混風流，為江左第一。宋武帝曰：'一時頓有兩玉人爾。'"【增注】晉衛玠乘羊車入市，見者以為玉人。

【補注】玉人，對友人的愛稱。

④【圓至】揚州有二十四橋。【增注】楊州舊十五橋，後二十五橋。【何焯】下二句偷"夢中不識路，何以慰相思"，無迹。

【校勘】

［一］維楊　元刊本、磧砂本、高本、四庫本、全唐詩作"維揚"。

逢[一]友人之上都①

僧法振②

玉帛徵賢楚客稀，猿啼相送武陵歸③。潮[二]頭望入桃花去，一片春帆帶雨飛④。

【考證】

此詩見《全唐詩》卷八一一(P.9143)，屬法振，題中"逢"作"送"。

【注評】

①【圓至】肅宗上元元年，以京兆為上都。

【補注】上都，唐肅宗寶應元年建東、南、西、北四陪都，因稱首都長安為上都。《新唐書·地理志一》："上都，初曰京城，天寶元年曰西京……肅宗元年曰上都。"

②【圓至】與姚合同時。

【補注】陳尚君撰《中國文學家大辭典·唐五代卷》(P. 532)"法振"條云，法振(生卒年里不詳)，一作法震，誤。天寶、大曆間江南詩僧。曾遊越中、天長、丹陽等地，住長安大慈恩寺，又住無礙寺。與詩人王昌齡、皇甫冉、韓翃、李益等為友。《全唐詩》卷八八一收其詩十六首，皆為近體，以送別題贈之作為多。

③【補注】玉帛，圭璋和束帛。徵聘賢士時用此作為禮物。棗據《雜詩》："開國建元士，玉帛聘賢良。"武陵，即朗州。隋開皇十六年改嵩州置，治所在武陵縣(今湖南常德市)。大業初改武陵郡。唐初復為朗州。天寶初又改為武陵郡，乾元初復為朗州。轄境相當今湖南常德市及漢壽、桃源縣地。武陵為古三楚之地，故云"楚客"。

④【何焯】炎涼固自殊絕，豈知適諧避亂本志？妙在不露。

【補注】傳說陶淵明《桃花源記》所記桃花源，即在武陵一帶。

【校勘】

［一］逢　圓校"一作'送'者非，今從《弘秀集》"。

［二］潮　全唐詩作"湖"。

已前共五首

山　中

顧　況①

野人自愛^[一]山中宿，況是^[二]葛洪丹井西②。庭前有箇長松樹，夜半子規來上啼③。

【考證】

此詩見《全唐詩》卷二六七（P. 2965），題下校“一作朱放詩，題作《山中聽子規》”；又見卷三一五（P. 3542），屬朱放，題作《山中聽子規》（一作顧況詩）。趙昌平《顧況詩集》（P. 96）云，此詩《文苑英華》凡二見：卷一六〇題《山中作》、卷三二九題《山中聽子規》，皆作顧況。《唐詩紀事》卷二八則以《山中作》為顧，卷二六又以《山中聽子規》作朱，誤也。嗣後諸本均以此詩為顧，而其文詞異同則大抵源於《文苑英華》。

【注評】

①【圓至】字逋翁，著作佐郎。【增注】字逋翁^[三]，姑蘇人。至德進士。性詼諧，與柳渾、李泌為方外友。德宗時，渾輔政，以秘書郎召。及泌為相，自謂當得達官，久之遷著作郎。坐詩語調謔，貶饒州司户，居茅山，以壽終。

【補注】賈晉華撰《中國文學家大辭典・唐五代卷》（P. 625—626）“顧況”條云，況（727？—816？），字逋翁，自號華陽山人，行十二，蘇州（今屬江蘇）人。至德二載於江東採訪使李希言下登進士第。歷杭州新亭監鹽官。大曆五年遊湖州，與皎然等聯唱。六年至九年任温州永嘉監鹽官。後往江西，與柳渾、李泌遊。建中元年任浙江東西觀察使韓滉判官。後隨渾入朝，為大理寺司直。貞元三年，為校書郎（疑為秘書郎之誤）。四年遷秘書省著作佐郎。夏，於長安宣平里所居與柳渾、劉太真等聚會賦六言詩，次日朝臣皆和，舉國傳覽，結集為《諸朝彦過顧況宅賦詩》一卷。五年三月貶饒州司户，九年去官隱居茅山，受道籙。貞元後期，時出遊湖州、宣州、揚州、温州等地。約卒於元和中。況性詼諧放任，好佛老。有詩名，尤長於歌行。論文主政教説，又善山水畫。賀裳曰："顧況詩極有氣骨，但七言長篇，粗硬中時雜鄙句，惜有高調而非雅音。"（《載酒園詩話又編·顧況》）《新唐書·藝文志》著録《顧況集》二十卷，《直齋書録解題》著録為五卷，現存《華陽集》三卷。今人王啓興、張虹有《顧況詩注》（上海古籍出版社 1994 年版）。

②【圓至】葛洪井，所在有之。此詩乃題越州雲門大寺。【增注】晉葛洪，字稚川，嘗為勾漏令，出丹砂，遂煉丹，羅浮尸解。又宣州、杭州皆有葛洪丹井。

【補注】野人，村野之人。此乃詩人自謙之稱。杜甫《贈李白》："野人對腥羶，蔬食常不飽。"仇兆鰲注："野人，公自謂。"葛洪丹井，葛洪煉丹所用之井。

③【圓至】詩意謂：本愛山中宿，況仙境之勝？然不可留者，以庭樹啼鵑牽客思也。蓋逋翁蘇人，客越。【何焯】筆力矯變，至第四句始掣轉，小才不敢也。

【補注】子規，又名杜鵑、杜宇。相傳為古蜀王杜宇之魂所化。春末夏初，常晝夜啼鳴，其聲哀切，似"不如歸去"，故又名催歸。參見卷一李涉《竹枝詞》注④。

【校勘】

［一］自愛　全唐詩作"愛向（一作自愛）"。

［二］是　全唐詩作"在"。

［三］逋翁　底本、大系本作"道翁"，據正統本改。

酬曹侍御過象縣見寄①

柳宗元②

破額山前碧玉流，騷人遙駐木蘭舟③。春風無限瀟湘意[一]，欲採蘋花不自由④。

【考證】

　　此詩見《全唐詩》卷三五二(P. 3940)，題下注"象縣，柳州縣名"。

【注評】

　　①【補注】侍御，御史臺臺、殿、察三院長官侍御史、殿中侍御史、監察御史的簡稱。侍御史六人，秩從六品下，掌糾彈百官、入閣承詔、受制出使、分判臺事、參與會審等。殿中侍御史九人，秩七品下，掌糾察殿廷各種儀節和京城內外的不法官吏。監察御史十人，秩八品下，掌分察百僚、巡按郡縣、糾視刑獄、肅整朝儀。曹侍御，待考。見，用在動詞前面，稱代自己。《晉書・愍懷太子傳》："父母至親，實不相疑，事理如此，實爲見誣。"王國安《柳宗元詩箋釋》(P. 372)：《元和郡縣圖志》卷三七"嶺南道四・柳州・象縣"："象縣……陳於今縣南四十五里置象郡，隋開皇九年廢郡為縣……總章元年割屬柳州。""今廣西象州縣。詩作於柳州，年月不可考。韓醇《詁訓柳集》卷四十二云'元和十四年(八一九)春作'，不知何據。"

　　②【圓至】嘗為郎官，以王叔文累貶永州，後徙[二]柳州。【增注】字子厚，河東人。進士[三]，博學[四]宏詞科。貞元間王叔文得政，引內禁與計事。俄而叔文敗，坐貶永州司馬。元和十年，徙柳州刺史，世號柳柳州，十四年卒。

　　【補注】吳汝煜撰《中國文學家大辭典・唐五代卷》(P. 573—574)"柳宗元"條云，宗元(773—819)，字子厚，行八。祖籍河東(今山西永濟)，故世稱柳河東。父鎮，安史亂時，徙家吳興(今浙江湖州)，官終侍御史。宗元長於京師，幼敏悟，"以童子有奇名於貞元初"(劉禹錫《唐故尚書禮部員外郎柳君集紀》)。貞元九年，進士及第。十四年，登博學宏詞科，授集賢殿正字。年少才高，"一時皆慕與之交"(韓愈《柳子厚墓誌銘》)。十九年，自藍田尉拜監察御史裏行。二十一年正月，順宗即位，擢為禮部員外郎，協助王叔文等力革弊政，為宦官、藩鎮及守舊派朝臣所反對。八月，順宗内禪，憲宗即位，改元永貞。翌月，貶宗元為邵州刺史，未到任，於十一月再貶永州司馬。同日遭貶者尚有同政見者韓泰、韓曄、劉禹錫等七人，史稱"八司馬"。在永州九年，居常鬱鬱，著述甚富。元和十年正月，召赴京師。三月，又出為柳州刺史。能因俗施教，於庶政多所興革，尤以令奴婢贖身，惠民最多。十四年十一月卒於任所，人稱柳柳州，民為立祠。柳宗元為唐代古文大家，與韓愈齊名，世稱"韓柳"。主張為文當"有益於世"（《讀韓愈所著〈毛穎傳〉後題》），所作大抵可分為論說、寓言、傳記、遊記、騷賦五類。遊記以"永州八記"為代表作，文筆明麗峻潔，模寫清泠之景，詩意盎然。亦工詩，蘇軾謂其詩"發纖穠於簡古，寄至味於澹泊"（《書黃子思詩集後》），"在陶淵明下，韋蘇州上"（《評韓柳詩》）。後人常與韋應物並稱為"韋柳"。《舊唐書》本傳謂其有文集四十卷。《新唐書・藝文志》著録《柳宗元集》三十卷等。今人王國安有《柳宗元詩箋釋》（上海古籍出版社 1998 年版），尹占華等有《柳宗元集校注》（中華書局 2013 年版），施子愉有《柳宗元年譜》（湖北人民出版社 1958 年版）。

　　③【圓至】"騷人"，謂曹也。《述異記》："七里州中有魯班刻木蘭為舟，至今在洲中。"詩家云"木蘭舟"，出於此。【何焯】破額山，未詳。○"見寄"。○"碧玉流"三字，暗藏"溝水東西流"意。【全唐詩】《述異記》："七里州中有魯班刻木蘭為舟，至今在洲中。"詩家云"木蘭舟"，出此。

　　【補注】破額山，蔣之翹、王士禛等多謂此為黃州黃梅縣之四祖山，然與詩意扞格。尹占華《柳宗元集校注》（P. 2887）謂當指柳州破額山，甚是。《太平寰宇記》卷一六八"嶺南道十二・柳州・洛容縣"："洛容縣，皆漢潭中縣地，唐貞觀中置。銅盤山、破額山、龍岡山、潭水、賀水、降蠻山、犀角山、白露水、落艷水，已上並郡界之山水。"馬茂元《唐詩選》（P. 508）：碧玉流，"碧玉喻江水之清碧明净"。"騷人：屈原作《離騷》，創造了一種獨特的詩體，後世稱為騷人。後來文人也可稱為騷人，這裏借指曹侍御。遙駐：象縣距柳宗元所在的柳州州治有一百三十里之遙，故云（參看《柳州府志》卷二）。木蘭舟：木蘭，即辛夷。用木蘭為舟，取芬芳之義，是《楚辭》中慣用的詞語。”

④【圓至】“採蘋花”者,喻自獻也。《左傳》:“蘋蘩荇藻,可羞於王公。”蓋曹在湖湘,暫過柳州象縣。詩意謂:欲自獻於曹,懷意無限,而拘於罪,不自由也。劉夢得詞云:“誰採蘋花寄取? 但目送蘭舟容與。”語意本此。【何焯】此用柳惲“汀洲採白蘋,日暖江南春。洞庭有歸客,瀟湘逢故人”之語,自歎獨滯遠外,而止以相近而不得相逢為言,蘊蓄有餘味。【大椳崇】按,《南史》:柳惲為吳興太守,嘗作《江南曲》云:“汀洲採白蘋,日落江南春。洞庭有歸客,瀟湘逢故人。”詩中瀟湘,意蓋本此。○唐仲言曰:“山前水碧,侍御停舟于此,我之感春風而懷無限之思者,正欲採蘋瀟湘,以圖自獻,乃拘以官守不自由也。按,子厚初雖貶謫,已而被召,其刺柳州,原非坐譴。圓至謂拘于罪者,非也。”

【補注】瀟湘,湘水與瀟水的並稱。多借指今湖南地區。杜甫《去蜀》:“五載客蜀郡,一年居梓州。如何關塞阻,轉作瀟湘游?”湘水,參見卷一戴叔倫《湘南即事》注④。瀟水,一名泥江。源出今湖南寧遠縣南九疑山,即古泠水,北流經道縣東北會沱水,又北至永州市西北入湘水。《欽定大清一統志》卷二八二“永州府一”:“按瀟湘雖自古並稱,然《漢志》《水經》俱無瀟水之名。唐柳宗元《愚溪詩序》始稱‘謫瀟水上’,然不詳其源流。宋祝穆始稱瀟水出九疑山。今細考之,唯道州北出瀟山者為瀟水,其下流皆營水故道也。至祝穆所謂出九疑山者,乃《水經注》之泠水,北合都溪以入營者也。”今相沿出九疑山者為瀟水。蘋,水生草本植物,夏秋開小白花。參見卷一李群玉《南莊春晚》注②。馬茂元《唐詩選》(P.508)云,據《湖南通志》卷八、卷一三記載,由柳州的柳江乘舟能直達永州瀟湘;永州零陵西瀟水中有白蘋洲,舊產白蘋,最盛。柳宗元曾被貶為永州司馬,其《再上湘江》云:“好在湘江水,今朝又上來。不知從此去,更遭幾年迴?”也表達了對永州的依戀之情,可與此詩相互印證。

【校勘】

　　[一]意　全唐詩校“一作憶”。

[二] 徙　底本作"徒",據詩説本改。

[三] 大系本"進士"前有"第"字。

[四] 大系本"博學"前有"中"字。

宿武關①

李　涉

遠別秦[一]城萬里游,亂山高下入[二]商州②。關門不鎖寒溪水,
一夜潺湲[三]送客愁③。

【考證】

此詩見《全唐詩》卷四七七(P.5434),題首多"再"字,題下校"一作《從
秦城回再題武關》"。

【注評】

①【圓至】武關,在商州商洛縣。【增注】秦昭王會楚懷王,閉而囚之,卒
於秦,即此。

【補注】武關,戰國秦置,在今陝西商南縣西南丹江上。即秦之南關,戰
略要地。《戰國策·楚策一》:蘇秦説楚威王曰:秦"一軍出武關,一軍下黔
中。若此,則鄢郢動矣"。漢高祖即由武關入秦,子嬰降,秦亡。唐移今陝
西丹鳳縣東南武關街。李涉寶曆元年(825)十月,由太學博士坐事流康州
(治所在端溪縣,今廣東德慶縣),此詩當為赴貶所途中作。

②【圓至】商州有七盤十二繞,其地險隘。

【補注】秦城,指長安。因秦累世都之,故稱。商州,北周宣政元年改洛
州置,治所在上洛縣(今陝西商洛市商州區)。《太平寰宇記》卷一四一"山
南西道九·商州":"取古商於之地為名。"隋大業三年廢。唐武德元年復

置，天寶元年改為上洛郡，乾元元年復為商州。轄境相當今陝西秦嶺以南、洘河以東及湖北鄖西縣上津鎮地。

③【大槻崇】徐而菴云："關門豈是為人禦愁者？而涉意中殊無聊賴，乃曰：既謂之關門，何不鎖住此溪，而放此水聲來以送客愁哉！"

【補注】潺湲，流水聲。岑參《過緱山王處士黑石谷隱居》："獨有南澗水，潺湲如昔聞。"陳伯海主編《唐詩彙評》（P.2221）：《詩境淺説·續編二》："戴叔倫詩言湘水東流，不為愁人少住；此詩言武關之水，但送客愁，皆因一片亂愁更無着處，但能怨流水無情耳。"

【校勘】

　　［一］秦　磧砂本作"春"。

　　［二］入　何校、全唐詩作"出"。

　　［三］潺湲　全唐詩校"一作潺潺"。

題開聖寺①

宿雨初收草木濃，群鴉飛散下堂鍾②。長廊無事僧歸院，盡日門前獨看松③。

【考證】

此詩見《全唐詩》卷四七七（P.5430）。

【注評】

①【補注】開聖寺，在今湖北沙洋縣紀山鎮。《（光緒）荊州府志》卷二八"寺觀"："開聖寺，在紀山。梁建，久廢。《江陵志餘》：梁宣、明帝百八寺之一也。"紀山，原名四望山，唐時改名為紀山。《續高僧傳》卷二七"感通篇

中"有《隋初荆州四望山開聖寺釋智曠傳》。張祜、溫庭筠皆有《開聖寺》詩。劉學鍇《溫庭筠全集校注》(P.279)云："寺在潤州丹陽。溫此詩寫景與張詩有相似處(張詩'蕭帝壞陵',溫詩'向陵',又曰'南朝舊碑'),當同指潤州丹陽之開聖寺。或謂指荆州四望山之開聖寺,疑非。荆州不可能有南朝帝陵。"不確。其實張、溫二詩所言皆荆州開聖寺,附近正有後梁宣、明二帝陵、碑。《輿地紀勝》卷六四"荆湖北路·江陵府上·景物下":"開寶寺,在江陵界,有後梁宣、明二帝陵。"卷六五"荆湖北路·江陵府下·古迹"又曰:"梁宣、明二帝陵,在府西北六十里紀山,即宣帝陵,西即明帝陵。"後梁(555—587),又稱北梁,南北朝時期蕭氏在江陵建立的政權,乃西魏、北周的附庸。宣、明二帝,指後梁宣帝蕭詧及其子明帝蕭巋,事見《北史·僭偽附庸傳》。宋人劉摯五排《梁宣明二帝陵》自注概括二帝事迹頗為精到,因錄於下:"宣、明二帝,蕭詧、蕭巋也。初,湘東王繹平侯景之亂,即位江陵,改元承聖。三年,兄之子岳陽王詧引西魏兵攻繹,害之。尋臣於魏而稱帝於江陵。傳子巋,巋傳子琮。通三十年,爲隋所滅。"唐人劉禹錫有《後梁宣明二帝碑堂下作》詩,元稹《楚歌十首(江陵時作)》之七曰:"梁業雄圖盡,遺孫世運消。宣明徒有號,江漢不相朝。碑碣高臨路,松枝半作樵。唯餘開聖寺,猶學武皇妖。"此詩當為元和間,李涉貶為硤州司倉參軍兼夷陵縣令時作。

②【補注】下堂鍾,僧衆入僧堂食畢,下堂時所鳴的鐘聲。

③【補注】張祜《開聖寺》:"西去山門五里程,粉牌書字甚分明。蕭帝壞陵深虎迹,廣師遺院閉松聲。"

宿虛白堂①

李　郢②

秋[一]月斜明虛白堂③,寒蛩唧唧樹蒼蒼④。江風徹曉[二]不得寐[三]，二十五聲秋點[四]長⑤。

【考證】

此詩見《全唐詩》卷五九〇（P. 6856），題中"宿"後有"杭州"二字。

【注評】

①【圓至】《杭州圖經》云："虛白堂，在舊治。"

【補注】虛白堂，在今杭州市。《欽定大清一統志》卷二一七"杭州府二"："在府城內舊治。唐白居易有詩，刻石堂上，後為錢氏都會堂。"虛白，指心中純淨無欲。語本《莊子·人間世》："虛室生白，吉祥止止。"唐長慶中，白居易任杭州刺史時，作有《虛白堂》，云："虛白堂前衙退後，更無一事到中心。移牀就日簷間臥，臥詠閒詩側枕琴。"

②【圓至】大中十年進士。【增注】字楚望。大中進士及第，為藩鎮從事，終侍御史。又按《九國志》："郢本長安人，唐末避亂嶺表，生子璵，字魯珍，尤能詩，登甲科，終給事中。"

【補注】吳在慶撰《中國文學家大辭典·唐五代卷》（P. 298）"李郢"條云，郢（生卒年不詳），字楚望，長安（今西安）人。初家居杭州，出有山水之興，入有琴書之娛，疏於馳競。大中十年登進士第，歷湖州、淮州、睦州、信州從事，入為侍御史。後為越州從事，卒於任所。郢與賈島、杜牧、李商隱、清塞等均有交往。工詩，尤擅七律。方干稱其"物外搜羅歸大雅，毫端剪削有餘功"（《贈李郢端公》）。辛文房稱其詩"清麗，極能寫景狀懷"（《唐才子傳》卷八）。《新唐書·藝文志》著錄《李郢詩》一卷。《全唐詩》卷五九〇編其詩為一卷。

③【何焯】不寐。

④【補注】寒蛩，深秋的蟋蟀。韋應物《擬古詩十二首》之六："寒蛩悲洞房，好鳥無遺音。"

⑤【何焯】"徹曉"。

【補注】徹曉,猶徹旦、達旦,直至天明。寐,入睡。秋點,秋日報時之聲。王建《夜看揚州市》:"如今不似時平日,猶自笙歌徹曉聞。"古代一夜分為五更,一更分為五籌(點),屆時敲擊鼓、鐘等報時,故云"二十五聲秋點"。《舊唐書·天文志下》:"四年四月辛酉夜四更五籌後,月掩南斗第二星。"《宋史·律曆志三》:"每夜分為五更,更分為五點,更以擊鼓為節,點以擊鐘為節。"《官箴集要》卷下《更籌》:"鼓樓上置銅壺一副,令陰陽生注水,候着漏箭時刻以擊更點,如此則庶使過聽者知更鼓之分明,夙興者無衣裳之顛倒矣。"

【校勘】

〔一〕秋　全唐詩校"一作缺"。

〔二〕徹曉　磧砂本作"微暖",全唐詩"曉"下校"一作曙"。

〔三〕得寐　全唐詩作"得(一作成)睡"。

〔四〕點　磧砂本作"夜"。

晴　景

王　駕①

雨前初見花間葉[一],雨後兼無葉底[二]花②。蛺蝶飛來③過牆去,却疑春色在鄰家。

【考證】

此詩見《全唐詩》卷六九〇(P. 7918),題作《雨晴》(一作《晴景》)。

【注評】

①【圓至】大順元年楊贊禹榜及第。【增注】字大用,河中人。大順初進

士及第,仕至尚書禮部員外郎。自稱守素先生。與司空圖、鄭谷相善,為詩友。

【補注】吳在慶撰《中國文學家大辭典·唐五代卷》(P. 38)"王駕"條云,駕(生卒年不詳),字大用,自號守素先生,河中(今山西永濟)人。中和中,僖宗在成都,曾入蜀應進士試。未第,還蒲中,鄭谷賦詩送行。大順元年登進士第,授校書郎,官至禮部員外郎。後棄官歸隱。駕有詩名,與鄭谷、司空圖為詩友。司空圖稱其"五言所得,長於思與境偕,乃詩家之所尚者"(《與王駕評詩書》)。《新唐書·藝文志》著錄《王駕詩集》六卷、《直齋書錄解題》記《王駕集》一卷。《全唐詩》卷六九〇存詩六首,卷八八五《補遺四》補錄一首;《全唐詩補編·續補遺》卷九又補一首。

②【補注】陳伯海主編《唐詩彙評》(P. 2910):《對床夜語》卷五:"'情新因意勝,意勝逐情新',上官儀詩也。王駕有'雨前初見花間蕊,雨後全無葉底花',脫胎工矣。人以為此格自駕始,非也。或又謂為荆公所作,亦非也。"

③【圓至】王荆公改"飛來"作"紛紛"。

【校勘】

[一]葉　磧砂本、全唐詩作"蕊"。

[二]底　全唐詩作"裏"。

社　日①

張　演②[一]

鵝湖山下稻粱肥③,豚栅[二]雞塒[三]半[四]掩扉④。桑柘影斜秋[五]社散,家家扶得醉人歸⑤。

【考證】

此詩見《全唐詩》卷六〇〇(P.6938)，題末多"村居"二字，題下校"一作王駕詩"；又見卷六九〇(P.7918)，屬王駕，題下校"一作張演詩"；又見卷八八五"補遺四"(P.10008)，屬張蠙，題末多"村居"二字，題下校"一作張演詩"。佟培基《全唐詩重出誤收考》(P.464—465)云，《唐百家詩選》卷一九作張蠙，《萬首唐人絕句》卷二六、《全閩詩話》卷一作張演，《唐詩品彙》卷五四作王駕，下注："《詩府》作張蠙詩。"《詩府》疑即其所列"引用諸書"之《詩宗群玉府》。《唐音統籤》卷七四〇王駕集收此詩，注："《三體》作張演，《事文類聚》作張濱，《吹萬》作張蠙，然蠙集不載此詩。"待考。

【注評】

①【補注】社日，古時祭祀土神的日子，一般在立春、立秋後第五個戊日。間或有四時致祭者。周代本用甲日，漢至唐各代不同。《荊楚歲時記》："社日，四鄰並結綜會社，牲醪，為屋於樹下，先祭神，然後饗其胙。"《五雜組》卷二"天部二"："唐宋以前皆以社日停針綫，而不知其所從起。余按《呂公忌》云'社日男女輟業一日，否則令人不聰'，始知俗傳社日飲酒治耳聾者爲此，而停針綫者亦以此也。"

②【圓至】咸通十三年鄭昌符榜及第。

【補注】吳在慶撰《中國文學家大辭典‧唐五代卷》(P.445)"張演"條云，演(生卒年里不詳)，咸通十三年與周繇同登進士第，後不知所終。除此詩外，《全唐詩補編‧續補遺》卷七又補一首，《續拾》卷三二又補一首。

③【圓至】鵝湖，在信州鉛山縣西南十五里。昔有龔氏居山傍，畜鵝成群，故曰鵝湖。

【補注】鵝湖山，在今江西鉛山縣東南。《輿地紀勝》卷二一"江南東路‧信州‧景物上"：鵝湖，"《鄱陽記》云：山上有湖，多生蓮荷，一名荷湖山。今以鵝湖著。按《舊經》謂昔有龔氏居山傍，所蓄鵝逸于山，長育成群，復飛而下，因謂之鵝湖"。《欽定大清一統志》卷二四二"廣信府一"：鵝湖山"在鉛山縣北稍東十五里"。

④【圓至】毛公曰：“鑿牆而棲雞曰塒。”

【補注】狃穽，豬圈。

⑤【何焯】稻粱肥則當報賽，且釀黍為酒，無不足也。雞豚亦取以佐結綜之費，點染皆有義。○衣食足而知禮節，“桑柘影”三字亦非亂下。○作社即反呼“歸”字。

【補注】桑柘，桑木與柘木。其葉皆可養蠶，故江南一帶農村普遍種植。柘，桑科。落葉灌木或小喬木，葉子卵形或橢圓形，頭狀花序，果實球形。葉可喂蠶，木質密緻堅韌，是貴重的木料，木汁能染赤黃色。《本草綱目》卷三六：“喜叢生，幹疎而直，葉豐而厚，團而有尖。其葉飼蠶，取絲作琴瑟，清響勝常。”陳伯海主編《唐詩彙評》(P. 2910)：《刪補唐詩選脉箋釋會通評林·七言絕句·晚唐下》：周敬：“衢謠壤歌，點綴太平景象如畫。”《唐詩別裁集》卷二〇：“極村朴中傳出太平風景。”

【校勘】

［一］張演　正統本、明應本脫。

［二］穽　磧砂本作“柵”。

［三］塒　全唐詩作“棲（一作塒）”。

［四］半　全唐詩作“對（一作半）”。

［五］秋　元刊本、磧砂本、高本、四庫本、全唐詩作“春”。

自河西歸山①

司空圖②

水濶風驚去路危，孤舟欲上更遲遲。鶴群常繞[一]三珠樹③，不借閑人[二]一隻騎④。

【考證】

此詩見《全唐詩》卷六三三（P. 7271），為《自河西歸山二首》之二。

【注評】

①【圓至】河西，今涼州。【增注】唐羈縻州河西府屬諸胡十二府。

【補注】河西，又稱河右，泛指黃河以西地區。祖保泉、陶禮天《司空表聖詩文集箋校》（P. 101—102）："華陰在黃河西岸，題作《自河西歸山》，即自華陰歸王官谷也。時在天復三年（903）春夏之交。"

②【圓至】字表聖，臨淮人。【增注】字表聖，河中虞鄉人。《五代史缺文》云："自言泗州人。"咸通末擢進士。宣歙觀察使王凝辟置幕府，召為殿中侍御史。被劾，左遷光祿寺主簿。盧攜執政，召拜禮部員外郎，尋遷郎中。僖宗朝知制誥，遷中書舍人，拜諫議大夫。昭宗朝兵部侍郎。以足疾辭歸中條山王官谷[三]先人之故居，及聞景宗被弒，不食而卒，年七十二。

【補注】吳在慶撰《中國文學家大辭典・唐五代卷》（P. 151—153）"司空圖"條云，空圖（837—908），字表聖，自號知非子、耐辱居士，河中虞鄉（今山西永濟）人。咸通十年登進士第，為其主司王凝所賞識。王凝出為商州刺史及宣歙觀察使，圖均隨其為幕吏。後召拜殿中侍御史，不忍去凝府，遲留百日，責授光祿寺主簿，分司東都。乾符末，舊相盧攜亦以賓客分司東都，圖與之遊，為其所嘉賞。後攜入任宰相，召圖為禮部員外郎，遷禮部郎中。廣明元年冬，黃巢攻入長安，圖退居河中。光啓元年，拜知制誥，遷中書舍人。不久，僖宗出幸寶雞，圖遂歸隱中條山王官谷，日與名僧高士遊詠其中。昭宗時，以諫議大夫、戶部、兵部侍郎召，均以疾固辭。朱全忠為帝，以禮部尚書召，亦辭不赴。後梁開平二年，聞唐哀帝被殺，遂不食而卒，年七十二。圖能文工詩。其詩多為近體，絕句尤多，以吟詠隱逸、寫景詠物為主，時有清新可喜之作。部分詩作如《有感》《狂歌》等，亦感慨時事、借古諷今。論詩尤強調"韻外之致""味外之旨"，推崇王維、韋應物詩之"澄澹精緻"。所著《詩品》，標舉雄渾、沖淡、纖穠、沉著、高古、典雅等二十四品，並各以韻語十二句及形象語言描摹其特徵。《新唐書・藝文志》《郡齋讀書志》均著録其《一鳴集》三十卷。今人祖保泉和陶禮天有《司空表聖詩文集箋校》（安徽大學出版社 2002 年版），陶禮天有《司空圖年譜彙考》（華文出版社 2002 年版）。

③【圓至】【全唐詩】三珠樹，《山海經》云[四]："在厭火國北，生赤水上。樹上有柏葉，皆為珠。"【增注】陶詩："粲粲三株樹。"注：《淮南子》："東北有玉樹，如柏葉，皆為珠。"又禹填淇水，掘地，有珠樹。

④【何焯】下二句只是不能奮飛也。【何焯門生】下二句言不得志而歸也。

【校勘】

［一］繞　全唐詩作"擾"。

［二］閑人　全唐詩作"人間"。

［三］王官谷　底本、大系本作"王宮谷"，據正統本改。

［四］云　全唐詩作"曰"。

野　塘①

韓　偓

侵曉乘凉偶獨來，不因魚躍見萍開②。捲荷忽被微風觸，瀉下清香露一杯③。

【考證】

此詩見《全唐詩》卷六八一（P. 7807）。

【注評】

①【補注】吳在慶《韓偓集繫年校注》（P. 379）云，此詩《唐音統籤》本詩

題下有"壬申，南安"小注，《全唐詩》亦編於題下注"此後壬申年作，在南安縣"之《江岸閒步》之後一首。故當作於後梁乾化二年(912)夏，時韓偓在南安(今屬福建)。

②【何焯】虛喝。

【補注】侵曉，拂曉。《北齊書·崔暹傳》："侵曉則與兄弟問母之起居，暮則嘗食視寢，然後至外齋對親賓。"

③【何焯】"曉"。【磧砂】謙曰：比興之意居多。

已前共九首

歲初喜皇甫侍御至①

嚴　維

湖上新正逢故人②，情深應不笑家貧[一]。明朝別後門還掩，脩竹千竿一老身③[二]。

【考證】

此詩見《全唐詩》卷二六三(P. 2923)。

【注評】

①【增注】侍御即皇甫曾[三]。

【補注】皇甫侍御，指皇甫曾。廣德至大曆初，曾在京任殿中侍御史。參見卷五皇甫曾《晚至華陰》注②。

②【補注】新正，農曆正月初一，元旦。孟浩然《歲除夜會樂城張少府宅》："舊曲梅花唱，新正柏酒傳。"

③【補注】修竹，枝幹修長的竹子。

【校勘】

　　[一]貧　正統本作"貪"。

　　[二]身　全唐詩校"一作人"。

　　[三]皇甫曾　底本、正統本、大系本作"皇甫曹",據史實改。

送魏十六①

皇甫冉②

　　清[一]夜沉沉③此[二]送君,陰蛩[三]切切不堪聞④。歸[四]舟明日[五]毗陵道⑤,回首姑蘇是白雲⑥。

【考證】

　　此詩見《全唐詩》卷二四九(P. 2810),題末多"還蘇州"三字。

【注評】

　　①【補注】魏十六,待考。

　　②【圓至】字茂政,丹陽人。曾之兄,天寶進士。【增注】字茂政,潤州丹陽人。玄晏先生謐之後,秘書少監集賢院修撰彬之侄。同弟曾踵登天寶進士,授無錫尉,避難居陽羨。大曆中河南節度使王縉鎮徐州,辟為掌書記,後為左金吾衛兵曹參軍、左補闕。與曾齊名。

　　【補注】賈晉華撰《中國文學家大辭典·唐五代卷》(P. 586—587)"皇甫冉"條云,冉(717—770),字茂政,潤州丹陽(今江蘇丹陽)人,郡望安定(今甘肅涇川)。十歲能屬文,十五歲為張九齡所賞歎,稱其清穎秀拔,有江、徐之風。天寶十五載登進士第,授無錫尉。乾元元年罷任游吳越,於常州義興陽羨山中營有別業。後任左金吾衛兵曹參軍。廣德二年入河南元帥、東都留守王縉幕,任掌書記。大曆二年入朝為左拾遺,擢左補闕。五年奉使江淮,省家丹陽,卒,年五十四。冉詩名早著,與弟曾齊名。高仲武稱其"巧於文字,發調新奇,遠出情外……可以雄視潘、張,平揖沈、謝"(《中興間氣集》卷上)。獨孤及謂"其詩大略以古之比興就今之聲律,涵詠風騷,憲章顏謝。至若麗曲感動,逸思奔發,則天機獨得,有非師資所獎"(《唐故左補闕安定皇甫公集序》)。《新唐書·藝文志》著錄《皇甫冉詩集》三卷。《全唐詩》卷二四九、二五〇編其詩為二卷。

③【何焯】二字貫注明白。

【補注】沉沉,形容深沉。鮑照《代夜坐吟》:"冬夜沈沈夜坐吟,含聲未發已知心。"

④【圓至】顏延年[六]詩:"陰蟲先秋聞。"【何焯】比怨別。

【補注】陰蟲,蟋蟀。切切,象聲詞。形容聲音凄切。謝朓《宣城郡內登望詩》:"切切陰風暮,桑柘起寒煙。"

⑤【圓至】毗陵,常州。

【補注】毗陵,郡名。隋大業三年改常州置,治所在晉陵縣(今江蘇常州市)。唐武德三年復為常州。

⑥【增注】狄仁傑見白雲孤飛,曰:"吾親舍其下。"【大槻崇】按,"歸舟"即皇甫送歸之舟,非魏之舟。蓋首句"此送君",是皇甫送到其處,其夜同宿,因預思明日歸路當如此也。後閱《唐詩解》云:"茂政居潤,送魏還蘇,則魏之舟從毗陵而去,於是回首而望姑蘇,所覩者白雲耳。"是以"歸舟"屬魏,以"回首"屬皇甫,似可從,更詳之。

【補注】姑蘇,今江蘇蘇州市的別稱,以有姑蘇山而得名。參見卷一張繼《楓橋夜泊》注④。由末句用典可知,魏十六此行似是離開家鄉姑蘇,這與第三句"歸舟"矛盾。歸,全唐詩校"一作孤",或是。

【校勘】

[一] 清　全唐詩作"秋"。

[二] 沉沉此　全唐詩作"深深北(一作沈沈此)"。

[三] 蚉　全唐詩作"蟲"。

〔四〕歸　全唐詩校“一作孤”。

〔五〕日　全唐詩校“一作月”。

〔六〕顔延年　底本、詩説本、正統本、明應本作“顧延年”，下文所引詩句見于《全秦漢魏晉南北朝詩·宋詩》卷五(P.1232)顔延之(字延年)《夏夜呈從兄散騎車長沙詩》，據改。

送王永

劉　商

君去春山誰共遊，鳥啼花落水空流。如今送別臨溪水，他日相思來水頭①。

【考證】

此詩見《全唐詩》卷三○四(P.3459)，爲《送王永二首》(一作《合溪送王永歸東郭》)之一。

【注評】

①【磧砂】敏曰：有不得隨水相送之情，而措詞曲曲如此，曲則所以厚也。修齡吳先生嘗謂敏云：“作詩如蠶作繭，須要做得厚。”【何焯】上二句先透出“相思”，末句以相望足上相送。○“君問歸期未有期”一篇與此正意度相似。【何焯門生】“君問歸期”四句自然鮮采，此則平平。

【補注】《唐詩解》卷二八：“既無與遊，則山水鶯花俱屬寂寞，不特此也。分別之地，每過必思，更難堪耳。”

酬楊八副使赴湖南見寄①

劉禹錫②

　　知逐征南冠楚材③，遠勞書信到陽臺④。明朝若上[一]君山望⑤[二]，一道巴江自此來⑥。

【考證】

　　此詩見《全唐詩》卷三六五(P. 4125)，題作《酬楊八副使將赴湖南途中見寄一絕》。

【注評】

　　①【增注】《事文類聚》載："太宗時，置招討使，後以節度兼支度營田招討經略使，有副使、判官各一人。"諸副使始此。

　　【補注】副使，唐代節度、觀察、團練、防禦等使都有副使，為正使的屬官。見，用在動詞前面，稱代自己。陶敏、陶紅雨《劉禹錫全集編年校注》(P. 294、224、297)云，此詩為長慶三年(823)秋禹錫任夔州刺史時作。副使，這裏指觀察副使。《新唐書·百官志四下》："觀察使、副使、支使、判官……各一人。"楊八副使，指楊敬之，行八，字茂孝，元和初擢進士第，平判入等，遷右衛胄曹參軍。累遷屯田、户部二郎中。大和九年，坐黨李宗閔貶連州刺史。召為太常少卿，遷大理卿、國子祭酒，官終同州刺史。見《新唐書》本傳、《千唐誌齋藏誌·孫備妻于氏墓誌》。禹錫另有《答楊八敬之絕句》。李涉亦有《送楊敬之倅湖南》，即送楊敬之赴湖南幕府擔任副使。其長官當為沈傳師。禹錫另有《唐侍御寄遊道林嶽麓二寺詩并沈中丞姚員外所和見徵繼作》。這裏的沈中丞即沈傳師。《舊唐書》本傳："遷中書舍人……乞以本官兼史職。俄兼御史中丞，出為潭州刺史、湖南觀察使。"同書《穆宗紀》：長慶三年六月，"史官沈傳師除鎮湖南"。

②【圓至】字夢得,彭城人。【增注】字夢得,漢景帝子勝中山王之子孫。其七世祖亮遷洛陽,為北部都昌人。擢進士第,登博學宏詞科。貞元間與王叔文交,及叔文敗,貶朗州司馬及連州刺史,又改夔州,後人為主客郎中。會昌初加檢校禮部尚書卒,年七十二,贈户部尚書。

【補注】吴汝煜撰《中國文學家大辭典・唐五代卷》(P. 202—204)"劉禹錫"條云,禹錫(772—842),字夢得,行二十八。舊稱中山或彭城人,皆指郡望而言。實為洛陽(今屬河南)人。出生於江南。幼年隨父寓居嘉興、吴興一帶,從詩僧皎然、靈澈學詩。貞元九年擢進士第,又登博學宏詞科。十一年,授太子校書。十六年,為徐泗濠節度掌書記,隨杜佑出師討伐徐州叛軍。旋改任淮南節度掌書記。十八年,調任渭南縣主簿。次年入朝為監察御史。二十一年正月,順宗即位,任王叔文等人革新政治,擢禹錫為屯田員外郎,判度支鹽鐵案,協助杜佑、王叔文整頓財政,使奸吏衰止。是年八月,順宗内禪,憲宗即位,改元永貞。劉禹錫先貶連州刺史,再貶朗州司馬。居朗州九年,與柳宗元詩書往還,探討學術。元和十年二月,召至京師。因賦玄都觀看花詩得罪執政,再出為播州刺史。經裴度説情,改刺連州。長慶元年冬,為夔州刺史。四年,調任和州刺史。寶曆二年罷歸洛陽。大和元年,授主客郎中分司東都。二年春入朝為主客郎中,賦《再游玄都觀絶句》以見不屈之志。不久,兼任集賢殿學士,三年,改官禮部郎中,仍兼集賢殿學士。四年間共整理新書二千餘卷。五年十月,出為蘇州刺史,轉汝、同二州刺史。所在皆能救濟災荒,紓民之困。開成元年秋,被足疾,改任太子賓客,分司東都。後加秘書監、檢校禮部尚書銜。雖年老多病,而時思振拔。會昌二年秋,病故於洛陽。世稱劉賓客。劉禹錫晚年有"詩豪"之稱。與白居易齊名,合稱"劉白"。其詩能繼承《詩經》美刺傳統,吸收民歌營養,緊密聯繫社會現實,多諷興之作。尤以竹枝詞和懷古酬贈之作為世稱道。宋蔡絛謂其"詩典則既高,滋味亦厚"(《苕溪漁隱叢話・後集》卷三三引《西清詩話》)。其散文擅長説理。《新唐書・藝文志》著録《劉禹錫集》四十卷。今人卞孝萱有《劉禹錫年譜》(中華書局 1963 年版),陶敏、陶紅雨有《劉禹錫全集編年校注》(岳麓書社 2003 年版),高志忠有《劉禹錫詩編年校注》(黑龍江人民出版社 2004 年版）。

③【圓至】晉杜預為征南將軍，以比正使。楊為副使，故云“逐”也。《左傳》：“楚雖有材，晉實用之。”【何焯】“副使”。

【補注】陶敏、陶紅雨《劉禹錫全集編年校注》（P. 295）：征南，晉征南大將軍杜預，此借指沈傳師。杜預曾撰《春秋左氏經傳集解》，卒贈征南大將軍。《舊唐書·沈傳師傳》：“傳師在史館，預修《憲宗實録》未成，廉察湖南，特詔齎一分史稿，成於理所。”故比之于杜預。楚材，楚國人才。這裏是説楊為湖南幕中僚佐之冠。

④【圓至】陽臺，巫山。

【補注】陽臺，又名陽雲臺，相傳為楚王與巫山神女歡會之所。參見卷四劉禹錫《松滋渡望峽中》注⑨。

⑤【圓至】君山，在岳州洞庭湖中。【何焯】“湖南”。

【補注】君山，在今湖南岳陽市西南洞庭湖中，相傳為湘君所遊，故名。參見卷二高駢《君山》注①。

⑥【圓至】夢得時謫朗州。巴江出峽經朗，然後至岳。【磧砂】敏曰：如前首“他日相思來水頭”，已為曲致；而此云“一道巴江自此來”，更覺雋永。何也？蓋前詩説破“相思”二字，此則渾融含蓄也。【何焯】逐句醒出“赴湖南”。此篇似是夔州時詩，第四雙淚、雙魚都包蘊在内。

【補注】陶敏、陶紅雨《劉禹錫全集編年校注》（P. 295）：“巴江：指流經夔州的長江，夔州為古巴子國之地。”

【校勘】

　　［一］上　全唐詩校“一作到”。
　　［二］望　全唐詩作“上（一作望）”。

逢鄭三遊山

盧　仝①

　　相逢之處花[一]茸茸[二]，峭[三]壁攢峰千萬[四]重②。他日期君何處好，寒流石上一株松③。

【考證】

　　此詩見《全唐詩》卷三八七（P.4370），題首多"喜"字。

【注評】

　　①【圓至】號玉川子，甘露中為宦者所殺。【增注】居東都，韓愈為河南令，愛其詩，厚禮之。仝自號玉川子，嘗作《月蝕》詩，以譏元和逆黨，愈稱其工。《劉後村詩話》稱為處士，甘露中為宦[五]者所殺。

　　【補注】吳汝煜撰《中國文學家大辭典·唐五代卷》（P.112—113）"盧仝"條云，仝（？—835），自號玉川子。郡望范陽（今河北涿州市），在揚州（今屬江蘇）有"舊業"。初隱濟源（今屬河南）山中，因賦《與馬異結交詩》，"怪辭驚衆"，受謗不已（參韓愈《寄盧仝》）。後長期寓居洛陽，貧困不能自給，至向鄰僧乞米。元和五年，韓愈為河南令，常分己俸賑之。六年冬赴揚州變賣"舊業"，搬取圖書，在洛陽里仁坊買宅定居。與孟郊過從甚密。朝廷徵為諫議大夫，不就。大和九年十一月於宰相王涯家留宿，適遭"甘露之變"，與王涯同時被害。盧仝精於《春秋》經學，勤於著述。有詩名，其詩趨險尚怪，想象神異詭恢，多用奇言僻字及散文句法，力求生新拔俗。嚴羽稱之為"盧仝體"（《滄浪詩話·詩體》），并云："天地間自欠此體不得。"（《滄浪詩話·詩評》）《新唐書·藝文志》著録《玉川子詩》一卷，《直齋書録解題》著録《盧仝詩》三卷，其中集外詩一卷。清人孫之騄有《玉川子詩集注》五卷。《全唐詩》卷三八七至三八九編其詩為三卷。

②【補注】茸茸，柔細濃密貌。白居易《紅綫毯》：“綵絲茸茸香拂拂，綫軟花虛不勝物。”攢峰，密集的山峰。孔稚珪《北山移文》：“於是南岳獻嘲，北壟騰笑，列壑爭譏，攢峰竦誚。”

③【何焯】今日不避深險，徒爲探花，我所望於君，則能尋歲寒之盟耳。○淡而有味。

【補注】陳伯海主編《唐詩彙評》(P. 1931)：《删補唐詩選脉箋釋會通評林·七言絕句·中唐中》：周敬：“世謂盧詩造理命意，險怪百出，幾不能解。如此詩亦自恬淡，何有險怪！”敖英：“落句是畫意。”周珽：“此詩玩兩‘處’字，總就今日相逢之景地，以訂後日同心之歸宿。”

【校勘】

［一］花　明應本作“草”。

［二］茸茸　磧砂本作“蒙茸”。

［三］峭　全唐詩作“石”。

［四］千萬　磧砂本作“青幾”。

［五］宦　底本作“官”，據正統本、大系本改。

重贈商玲瓏兼寄樂天①

元　稹②

休遣玲瓏唱我辭[一]，我辭[二]多是寄[三]君詩③[四]。明朝又向江頭[五]別，月落潮平是去時④。

【考證】

此詩見《全唐詩》卷四一七(P. 4598)，題作《重贈》(樂人商玲瓏能歌，歌予數十詩)。

【注評】

①【補注】樂天，白居易字。參見卷四白居易《尋郭道士不遇》注②。周相録《元稹集校注》(P. 650)云，此詩為元稹長慶三年(823)自同州赴越州途中作，時稹為浙東觀察使、越州刺史。白居易有和作《答微之上船後留別》。商玲瓏，《詩話總龜·前集》卷四二“樂府門”引《搢紳脞説》：“商玲瓏，餘杭之歌者……元微之在越州聞之，厚幣來邀，樂天即時遣去。到越州住月餘，使盡歌所唱之曲，即賞之。後遣之歸，作詩送行兼寄樂天云云。”所引即此詩。然此詩乃元稹尚未到任時作，《搢紳脞説》亦有誤。

②【圓至】字微之，河南人。【增注】生於建中元年庚申，少樂天七歲。十五擢明經，元和初舉制科，對策第一，拜左拾遺。長慶初擢祠部郎中知制誥，俄遷中書舍人翰林承旨學士。太和尚書左丞，拜武昌節度使卒，年五十三，贈尚書右僕射。

【補注】吳汝煜撰《中國文學家大辭典·唐五代卷》(P. 66—68)“元稹”條云，稹(779—831)，字微之，別字威明，行九。鮮卑族後裔。世居京兆萬年(今西安)。八歲喪父，至鳳翔依舅族。其母教以書學。九歲從姨兄學詩律。貞元九年，年方十五，以明兩經擢第。後游蒲州，有豔遇，終決絶，作著名傳奇《鶯鶯傳》託名張生以紀其事。九年，中書判拔萃科，署秘書省校書郎。元和元年，登才識兼茂、明於體用科，授左拾遺。上疏論政，為宰臣所惡，出為河南縣尉。四年，為監察御史，出使劍南東川，劾奏官吏奸事，獲罪權貴，分務洛陽東臺。明年召還，經敷水驛，與宦官爭宿驛站正廳，為所辱。時宦官勢盛，憲宗貶元稹為江陵士曹參軍。十年，奉召返京，旋出為通州司馬。十三年冬，轉虢州刺史。翌年，入為膳部員外郎。穆宗即位，擢祠部郎中、知制誥。長慶元年，進中書舍人、翰林承旨學士。二年，由工部侍郎拜相。未幾，出為同州刺史。三年，為越州刺史、浙東觀察使。大和三年，入為尚書左丞。次年又出為武昌軍節度使。五年七月，卒於任所。元稹早歲，頗能自勵，直言執法，權倖憚之。元和末，轉依宦官，雖官位日隆而為時論所薄。詩與白居易齊名，世稱“元白”。宮中樂色，常誦其詩，呼為元才子。所作樂府，最為警策。其詩流傳最廣者，當為悼亡詩及豔詩。次韻詩亦為元稹所首創。亦擅散文、傳奇、書法。白居易《元稹墓誌銘》及《舊唐書》本傳均言其有《元氏長慶集》一百卷、《類集》三百卷。今人卞孝萱有《元稹年譜》(齊魯書社 1980 年版)，周相録有《元稹集校注》(上海古籍出版社 2011 年版)和《元稹年譜新編》(上海古籍出版社 2004 年版)，楊軍有《元稹集編年箋注·詩歌卷》(三秦出版社 2002 年版)。

③【圓至】《脞説》云："商玲瓏為杭州歌者，樂天作郡日，賦歌與之。元微之在越，厚幣邀至，月餘，使盡歌所唱之曲，作詩送行，兼寄樂天。"【何焯】因此詩而偽造。

④【磧砂】謙曰：嘗聞書家有三折筆法，意在筆先，筆留餘意，故用力直透紙背。今讀此篇，首句非意在筆先者乎？意在筆先，則此七字並未着墨也。次句似與上不相蒙，實是輕輕一點墨矣。獨至第三句，正當用力取勢，兔起鶻落之時，而偏用縮筆，只換"月落潮平是去時"結，非筆留餘意者乎？若拙手則必出鋒一寫，了無餘味，故知此道亦自有三折法也。【何焯】"寄君詩"則無非離別之辭矣，起下二句，輕巧無迹。〇不忍更聽便藏得千重別恨，末句只從將別結住，自有黯然之味，政用覆裝以留不盡。

【校勘】

〔一〕辭　全唐詩作"詩"。

〔二〕辭　全唐詩作"詩"。

〔三〕寄　全唐詩作"別(一作寄)"。

〔四〕詩　全唐詩作"詞"。

〔五〕江頭　磧砂本作"長亭"。

採松花①

姚　合②

擬服松花無處學，嵩陽道士忽相教③。今朝試上高枝採，不覺傾翻仙鶴巢④。

【考證】

此詩見《全唐詩》卷五〇二(P. 5706)。

【注評】

①【補注】松花，松樹的花。《本草綱目》卷三四：“松花，別名松黃……潤心肺，益氣，除風止血。亦可釀酒。”李白《酬殷明佐見贈五雲裘歌》：“輕如松花落金粉，濃似苔錦含碧滋。”

②【圓至】崇之孫，元和十一年鄭解榜進士。【增注】開元宰相崇曾孫。按《新史》云：“崇生弈，弈曾孫合。”《宰相世表》：“崇弟元素生[一]算，算生閈，閈生合。”則合為弈之從孫，崇之從曾孫矣。元和中進士及第，調武功主簿，又為富平萬年尉。寶應中遷監察御史戶部員[二]外郎，出為荆、杭二州刺史，後為給事中、陝虢[三]觀察使。開成末終秘書少監諫議大夫。選唐詩一百首，名《極玄集》。

【補注】尹占華《唐宋文學與文獻叢稿·姚合繫年考》(P. 501—530)利用了新近出土的《姚合墓誌》，考辨精切，結合吳汝煜撰《中國文學家大辭典·唐五代卷》(P. 602)“姚合”條，可知：合(777—846)，字大凝，吳興(今浙江湖州)人。宰相姚崇弟元景之曾孫。早年隨父宦游，寄家河朔間，又曾在嵩陽讀書。元和十一年登進士第。歷魏博從事、武功主簿、萬年縣尉。寶曆二年，轉監察御史，分司東都。大和二年，入京為殿中侍御史。遷侍御史，歷戶部員外郎，出為金州刺史。入朝為刑部郎中。大和九年，復出為杭州刺史。開成元年春，入朝為戶部郎中，遷諫議大夫，轉官給事中。四年，出為陝虢觀察使。五年，入為秘書監。會昌二年夏辭官，十二月在長安去世。謚懿，世稱姚武功或姚秘監。姚合以詩鳴世，與賈島齊名，世稱“姚賈”。其詩善學諸家之長而自成一體，故胡震亨評云：“姚秘監合詩洗濯既净，挺拔欲高。得趣於浪仙之僻，而運以爽亮；取材於籍、建之淺，而媚以蒨芬:殆兼同時數子,巧撮其長者。但體似尖小,味亦微釀,故品局中駟爾。"(《唐音癸籤》卷七)《武功縣中作三十首》,摹寫官況蕭條,山縣荒凉,筆致清峭幽折,被稱為武功體。張為《詩人主客圖》列為"清奇雅正主"李益之入室者。合曾選王維至戴叔倫廿一人詩一百首為《極玄集》。《新唐書·藝文志》著錄《姚合詩集》十卷、《極玄集》和《詩例》各一卷。今人吳河清有《姚合詩集校注》(上海古籍出版社2012年版)。

③【補注】嵩陽,嵩山之南,亦指嵩陽觀。觀在今河南省登封市太室山下。北魏太和年間建,初名嵩陽寺,唐改名為嵩陽觀。內有唐代徐浩書《嵩陽觀聖德感應頌》石刻。又有古柏三株,傳為漢武帝登嵩山時所封。

④【何焯】下二句言已能輕舉也。【何焯門生】末句意深辭妙。【大槻崇】是用比體。蓋喻貪[四]緣勢官,欲求仕進,而誤蹉跌也。

【校勘】

[一]生　底本、正統本、大系本脱,據《新唐書》(P. 3177—3178)補。

[二]員　底本、正統本脱,據大系本補。

[三]陝虢　底本作"陝号",據正統本、大系本改。

[四]貪　底本作"演",據文意改。

哀孟寂①

張　籍[一]

曲江院裏題名處②,十九人中最少年③。今日風[二]光君不見④,杏花零落寺門前⑤。

【考證】

此詩見《全唐詩》卷三八六(P. 4351),題中"哀"作"哭"。

【注評】

①【補注】徐禮節、余恕誠《張籍集繫年校注》（P. 666—667）：“孟寂：孟郊從弟。郊有《送孟寂赴舉》《分水嶺別夜示從弟寂》詩。貞元十五年（七九九）與張籍同年進士及第。”認為此詩“作於元和元年（八〇六）以後張籍居京為官時期”。

②【圓至】慈恩寺也，在曲江杏園。唐韋肇及第，偶於慈恩寺雁塔題名，後人效之，遂成故事。

【補注】曲江，即曲江池，在今西安東南。唐時為遊賞勝地。參見卷一唐彥謙《曲江春望》注①。題名，唐代自神龍年間始，進士及第，例題名雁塔，并由皇帝賜宴曲江杏園。《唐國史補》卷下：“（進士試）既捷，列書其姓名於慈恩寺塔，謂之‘題名會’。大醼於曲江亭子，謂之‘曲江會’。”劉滄《及第後宴曲江》：“及第新春選勝遊，杏園初宴曲江頭。”《唐摭言》卷三《慈恩寺題名遊賞賦詠雜紀》：“神龍已來，杏園宴後，皆於慈恩寺塔下題名。同年中推一善書者紀之。”至於進士題名雁塔之緣起，《劉賓客嘉話錄》云起於張莒，《南部新書》卷乙又謂始於韋肇，待考。

③【圓至】【全唐詩】唐《進士登科記》：“孟寂乃中書舍人高郢所取第十六名。其年進士十七人，博學宏詞二人。”故曰[三]十九人。

④【圓至】“君不見”者，不見君也。

⑤【圓至】唐及第進士，賜宴杏園[四]。

【校勘】

[一] 張籍　底本、元刊本、正統本、明應本作“張藉”，據磧砂本、高本、四庫本、全唐詩改。

[二] 風　全唐詩作“春”。

[三] 曰　全唐詩作“詩云”。

[四] 此條底本脱，據詩説本、正統本、明應本補。

患 眼①

三年患眼今年較②，免[一]與風光便隔生③。昨日韓家後園裏④，看花猶自[二]未分明⑤。

【考證】

此詩見《全唐詩》卷三八六(P. 4351)。

【注評】

①**【補注】**徐禮節、余恕誠《張籍集繫年校注》(P. 670)據元和六年秋韓愈作《代張籍與李浙東書》謂籍"兩目不見物"，推斷張籍眼疾始於元和六年春夏間，又詩云"三年患眼"，知此詩作於元和九年(814)春。時詩人罷官閒居，不久當復官太常太祝。

②**【補注】**較，集本作"校"。徐禮節、余恕誠《張籍集繫年校注》(P. 669)："校：病情好轉或痊愈。"蔣禮鴻《敦煌變文字義通釋》第四篇《釋事為》"教、交(校、較、效、覺)"條(P. 211、212)："'未教'的'教'和'病交'的'交'都是病癒的意思。""'校損'就是減損，就是病癒……'教''交''校'之所以為差所(或)減，意義應該是從'比較''校量'引申而來的。"白居易《病中贈南鄰覓酒》："頭痛牙疼三日卧，妻看煎藥婢來扶。今朝似校擡頭語，先問南鄰有酒無。"

③**【補注】**隔生，隔閡陌生。

④**【補注】**徐禮節、余恕誠《張籍集繫年校注》(P. 669)："韓：指韓愈。"《長安志》卷七"唐京城一"："次南靖安坊。西南隅，崇敬尼寺。寺東樂府。咸宜公主宅……尚書吏部侍郎韓愈宅。"

⑤**【補注】**猶自，尚、尚自。許渾《塞下》："朝來有鄉信，猶自寄征衣。"

【校勘】

　　［一］較免　高本作"校免"，四庫本作"免校"，全唐詩作"〔校〕（免）〔免〕（校）"。

　　［二］自　磧砂本作"有"，全唐詩作"似"。

感　春①

　　遠客悠悠任［一］病身②，誰［二］家池上又逢春③。明年各自東西去，此地看花是別人。

【考證】

　　此詩見《全唐詩》卷三八六(P. 4353)。

【注評】

　　①【補注】徐禮節、余恕誠《張籍集繫年校注》(P. 694)認為此詩"當作於張籍早年求學河北'鵲山漳水'期間"。

　　②【補注】悠悠，久長，久遠。《楚辭‧九辯》："去白日之昭昭兮，襲長夜之悠悠。"這裏形容作客、生病時間之長。任，聽憑，任憑。

　　③【補注】謝靈運《登池上樓詩》："狥禄反窮海，臥痾對空林。衾枕昧節候，褰開暫窺臨……池塘生春草，園柳變鳴禽。"《詩品》卷中《宋法曹參軍謝惠連詩》條引《謝氏家録》："康樂每對惠連，輒得佳語。後在永嘉西堂，思詩竟日不就，寤寐間，忽見惠連，即成'池塘生春草'。故嘗云：'此語有神助，非我語也。'"此聯抒發客中得病、逢春思親之情。

【校勘】

　　［一］任　磧砂本作"在"。

[二]誰　全唐詩作“謝”。

西歸出斜谷①

雍　陶

行過險棧出褒斜②，出盡平川似到家。無限[一]客愁今日散，馬頭[二]初見米囊花③。

【考證】

此詩見《全唐詩》卷五一八（P.5923）。

【注評】

①【補注】斜谷，即褒斜谷，是由秦入蜀的必經之路。陶為成都人，故云“西歸”。

②【圓至】褒斜谷，在興元府。《梁州[三]記》曰：“南口曰褒，北口曰斜。斜谷道至鳳州界百五十里，有棧閣二千九百八十九間，板閣二千八百九十三[四]間。”

【補注】褒斜，指褒斜谷，又稱褒斜道，在長安西南。參見卷五王維《送楊長史赴果州》注②。

③【圓至】《本草》：“櫻粟，一名米囊。”陶嘗刺簡州，故有是作。【何焯】米囊即是罌蘭。【大槻崇】數旬山圍，今日纔解矣。初見人家籬落有米囊花，其驚喜何如也！按，米囊花是人家所種，非山生之草。

【補注】米囊花，即罌粟花。《本草綱目》卷二三：“罌子粟。釋名：米囊子、御米、象穀。時珍曰：其實狀如罌子，其米如粟，乃象乎穀而可以供御，故有諸名。”馬茂元《唐詩選》（P.749）：“草本，葉平滑，花大而豔麗，盛産於今四川、雲南一帶。”評云：“一、二寫景，暗透三句之意，是融景入情，由三而四更融情入景，不説喜，而喜意全由米囊花溢出。”

【校勘】

［一］無限　全唐詩作“萬里（一作無限）”。

［二］頭　全唐詩作“前”。

［三］梁州　底本、詩説本、正統本、明應本作“涼州”。按，褒斜谷在梁州境内，與涼州相去遼遠，《文選》卷一班固《西都賦》李善注云：“《梁州記》曰：‘萬石城沂漢上七里有褒谷，南口曰褒，北口曰斜，長四百七十里。’”據改。

［四］二千八百九十三　底本作“一千九百八十一”，詩説本作“二千八百九十二”，據正統本、明應本、《輿地紀勝》卷一八三“利州路·興元府·景物下”“斜谷路”注（P.3730）改。

宿嘉陵驛①

離思茫茫正值秋②，每因風景却生愁。今宵難作刀州夢③，月色江聲共一樓④。

【考證】

此詩見《全唐詩》卷五一八（P.5923），題下校“一作嘉陵館樓”。

【注評】

①【圓至】嘉陵驛，在利州。【增注】嘉陵屬四川［一］鳳州路，江名。《山水志》：“其源出大散關。”

【補注】周嘯天、張效民《雍陶詩注》（P.62—63）：嘉陵驛，《元和郡縣圖志》卷二二“山南道三·利州·綿谷縣”：“西漢水，一名嘉陵水，經縣西，去縣一里。”嘉陵驛即在此，在劍門東北，今廣元市（唐為利州綿谷縣）嘉陵江畔。《蜀中名勝記》卷二四“廣元縣”：“其驛路有曰問津……即古嘉陵驛也，在治西一里。後魏嘉川縣設焉。”《欽定大清一統志》卷二九七“保寧府”：嘉陵古驛“在廣元縣西二里。唐時驛道也”。一說在今四川南充市或甘肅徽縣，二地皆為嘉陵江流域，待考。

②【補注】離思，離別後的思緒。曹植《九愁賦》：“嗟離思之難忘，心慘毒而含哀。”

③【圓至】晉王濬夢懸三刀於屋梁，須臾又益一刀。李毅曰：“三刀為州字也，又益一刀者，明府其臨益州。”果遷益州。【何焯】“愁”。【大槻崇】按，雍陶簡州刺史，是借以用之，非取義於刀州也。

【補注】周嘯天、張效民《雍陶詩注》（P. 63）謂：“陶為益州（成都）人，故以刀州夢言鄉夢。”不確。按，此詩抒發羈旅思鄉之情，詩人期望到故鄉為官（這樣就不用辭親遠遊了），故欲作“刀州夢”，然月色惱人、江聲聒耳，輾轉反側，愁不堪言。且古無用此典指“鄉夢”之例，而是多用來指官吏的調遷升職或到益州一帶任職（參見趙應鐸主編《漢語典故大辭典》，P. 783）。這裏應指後者。岑參《送嚴黃門拜御史大夫再鎮蜀川兼觀省》：“刀州重入夢，劍閣再題詞。”用法與此略同。

④【何焯】“風景”。

【校勘】

［一］四川　底本、大系本作“四州”，據正統本改。

醉後[一]題僧[二]院

杜　牧

舼船一棹[三]百分空①，十歲[四]青春不負公②。今日鬢絲禪榻畔，茶煙輕^[五]颶落花風^③。

【考證】

此詩見《全唐詩》卷五二二（P. 5974），題作《題禪院》（一作《醉後題僧院》）。

【注評】

①【圓至】觥船，酒杯。"一棹^[六]百分空"者，一舉無餘瀝。【增注】觥，姑橫切。《釋文》："角為酒器，受七升，罰失禮。"《詩》："兕觥其觩。"唐裴均^[七]仆射，大宴巡官，裴弘泰盡座上小爵，至觥^[八]船，凡飲皆竭。即此字。或作觵者非。

【補注】觥船，容量大的飲酒器。百分，猶滿杯。陸弘休《和訾家洲宴游》："酒滿百分殊不怕，人添一歲更堪愁。"吳在慶《杜牧集繫年校注》（P. 451）："百分空，意為忘却一切世俗之事。"沒有點明詩人措辭的雙關之妙。

②【圓至】古人多自稱曰"公"，如"惱公"之類是也。

③【何焯】不能復飲，青春已去。○正為壯盛虛擲醉鄉，悲悔無及乃題。此篇妄加"醉後"二字，真憒憒也。○若言"公負青春"，却又了無意味。

【校勘】

[一] 醉後　何校删。

[二] 僧　何校"禪"。

[三] 棹　底本、正統本、明應本、高本作"掉"，圓校"或作掉，今從洪遂本"，全唐詩校"一作掉"，據元刊本、磧砂本、四庫本、全唐詩改。

[四] 十歲　磧砂本作"十載"，全唐詩校"一作千載"。

[五] 輕　全唐詩校"一作悠"。

[六] 棹　詩説本作"掉"。

[七] 裴均　底本、大系本作"斐均"，據正統本、《太平廣記》（P. 1788）

改。下文同,徑改。

　　[八]觥　底本、正統本作"舩",據大系本改。

經汾陽舊宅①

趙　嘏②[一]

　　門前不改舊山河③,破虜[二]曾輕馬伏波④。今日獨經歌舞地,古
槐踈冷[三]夕陽多⑤。

【考證】

　　此詩見《全唐詩》卷五五〇(P. 6371)。

【注評】

　　①【圓至】郭子儀封汾陽王。《長安志》:"郭汾陽宅在親仁里,居其里四
分之一,中通[四]永巷。"

　　【補注】譚優學《趙嘏詩注》(P. 129):"汾陽舊宅,唐代名將汾陽王郭子
儀的舊宅。郭子儀(697—781),華州鄭縣(今陝西渭南華州區)人,以武舉
累官至天德軍使兼九原太守,曾平定安史之亂,後進封汾陽郡王。代宗時,
曾聯合回紇,共拒吐番入侵。新舊《唐書》有傳。"

　　②【圓至】字承祐,會昌二年鄭言榜進士。【增注】字承祐,嘗家浙西。
會昌二年擢進士第,一作開成五年。大中中[五]卒於渭南尉。

　　【補注】吳在慶撰《中國文學家大辭典·唐五代卷》(P. 561)"趙嘏"條
云,嘏(806?—852),字承祐,行二十二,楚州山陽(今江蘇淮安)人。大和
時,遊元稹浙東幕,復為宣歙觀察使沈傳師幕賓。嘗應進士試未第,遂寓居
長安,陪接卿相,出入館閣。會昌間,返江東,家於浙西。四年,方登進士
第。大中中,任渭南尉,世稱趙渭南。卒,年四十餘。嘏於當時頗有詩名。

與杜牧友善，其早秋所賦詩句"殘星數點雁橫塞，長笛一聲人倚樓"，尤為杜牧所激賞，稱為趙倚樓。尤工七言律詩，清圓熟練，頗多佳句。《新唐書·藝文志》著錄其《渭南集》三卷、《編年詩》二卷。辛文房謂其《編年詩》係"取十三代史事迹，自始生至百歲，歲賦一首二首，總得一百一十章"（《唐才子傳》卷七），今殘存於敦煌遺書中。《全唐詩》卷五四九、五五〇編其詩為二卷。今人譚優學有《趙嘏詩注》（上海古籍出版社 1985 年版）。

③【圓至】《漢書》："封功臣之誓曰：'使黃河如帶，泰山若礪，國以永存，延及苗裔。'"【何焯】"不改舊山河"，言其未久，不至如帶如礪也。

【補注】《舊唐書·郭曜傳》載："子儀薨後，楊炎、盧杞相次秉政，奸諂用事，尤忌勳族。子儀之壻太僕卿趙縱、少府少監李洞清、光祿卿王宰，皆以家人告訐細過，相次貶黜，曜（子儀長子）家大恐，賴宰相張鎰力為庇護。奸人幸其危懼，多論奪田宅奴婢，曜不敢訴。德宗微知之，詔曰：'尚父子儀，有大勳力，保乂皇家，嘗誓以山河，琢之金石，十世之宥，其可忘也！其家前時與人為市，以子儀身殁，或被誣構，欲論奪之，有司無得為理。'"山河，暗用山河之誓典。《史記·高祖功臣侯者年表》："封爵之誓曰：'使河如帶，泰山若厲。國以永寧，爰及苗裔。'"意謂即使黃河隘如衣帶、泰山小如礪石，而功臣的封國永存、功勳永在、爵祿世代久傳。陳伯海主編《唐詩彙評》（P. 2524）：《唐詩別裁集》卷二〇："見山河如故，而恢復山河者已不堪憑弔矣。可感全在起句。"

④【圓至】馬援為伏波將軍。言子儀平安史、吐蕃之亂，再造唐室，伏波未足比也。【何焯】次句縮結上下，言幾如伏波身後也。

【補注】虜，指敵人、叛逆；亦為對北方外族或南人對北方人的蔑稱。譚優學《趙嘏詩注》（P. 129）："馬伏波，馬援（前 14—後 49）。曾為建立和鞏固東漢王朝政權立下了汗馬功勞。建武十七年（41）任伏波將軍，故稱馬伏波。《後漢書》有傳。"

⑤【圓至】張籍《法雄[六]寺東[七]樓》詩云："汾陽舊宅今為寺，猶[八]有當時歌舞樓。四十年來車馬路[九]，古槐[十]深巷莫蟬愁。"觀此，則宅已為寺矣。然所謂郭氏子孫，富貴封爵，至開成後猶不絕，則其宅不應在貞元、元

和中已為寺也。然《郭曜[十一]傳》云：“盧杞秉政，多論奪郭氏田宅。德宗稍聞，乃詔曰：‘子儀有大勳，嘗誓山河，琢金石。自今有司毋得受。’”按，此詔雖禁有司論奪，未嘗以已奪者還之也，豈宅為寺在此時乎？夫以子儀之勳，肉未寒而不保其室，德宗待功臣何薄邪！故此詩第一、第二句，深致意焉。

【何焯】改矣。【何焯門生】吾聞其言，心骨悲。【大槻崇】余謂：第一句特為然。漢封功臣之誓曰：“使黃河如帶，泰山如礪。國以永存，延及苗裔。”今直指門前山河曰“不改”，其負盟功臣之意，不言自見。妙絕！

　　【補注】疏冷，稀疏冷清。陳伯海主編《唐詩彙評》(P. 2525)：《詩式》卷三：“從‘舊’字興慨，凌空盤旋而起。次句寫汾陽功業之盛，引用‘馬伏波’，借賓形主，以顯‘汾陽’。三句從‘舊’字咀嚼，由衰而想到盛；曰‘獨經’，則寂無人過可知。四句只是從‘舊’字點染，有無限低徊也。前半寫其盛，後半寫其衰。”

【校勘】

　　［一］趙嘏　磧砂本脫。

　　［二］虜　高本作“鹵”，何校“虜”。

　　［三］冷　全唐詩校“一作影”。

　　［四］通　底本、正統本作“心”，明應本脫“中心永巷”四字，據《長安志》(P. 282)改。

　　［五］中　底本、正統本脫，據大系本補。

　　［六］法雄　底本作“法始”，據詩説本、正統本、明應本、何校改。

　　［七］東　底本作“陳”，據詩説本、正統本、明應本改。

　　［八］猶　底本作“云”，據詩説本、正統本、明應本改。

　　［九］路　何校“絕”。

　　［十］槐　高本作“松”，何校“槐”。

　　［十一］郭曜　底本作“郭晞”，詩説本、正統本、明應本作“郭瓗”，據《新唐書》(P. 4610)改。

十日菊①

鄭　谷

　　節去②蜂[一]愁蝶不知,曉庭[二]還繞折殘枝③。自緣今日人心別,未必秋香一夜衰④。

【考證】

　　此詩見《全唐詩》卷六七五(P.7730),題中"日"下校"一作月"。

【注評】

　　①【補注】嚴壽澄等《鄭谷詩集箋注》(P.205):"十日,九月初十也。古人九九重陽有飲菊酒、折菊、插菊之俗。菊以節重,節去花輕,故以十日菊為題以寄感諷。"賈島《對菊》:"九日不出門,十日見黃菊。灼灼尚繁英,美人無消息。"可與谷詩互參。古以九為陽數之極,稱九月九日為重九或重陽。魏晉後,習俗於此日登高遊宴,佩茱萸,賞菊插菊,飲菊花酒。《荊楚歲時記》:"九月九日,四民並籍野飲宴。"杜公瞻云:"九月九日宴會,未知起於何代……今北人亦重此節。佩茱萸,食餌,飲菊花酒,云令人長壽。"

　　②【何焯】二字破題。

　　③【補注】嚴壽澄等《鄭谷詩集箋注》(P.205):"'節去'二句:以蜂蝶猶繞折殘枝,襯下人心變化。蜂愁蝶不知,由世人以為蜂勤蝶惰生想。"

　　④【何焯】言輕薄侮易老成,智不如微蟲也。○"曉"字最下得緊醒,與"一夜"二字呼應又密。○如此,故自不嫌議論。

　　【補注】劉永濟《唐人絕句精華》(P.282):"此似譏世態炎涼也。'富貴他人合,貧賤親戚離',非'人心別'而何?"

【校勘】

　　[一]蜂　全唐詩校"一作風"。

［二］庭　全唐詩校“一作來”。

老圃堂①

薛　能

邵平瓜地接吾廬②，穀雨乾時偶［一］自鋤③。昨日春風欺不在，就床吹落讀殘書④。

【考證】

此詩見《全唐詩》卷五六一（P.6511），題下校“一作曹鄴詩”；又見卷五九三（P.6881），屬曹鄴，題下校“一作薛能詩，《唐詩紀事》引《又玄集》以爲鄴作”。佟培基《全唐詩重出誤收考》（P.434）云，此詩《才調集》卷七、《文苑英華》卷三一四、《唐百家詩選》卷一八、《萬首唐人絕句》洪邁序等俱作薛能。然按薛能履歷，一生未曾罷官隱居，與詩意不合。而曹鄴曾中歲辭官歸里，鄭谷有《送吏部曹郎中免官南歸》、李洞有《送曹郎中南歸時南中用軍》，故此詩當爲曹鄴歸隱老家陽朔後所作。此詩最早見於韋莊《又玄集》，作曹鄴。曹鄴歸隱在咸通年間，下距《又玄集》成書“光化三年”僅二三十年，所載當無誤。《又玄集》此詩前爲薛能《漢南春望》，可能因二家相鄰而誤署。

【注評】

①【補注】老圃，有經驗的菜農。《論語·子路》：“樊遲請學稼，子曰：‘吾不如老農。’請學爲圃，曰：‘吾不如老圃。’”邢昺疏：“樹菜蔬曰圃。”

②【圓至】《蕭何傳》：“邵平，故秦東陵侯。秦破，平爲布衣，種瓜城東。瓜美，世謂東陵瓜。”

③【補注】穀雨，二十四節氣之一。在農曆四月十九、二十或二十一日。

穀雨前後，我國大部分地區降雨量比前增加，有利於作物生長。《逸周書·周月》：“春三月中氣：雨水、春分、穀雨。”

④【何焯】曾作徹侯猶爲老圃，況我何不可以此終，而必辛苦讀書，思以文章致身耶？下二句乃落第後語也。己丑。○發端借故侯破出“老”字，自歎當路者不許其讀書，幾成老兵也。【何焯門生】似是罷官後作，至拙每以不得爲文字官自恨，豈歸時猶不忘故伎耶？

【校勘】

［一］偶　全唐詩校“一作手”。

偶　興①

羅　隱②

逐隊隨行二十春③，曲江池畔避車塵④。如今贏得將衰老，閑看人間得意人⑤。

【考證】

此詩見《全唐詩》卷六六〇（P. 7574）。

【注評】

①【補注】偶興，偶然的感觸。李定廣《羅隱集繫年校箋》（P. 284）謂：隱大中十三年（859）即入貢籍，應進士試。其《湘南應用集序》云：“隱大中末，即在貢籍中。命薄地卑，自己卯至庚寅，一十二年，看人變化。”據首句推算，知此詩爲乾符五年（878）在長安作。

②【增注】字昭諫，餘杭人。隱池之梅根浦，自號江東生。廣明中池守竇潏營墅居之。光啓中錢鏐辟爲從事、節度判官、副使。梁祖以諫議召，不

行。開平中魏博羅紹威推為叔父，表授給事中。年八十餘，終餘杭。有子曰塞翁。

【補注】吳在慶撰《中國文學家大辭典·唐五代卷》(P. 501—502)"羅隱"條云，隱(833—910)，本名橫，字昭諫，行十五，新城(今浙江富陽)人。少英敏，善屬文，詩名藉甚，尤長於詠史，然多所譏諷，為時所忌。舉進士，十上不第，遂改名為隱。咸通十一年，入湖南幕，為衡陽主簿，後又從事淮、潤諸鎮，皆不得意。中和間，避亂隱居於池州梅根浦，自號江東生。光啓三年，投杭州刺史錢鏐，被表奏為錢塘縣令。歷秘書省著作郎。景福二年九月，錢鏐為鎮海節度使，隱為其掌書記。天祐三年，轉司勳郎中，充節度判官、鹽鐵發運副使。朱全忠曾以諫議大夫召，不行。後梁開平二年，錢鏐表授吳越國給事中，世稱羅給事。三年，遷鹽鐵發運使，十二月十三日病卒，年七十七。隱工詩善文，尤精小品。咸通八年，隱輯其文成《讒書》，"乃憤悶不平之言，不遇於當世而無所以泄其怒之所作"(方回《羅昭諫讒書跋》)。其詩多懷才不遇之感，間有刺時譏世者。詩風淺易流暢，尤善提煉口頭語。與羅虬、羅鄴號為"三羅"，以隱最為傑出。亦精書法。所著頗多，《崇文總目》著錄有《羅隱集》二十卷、《讒書》五卷等。今人潘慧惠有《羅隱集校注》(浙江古籍出版社 1995 年版)，李之亮有《羅隱詩集箋注》(岳麓書社 2001 年版)，李定廣有《羅隱年譜》(上海古籍出版社 2012 年版)和《羅隱集繫年校箋》(人民文學出版社 2013 年版)。

③【補注】逐隊隨行，置身於一群人的行列中，跟隨着別人行動。韓愈《與李翱書》："僕於此豈以為大相知乎？累累隨行，役役逐隊，飢而食，飽而嬉者也。"這裏謂赴京應試。

④【圓至】唐進士賜宴曲江杏園，隱屢舉不第，故曰"避車塵"。

【補注】曲江池，在今西安東南。唐時為遊賞勝地。進士及第，例題名雁塔，并由皇帝賜宴曲江杏園。參見卷一唐彥謙《曲江春望》注①和張籍《哀孟寂》注②。

⑤【圓至】詳此詩，蓋為白馬之禍作也。史謂隱屢舉不第，唐亡依錢氏。李振亦屢舉不第，及佐朱溫篡唐，盡取名士殺之白馬津，曰："此輩自謂清

流,可投之濁流。""得意人",蓋指名士也。詩意謂:當時曲江池畔,彼皆得意,我二十年避其車塵。豈料今日我以不第獨存,乃及見其受禍也。第三句"贏得"二字,殊有意焉。【磧砂】敏曰:或疑此詩有幸人之災、樂人之禍意。然唐末名士,巧取功名,而昭諫守拙。乃二十年不平之鳴至此蕩為野磷逝水,則塞翁失馬,自慰而已。豈遂與李振同日而語哉!【何焯】亦自傷耳,解者過於刻薄。戊寅。○亦有之。【何焯門生】解者極得詩意,以為刻薄,非也。謂其自傷,尤覺無味。妙在"閑看"二字。

　　【補注】贏得,落得、剩得。韓偓《五更》:"光景旋消惆悵在,一生贏得是淒涼。"

悼亡妓[一]

朱　褒①

　　魂歸溟漠[二]魄歸泉,只住人間十五年②。昨日施僧裙帶上③,斷腸猶繫琵琶絃④。

【考證】

　　此詩見《全唐詩》卷七三四(P. 8389);又見卷七〇〇(P. 8048),屬韋莊。題皆作《悼楊氏妓琴弦》。佟培基《全唐詩重出誤收考》(P. 500)云,《萬首唐人絕句》卷六九作韋莊,注:"或作朱褒,非。"待考。

【注評】

　　①【補注】吳在慶撰《中國文學家大辭典·唐五代卷》(P. 177)"朱褒"條云,褒(?—902),溫州(今屬浙江)人。初為溫州牙校,後黃巢起兵,州亂,褒遂據溫州,以同姓附朱全忠。中和時,授溫州刺史,充靜海軍使。天復二年卒。褒與杜荀鶴友善。荀鶴有《寄溫州朱尚書并呈軍倅崔太博》詩

稱其"篇章高體謝宣城"。現僅存此詩。

②【增注】《禮記》："魂氣歸於天,體魄復於地。"【何焯】悼深在此。

【補注】溟漠,廣漠無際,此指天空。

③【圓至】唐人亡者遇七日,則以亡者衣物施僧,事見唐楊氏《喪儀》。【何焯】裙豈可以施僧? 真弊俗也。

④【增注】琵琶,胡中樂。《釋名》："推手向前曰琵,却手向後曰琶。"【磧砂】琶,去聲。【何焯門生】情辭在字句之外。

【校勘】

〔一〕妓　元刊本、磧砂本作"奴",高本、四庫本作"姬"。

〔二〕溟漠　磧砂本、高本、四庫本作"冥漠",全唐詩作"寥廓"。

已前共十八首

送元二使安西①

王　　維

渭城朝雨②浥輕塵,客舍青青〔一〕柳色新③〔二〕。勸君更盡一盃酒,西出陽關無故人④。

【考證】

此詩見《全唐詩》卷一二八(P. 1306—1307),題作《渭城曲》(一作《送元二使安西》),題後注"《渭城》一曰《陽關》,王維之所作也。本送人使安西詩,後遂被於歌。劉禹錫《與歌者》詩云:'舊人唯有何戡在,更與慇懃唱渭城。'白居易《對酒》詩云:'相逢且莫推辭醉,聽唱陽關第四聲。'即'勸君更盡一杯酒,西出陽關無故人'也。《渭城》《陽關》之名,蓋因辭云";又見卷二七“雜曲歌辭”(P. 394)，題作《渭城曲》，題下注“《渭城》一曰《陽關》，本送人使安西詩，後遂被於歌”。

【注評】

①【圓至】安西都護府在龜茲，武后所置[三]。【增注】唐安西郡即康居小君長闞王故地，貞觀中置安西都護府於西州，又置安西都尉。

【補注】陳鐵民《王維集校注》(P. 408)云，疑作於安史之亂前。馬茂元《唐詩選》(P. 117)：“這是一首送人赴邊地從軍的詩，後因譜入樂府，取首句二字題作《渭城曲》……又名《陽關曲》或《陽關三疊》……此詩入樂以後成為社會上普遍流行的歌辭，而由唐入宋更多為人仿作。元二，未詳何人。”安西，唐方鎮名。景雲元年以安西都護兼四鎮經略大使，開元六年始稱四鎮節度使。其後以治所在安西都護府(今新疆庫車)，節度使例兼安西都護，故亦稱安西或安西四鎮，統轄龜茲、于闐、疏勒、焉耆四鎮。

②【圓至】渭城，在咸陽東北，故杜郵也。【何焯】二字見猶可少留，為第三句起本。

【補注】陳鐵民《王維集校注》(P. 409)：“渭城：地名。漢改秦咸陽縣為新城縣，尋又改為渭城縣(見《漢書‧地理志》)，至唐時，屬京兆府咸陽縣轄地，在今陝西咸陽市東北。”浥，濡濕。

③【何焯】首句藏行塵，次句藏折柳，兩面皆畫出，妙不露骨。

【補注】馬茂元《唐詩選》(P. 117—118)：“渭城二句：點明送別地點、節令，暗含惜別之意。按《詩經‧小雅‧采薇》：‘昔我往矣，楊柳依依。’以融和之景，反襯離別之悲。這首詩暗用此意。又，柳諧‘留’音，古人折柳贈別，以示離情。”

④【圓至】《輿地廣記》：“陽關在沙州壽昌縣西六里。”【增注】陽關，漢於燉煌郡龍勒縣，作陽關、玉門關。唐隴右道沙州燉煌郡壽昌縣西有陽關，西北有玉門關。王維此詩，後人因以聲曲歌之，謂之《陽關曲》。按《東坡詩話》云：“舊傳《陽關三疊》，今世歌者，每句再疊而已；若通一首言之，又是四疊，皆非也。或每句三唱，以應三疊之説，則叢然無復節奏。余在密州，有

文勛官長者,以事至密,自云:'得古本《陽關》,其聲宛轉凄斷,不類向之所聞。每句皆再唱,而第一句不疊,乃知古本三疊蓋如此。'及在黄州,偶讀樂天《對酒》詩云:'相逢且莫推辭醉,聽唱《陽關》第四聲。'注云:'第四聲——勸君更盡一杯酒。'以此驗之,若第一句再疊,則此句為第五句。今為第四聲,則第一句不疊審矣。"【磧砂】謙曰:唐人有"莫愁前路無知己,天下何人不識君",與此後二語各樣悲涼。【何焯】從休文"莫言一杯酒,明日難重持"變來。【大槻崇】渭城,在咸陽東北。渭城送行,先寫其地也。朝雨浥塵、柳色青青,則行路滋潤,而景物亦可人矣。元二於是急急要去,則不得不更勸一杯以敘一刻之情。乃言陽關外如有故人,可不必盡此一杯;若其無故人,安可以不盡此故人一杯酒乎? 情真語切,洵為千秋絕調。

　　【補注】馬茂元《唐詩選》(P. 117—118):"陽關,漢置關名,在今甘肅敦煌縣西南,自古與玉門關同為出塞必經之地。因在玉門關南,故稱陽關(參見《元和郡縣圖志》卷四〇)。此用'西出陽關'有數重意,安西更在陽關之西,出陽關則隱示元二去向,此一層意;陽關以西,一片荒漠,王之渙詩有'春風不渡玉門關'(《涼州詞》)之句,説'西出陽關'則與上聯之渭城柳色相映照,此又一層意;出陽關已無故人,則愈行愈遠,到了安西,就更加岑寂。有此三層意,臨行勸酒之情,就更為深摯了。"陳伯海主編《唐詩彙評》(P. 352):《唐詩鏡》卷一〇:"語老情深,遂為千古絕調。"《删補唐詩選脉箋釋會通評林・七言絕句・盛唐上》蔣一梅:"片言之悲,令人魂斷。"《甌北詩話》卷一一《摘句》:"人人意中所有,却未有人道過;一經説出,便人人如其意之所欲出,而易於流播,遂足傳當時而名後世。如李太白'今人不見古時月,今月曾經照古人',王摩詰'勸君更盡一杯酒,西出陽關無故人',至今猶膾炙人口,皆是先得人心之所同然也。"

【校勘】

　　[一]青青　全唐詩校"一作依依"。

　　[二]柳色新　何批、全唐詩作"楊柳春",全唐詩校"一作柳色新"。

　　[三]此條底本脱,據詩説本、正統本、明應本補。

三月晦日贈劉評事①

賈　島②

　　三月正[一]當三十日，風光[二]別我苦吟身③。共君今夜不須睡[三]，未到曉鍾猶[四]是春④。

【考證】

　　此詩見《全唐詩》卷五七四(P.6687)。

【注評】

　　①【增注】《職林》："評事屬大理卿。漢置廷平，掌平決詔獄。魏晉以來，謂之廷尉評。隋置評事，後廢。唐復置。今大理寺有評事。"

　　【補注】晦日，農曆每月最後一天。《公羊傳·僖公十六年》："何以不日？晦日也。"評事，指大理評事，大理寺屬官。隋大業三年由大理評改為此名，置四十八員，掌推按刑獄，正九品。唐貞觀二十二年減至十員，從八品下，掌出使推覆，後加為十二員。劉評事，待考。

　　②【圓至】范陽人。【增注】字閬仙，范陽人。來洛陽，韓愈教為文。初為浮屠，名無本，後去浮屠，舉進士，累舉不中。文宗時為《病蟬》詩刺公卿，或奏島與平曾為"十惡"。大中末授遂州長江主簿，會昌初以普州司倉參軍遷司户，未授命，以啖牛肉得疾卒，年六十五。

　　【補注】吳汝煜撰《中國文學家大辭典·唐五代卷》(P.621—622)"賈島"條云，島(779—843)，字浪仙，一作閬仙，自稱碣石山人、苦吟客。早歲為僧，名無本。幽都(今北京)人。元和間，在洛陽以詩投韓愈，為愈所稱賞，後攜之入京，返俗後應舉，而終身未第。憤世嫉俗，作詩嘲諷權貴，為公卿所恨，目為舉場"十惡"。長慶二年與平曾等同被逐出關外。曾游蒲絳，隱嵩山，大和中至光州謁刺史王建。開成二年，坐飛謗責授遂州長江縣主簿。五年,遷普州司倉參軍。會昌三年,轉授普州司户參軍。未及受任卒。
與姚合齊名,稱“姚賈”。其詩多酬贈之作,善寫荒凉冷落之景,表現愁苦幽
獨之情,題材狹小,詩境奇僻,故蘇軾有“郊寒島瘦”(《祭柳子玉文》)之譏。
清李懷民《重訂中晚唐詩主客圖》則奉爲“清真僻苦主”。長於五律,以苦吟
著稱。在晚唐、五代影響較大,李洞至奉爲“佛”,置像禮拜。亦工書法。
《新唐書・藝文志》著録《長江集》十卷、《小集》三卷、《詩格》(《宋史・藝文
志》題爲《詩格密旨》,《直齋書録解題》及《文獻通考》作《二南密旨》)一卷。
今人李嘉言有《賈島年譜》(商務印書館 1947 年版),李建崑有《賈島詩集校
注》(里仁書局 1992 年版),齊文榜有《賈島集校注》(人民文學出版社 2001
年版),黄鵬有《賈島詩集箋注》(巴蜀書社 2002 年版)。

③【補注】苦吟,反復吟詠,苦心推敲,言做詩態度極爲認真。

④【何焯】只是秉燭遊耳,然後人送春詩更道不到此。○正是善學摩詰
“渭城”者。

【校勘】

[一] 正　全唐詩校“一作更”。

[二] 風光　裴校“元作春光”,全唐詩“風”下校“一作春”。

[三] 睡　全唐詩校“一作寢”。

[四] 曉鍾　裴校“元作五更”;曉鍾猶　全唐詩校“一作五更還”。

武昌阻風①

方　澤②

江上春風留客舟,無窮歸思滿東流③。與君盡日閑臨水,貪看飛
花忘却愁④。

【考證】

此詩見《全唐詩》卷七七四（P. 8776）；又見《全宋詩》卷一〇二七（P. 11751）。按，澤為宋人，前書當删。

【注評】

①【補注】武昌，在今武漢市。三國時孫權、孫皓皆曾都此。《三國志·吳書·吳主傳》：魏黃初二年，"（孫）權自公安都鄂，改名武昌"。唐、宋屬鄂州。

②【增注】《西清詩話》云："近傳《華清宮》一絶乃杜常，《武昌阻風》乃方澤也。"或云，二人皆宋人。

【補注】聞群撰《中國文學家大辭典·宋代卷》（P. 95）"方澤"條云，澤（生卒年不詳），字公悦，莆田（今屬福建）人。熙寧八年為大理寺丞，除江西路提舉常平（《續資治通鑑長編》卷二六七）。元符初，入為吏部郎中（同上書卷四九八），後黜知萬州（同上書卷四九九）。著有《方澤詩集》，今佚。《全宋詩》卷一〇二九存詩三首。陳尚君《〈全唐詩〉誤收詩考》（《文史》第 24 輯）云，《莆陽比事》卷三有《方澤詩集》，注："字公悦，多與黃魯直唱和。《山谷詩集》有呈方公悦詩。"《山谷詩集注》卷一八有《南樓畫閣觀方公悦二小詩戲次韻》《庭堅以去歲九月至鄂登南樓歎其制作之美成長句久欲寄遠因循至今書呈公悦》，為庭堅崇寧二年貶居鄂州時作（陳氏云為建中靖國元年貶居江陵、鄂州時作，今從《山谷詩集注》編年）。任淵注："公悦名澤。"前詩云："大旆重來一日新。"後詩云："庾公風流冷似鐵，誰其繼之方公悦。"知澤時為鄂州一帶地方官。《武昌阻風》當即其時作。另《（嘉靖）邵武府志》卷四，有元祐五年知州方澤。

③【補注】歸思，回歸的念頭。陶淵明《始作鎮軍參軍經曲阿詩》："眇眇孤舟逝，緜緜歸思紆。"

④【何焯】關合"春風"，多韻。【何焯門生】末句語妙。

己亥歲①〔一〕

曹　松②

澤國〔二〕江山入戰圖③，生民何計樂樵蘇④〔三〕。憑君莫話封侯事，一將功成萬骨枯⑤。

【考證】

此詩見《全唐詩》卷七一七（P. 8237），為《己亥歲二首》（僖宗廣明元年）之一。

【注評】

①【圓至】廣明元年。【增注】按，唐二百八十九年間，有四己亥：武后聖曆二年己亥，肅宗乾元二年己亥，憲宗元和十四年己亥。此《己亥歲》詩，以詩人曹松之時考之，當是僖宗乾符六年。按史，是歲冬，黃巢在嶺南，士卒疫死什三四。其徒勸之，北還以圖大事。十一月，北趨襄陽。山南東道節度使劉巨容，與江西招討使曹全晸合兵拒破，乘勝逐至江陵。或勸巨容：“窮追，賊可盡也。”巨容曰：“國家喜負人，有急則存撫將士，不愛官賞；事寧則棄之，或更得罪。不若留賊以為富貴之資。”衆乃止。由是賊勢復振，轉掠饒、信、池、宣、歙、杭等十五州，衆至二十萬。明年陷東京，遂入長安，僭號大齊，改元金統，車駕幸蜀。

【補注】陳伯海主編《唐詩彙評》（P. 2970）：《删補唐詩選脉箋釋會通評林·七言絕句·晚唐下》：周珽：“按唐史：僖宗乾符六年己亥春，高駢破黃巢于亳州。巢趨廣南，十一月復趨襄陽，劉巨容又破之，所謂‘江山入戰圖’也。時諸將多樂于貪功，忍視民肝腦塗地，故松發此歎。”馬茂元《唐詩選》（P. 790）：“這年淮南節度使高駢以鎮壓黃巢起義軍獲得唐朝的獎勵，進位檢校太尉，同平章事（見《舊唐書·高駢傳》）。”

②【圓至】字夢徵,舒州人。光化四年歸修榜進士。同榜皆七十餘,號曰"五老榜"。【增注】字夢徵,衡陽人,一云舒州人。學賈司倉為詩,此外無能。天復初及第,與王希羽、劉象、柯崇、鄭希顏同榜,皆年七十餘,時號"五老榜",各授校書郎。

【補注】吳在慶撰《中國文學家大辭典·唐五代卷》(P. 687—688)"曹松"條云,松(830?—902?),字夢徵,舒州(今安徽潛山)人。咸通中嘗遊湖南、廣州等地。乾符二、三年間,曾南依建州刺史李頻。李頻卒後,遂流落江湖,曾避亂棲居於洪州西山。光化四年,松於禮部侍郎杜德祥下,與王希羽、劉象、柯崇、鄭希顏同登進士第。五人年皆老大,時號"五老榜",特敕授校書郎。未幾卒。松性疏野方直,不諳俗事,故拙於仕宦。與方干、喻坦之、許棠、陳陶、胡汾等所交尤厚。其詩學賈島,辛文房謂其"苦極於詩,然別有一種風味,不淪乎怪也"。又云:"為詩深入幽境,然無枯淡之癖。"(《唐才子傳》卷一〇)《新唐書·藝文志》著錄《曹松詩集》二卷。《全唐詩》卷七一六、七一七編其詩為二卷。

③【圓至】時巢賊亂江、淮。【增注】澤國,指黃巢所掠荊、楚、江、淮、浙右等處。

【補注】馬茂元《唐詩選》(P. 790):"澤國:江淮地帶多河流湖泊,故稱。"江山,江河山嶽。戰圖,作戰地圖。

④【圓至】《史記》:"樵蘇後爨。"

【補注】馬茂元《唐詩選》(P. 790):"樂樵蘇:猶言安居樂業。取薪叫做樵,取草叫做蘇。"

⑤【增注】此詩末二句,恐指劉巨容所謂"以賊為富貴之資也"。【何焯】所以致此紛紛者,力耕所入盡於厚斂,即樵蘇猶不得安,計無復之,故弄兵潢池耳。乃方不加撫恤,盡為鯨鯢以邀勳賞,豈不益堅其為賊之志乎?用意深切,尤在上二句也。【何焯門生】巢賊作亂,有不得不用兵之勢,豈刺其弄兵耶?恐其弱而不能遂成功耳。○此詩自來錯會。【大槻崇】唐仲言云:"黃巢之亂,諸將多欲因亂取封,故松有此嘆。言澤國、江山俱已入戰圖矣,生民何計而樂樵蘇哉?縱使君輩不言封侯,赤心靖難,然至功成而殺戮已

是不貲,況可貪亂而求封乎?"按,謝疊山云:"仁人、君子,聞此詩者,必不以干戈立功名。"可謂得此詩之旨矣。

【補注】馬茂元《唐詩選》(P. 790):憑君,猶言請君。封侯,指獲得顯赫的功名。將帥在戰爭中立下大功,可以取得封侯的爵賞。

【校勘】

〔一〕此首磧砂本脱。

〔二〕澤 何批"南";澤國 裴校"一作南國"。

〔三〕蘇 全唐詩校"一作漁"。

已前共四首[一]

【校勘】

〔一〕何焯在卷末計本卷詩數云"九十五首"。

唐詩三體家法卷二

虛　接

　　周弼曰：謂第三句以虛語接前兩句也，亦有語雖實而意虛者，於承接之間略加轉換。反與正相依，順與逆相應，一呼一喚，宮商自諧，如用千鈞之力而不見形迹。繹而尋之，有餘味矣。

伏翼西洞送人①

陳　羽

　　洞裏春晴花正開，看花出洞幾時回。殷勤[一]好去武陵客，莫引世人相逐來②。

【考證】

　　此詩見《全唐詩》卷三四八（P. 3897），題中“人”作“夏方慶”。

【注評】

　　①【增注】潼川府路長寧軍冷水溪上有小桃源，在伏翼之西。

【補注】伏翼，即蝙蝠。《本草綱目》卷四八："伏翼形似鼠，灰黑色，有薄肉翅連合四足及尾如一。夏出冬蟄，日伏夜飛。食蚊蚋。"

②【圓至】《桃花源記》：太康武陵人捕魚行溪，忘遠近，忽見桃花夾岸，云秦時避世至此。既出，復尋之，迷其所矣。【何焯】下二句正望其速回，足上"正"字、"幾時"字語脈。

【補注】慇懃，又作殷勤。懇切丁寧。章碣《春別》："殷勤莫厭貂裘重，恐犯三邊五月寒。"好去，送別之詞，猶言慢走、一路平安。白居易《南浦別》："一看腸一斷，好去莫迴頭。"武陵，即朗州，治所在武陵縣（今湖南常德市）。參見卷一僧法振《逢友人之上都》注③。陶淵明《桃花源記》：武陵漁人"既出，得其船，便扶向路，處處誌之。及郡下，詣太守，說如此。太守即遣人隨其往，尋向所誌，遂迷，不復得路。南陽劉子驥，高尚士也，聞之，欣然規往。未果，尋病終，後遂無問津者"。

【校勘】

［一］殷勤　元刊本、正統本、明應本、磧砂本、高本、四庫本作"慇懃"。

題明慧[一]上人房①

秦　系

簷前朝暮雨添花②，八十吳[二]僧飯熟[三]麻③。入定幾時還[四]出定，不知巢燕污袈裟④。

【考證】

此詩見《全唐詩》卷二六〇（P. 2900），題中"明慧上人"作"僧明惠"。

【注評】

①【補注】上人，對和尚的尊稱。明慧上人，待考。

②【補注】此句謂檐滴零落,濺起水花。

③【增注】《本草》:"胡麻,一名巨勝,狀如狗蟲,莖方,服之輕身不老。"

【補注】熟麻,熟芝麻。

④【補注】入定出定,佛家以静心打坐、進入禪定為入定,打坐完畢為出定。《觀無量壽佛經》:"出定入定,恒聞妙法;行者所聞,出定之時,憶持不捨。"參見卷四賈島《早秋寄題天竺靈隱寺》注③。袈裟,僧衣。參見卷四賈島《酬慈恩文郁上人》注②。

【校勘】

［一］明慧　元刊本、磧砂本、高本、四庫本、全唐詩作"明惠"。

［二］吴　全唐詩作"真"。

［三］熟　全唐詩作"一(一作熟)"。

［四］還　全唐詩作"將"。

寄許鍊師①

戎　昱②

掃石焚香禮碧空,露華偏濕蕊珠宮③。如何説得天壇上,萬里無雲月正中④。

【考證】

此詩見《全唐詩》卷二七〇(P. 3023—3024),題下校"一作李益詩";又見卷二八三(P. 3231),屬李益,題下校"一作戎昱詩"。佟培基《全唐詩重出誤收考》(P. 218)云,《唐僧弘秀集》卷八有法振《題萬山許鍊師》詩,與此詩題中的"許鍊師"當為一人。萬山在襄陽,一名漢皋山,見《元和郡縣圖志》卷二一。李益與法振有交往。然戎昱亦與法振同時,遊歷頗廣。此詩歸屬難斷。

【注評】

①【補注】王亦軍、裴豫敏《李益集注》（P. 398）：鍊師，本是道士中德高望重者的稱號。《唐六典》卷四"尚書禮部・祠部郎中・員外郎"："道士修行有三號，其一曰法師，其二曰威儀師，其三曰律師。其德高思精謂之鍊師。"後用作對一般道士的尊稱。許鍊師，待考。

②【圓至】李夔廉察桂林，為幕賓。李鑾尹京，欲妻之，令改姓，昱固辭。建中中刺虔。【增注】登進士第，衛伯玉鎮荆南，辟爲從事。建中中為辰、虔二州刺史。京兆尹李鑾欲以女妻之，令改姓，昱辭焉。

【補注】賈晉華撰《中國文學家大辭典・唐五代卷》（P. 158）"戎昱"條云，昱（生卒年不詳），荆州（今湖北江陵）人，郡望扶風（今屬陝西）。上元中在長安，寶應中過滑州、洛陽，與王季友唱和。廣德元年顏真卿授荆南節度使，辟為從事，因真卿改官未行。大曆元年遊蜀，二年為荆南節度從事，三年遇杜甫於江陵。四年入湖南觀察使幕，五年軍亂府罷，流寓湘中。八年入桂州觀察使幕，十年至十一年間曾因讒離職，未幾事解又返任。建中中入朝，供職御史臺，四年出為辰州刺史。貞元二年已返朝任職，約貞元十三年，在虔州刺史任。昱有詩名，憲宗賞歎其《詠史》詩。又工書。嚴羽評曰："戎昱在盛唐為最下，已濫觴晚唐矣。"（《滄浪詩話・詩評》）《新唐書・藝文志》著録《戎昱集》五卷。今人臧維熙有《戎昱詩注》（上海古籍出版社 1982年版）。

③【圓至】《黃庭經》注云："仙宮有寥陽之殿，蕊珠之宮。"

【補注】禮，禮拜敬神。碧空，青天。道教認為仙宮在天上。《雲笈七籤》卷一三"三洞經教部經・太清中黃真經・太極真宮章"："太極真宮住碧空，絳闕崇臺一萬重。"露華，露水。《趙飛燕外傳》："婕妤浴荳蔻湯，傅露華百英粉。"蕊珠宮，道經稱上清宮有蕊珠宮，爲太上道君治所，神仙居處。《歷世真仙體道通鑑》卷八："侍從神仙靈官十五萬，各持香花，稽首拜迎老君上昇上清日闕丹城蕊珠宮。"這裏借指道觀。

④【圓至】吕洞賓詩：“鶴觀天壇槐影裏，悄無人迹户長扄。”又天壇，山名，在河東南路，平陽府北界。【何焯門生】似刺學仙者。

【補注】天壇，道士作法的法壇。又今河南濟源市王屋山為道教“十大洞天”之首，其絶頂相傳為黄帝禮天處，亦名天壇。杜甫《昔遊》：“王喬下天壇，微月映皓鶴。”仇兆鰲注：“地志：王屋山絶頂曰天壇。”

秋　思①

張　籍[一]

洛陽城裏見秋風，欲作家[二]書意萬重。復[三]恐忽忽説不盡，行人臨發又開封②。

【考證】

此詩見《全唐詩》卷三八六（P. 4356）。

【注評】

①【補注】徐禮節、余恕誠《張籍集繫年校注》（P. 729）：秋思，樂府琴曲歌辭古題。《樂府詩集》卷五九“琴曲歌辭三”《蔡氏五弄》題解：“《琴集》曰：‘《五弄》，《遊春》《涤水》《幽居》《坐愁》《秋思》，並宮調，蔡邕所作也。’……今按，近世作者多因題命題，無復本意云。”又，白居易《和微之二十三首》之二十二《和嘗新酒》：“舉臂一欠伸，引琴彈《秋思》。”知中唐尚有《秋思》曲。此詩約作於貞元二年（786）秋，時張籍游寓洛陽。

②【磧砂】謙曰：古人一倍筆墨便寫出十倍精采，只此結句類是也。如《晉史》傳殷浩竟達空函，令人發笑。讀此結句，令人可泣。【大槻崇】此詩與岑參“馬上相逢無紙筆”二句，一閑一忙，各極其妙，所以皆為絶調。

【補注】行人，小吏差役，這裏指送信的人。徐禮節、余恕誠《張籍集繫年校注》(P.731)；《唐詩快》卷一五"移人集十二"："家常情事，寫出便成好詩。"

【校勘】

[一]張籍　底本、元刊本、正統本、明應本作"張藉"，據磧砂本、高本、四庫本、全唐詩改。

[二]家　全唐詩作"歸（一作家）"。

[三]復　全唐詩作"忽（一作復）"。

懷吴中馮秀才①

杜　牧

長洲苑外草蕭蕭②，却籌遊程歲月遥。唯有別時今不忘，暮煙秋雨過楓橋③。

【考證】

此詩見《全唐詩》卷五二四(P.6002)；又見卷五一一(P.5851)，屬張祜，題作《楓橋》。佟培基《全唐詩重出誤收考》(P.378)云，吴企明認為此詩杜牧作而誤作張祜，在北宋時已經重出。宋蜀刻本張集不收，詩句乃懷人之作，與杜牧之詩題吻合，非張祜作。

【注評】

①【補注】吴中，今江蘇蘇州一帶，亦泛指吴地。《史記·項羽本紀》："項梁殺人，與籍避仇於吴中。"秀才，優異之才。因指應科舉考試者。吴秀才，待考。

②【圓至】《寰宇記》："蘇州長洲縣，吴長洲苑也。"《圖經》曰："在西南七十里。孟康曰：'以江水洲為苑。'"

【補注】長洲,古苑名,故址在今江蘇蘇州西南、太湖北。春秋時為吳王闔閭遊獵處。

③【磧砂】敏曰:懷人之作,不過念彼行旅之艱,或暌違之久,皆屬鈍置。此獨還念別時而無數相思一筆拈出矣。下更襯出"不忘"二字,宛然在目。曰暮煙之際,秋雨之餘,過楓橋而握別,情鍾吾輩,誰能忘此? 當與"昔我往矣,楊柳依依。今我來思,雨雪霏霏"同誦。

【補注】楓橋,橋名。在今蘇州閶門外寒山寺附近。本稱封橋,因唐張繼《楓橋夜泊》詩而相沿作楓橋。

念昔遊

李白題詩水西寺①,古木回巖樓閣風②。半醒半醉遊三日,紅白花開煙[一]雨中。

【考證】

此詩見《全唐詩》卷五二一(P. 5953),為《念昔遊三首》之三。

【注評】

①【圓至】水西寺,在宣州涇縣。【全唐詩】宣州涇縣。

【補注】李白《遊水西簡鄭明府》:"天宮水西寺,雲錦照東郭。清湍鳴迴溪,綠水繞飛閣。涼風日瀟灑,幽客時憩泊。五月思貂裘,謂言秋霜落。石蘿引古蔓,岸筍開新籜。吟玩空復情,相思爾佳作。鄭公詩人秀,逸韻宏寥廓。何當一來遊,愜我雪山諾?"吳在慶《杜牧集繫年校注》(P. 215):馮集梧注云:"《輿地紀勝》:涇縣水西寺,去縣三里,下臨賞溪,即涇溪也。林壑深邃,有南齊永明中崇慶寺,俗名水西寺。"

②【補注】回巖,曲折的山崖。

【校勘】

〔一〕煙　全唐詩作"山（一作煙）"。

寄　友

李群玉

　　野水晴山雪後時，獨行村路[一]更相思。無因一向溪橋[二]醉，處處寒梅映酒旗①。

【考證】

此詩見《全唐詩》卷五七〇（P.6608），爲《寄友二首》之一。

【注評】

①【何焯】相思已在雪中。○敘致正曲折。

【補注】陳伯海主編《唐詩彙評》（P.2576）：《詩境淺説·續編二》："此詩有委婉之致。郊外行吟，有懷良友，以閑淡之筆寫之。言梅花多處，一角酒樓，爲當日佳侶招邀、踏雪提壺之處。今暗香、疏影依然，而獨行無伴，不勝停雲靄靄之思也。"

【校勘】

〔一〕路　全唐詩作"落（一作路）"。
〔二〕橋　全唐詩作"頭（一作橋）"。

經賈島墓①

鄭　谷[一]

　　水繞荒墳[二]縣路斜，耕人訝我久咨嗟②。重來兼恐無尋處，落日③[三]風吹鼓子花④。

【考證】

此詩見《全唐詩》卷六七六(P. 7755),題首多"長江縣"三字。

【注評】

①**【圓至】**島為普州司户卒,墓在遂州長江縣。**【何焯】**唐《地理志》:"長江縣屬遂州。"浪仙終普州司倉參軍,旅葬安岳,詳於蘇絳所著墓銘。安岳即普州倚郭治所也,注誤。

【補注】嚴壽澄等《鄭谷詩集箋注》(P. 401):《元和郡縣圖志》卷三三"劍南道下·遂州·長江縣":"長江縣,本晉巴興縣,魏恭帝改為長江縣。"賈島,中唐詩人,參見卷一賈島《三月晦日贈劉評事》注②。《蜀中廣記》卷三〇"名勝記三〇·川北道·潼川州二·蓬溪縣":"長江,後魏置縣,即巴興縣也……有明月山,在縣西南二里……《志》云,浪仙有墓在焉。"按,中和四年(844)前後鄭谷避亂至東蜀,地近長江,可能謁島墓。又谷景福二年(893)由京至瀘拜謁柳玭時,有《舟次通泉精舍》《將之瀘郡旅次遂州》詩,長江正處通泉、遂州之間,亦可能作於此時。

②**【何焯】**點化變换。

③**【何焯】**足"久"字。

④**【圓至】**鼓子花,今米祥根花。或以為牽牛花者,非也。按《本草》:"牽牛花如鼓子花。"明牽牛非鼓子也。詩意謂:豈特今日落日風花可弔,恐重到時兼無尋處矣,所以久嗟。**【何焯】**水嚙路侵兼且犁為田矣,即今已幾無尋處。第三句根脈全在上連,只申明"久咨嗟"三字耳。**【大槻崇】**舊注説得不分明。蓋墓在縣路遠人處,而耕人意在犁以為田,故重來恐其無尋處也。末句鼓子花是午時開花之草,今乃被"落日風吹",言其不安也。

【補注】鼓子花,即旋花。《本草綱目》卷一八:"其花不作瓣狀,如軍中所吹鼓子,故有旋花、鼓子之名……旋花田野塍塹皆生,逐節蔓延,葉如波菜葉而小，至秋開花如白牽牛之花，粉紅色。”

【校勘】

　　［一］鄭谷　磧砂本脱。

　　［二］墳　磧砂本作“城”。

　　［三］落日　何校“日落”，全唐詩校“一作日落”。

修史亭①

司空圖②

　　烏紗巾上是青天③，檢束酬知四十年④。誰料平生臂鷹手⑤，挑燈自送佛前錢⑥。

【考證】

　　此詩見《全唐詩》卷六三四（P. 7276），為《修史亭三首》之三。

【注評】

　　①【圓至】司空圖《山居記》曰：“中條五峰[一]頹[二]然，會昌毀佛宮，因為我有。本名王官谷，易之曰禎陵溪。乃刻大慈像，構亭其右，曰擬綸，志其所著也。擬綸之右亭曰修史，勵所職也。”【大槻崇】黃九煙曰：表聖此題，前後有詩五首，所言皆閑適事耳。題曰《修史亭》，豈即休休亭之伯仲耶？

　　【補注】祖保泉、陶禮天《司空表聖詩文集箋校》（P. 116）云，司空圖《山居記》末署“有唐光啓三年（887）丁未歲記”，知“修史亭”建於此年。又《修史亭三首》之二云“甘心七十且酣歌”，則知此詩作於天祐三年（906）。

　　②【圓至】自號知非子。

　　③【圓至】指巾上之天以自誓。

　　【補注】烏紗巾，又稱烏紗帽，東晉成帝時宮官着烏紗帕。南朝宋始有烏紗帽，直至隋代均為官服。唐初曾貴賤均用，以後各代仍多為官服。《中華古今注》卷中《烏紗帽》：“武德九年十一月，太宗詔曰：‘自今已後，天子服烏紗帽，百官士庶皆同服之。’”

　　④【圓至】檢束此身，以酬知己。按《北夢[三]瑣言》：“圖為王文公凝所知，後分司，又為舊相盧公所知。”【全唐詩】圖為王文公凝所知，後分司，又為盧攜所知。

　　⑤【圓至】《南史》：“張充方出獵，左臂鷹，右牽狗。”

　　⑥【圓至】詩意謂：四十年中欲以功名答知己，天可質也。誰料豪俠之志無所施，遂灰心以修方外香火之事乎？【磧砂】敏曰：按表聖初為王凝辟置幕府，召為侍御史，不忍去。故相盧公屬觀察使盧渥曰：“司空御史，高士也。”渥即表為僚佐。後居王官谷，遂隱不仕。寇盜皆不入，士人依以避難。聞哀帝被弒，不食而卒。《書》曰：“詩言志。”觀此知心聲之不容外飾矣。【何焯門生】下二句使讀者淒然。

【校勘】

　　[一]底本、詩説本、正統本、明應本“峰”前衍“逢”字，據《司空表聖詩文集箋校》(P.200)刪。

　　[二]頮　底本、正統本、明應本作“頩”，據詩説本、《司空表聖詩文集箋校》(P.200)改。

　　[三]夢　底本、詩説本、正統本作“窻”，據明應本、何校改。

答韋丹①

僧靈徹②

年老心閑無外事，麻衣草座[一]亦容身③。相逢盡道休官去[二]，林下何曾見一人④。

【考證】

　　此詩見《全唐詩》卷八一〇（P. 9133），屬靈澈，題作《東林寺酬韋丹刺史》，題後注"韋丹帥洪州時，靈澈居廬山，丹與爲忘形之契，篇什倡和，月居四五。丹寄一詩，寓思歸之意，澈答此詩"。

【注評】

　　①**【增注】**韋丹，字文明，京兆萬年人。蚤孤，從外祖顔真卿學。擢明經，調安遠令。後復舉五經高第[三]，歷仕至江南西道觀察使卒，年五十八。

　　【補注】韋丹（753—810），字文明，京兆萬年（今西安）人。少孤，從外祖顔真卿學。登明經第，又登通五經科。歷任太子舍人、容管經略招討使等。元和二年徙洪州刺史、江南西道觀察使，政績卓著。五年八月卒。工詩，與詩僧靈澈唱酬甚密。《全唐詩》卷一五八存其詩二首。生平參見賈晉華撰《中國文學家大辭典·唐五代卷》（P. 70—714）"韋丹"條。

　　②**【增注】**姓陽氏，字澄源，越州人。居雲門寺，一時公卿，若劉長卿、嚴維、皇甫曾，皆投刺結友。徹與皎然、僧標齊名。終於宣州開元寺，門人遷之，建塔山陰天柱峰。

　　【補注】陳尚君撰《中國文學家大辭典·唐五代卷》（P. 403—404）"靈澈"條云，澈（746 或 749—816），一作徹，俗姓湯，字源澄，又字明泳，會稽（今浙江紹興）人。幼出家於雲門寺。肅、代間從嚴維學詩，大曆間即以能詩聞名於江南。約於大曆末至吳興，住何山寺，與詩僧皎然遊，多有唱和。興元元年赴長安，皎然致書於御史中丞包佶，盛稱其詩。包佶得書後，又廣爲延譽，詩名一時大振。李紓、盧綸等皆與其遊。約於貞元初取道廬山、洪州歸會稽，權德輿作序送之。數年後復北上，曾卜居嵩陽。入京後，與陳羽等往還。貞元後期，與劉禹錫、柳宗元、韓泰、吕温等關係甚密。不久受誣得罪，流竄汀州。約於元和初遇赦北還。元和四年至廬山，住東林，與李肇、韋丹、熊孺登等遊。旋取道潤州東歸，先後住湖州、越州，與范傳正、李翱、李遜等過從。元和十一年，卒於宣州開元寺，年七十一。平生賦詩約兩千首，其門人秀峰刪取三百首，編為《澈上人文集》十卷，又取其五十年間與人唱和酬別之詩，另編為十卷，請劉禹錫作序行世。二集今皆不存。其詩多記遊、贈行之作，工於造句，為皎然、劉長卿、嚴維、白居易所推重。《全唐詩》卷八〇九編其詩為一卷。

③【補注】外事，謂世俗之事。孟浩然《冬至後過吳張二子檀溪別業》：“外事情都遠，中流性所便。”麻衣，麻布做的衣服。古時平民所穿。杜甫《前苦寒行二首》之二：“楚人四時皆麻衣，楚天萬里無晶輝。”草座，用稻草、蒲草等編製的坐墊。僧尼多用之。戴叔倫《送張南史》：“草座留山月，荷衣遠洛塵。”

④【圓至】丹鎮江西，嘗以詩寄徹云：“王事紛紛無暇日，浮生冉冉只如雲。已為平子歸休計，五老峰前必共君。”徹公此答，蓋譏其內懷祿外能言耳。後丹竟失位，以待辨憂死。【增注】《王直方詩話》云：“此詩載於《雲溪友議》。歐陽公以謂，相傳作俚諺，慶曆中因修江岸，得此石於池陽江中，始知為靈徹詩。”【何焯】文明詩亦清麗。【大槻崇】余謂：是可以為慕官貪祿者之戒矣。按杜牧詩“盡道青山歸去好，青山曾有幾人歸”，是此詩所本。

【補注】林下，指山林田野退隱之處。《高僧傳》卷五“義解二”《晉泰山崑崙巖竺僧朗》：“朗常蔬食布衣，志耽人外……與隱士張忠爲林下之契，每共遊處。”陳伯海主編《唐詩彙評》(P. 3098)：《雲溪友議》卷中《思歸隱》：“江西韋大夫丹，與東林靈澈上人，驚忘形之契。篇詩唱和，月惟四五焉。序曰：‘澈公近以《匡廬七詠》見寄，及吟味之，皆麗絕於文圃也。此七篇者，俾予益起“歸歟”之興……’亞相丹：‘王事紛紛無暇日，浮生冉冉只如雲。已為平子歸休計，五老巖前必共君。’澈奉酬詩曰：“年老身閑無外事……”

【校勘】

　　［一］座　元刊本、正統本、明應本、磧砂本、高本、四庫本作“坐”。

　　［二］去　全唐詩作“好”。

〔三〕第　底本作"弟"，據正統本、大系本改。

已前共一十首

九日懷山東兄弟①

王　維

獨在異鄉為異客，每逢佳節倍思親。遥知兄弟登高處②，遍插茱萸少一人③。

【考證】

此詩見《全唐詩》卷一二八（P. 1306），題前多"九月"二字，題中"懷"作"憶"，題下注"時年十七"。

【注評】

①**【增注】**坡詩〔一〕"山東二百郡"注："今河北晉地，太行山之東也。"

【補注】本集題同《全唐詩》。陳鐵民《王維集校注》（P. 3）云，此詩作於開元五年（717）。九日，指農曆九月九日重陽節。古人於此日登高遊宴，佩茱萸，賞菊插菊，飲菊花酒。參見卷一鄭谷《十日菊》注①。山東，指華山以東。王維蒲州（治所在今山東永濟）人，蒲州在華山東，而詩人是時獨在華山西的長安，故稱故鄉之兄弟為"山東兄弟"。

②**【圓至】**《齊諧志》："費長房謂桓景：'九月九日，汝家有災。急令家人縫絳囊盛茱萸繫臂上，登高飲菊花酒，此禍乃消。'"九日登高起於此。

③**【圓至】**史稱：維閨門友悌，事母孝，觀此詩信矣。維作此詩，年十七。

【磧砂】謙曰：聖歎曾言："唐人作詩，每用'遥'字，如'遥知遠林際''遥知兄弟登高處'，皆用倩女離魂法也，極有遠致。"**【何焯】**兩面意到，方是懷兄弟詩。【大槻崇】題是憶山中兄弟詩，却以思親説起，尤見摩詰之孝友。言今日我在異鄉，既倍思親矣；山中兄弟遍插茱萸，少我一人，則兄弟亦倍思我耳，而我安得不思兄弟耶？

　　【補注】茱萸，一種有辛烈香氣的植物。《藝文類聚》卷八九“木部中·茱萸”引《風土記》：茱萸“九月九日熟，色赤，可采時也。”《太平御覽》卷三二引《風土記》：“九月九日律中無射而數九，俗於此日，以茱萸氣烈成熟，尚（當）此日，折茱萸房以插頭，言辟惡氣而禦初寒。”陳伯海主編《唐詩彙評》（P.350—351）：《唐音評注·正音》卷六：顧璘：“真意所發，忠厚藹然。”《删補唐詩選脉箋釋會通評林·七言絶句·盛唐上》：徐充：“‘倍’字佳。‘少一人’正應‘獨’字。”《緱齋詩談》卷五：“不説我想他，却説他想我，加一倍凄凉。”

【校勘】

　　［一］詩　底本、正統本、大系本脱，“削成山東二百郡”出自東坡《次韻滕大夫三首》之一《雪浪石》詩，參見《蘇軾詩集》（P.1998），據補。

葉道士山房①

顧　況

　　水邊楊[一]柳赤闌橋，洞裏神仙[二]碧[三]玉簫②。近得麻姑書[四]信不③[五]，潯[六]陽向[七]上不通潮④。

【考證】

　　此詩見《全唐詩》卷二六七（P.2964），題首多“題”字。

【注評】

　　①【補注】葉道士，待考。山房，山中的房舍。王啓興、張虹《顧況詩注》

(P. 218)云此詩為詩人在江西時作。《唐詩快》卷一五“移人集十二”：“此山房必在匡廬、彭蠡之間，不然何以向潯陽而問麻姑書信？”

②【補注】碧玉，喻竹。李頎《雙笋歌送李回兼呈劉四》：“並抽新笋色漸綠，迥出空林雙碧玉。”

③【圓至】顏魯公《麻姑壇記》：“王方平過蔡經家，遣人與麻姑相聞。有頃人來，曰：‘麻姑再拜，不見已五百年。’俄麻姑至，乃是年十八九許好女子。”

④【圓至】潮至潯陽而回。詩意謂：道路不通，恐麻姑信難得。【增注】《方輿勝覽》：“麻姑山在城西南十[八]五里，有仙都觀，乃蔡經宅，麻姑、王方平所會處。”潯陽，屬江州。

【補注】潯陽，縣名，屬江州，治所在今江西九江市。參見卷六孟浩然《晚泊潯陽望爐峰》注①。今江西南城縣西南五公里處有麻姑山，一名丹霞山。相傳麻姑在此修道昇仙而去，道書稱為第二十八小有洞天，第十福地。唐代玄宗時，本山道士鄧紫陽曾奏立麻姑觀，天寶五載增修。大曆六年，撫州刺史顏真卿登臨，撰有《麻姑山仙壇記》。《神仙傳》卷三《王遠》：“麻姑自說：‘接待以來，已見東海三爲桑田，向到蓬萊，水又淺於往昔，會時略半也，豈將復還爲陵陸乎！’”

【校勘】

[一] 楊　全唐詩作“垂（一作楊）”。

[二] 神仙　全唐詩作“仙人”。

[三] 碧　全唐詩校“一作次”。

[四] 書　全唐詩作“音（一作書）”。

[五] 不　元刊本、磧砂本、高本、四庫本、全唐詩作“否”。

[六] 潯　何校“尋”。

[七] 向　磧砂本、高本、四庫本、全唐詩作“江”，全唐詩校“一作向”，何校“向”。

[八] 十　底本、正統本作“千”，據大系本改。

宿昭應①

　　武帝祈靈太乙壇②，新豐樹色遠千官③。那[一]知今夜長生殿④，
獨閉空山[二]月影寒⑤。

【考證】

　　此詩見《全唐詩》卷二六七(P. 2969)。

【注評】

　　①【增注】唐關内道京兆府昭應縣。

　　【補注】昭應，縣名。唐京兆府所屬赤縣。位於驪山脚下，即今西安臨潼區。在唐長安城東七十里。漢初於此置新豐縣。唐初屬雍州。武則天垂拱二年，因縣南有山湧出，故改名慶山縣。天授二年，又於縣界零口置宏州，將慶山、渭南二縣合併為宏門縣，不久即廢。唐中宗時又改慶山縣為新豐縣。唐玄宗天寶三年，又分新豐、萬年二縣置會昌縣，並移縣址於溫泉宮側。天寶·七載改為昭應縣。該縣因毗鄰華清宮，唐玄宗每年十月偕嬪妃、大臣游幸於此，歲盡而歸，故城池規模在京兆府諸縣中最為宏大。參見《新唐書·地理志一》。

　　②【圓至】武帝，謂玄宗。《漢書》："亳人繆忌奏祠太乙方，天子許之，令太祝領祠之於忌太乙壇上。"【增注】《澗泉説》云："昭應即漢武帝太乙壇也。"愚按，唐昭應縣在驪山下，本新豐，華清宮在此。天寶元年，更驪山曰會昌山。三年，以縣去宮遠，析新豐、萬年置會昌縣。七年，省新豐，更會昌縣。及山曰昭應，恐非即武帝太乙壇也。

　　【補注】祈靈，祈求神靈保佑。王啓興、張虹《顧況詩注》(P. 248)云，太乙壇，據《史記·封禪書》《漢書·郊祀志》載，漢武帝築壇祀太一神。太一即太乙，天神中最尊貴者。《史記·封禪書》："亳人繆忌奏祠太一方，曰：

'天神貴者太一，太一佐曰五帝。古者天子以春秋祭太一東南郊，用太牢，七日，為壇開八通之鬼道。'於是天子令太祝立其祠長安東南郊，常奉祀如忌方。"此詩乃以漢喻唐。《資治通鑑》唐玄宗天寶三載："術士蘇嘉慶上言：遁甲術有九宮貴神，典司水旱，請立壇於東郊，祀以四孟月；從之。"胡三省注："九宮貴人，蓋《易乾鑿度》所謂太一也。"

③【圓至】驪山，古驪戎國，秦曰驪邑，漢祖徙里民實之[三]，命曰新豐。玄宗分置會昌縣，尋改會昌為昭應。【增注】《漢書》："新豐在京兆，高祖七年置。"應劭曰："太上皇思東歸沛之豐邑，於是高祖改筑城寺街里以象豐，徙豐民以實之，故曰新豐。"【何焯】對下"獨"字。

【補注】新豐，縣名。本秦驪邑。漢高祖七年置，唐廢。治所在今西安臨潼區西北。《元和郡縣圖志》卷一"關內道一·京兆府上·昭應縣"："新豐故城，在縣東十八里，漢新豐縣城也。漢七年，高祖以太上皇思東歸，於此置縣，徙豐人以實之，故曰新豐。"這裏指昭應。千官，眾多的官員。《呂氏春秋·審分覽·君守》："大聖無事而千官盡能。"

④【圓至】見杜常詩注。

【補注】王啓興、張虹《顧況詩注》(P. 248)云，長生殿，在驪山華清宮，昭應縣境內。《舊唐書·玄宗本紀下》："(天寶元年十月)新成長生殿，名曰集靈臺，以祀天神。"

⑤【圓至】意與杜常《華清宮詞》同。【大槻崇】詩意謂：武帝祈靈，亦徒為耳。當時長生殿，今獨見空山月影寒耳。譏刺之意，隱然言外。

【補注】《唐詩集註》卷四："次焱：武帝祈靈太乙，所以徼福求仙，覬長生不死也。今獨閉空山，惟有月影，仙安在哉？後之君人者見太乙壇荒、山空月寒，則汗漫不經之說可以盡掃。規警之意，寓於言外。"陳伯海主編《唐詩彙評》(P. 1414)：《唐詩解》卷二八："上聯狀昔日之豪華，下聯見今日之寂寞。所以譏玄宗祈禱之無益也。"《唐詩摘鈔》卷四"七言絕句"："次句想見當時扈從之盛，較王維'青山盡是朱旗繞'，語特隱秀。三、四二語今昔對照，自是不堪回想。李約詩'玉輦升天人已盡，故宮惟有樹長生'，諷人求仙不效，此地空有樹名'長生'耳。此詩亦與同意，只用'長生殿'字，隱隱寓諷,含意更深。"

【校勘】

〔一〕那　全唐詩校"一作豈"。

〔二〕空山　全唐詩作"山門(一作空山)"。

〔三〕之　底本作"也",據詩説本、正統本、明應本改。

江村即事①

司空曙

罷釣〔一〕歸來不繫舡,江村月落正堪眠。縱然一夜風吹去,只在蘆花淺水邊②。

【考證】

此詩見《全唐詩》卷二九二(P.3324)。

【注評】

①【補注】即事,就當前的事物、情景而寫作。

②【何焯】正與寰海風波相反,言外示人自擇所安也。【大槻崇】此詩言外寓宦〔二〕海升沉、風波可畏之意,非徒作也。

【補注】文航生《司空曙詩集校注》(P.171):《唐詩解》卷二八:"全篇皆從'不繫舡'三字翻出。語極淺,興味自佳。"

【校勘】

〔一〕罷釣　全唐詩作"釣罷"。

〔二〕宦　底本作"官",據文意改。

宮人斜①

雍裕之②

幾多紅粉委黃泥③，野鳥如歌又似啼。應有春魂化為燕，年年[一]飛入未央棲④。

【考證】

此詩見《全唐詩》卷四七一（P.5352）。

【注評】

①【圓至】葬宮人之處也。《退朝録》及《秦京雜記》并云：“長安舊牆外長三里曰宮人斜，風雨夜多聞歌哭聲。”【增注】後宮嬪妃叢冢曰斜。

【補注】宮人斜，亦稱内人斜。古代埋葬宮人之處。《類説》卷四引《秦京雜記》：“咸陽舊牆内，謂之内人斜，宮人死者葬。長二三里，風雨聞歌哭聲。”《春明退朝録》卷上：“唐内人墓，謂之‘宮人斜’，四仲遣使者祭之。”宮人，妃嬪、宮女的通稱。斜，指山坡野地。

②【圓至】貞元時人。【增注】貞元後詩人。

【補注】吳汝煜撰《中國文學家大辭典·唐五代卷》（P.781）“雍裕之”條云，裕之（生卒年不詳），《唐才子傳》卷五謂蜀（今四川）人。凌迪知《古今萬姓統譜》卷一謂成都（今屬四川）人。數舉進士不第，飄零四方。永泰元年，曾之潞州謁李抱玉，韋應物有《餞雍聿（按，當作裕）之潞州謁李中丞》詩。《唐百家詩選》卷六稱其為“貞元後人”，其卒年當在元和間。長於樂府詩，“極有情致”，今僅存《自君之出矣》一首。《新唐書·藝文志》著録《雍裕之集》一卷。《全唐詩》卷四七一編其詩為一卷。

③【補注】幾多，幾許，多少。李商隱《代贈二首》之二：“總把春山掃眉黛，不知供得幾多愁！”紅粉，婦女化妝用的胭脂和鉛粉，後亦借指美女。

委,委棄。

④【圓至】未央宮,高祖七年蕭何造。【增注】杜詩:"杜陵韋曲未央前。"【何焯】以死樂反出生悲。

【補注】春魂,這裏指宮人之魂魄。未央宮,宮殿名。故址在今西安西北長安故城内西南隅。漢高帝七年建,常為朝見之處。新莽末毁。東漢末董卓復葺未央殿。唐未央宮在禁苑中,至唐末毁。《史記·高祖本紀》:"蕭丞相營作未央宮,立東闕、北闕、前殿、武庫、太倉。"《三輔黄圖》"漢宫":"未央宮,周回二十八里,前殿東西五十丈,深十五丈,高三十五丈。"

【校勘】

[一] 年年　全唐詩作"年來(一作年年)"。

過春秋峽①

劉言史②

峭壁蒼蒼苔色新,無風晴[一]景自勝春③。不知何樹[二]幽崖裏,臘月開花[三]似北人④。

【考證】

此詩見《全唐詩》卷四六八(P. 5324)。

【注評】

①【增注】或云在彭城,以汴、泗二水交流,因以名峽。【大槻崇】此峽蓋四時有花,故名春秋。

②【圓至】皮日休為墓碑,云不知何許人,然余觀其《宿花石浦》詩云"舊業叢臺廢苑中",又嘗不就王武俊辟,則趙人也。【增注】與孟郊友善。按,

皮日休《劉棗強碑》云："先生姓劉氏,名言史,不詳具鄉里。與李賀同時,其歌詩自賀外世莫得比。王武俊節度鎮冀,造之。武俊奏,詔授棗強令,辭疾不就。世重之曰劉棗強,猶范萊蕪之類也。"

【補注】吳汝煜撰《中國文學家大辭典·唐五代卷》(P. 196)"劉言史"條云,言史(?—812),洛陽(今屬河南)人。《唐才子傳》卷四謂趙州(今河北趙縣)人,且言其"少尚氣節,不舉進士"。而其《偶題二首》之二云"得罪除名謫海頭",之一云"金榜榮名俱失盡",則似因罪而不准解試者。曾旅游河北、吳越、瀟湘等地。貞元中,至冀州依成德鎮節度使王武俊。武俊愛其詞藝,表為棗強縣令,辭疾不就,世重之,稱之為劉棗強。元和六年,受山南東道節度使李夷簡徵辟,署司功掾。李夷簡表奏增其官秩。詔下之日卒。劉言史與孟郊友善,與李翱亦有交往。工詩,風格近李賀。皮日休云:"其美麗恢贍,自賀外,世莫得比。"(《劉棗強碑》)《新唐書·藝文志》著錄劉言史《歌詩》六卷。《全唐詩》卷四六八編其詩為一卷。

③【何焯】"臘月"。

④【圓至】"似"者,"呈似"之"似",猶言"向"也。言史北人,南遊見景候之異,不能無感。劉長卿云"江花獨向北人愁",亦同此意,但用破"愁"字,則不含蓄有餘味矣。【何焯】"不知何樹"與下"北人"二字緊呼應。○"不知何樹","北人"生小所未見也。【大槻崇】按,"似"與"示"音通。

【補注】臘月,指農曆十二月,因此月舉行臘祭,故名。《左傳·僖公五年》:"宫之奇以其族行,曰:'虞不臘矣。'"杜預注:"臘,歲終祭衆神之名。"

【校勘】

[一]風晴　磧砂本作"情風"。晴　元刊本、正統本、明應本、高本、四庫本作"情",何校"晴"。

[二]樹　圓校"作'處'者非,今從本集",全唐詩校"一作事"。

[三]開花　高本、四庫本作"花開"。

初入諫司喜家室至^①

竇　群^②

　　一旦悲歡見孟光^③，十年辛苦伴滄浪^④。不知筆硯^[一]緣封事^⑤，猶^[二]問傭書日幾行^⑥。

【考證】

　　此詩見《全唐詩》卷二七一（P. 3042）。本書高本、四庫本署“崔群”，何焯將“崔”校為“竇”。按，此詩又見《竇氏聯珠集》卷三。崔群曾中進士。據詩意及歷代題署看，作者當為竇群。

【注評】

　　①【增注】秦始置[三]諫院，又置諫大夫，漢至隋並置，煬帝廢，唐復置，貞觀分為左、右。又武后置左、右補闕，左、右拾遺，以掌供奉諷諫，即左、右司諫之官。今諫院有司諫等官。按，竇群，德宗朝嘗為左拾遺。

　　【補注】諫司，按唐制，凡門下、中書二省所隸左、右散騎常侍、諫議大夫、補闕、拾遺統稱諫官。諫官治事之所泛稱諫司。白居易《哭孔戡》：“或望居諫司，有事戡必言。”此詩當為貞元十八年（802）竇群初任左拾遺時作。

　　②【圓至】字丹列。【增注】京兆金城人。兄弟皆擢進士第，獨群以處士客隱毗陵。母卒，嚙指置棺中，廬墓。韋夏卿薦之朝，德宗擢左拾遺，武元衡薦代中丞。憲宗立，轉膳部員外郎兼侍御史，出為唐州刺史，又拜吏部郎中、湖南觀察使，改黔中。因群蠻亂，貶開州刺史，稍遷容管經略使，召還，卒於行，年五十五，贈左散騎常侍。兄常、牟[四]，弟庠、鞏，皆為郎，工詞章，為《聯珠集》行於時，義取昆弟若五星然。

　　【補注】賈晉華撰《中國文學家大辭典·唐五代卷》（P. 787—788）“竇群”條云，群（765—814），字丹列，行三，京兆金城（今陝西興平）人，郡望扶風（今屬陝西）。父叔向，有詩名。群貞元初隱居常州，從啖助門人盧庇習《春秋》。貞元十八年以京兆尹韋夏卿薦，徵為左拾遺。二十年遷侍御史，永貞元年改膳部員外郎、兼侍御史知雜。元和元年出為唐州刺史，改山南東道節度副使。二年入為吏部郎中，三年遷御史中丞。以傾構李吉甫，出為黔州觀察使。六年貶開州刺史，八年授容管經略使。九年詔還朝，至衡州卒，年五十。工詩，與兄常、牟、弟庠、鞏齊名。《新唐書·藝文志》錄《竇氏聯珠集》五卷，收群與諸兄弟詩各一卷，今存。《全唐詩》卷二七一存詩二十三首。

③【圓至】隱士梁鴻妻，字孟光。【增注】後漢孟光德行甚高，鄰里多求，光輒不肯，擇對至三十。父母問其故，曰：“得賢如梁伯鸞者，可也。”鴻聞而娶之，字曰德曜，共隱霸陵山。

【補注】孟光，東漢隱士梁鴻之妻，字德曜。夫妻隱居於霸陵山中，以耕織為生。後至吳。鴻為傭工，每食時，光必舉案齊眉，以示敬愛。事見《後漢書·逸民列傳·梁鴻》。後世將其作為賢妻的典型。這裏詩人借用來美稱自己的妻子。

④【補注】滄浪，水名。這裏借指隱居生活。《孟子·離婁上》：“有孺子歌曰：‘滄浪之水清兮，可以濯我纓；滄浪之水濁兮，可以濯我足。’”竇群未仕前嘗隱居常州。

⑤【圓至】王洙曰：“言事欲密，故封以達。”【何焯】“歡”。

【補注】封事，密封的奏章。古時臣下上書奏事，防有泄漏，用皂囊封緘，故稱。《文心雕龍·奏啓》：“自漢置八儀，密奏陰陽，皂囊封板，故曰封事。”

⑥【圓至】後魏蔡亮家貧，傭書自給。詩意謂：吾妻不知我今已有官守言責，猶以貧賤時視我。蓋群初為處士，隱毗陵。韋夏卿以丘園茂異薦之，不報。至夏卿尹京，復薦，方拜拾遺、御史。此妻所以十年辛苦，伴己於滄浪也。然群處士，而以窮通為悲歡，纔得一拾遺，則對妻誇喜，情見於辭，夫豈真隱者邪？宜末路以反覆貶死也。【磧砂】謙曰：句句是喜極語，妙！【何焯】“悲”。○雖復俗情，然痛定思痛，亦久約者所不免也。【何焯

門生】有趣。**【大槻崇】**孟光,隱士梁鴻妻,借以比群之妻。言我久為處士,貧苦甚矣。今乃儼然為言責之官,日上封事,妻猶不知,而問傭書多少,所以悲喜交集也。

　　【補注】傭書,受雇為人抄書,亦泛指為人做筆劄工作。《後漢書・班超傳》:“家貧,常為官傭書以供養。”

【校勘】

　　　〔一〕硯　磧砂本作“底”。
　　　〔二〕猶　高本、四庫本作“尚”。
　　　〔三〕置　底本、正統本作“皇”,據大系本改。
　　　〔四〕牟　底本、正統本在下文“弟”字後,據大系本乙正。

寄襄陽章孝標①

雍　陶

　　青油幕下白雲邊②,日日空山夜夜泉。聞説小齋多野意,枳花陰裏麝香眠③。

【考證】

　　此詩見《全唐詩》卷五一八(P.5925)。

【注評】

　　①**【增注】**襄水之陽,魏置襄陽郡,西晉為荊州治所,西魏改襄州,唐山南道襄州襄陽郡,宋外府,今屬京西路。

　　【補注】襄陽,指襄陽郡,東漢建安十三年置,治所在襄陽縣(今湖北襄樊市漢水南襄陽城)。《太平御覽》卷一六八引《荊州圖副》:襄陽郡“以地在

襄山之陽為名”。西晉移治宜城縣（今湖北宜城市）。轄境相當今湖北襄
樊、襄陽、宜城、遠安等市縣地。南朝宋還治襄陽縣。西魏改為襄州。隋大
業三年復改為襄陽郡。唐武德四年改為襄州。天寶元年復為襄陽郡。乾
元元年復為襄州。屬山南東道。章孝標，生平參見卷五章孝標《田家》注
①。《唐詩紀事》卷四一：“孝標，大和中山南東道從事。”此詩當為大和
（827—835）間作。

②【圓至】宋劉禹《與顏峻書》曰：“朱修之三代叛兵，一朝居青油幕下，
作謝宣明向人。”注：“青油幕，謂將幕也，以青油縑為之。”襄陽乃節度府，孝
標時為從事。【何焯】發端七字，妙在上下絕不相蒙。

【補注】青油幕，青油塗飾的帳幕，一般供迎賓、行軍等使用。後多指達
官幕府。盧綸《和李中丞酬萬年房署少府過汾州景雲觀因以寄上房與李早
年同居此觀》：“低回青油幕，夢寐白雲居。”白雲，喻歸隱。左思《招隱詩二
首》之一：“白雲停陰岡，丹葩曜陽林。”此句讚美孝標雖任從事，然有隱逸之
遐思。

③【圓至】杜詩：“麝香眠石竹。”注曰：“鹿也。”又曰：“鳥名也。”【增注】
漢衛青征匈奴，大克，帝即幕下拜大將軍。今幕下所屬官謂之幕官，蓋始於
此。韓詩：“談笑青油幕。”【何焯】雖枳棘卑棲而仁足以及物，如此乃真高流
也。○“多野”可作亭名。○不如刻一“多野小齋”印。【大槻崇】章孝標時
為襄陽節度府從事，其府蓋據山而建焉，故有此景也。

【補注】枳花，枳樹之花，參見卷一雍陶《城西訪友人別墅》注④。麝香，
指麝，俗稱香獐。形似鹿而小，無角，前腿短，後腿長。善跳躍，尾短，毛黑
褐色或灰褐色。雄麝臍與生殖器之間有腺囊，能分泌麝香。

舊宮人

劉得仁①

白髮宮娃不解悲，滿頭猶自插花枝②。曾緣玉貌君王寵[一]，準擬

人看似舊時③。

【考證】

此詩見《全唐詩》卷五四五(P. 6303)，題中"宮人"前有"老"字。

【注評】

①【圓至】貴主之子。自[二]開成至大中三[三]朝，兄弟皆歷貴仕[四]，而得仁苦於詩，出入舉場二[五]十年，竟無成而卒。

【補注】吳在慶撰《中國文學家大辭典·唐五代卷》(P. 210)"劉得仁"條云，得仁(生卒年里不詳)，公主子。長慶時即以詩名。其兄弟以貴戚皆為顯貴，而得仁獨苦為文，出入舉場二十年而無所成。卒後，詩人韋莊、僧棲白等競相賦詩哀悼。得仁苦心為詩，曾自言"刻骨搜新句，無人憫白衣"(《陳情上知己》)。張為《詩人主客圖》列之於"清奇僻苦主"之及門者。與姚合、雍陶、顧非熊、無可、盧肇等交游唱和。其詩多五言，尤擅五律。晁公武謂其"五言清瑩，獨步文場"(《郡齋讀書志》卷一八)。《新唐書·藝文志》著錄《劉得仁詩》一卷。《全唐詩》卷五四四、五四五編其詩為二卷。

②【補注】宮娃，宮女。王維《從岐王夜宴衛家山池應教》："座客香貂滿，宮娃綺幔張。"猶自，尚自。

③【磧砂】敏曰：凡時過才窮、色衰勢盡人必宜同聲一哭，速掩其醜。

【補注】玉貌，謂貌美如玉。鮑照《蕪城賦》："東都妙姬，南國麗人；蕙心紈質，玉貌絳脣。"準擬，希望，料想。白居易《種柳三詠》之二："從君種楊柳，夾水意如何？準擬三年後，青絲拂綠波。"

【校勘】

［一］寵　全唐詩校"一作愛"。

［二］自　底本、詩説本脱，據增注正統本、明應本補。

［三］三　底本作"二"，據詩説本和增注正統本、明應本改。

　　〔四〕歷貴仕　底本作"貢士"，詩説本作"貴士"，據增注正統本、明應本
和《唐摭言》(P. 1663)改。

　　〔五〕二　增注正統本、明應本和《唐摭言》(P. 1663)作"三"。

小　樓[一]

儲嗣宗①

　　松杉風外亂山青，曲几焚香對石屏②。記得[二]去年春雨後，燕泥
時污太玄[三]經③。

【考證】

　　此詩見《全唐詩》卷五九四(P. 6883)，為《和茅山高拾遺憶山中雜題五
首》之四《小樓》。

【注評】

　　①【圓至】大中十三年及[四]第。

　　【補注】吳在慶撰《中國文學家大辭典·唐五代卷》(P. 759)"儲嗣宗"條
云，嗣宗(生卒年不詳)，潤州延陵(今江蘇丹陽)人，郡望兗州(今屬山東)。
詩人儲光羲曾孫。大中十三年登進士第，嘗任校書郎。與詩人顧非熊善，
頗有詩名。推崇王維詩，其詩亦多繪寫山水景致。辛文房謂其為詩"苦思
夢索，所謂逐句留心，每字著意，悠然皆塵外之想"(《唐才子傳》卷八)。《直
齋書録解題》著録《儲嗣宗集》一卷。《全唐詩》卷五九四編其詩為一卷。

　　②【補注】曲几，即曲木几，用屈曲的樹木製成的矮而小的桌子。王維
《同崔傅答賢弟》："曲几書留小史家，草堂棋賭山陰墅。"石屏，石製屏風。

　　③【圓至】揚雄作《太玄經》。【何焯】下二句反襯深山靜寂[五]，更無俗
客相闖也。

【補注】太玄經，漢代揚雄著。《漢書·藝文志》著錄為十九篇。是書依據漢代渾天説的成就以及《太初曆》，仿《周易》而作，分經、傳兩大部分。《詩境淺説·續編二》：“前二句寫景，已是一片静趣。後二句著想更高。當春物駘蕩，群事嬉遊，而獨坐讀《太玄經》，梁落燕泥，彌見幽寂。迨隔歲回思，若有餘味，知其天懷之淡定也。”

【校勘】

　　［一］何校“《和茅山高拾遺憶山中雜題五首》之一”。

　　［二］記得　全唐詩作“空憶（一作記得）”。

　　［三］玄　高本、四庫本作“元”，何校“玄”。

　　［四］及　底本、詩説本脱，據增注正統本、明應本補。

　　［五］寂　底本、瀘州本作“寄”，據文意改。

宮　詞

王　建

　　樹頭樹底覓殘紅，一片西飛一片東①。自是桃花貪結子，錯教人恨五更風②。

【考證】

　　此詩見《全唐詩》卷三〇二（P. 3445），為《宮詞一百首》之八十八。

【注評】

　　①【何焯】“風”。

　　②【圓至】此篇蓋比而興也。“殘紅”，色衰也。東西分飛，君與己相背也。“貪”，慕也。“結子”，有寵有成也。“五更風”，君心之飄忽也。詩意

謂:使我不貪結子而入宮,則安有今日之愁? 不可恨君也,色衰寵去矣。然惟自咎其初心,不以怨君,厚之至也。荆公甚愛此詩。【磧砂】謙曰:《羑里操》云:"天王明聖,臣罪當誅。"宛然。【何焯】謝云:"説到落花,氣象便蕭索。讀此詩,從落花説歸結子,便有生意。"【大槻崇】按首二句即色衰寵去之意,不必拘"東""西"字,説到君與己相背之意也。

【補注】自是,自然是、原來是。《能改齋漫録》卷八"沿襲"《自是桃花貪結子錯教人恨五更風》:"《陳輔之詩話》記荆公喜王建《宮詞》……韓子蒼反其意而作詩送葛亞卿曰:'劉郎底事去匆匆,花有深情只暫紅。弱質未應貪結子,細思須恨五更風。'"

祇[一]役遇風謝湘中春色①

熊孺登②

水生風熟布帆新③,只[二]見公[三]程不見春④。應被百花撩亂笑⑤,比來天地一閑人⑥。

【考證】

此詩見《全唐詩》卷四七六(P.5420)。

【注評】

①【補注】祇役,奉命任職。謝靈運《鄰里相送至方山詩》:"祇役出皇邑,相期憩甌越。"湘中,今湖南省中部偏東地區的通稱。指雪峰山以東,武功山以西,陽明山以北,湘陰、益陽等縣市以南的湘水中下游地區。湘,湘水,參見卷一戴叔倫《湘南即事》注④。謝,致歉,告語。

②【圓至】貞元時人。【增注】鍾陵人,登進士第,終藩鎮從事。白樂天同時,有《洪州逢孺登》詩。

【補注】吳汝煜撰《中國文學家大辭典‧唐五代卷》(P. 811—812)“熊孺登”條云,孺登(生卒年不詳),洪州鍾陵(今南昌)人。登進士第。貞元初,寓居鍾陵郭北之龍沙,時江西觀察使李兼、從事權德輿均曾往遊,與之唱和。元和中,為四川從事。八年秋冬間,途經江陵,擬轉赴長安,訪故交元稹,稹曾托其致書白居易。旋應辟在湖南任判官,未至長安。九年夏,府罷,至朗州訪劉禹錫,擬回江西干謁觀察使裴堪,禹錫有《送湘陽熊判官孺登府罷歸鍾陵因呈江西裴中丞二十三兄》詩。十年冬,至江州,時白居易新貶至江州司馬任,始獲奉元稹所寄書。十三年春,白居易赴忠州刺史任,過洪州,與之相值,賦《洪州逢熊孺登》詩。長慶間,轉赴湖南。終於藩鎮從事。詩以七絕為多。《直齋書錄解題》著錄《熊孺登集》一卷。《全唐詩》卷四七六編其詩為一卷。

③【圓至】顧愷之嘗借殷仲堪布帆,遭風大敗。愷之與仲堪書曰:“行人安穩,布帆無恙?”【何焯】“水生”二字中已藏“春”字。○徐兢《高麗圖經》有“風熟”之語,云風轉至次日不改者謂之熟。不爾,至洋中卒爾風回,則茫然不知所向矣。過洞庭湖者,當亦如是也。“生”“熟”二字,恰好攢簇借巧。

【補注】水生,水漲。杜甫《登白馬潭》:“水生春纜沒,日出野船開。”春日冰雪消融,故云“水生”。風熟,蘇軾《金山夢中作》:“夜半潮來風又熟,臥吹簫管到揚州。”馮應榴注:“《海錄碎事》引熊孺登詩:‘水生風熟布帆新。’”紀昀曰:“今海船猶有‘風熟’之語,蓋風之初作,轉移不定,過一日不轉,謂之‘風熟’。”項楚《柱馬屋存稿‧蘇詩中的行業語》(P. 243)云:“這是唐宋水手的行話而延續至近代者。但蘇詩是寫長江行船,不限於‘海舶’,紀氏所云,尚不盡全面。”“水生”“風熟”,句中借對。

④【補注】公程,外出辦公事的期限。韋應物《送鄭端公弟移院常州》:“公程儻見責,私愛信不愆。”

⑤【何焯】藏“風”字。

【補注】撩亂,紛亂,雜亂。韋應物《答重陽》:“坐使驚霜鬢,撩亂已如蓬。”

⑥【何焯】反醒“衹役”。【大槻崇】讀者須先看題中“謝春色”三字,言

“比來天地一閑人”矣。久與湘中春色相熟，今也一行為吏，公事匆匆，不得一上岸與春色謝別，所以不免被百花笑也。清儒有改“一”字作“少”者，謬甚！

【補注】比來，從前，原來。《敦煌變文集》卷六《醜女緣起》：“比來醜陋前生種，今日端嚴遇釋迦。”

【校勘】

［一］祇　底本、元刊本、磧砂本、高本、四庫本作“衹”，據正統本、明應本、全唐詩改。

［二］只　全唐詩校“一作唯”。

［三］公　磧砂本作“沿”。

過勤政樓①

杜　牧

千秋佳[一]節名空在，承露絲囊世已無②。唯有紫苔偏稱[二]意③，年年因雨上[三]金鋪④。

【考證】

此詩見《全唐詩》卷五二一（P. 5952—5953）。

【注評】

①【圓至】玄宗於宮西置樓，其西有花萼相輝之樓，南曰勤政務本之樓。《雍錄》云：“勤政樓，臨朱雀東第四街。”

②【圓至】《玄宗紀》：“以降誕日宴百僚於花萼樓下。以八月五[四]日為千秋節，三公以下獻鏡及承露囊。”

③【圓至】稱意,猶得意。【磧砂】敏曰:稱,遂也。稱意惟苦則不稱意者多矣,有味。

④【圓至】《三輔黃圖》注曰:"金鋪者,扉上有金花,花中作獸及龍蛇。鋪者,以銜環也。"【何焯】此亦"魚藻"之意,不為明皇感歎也。

【校勘】

［一］佳　全唐詩作"令(一作佳)"。

［二］稱　全唐詩作"得(一作稱)"。

［三］上　全唐詩校"一作灑"。

［四］底本、詩説本、正統本、明應本"五"前衍"十"字,據《舊唐書》(P. 193)删。

送　客

李群玉

沆水羅紋海燕回①,柳條牽恨到荆臺②。定知行路春愁裏,故郢城邊見落梅③。

【考證】

此詩見《全唐詩》卷五七〇(P. 6609)。

【注評】

①【圓至】沆水,在辰州沅陵西。

【補注】沆水,主要流經湖南西部,參見卷一戴叔倫《湘南即事》注④。羅紋,這裏指回旋的水紋。海燕,燕子的別稱。古人認為燕子產於南方,須渡海而至,故名。沈佺期《古意呈補闕喬知之》:"盧家少婦鬱金堂,海燕雙樓玳瑁梁。”

②【圓至】荆臺，在江陵府。楚王遊荆臺，即此也。

【補注】荆臺，故址座落於今湖北監利市北。爲楚國著名高臺。《説苑·正諫》：“楚昭王欲之荆臺游，司馬子綦進諫曰：‘荆臺之游，左洞庭之波，右彭蠡之水，南望獵山，下臨方淮，其樂使人遺老而忘死，人君游者，盡以亡其國。願大王勿往游焉。’”

③【圓至】杜佑《通典》曰：“江陵，楚之郢地。秦分置江陵縣，今縣界有故郢城。”

【補注】故郢城，春秋戰國時期楚國都城，在今湖北江陵縣北。楚文王元年始都郢（或説在楚武王時已徙都於郢）。至楚昭王時，因吳師入郢曾一度遷都於鄀，後又返郢。至楚頃襄王二十一年，秦將白起拔郢，其為楚都前後達四百餘年。後秦於此地置南郡，改稱江陵。現在城内中部偏南發現宮城城址，城外發現大批楚墓。落梅，一語雙關，既指飄落的梅花，又指笛曲《梅花落》。李白《司馬將軍歌》：“羌笛横吹《阿䴙回》，向月樓中吹《落梅》。”

靈岩寺①

趙　嘏

館娃宮畔[一]千年寺②，水闊雲多客到稀。聞説春來倍[二]惆悵，百花深處一僧歸③。

【考證】

此詩見《全唐詩》卷五五〇（P.6375）；又見卷四六二（P.5259），屬白居易。佟培基《全唐詩重出誤收考》（P.329）云，汪立名白集補遺上據范成大《吳郡志》補録，趙嘏有《宿靈巖寺》詩，亦見《吳郡志》卷三二。謝思煒《白居易詩集校注》（P.2960）云：“此詩不見《吳郡志》，見《姑蘇志》卷二九。《萬首唐人絕句》卷三七、周弼《三體唐詩》卷二、《唐詩品彙》卷五三、《唐音統籤》卷六一二作趙嘏詩。《全唐詩》卷五五〇又收入趙嘏詩。當為趙嘏詩。”

【注評】

①【增注】《方輿勝覽》云：“靈巖山在蘇州城西二十四里，又名硯石山，吳王別苑在焉，有館娃宮。”又云：“靈巖寺在吳縣西南三十里，舊名秀峰寺。”

【補注】靈巖寺，一名秀峰寺。故址在今蘇州西南靈巖山上。《吳地記》：“晉太尉陸玩捨宅置寺。”《吳郡志》卷三二：“顯親崇報禪院在靈巖山頂，舊名秀峰寺，吳館娃宮也。梁天監中始置寺……今為韓蘄王功德寺，改今名。”

②【圓至】按，孫覿《記》：“梁天監中，以吳故館娃宮地為靈巖寺。”

【補注】館娃宮，在今蘇州西南靈巖山上。吳王夫差所築，以館西施。參見卷一陳羽《吳城覽古》注⑤。

③【何焯】翻進一層，偏不說蟬鳴黃葉。○題靈巖而詩則悵館娃也。輦過百花中，昔日之春耳。○此正是弔古，非借以刺時，故著語不同。

【補注】聞說，聽說。春來，入春以來。陳伯海主編《唐詩彙評》（P.2526）：《刪補唐詩選脉箋釋會通評林·七言絕句·晚唐上》周珽：“寺在雲水之間，人迹罕到，便見往事可歎。昔為樓臺歌舞之地，今為僧院孤寂之境，則百花深處乃百感交生悲窟矣，弔古者何以為懷！”

【校勘】

　　［一］畔　全唐詩作“伴”。
　　［二］倍　全唐詩作“更（一作倍）”。

柳　枝①

薛　能

和風烟雨[一]九重城②，夾路春陰十萬營③。惟向邊頭不堪望，一株憔悴[二]少人行④。

【考證】

此詩見《全唐詩》卷五六一（P. 6518），為《折楊柳十首》（并序）之七，序云："此曲盛傳，為詞者甚衆。文人才子，各衒其能，莫不條似舞腰，葉如眉翠，出口皆然，頗為陳熟。能專於詩律，不愛隨人，搜難抉新，誓脫常態，雖欲弗伐，知音其舍諸。"又見卷二八"雜曲歌辭"（P. 401），為《楊柳枝》十首之七。

【注評】

①【增注】按，薛能本集《柳枝詞》序云："乾符五年，為許州刺史，與幕中談賓酣飲酷酊於郡閣，因令部妓小女作《柳枝詞》健舞。復賦其詞，尤可聽者，為五絶，名《楊柳枝》新聲。"此一也。

②【補注】九重城，宮禁。古制，天子之居有門九重，故稱。《楚辭·九辯》："君之門以九重。"

③【圓至】細柳原，在長安縣西北，周亞夫嘗營軍其地。今軍營皆柳樹，謂之柳營，蓋本此。

【補注】細柳，在今陝西咸陽市西南。漢周亞夫嘗屯軍於此，紀律嚴明，後因美稱軍營為細柳營。

④【磧砂】謙曰：其邊事日弛而有憂思乎？【高士奇】比也，謂粉飾太平於京師，而弛廢防守於邊塞也。【何焯】棄外為粗官，所謂"一株憔悴"也。○下二句乃自比，注非也。然余家所有内府舊刻至原注無此，豈江村以三

百篇為諫書耶,抑內府本諱之也?【何焯門生】情景俱不堪。

【補注】陳伯海主編《唐詩彙評》(P. 2551):《唐詩絕句類選》卷三"雜詠":敖英:"首句言御柳,次句言官柳,末二句言塞柳。一柳也,所植之地不同,而榮枯迥然,感傷深矣。"

【校勘】

〔一〕雨　全唐詩作"樹(一作雨)"。

〔二〕株憔悴　全唐詩作"株(一作林)顦顇"。

自　遣①

陸龜蒙

數尺遊絲墮碧空,年年長是惹春[一]風。爭知天上無人住,亦有春愁鶴髮翁②。

【考證】

此詩見《全唐詩》卷六二八(P. 7207—7208),為《自遣詩三十首》之十三,題後注云:"《自遣》詩者,震澤別業之所作也。故疾未平,厭厭臥田舍中,農夫日以耒耜事相聒。每至夜分不睡,則百端興懷攪人,思益紛亂無緒。且詩者,持也,謂持其情性,使不暴去。因作四句詩,累至三十絕。絕各有意,既曰自遣,亦何必題為。"

【注評】

①【圓至】自注云:"《自遣》詩者,震澤別業之作。故病未平,厭厭臥田舍中,農夫以耒耜相聒。夜分不睡,百端興懷,思益無緒,因作四句詩,累三[二]十絕。"

②【圓至】意謂:"遊絲"者,天上愁人白髮墮也。此蓋放言自遣,非有實事,觀題及自注可見。【增注】庾信賦:"予老矣,鶴髮雞皮。"杜詩:"清秋鶴髮翁。"【何焯】古人寄愁天上,今我則更無所容愁矣。【大槻崇】天上亦有鶴髮翁矣,無奈我老病何耳。是所謂"百端興懷,思益無緒"者耶?

【補注】陳伯海主編《唐詩彙評》(P. 2742):《刪補唐詩選脉箋釋會通評林・七言絶句・晚唐下》:徐充:"自解之辭。比言'貴人頭上不曾饒'又進一步,意尤超妙。"《載酒園詩話又編・皮日休陸龜蒙》:"魯望《自遣》詩曰:……似駭似戲,語荒唐而意纖巧,與義山'莫驚五勝埋香骨,地下傷春亦白頭'同意,而陸尤味長,以從'游絲'轉下,語有原委也。(黃白山評:'此滄浪所謂無理而有趣者,"理"字只如此看,非以鼓吹經史、裨補風化為理也。')"

【校勘】

[一] 春　全唐詩作"東(一作春)"。

[二] 三　底本作"二",據詩説本、正統本、明應本改。

華陽巾①

蓮花峰下得佳名,雲褐相兼上鶴翎②。須是古壇秋霽後,静焚香炷禮[一]寒星③。

【考證】

此詩見《全唐詩》卷六二九(P. 7223)。

【注評】

①【圓至】《巾譜》云:"始於陶隱居。"

【補注】何錫光《陸龜蒙全集校注》(P. 745)：“本集卷四有《江南秋懷寄華陽山人》《寄懷華陽道士》。著此華陽巾者，當即此人。”并注詩中“蓮花峰”在廬山，皆誤。按，此詩和陸集中前後數首如《漉酒巾》《方響》《白鷺》《釣車》等，皆爲詠物詩，不能指實當贈答詩理解。華陽巾，指隱士、逸人戴的紗羅頭巾。一説始於自號華陽隱居的陶弘景，一説始於自號華陽山人的顧況。陶、顧二人晚年皆隱居於位於今江蘇省句容市東南的茅山。茅山一帶，因在寶華山以南，故稱華陽，今句容市尚有華陽街道。陶弘景曾言：“此山(指茅山)下是第八洞宫，名金壇華陽之天。”(《梁書·陶弘景傳》)

②【圓至】蓮花峰，在華山。【增注】華山頂有千葉蓮花，服之羽化。

【補注】陸集此詩之前一首《漉酒巾》云：“靖節高風不可攀，此巾猶墜凍醪間。”述漉酒巾之得名緣由。據此，此詩“蓮花峰下得佳名”，當亦述華陽巾之得名緣由。蓮花峰，應指句容市西北的寶華山。因其層巒疊嶂，形似蓮花，故名。《寶華山志》卷二“山水”：“寶華山，隸句容，距治北六十里。山勢崛起而中凹，群峰環繞其下，若華之含葟。窩藏寺宇，如蓮之有房也。曰‘寶華’，蓋取《般若經》云：‘南海北有寶華山，古佛所居。’或曰，緣僧寶誌結菴，故曰寶華。又曰……”雲褐，道士所披帶有雲霞圖案的衣裘。《一切經音義》卷八七：“《方言》：楚人謂袍爲褐也。言道家多於衣上畫作雲霞之氣也。”元劉崧《贈歐陽生棄家入道》：“已解塵纓辭劍客，使披雲褐禮金仙。”相兼，相配。李商隱《蝶》：“相兼惟柳絮，所得是花心。”謂華陽巾與雲褐很搭配。《新五代史·唐臣傳·盧程》：“程戴華陽巾，衣鶴氅，據几決事。”上鶴翎，謂騎鶴飛昇。元于立《近詩三首柬玉山》之三：“月明神劍涵龍影，雲剪仙衣上鶴翎。”明解縉《贈友》：“遙瞻日月辭龍袞，笑撥煙霞上鶴翎。”陸龜蒙《文讝招潤卿博士辭以道侣將至一絶寄之》：“仙客何時下鶴翎，方瞳如水腦華清。”

③【何焯門生】是熱[二]極思冷、動極思静之意。

【校勘】

［一］炷禮　底本殘缺，有人修補書頁後用墨筆補“炷禮”二字，元刊本、

明應本、磧砂本、高本、四庫本、全唐詩亦作"炷禮"，據補。

〔二〕熱　底本作"熟"，據文意改。

秋　色①

吳　融

　　染不成乾畫未消②，霏霏拂拂又迢迢③。曾從建業城邊過〔一〕，蔓草寒烟鎖六朝④。

【考證】

此詩見《全唐詩》卷六八六（P. 7882）。

【注評】

①【補注】秋色，秋日的景色、氣象。庾信《周驃騎大將軍開府儀同三司冠軍伯柴烈李夫人墓誌銘》："秋色悽愴，松聲斷絕；百年何幾，歸於此別。"

②【補注】乾，乾燥，使失去水分。吳融《草》："染亦不可成，畫亦不可得。萇弘未死時，應無此顏色。"

③【大槻崇】霏霏拂拂，寒煙也。迢迢，蔓草也。

【補注】霏霏，濃密、盛多貌。拂拂，飄動、散佈貌。迢迢，遙遠、綿長貌。

④【何焯】用意在"曾"字，向經感歎，奈何復身際其時。

【補注】建業，東漢建安十七年孫權改秣陵縣置，為丹陽郡治。治所在石頭城（今南京清涼山）。三國吳黃龍元年自武昌（今湖北鄂城）遷都於此。西晉太康元年滅吳，復名秣陵縣。三年分淮水（今秦淮河）以北為建業縣，並改"業"為"鄴"。建興元年因避湣帝司馬鄴諱，改名建康。三國吳、東晉和南朝的宋、齊、梁、陳，相繼建都於此，史稱"六朝"。蔓草，生有長莖能纏繞、攀緣的雜草。泛指蔓生的野草。《詩經·鄭風·野有蔓草》："野有蔓

草,零露溥兮。"劉永濟《唐人絕句精華》(P. 288):"結句七字抵多少詠六朝
遺迹詩。"

【校勘】

　　[一]過　全唐詩作"路"。

　　已前共一十九首

酬李穆①

劉長卿

　　孤舟相訪至天涯,萬轉雲山路更賒②。欲掃柴門迎遠客,青苔黃
葉滿貧家③。

【考證】

　　此詩見《全唐詩》卷一五〇(P. 1557),題末多"見寄"二字。

【注評】

　　①【圓至】李穆有《發桐廬寄劉員外》云:"處處雲山無盡時,桐廬南望更
參差。舟人莫道新安近,欲上潺湲行自遲。"故長卿以此答之,時長卿在歙。
【增注】李穆,即劉長卿之婿。
　　【補注】儲仲君《劉長卿詩編年箋注》(P. 467):"李穆原詩題作《寄妻父
劉長卿》(《全唐詩》卷二一五)。按穆後娶長卿次女,詩為赴睦州探訪
時作。"
　　②【補注】儲仲君《劉長卿詩編年箋注》(P. 468):"賒,遠。李白《扶風
豪士歌》:'我亦東奔向吳國,浮雲四塞道路賒。'"

③【何焯】第四句何以答其厚意，所謂“聞足音而跫然喜”也。【大槻崇】遠辱來訪，何以供客，無錢無金，唯有“青苔黃葉滿貧家”耳。

【補注】儲仲君《劉長卿詩編年箋注》（P. 468）：《唐詩解》卷二八：“以舟之難進也，故苔詩有‘萬轉雲山’之語。掃徑迎客而嘆‘青苔黃葉’之滿，則落寞殆甚。”

休日訪人不遇①

韋應物②

九日驅馳一日閑，尋君不遇又空還。怪來詩思清人骨③，門對寒流雪滿山④。

【考證】

此詩見《全唐詩》卷一九〇（P. 1956），題中“休日訪人”作“休暇日訪王侍御”。

【注評】

①【增注】休沐也。漢制：“五日一下休沐。”又暇日曰休。【何焯】“休日”，謂旬休也。

【補注】集本題同《全唐詩》。韋集另有《贈王侍御》云：“心同野鶴與塵遠，詩似冰壺見底清。府縣同趨昨日事，昇沈不改故人情。上陽秋晚蕭蕭雨，洛水寒來夜夜聲。自歎猶為折腰吏，可憐驄馬路傍行。”與此詩對王侍御的讚美一致。二詩當為同一時期所作。孫望《韋應物詩集繫年校箋》（P. 51—52）據詩意推測，《贈王侍御》為應物大曆初客洛城時所作。王侍御本應物同僚，嗣得遷調，而應物則告歸未得，仍在洛陽丞任，故有“折腰吏”之歎。并繫此詩於其後，云《贈王侍御》賦於深秋而此詩作於冬間。陶敏、王友勝《韋應物集校注》(P. 362)：唐制，十日一休沐。《唐會要》卷八二"休假"："開元……二十五年正月七日敕：自今已後，百官每旬節休假，不入曹司。"

②【圓至】沈喆作《韋應物傳》云："長安京兆人，仕於開元，卒文宗以後。"【增注】周逍遙公夐之後，待價生令儀，令儀生鑾，鑾生應物。據王欽臣為作詩序云："《唐史》不載其行事，然詳其集中，天寶時扈從遊幸，永泰中任洛陽丞京兆府戶曹，大曆十四年自鄠縣令制除櫟陽令，建中二年由前資除比部員外，出為滁州[一]、江州刺史，追赴闕，改左司郎中，貞元初又刺蘇州，劉禹錫詩稱為'左司'，官止此。"又沈喆作傳云："長安京兆人。"

【補注】賈晉華撰《中國文學家大辭典·唐五代卷》(P. 75)"韋應物"條云，應物(737? —?)，京兆萬年(今西安)人。其家原為名門大族，至父輩已漸式微。伯父鑒、父鑾皆善畫。應物自天寶十載至天寶末，為玄宗侍衛。任俠負氣，生活頗為放浪。後折節讀書，乾元元年後重入太學，與閻防、薛據過從唱酬。廣德元年秋冬間為洛陽丞。永泰中，因懲辦不法軍士被訟，棄官閒居洛陽。大曆初返長安。九年任京兆府功曹，攝高陵宰。十三年任鄠縣令，十四年除櫟陽令，七月稱疾辭官，閒居長安西郊善福寺。建中二年授比部員外郎，四年出為滁州刺史。貞元元年調江州刺史，三年入為左司郎中。四年重陽預德宗君臣唱和，冬出任蘇州刺史。七年罷職，閒居蘇州永定寺，未幾卒。應物交遊甚廣，與李益、盧綸、吉中孚、夏侯審、暢當、劉太真、顧況、秦系、皎然等均有交誼。詩名頗著。其詩題材較廣泛，以田園詩最著名；各體皆佳，尤長於五言。白居易曰："近歲韋蘇州歌行，才麗之外，頗近興諷。其五言詩又高雅閒澹，自成一家之體。"(《與元九書》)司空圖謂："王右丞、韋蘇州澄澹精緻，格在其中。"(《與李生論詩書》)張為《詩人主客圖》列為"高古奧逸主"孟雲卿之上入室。後人將其與王維、孟浩然、柳宗元並稱為"王孟韋柳"。《新唐書·藝文志》著錄《韋應物詩集》十卷。今人陶敏、王友勝有《韋應物集校注》(上海古籍出版社 2011 年版)，孫望有《韋應物詩集繫年校箋》(中華書局 2002 年版)。

③【補注】怪來，難怪。白居易《寄王秘書》："怪來秋思苦，緣詠秘書

詩。”詩思，詩的思路、情致。

　　④【大槻崇】其人不可見，見其所住處，可以知其人清高矣。

【校勘】

　　［一］滁州　底本、大系本作“除州”，據正統本改。

湘江夜泛①

熊孺登

　　江流如箭月如弓，行盡三湘數夜中②。無奈[一]子規知向蜀，一聲聲似怨春[二]風③。

【考證】

　　此詩見《全唐詩》卷四七六（P. 5420）。

【注評】

　　①【補注】湘江，即湘水，在今湖南省境内，參見卷一戴叔倫《湘南即事》注④。夜泛，夜晚泛舟。

　　②【補注】三湘，一説指湖南湘鄉、湘潭、湘陰（或湘源），參見《太平寰宇記》卷一一六“江南西道十四·全州·清湘縣”。一説指沅湘、瀟湘、資湘。陶淵明《贈長沙公并序》：“遥遥三湘，滔滔九江。”陶澍集注：“湘水發源會瀟水，謂之瀟湘；及至洞庭陵子口，會濬江謂之濬湘；又北與沅水會於湖中，謂之沅湘。”古人詩文中的三湘，多泛指湘江流域及洞庭湖地區。

　　③【圓至】《成都記》：“蜀望帝死，化為鳥，名杜鵑，聲低怨。”【何焯】窮數日夜之力僅行得三湘，然則何時上峽耶？“怨春風”，盛年坎壈也。○“向蜀”是逆流，而上行路之難如此，不如歸去也。

【補注】蜀，古族名、國名。分佈在今四川西部。相傳最早的首領名蠶叢，稱蜀王。公元前 316 年歸併於秦，秦於其地置蜀郡。《華陽國志·蜀志》：“蜀之爲國，肇於人皇，與巴同囿。至黃帝，爲其子昌意娶蜀山氏之女，生子高陽，是爲帝嚳。封其支庶於蜀，世爲侯伯，歷夏、商、周。武王伐紂，蜀與焉。”後泛指今四川一帶。子規，又名杜鵑、杜宇。相傳為古蜀王杜宇之魂所化。春末夏初，常晝夜啼鳴，其聲哀切，似“不如歸去”，故又名催歸。參見卷一李涉《竹枝詞》注④。

【校勘】

[一] 無奈　全唐詩作“無那”。

[二] 春　全唐詩校“一作東”。

贈侯山人①

一見清容愜素聞②，有人傳是紫陽君③。來時玉女裁春服，剪破湘山幾片雲④。

【考證】

此詩見《全唐詩》卷四七六(P. 5420)。

【注評】

①【補注】山人，仙家、道士之流。庾信《道士步虛詞十首》之五：“移梨付苑吏，種杏乞山人。”侯山人，待考。

②【補注】清容，秀美的儀容。謝惠連《七月七日夜詠牛女詩》：“遐川阻曀愛，脩渚曠清容。”愜，符合。素聞，素來所聞，指名聲等。

③【圓至】《大茅君傳》有云：“紫陽左公、太極仙伯、山玄卿、周義山皆號

紫陽真人。”

【補注】紫陽君，傳説中的神仙常以“紫陽”為稱號。如周穆王時李八百號紫陽真君，漢周義山、宋張伯端俱號紫陽真人。

④【圓至】【全唐詩】湘山，在泉州郡治後。【何焯】雲氣飄飄，疑欲輕舉，極狀其清也。

【補注】玉女，仙女。湘山，一説即君山，在湖南省岳陽市西南洞庭湖中。《史記·秦始皇本紀》：“上問博士曰：‘湘君何神？’博士對曰：‘聞之，堯女，舜之妻，而葬此。’於是始皇大怒，使刑徒三千人皆伐湘山樹，赭其山。”一説即黃陵山，在湖南省湘潭市北。《讀史方輿紀要》卷八〇“湖廣六·長沙府·湘陰縣”：“黃陵山，縣北四十里。上有舜二妃墓，《括地志》謂之青草山，孔穎達以爲湘山也。”

寫　情①

李　益②

水紋珍簟思悠悠③，千里佳期一夕休④。從此無心愛良夜，任他明月下西樓⑤。

【考證】

此詩見《全唐詩》卷二八三(P. 3228)；又見卷七八五(P. 8862—8863)，屬無名氏，為《雜詩》十九首之十四。此詩《才調集》卷一〇作無名氏《雜詩》，然明銅活字本《唐五十家詩·李益集》收録。何焯云：“此詩在《從軍詩》之末，乃君虞手自編定。”(詳下)待考。

【注評】

①【補注】寫情，抒發感情。王逸《九思·傷時》：“憂紆兮鬱鬱，惡所兮

寫情。”

②【圓至】李揆祥子，大曆四年齊映榜進士。【增注】字君虞，涼州武威郡姑臧人。大曆四年登第，有心疾，不見用。後為幽州劉濟營田副使，獻詩有“感恩知有地，不上望京樓”之句。憲宗召為秘書少監，負才凌轢，諫官暴幽州時怨望語，降秩。俄復官，遷太子賓客，轉散騎常侍，後遷禮部尚書，致仕卒。

【補注】賈晉華撰《中國文學家大辭典・唐五代卷》(P.311—312)“李益”條云，益(748—827?)，字君虞，行十，鄭州(今屬河南)人，郡望隴西姑臧(今甘肅武威)。大曆四年登進士第，六年中諷諫主文科，授華州鄭縣尉，遷鄭縣主簿。建中元年為朔方節度從事，二年府罷。四年中拔萃科，授侍御史。貞元四年為邠寧節度從事，十二年府罷。十三年為幽州節度從事，進營田副使。元和元年前後，入朝為都官郎中，三年以本官充考制策官。約於四年進中書舍人，五年改河南少尹，七年任秘書少監兼集賢學士。八年前後，因“感恩知有地，不上望京樓”(《獻劉濟》)詩降居散秩，俄復用為秘書少監。歷太子右庶子、秘書監、太子賓客、集賢學士判院事。十五年任右散騎常侍，大和元年以禮部尚書致仕。此後一二年卒。益詩名卓著，世稱文章李益，與李賀齊名。元和十二年令狐楚選《御覽詩》，益詩入選最多。張為《詩人主客圖》列益為“清奇雅正主”。其詩題材廣泛，以邊塞詩最佳。自稱“五在兵間，故其為文咸多軍旅之思……或因軍中酒酣，或時塞上兵寢，相與拔劍秉筆，散懷於斯文，率皆出於慷慨意氣”(《從軍詩序》)。各體皆工，尤擅七絕。《舊唐書》本傳稱其“每作一篇，為教坊樂人以賂求取，唱為供奉歌詞”。《郡齋讀書志》著錄《李益詩》一卷，《直齋書錄解題》錄為二卷。今人范之麟有《李益詩注》(上海古籍出版社1984年版)，王亦軍、裴豫敏有《李益集注》(甘肅人民出版社1989年版)，王勝明有《李尚書詩集編年校注》(社會科學文獻出版社2013版)。

③【補注】馬茂元《唐詩選》(P.438)：“水紋，簟紋細得像水紋一樣。”范之麟《李益詩注》(P.333)：“水紋珍簟，編有水波紋圖案的貴重竹凉席。《西京雜記》：‘漢諸陵寢，皆以竹為簾，皆為水紋及龍鳳之像。’”前說更勝。思

悠悠,形容思念之遙遠、久長。

④【何焯】不復圓也。

【補注】馬茂元《唐詩選》(P.438):"佳期:指和對方的約會。《楚辭·九歌·湘夫人》:'與佳期兮夕張。'"是。又云:"一夕休:有約不來,空空等了一夜。"不確。若是僅"空空等了一夜",則希望還沒有破滅,以後還可以再約、再等,何來尾聯絕望之語。按,一夕休,指某種情事、狀態、人物等在一夜之間突然終止或死亡。楊億《戊申年七夕五絕》之四:"神女歡娛一夕休,月娥嬋獨已千秋。"侯克中《止崔左丞入廣》:"喬松傲雪三冬好,蔓草經霜一夕休。"胡儼《徐州十二詠·燕子樓》:"妙舞清歌一夕休,繁華銷盡彩雲收。"詩意謂:日日夜夜期盼的千里之約、美好之會,就在這一夜之間化為泡影;應是收到了絕交的音訊。

⑤【圓至】《舊史》謂:"益有妬癡疾[一],散灰扃戶以防妻妾。"觀此詩,非悼亡怨別,則不得於妻妾而作也。【磧砂】謙曰:"任他",意不甘之詞。【何焯】此詩在《從軍詩》之末,乃君虞手自編定,蓋自傷不遭遇時君也。【何焯門生】是拋却一生妄念。

【補注】馬茂元《唐詩選》(P.438)謂"從此"二句"寫失戀後對景傷情";并云:"這詩寫失戀的悲哀,以淡語見深情取勝";"古今情詩如林,而此詩獨出機杼。全詩不着力寫盼切之殷,而'一夕休'正見盼切之久長;不着力寫情意之深,而'無心''任他'正見其情意之摯着,正意而以反寫出之,彌覺深長。欲溯其源,則《詩經·伯兮》《漢樂府·有所思》又有類似筆法,可參閱"。陳伯海主編《唐詩彙評》(P.1485):《靈芬館詩話》卷一:"含情悽惋,命意忠厚。"《詩境淺説·續編二》:"詩題曰'寫情',實即崔國輔怨詞之意,因此生已休,雖有餘情,不抵深怨也。首二句言,冰簟夜凉,悠悠凝思,相思千里,正在掄指佳期,乃方期鸞鏡之開,遽斷鵲橋之望。故後二句寫其怨意,謂璧月團圞,本期雙照,而此後良宵,已成獨旦,則無情明月,一任其西下樓頭耳。"

【校勘】

[一]疾　底本作"夜",據詩説本、正統本、明應本改。

竹枝詞①

劉禹錫

日出三竿春霧消,江頭蜀客繫[一]蘭橈②。欲[二]寄狂夫書一紙,家住成都萬里橋③。

【考證】

此詩見《全唐詩》卷三六五(P. 4112),為《竹枝詞九首》(并引)之四,引云:"四方之歌,異音而同樂。歲正月,余來建平,里中兒聯歌《竹枝》,吹短笛擊鼓以赴節。歌者揚袂睢舞,以曲多為賢。聆其音,中黃鐘之羽,卒章激訐如吳聲,雖傖佇不可分,而含思宛轉,有《淇澳》之豔音。昔屈原居沅湘間,其民迎神,詞多鄙陋,乃為作《九歌》,到于今荊楚歌舞之。故余亦作《竹枝》九篇,俾善歌者颺之,附于末。後之聆巴歈,知變風之自焉";又見卷二八"雜曲歌辭"(P. 395),為《竹枝》九首之四。

【注評】

①【圓至】集中《竹枝詞》引曰:"余[三]來建平,里中兒[四]聯歌《竹枝》,吹笛擊鼓以赴節,含思宛轉,有《淇澳》之艷,故余作《竹枝詞》。"【增注】按《禹錫傳》:"憲宗立,王叔文等敗,禹錫貶朗州司馬。州接夜郎,諸夷風俗陋甚,家喜巫鬼。每祠歌《竹枝》,鼓吹裴回,其聲傖儜。禹錫謂:'屈原居沅湘間,作《九歌》,使楚人以迎送神。'乃倚其聲,作《竹枝詞》十餘篇。於是武陵夷俚悉歌之。"【大槻崇】本集題下有引,宜參考。按,竹枝之名,本起於夜郎竹節。《後漢書·南蠻傳》:"夜郎者,初有女子浣於遯水,有三節大竹流入足

間。聞其中有號聲，剖竹視之，得一男兒，歸而養之。及長，有才武，自立為夜郎侯，以竹為姓。天子乃封其三子為侯。死，配食其父。”夷人蓋因此竹節作歌曲，以祀其神。夢得所聽者即是也。世之詩人，唯知竹枝為紀風俗之詞，而不知其名起於竹節，故特詳錄之。

【補注】竹枝詞，樂府《近代曲》之一。本為巴渝（今四川東部、重慶）一帶民歌，唐代詩人劉禹錫據以改作新詞，歌詠三峽風光和男女戀情，盛行於世。後人所作也多詠當地風土或兒女柔情。其形式為七言絕句，語言通俗，音調輕快。《詞律》卷一：“《竹枝》之音，起于巴蜀，唐人所作，皆言蜀中風景。後人因效其體，于各地為之。”關於劉禹錫《竹枝詞九首》的創作時、地，前人説法歧出：《新唐書·劉禹錫傳》以為在朗州作；《樂府詩集》卷八一“近代曲辭三”《竹枝》云“唐貞元中，劉禹錫在沅湘”作；《韻語陽秋》卷一五認為詩中所詠“皆夔州事，乃夢得為夔州刺史時所作”。陶敏、陶紅雨《劉禹錫全集編年校注》（P. 318）云，劉集中無稱朗州為建平之例，而《送鴻舉師遊江西》序中稱夔州為建平。《太平寰宇記》卷一四八“山南東道七·夔州·巫山縣”：“故城在今縣北，晉移於此，立建平郡，梁武帝廢郡。”又禹錫《夔州謝上表》自言於長慶二年正月二日抵夔州任，亦與此詩序中“歲正月，余來建平”之語合。禹錫《別夔州官吏》：“惟有《九歌》詞數首，里中留與賽蠻神。”即指其《竹枝詞》而言，故詩當為長慶中禹錫任夔州刺史時作。

②【增注】《南齊·天文志》：“日出三竿，其色黄赤暈。”坡詩：“酒醒門外三竿日。”

【補注】陶敏、陶紅雨《劉禹錫全集編年校注》（P. 320）：《歲華紀麗》卷一《春》引古詩：“日上三竿風露消。”蘭橈，木蘭樹木製的槳，這裏代指舟。

③【圓至】萬里橋，在浣花溪東，昔諸葛孔明送吳使至此，曰：“萬里之行，從此始矣。”因得名。【何焯】杜拾遺《狂夫》詩云“萬里橋西一草堂”，落句云“自笑狂夫老更狂”。夢得自比身世飄零如拾遺之在遠，寄書之語猶賈生弔屈也。

【補注】狂夫，古代婦人自稱其夫的謙詞。《列女傳》卷六“辯通傳”《楚野辯女》：“大夫曰：‘盍從我於鄭乎？’對曰：‘既有狂夫昭氏在内矣。’遂去。”

萬里橋,陶敏、陶紅雨《劉禹錫全集編年校注》(P. 320):《元和郡縣圖志》卷
三一"劍南道上·成都府·成都縣":"萬里橋,架大江水,在縣南八里。蜀
使費禕聘吳,諸葛亮祖之,禕歎曰:'萬里之路,始於此橋。'因以為名。"

【校勘】

　　[一] 繫　全唐詩作"駐"。
　　[二] 欲　全唐詩作"憑(一作欲)"。
　　[三] 引曰余　底本脱,據詩説本、正統本、明應本補;詩説本脱前"竹枝
詞"三字。
　　[四] 兒　底本、詩説本脱,據正統本、明應本補。

聽舊宮人穆氏歌①

　　曾隨織女渡天河,記得雲間第一歌②。休唱貞元供奉曲③,當
時[一]朝士已無多④。

【考證】

　　此詩見《全唐詩》卷三六五(P. 4117),題作《聽舊宮中樂人穆氏唱歌》。

【注評】

　　①【補注】陶敏、陶紅雨《劉禹錫全集編年校注》(P. 452):此詩不勝今
昔之感,當大和二年(828)禹錫初返長安任主客郎中、集賢直學士時作。
　　②【圓至】《齊諧志》:"桂陽城武丁謂其弟曰:'七月七夕,織女當渡河,
吾向已被召。'"此詩借用。
　　【補注】天河,銀河。織女,即織女星,與牽牛星隔天河相望。二星後衍
化為神話人物,相傳每年七夕渡河相會。《天中記》卷二引《小説》:"天河之

東有織女，天帝之子也。年年機杼勞役，織成雲錦天衣，容貌不暇整理。帝憐其獨處，許嫁河西牽牛郎，嫁後遂廢織紝。天帝怒焉，責令歸河東，但使其一年一度相會。"穆氏或是因陪嫁妃嬪入宮。

③【圓至】貞元，德宗年號。

【補注】陶敏、陶紅雨《劉禹錫全集編年校注》(P. 452)：貞元，唐德宗第三個年號(785—804)。供奉曲，在宮廷中為皇帝演唱的歌曲。

④【圓至】夢得貞元時入仕，元[二]和初謫，二十四年方歸，故有是語。【磧砂】敏曰：按史，順宗永貞元年，以失音不能決事，常居深宮，施簾幃，獨宦官李忠言、昭容牛氏侍左右，百官奏事，自幃中可其奏。以王伓為左散騎常侍，王叔文為起居舍人。大抵計事，叔文依伓，伓依忠言，忠言依牛昭容，轉相交結，而韓泰、柳宗元、劉禹錫等皆其外黨也。後因張正買疏諫他事，諸往來者疑釁相乘，憲宗為太子監國，遂各貶逐。今言"當時朝士已無多"，必非伓、叔文、韋執誼之謂，蓋兼指正買與王仲舒、劉伯芻、裴茝諸人言也。何也？此老作詩，如"前度劉郎今又來"及"盡是劉郎去後栽"等句，皆胸中不平語也。【何焯】織女渡河，止於一夕，永貞改元，曾未經年，借穆氏以比立朝不久也。【何焯門生】感慨入骨。

【補注】陶敏、陶紅雨《劉禹錫全集編年校注》(P. 452)：《容齋隨筆·四筆》卷一四《貞元朝士》："劉禹錫《聽舊宮人穆氏唱歌》一詩云……劉在貞元任郎官、御史，後二紀方再入朝，故有是語。汪藻始採用之，其《宣州謝上表》云：'新建武之官儀，不圖重見；數貞元之朝士，今已無多。'……其用事可謂精切。邁嘗四用之。"《唐詩解》卷二九："此夢得還京之後，傷老成無遺，托此興慨。上述宮人之詞，下為己告之語，言彼自云曾與天河之會，記得此歌，我想當時朝士無有存者，貞元供奉之曲不必唱也。"

【校勘】

[一] 當時　全唐詩校"一作如今"。

[二] 元　何校"太"。

訪隱者[一]不遇

竇　鞏①

　　籬外涓涓澗水流，槿花半照[二]夕陽收②。欲題名字知相訪，又恐芭蕉不耐[三]秋③。

【考證】

　　此詩見《全唐詩》卷二七一（P. 3052），題作《尋道者所隱不遇》（一作于鵠詩，題作《訪隱者不遇》）。

【注評】

　　①【圓至】字友封，元和進士，卒武昌副使。【增注】字友封，雅裕，與人言若不出口，世號囁嚅翁。元稹武昌軍節度，辟秘書少監兼侍御史中丞，充節度副使卒。

　　【補注】賈晉華撰《中國文學家大辭典·唐五代卷》（P. 783）“竇鞏”條云，鞏（771—830），字友封，號囁嚅翁，行七，京兆金城（今陝西興平）人，郡望扶風（今屬陝西）。父叔向，有詩名。鞏登元和二年進士第，為滑州節度從事。八年為山南東道節度掌書記，九年為荊南節度掌書記，十一年府罷。十四年為平盧節度掌書記，遷副使。寶曆元年入為侍御史，轉司勳員外郎，刑部郎中。大和初浙東觀察使元稹辟為副使，四年隨稹移鎮武昌。五年稹卒，鞏北歸，至長安卒，年六十。工詩，與兄常、牟、群、庠齊名。褚藏言稱其“溫仁華茂，風韻峭逸。遇境必言詩，言之必破的。佳句不泯，傳於人間”（《竇鞏傳》）。白居易稱賞其絕句，收入所編《元白經還詩集》中（《與微之書》）。《新唐書·藝文志》著錄《竇氏聯珠集》五卷，收鞏與諸兄詩各一卷，今存。《全唐詩》卷二七一存詩三十九首。

　　②【補注】涓涓，細水緩流貌。《荀子·法行》：“《詩》曰：‘涓涓源水，不

罹不塞。'"槿花,即木槿花。木槿,亦作木堇,落葉灌木或小喬木。葉卵形,互生;夏秋開花,花鐘形,單生,有白、紅、紫等色,朝開暮落。《淮南子·時則訓》:"木堇榮。"高誘注:"木堇朝榮莫落,樹高五六尺,其葉與安石榴相似也。"

③【圓至】古人多喜書芭蕉葉,如懷素種芭蕉供書是也。【何焯】夕陽半照,正槿花將落時也,先有此一層不耐,故著"又"字。○不惟身如芭蕉、逝川易盡,即史籍記名姓,其與幾何耶? ○光景幾何,乃不能相從遁迹,兩層暗寓無窮悵怏。【大槻崇】恐破裂其題名也。

【校勘】

[一] 訪隱者　何校"尋道者所隱"。

[二] 照　全唐詩作"點"。

[三] 耐　全唐詩作"奈"。

重過文上人院①

李　涉

南隨越鳥北燕鴻,松月三年別遠公②。無限心中不平事,一宵清話又成空③。

【考證】

此詩見《全唐詩》卷四七七(P. 5429)。

【注評】

①【補注】上人,對和尚的尊稱。文上人,待考。

②【圓至】以遠公比文上人。

【補注】遠公，東晉高僧慧遠。參見卷六孟浩然《晚泊潯陽望爐峰》注④。這裏借指文上人。

③【何焯】"松月"二字引起"一宵"，便有塵慮都盡之意。末二句正悔從前不早領清興，言南北狂馳，自置冰炭於胸中也。然"越鳥""燕鴻"，語殊不遜，博士其猶有不平者存耶？

題鶴林寺①

終日昏昏醉夢間，忽聞春盡強登山。因過竹院逢僧話，又[一]得浮生半日閑②。

【考證】

此詩見《全唐詩》卷四七七（P.5429），題末多"僧舍"二字，題下注"寺在鎮江"。

【注評】

①【圓至】在鎮江府。【增注】鶴林寺，在潤州黃鶴山，舊名竹林寺。宋高祖常遊此寺，有黃鶴飛，因以名。

【補注】鶴林寺，舊名竹林寺。在今江蘇鎮江市南郊磨笄山下。始建於晉代，南朝宋武帝劉裕微時曾遊於此。《方輿勝覽》卷三"浙西路·鎮江府·寺院"："鶴林寺，在黃鶴山。舊名竹林寺，宋高祖嘗遊，獨臥講堂前，上有五色龍章，即位改名鶴林，今名報恩。"

②【大槻崇】首句言宦途煩擾，如醉如夢，故末句云得"半日閒[二]"也。

【校勘】

［一］又　全唐詩校"一作偷"。

［二］閒　底本作"間"，據文意改。

宮　詞

李商隱①

　　君恩如水向東流②，得寵憂移失寵愁。莫向樽前奏花落③，涼風只在殿西頭④。

【考證】

　　此詩見《全唐詩》卷五三九（P. 6181），題中"詞"作"辭"。

【注評】

　　①【圓至】字義山，懷州河內人，開成進士。【增注】字義山，懷州河內人。英國公世勣裔孫。開成二年登進士第，調弘農尉。王茂元鎮河陽，表掌書記，以子妻之，除侍御史。令狐楚帥河陽，奇其文，歷鎮表為巡官。及令狐綯當國，補太學博士。以檢校工部員外卒滎陽[一]。為文瑰邁奇古[二]，與溫庭筠、段成式相誇號"三十六體"，自稱玉溪生。

　　【補注】吳在慶撰《中國文學家大辭典・唐五代卷》（P. 315—317）"李商隱"條云，商隱（813？—858），字義山，行十六，號玉溪生，懷州河內（今河南沁陽）人。年十六，著《才論》《聖論》，以古文知名。弱冠，以文謁令狐楚，楚奇其才，令與諸子遊，並親授駢體章奏法。大和三年，天平軍節度使令狐楚辟為巡官。大和六年，令狐楚轉河東節度使，商隱從至太原。開成二年，因楚子令狐綯之薦，登進士第。楚卒，入涇原節度使王茂元幕為掌書記。茂元賞其才，以女妻之。時牛、李黨爭激烈，商隱為牛黨所不喜，以為"詭薄無行"，綯亦詆其"忘家恩，放利偷合"而排擠之（《新唐書・文藝傳下》），以此終身仕途坎坷。開成四年，過吏部試，授秘書省校書郎，調弘農縣尉。會昌二年，以書判拔萃，任秘書省正字。旋因母喪，丁憂居家。大中元年，為桂管觀察使鄭亞辟為支使兼掌書記。後歷盩厔縣尉、京兆尹掾曹。三年，盧

弘止表為武寧軍節度判官,後任太學博士、東川節度使判官。大中九年,罷
梓州幕,歸長安。次年,任鹽鐵推官。大中十二年,回鄭州閒居,旋卒。商
隱乃晚唐著名詩人,與杜牧齊名,人稱"小李杜"。又與温庭筠、段成式皆以
駢文著名,三人皆行十六,故時號"三十六體"。其詩精於用典,色彩瑰麗,
寄託遥深。辛文房評曰:"如百寶流蘇,千絲鐵網,綺密瓌妍。"(《唐才子傳》
卷七)《新唐書・藝文志》著錄其《樊南甲集》和《乙集》各二十卷、《玉溪生
詩》三卷、賦一卷、文一卷。今人劉學鍇、余恕誠有《李商隱詩歌集解》(中華
書局 1998 年版),《李商隱文編年校注》(中華書局 2002 年版)。

　　②【圓至】往而不還。

　　③【圓至】古樂府有《梅花落》曲,其詞云:"念爾零落逐風飈,徒有霜花
無霜實。"

　　④【圓至】江淹《擬[三]班倢伃詩[四]》云:"竊[五]恐涼風至,吹我玉階樹。
君子恩未畢,零落在中路。"蓋以涼風喻寵衰而冷落,此詩用之。"殿西頭"
者,言近而易至也。【磧砂】謙曰:"西"字,亦極體貼。涼風來,非泛。敏曰:
唐之末造,贊皇與牛、李分黨,鄭亞、王茂元贊皇之人,令狐楚牛、李之人。
義山少年,受知於楚而復受王、鄭之辟。楚之子綯以為恨,及其作相,不加
攜拔,義山心知見疏而冀幸萬一,故有《無題》諸作。吳修齡著《西崑發微》
曰:此首是警綯之詞。因詞比事,確然可據。觀第二句,分明患得患失小
人,則凡為小人者,皆當以此為清夜鐘聲已。【大槻崇】凄其之風,近在殿之
西頭,喻君寵之衰,在轉瞬之間也。

【校勘】

　　[一]榮陽　底本、正統本作"滎陽",據大系本改。

　　[二]古　底本作"占",據正統本、大系本改。

　　[三]江淹擬　底本、詩説本、正統本、明應本脱,據何校補。

　　[四]詩　底本、詩説本、正統本、明應本脱,據何校補。

　　[五]竊　底本、詩説本、正統本、明應本作"切",據高本、四庫本改。

將赴吳興登樂遊原①

杜　牧

清時有味是無能②，閑愛孤雲静愛僧。欲把一麾江海去③，樂遊原上望昭陵④。

【考證】

此詩見《全唐詩》卷五二一（P.5961—5962），題末多"一絶"二字。

【注評】

①【圓至】《吳興統紀》："歸命侯寶鼎元年，分吳郡立吳興郡。"

【補注】吳在慶《杜牧集繫年校注》（P.321）云，吳興，郡名，即湖州（今屬浙江）。樂遊原，在唐長安東南，地勢高曠，為登臨遊覽勝地。西漢宣帝時，在此建樂遊廟。繆鉞《杜牧年譜》（P.192）繫此詩於大中四年（850）秋，杜牧將赴湖州刺史任時作。

②【補注】清時，清平之時。味，高雅的趣味。

③【圓至】顔延年詩："屢薦不入官，一麾乃出守。"麾，斥也。自此詩誤以為"旌麾"之"麾"，至今襲其誤。

④【圓至】昭陵，在醴泉縣西，太宗所葬。《西京記》："唐太平公主於樂遊原上置亭四望。"《舊史》云：牧自負才略，兄惊隆盛於時，而牧居下位，心常不樂。"望昭陵"者，不得志於時而思明君之世，蓋怨也。首言"清時"，反辭也。【磧砂】謙曰："有味是無能"，自是確論。梗楠杞梓，未免斧斤；擁腫樗材，天年終老；人生世上，巧為拙奴，豈虛語哉！敏曰：小杜風流，樊川獨擅。只如此詩，首著"清時"二字，又豈真以無能為有味者？雖有次句相承，似乎閑極、静極，然不覺情現乎結語矣。【何焯】唐之曲江池，漢宣帝樂遊廟地也。歎時無中興之主能用牧之，致治如貞觀時。○唐時有冤者許哭昭陵。

鄭瓘協律①

廣文遺韻留樗散②，雞犬圖書共一舡。自説江湖不歸事，阻風中酒過年年③。

【考證】

此詩見《全唐詩》卷五二三(P. 5983)。

【注評】

①【圓至】瓘乃虔之孫，為協律郎。【增注】《事文類聚》：“漢置協律都尉，晉改協律校尉，後魏有協律郎，唐協律郎二人。今太常亦置此官。”《六典》載：“掌和六律、六呂，以辨四時之氣，八風五音之節。若祭祀燕享奏樂於庭，則昇堂執麾以為之節制，舉麾鼓柷而樂作，偃麾戛敔而樂止。”

【補注】鄭瓘，生平不詳。《新唐書・宰相世系表五上》有同姓名者，曾任登州户曹參軍，或即此人。協律，調和音樂律呂，使之和諧。因用作協律都尉、協律校尉、協律郎等樂官的省稱。韓愈有《贈別元十八協律六首》。

②【圓至】鄭虔為廣文館博士，杜甫云“鄭公樗散鬢成絲”。此用之，謂瓘猶有乃祖樗散遺韻。【增注】《莊子》云：“吾有大木，人謂之樗，曲轅櫟社，其大蔽牛。匠石曰散才。”

【補注】樗散，樗木材劣，多被閒置。比喻不為世用，投閒置散。

③【增注】魏徐邈，字景山，為尚書郎。時禁酒，而邈私飲沉醉。趙達問以曹事，邈曰：“中聖人。”達白，太祖怒。鮮于輔進曰：“醉客謂酒清者為聖人，濁者為賢人，邈偶醉言耳。”《賓退錄》載：齊己《折楊柳詞》“濃低似中陶潛酒”，以“中”字為去聲，於義為長。按，徐邈本文，亦不明音平聲。

【補注】中酒，醉酒。《博物志》卷一〇：“人中酒不解，治之，以湯自漬即愈。”

贈魏三十七①

李群玉

　　名珪似^[一]玉浄無瑕，美譽芳聲有數車②。莫放餤光高二丈③，來年燒殺杏園花④。

【考證】

　　此詩見《全唐詩》卷五七〇(P. 6609)。

【注評】

　　①【補注】魏三十七，據此詩首句，知為魏珪。群玉另有《酬魏三十七》《送魏珪覲省》詩。

　　②【補注】珪，"圭"的古字，瑞玉，常作祭祀、朝聘之用。《尚書·金縢》："植璧秉珪，乃告大王、王季、文王。"群玉《送魏珪覲省》："登龍屈指内，飛譽甚籍籍……見爾一開顔，温明乃珠璧。"

　　③【圓至】《唐遺史》云："江淮間術士姓吴，有赴宏詞者謁之，術士曰：'公頭上餤光高二丈，必登高第。'"

　　④【圓至】唐進士及第，賜宴杏園。【增注】《秦中記》："唐進士杏園初會，謂之探花宴。以少俊三人為探花使，遍遊名園。若他人先折得名花，則上三人被罰。"杏園，在曲江。【何焯】下二句勸其且自韜晦，以須後舉。【何焯門生】是規也，真名語。【大槻崇】第一句，借其名字，見其人清品。第二句，言聲譽之重，可以車載。第三句，舊注：《唐遺史》云：有赴宏詞者，謁術士吴姓，曰："公頭上餤光高二丈，必登高第。"第四句，唐進士及第，賜宴杏園。按，黄九煙曰：珪、玉，想即魏君名字耶？如此造句，亦未曾有。二十八字中，光芒閃爍，棱角槎枒，咄咄令人驚怪。

　　【補注】杏園，唐代新科進士賜宴之地。參見卷一唐彦謙《曲江春望》注

①和張籍《哀孟寂》注②。此聯似安慰魏珪落第，勉其來年再試。群玉《送魏珪覲省》亦曰：“未折月中枝，寧隨宋都鶪……珍重春官英，加餐數刀帛。”

【校勘】

　　［一］似　全唐詩作“字”。

湘妃廟①

　　少將風月怨平湖②，見盡扶桑水[一]到枯③。相約杏花壇上去，畫欄紅紫鬥樗蒲④[二]。

【考證】

　　此詩見《全唐詩》卷五七〇（P.6616）；又見卷八六四（P.9775），屬“神·湘妃廟”，為《又湘妃詩四首》（一作《女仙題湘妃廟詩》）之四。佟培基《全唐詩重出誤收考》（P.446）云，《唐音統籤》卷九九六《壬籤二》神詩中載入，而在卷五九五李集中下注：“補。”乃增入者。《萬首唐人絕句》卷六六載作湘妃廟女子四首之四，疑非群玉作。

【注評】

　　①【圓至】即黃陵廟。

　　【補注】湘妃廟，又名黃陵廟、二女廟等，在今湖南湘陰縣北。祠堯之二女即舜之二妃娥皇、女英。參見卷三李群玉《黃陵廟》注①。

　　②【圓至】謂二女從舜不及，沉湘而死，故怨平湖風月也。

　　③【圓至】《十洲記》：“扶桑在碧海中。”見扶桑之枯者，猶麻姑三見海為田之意。【增注】《十洲記》：“碧海中樹，長千尺，一千餘圍，而兩幹同根，更相依倚，是以名扶桑。”《淮南子》曰：“拂於扶桑，是謂晨明。”

④【圓至】樗蒱，骰子博也。范攄《雲溪友議》曰："李群玉題湘妃廟，見二女曰：'二年當與君為雲雨之遊。'段成式戲之曰：'不意足下是虞舜之辟陽侯。'"劉潛夫云："古人敘奇遇之事，猶託之他人，如元稹《鶯鶯》託之張生。至牛僧孺《周秦行記》、李群玉《黃陵廟》詩，則直攬歸己，名檢掃地矣。"【何焯】或云"紅紫"乃"紅子"之訛，宋人詞中有"紅子撑蒱"之語。此妄為之説耳，作者蓋用紅撑蒱錦[三]。【大槻崇】畫欄，即畫絲欄，謂樗局也。紅紫，其骰子，猶棋有黑白子也。是所謂淫奔之詩，讀者不必求其解，看以為空中語可也。

【補注】樗蒱，亦作樗蒱，古代的一種博戲。據馬融《樗蒱賦》載，其用具有盤（枰）、杯、矢、馬四種。盤是白、紫等顏色的毛織品，邊緣飾以文采，縫有美麗的紋樣；杯取材於崑山之木，用於投瓊；矢即瓊，類似後世的骰子，用藍田玉石加工而成；馬用犀牛之角或大象之牙磨製而成，人執六馬；采有十種，以盧、雉、犢、白為貴采，餘為雜采。貴采則連擲、打馬、過關，雜采則否。

【校勘】

　　[一]水　高本、四庫本作"未"，何校"水"。

　　[二]樗蒱　磧砂本、四庫本、何校作"撑蒱"。

　　[三]瀘州本此條末附刊刻者按語："此注語涉侮聖，宜刪。夏甞記。"中國國家圖書館藏另一瀘州本刪去了此條圓至注，另加按語云："原注引范攄《雲溪友議》李群玉、段成式語，侮聖殊甚，與詩意亦不相洽，不知天隱何以引此？何義門偶未刪去，今特刪之。夏甞記。"

已前共十五首

用　事

周弼曰：詩中用事，既易窒塞，況於二十八字之間，尤難堆疊。

若不融化，以事為意，更加以輕率，則鄰於里謠巷歌，可擊筑[一]而謳矣。凡此皆用事之妙者也①。

【注評】

①【磧砂】敏曰：按伯弢於此，另立"用事"一條，而律體不更詳者，非獨謂絕體有用事之法，他體不必論也。蓋凡詩中用事，僻則弔奇，反掩真意；泛則催倩，並非至情。且一味空疏，輒以"詩有別才，不關乎學"為辭，則枯腸俗腑又不足以播宣鐘呂。故事有當用而用者，用之所以寓意，正所以傳情。若當用而不用，不當用而强用，其失惟均。顧在用之善不善如何耳！只如昔人欲諷不學，而令其讀《霍光傳》，此亦語言間用事之妙者也，何況風雅之道乎？【何焯】《焚書坑》以下四篇皆詠懷古迹，何可概之"用事"耶？

【校勘】

[一]筑　詩說本、正統本、明應本作"竹"。

秋日過員太祝林園①

李　涉

望水尋山二里餘，竹林斜到地僊居②。秋光何處堪消日，玄晏[一]先生滿架書③。

【考證】

此詩見《全唐詩》卷四七七(P. 5430)。

【注評】

①【增注】太祝，本秦奉常官，漢景帝更名太祝。按《唐·百官志》："太

祝六人,掌出納神主,祭祀則跪讀祝文。"今太常寺有太祝。

【補注】太祝,官名。商官有"六太",其一曰太祝。《周禮·宗伯》有太祝,掌祭祀、祈禱之事。秦、漢有太祝令丞,屬太常卿。歷代多因之。參見《通典·職官七》。員太祝,待考。

②【圓至】嵇康與"七賢"遊竹林,今懷州修武縣東北五十里崇明寺是其地。顧愷之曰:"鮑靚,通靈士也,徐寧師之。夜聞琴,怪,問之,靚曰:'叔夜。'寧曰:'嵇留命東邙,何得在此?'靚曰:'叔夜迹示終,而實尸解。'"故此詩謂之"地仙",蓋以中散比員。【增注】《抱朴子》:"按《仙經》云:'上士舉形昇虛,謂之天仙。中士遊於名山,謂之地仙。下士先死後脫,謂之尸解。'"

【補注】地仙,方士稱住在人間的仙人。這裏以比員太祝,譽其生活閒散、適意。

③【圓至】皇甫謐號玄晏先生,好讀書,人謂之書淫。【磧砂】謙曰:此實事仍以虛用者,詩家亦謂之字面而已。勿泥第三句上看。【何焯】注附會,以其編列用事故耳。伯敬注意在落句也。

【補注】玄晏,晉皇甫謐沉静寡欲,有高尚之志,隱居不仕,自號玄晏先生。後因以泛指高人雅士或山林隱逸。又《晉書·皇甫謐傳》:"遂不仕。耽翫典籍,忘寢與食,時人謂之'書淫'。或有箴其過篤,將損耗精神。謐曰:'朝聞道,夕死可矣,況命之修短分定懸天乎!'"

【校勘】

[一] 玄晏　高本、四庫本作"元晏"。

長安作

　宵分獨坐到天明,又策贏驂信脚行①。每日除書雖[一]滿紙,不曾聞有介推名②。

【考證】

此詩見《全唐詩》卷四七七（P.5434），題中"作"前有"悶"字。

【注評】

①【補注】宵分，夜半。《魏書·崔楷傳》："日昃忘餐，宵分廢寢。"羸驂，瘦弱的馬。劉禹錫《送李策秀才還湖南因寄幕中親故兼簡衡州呂八郎中》："忽被戒羸驂，薄言事南征。"信脚，放開脚步。

②【圓至】《左傳》："介子推不言禄，禄亦不及。"【磧砂】敏曰：此不必看作介推自比，而地步頗亦自占。輕輕只用"介推"二字，便覺用意化事，故妙，嗟嗟！終南為仕宦捷徑，先處巖穴，儼然充隱，下盜虛聲，上飾盛典。苟若介推之不言禄，禄豈及之哉！倘真有闔門籲俊之誠，何至"上品無寒門"之慨今古同之。【何焯】斷章在不言禄禄亦弗及，未可輕襫衣裾，固言行且引去耳。

【補注】除書，拜官授職的文書。韋應物《始除尚書郎別善福精舍》："除書忽到門，冠帶便拘束。"據《左傳·僖公二十四年》載，晉文公重耳在流亡十九年後回國即位，並賞賜流亡時一直追隨着他、為他出謀劃策的人。別人都居功邀賞，唯"介之推不言禄，禄亦弗及"，後攜母隱而死。晉文公求之不獲，以綿上為之田，曰："以志吾過，且旌善人。"

【校勘】

［一］雛　全唐詩作"空（一作雛）"。

奉誠園聞笛①

竇　牟②

曾絕朱纓吐錦茵③，欲披荒草訪遺塵④。秋風忽灑西園淚⑤，滿目山陽笛裏人⑥。

【考證】

此詩見《全唐詩》卷二七一(P. 3039)，題下注"園，馬侍中故宅"。

【注評】

①**【圓至】**《唐史》："馬燧之子暢以第中大杏餉竇文場，文場以進德宗。德宗未嘗見，怪之，令中使封杏樹。暢懼，進宅為奉誠園。"《雍録》云："在安邑坊内。"

【補注】奉誠園，本為司徒兼侍中馬燧宅園，在長安城東市南安邑坊。貞元末，燧子暢獻第為奉誠園。《唐國史補》卷中："馬司徒之子暢，以第中大杏餽竇文場。文場以進。德宗未嘗見，頗怪之，令使就第封杏樹。暢懼，進宅，廢為奉誠園，屋木盡拆入内也。"

②**【圓至】**字貽周，貞元進士，終國子祭酒。**【增注】**字貽周，貞元間進士，累佐節度府，長慶中為國子司業。

【補注】賈晉華撰《中國文學家大辭典·唐五代卷》(P. 783—784)"竇牟"條云，牟(？—822)，字貽周，行二，京兆金城(今陝西興平)人，郡望扶風(今屬陝西)。父叔向，有詩名。牟於貞元二年登進士第，授秘書省校書郎、東都留守判官。五年為河陽節度使李元淳從事，十五年隨其移鎮昭義。二十年元淳卒，牟留佐留守。盧從史繼為昭義節度使，牟又為其判官。元和初以從史驕橫，辭疾居東都。五年入為虞部郎中，五、六年間出為洛陽令，八、九年間入為都官郎中，歷澤州刺史，官終國子司業。長慶二年二月卒。工詩，與兄常，弟群、庠、鞏齊名。韓愈曾師事之。褚藏言《竇牟傳》稱其有"文集十卷，未暇編録"。《新唐書·藝文志》著録《竇氏聯珠集》五卷，收牟與諸兄弟詩各一卷，今存。《全唐詩》卷二七一存詩二十一首。

③**【圓至】**司馬彪《戰略》曰："楚莊王賜群臣酒，日暮燭滅，有客引美人衣。美人絶其纓，告王取火視絶纓者。王曰：'今已飲，不絶纓者不歡。'君

臣百官皆絕纓,然後出火。"漢丙吉御吏醉嘔車上,曹吏白斥之,吉曰:"第忍之,不過污丞相車茵耳。"

【補注】纓,繫冠的帶子。以二組繫於冠,結在頷下。《禮記‧玉藻》:"玄冠朱組纓,天子之冠也。"錦茵,錦製的墊褥。

④【補注】披荒草,分開荒草以便行走、尋覓。遺塵,指前人生活、行動留下的痕迹。《後漢書‧黨錮列傳》:"蓋前哲之遺塵,有足求者。"

⑤【圓至】《魏志》:"陳思王置西園於鄴,與諸才子夜遊賦詩,故劉楨於王去後作詩云:'步出北寺門,遙望西苑園。乖人易感動,涕下與衿連。'"

⑥【圓至】向秀《思舊賦》序曰:"余與嵇康、呂安居止相近,後各以事見法。余西邁經其舊廬,鄰人有吹笛者,追思曩昔宴遊之好,感音而歎。"山陽,今懷州修武縣。《舊史》謂:"馬暢自父死後,屢為豪幸邀取財產,末年妻子凍餒,無室可居。"余觀德宗播越,非馬燧幾亡。不能恤其孤,又奪其財業使之失所,此故吏之所以傷也。《通鑑》載,大曆十四年,德宗初即位,疾將帥治第奢麗,命毀馬璘第,乃命馬氏獻其園為奉誠園者,誤也。按,新、舊《史》皆言奉誠為馬暢園,盧氏《雜記》亦云馬燧宅為奉誠園,而《舊史》載其本末尤詳。璘家所獻乃山池也,《通鑑》蓋誤以山池為奉誠耳。【磧砂】謙曰:此與《經汾陽故宅》同感,而所以用意則有微辨。蓋牟曾為馬氏客,則其情更自不能已。【大槻崇】唐仲言云:"言我曾居馬氏幕府,而被絕纓吐茵之寵遇,故欲披荒草以訪遺迹。所以對秋風而灑西園之淚者,以目所覩皆山陽笛中之人也。夫德宗得立,馬燧之力也。今收其宅為園,頓同嵇、呂之舊居,洵足悲也夫!"按,此詩凡四用事而不見痕迹,如天衣無縫,是伯弜所謂堆疊而能融化者歟?

【補注】山陽,漢置縣名,屬河南郡。故城在今河南修武縣境。魏晉之際,嵇康、向秀等嘗居此,為竹林之遊。後向秀經山陽舊居,聽到鄰人吹笛,不禁追念亡友嵇康、呂安,因作《思舊賦》。《詩境淺說‧續編二》:"詩言當年東閣延賓,吐車茵而不憎,絕冠纓而恣笑,曾邀逾分優容。及重過朱門,而荒草流塵,難尋遺迹,秋老西園,不禁淚盡斜陽之笛矣。自來知己感恩者,牙琴罷流水之弦,馬策極州門之慟,今昔有同懷也。"

冬夜寓懷寄王翰林①

竇　庠

　　滿地霜蕪葉下枝②，幾回吟斷四愁詩③。漢家若欲論封禪，須及相如未病時④。

【考證】

　　此詩見《全唐詩》卷二七一（P.3047），題中"王翰林"下校"一作翰林王補闕"。

【注評】

　　①【增注】翰林學士前代無之。唐承平時，工藝書畫之徒待詔翰林。後召集賢學士草書，詔在翰林待進止[一]，因名。今有翰林學士等官。

　　【補注】寓懷，寄託情懷。翰林，即翰林學士。唐玄宗開元初以張九齡、張説、陸堅等掌四方表疏批答、應和文章，號翰林供奉，與集賢院學士分司起草詔書及應承皇帝的各種文字。德宗以後，翰林學士成為皇帝的親近顧問兼秘書官，常值宿内廷，承命撰擬有關任免將相和册后、立太子等事的文告，有"内相"之稱。唐代後期，往往即以翰林學士昇任宰相。王翰林，陳貽焮主編《增訂注釋全唐詩》第2册（P.751）："疑為王源中。據《翰苑群書》上《重修承旨學士壁記》，源中'寶曆元年九月二十四自户部郎中充，十一月二十八日賜紫。二年正月二十八日權知中書舍人。大和二年二月五日，正拜'。"陶敏《全唐詩人名彙考》（P.513）據《全唐詩》校"一作翰林王補闕"，云當指王涯。《舊唐書》本傳云："王涯，字廣津，太原人。父晁。涯，貞元八年進士擢第，登宏辭科。釋褐藍田尉。二十年十一月，召充翰林學士。拜右拾遺、左補闕、起居舍人，皆充内職。"備考。

　　②【何焯】自比年衰。

【補注】霜蕪，被霜的雜草。

③【圓至】張衡作《四愁詩》，皆懷賢之意。【何焯】第二兼寫"留滯周南"之意。

【補注】吟斷，反復、不停地吟。四愁詩，詩篇名，東漢張衡作。衡借詩寓意，抒發心煩紆鬱之情。序云："時天下漸弊，鬱鬱不得志，為《四愁詩》。效屈原以美人為君子，以珍寶為仁義，以水深雪雰為小人。思以道術為報，貽於時君，而懼讒邪不得以通。"後用以指抒發憂鬱情懷的詩篇。皇甫冉《劉方平西齋對雪》："自然堪訪戴，無復四愁詩。"

④【圓至】《史記》："天子曰：'相如病甚，可往悉取其書。'使所忠往，相如已死，家無遺書。妻曰：'長卿未死時，為書一卷，曰有使來，求奏之。'言封禪事。所忠以奏，天子異之。"余謂封禪，秦漢侈奢，既非古禮，而相如至死不忘獻諛，夫豈忠臣而甘以自比？或以比人，此唐儒之陋也。韓退之亦上表勸封禪，又數自謂希相如。退之儒宗，猶爾，如庠何議焉？【增注】《漢·郊祀志》："齊人丁公曰：'封禪者，古祭祀之名也。'"又筑土曰封，除地曰禪。古者巡狩至於四岳，則封大山而祭天，禪小山而祭山川。【磧砂】敏曰：是殆不然。按，相如原以辭賦得幸，因病而使求遺書，漢武之好名慕士耳。故曰"若欲論封禪"，須及未病之時。微詞在漢武，并非羨慕相如。且此詩懷寄王翰林，則隱以狗監諷王，特庾其辭，無迹可求爾。故論詩求理，便是宋朝習氣，勿被庠冷笑也。【何焯】何與詩事？老衲自慕契嵩之非韓耳。【大槻崇】余謂寶庾之意，未必在封禪，特借相如事，欲天子使來求己著書耳。注乃謂唐儒之陋也，遂至并譏韓公，可謂以辭害意之甚者矣。

【補注】此聯謂須趁人才精力旺盛時及時重用。

【校勘】

〔一〕止　底本作"止"，正統本作"土"，據大系本改。

焚書坑①

章　碣②

竹帛煙消帝業虛③，關河空鎖[一]祖龍居④。坑灰未冷山東亂，劉項元[二]來不讀書⑤。

【考證】

此詩見《全唐詩》卷六六九(P.7654)。

【注評】

①【圓至】在驪山，始皇焚書坑儒於此。【增注】按，始皇三十四年，李斯上書云云："今諸生不師今，而學古以非當世，惑亂黔首。臣請：史官非秦記皆燒之，天下有藏《詩》《書》、百家語，皆詣守尉雜燒之。"又盧生、侯生謀曰："始皇剛戾，不可求仙。"乃亡去。始皇怒按之，四百六十餘人坑之咸陽[三]。又始皇密令種瓜驪山硎谷，瓜冬實。詔諸生往視，為伏機，填之以土，皆壓死。

【補注】焚書坑，又名坑儒谷，在今西安臨潼區西南二十里洪慶村。傳說為秦始皇坑儒之處。一說在東南五里。《太平寰宇記》卷二七"關西道三·雍州三·昭應縣"："坑儒谷在縣東南五里……唐玄宗改為旌儒鄉，立旌儒廟，賈至為碑文。"《長安志》卷一五"縣五·臨潼"云"在縣西南五里。秦始皇坑儒於驪山下，故名坑儒鄉"。

②【圓至】咸通中人，或曰孝標之子。【增注】孝標之子，登乾符[四]進士第。

【補注】吳在慶撰《中國文學家大辭典·唐五代卷》(P.725)"章碣"條云，碣(生卒年不詳)，原籍睦州桐廬(今屬浙江)，後遷居錢塘(今浙江杭州)，一說為孝標子。咸通末，以詩名，然累舉不第。乾符四年，禮部侍郎高湘知貢舉,放其自連州攜至京之舉子邵安石及第,碣仍駁落,憤而作《東都望幸》詩以刺之。適值離亂,遂流落毗陵等地以終。"碣有異才,嘗草創詩律,於八句中足字平側各從本韻……自稱變體,當時趨風者亦紛紛而起也。"(《唐才子傳》卷九)《新唐書・藝文志》著録《章碣詩》一卷。《全唐詩》卷六六九編其詩為一卷。

③【圓至】古以竹帛為書,後漢方用紙。

【補注】馬茂元《唐詩選》(P. 799):竹帛,指書籍。古代的書籍刻、寫在竹簡或寫在帛上。竹帛煙消,指始皇焚書事。賈誼《過秦論》:"天下以定,秦王之心,自以為關中之固,金城千里,子孫帝王萬世之業也。"帝業虛,是說這個願望落了空。

④【圓至】《史記》:"明年祖龍死。"蘇林曰:"祖,始也;龍,君象。謂秦始皇死。"

【補注】馬茂元《唐詩選》(P. 799):"言關河的險固,不能挽救秦朝滅亡的命運。關河,函谷關和黄河。祖龍居,指秦朝首都所在的關中之地。"

⑤【圓至】陳勝起亂發山東,劉、項繼之,遂滅秦。高祖云:"馬上安事《詩》《書》?"項羽亦云:"書足記姓名而已,不肯學。"二公皆不讀書者也。【磧砂】謙曰:初,始皇焚書以愚天下,意謂不讀書則無敢稱亂者矣。孰知事有大謬不然者,始皇之自以為智,正其自愚也。今讀此詩,如食哀家梨,爽而有味。此又論史之最妙者,豈特使事為能?【大槻崇】按此詩及《赤壁》《賈生》諸作,皆係詠史體,與前後用事借古人往事抒自己之懷抱者較異其體。伯弜於七律既立"詠物"一門,今不立"詠史"一體,何耶?録此質博雅。

【補注】元來,即原來。馬茂元《唐詩選》(P. 799):"秦二世元年(前209),也就是秦始皇死後的一年,陳涉等領導農民起義,最後劉邦和項羽進軍函谷關滅亡了秦朝。坑灰未冷,極言時間之速。山東,指華山以東,亦即除去關中以外的廣大地區。"陳伯海主編《唐詩彙評》(P. 2823):《删補唐詩選脉箋釋會通評林・七言絶句・晚唐下》:周珽:"亂不生于讀書之輩,乃兆于焚書之時。"

【校勘】

[一] 關河空鎖　裴校"《摭言》：'關河空鎖'作'昔年曾見'"。

[二] 元　磧砂本作"原"。

[三] 咸陽　底本作"減陽"，據正統本、大系本改。

[四] 底本"乾符"前衍"乾"字，據正統本、大系本删。

赤　壁①

杜　牧

折戟沉沙鐵半[一]銷，自將磨洗認前朝②。東風不與周郎便，銅雀
春深鎖二喬③。

【考證】

此詩見《全唐詩》卷五二三(P. 5980)，題下校"一作李商隱詩"；又見卷
五四一(P. 6254)，屬李商隱，題下校"此詩又見杜牧集"。佟培基《全唐詩重
出誤收考》(P. 387—388)云，此詩《才調集》卷四、《萬首唐人絕句》卷二五作
杜牧，葉葱奇《李商隱詩集疏注》列入集外詩，按云："這首詩亦見《樊川集》，
看其風調，顯然是杜牧的作品。朱注：'以下四首一本闕。'馮班云：'《赤壁》
至《定子》四首，北宋本不載，南宋本始有之。'據此可見這幾篇均非錢若水
原輯，而是南宋時人所增入。"《彥周詩話》《韻語陽秋》卷三、《一瓢詩話》皆
以為杜牧作。吳在慶《杜牧集繫年校注》(P. 501)補充道，此詩杜牧外甥裴
延翰所編《樊川文集》已收，當為杜牧詩。

【注評】

①【圓至】在鄂州蒲圻縣西北二十里。【增注】赤壁，在鄂州江夏蒲圻
西，即周瑜焚曹公船處。今江漢間言赤壁者五：漢陽、漢川、黃州、嘉魚、江

夏,惟江夏之説為近。東坡《赤壁賦》乃黄州之赤壁,故云:"此非曹孟德之困於周郎者乎?"

【補注】吴在慶《杜牧集繋年校注》(P. 502)云,此詩乃杜牧任黄州刺史時作,約作於會昌二年至四年(842—844)之間。

②【何焯】"認前朝"以刺今日不如當年能盡時人之用也。

【補注】戟,古代兵器名,合戈、矛為一體,略似戈,兼有戈之橫擊、矛之直刺兩種作用,殺傷力比戈、矛為强。自將,自己拿着。

③【圓至】《吴·周瑜傳》:年二十四,吴中呼為周郎。孫策攻皖,得喬公二女,皆國色。策納大喬,瑜納小喬。又:瑜與曹遇於赤壁,曹公在北岸,瑜在南岸。瑜將黄蓋以船載薪燒北船,時東南風急,北船燒盡,曹公敗走。又:曹公作銅雀臺於鄴,置妓其上。詩意謂:非東風助順,則瑜不能勝,家必為虜矣。【增注】《許彦周詩話》云:"牧之《赤壁》詩意謂:'若不縱火,即為曹公奪二喬置銅雀臺之上。'"又云:"孫氏霸業,繋[二]此一戰。社稷存亡、生靈塗炭都不問,只恐捉了二喬,可見措大不識好惡。"【磧砂】敏曰:幼誦此詩,亦作如前意會。今方悟前説猶屬影響。要知牧之是唐人,并非陳壽志三國左祖於曹魏者也。提起"東風",應亦天不佑逆之深思,豈是輕薄公瑾耶?非微無有輕薄公瑾之意,十分是恥笑阿瞞也。向被瞞過。【何焯】第三只言獨賴此一戰耳,看作東風之助,即説夢矣。〇上二句極鄭重,第四澈頭痛説關係。妙在第三句轉身,却用輕筆點化。【大槻崇】詩意謂:當時東南風不為周郎助順燒北船,則吴軍不能勝,而二喬被曹公奪,置之銅雀臺之上耳。其構思深婉,措辭流麗,洵為詠史上乘。許彦周乃謂措大不識好惡,近世沈長洲亦以為輕薄少年語,寧可與此輩共論詩哉!

【補注】銅雀臺,亦作銅爵臺。漢末建安十五年冬曹操所建。周圍殿屋一百二十間,連接榱棟,侵徹雲漢。鑄大孔雀置於樓頂,舒翼奮尾,勢若飛動,故名銅雀臺。故址在今河北臨漳縣西南古鄴城的西北隅,與金虎、冰井合稱"三臺"。

【校勘】

[一]半　全唐詩作"未(一作半)"。

[二]繫　底本、正統本、大系本作"翳",據《歷代詩話》(P.392)改。

秦　淮①

煙籠寒水月籠沙,夜泊秦淮近酒家。商女不知亡國恨,隔江猶唱後庭花②。

【考證】

此詩見《全唐詩》卷五二三(P.5980),題首多"泊"字。

【注評】

①【圓至】秦淮水在建康。秦望氣者言江東有天子氣,故鑿斷地脈。方山是其斷處,水為秦淮。

【補注】吳在慶《杜牧集繫年校注》(P.518)云,此詩當為杜牧會昌六年(846)罷池州任,徙為睦州刺史,秋冬間路經金陵時作。

②【圓至】陳後主作《玉樹後庭花》之曲,聞者泣下,後為隋所滅。【增注】《澗泉説》云:"隋亡,有《伴侶曲》;陳亡,有《後庭花》,皆亡國音也。商女樂隋舊俗,妖淫哀思,不知為亡國之音。此詩有關涉聖賢不欲聞桑間、濮上之音,晉趙孟不願聞《牆有茨》之詩也。"【何焯】發端寫盡一片亡國恨。【大槻崇】徐而菴曰:商女是以唱曲作生涯者,那知陳後主以此亡國、有恨於其內哉!杜牧隔江聽之,乃有無限興亡之感,故作是詩。

【補注】商女,歌女。

漢　宮

李商隱[一]

　　青雀西飛竟未回①，君王長在集靈臺②。侍臣最有相如渴③，不賜金莖露一杯④。

【考證】

　　此詩見《全唐詩》卷五三九(P. 6163)，題末多"詞"字。

【注評】

　　①【圓至】《漢武故事》："七月七日上於承華殿齋，忽有青鳥從西方來。上問東方朔，朔曰：'此[二]西王母欲來。'有頃，王母至。及去，許帝以三年後復來。後竟不來。"

　　【補注】《山海經·大荒西經》："西有王母之山……有三青鳥。"郭璞注曰："皆西王母使也。"

　　②【圓至】《黃圖》云："集靈宮通天臺，在華陰縣界，武帝所造。"

　　③【圓至】司馬相如口吃，有消渴疾。

　　④【圓至】《西都賦》："抗仙掌以承露，擢雙立之金莖。"武帝取此，服玉屑以求不死者也。詩意謂：方士妄言，君王惑而不悟。若食露果可不死，相如最渴，何不以此試之？則信[三]否見矣。【磧砂】謙曰：此就漢武求仙，西王母許以三年復來，後竟不至。譏其服食果可不死，何不先止相如之消渴病乎？然按唐武宗會昌五年正月，筑望仙臺於南郊。宰臣李德裕等率文武百僚上徽號，柳仲郢為京兆尹。十月以道士劉玄靜為崇玄學士，則此詩當亦賈生過秦之義也。特指侍臣，或因六年崩，德裕遂罷，次年遂貶，未可知。【何焯】此注全本羅大經語。○吳昊謂此詩刺憲、武，得之。然此獨刺武宗也。【大槻崇】詩意謂：仙家消息不可期，君王則長在集靈臺矣。不如賜金

莖露於侍臣，以療其消渴也。喻遠求仙不若近求賢之愈也。舊注以侍臣試死不死，迂甚！○徐而菴曰：若不賜相如，坐視其疾而不救，是武帝有仙人之私，而無天子之德矣。時憲宗服金丹暴崩，穆宗復蹈前轍，故作此詩寄諷諫也。

【補注】《文選》卷一班固《西都賦》張詵注云：“抗，舉也。金莖，銅柱也。作仙人掌以舉盤於其上。”《三輔黃圖》卷三“建章宮”：“《漢書》曰：‘建章宮有神明臺。’《廟記》曰：‘神明臺，武帝造，祭仙人處。上有承露盤，有銅仙人舒掌捧銅盤玉杯，以承雲表之露，以露和玉屑服之，以求仙道。’”劉學鍇、余恕誠《李商隱詩歌集解》(P. 538)云：“此詩旨意，或謂諷求仙，或謂自慨，實則二者兼而有之……此中含數層意，諷其‘長在集靈臺’而毫無所得，既不見西王母之來，亦未見金莖之仙露；諷其溺於求仙而無意求賢，亦即‘不問蒼生問鬼神’之意；慨己之渴求仕進，而不得分君王一杯雨露，‘渴’‘露’含義雙關。”認為此詩乃刺武宗，當作於武宗築望仙臺之後，李商隱重官秘閣前。

【校勘】

　　[一]李商隱　磧砂本脫。

　　[二]此　底本脫，據詩説本、正統本、明應本補。

　　[三]信　底本作“言”，據詩説本、正統本、明應本改。

賈　生

　　宣室求賢訪逐臣[①]，賈生才調更無倫。可憐夜半虛前席，不問蒼生問鬼神[②]。

【考證】

　　此詩見《全唐詩》卷五四〇(P. 6208)。

【注評】

①【圓至】宣室，未央前殿正室。

②【圓至】漢賈誼讁為長沙傅。歲餘，帝思之，徵入見。上方坐宣室受釐，因感鬼神之事而問之。誼具道所以，至半夜，文帝前席。【增注】前席，促席近聽誼言也。【磧砂】謙曰：前席，移席近前也。虛，猶徒也。首二句君臣兩賢之，轉接獨說文帝，罪分首從而已，非賈生遂可免議也。何也？痛哭流涕，交淺言深，誼之初心為蒼生也。一經貶斥，氣餒如斯，便順道鬼神之事，則亦僅謂之才人已。【何焯】賈生前席猶為虛禮，況並無宣室之訪逮耶？自傷更在言外。○作者自攄怨刺，若文帝豈不問蒼生者，何至如"召彼故老，訊之占夢"也。

【補注】劉學鍇、余恕誠《李商隱詩歌集解》（P.1519）引屈復評云："前席之虛，今古盛典。文帝之賢，所問如此，亦有賈生遇而不遇之意歟？"

集靈臺①

張　祜②〔一〕

　　虢國夫人承主恩，平明騎〔二〕馬入金〔三〕門③。却嫌脂粉污顏色，淡掃蛾眉朝至尊④。

【考證】

此詩見《全唐詩》卷五一一（P.5843），為《集靈（一作虛）臺二首》之二，詩末校"此篇一作杜甫詩"；又見卷二三四（P.2580），屬杜甫，題作《虢國夫人》（一作張〔祜〕〔祐〕《集靈臺二首》之一）。裴校"此篇係杜工部詩，即以《虢國夫人》為題，騎馬作上馬，金門作宮門，污作涴"。吳企明《唐音質疑錄·杜甫詩辨偽札記》（P.26—27）、佟培基《全唐詩重出誤收考》（P.170—171）等皆認為乃張祜詩。尹占華《張祜詩集校注》（P.206）云，此詩一作杜甫,本之樂史《楊太真外傳》。張祜集録同題詩二首,為一組,"先詠太真,後詠虢國,意義連貫,不可割裂,故非杜甫作。諸學者多有辨之者……試再證之:杜甫諷唐玄宗與楊貴妃兄妹諸作,如《麗人行》《自京赴奉先縣詠懷五百字》等,重在擾民荒政,此詩則重在混亂宮闈,此其一不類也;杜甫諷詠天寶時事,多用新題樂府或古體,此詩為近體,不合杜作習慣,此其二不類也。故非杜作"。

【注評】

①【圓至】集靈臺,玄宗所作。《雍録》云:"在華清宮中,非漢集靈宮中之臺也。"

【補注】尹占華《張祜詩集校注》(P. 205):《舊唐書·玄宗本紀下》:"(天寶元年十月)新成長生殿名曰集靈臺,以祀天神。"

②【圓至】字承吉,為處士居蘇州,令狐楚嘗薦之。【增注】字承吉[四],以處士居蘇州。令狐楚長慶中嘗薦其詩於朝,上不用,詳見《又玄集》杜牧《寄張祜》詩注。或云:祜,清河人,嘗賦《淮南》詩云:"人生只合楊州死,禪智山光好墓田。"大中中果卒於丹陽。

【補注】吳汝煜撰《中國文學家大辭典·唐五代卷》(P. 431—432)"張祜"條云,祜(792?—853?),一作祐,誤。字承吉,行三,郡望清河(今屬河北),南陽(今河南鄧州)人,寓居姑蘇(今江蘇蘇州)。早年浪迹江湖,任俠說劍,狂放不羈。約於長慶三年,至杭州謁刺史白居易,與詩人徐凝爭為解元,不勝而歸。屢舉進士不第。寶曆中,白居易為蘇州刺史,張祜復往謁之。大和五年,令狐楚為天平軍節度使,録張祜新、舊格詩三百首進獻朝廷,又特加表薦,為權貴抑退。曾久客揚州,又屢辟使府,轉徙於徐、許、池等州及魏博、宣城等地。或謂曾為冬瓜堰官(《雲溪友議》卷下《雜嘲戲》)。所在狷介少合,任職不久輒自動離去。晚年卜宅丹陽,隱居以終,身後蕭條冷落。張祜苦心為詩,早享盛名。宮詞及五律均有名篇。宮詞傳入禁中,宮女多能譜唱。喜遊山水名寺,每有題詠,多成絕唱。令狐楚評其詩"研幾甚苦,搜象頗深。輩流所推,風格罕及"(《進張祜詩冊表》)。陸龜蒙稱其

“及老大,稍窺建安風格”;“短章大篇,往往間出,諫諷怨譎,時與‘六義’相左右,善題目佳境,言不可刊置別處。此為才子之最也”(《和過張祜處士丹陽故居并序》)。《新唐書·藝文志》著録《張祐(祜)集》十卷。今人尹占華有《張祜詩集校注》(巴蜀書社 2010 年版)。

③【圓至】《楊妃外傳》:“妃有三姨,韓國、虢國、秦國三夫人。”又《明皇雜録》:“虢國常乘驄馬入禁。”金門,金馬門也。

【補注】尹占華《張祜詩集校注》(P. 207):《明皇雜録》卷下:“楊貴妃姊虢國夫人,恩寵一時,大治宅第……虢國每入禁中,常乘驄馬,使小黃門御。紫驄之俊健,黃門之端秀,皆冠絶一時。”平明,猶黎明。金門,金馬門或金明門的簡稱,前者為漢代宮門名,後者為唐代宮門名,皆為待詔之所。這裏泛指宮門。

④【圓至】《楊妃外傳》:“虢國夫人不施朱粉,自有美艷,常素面朝天。”【增注】《詩》:“蠐首蛾眉。”注:“蠶蛾,其眉細而長。”【高士奇】作者直書其事而諷刺自見。【磧砂】謙曰:具文見意,中菁不可道矣。【何焯門生】只叙事而意自見,絶妙作法。【大槻崇】此見夫人承恩而以顏色邀寵也。宮禁之中,誰敢出入,惟夫人封為虢國,常乘驄馬以入禁矣。却嫌美色為脂粉所污,故淡掃蛾眉,任其國色天姿,朝天子以取寵也。其明皇嬖幸之意,已在言外。

【補注】蛾眉,蠶蛾觸鬚細長而彎曲,因以比喻女子美麗的眉毛。至尊,指皇帝。《漢書·西域傳上》:“今遣使者承至尊之命,送蠻夷之賈。”

【校勘】

　　[一]張祜　底本、元刊本、正統本、明應本、磧砂本、高本、四庫本作“張祐”,據何校、全唐詩改。又按,正統本、明應本書前小傳作“張祜”。

　　[二]騎　全唐詩校“一作下”。

　　[三]金　高本、四庫本、全唐詩作“宮”。

　　[四]承吉　底本、正統本作“丞吉”,據大系本改。

遊嘉陵後溪^①

薛　能

山屐經過滿徑蹤^②，隔溪遙見夕陽春^③。當時諸葛成何事，只合終身作臥龍^④。

【考證】

此詩見《全唐詩》卷五六一（P. 6509），題中"嘉陵"作"嘉州（一作陵）"，題下注"開元觀閒遊，因及後溪，偶成二韻"。

【注評】

①【增注】四川鳳州路嘉陵溪也。

【補注】嘉陵，當為嘉州，薛能咸通中曾攝嘉州刺史。《全唐詩》標題是。嘉州，北周大成元年改青州置，治所在平羌郡平羌縣（今四川樂山市）。《元和郡縣圖志》卷三一"劍南道上・嘉州"："按州境近漢之漢嘉舊縣，因名焉。"而《太平寰宇記》卷七四"劍南西道三・嘉州"云："以其郡土嘉美為稱。"轄境相當今四川樂山、峨眉山、峨邊等市縣地。隋大業三年改置眉山郡。唐武德元年復為嘉州。治所在龍遊縣（今樂山市）。天寶元年改為犍為郡，乾元元年復為嘉州。轄境擴大，包括今夾江、犍為、馬邊等縣地。

②【圓至】宋謝靈運常著木屐，上山則去前齒，下山則去後齒。

【補注】屐，木製的鞋，底大多有二齒。

③【圓至】《淮南子》曰："日經於隅泉，是謂高春。起於連石，是謂下春。薄於虞泉，是謂黃昏。"

④【圓至】諸葛初隱草廬，徐庶謂之臥龍，後相蜀。能性傲誕，其《題籌筆驛》自注云："余為蜀從事，常薄武侯非王佐才，故有是題。"此章意亦同。然能後鎮彭門，廣順初軍亂殺死，則武侯未可薄也。【增注】《鶴林玉露》載

薛能詩云云,能之論非也。孔明之出,雖不能掃清中原,吹火德之灰,然伸討賊之義,盡託孤之責,以教萬世之為人臣者,安得謂之"成何事"哉?【磧砂】敏曰:能不得意,為武臣,此亦憤激自託之詞,非黨同陳壽真貶武侯也。【何焯】屐蹤滿徑,經過非一,有終焉雲臥此山之志矣。○次句以晚照出"後"字。○第二亦託意唐祚方盡,言雖武侯不能輔之久全也,要與別篇風話殊。【何焯門生】乃自況耳,非誠説諸葛也。【大槻崇】"夕陽春",以喻時運之衰。三、四句借當時諸葛以泄己不平之意,猶言為今之計者,與其展力於廟堂,不如終身於江湖也。舊注乃云武侯未可薄也,羅大經云能之論非也,皆癡人説夢耳。

已前共一十一首①

【注評】

①【大槻崇】余竊謂用事有二體,前既論之。今定以《秋日》《長安》《奉誠》《冬夜》《秦淮》《嘉陵》為一體,曰以上共六首。以《焚書》《赤壁》《漢宮》《賈生》《虢國》為一體,曰以上共五首。冀使觀者知所辨也。

前　對

周弼曰:接句兼備虛實兩體,但前句作對,而其接亦微有異焉。相去僅一間,特在乎稱停之間耳①。

【注評】

①【磧砂】謙曰:前對未免着意,接落易於有懈可擊,不然,必少靈動,故須詳辨之。

山　店

盧　綸①

　　登登山^[一]路何^[二]時盡②，決決溪泉到處聞③。風動葉聲山犬吠，一^[三]家松火隔秋雲④。

【考證】

　　此詩見《全唐詩》卷二八〇（P. 3190），題下校“一作王建詩”；又見卷三〇一（P. 3431），屬王建，題下校“一作盧綸詩”。王宗堂《王建詩集校注》（P. 523）云，此詩王建詩集書棚本、汲古閣本不載，初見於宋人洪邁《萬首唐人絕句》卷二四，又見於明《唐四十七家詩》抄本卷九、胡震亨《唐音統籤》卷三五一、席啓寓《唐百家詩》刻本卷九、《全唐詩》卷三〇一。重見於《全唐詩》卷二八〇盧綸五，題注一作王建詩。《三體唐詩》卷一、《唐詩品彙》卷四九作盧綸詩，歸屬難定。佟培基《全唐詩重出誤收考》（P. 251）亦未作判斷。尹占華《王建詩集校注》（P. 433）據《萬首唐人絕句》定為王建詩。劉初棠《盧綸詩集校注》（P. 570）當盧綸詩收錄。姑且存疑。

【注評】

　　①【圓至】字允言，河中人。天寶亂，客鄱陽。【增注】字允言，河中蒲人。避天寶亂，客鄱陽。大曆初舉進士，不入第。元載取其文以進^[四]，補閿鄉尉，累遷監察御史。渾瑊鎮河中，辟元帥^[五]判官，累遷檢校户部郎中。德宗從河^[六]中驛召，會卒。與吉中孚、韓翃、錢起、司空曙、苗發、崔峒、耿湋、夏侯審、李端皆能詩，號“大曆十才^[七]子”。

　　【補注】賈晉華撰《中國文學家大辭典·唐五代卷》（P. 117）“盧綸”條云，綸（生卒年不詳），字允言，蒲州（今山西永濟）人，郡望范陽（今河北涿州）。天寶末避亂客居鄱陽。大曆初累舉進士不第，六年宰相元載薦為閿鄉尉,改密縣令。八、九年間宰相王縉薦為集賢學士、秘書省校書郎。與錢起、李端等文詠唱和,游於駙馬郭曖之門。十二年元載、王縉獲罪,綸坐累去官。十四年調陝府戶曹。建中元年任昭應令。興元元年為奉天行營副元帥渾瑊判官,七月隨瑊鎮河中。貞元十三、十四年之際,德宗問綸何在,召入宮中唱和,超拜戶部郎中。卒於十四、十五年間。綸於代宗、德宗朝詩名頗著,與錢起、吉中孚等並稱"大曆十才子"。元和中令狐楚選《御覽詩》,綸詩入選居十分之一。憲宗曾詔令訪其遺文。文宗尤重其詩,令其家進文集,得五百篇。《舊唐書·盧簡辭傳》稱:"大曆中,詩人李端、錢起、韓翃輩能為五言詩,而辭情捷麗,綸作尤工。"《新唐書·藝文志》著錄《盧綸詩集》十卷。今人劉初棠有《盧綸詩集校注》(上海古籍出版社 1989 年版)。

②【補注】登登,象聲詞,指腳步聲。《五總志》載宋黃犧《草堂》曰:"徑入小庭迂,登登豈按圖。"

③【補注】決決,水流貌。《廣雅·釋訓》:"涓涓、決決……流也。"

④【增注】坡詩:"夜燒松明火。"○《易齋笑林》載:昭宗時,國用窘之,李茂貞令榷油以助軍須。俄有司言:"官[八]油沽[九]賣不行,多為松明攙奪,乞行禁止。"張延範曰:"更有一利,便可并月明禁之。"李大笑,其禁遂止。【何焯】發端是暮程倦客亟望有店,"何時盡"又直貫注"隔秋雲"三字。○第二句疑若路窮,妙能頓挫,第四仍用"隔秋雲"三字,欲透復縮。○"犬吠"尚是因風遠傳,與下句"隔"字一綫。【何焯門生】如畫。

【補注】松火,照明用的松明。

【校勘】

[一] 山　正統本作"小"。

[二] 何　全唐詩作"行"。

[三] 一　磧砂本、高本、四庫本作"幾",全唐詩校"一作幾"。

[四] 進　底本、正統本脫,據大系本補。

[五] 元帥　底本作"元師",據正統本、大系本改。

[六] 河　底本、正統本脫,據大系本補。

　　［七］才　底本作"寸"，據正統本、大系本改。

　　［八］官　底本、正統本、大系本作"宫"，據《古今事文類聚·續集》卷一八引此條改。

　　［九］沽　底本作"沾"，據正統本、大系本改。

韋處士郊居①

雍　陶

　　滿庭詩景［一］飄紅葉，繞砌琴聲滴暗泉。門外晚晴秋色老，蕭條［二］寒玉一溪煙②。

【考證】

　　此詩見《全唐詩》卷五一八(P.5920)。

【注評】

　　①【補注】處士，指有道德、學問而隱居不仕之士。韋處士，待考。郊居，郊外的住所。

　　②【補注】寒玉，比喻清冷、雅潔的東西，如水、月、竹等。這裏指竹。陳伯海主編《唐詩彙評》(P.2325)：《唐詩摘鈔》卷四"七言絕句"："亦只寫所居之景，而處士之高自見。"

【校勘】

　　［一］景　全唐詩作"境(一作景)"。

　　［二］蕭條　四庫本、全唐詩作"萬條"。

江　南

陸龜蒙[一]

　　村邊紫豆花垂次，岸上紅梨葉戰初①。莫怪煙中重回首，酒旗[二]青紵一行書②。

【考證】

　　此詩見《全唐詩》卷六二九（P.7216—7217），為《江南二首》之二。

【注評】

　　①【補注】戰，搖晃，顫動。白居易《西湖晚歸回望孤山寺贈諸客》：“棕櫚葉戰水風涼。”

　　②【何焯】第三句太無力。○秋風忽起，萬愁雜至，此時惟得酒可忘。第三平接，故無害也。

　　【補注】何錫光《陸龜蒙全集校注》（P.713）：青紵，指用青色紵麻織成的粗布，舊時酒店常用以製酒旗。

【校勘】

　　[一]陸龜蒙　高本、四庫本脫。

　　[二]旗　全唐詩作“家（一作旗）”。

旅　夕①[一]

高　蟾②

　　風散古陂驚宿雁，月臨荒戍起啼鴉③。不堪吟斷無人見，時復寒燈落一花④。

【考證】

此詩見《全唐詩》卷六六八（P. 7647），題作《旅夕（一作食）》。

【注評】

①【補注】旅夕，旅居他鄉的夜晚。

②【圓至】乾符三年孔緘榜第。【增注】《紀事》載："《唐登科記》進士有兩高蟾，其一乾符三年高湘下，其一中和三年夏侯潭下，係賓貢人。然能詩之蟾，則乾符三[二]年登第者是。以《詩史》所載考之，當乾符四年。"○《唐書》："乾寧御史中丞。"

【補注】吳在慶撰《中國文學家大辭典·唐五代卷》（P. 662）"高蟾"條云，蟾（生卒年不詳），河朔間（今山西、河北一帶）人。出身寒素，性倜儻不群，尚氣節，胸襟磊落。初累舉進士，歷十年而未第，怨而賦詩自嗟，頗獲時人同情。後為人力薦，遂於咸通十四年登進士第（《唐才子傳》卷九謂乾符三年）。乾寧中，官至御史中丞。蟾與鄭谷、貫休有交往，兩人皆有贈詩。辛文房稱蟾"詩體則氣勢雄偉，態度諧遠，如狂風猛雨之來，物物竦動，深造理窟"（《唐才子傳》卷九）。《新唐書·藝文志》著錄《高蟾詩》一卷。《全唐詩》卷六六八存詩一卷，似皆為未及第前之作。

③【何焯】上二句已含"無人見"。

【補注】古陂，古時所造、今多廢棄的池塘、湖泊。荒戍，荒廢的駐軍城堡、營壘。

④【何焯】高吟得句，擲筆欲舞，悲中先有一層喜在。用燈花作襯，極有情味。

【補注】吟斷，吟煞，謂持續吟詠以遣愁思。李商隱《晉昌晚歸馬上贈》："征南予更遠，吟斷望鄉臺。"

【校勘】

　　［一］夕　元刊本、磧砂本、高本、四庫本、全唐詩作“食”。

　　［二］三　底本、正統本、大系本作“二”，據上文改。

金陵晚眺①

　　曾伴浮雲歸[一]晚色[二]，猶[三]陪落日泛秋聲②。世間無限丹青手，一段[四]傷心畫不成③。

【考證】

　　此詩見《全唐詩》卷六六八（P.7648），題中“眺”作“望”。

【注評】

　　①【補注】金陵，古邑名，今南京市的別稱。參見卷一劉長卿《寄別朱拾遺》注⑦。晚眺，傍晚眺望。

　　②【何焯】上二句亦張翰秋風之思也。

　　【補注】晚色，傍晚的景色。秋聲，指秋天裏自然界的聲音，如風聲、落葉聲、蟲鳥聲等。

　　③【補注】丹青手，畫師。丹青，丹砂和青臒，可作顏料，後借指繪畫。手，指從事某種行業、活動或作出某種行動的人。《宋書·黃回傳》：“明寶啓太宗使回募江西楚人，得快射手八百。”《詩境淺説·續編二》：“畫實境易，畫虛境難。昔人有詠行色詩云：‘賴是丹青無畫處，畫成應遣一生愁。’與此詩後二句相似。行色固難着筆，傷心亦未易傳神。金陵為帝王所都，佳麗所萃，追昔撫今，百端交集。傷心人別有懷抱，縱有丹青妙手，安能曲繪其心耶？此詩佳處在後二句，迴勝前二句也。”

【校勘】

〔一〕歸　全唐詩校"一作悲"。

〔二〕色　何校、全唐詩作"翠"。

〔三〕猶　何校"旋"，又旁批"猶"，趺注"'猶'字佳"；全唐詩校"一作旋"。

〔四〕段　何校、全唐詩作"片"，全唐詩校"一作段"。

春①

明月斷魂清靄靄，平蕪歸路〔一〕緑迢迢②。人生莫遣頭如雪，縱得春〔二〕風亦不消③。

【考證】

此詩見《全唐詩》卷六六八（P. 7648），爲《春》二首之二。

【注評】

①【大槻崇】舊題《春》，黄九煙《唐詩快》作《春風》，今從之。

②【補注】靄靄，這裏形容月光下雲煙密集的樣子。平蕪，草木叢生的平曠原野。江淹《去故鄉賦》："窮陰匝海，平蕪帶天。"迢迢，遥遠貌。

③【何焯】歸計無成，所由頭白，用力正在上二句，其中藏一"遣"字也。【大槻崇】明月斷魂，得春風則清靄靄矣。平蕪歸路，得春風則緑迢迢矣。人生一使頭髮爲雪，則縱得春風亦終不消滅也。

【校勘】

〔一〕路　全唐詩作"思"。

〔二〕春　全唐詩校"一作東"。

已前共六首①

【注評】

①【磧砂】謙曰：備此一體可耳，亦非又一別體。

後　對

周弼曰：此體唐人用之亦少，必使末句雖對而詞足意盡，若未嘗對。不然則如半截長律，皚皚齊整，略無結合。此荆公所以見誚於徐師川也①。

【注評】

①【大槻崇】按徐師川云："荆公之對，經意勒切，如進士策文。"

過鄭山人所居①

劉長卿

寂寂孤鶯啼杏園②，寥寥一犬吠桃源③[一]。落花芳草無尋處，萬壑千峰獨閉門④。

【考證】

此詩見《全唐詩》卷一五〇（P. 1558）。

【注評】

①【補注】山人，隱士。儲仲君《劉長卿詩編年箋注》(P. 230)云："按長

卿另有《送鄭十二還廬山別業》詩，《文苑英華》題作《送鄭山人》，當為同一人，故疑此詩亦作於遊江州時。"

②【圓至】吳董奉山居，不種田，為人治病。不取錢，但栽杏五株。人欲買杏，不須報奉，但將穀一器，取杏一器。

【補注】儲仲君《劉長卿詩編年箋注》(P. 230)亦引董奉典，云"按《送鄭十二還廬山別業》詩有'忘機賣藥罷，無語杖藜還'等語"。

③【圓至】長卿蓋以"杏園""桃源"比山人隱居。【何焯】"寥寥"二字未穩。

【補注】陶淵明《桃花源記》謂，有漁人從桃花源入一山洞，見秦時避亂者的後裔居其間，"土地平曠，屋舍儼然。有良田、美池、桑竹之屬。阡陌交通，雞犬相聞。其中往來種作，男女衣著悉如外人。黃髮垂髫，並怡然自樂"。漁人出洞歸，後再往尋找，不復得路。後遂用"桃花源""桃源"以指避世隱居的地方，亦指理想的境地。

④【磧砂】敏曰：四句皆對，但首句用韻耳。【何焯門生】寫山人所居，妙！【大槻崇】是恐屬四對格。首二句一作"白首深藏谷口村，春山犬吠武陵源"，似可從。

【補注】儲仲君《劉長卿詩編年箋注》(P. 230)：《大曆詩略》卷一："只寫景而山人身分自出。"

【校勘】

　　［一］寂寂……桃源　全唐詩校"一作白首深藏谷口村，春山犬吠武陵原"。

寒食汜上①

王　維[一]

廣武城邊逢暮春②，汜陽歸客淚沾巾③。落花寂寂啼山鳥，楊柳青青渡水人④。

【考證】

　　此詩見《全唐詩》卷一二八（P. 1307），題末多"作"字，題下校"一作《途中口號》"。

【注評】

　　①【圓至】汜上，在城皋東。【增注】汜，羊子切。古荆河路河南府汜水縣水名，春秋時鞏成皋地，唐屬河北道孟州，又曰廣武。坡詩："聊興廣武歎。"注："屬孟州汜水縣"。

　　【補注】寒食，節日名，在清明前一日或二日，其時禁火冷食。參見卷一韓偓《尤溪道中》注④。陳鐵民《王維集校注》（P. 67）：此詩為王維開元十四年（726）任濟州司倉參軍秩滿，西歸途中作。汜上，汜水之上。汜水源出河南鞏縣東南，北流經滎陽汜水鎮（唐時為河南府汜水縣地）西，注入黃河。

　　②【圓至】廣武城，在鄭州滎澤縣。《西征記》曰："三皇山上有二城，東曰東廣武，西曰西廣武，漢祖與霸王共語處。"

　　【補注】陳鐵民《王維集校注》（P. 67）："廣武城：古城名，有束、西二城，在唐鄭州滎澤縣西二十里（見《元和郡縣圖志》卷八），今河南滎陽東北廣武山上。楚、漢相爭時，項羽、劉邦曾分別屯兵於東、西城，隔澗相對峙。"《三國志·魏書·阮籍傳》"官至步兵校尉"裴松之注引《魏氏春秋》："（阮籍）嘗登廣武，觀楚、漢戰處，乃歎曰：'時無英才，使豎子成名乎！'"當時王維被貶為濟州司倉參軍已滿四年，官卑品低，故暮春離任，途經廣武城，想起阮籍的慨歎，難禁感時傷逝、懷才不遇之情。

　　③【圓至】汶陽，今兗州奉符縣。

　　【補注】沾巾，沾濕手巾。形容落淚之多。張衡《四愁詩》："我所思兮在雁門，欲往從之雪雰雰，側身北望涕霑巾。"陳鐵民《王維集校注》（P. 67）："汶陽：指汶水之北。汶水今名大汶河，源出山東萊蕪縣北，西南流至梁山縣東南入濟水（今流至東平縣入東平湖）。濟州在汶水之北，作者自濟州西歸長安或洛陽，故自稱‘汶陽歸客’。”

④【磧砂】謙曰：第三句承首句，結句承次句，總是詞完意足，神明變化於其間也。

【校勘】

[一]　王維　磧砂本脱。

與從弟同下第出關①

盧　綸

　　出關愁暮一沾裳，滿野蓬生古戰場②。孤村樹色昏殘雨，遠寺鍾聲帶夕陽。

【考證】

　　此詩見《全唐詩》卷二七六（P. 3130—3131），為《與從弟瑾同下第後出關言別》四首之三。

【注評】

　　①【補注】本集題同《全唐詩》。劉初棠《盧綸詩集校注》（P. 57）：《新唐書·文藝傳下·盧綸》云“大曆初，數舉進士不入第”，詩當作於其時。從弟瑾，綸堂弟盧瑾。《新唐書·宰相世系表三上》：“瑾，河中少尹。”下第，落第。參加進士諸科考試未及第。關，指潼關，古稱桃林塞。東漢時設潼關，故址在今陝西省潼關縣東南，處陝西、山西、河南三省要衝，素稱險要。《水經·河水注》：“河在關內南流，潼激關山，因謂之潼關。”

　　②【補注】劉初棠《盧綸詩集校注》（P. 57）：《元和郡縣圖志》卷二“關内

道二·華州·華陰縣”:“潼關,在縣東北三十九里,古桃林塞也。春秋時,晉侯使詹嘉處瑕以守桃林之塞是也。”

宿石邑山中①

韓　翃

浮雲不共此山齊,山靄蒼蒼望[一]轉迷②。曉月暫飛千[二]樹裏,秋河隔在數峰西③。

【考證】

此詩見《全唐詩》卷二四五(P. 2757—2758);又見卷二八三(P. 3230),屬李益。佟培基《全唐詩重出誤收考》(P. 189—190)云,此詩《萬首唐人絕句》卷二○署韓翃,季振宜《全唐詩稿本》卷二八韓翃集亦録;張澍刊二西堂叢書本《李尚書詩集》又載。石邑在河北道恒州,《(光緒)獲鹿縣志》卷一“古迹”載:“石邑故城,在縣北八里……久廢。”即今石家莊西南。按韓翃一生在淄青、汴宋軍幕及長安任職,行迹似未至此,而李益曾多次從軍塞上,遊河東、河北及朔方、幽州,詩疑爲李益作。

【注評】

①【圓至】漢江邑縣,今真定府井陘獲鹿縣。

②【補注】轉,愈益、更加。鮑令暉《代葛沙門妻郭小玉作詩二首》之二:“行行日已遠,轉覺思彌甚。”

③【圓至】四句皆形容山之高。【何焯】月爲高樹所蔽,河爲遠峰所隔,浮雲四合,煙靄彌望,真有囚山之歎。下二句借明處儷出暗處,非身在萬山之中不見其妙。【大槻崇】秋河,即銀河。

【補注】陳伯海主編《唐詩彙評》(P. 1328):《唐詩解》卷二八:“首言山之

高,次言山之廣。下聯即首句意,'暫飛''隔在'四字奇絶。"

【校勘】

[一]望　全唐詩校"一作翠"。

[二]千　何校"高":"改一'千'字便成死句";全唐詩作"高(一作千)"。

贈張千牛①

蓬莱闕下是天^[一]家②,上路新回白鼻騧③。急管晝催平樂酒④,春衣夜宿杜陵花⑤。

【考證】

此詩見《全唐詩》卷二四五(P. 2758)。

【注評】

①【圓至】千牛衞將軍,官名。【增注】《職林》:"千牛,刀名。後魏有千牛備身,掌執御刀,因以名職。其義蓋取《莊子》之庖丁為文惠君解牛十九年,割無數千牛,而刀刃若發於硎,因以為備身刀名。唐置大將軍一人,左右千牛備身各十二人,掌執御刀,宿衞侍從。"

【補注】張千牛,待考。千牛,禁衞官千牛備身、千牛衞的省稱。掌執千牛刀,為君王護衞。

②【圓至】蓬莱宮,在教坊之側,龍朔三年建。蓋千牛,禁衞之官也。【何焯】"仙家"謂千牛家在闕下耳,改"天"字真癡人也。

【補注】蓬莱闕,即蓬莱宮,唐宮名。舊址在今西安長安區東。原名大明宮,高宗時改為蓬莱宮。杜甫《莫相疑行》:"憶獻三賦蓬莱宮,自怪一日聲烜赫。"天家,指帝王家。《後漢書·宦者列傳·曹節》:"車馬服玩擬於天家。”

　　③【圓至】張銑曰：“上路，苑路也。”李翰林《白鼻騧詞》云：“銀鞍白鼻騧，綠池障泥錦。細雨春風花落時，揮鞭直就胡姬飲。”

　　【補注】上路，大路、通衢。《漢書·枚乘傳》：“游曲臺，臨上路，不如朝夕之池。”白鼻騧，一種白鼻黑喙的黃馬。

　　④【圓至】呂延濟曰：“平樂，館名。”薛綜曰：“平樂館，大作樂處也。”

　　【補注】急管，節奏急速的管樂。鮑照《代白紵曲二首》之一：“古稱《淥水》今《白紵》，催絃急管爲君舞。”平樂，漢代宮觀名，後泛指園林館閣。《文選》卷二七曹植《名都篇》：“歸來宴平樂，美酒斗十千。”李善注：“平樂，觀名。”

　　⑤【圓至】杜陵，在萬年縣東北[二]。【增注】黃馬黑喙曰騧。【磧砂】敏曰：只此四句，純是形容武將家豪奢適志，內含“寧爲百夫長，勝作一書生”之慨。【何焯】下二句以羈窮失路之人視之，真似仙也。

　　【補注】春衣，春季穿的衣服。庾信《春賦》：“披香殿裏作春衣。”杜陵，在今西安東南。參見卷四司空圖《酬張芬赦後見寄》注⑤。杜陵花，指妓女。

【校勘】

　　［一］天　何校“仙”，全唐詩校“一作君”。

　　［二］北　底本作“也”，據詩説本、正統本、明應本改。

　　　　已前共五首

拗　體

周弼曰：此體必得奇句，時出而用之。姑存此以備一體①。

【注評】

①【磧砂】謙曰：今人謂之失拈，又非樂府之類，意到辭從，竟成佳作，似又一體也。【何焯】四韻律詩亦有不粘者，分拗體是宋人杜撰。唐人止有折腰體，別是一格。

旅　望

李　頎①

百花^[一]原頭望京師②，黃河水流無盡時③^[二]。秋天^[三]曠野行人^[四]絕，馬首西^[五]來知是誰④。

【考證】

此詩見《全唐詩》卷一三四（P.1366），題作《百（一作白）花原》（一作王昌齡《出塞行》）；又見卷一八"橫吹曲辭"（P.184），屬王昌齡，為《出塞》二首之二；又見卷一四三（P.1451），屬王昌齡，題作《旅望》（一作《出塞行》）。羅琴、胡嗣坤《李頎及其詩歌研究·李頎詩集校注》（P.199）云，《國秀集》《萬首唐人絕句》等作李頎詩，《唐百家詩選》等作王昌齡詩。李頎經歷中無河西、隴右邊塞之行，王昌齡則有"出塞復入塞"之行迹，詩當為王作。胡問濤、羅琴《王昌齡集編年校注》（P.36）認為，此詩為王昌齡開元十二（724）十三年間，漫遊河西、隴右關塞時作。

【注評】

①【圓至】開元二十三年賈季陽榜進士。【增注】開元進士第。頎，音祈。

【補注】吳企明撰《中國文學家大辭典·唐五代卷》（P.309—310）"李頎"條云，頎（生卒年不詳），居潁陽（今河南登封）。開元二十三年進士及第。調新鄉尉(《國秀集》卷下)。其《欲之新鄉答崔顥綦毋潛》云："數年作吏家屢空,誰道黑頭成老翁。"則其仕新鄉尉前,已作吏數年,任新鄉尉時,已過中年。殷璠稱："惜其偉才,只到黃綬。"(《河岳英靈集》卷上)後歸隱潁陽,煉丹求仙。天寶八載秋,高適授封丘尉,頎在洛送別,作《贈別高三十五》。頎交遊頗廣,與王昌齡、崔顥、綦毋潛、岑參、王維、高適、皇甫曾、朱放等皆有交往,名重當世。工詩,尤擅七言。殷璠評曰:"頎詩發調既清,修辭亦秀,雜歌咸善,玄理最長。"(《河岳英靈集》卷上)《新唐書·藝文志》著錄其詩一卷。今人劉寶和有《李頎詩評注》(山西教育出版社 1990 年版),鄭宏華有《李頎詩集校注》(電子科技大學出版社 1991 年版),羅琴、胡嗣坤有《李頎及其詩歌研究·李頎詩集校注》(巴蜀書社 2009 年版)。

②【補注】百花原,胡問濤、羅琴《王昌齡集編年校注》(P. 38)校作"白草原";譚優學《王昌齡行年考》認為即白草軍,為蕭關縣治(今甘肅固原東南);李珍華、傅璇琮《王昌齡事迹新探》云,白草原在甘肅與寧夏之間。京師,國都,此指長安。參見卷一戴叔倫《湘南即事》注③。

③【增注】黃河,其源出崑崙,至雍之積石、龍門、華陰。

④【補注】劉寶和《李頎詩評注》(P. 322):《左傳·襄公十四年》:"晉國之命,未是有也,余馬首欲東。乃歸。"胡問濤、羅琴《王昌齡集編年校注》(P. 38):《刪補唐詩選脉箋釋會通評林·七言絶句·盛唐上》:周珽:"此初出塞,周覽邊庭之景思也。馬首東來,大都狄虜,則京師遙遠、邊上蕭條更有誰識者? 行人至此,自堪下淚。"唐汝詢:"如此荒凉,覺此身無着落處。"蔣一葵:"末句出人不意。"

【校勘】

　　[一]百花　磧砂本作"白草",全唐詩"百"下校"一作白"。

　　[二]盡時　全唐詩作"已時(一作盡期)"。

　　[三]秋天　全唐詩作"窮秋(一作秋天)"。

　　[四]行人　全唐詩校"一作人行"。

　　[五]西　全唐詩作"東(一作西)"。

滁州西澗①

韋應物

獨憐幽[一]草澗邊生[二]，上有黃鸝深樹[三]鳴②。春潮帶雨晚來急，野渡無人舟自橫③。

【考證】

此詩見《全唐詩》卷一九三(P. 1995)。

【注評】

①【圓至】應物建中三年守滁。【增注】滁州本吳楚地，秦漢九江郡，梁立南譙州，隋改滁州永陽郡，屬淮南道，今屬淮東道。

【補注】滁州，隋開皇初改南譙州置，治所在新昌縣(後改為清流縣，即今安徽滁州市)。《太平寰宇記》卷一二八"淮南道六·滁州"："因水為名。"轄境相當今安徽滁州市和來安、全椒二縣地。大業初廢。唐武德三年復置，天寶元年改為永陽郡，乾元元年復為滁州。《欽定大清一統志》卷九〇"滁州"："沙河，在州西。源出側菱山珍珠泉，北流經赤湖東注石瀨。循西澗，俗稱烏土河，下流為沙河，至州西一里分二流，至城東下水關(關)外復合，而東滙於清流河。"孫望《韋應物詩集繫年校箋》(P. 304—305)引《(光緒)滁州志》卷一之四"輿地志四　山川"："烏兔河，有橋曰烏兔橋。又東入上水關。以在州之西，又名曰西澗，唐韋應物《滁州西澗》詩即指此；上有野渡橋，即取詩意也；貫城中，出下水關，合清流河。"是西澗即烏土河或烏兔河。然遠在宋代，歐陽修已不能確指是水所在。"今按應物素好即景賦詩，隨境命名，如西澗者，韋集中屢見之。有指鄠郊之西澗者，以其在鄠縣之西也；有指江州之西澗者，以其在廬山之西也；此滁州之西澗，要亦以其位於郡城之西名之……後之讀其詩者，必欲辨正名實，誠非易易。然若以此而致疑本無此澗，謂緣詩家務作佳句而虛張之，其説亦非。何則，應物詠滁州西澗之詩，非只此篇，若《西澗即事示盧陟》，若《歲日寄京師諸季端武》中‘見月西澗泉’之西澗，皆是，豈得謂其皆以强求佳句而虛構之耶？”孫氏認為，此詩為建中四年(783)春間作，時應物任滁州刺史。

②【何焯】繞樹。

③【圓至】歐陽永叔曰：“滁州城西乃是豐山，無所謂西澗者。獨城北有一澗，水極淺，不勝舟，又江潮不至此。豈詩家務作佳句而實無此景也？”【增注】《澗泉説》云：“幽草而生於澗邊，君子在野，考槃之在澗也。黃鸝而鳴於深樹，小人在位，巧言之如流也。潮水本急，春潮而帶雨，其急可知，國家患難多也。‘晚來急’，乃危國亂朝，季世末俗，如日色已晚，不復光明也。‘野渡無人舟自横’，寬閑之野，寂寞之濱，必有濟世之才，如孤舟之横野渡者，特君相不能用耳。”【磧砂】敏曰：歐陽永叔謂滁無西澗，城北一澗，水極淺，又江潮不至，疑詩家務作佳句而實無此景也。愚按，德宗罷郭令戎權，聽楊炎謬計，遂欲混同華裔，束縛奸豪，馴致五盜僭擬于天王，二朱憑陵于宗社，奉天之窘，可為涕零！罪己之言，補之何益？雖知非竟逐夫楊炎，而受佞不忘于盧杞，用延賞之私怨，奪李晟之兵符，取延齡之奸謀，罷陸贄之相位。君猶舟也，所以載物也。操舟無人而又當春潮帶雨晚來正急之時，將奈之何！故偶于西澗之上見幽草之自生，聽鸝鳴于深樹，于以自憐，于以憫世云爾。觀“獨憐”二字，可知上二句是興而比，下二句是比而賦也。若作景會，滁無西澗矣。【何焯】讀“泛彼柏舟”箋乃喻此詩寄託。【大㮰崇】唐仲言云：“此模寫西澗之幽，言因草之可憐而散步至此。時春雖暮，而黃鸝尚鳴，又多雨之後，澗水泛溢，惟見無人之舟自横耳。”○舊注歐公水淺不勝舟之説既可笑，增注君子在野、小人在位之説則牽合附會之甚者，皆宜抹撥。

【補注】馬茂元《唐詩選》(P. 397)：“幽草潛生，深樹鸝鳴是動中静。春雨晚來，野渡舟横是近中遠。静意，遠意，均須意會，是以意藴深密，意境悠遠。此詩設色頗重，而境象不滯，所謂‘一寄穠鮮於簡淡之中’(宋濂《答章秀才論詩書》)，由此可見一斑。”

【校勘】

　　［一］幽　全唐詩校“一作芳”。

　　［二］生　全唐詩校“一作行”。

　　［三］樹　元刊本、正統本、明應本、高本作“處”，全唐詩校“一作處”。

酬張繼①

皇甫冉

　　悵望南徐登北固②，迢遥西塞恨[一]東關③。落日臨川問音信④，寒潮惟帶夕陽還⑤。

【考證】

　　此詩見《全唐詩》卷二五〇（P. 2817—2818），題下注“并序”，序云：“懿孫，余之舊好。祗役武昌，枉（一本無此字）六言詩見懷，今（一作余）以七言裁答。蓋拙於事者繁而費也。”

【注評】

　　①【圓至】本集題序云：“懿孫[二]，予之舊好。祗役武昌，以六言見懷，予以七言裁答。”【何焯】“蓋拙於事者繁而費。”【大槻崇】按懿孫六言云：“京口情人別久，楊州估客來疎。潮到潯陽歸去，相思無所寄書。”

　　【補注】張繼，中唐詩人。參見卷一張繼《楓橋夜泊》注②。此詩當為大曆五年（770），冉奉使江淮、省家丹陽時作，時張繼任轉運使判官，故有可能“祗役武昌”。

　　②【圓至】劉宋以京口置南徐州。北固山，今鎮江府甘露寺。皇甫冉，丹陽人也。【磧砂】“悵”字貫下。

　　【補注】悵望，惆悵地看望或想望。謝朓《新亭渚別范零陵雲詩》：“停驂我悵望,輆棹子夷猶。"南徐,南徐州,南朝宋永初二年改徐州置,治所在京口(今江蘇鎮江市)。轄境相當今安徽鳳陽以東,江蘇淮河以南、長江以北地區。元嘉以後,轄境南移,相當今江蘇長江以南,南京東北部及丹陽、宜興等市縣以東,無錫以北地區。隋開皇九年廢。北固,山名。固,也寫作顧。在今江蘇鎮江市東北。有南、中、北三峰。北峰三面臨江,形勢險要,故稱北固。南朝梁武帝曾登此山,謂可為京口壯觀,改曰北顧。

③【圓至】西塞,山名。王周有《西塞山》詩,自注云:"今謂之道士磯,隸興國軍大治縣。"《歷陽圖經》曰:"東關在歷陽西南一百里。"吳曆曰:"諸葛恪在東關。"【何焯】西塞、東關不亦太遠?《新書·地理志》:"廬州巢縣東南四十里有故東關。"

【補注】迢遥,遥遠貌。顏延之《秋胡行》:"迢遥行人遠,宛轉年運徂。"西塞山,在今湖北黄石市東南西塞山鄉西北。《水經·江水注》:"(黄石)山連延江側,東山偏高,謂之西塞。"東關,今安徽、湖南、湖北等地皆有此地名,從張繼、皇甫冉二人所處地理位置及詩意推斷,當在今安徽含山縣西南六十里東關鎮西北,裕溪河東岸濡須山上。三國吳諸葛恪築,隔濡須水與七寶山上的西關相對。《三國志·魏書·齊王芳傳》:嘉平四年,征南大將軍王昶等征吳,"吳大將軍諸葛恪拒戰,大破衆軍于東關",即此。

④【圓至】陸士衡詩曰:"悲情臨川結。"

【補注】臨川,面對川流。曹植《朔風》:"臨川慕思,何爲泛舟。"

⑤【何焯】從"玉顏不及寒鴉色"二句翻出。二公同時[三]。

【校勘】

[一]恨　元刊本、明應本、磧砂本、高本、四庫本作"限",全唐詩校"一作限,又作望"。

[二]懿孫　底本、詩說本、正統本、明應本作"懿宗",據全唐詩所錄此詩之序改。

[三]此條底本、瀘州本皆脱,據臺灣"國家圖書館"藏何焯批校原本補。

河邊枯木①

長孫佐輔②

　　野火[一]燒枝水洗根③,數圍枯朽[二]半心存④。應是無機承雨露,却將春色寄[三]苔痕⑤。

【考證】

　　此詩見《全唐詩》卷四六九(P.5333),題作《擬古詠河邊枯樹》。

【注評】

　　①【大槻崇】按,佐輔德宗時人,弟公輔為吉州刺史,佐輔往依焉,因有此作。

　　②【圓至】德宗末人。弟公輔守吉州,佐輔依焉。【增注】德宗時人。弟公輔為吉州刺史,佐輔往依焉。

　　【補注】吴汝煜撰《中國文學家大辭典·唐五代卷》(P.93—94)"長孫佐輔"條云,佐輔(生卒年不詳),佐,《升庵詩話》卷一〇以為當作左;輔,一作轉,誤。朔方(今陝西靖邊)人。舉進士不第,放懷不羈。貞元中,其弟長孫公輔為吉州刺史,遂往依焉。後隱居以終。工詩。張為《詩人主客圖》列為"瓌奇美麗主"武元衡之入室者。辛文房稱其"詩格詞情,繁縟不雜。卓然有英邁之氣"(《唐才子傳》卷五)。《直齋書録解題》著録《長孫佐輔集》一卷,並云:"其詩號《古調集》。"《全唐詩》卷四六九存詩十七首;卷八八三又收詩兩首,其中《山居雨霽即事》又見張碧名下。

　　③【何焯】上四字醒出"邊"字意。【姚世鈺】按"水洗根"方醒"河邊",何云"上四字",未詳。世鈺。

　　④【補注】圍,計量周長的約略單位。舊説尺寸長短不一,現多指兩手或兩臂之間合拱的長度。《墨子·備城門》:"木大二圍。"

⑤【補注】無機，沒有機會或機遇。司空圖《陳疾》："自憐旅舍亦酣歌，世路無機奈爾何。"陳伯海主編《唐詩彙評》（P.2194）：《竹莊詩話》卷一五"雜編五"："此詩哀怨而不傷，有風人之梗概。"

【校勘】

　　［一］火　全唐詩校"一作人"。

　　［二］枯朽　全唐詩作"孤樹（一作枯朽）"。

　　［三］寄　磧砂本作"倚"。

柳州二月①

柳宗元

　　宦情羈思共悽悽②，春半如秋意轉迷③。山城過雨百花盡，榕葉滿庭鶯亂啼④。

【考證】

　　此詩見《全唐詩》卷三五二（P.3937），題末多"榕葉落盡偶題"六字。

【注評】

　　①【增注】柳州，古百越地。秦平百越，屬桂林郡，漢改鬱林郡，梁置龍州，隋置象州，唐為柳州。龍城郡屬嶺南道，以地當柳星下，故名，今屬廣西道。

　　【補注】柳州，唐貞觀八年改南昆州置，治所在馬平縣（今廣西柳州市）。《新唐書·地理志七上》：柳州"以地當柳星更名"。天寶元年改為龍城郡，乾元元年復為柳州。轄境相當今廣西柳州市市中、柳江、柳城、鹿寨等區縣地。尹占華《柳宗元集校注》（P.2850）：韓醇《詁訓柳集》謂作於"元和十一年二月也”。

②【補注】宦情，做官的心情。羈思，馬茂元《唐詩選》(P. 506)：“羈旅之思。思，讀去聲。”

③【補注】轉，愈益、更加。王國安《柳宗元詩箋釋》(P. 335)：《唐詩箋注》卷九：“炎方氣暖，春半已百花俱盡。‘榕葉滿庭’，蕭疎景況，故曰‘如秋’。柳州卑暑之地，言物候之異致如此。”《古唐詩合解》卷一〇：“羈人最怕是秋。今春半而木葉盡落，竟如秋一般，使我意思轉覺迷亂也。”

④【圓至】榕初生，如葛緣木，後乃成樹。許渾云：“南方大葉榕樹，橫枝危者輒[一]生根垂地如柱。”【增注】按史，德宗貞元末，柳宗元坐王叔文黨，初貶邵州刺史，再貶永州司馬，至憲宗元和十年徙柳州刺史。時劉禹錫貶播州，宗元曰：“播非人所居，禹錫親在，吾不忍其窮。”即具奏，欲以柳州授禹錫，而自往播。大臣亦為其請，因改禹錫連州。【何焯】意象殆不復堪。【大槻崇】唐仲言云：“羈宦戚矣，春半如秋，則又使我意迷也。花盡葉落，豈二月時光景耶？蓋柳州風氣之異如此。”

【補注】王國安《柳宗元詩箋釋》(P. 334—336)：“山城，柳州多山，宗元《柳州山水近治可遊者記》曾詳述之，故曰‘山城’。”又引《南方草木狀》卷中：“榕樹，南海、桂林多植之。葉如木麻，實如冬青……以其不材，故能久而無傷。其蔭十畝，故人以為息焉。而又枝條既繁，葉又茂細，軟條如藤，垂下漸漸及地，藤稍入土，便生根節，或一大株，有根四五處。”劉永濟《唐人絕句精華》(P. 138)：“此詩不言遠謫之苦而一種無可奈何之情，於二十八字中見之。”

【校勘】

［一］輒　底本作“下”，據詩説本、正統本、明應本改。

贈楊鍊師①

鮑　溶

道士夜誦蕊珠經②，白鶴下遶香煙聽。夜深[一]經盡人上鶴，天[二]風吹入秋冥冥③。

【考證】

此詩見《全唐詩》卷四八六（P.5530），題作《寄峨嵋山楊煉師》。

【注評】

①【補注】鍊師，對道士的尊稱。參見卷二戎昱《寄許鍊師》注①。

②【圓至】謂《黃庭經》也。《黃庭經》云：“閑居蕊珠作七言。”

【補注】蕊珠經，道教經籍名。道經稱上清宮有蕊珠宮，爲太上道君治所，神仙居處。由此得經名。參見卷二戎昱《寄許鍊師》注③。

③【補注】人上鶴，道家有乘鶴雲遊或飛昇成仙的傳説。天風，風。風行天空，故稱。冥冥，謂高遠的空際。

【校勘】

[一]深　全唐詩作“移”。

[二]天　全唐詩作“仙”。

題齊安城樓①

杜　牧

嗚軋[一]江樓角一聲②，微陽瀲灩[二]落寒汀③。不用憑闌苦回首，故鄉七十五長亭④。

【考證】

此詩見《全唐詩》卷五二二(P. 5966)。

【注評】

①【圓至】齊安,即黃州,牧嘗守黃。【增注】齊安,黃州郡稱。春秋黃國,漢邾縣,晉西陽國,南齊齊安郡,隋黃州,又永安郡,唐淮南道黃州齊安郡,宋屬淮西,今亦屬淮西道。【何焯】《通典》言:"齊安郡去西京二千二百五十五里。"

【補注】齊安郡,天寶元年改黃州為齊安郡。治黃岡縣(今武漢新洲區),轄境相當今湖北新洲、黃陂、紅安、麻城、黃岡等地。乾元元年復為黃州。

②【補注】角,古樂器名,出西北遊牧民族,鳴角以示晨昏,軍中多用作軍號。鳴軋,吹角聲。

③【何焯】"苦回首"。

【補注】微陽,微弱的陽光。李商隱《燕臺四首》之一:"醉起微陽若初曙。"瀲灩,波光閃爍的樣子。寒汀,清寒冷落的小洲。

④【圓至】《六帖》云:"短亭五里,長亭十里。"

【補注】憑闌,身倚欄杆。長亭,古時於道路每隔十里設長亭,亦稱十里長亭,供行旅停息。近城者常為送別之處。庾信《哀江南賦》:"十里五里,長亭短亭。"

【校勘】

［一］鳴軋　四庫本作"鳴軋",全唐詩作"鳴咽(一作軋)"。

［二］瀲灩　全唐詩作"瀲瀲"。

已前共七首

側　體

周弼曰:其説與拗體相類,然發興措辭,則奇健矣①。

【注評】

①【何焯】絶句自有古、今二體,"側體"二字乃杜撰也。

營州歌①[一]

高　適②

營州少年愛[二]原野,狐[三]裘蒙茸獵城下③。虜[四]酒千鍾[五]不醉人,胡兒十歲能騎馬④。

【考證】

此詩見《全唐詩》卷二一四(P. 2242)。

【注評】

①【圓至】營州,河北道柳城郡,本遼西郡。

【補注】劉開揚《高適詩集編年箋注》(P. 32):《新唐書·地理志三》載,營州柳城郡有柳城縣,"西北接奚,北接契丹……東有碣石山"。孫欽善《高適集校注》(P. 37):"此詩約作於北游燕趙期間。營州,屬河北道,天寶元年改為柳城郡,治所在今遼寧省錦州市西。為漢族與契丹族雜居地區,居民富有豪俠尚武精神。"

②【圓至】字達夫，渤海蓨人，終渤海縣侯。唐詩人達者，惟適而已。
【增注】字達夫，滄洲渤海[六]人。舉有道科，調封丘尉。禄山反，為哥舒翰西河從事，由左拾遺遷侍御史，擢諫議大夫，代崔光遠西川節度使，又蜀彭州刺史，入為刑部侍郎。廣德中左散騎常侍，封渤海侯。年五十始為詩，即工。每吟一篇，好事者輒傳布。永泰初卒。

【補注】吳企明撰《中國文學家大辭典·唐五代卷》(P. 657—658)"高適"條云，適(700？—765)，字達夫，行三十五。史稱其為渤海蓨(今河北景縣)人，乃著郡望，其籍貫殊難斷言。父崇文，韶州長史。適曾隨父旅居嶺南，後客居梁、宋。"少拓落，不拘小節……隱迹博徒，才名自遠。"(《河岳英靈集》卷上)開元七年前後，西游長安，求仕無成，乃東歸梁、宋，北上薊門，對東北邊陲軍情，頗多切身體會。開元二十年，信安王李禕總戎討奚、契丹，適上詩於其幕下，求援引無結果。未幾，南返宋州。二十三年，詣長安，應制科試，無成。與王之渙、王昌齡、張旭等遊。開元末，遊相州，居淇上。天寶三載，春來往於睢陽、陳留之間。夏，與李白、杜甫會於梁、宋，登琴臺，懷古賦詩。此後，至漣上、東平。六載春後，始歸睢陽，生活頗窘迫。八載，睢陽太守張九皋薦舉有道科，及第，授封丘縣尉。十二載，河西節度使哥舒翰辟為左驍衛兵曹、掌書記。安史亂起，以監察御史佐守潼關。玄宗幸蜀，間道奔行在，以侍御史擢諫議大夫。至德元載十二月，拜淮南節度兼採訪使，與來瑱、韋陟等協力平李璘之叛。李輔國惡其才，數毀之，乾元元年左除太子少詹事，留司東都。二年，相州兵敗，奔襄、鄧。五月，拜彭州刺史。三年九月，轉蜀州刺史。廣德元年，任劍南西川節度使。冬，攻吐蕃兵敗，乃於次年奉召回京，任刑部侍郎，轉左散騎常侍，世稱高常侍。永泰元年正月卒，謚曰忠。高適為唐代邊塞詩派代表作家，與岑參齊名，世稱"高岑"。殷璠評其詩"多胸臆語，兼有氣骨"(《河岳英靈集》卷上)。《舊唐書》本傳、《新唐書·藝文志》著録《高適集》二十卷。今人劉開揚有《高適詩集編年箋注》(中華書局1981年版)，孫欽善有《高適集校注》(上海古籍出版社1984年版)，周勛初有《高適年譜》(上海古籍出版社1980年版)。

③【圓至】毛萇曰："蒙茸，亂貌。"【增注】《左傳》："狐裘蒙茸。"

　　【補注】劉開揚《高適詩集編年箋注》(P.33):《詩經·邶風·旄丘》:"狐裘蒙戎。"毛公傳:"蒙戎,以言亂也。"《左傳·僖公五年》:"狐裘尨茸。"杜預注:"尨茸,亂貌……尨,莫江反,又音蒙。"

　　④【增注】鍾,飲器。

【校勘】

　　[一] 高本、四庫本此首脱。

　　[二] 愛　全唐詩作"厭(一作滿,一作歇,一作愛)"。

　　[三] 狐　全唐詩校"一作皮"。

　　[四] 虜　全唐詩校"一作魯"。

　　[五] 鍾　全唐詩校"一作杯"。

　　[六] 渤海　底本、正統本、大系本作"勃海",據史實改。下文同,徑改。

山　家①[一]

長孫佐輔

　　獨訪山家歇還涉[二],茅屋斜[三]連隔松葉。主人聞語未開門,繞籬野菜飛黄蝶②。

【考證】

　　此詩見《全唐詩》卷四六九(P.5336),題首多"尋"字,題下校"見《才調集》,《紀事》作羊士諤詩";又見卷三三二(P.3712),屬羊士諤,題首多"尋"字,題下校"一作長孫佐輔詩"。佟培基《全唐詩重出誤收考》(P.297)云,此詩《才調集》卷九、《唐百家詩選》卷一一、《萬首唐人絶句》卷三八皆作長孫。《唐詩紀事》卷四三作羊,然明銅活字本《羊士諤集》不載,疑《紀事》誤。

【注評】

①【補注】山家,山野人家。

②【補注】陳伯海主編《唐詩彙評》(P. 2195):《删補唐詩選脉箋釋會通評林·七言絶句·中唐中》:周珽:"淡中布色,野趣酣然。"《網師園唐詩箋》卷一六"七言截句二":"山家風景宛然。"

【校勘】

[一]高本、四庫本題首多"尋"字。

[二]歇還涉　全唐詩校"一作步還歇"。

[三]斜　底本作"邪",據元刊本、正統本、明應本、磧砂本、高本、四庫本、全唐詩改。

夏晝偶作①

柳宗元

南州溽暑醉如酒,隱几熟眠開北牖②[一]。日午獨覺無餘聲,山童隔竹敲茶臼③。

【考證】

此詩見《全唐詩》卷三五二(P. 3948)。

【注評】

①【補注】王國安《柳宗元詩箋釋》(P. 266)云,當"依前例隷於"永州,"又《柳州府志·藝文類》録此詩,題曰《柳州署中作》,亦不知何據。姑以存疑"。

②【增注】溽暑,温濕也。《禮記》:"土潤溽暑。"《孟子》:"隱几而卧。"

隱,猶枕也。

【補注】南州,南土,泛指南方地區。《楚辭·遠遊》:"嘉南州之炎德兮,麗桂樹之冬榮。"溽暑,指盛夏氣候潮濕悶熱。隱几,靠着几案,伏在几案上。《莊子·齊物論》:"南郭子綦隱机而坐。"成玄英疏:"隱,憑也。"北牖,朝北的窗。王榮《涼風至賦》:"北牖閒眠,西園夜宴。"

③【補注】王國安《柳宗元詩箋釋》(P. 266—267):敲茶臼,《柳河東集》卷四三蔣之翹輯注:"古人治茶皆搗末作餅,必用杵臼,子厚云'山童隔竹敲茶臼'是也。至國朝特尚芽茶,而此器遂廢。"《删補唐詩選脉箋釋會通評林·七言絕句·中唐中》:周珽:"暑窗熟眠,一茶臼之外無餘聲,心地何等清靜。惟靜生涼,溽暑無能困之矣。'日(午)獨覺',見一種涼思,有人所不及知者。"《唐詩箋注》卷九:"清絕。柳州詩大概以清迥絕塵見長,同于王、韋,却是別調。"

【校勘】

[一]牖　高本作"牗",何校"牖"。

步虛詞①

高　駢②

清[一]溪道士人不識③,上天下天[二]鶴一隻④。洞門深鎖碧窗寒⑤,滴露研朱點周易⑥。

【考證】

此詩見《全唐詩》卷五九八(P. 6920),又見卷二九"雜歌謠辭"(P. 428)。

【注評】

①【圓至】《異苑》曰:"陳思王遊漁山,忽聞巖裏有誦經聲,清遠寥亮,使

解音者寫之，為神仙之聲。道士效之，作《步虛》，此《步虛》之始也。"

【補注】步虛詞，道教唱經禮贊之詞，後又指樂府雜曲歌名。這裏指後者。《樂府詩集》卷七八"雜曲歌辭十八"《步虛詞十首》題解引《樂府解題》云："《步虛詞》，道家曲也。備言衆仙縹緲輕舉之美。"庾信、隋煬帝、顧況、劉禹錫等均有擬作。

②【圓至】字千里，幽州人，為淮南節度使。【增注】字千里，南平郡王高崇文孫，家世禁衛。咸通中懿宗將復安南，授節度招討使。僖宗立，南詔掠成都，徙劍南西川節度，歷荆南鎮海節度，徙淮南。因討黃巢無出師意，帝以王鐸代之。賊平無聊，乃篤意求仙，惑於吕用之、張守一、諸葛殷等役使鬼神妖怪之説。鎮楊州，大將軍師鐸反，攻[三]楊州，囚於道院，殺之。生長慶初，死光啓間。

【補注】吴在慶撰《中國文學家大辭典·唐五代卷》(P. 658—659)"高駢"條云，駢(821—887)，字千里，幽州(今北京)人，南平郡王高崇文孫。其家世為禁軍將領，駢少習武，亦好文學，多與儒士交遊。大中時，為靈州大都督府左司馬，曾以一箭射落二雕，人稱落雕御史。累遷神策軍都虞侯。咸通時，以邊功授秦州刺史兼防禦使，歷安南都護、天平軍節度使。僖宗立，加同中書門下平章事，拜劍南西川節度使。乾符五年，徙為荆南節度使，進封燕國公。六年，授諸道兵馬都統、江淮鹽鐵轉運等使、淮南節度副大使，進位檢校太尉同平章事。時駢雖統率諸軍鎮壓黃巢起義，然擁兵自重，逗撓不行，心欲割據一方。僖宗知其無出兵意，遂加其侍中，封渤海郡王而削其兵柄利權。駢大怒，上書詆毀朝廷君臣，致使部下多叛離。後寵信吕用之、諸葛殷等，篤意求神仙，淫刑重賦，軍心大亂。光啓三年，為部將畢師鐸囚殺。駢能詩，亦善書法。計有功稱其"好為詩，雅有奇藻"(《唐詩紀事》卷六三)。所作詩多為五、七言絶句。《新唐書·藝文志》著録《高駢詩》一卷。《全唐詩》卷五九八編其詩為一卷。

③【圓至】庾仲雍《荆州記》曰："臨淮縣有清[四]溪山，山東有泉，泉側有道士舍。"郭景純有《遊仙》詩曰："清溪千仞餘，中有一道士。"【增注】清溪，一作青溪，在處州青田石門洞天，去縣十五里。

④【補注】《初學記》卷三〇引《相鶴經》謂鶴為"仙人之騏驥"。

⑤【圓至】《董賢傳》注："洞門,謂門之相當。"

【補注】洞門,指宮殿或深邃宅第中重重相通相對的門。《漢書·佞幸傳》:"詔將作大匠為賢起大第北闕下,重殿洞門,木土之功窮極技巧,柱檻衣以綈錦。"顏師古注:"洞門,謂門門相當也。"碧窗,碧紗窗的省稱,綠色的紗窗。李白《寄遠十一首》之八:"碧窗紛紛下落花,青樓寂寂空明月。"

⑥【補注】研朱,研磨朱砂,用來作墨。點,圈點。古書沒有標點,需讀者閱讀時自行斷句,添加句讀。句讀多用圈、點來表示,故稱。陳伯海主編《唐詩彙評》(P. 2678):《删補唐詩選脉箋釋會通評林·七言絕句·晚唐下》:周珽:"飄灑靈脱,此紫煙客也。"周啓琦:"真正'天風吹下《步虚聲》'。"

【校勘】

［一］清　全唐詩作"青"。

［二］天　全唐詩校"一作地"。

［三］攻　底本作"玫",據正統本、大系本改。

［四］清　何校"青"。

君　山①

賈　至［一］

湘中老人讀黄老,手援紫藟坐碧草②。春至不知湘水［二］深,日暮忘却巴陵道③。

【考證】

此詩見《全唐詩》卷二三五(P. 2598),屬賈至。關於此詩作者,本書圓至注云"伯弨不著何人作",則周弼編書時即存疑;後本書高本、四庫本署

"無名氏"，磧砂本署"君山老人"。按，署"君山老人"者，當據《太平廣記》卷二〇四《呂鄉筠》條引唐谷神子《博異志》；因不知老人姓名，故又署"無名氏"。程毅中《唐代小説史》(P. 205)云，從《博異志》記事年代來考察，作者當為中唐人。應為賈至詩，後被《博異志》借用、敷衍。

【注評】

①【增注】在岳州洞庭湖中，方六十里，亦名洞庭之山。《荊州圖經》曰："湘君[三]、湘夫人所遊，故名君山。一云：堯二女居之。"《郡志》："君山狀如十二螺髻。"《北夢瑣言》："湘江北流，至岳陽達蜀江。夏潦後，蜀江漲，遏住湘波，溢為洞庭湖，凡數百里，而君山宛然在水中。秋水歸，此山復居於陸，惟湘川一條而已。"

【補注】君山，又名湘山、洞庭山，在今湖南岳陽市西南洞庭湖中。《山海經·中山經》："洞庭之山……帝之二女居之。"《水經·湘水注》：洞庭湖中有君山，"君山有石穴，潛通吳之包山，郭景純所謂巴陵地道者也。是山，湘君之所遊處，故曰君山矣"。湘君，即堯之二女，舜之二妃。據《史記·秦始皇本紀》：始皇二十八年，"浮江，至湘山祠。逢大風，幾不得渡。上問博士曰：'湘君何神？'博士對曰：'聞之，堯女，舜之妻，而葬此。'"

②【補注】湘中，今湖南省中部偏東、湘水中下游地區的通稱。參見卷二熊孺登《祗役遇風謝湘中春色》注①。黃老，黃帝和老子的並稱。後世道家奉為始祖。《史記·老子韓非列傳》："申子之學本於黃老而主刑名。"這裏泛指道家經典。援，執，持。《荀子·正論》："今人或入其央瀆，竊其豬彘，則援劍戟而逐之，不避死傷。"虆，藤。《詩經·周南·樛木》："南有樛木，葛虆纍之。"孔穎達疏："虆，與葛異，亦葛之類也。"紫虆，當指紫色的藤製手杖。

③【圓至】此詩伯弨不著何人作。《廣異記》載："呂筠卿夜泊君山，忽一舟至，有老人吟此詩。呂異其詩，就之，忽不見。"【增注】《黃庭經》："玉宸君即黃老君之號也。"又："漢文、景間，崇黃老之教。"注謂："崇尚黃帝、老子之術。"○岳州，劉宋為巴陵郡，羿屠巴蛇於洞庭，骨若陵，故名巴陵。○《詩

話》引東坡《百斛明珠》載："唐末有人見作是詩者,殆是李謫仙輩。老人真
遁世者也。"

　　【補注】巴陵,縣名,在今湖南岳陽市,唐為岳州治。參見卷一李群玉
《南莊春晚》注①。

【校勘】

　　〔一〕賈至　底本、元刊本、正統本、明應本無,高本、四庫本作"無名
氏",磧砂本作"君山老人",據全唐詩補。
　　〔二〕湘水　裴校"元本'湘水'作'湖水'"。
　　〔三〕湘君　底本、大系本作"湖君",據正統本改。

繡嶺宮①

李　洞

　　春草萋萋〔一〕春水〔二〕綠②〔三〕,野棠開盡飄香玉③。繡嶺宮前鶴髮
翁,猶唱開元太平曲④。

【考證】

　　此詩見《全唐詩》卷七二三(P. 8302),題末多"詞"字;又見卷五六二(P.
6528),屬李玖,為《噴玉泉冥會詩八首·白衣叟途中吟二首》之一。何校
"此篇亦無名氏詩,非才江也。○宋本《才江集》卷下末載此詩,云出《旌異
記》"。佟培基《全唐詩重出誤收考》(P. 435)云,據李玖"詩前序,出自《纂異
記》,乃小說家依托,詩當為李洞作"。

【注評】

　　①【圓至】繡嶺宮,在陝州峽石縣,顯慶三年置。

【補注】繡嶺宮,有二:其一舊址在今河南陝縣,唐高宗顯慶三年建;其二即華清宮,因建於西安驪山西繡嶺之上,故稱。參見崔塗《繡嶺宮》注①。此詩末云"開元太平曲",當指華清宮。

②【補注】萋萋,草木茂盛貌。《詩經·周南·葛覃》:"葛之覃兮,施于中谷,維葉萋萋。"毛公傳:"萋萋,茂盛貌。"

③【補注】野棠,即棠梨。沈約《早發定山詩》:"野棠開未落,山櫻發欲然。"參見卷一劉商《送元史君自楚移越》注⑤。香玉,有香氣的玉。這裏比喻花瓣。

④【圓至】玄宗開元中嘗幸此,詳見注後。【增注】李玫《異聞實錄》載:"會昌中,許孝廣路由江棠館,逢白衣叟乘馬高吟此詩。許異之,逐問,忽入一林,遂不見。"【何焯】此歎翠華不復東巡也。《新書·地理志》:"陝州峽石縣有繡嶺宮。"上二句以比過却太平盛際。

【補注】鶴髮,白髮。因鶴羽毛白色,故以之喻老人的白髮。庾信《竹杖賦》:"子老矣!鶴髮雞皮,蓬頭歷齒。"開元,玄宗年號(713—741)。這一時期政局穩定、經濟繁榮、文化昌盛,史稱開元盛世。杜甫《憶昔二首》之二:"憶昔開元全盛日,小邑猶藏萬家室。稻米流脂粟米白,公私倉廩俱豐實。"陳伯海主編《唐詩彙評》(P. 2985):《刪補唐詩選脉箋釋會通評林·七言絕句·晚唐下》:周珽:"草萋水綠,野棠開謝;宮前春色,不改盛時,故鶴髮翁尚追其舊曲而唱之。今日荒凉情景,不言自在,妙于含蓄者。"《唐風定》卷二二"七言絕句":"與'白頭宮女'句同意、同工。"元稹(一作王建詩)《行宮》:"寥落古行宮,宮花寂寞紅。白頭宮女在,閒坐説玄宗。"

【校勘】

［一］草萋萋　何批"日遲遲"。

［二］水　何批"草"。

［三］春草萋萋春水綠　全唐詩作"春日遲遲春草綠(一作春草萋萋春水綠)"。

已前共六首[一]

【校勘】

　　[一] 何校“本六首，今删去高達夫《營州曲》”，又在卷末計本卷詩數云“七十九首”。

唐詩三體家法卷三

四　實

　　周弼曰：其説在五言，但造句差長，微有分別。七字當為一串，不可以五言泛加兩字。最難飽滿，易疏弱，而前後多不相應。自唐人中工此者亦有數焉，可見其難矣①。

【注評】

　　①【磧砂】敏曰：伯弼氏所謂虛實者，情與景也。然實中有虛，虛中有實，要在性情中流出，恰與景物融會，並非浮詞麗句即為寫景之章，澀語哀聲便是摹情之什也。修齡吳先生有云："唐人實處如鐵石，虛處如煙雲，如寫御容詩'初分隆準山河秀，乍點重瞳日月明'，鐵石何以過之？'宮女卷簾皆暗認，侍臣開殿盡遥驚'，煙雲何以過之？實處不實則無力量，虛處不虛則無遠神。"此皆至精至妙之訣也。然則周氏之論虛實大概分明情景二字，吳氏之論虛實又在情中景中各分互用矣，是又烏可不辨哉！總之，本領必不可無，學問必不可少，心思必歸于正，氣局必歸于雅，有本領，多學問，心思無邪，氣局不俗，則山林趣味庶免譏于島瘦郊寒，臺閣風裁誰復笑其塗鴉墨豕？獨伯弼不及盡闡，正在使人自得耳。只如句中下字，張祜《舞》詩"紅罨畫衫纏腕出，碧排方袴背腰來"，王建《琵琶》"用力獨彈金殿響，鳳凰飛出四條弦"，真有本領，字字千鈞，可法。是又不獨造句須滿，即下字宜確也。

且中間二聯不整則散，不工則拙，而整則忌板，工則忌纖，或有流水對、當句對、借對，十字為一句，十四字亦為一句者，要必以清新俊逸為主。蓋風骨珊珊，仍有福澤之氣，則以之應制必得雋，以之抒懷必可傳矣。禪家云："轉法華，勿為法華轉。"讀此集者，高明當有以亮我矣。【何焯】"四靈"唱為唐詩，而其流也為尖纖淺易。伯弜選《三體》，首崇"四實"以矯革之，以為學唐者當如是爾，於華麗典重之間有雍容寬厚之態。攻"四靈"所短，施之對治，故當時亦翕然趨之也。

同題仙游觀①

韓　翃

仙臺初[一]見五城樓②，風物凄凄宿雨收③。山色遥連秦樹晚，砧聲近報漢宮秋。踈松影落空壇净[二]，細草春香[三]小洞幽④。何用別尋方外去，人間亦自有丹丘⑤。

【考證】

此詩見《全唐詩》卷二四五（P. 2751—2752），題下校"一本題上無'同'字"。

【注評】

①【補注】仙遊觀，在今陝西麟游縣北約半公里處。唐初詩人王勃作有《秋日仙游觀贈道士》，有句云："野花常捧露，山葉自吟風。林泉明月在，詩酒故人同。"可與此詩參讀。傳説赤脚仙曾游此，因得名。現觀址有大殿五間，原來樑、檁上題有五代、宋、元、明、清重修的年月記載，因多次粉刷，現已難辨。然現存一尊泥塑佛像身内的十字木架上，書有唐"大和三年"字樣。

②【圓至】仙臺，在長安西山，漢文帝作。《十洲記》云：“崑崙山有五城十二樓，黃帝效之而作。”

【補注】五城樓，即五城十二樓，古代傳說中神仙的居所。這裏指仙遊觀之建築。《史記·孝武本紀》：“方士有言：‘黃帝時，爲五城十二樓，以候神人於執期，命曰迎年。’”裴駰集解引應劭曰：“崑崙玄圃五城十二樓，此仙人之所常居也。”

③【補注】宿雨，夜雨，經夜的雨水。江總《詒孔中丞奐詩》：“初晴原野開，宿雨潤條枚。”

④【補注】壇，高臺。寺、觀中的壇爲僧、道過宗教生活或舉行祈禱法事的場所。

⑤【圓至】《楚詞》：“仍羽人於丹丘。”注曰：“丹丘晝夜常明。”【增注】《莊子》：“子桑戶、孟子反、子琴張三人相友。子桑死，二人編曲鼓琴而歌。孔子曰：‘彼遊方之外者。’”【磧砂】謙曰：若非第二句，中聯如何承接？若非第七句，全首如何結合？真可味。【何焯】三、四臺上遠望之大觀，五、六觀中歷覽之幽致，皆一高一下，乃盡見五城十二樓也。【何焯門生】既云“漢宮秋”，何又云“細草春香”？四句不合有兩時景，莫若用“香凝”字。

【補注】何用，不用、不須。《後漢書·孔融傳》：“文舉舍我死，吾何用生爲？”方外，世外，指仙境。《楚辭·遠遊》：“覽方外之荒忽兮，沛罔象而自浮。”丹丘，傳說中神仙所居之地。

【校勘】

［一］初　何校“下”，旁批“初”，跌注“‘初’字乃與‘何用別尋’呼應”；全唐詩作“下”。

［二］净　磧砂本、高本、四庫本、全唐詩作“静”。

［三］春香　何校“香閑”，全唐詩作“香閒（一作閑）”。

和樂天早春見寄①

元　稹

　　雨香雲淡覺微和，誰送春聲[一]入棹歌②。萱近北堂穿土早③，柳偏東面受風多④。湖添水色[二]消殘雪，江送潮頭湧漫波。同受新年不同賞，無由縮地欲如何⑤。

【考證】

　　此詩見《全唐詩》卷四一七（P. 4601）。

【注評】

　　①【補注】樂天，白居易字。參見卷四白居易《尋郭道士不遇》注②。見，用在動詞前面，稱代自己。周相録《元稹集校注》（P. 663）云，此詩爲長慶四年（824）元稹任浙東觀察使、越州刺史時作。白居易原唱爲《早春憶微之》。

　　②【何焯】涵“見寄”，蘊藉。〇“棹歌”即伏五、六。

　　【補注】微和，稍微暖和。棹歌，行船時所唱的歌。漢武帝《秋風辭》：“簫鼓鳴兮發棹歌，歡樂極兮哀情多。”

　　③【圓至】《詩》：“焉得萱草，言樹之背。”注曰：“背，北堂也。萱，忘憂草也。”【何焯】比樂天在杭。

　　【補注】萱草，俗稱金針菜、黃花菜，多年生宿根草本，其根肥大。葉叢生，狹長，背面有棱脊。花漏斗狀，橘黃色或桔紅色，無香氣，可作蔬菜，或供觀賞。根可入藥。古人以爲種植此草，可以使人忘憂，因稱忘憂草。北堂，古代居室東房的後部，爲婦女盥洗之所。後因以指主婦居處或母親的居室。

　　④【圓至】時微之以李賞之謗，自同州移浙東。樂天守杭在北，故以北

萱喻樂天之可忘己憂，以東柳喻己之受侮不少也。【何焯】自比在越。

　　⑤【圓至】《神仙傳》：“壺公遺費長房一符，能縮地脈。”【何焯】“湖”謂鏡湖。○“受”字不可解，諸本皆同。“受歲”出佛書，亦是當時語。○五、六以一江相望起“無由縮地”，卻仍不脫“早春”。

　　【補注】受年，謂得到年歲或年成，今俗語猶言“享年”。《净心誡觀法》卷一《誡觀慢天懼人屏處造過法》：“偈曰：……經云人從生，即有二種天，晝夜與身俱，共人同受年。”《成唯識論疏抄》卷一六：“然此四善根中菩薩，雖同與餘人，受年百歲，由得神通力，若延命即得千萬歲。”無由，沒有門徑，沒有辦法。《儀禮·士相見禮》：“某也願見，無由達。”鄭玄注：“無由達，言久無因緣以自達也。”縮地，傳說中化遠為近的神仙之術。《太平廣記》卷一二引《神仙傳》：費長房“有神術，能縮地脉，千里存在，目前宛然，放之復舒如舊也”。

【校勘】

　　[一]聲　正統本、明應本作“深”。

　　[二]色　全唐詩校“一作劑”。

和趙相公登鸛雀樓①

殷堯蕃②[一]

　　危樓高架沉寥天③，上相閑登立緜斿④[二]。樹色到京三百里，河流歸漢幾千年⑤。晴峰聳日當周道⑥，秋穀垂花滿舜田⑦。雲路何人見高志，最[三]看西面赤欄前⑧。

【考證】

　　此詩見《全唐詩》卷四九二（P. 5571），題下注“樓在河中府，前瞻中條，下瞰大河”。

【注評】

①【圓至】鸛雀樓，在河中府，前瞻中條，下瞰大河。【增注】河中府，唐屬河東道，古冀州之域。【磧砂】賦也。

【補注】相公，舊時對宰相的敬稱。王粲《從軍詩五首》之一：“相公征關右，赫怒震天威。”趙相公，當爲加同中書門下平章事官銜的河中府長官。陶敏《全唐詩人名彙考》（P. 927）云，指趙宗儒，貞元十二年相德宗。《舊唐書·憲宗本紀下》：“（元和九年七月）乙未，以御史大夫趙宗儒檢校尚書右僕射，兼河中尹、河中晉絳等州節度使。”郁賢皓《唐刺史考全編》卷七九“河東道·蒲州（河中府、河東郡）”（P. 1132）列趙宗儒元和九年至十二年任職。鸛雀樓，故址座落于今山西永濟市。因常有鸛雀棲息其上，故名。樓有三層，爲唐代登覽勝地，後被河水衝沒。

②【圓至】秀州人。【增注】元和九年登進士第。從李翱長沙幕府，嘗爲永樂令，後以侍御官江南。○一云秀州人。

【補注】蕃，通藩。吳汝煜撰《中國文學家大辭典·唐五代卷》（P. 649—650）“殷堯藩”條云，堯藩（生卒年不詳），行二十三。蘇州嘉興（今屬浙江）人。後應試十年未第。元和九年，因楊漢公力薦，始登進士第。曾官協律郎。寶曆中，爲浙西節度判官。大和七、八年間，以侍御史爲湖南觀察使李翱從事。旋至杭州依姚合。大和九年，爲同州刺史劉禹錫參佐。曾受辟爲福州從事。大和二年前後官永樂縣令，並客居山南二十年。性簡靜，耽丘壑林泉之趣。工詩。與白居易、姚合、雍陶、鮑溶、沈亞之等友善，唱和。張爲《詩人主客圖》列爲“廣大教化主”白居易及門者。胡震亨評其詩“有葩豔，微嫌肉豐。《鸛鵲樓》一律，獨茂碩而婉，不愧初盛遺則”（《唐音癸籤》卷七）。《新唐書·藝文志》著錄《殷堯藩詩》一卷。《全唐詩》卷四九二編其詩爲一卷。

③【圓至】《九辯》曰：“泬寥兮天高而氣清。”注曰：“泬寥，曠蕩也。”

【補注】危樓，高樓。《水經·沮水注》：“危樓傾崖，恒有落勢。”泬寥，清朗空曠貌。《楚辭·九辯》王逸注：“沉寥，曠蕩空虛也。或曰：沉寥猶蕭條。蕭條，無雲貌。”

④【圓至】《漢書》：“田蚡爲相，前堂羅鐘鼓，立曲旃。”注曰：“《禮》：‘大夫建旃，以旃表士衆。’”【增注】漢陸賈謂陳平曰：“足下爲上相，食三萬戶侯。”

【補注】上相，對宰相的尊稱。《史記·酈生陸賈列傳》：“足下位爲上相，食三萬戶侯。”這裏指趙相公。綵旃，五彩曲柄旗。通帛爲之，多用于喜慶之日。梁元帝《和王僧辯從軍詩》：“寶劍飾龍淵，長虹畫綵旃。”

⑤【圓至】《水經注》：“河出崑崙，吐蕃謂之悶摩黎山，至積石軍方入中國。四夷稱中國爲漢。”【增注】京指長安。○《禹貢》“冀州”注：“禹鑿龍門山，以疏河水。”正屬唐河中府龍門縣。而漢水則在漢中，唐隸山南道，既與河東隔遠，且經又無河入漢明文。據王湜《禹貢》“九河、逆河”注：“今已淪[四]入海，不可尋考，今河所行乃漢河，非古河也。”此詩“河流歸漢”，恐是此意。

【補注】河流，指黃河水流。傅亮《爲宋公至洛陽謁五陵表》：“河流遄疾，道阻且長。”此聯用擬人手法，寫樹木、河流亦有戀闕、朝宗之心，由此襯托時世太平。陳伯海主編《唐詩彙評》（P. 2248）：《唐體膚詮》卷三：“一句是橫看，一句是豎看，與少陵‘江山有巴蜀，棟宇自齊梁’同法。”

⑥【圓至】《詩》：“周道如砥。”【增注】凡道路皆稱周道，如《孟子》言“君子能由是路”，亦引《詩》“周道如砥”爲證。【何焯】爲時所瞻。

【補注】當，對着，向着。周道，大路。《詩經·小雅·四牡》：“四牡騑騑，周道倭遲。”朱熹集傳：“周道，大路也。”又指周代治國之道。《荀子·非相》：“欲觀千歲則數今日，欲知億萬則審一二，欲知上世則審周道。”

⑦【圓至】舜耕歷山。《輿地廣記》曰：“河中府河東縣，故蒲坂，舜之都，有歷山并媯水。”【何焯】爲民所賴。

【補注】舜，五帝之一，傳說中我國父系氏族社會後期部落聯盟的賢明首領。相傳舜曾耕于鸛雀樓對面的中條山。《史記·五帝本紀》：“舜耕歷山。”裴駰集解引鄭玄曰：“在河東。”張守節正義引《括地志》云：“蒲州河東縣雷首山，一名中條山，亦名歷山，亦名首陽山……此山西起雷首山，東至吳坂，凡十一名，隨州縣分之。歷山南有舜井。"

⑧【何焯】五、六言相公駐節河中，克諧興望，亦有功德及民，密邇王室而徵黃未見東來。其志趣自是獨高，子房青雲之士，西面紛紜都不堪入眼也。

【補注】雲路，比喻仕途，高位。《晉書·皇甫謐傳》："冲靈翼於雲路，浴天池以濯鱗。"最，副詞，猶正、恰。《世說新語·賞譽》："舒風概簡正……最是臣少所知拔。"陳伯海主編《唐詩彙評》(P. 2248)：《唐體膚詮》卷三："虛映'鸑雀'，隱寓自況意，冀助吹噓之力，與'上相'句暗中聯絡。或云即指'相公'，亦通。"

【校勘】

［一］殷堯蕃　正統本、明應本、全唐詩作"殷堯藩"。

［二］旃　高本作"旂"，何校"旃"。

［三］最　高本、四庫本作"醉"。

［四］已淪　明應本、正統本、大系本作"包倫"。元盛如梓《庶齋老學叢談》卷上云："陳後山謂杜子民言……余以近世書解考之，九河、逆河已淪入海，不可尋考。又以今日觀之，河自淮入海矣。"據改。

凌歊臺①

許　渾

宋祖凌歊[一]樂未回，三千歌舞宿層臺②。湘潭雲盡暮山出，巴蜀雪消春水來③。行殿有基荒薺合，寢園無主野棠開④。百年便[二]作萬年計，岩畔[三]古[四]碑空綠苔⑤。

【考證】

此詩見《全唐詩》卷五三三（P. 6084），題下注"臺在當塗縣北，宋高祖所築"。

【注評】

①【增注】歊，許驕切，熱氣也；字亦作熇。或云：臺高可以凌滌暑氣。

【補注】羅時進《丁卯集箋證》（P. 303）：《入蜀記》卷二："十五日早……飯已，游黃山東嶽廟、廣福寺，遂登凌歊臺……凌歊臺正如鳳皇、雨花之類，特因山巔名之，宋高祖所營。面勢虛曠，高出氛埃之表，南望青山、龍山、九井諸峰，如在几席。"此詩為許渾開成年間仕當塗時作。

②【圓至】《圖經》曰："凌歊臺在太平州北黃山上，宋武帝南遊嘗登此臺，且建離宮。"【高士奇】《南史》稱宋祖清簡寡欲，儉於布素，嬪御至少。嘗得姚興從女，有盛寵，頗廢事，謝晦微諫，即時遣出，安得有"三千歌舞"之事耶？詞人失實，往往如此。【何焯】凌歊者，孝武所作。此"宋祖"是世祖也，前人嘗辨之。杜牧云"勢比凌歊宋武臺"，即收在絕句中。至師未加契勘耳。○有"三千歌舞"句，方頂接得首句氣脈足，五、六俱有照應。宋以後人真難與言詩。【增注】三千歌舞，《職林》云："自武元以後，世增淫費，至乃掖庭三千。"又武帝起明光宮，發燕趙美女三千充之。

【補注】羅時進《丁卯集箋證》（P. 303）云，宋祖，一說指宋武帝劉裕，而《唐音癸籤》卷二三認為指孝武帝劉駿，"地志稱孝武登此臺置離宮，而本紀亦載其幸南豫州者再，校獵姑熟者一，與地志合"。當以孝武為是。

③【補注】湘潭，這裏借指今長沙一帶，因歷史上先後屬湘州、潭州，故稱。巴蜀，秦漢設巴、蜀二郡，皆在今四川省。後用為四川的別稱。《戰國策·秦策一》："大王之國西有巴蜀、漢中之利，北有胡貉、代馬之用。"

④【圓至】行殿，即離宮殿。漢有寢廟園，於陵上作之，以象平生。○按，此詩既曰"有基荒薺合"，又曰"無主野棠開"，語自合同。但行殿乃生前之殿，寢園乃死後之園，此既不同，則語雖相類意實異矣。【增注】天子行幸所止曰行殿。○《詩》："其甘如薺。"注：味苦，可食之菜。○寢，堂室也。

古者正朝曰路寢，次曰燕寢，又次曰小寢。○野棠，即棠梨也。

【補注】野棠，即棠梨，參見卷一劉商《送元史君自楚移越》注⑤。

⑤【磧砂】敏曰：宋武帝南遊嘗登此臺，且建離宮於此，詩意全為宋。【何焯】三千歌舞不覺囂煩，惟其曠絕如次連所云也。第二變化曲折。○前半證仙，後半入佛。【姚世鈺】按，舊刻注與此不同，義門自言有內府本，豈偶未檢校耶？或又有一本耶？鈺。【何焯門生】二聯寫臺之高固妙，尤覺三聯歎古今之變好。注真固執不通。

【校勘】

　　［一］凌歊　何校“高高”，眉批：“《百家選》作‘高高’，為勝。破出‘凌歊’，已涵次連，又二句‘層’字血脈相屬”；全唐詩作“凌（一作功）高（一作歊，一作高臺）”。

　　［二］便　全唐詩校“一作應”。

　　［三］畔　全唐詩校“一作上”。

　　［四］古　全唐詩校“一作石”。

洛陽城①［一］

　　禾黍［二］離離半野蒿②，昔人城此豈知勞③。水聲東去［三］市朝變④，山勢北來宮殿高⑤。鴉噪暮雲歸故堞⑥，鴈迷寒雨下空濠⑦［四］。可憐緱嶺登仙子，猶［五］自吹笙醉碧桃⑧。

【考證】

　　此詩見《全唐詩》卷五三三（P. 6088），題作《故洛城》（一作《登故洛陽城》）。

【注評】

①【圓至】河南府有洛陽故城，唐人多有題詠。【增注】《史記》："周成王七年，將營成周居洛邑，使召公先相宅。三月周公至洛，興工築城。唐東都乃其故地，又曰神都，又曰東京。"按《唐書》："皇城長千八百一十七步，廣千三百七十八步，周四千九百三十步，其崇三丈七尺。宮城在皇城北，長千六百二十步，廣八百五步，周四千九百二十一步，其崇四丈八尺。都城前直伊闕，後據邙山，左瀍右澗，洛水貫其中，以象河漢。東西五千六百一十步，南北五千四百七十步，周二萬五千五十步，其崇丈有八尺。武后號曰金城。"

②【圓至】周大夫行役，過故宗廟，宮室盡為禾黍，故作詩曰："彼黍離離。"【增注】《詩》注："禾，穀連藁秸之總名。黍，禾而黏者。離離，垂也。"【何焯】含"變"字。

【補注】禾，即粟，小米。《詩經·豳風·七月》："十月納禾稼，黍稷重穋，禾麻菽麥。"馬瑞辰通釋："此詩以禾與麻菽麥並言者，禾即粱也。戴侗《六書故》云：'北方多陸土，其穀多粱粟，故粱粟專以禾稱。'"黍，植物名。古代專指一種子實稱黍子的一年生草本作物。喜溫暖，不耐霜，抗旱力極強。葉子綫形。子實淡黃色者，去皮後北方通稱黃米，性黏，可釀酒。其不黏者，別名穄，亦稱稷，可作飯。離離，盛多貌。《詩經·小雅·湛露》："其桐其椅，其實離離。"毛公傳："離離，垂也。"孔穎達疏："言二樹當秋成之時，其子實離離然垂而蕃多。"野蒿，即艾蒿。

③【何焯】只扼"城"字。○"勞"字兼君子勞心、小人勞力言之。

④【圓至】東周、後漢、元魏皆都洛。【增注】市朝，《周禮》："匠人營國云云，左祖右社，前朝後市。"

【補注】市朝，市場和朝廷。

⑤【圓至】連昌、繡嶺等宮，皆在洛陽。【增注】宮殿，按《唐書》："東都洛陽宮，武后號太初宮，又有上陽等宮。"【何焯】承"勞"字。○第四是昔人只謂形勝可憑，城此忘勞者也。

⑥【圓至】堞，女牆也。【增注】堞，城上垣。

【補注】堞，城上呈齒形的矮牆，也稱女牆。

⑦【圓至】濠，隍也。【增注】壕，城下池。

⑧【圓至】《史記》："周靈王太子名晉，遊緱山，夜吹笙作鳳音，鳳至，乃乘鳳升仙。山在洛陽。"王子年《拾遺記》曰："磅磄山去扶桑五萬里，有桃樹千圍，花皆青黑色。"【增注】東都緱氏縣有緱氏山，在嵩山西。【高士奇】按裴秀《冀州記》："緱氏仙人廟者，昔王僑爲柏人令，于此登仙。"許渾詩"王子求仙月滿臺"，又"可憐緱嶺登仙子，猶自吹笙醉碧桃"，則以王僑爲王子喬，誤矣。【磧砂】謙曰：此亦專懷周朝事，觀起結可見，與東漢、元魏無涉。【何焯】與"變"字反對。

【補注】緱嶺，指緱氏山，在今洛陽偃師南四十里。登仙，成仙。猶自，尚、尚自。

【校勘】

〔一〕何校題前增"登故"二字。

〔二〕禾黍　全唐詩校"一作黍稷"。

〔三〕去　全唐詩校"一作注"。

〔四〕濠　全唐詩作"壕"。

〔五〕猶　全唐詩校"一作獨"。

金　陵①

玉樹歌殘〔一〕王氣終②，景陽兵合成〔二〕樓空③〔三〕。楸梧〔四〕遠近千官冢④，禾黍高低六代宮⑤。石燕拂雲晴亦雨⑥，江豚吹浪夜還風⑦。英雄一去豪華盡，惟有青山似洛中⑧。

【考證】

此詩見《全唐詩》卷五三三(P.6084)，題末多"懷古"二字。

【注評】

①【圓至】見前注。【增注】建康郡稱，楚威王以其地有王氣，埋金鎮之，故曰金陵。或曰：以其地接華陽金壇之陵。春秋屬吳，戰國屬越，後屬楚，秦改秣陵，漢丹陽郡，吳建業，晉以業為鄴，後改建康，隋昇州，唐昇州江寧郡，屬江南道，宋建康府，今屬江東道。

【補注】金陵，古邑名，今南京市的別稱。參見卷一劉長卿《寄別朱拾遺》注⑦。

②【圓至】陳後主作《玉樹後庭花》曲。“王氣終”，謂隋并陳，南朝至此而滅也。蘇子由詩自注云：“《矮雞冠[五]》，即《玉樹後庭花》也。”【何焯】甘泉、玉樹，詞家相仍用之，蘇注非本意，宋人好新説耳。○蘇語見《欒城後集》第二卷，去“或言”二字，真可笑。

【補注】玉樹，指《玉樹後庭花》曲，南朝陳後主制，其辭輕蕩，而其音甚哀，故後多用以稱亡國之音。王氣，指象徵帝王運數的祥瑞之氣。

③【圓至】景陽樓，宋元嘉二十二年筑，孝武大明中紫雲出景陽樓，因以名之。《六朝紀勝》云：“今法寶寺西南遺地猶存，蓋後主與張妃就擒於景陽井。”【增注】景陽宮，陳後主宮，在金陵。白蓮閣下有池，名景陽井；後主為隋兵所逼，與張貴妃、孔貴嬪投井，即此。

【補注】戍樓，駐軍用以戍守、瞭望的樓臺。

④【增注】楸，梓屬。【何焯】此去即是英雄去。

【補注】楸梧，又作梧楸，梧桐與楸樹。二木皆逢秋而早凋。《楚辭·九辯》：“白露既下百草兮，奄離披此梧楸。”

⑤【圓至】六代者，吳、東晉、宋、齊、梁、陳也。《建康寶錄》云：“吳太初宮即臺城地之西南，晉建康宮在府北五里，宋未央宮在清溪橋東，梁金華宮在清溪東。”【何焯】帶出。○隋平陳，詔建康城邑宮室並平蕩耕墾。

【補注】《載酒園詩話又編·許渾》云此聯“即太白‘吳宮花草埋幽徑，晉代衣冠成古丘’意”。

⑥【圓至】《湘州記》：“零陵有石燕，遇雨則飛。”

【補注】石燕，似燕之石。這裏當指燕子磯，在今南京北觀音山上。《欽定大清一統志》卷五〇“江寧府一”：觀音山“有石臨瞰江水，形如白燕，曰燕子磯”。《載酒園詩話又編·許渾》：“嘗見宋僧圓至注周弼《三體唐詩》，引《湘州記》……解此句，大謬。金陵有燕子磯俯臨江岸，此專詠其景耳，何暇遠及零陵！”

⑦【圓至】《南越志》：“江豚似豬，居水中。”【增注】《本草》：“江豚魚，鼻為聲，出没海上，舟人候之，知大風雨。”【高士奇】緣江居民以江豚出没爲風候。

⑧【圓至】李白《金陵》詩曰：“苑方秦地少，山似洛陽多。”曾景建曰：“洛陽四山，四山圍伊、洛、瀍、澗在中。建康亦四山，圍秦淮、直瀆在中，故許渾云‘似洛中’。”【何焯】一歌未闋，王氣遽終，發端自警。起連從陳事將古迹一筆提過，以下只就目擊處感歎，勢亦空闊。

【校勘】

［一］殘　全唐詩校“一作愁，一作翻”。

［二］戍　全唐詩校“一作畫”。

［三］景陽兵合戍樓空　全唐詩校“一作景陽鐘動曙樓空”。

［四］楸梧　磧砂本、全唐詩作“松楸”，全唐詩校“一作楸梧”。

［五］何校“矮雞冠”前增“或言”二字。

咸陽城東樓①

一上高城萬里愁，兼葭楊柳似汀洲②。溪雲初起日沉閣③［一］，山雨欲來風滿樓④。鳥下綠蕪秦苑夕，蟬鳴黃葉漢宮秋⑤。行人莫問當年［二］事，故國東來渭水流⑥［三］。

【考證】

此詩見《全唐詩》卷五三三（P. 6085），題下校“一作《咸陽城西樓晚眺》，一作西門”。

【注評】

①【圓至】《雍録》曰：“秦咸陽在京兆西微北四十里，本杜縣地。至唐咸陽縣，則在秦都之西二十里，名雖襲秦，非故處矣。”【增注】《關中記》：“孝公都咸陽，即渭城，在渭北。始皇都咸陽，即城南大城，名咸陽者。山南曰陽，水北亦曰陽，地在渭水之北九嵕諸山之南，故曰咸陽。”

【補注】咸陽，古都邑名。在今陝西咸陽東北二十里窯店鎮一帶。秦孝公十二年築城，並將國都自櫟陽遷此，因置咸陽縣。《史記·秦始皇本紀》：二十六年，秦始皇統一中國後，“收天下兵，聚之咸陽，銷以為鍾鐻，金人十二，重各千石，置廷宮中……徙天下豪富於咸陽十二萬户”，即此。秦末為項羽焚毀。

②【增注】《詩》注：“蒹似萑而細，荻至秋堅成則謂之萑。葭，葦也。”

【補注】馬茂元《唐詩選》(P.698)云，此聯“總領全詩，點題登樓，‘愁’為詩眼。《詩·蒹葭》‘蒹葭蒼蒼，白露為霜’；《詩·采薇》‘昔我往矣，楊柳依依’：二句均含愁思。此化用之，以渲染‘愁’意”。汀洲，水中小洲。《楚辭·九歌·湘夫人》：“搴汀洲兮杜若，將以遺兮遠者。”羅時進《丁卯集箋證》(P.312)謂此指家鄉的小洲，是。

③【全唐詩】南近磻溪，西對慈福寺閣。

④【補注】馬茂元《唐詩選》(P.698)：“山，咸陽之北為九嵕山。”

⑤【補注】羅時進《丁卯集箋證》(P.312)云，綠蕪，形容亂草雜生之狀，言故宮禾黍之意。秦苑，上林苑，秦舊苑，漢武帝擴建，皇帝春秋打獵之所。《元和郡縣圖志》卷一“關内道一·京兆府上·長安縣”：“上林苑，在縣西北一十四里，周匝二百四十里，相如所賦也。”馬茂元《唐詩選》(P.698)：“意謂秦、漢遺迹，已經成為一片丘墟。”《太平寰宇記》卷二五“關西道一·長安縣”：“隔渭水，北對秦咸陽宮。漢于其地築未央宮。”“蕪，草地。二句遠望，由今及古，繼續生發，依然‘愁’意。”

⑥【圓至】《後漢志》：“隴西郡，渭水所出，東流長安。”【何焯】慘澹滿目，

晚唐所處之會然也。○"當年事"三字兼國家已失清平、精神復非壯盛,與第二思歸相應,故末句言如渭水之流而不反,難以復問也。

【補注】行人,出行的人,這裏指作者自己;暗用"黍離"典。渭水,即渭河,黃河最大支流。在今陝西中部。源出甘肅渭源縣西南鳥鼠山,東流經隴西、武山、甘谷、天水諸縣市,橫貫陝西渭河北原,南納斜、澇、豐、滻、灞諸水,北會涇水、洛水,在潼關縣入黃河。馬茂元《唐詩選》(P. 699):"意謂這座古城的面貌,一切都變了;所不變者,唯有渭水東流而已。咸陽在渭水之北……'當年'承上'秦苑''漢宮',二句總收,結出'愁'懷根因。"

【校勘】

[一]閣　正統本、明應本作"閣"。

[二]當年　全唐詩校"一作前朝"。

[三]故國東來渭水流　全唐詩校"一作渭水寒聲晝夜流,聲一作光"。

晚自東郭留一二遊侶

鄉心迢遞宦情微①,吏散尋幽竟[一]落暉。林下草腥巢鷺宿②,洞前雲濕雨龍歸③。鍾隨野艇回孤棹④,鼓絶[二]山城掩半扉⑤。今夜西齋好風月⑥,一瓢春酒莫相違⑦。

【考證】

此詩見《全唐詩》卷五三三(P. 6091),題中"東郭"後有"回"字。

【注評】

①【圓至】王夷甫曰:"吾少無宦情。"

【補注】迢遞,指思慮悠遠。宦情,做官的志趣、意願。

②【何焯】"幽"。

③【補注】《易·乾》："雲從龍,風從虎,聖人作而萬物睹。"孔穎達疏："龍是水畜,雲是水氣,故龍吟則景雲出,是雲從龍也。"

④【圓至】謂鐘聲隨艇則暮矣,故回棹也。

⑤【圓至】謂山城昏鼓絶,則西齋扉半掩矣。

⑥【何焯】"留"字結。

⑦【磧砂】敏曰:聞修齡吳氏曰:"文如飯,詩如酒,均是米也。但熟則皆可喫者飯也,酒必醞釀既成,挹其精華,去其糟粕而後可飲。"此喻最妙! 文人最易成章,所以大遠乎唐人者,只是未經醞釀,但取文從字順而已也。只如李群玉"風傳鼓角霜侵戟,雲卷笙歌月上樓",此十四字是兩句,却是四樣景物,又是一時興會。若止取文從字順,不加醞釀之功,如何成此也。真使人拆換一字不得,又使人拘泥一字不得,非醞釀功深,亦未易能矣。嘗念古文不見轉接之痕,作詩亦要到此地位乃佳。【何焯】第三對"宦情",第四對"鄉心"。既殊羨魚之貪,又非功成而退,所以留連光景,聊復遣此寂寂也。

【補注】春酒,冬釀春熟之酒,亦稱春釀秋冬始熟之酒。《詩經·豳風·七月》："爲此春酒,以介眉壽。"

【校勘】

[一] 竟　全唐詩校"一作趁"。

[二] 絶　全唐詩校"一作打"。

題飛泉觀宿龍池①[一]

西巖泉落水容寬②,靈物蜿蜒黑處蟠③。松葉正秋琴韻響④,菱花初曉[二]鏡光寒⑤。雲收[三]星月[四]浮山殿⑥,雨過風雷[五]遠石壇⑦。仙客不歸龍亦去,稻畦長滿此池乾⑧。

【考證】

此詩見《全唐詩》卷五三四(P. 6099)，題作《重遊飛泉觀題故梁道士宿龍池》。

【注評】

①【補注】羅時進《丁卯集箋證》(P. 443)：《(雍正)浙江通志》卷八九"驛傳下・天台縣"："飛泉驛，《赤城志》：在縣西二十五里，今廢。"此詩為許渾會昌三年(843)重遊越中時作。

②【何焯】"飛"字。

【補注】水容，水流之態勢。

③【增注】蜿蜒，龍蟠貌。

【補注】蜿蜒，龍蛇等曲折爬行貌。

④【何焯】聲。

⑤【圓至】言松韻如琴，菱池如鏡。【增注】魏武帝菱花鏡。【何焯】光。

⑥【何焯】光。

⑦【何焯】聲。

⑧【圓至】言自龍去，池化為田矣。【增注】仙客，指梁道士[六]。【何焯】五、六言龍蟠之日如此。第三"琴韻"是"泉落"，第六"風雷"又是"泉落"也。○上六追敘往事，結乃點出重遊，便有桑田之感也。

【校勘】

［一］裴校"《四體集》作《重遊飛泉觀故梁道士宿龍池》"，何校題作《重遊飛泉觀題故梁道士宿龍池》。

［二］曉　全唐詩校"一作吐"。

［三］收　全唐詩作"開"。

［四］月　全唐詩校"一作宿"。

［五］雷　磧砂本作"霜"。

［六］士　底本、正統本脱，據大系本補。

咸陽懷古①

劉　滄②[一]

經過此地無窮事，一望凄然感廢興。渭水故都[二]秦二世③，咸陽[三]秋草漢諸陵④。天空絕塞聞邊鴈，葉盡孤村見夜燈⑤。風景蒼蒼多少恨，寒山半出白雲層⑥。

【考證】

此詩見《全唐詩》卷五八六(P. 6803)。

【注評】

①【圓至】見前注。

【補注】咸陽，古都邑名，在今陝西咸陽東北二十里窰店鎮一帶。曾為秦都，有阿房宮等建築，秦末為項羽焚毀。參見卷三許渾《咸陽城東樓》注①。懷古，懷想、思念古代的人和事。張衡《東京賦》："望先帝之舊墟，慨長思而懷古。"

②【圓至】字蘊靈，大中八年第，魯人。

【補注】吳在慶撰《中國文學家大辭典·唐五代卷》(P. 196—197)"劉滄"條云，滄(生卒年不詳)，字蘊靈，汶陽(今山東寧陽)人。體貌魁梧，尚氣節，善飲酒，好論古今之事，令人終日不厭。屢舉進士不第，大中八年方登進士第，時已白髮蒼蒼。調華原縣尉，遷龍門縣令。善七律，時作拗峭，誠為晚唐律體之變。其詩多懷古之作。范晞文謂其"序懷感之意，得諷興之體"(《對床夜語》卷五)。辛文房亦稱其"詩極清麗，句法絕同趙嘏、許渾"(《唐才子傳》卷八)。《新唐書·藝文志》著錄《劉滄詩》一卷。《全唐詩》卷五八六編其詩為一卷。

③【圓至】秦自獻公都櫟陽，孝公作為咸陽，築冀闕而都焉。地在渭北

跨南,而其方則長樂宮西北也。至始皇王天下,二世而亡。【增注】秦二世名胡亥,始皇少子,在位三年,為漢所滅。

【補注】渭水,黃河最大支流,流經今陝西中部一帶。參見卷三許渾《咸陽城東樓》注⑥。《長安志》卷一二"縣二·長安"引唐賈耽《郡國縣道記》曰:長安"在渭水南,隔渭水北對秦咸陽宮"。賈誼《過秦論》:"天下以定,秦王之心,自以為關中之固,金城千里,子孫帝王萬世之業也。"孰料竟二世而亡!

④【圓至】秦舊都,以渭水與龍首山皆在其南,故曰咸陽。【增注】漢諸陵,按《漢書》:"霸陵、杜陵在京兆,高陵、長陵在馮翊,安陵、茂陵、平陵在扶風。"

【補注】漢諸陵,咸陽北原(亦稱五陵原)有西漢九個皇帝的陵墓:高祖劉邦的長陵、惠帝劉盈的安陵、景帝劉啓的陽陵、武帝劉徹的茂陵、昭帝劉弗的平陵、元帝劉奭的渭陵、成帝劉驁的延陵、哀帝劉欣的義陵和平帝劉衍的康陵,綿延五十公里,基本在一條直綫上。

⑤【補注】絶塞,極遠的邊塞。杜甫《返照》:"衰年肺病唯高枕,絶塞愁時早閉門。"陳伯海主編《唐詩彙評》(P. 2652):《山滿樓箋注唐詩七言律》卷五:"五、六寫景:天空聞雁而曰'絶塞',見氣象高寒;葉盡見燈而曰'孤村',見人民蕭索。"

⑥【磧砂】謙曰:先輩論詩,宜用實字,勿用虛字,蓋虛字多則調卑句弱故也。然多砌實字或不貫,或不活,則一味堆垛又何韻致? 偶觀此詩,並不用虛字,偏極靈動。【何焯門生】二連如此方與題稱。

【補注】陳伯海主編《唐詩彙評》(P. 2652):《貫華堂選批唐才子詩甲集七言律》卷七下:"秦漢風景固有在者,不見白雲之上高矗寒山,此即自昔至今,何嘗興廢也哉!"

【校勘】

[一] 劉滄　明應本脱。

[二] 都　四庫本作"鄉"。

[三] 咸陽　全唐詩作"咸原"。

黃陵廟①

李群玉[一]

小孤洲[二]北浦雲邊，二女明粧共[三]儼然②。野廟向江春寂寂，古碑無字草芊芊③。東風近墓[四]吹芳芷④，落日深山[五]哭杜鵑⑤。猶似含嚬望巡狩⑥，九疑如黛[六]隔湘川⑦。

【考證】

此詩見《全唐詩》卷五六九（P. 6603）。

【注評】

①【增注】在唐岳州湘陰縣北八十里，瀟湘之尾，洞庭之口。○按韓文公《碑》云：“湘旁有廟曰黃陵，自前古立以祠堯之二女，即舜之二妃者云云。元和十四年，余以罪黜為潮州刺史，其地屬毒，懼不得脫死，過廟禱之。明年拜國子祭酒，以私錢抵岳州，易廟之圮桷[七]腐瓦。”即此。【何焯】《括地志》：“黃陵廟在岳州湘陰縣北五十七里，九疑山在永州唐興縣東南百里。”

【補注】黃陵廟，在今湖南湘陰縣北。《水經·湘水注》：“湘水又北逕黃陵亭西，右合黃陵水口，其水上承大湖，湖水西流，逕二妃廟南，世謂之黃陵廟也。言大舜之陟方也，二妃從征，溺于湘江，神遊洞庭之淵，出入瀟湘之浦……故民為立祠于水側焉。”

②【圓至】二女，舜二妃娥皇、女英。【增注】按《詩話總龜》載此詩，“小孤洲”作“小哀洲”。又《詩話》引《湘中故事》：“大哀洲[八]在湘陰縣西三十里。”《圖經》云：“昔舜南狩，二妃尋之至此，而聞舜葬於九疑。”然既有大哀洲，必有小哀洲。

【補注】馬茂元《唐詩選》（P. 758）：“小姑洲：黃陵廟南的洲名，詳不可考。姑，一作‘孤’，一作‘袁’。”浦，水邊，河岸。《詩經·大雅·常武》：“率彼淮浦，省此徐土。”毛公傳：“浦，涯也。”浦雲，水邊的雲。明妝，明麗的妝飾。鮑照《代堂上歌行》：“雖謝侍君閑，明妝帶綺羅。”儼然，宛然，仿佛。《洛陽伽藍記·城内》：“有人從東萊郡來云：‘見浮圖於海中，光明照耀，儼然如新。’”此聯謂黃陵廟在小孤洲北雲水相接之處，廟中二妃塑像宛然若生。

③【圓至】《黃陵廟碑記》曰：“庭有石碑，斷裂在地，其文剥缺，晉太康九[九]年立。”

【補注】芊芊，草木茂盛貌。《列子·力命》：“美哉國乎，鬱鬱芊芊。”

④【圓至】《郡國志》曰：“舜墓在女英峰下。”《楚詞》：“湘夫人歌云：‘沅有芷兮澧有蘭，思公子兮未敢言。’”

【補注】芳芷，即白芷，香草名。夏季開傘形白花，果實長橢圓形，根入藥，有鎮痛作用，古以其葉為香料。

⑤【補注】杜鵑，又名杜宇、子規。相傳為古蜀王杜宇之魂所化。春末夏初，常晝夜啼鳴，其聲哀切，似“不如歸去”，故又名催歸。參見卷一李涉《竹枝詞》注④。馬茂元《唐詩選》（P.758）：“古代神話説杜鵑是望帝的魂魄所化，這裏寫湖山月夜的寂寞淒清，暗寓帝舜南巡不返的悲哀。”

⑥【圓至】舜巡狩，死於蒼梧。二妃從之不及，死湘江。蒼梧，今道州。

【補注】馬茂元《唐詩選》（P.758）：“含顰，因愁怨而攢眉。皇帝出行叫做巡狩。”

⑦【圓至】《九疑山圖記》曰：“道州寧遠縣南六十里有九峰：一曰簫韶[十]，二曰女英，三曰石城，四曰娥皇，五曰朱明，六曰桂林，七曰華蓋，八曰巴林，九曰石樓。周回百餘里，其形相似，見者疑之，故名九疑。”詩意謂：九峰之碧，如二女眉黛之顰也。【增注】九疑山亦名蒼梧山，九峰相似，望而疑之。“九疑如黛”，韓文：“粉白黛緑。”○按《禮記·檀弓》載：“舜葬於蒼梧之野。”晉習鑿齒云：“舜葬零陵。”《元和郡縣志》亦云：“九疑，舜之所葬也。”又按，太史公曰：“舜南狩，行死於蒼梧之野，歸葬於江南之九疑，是為零陵。”《山海經》云：“舜之所葬，在今道州零陵縣界。”蒼梧、九疑當是兩處，後人誤引舜死地為葬所耳。太史公遍歷天下名山大川，必有所據，當從《史記》及

《山海經》。

【補注】九疑,亦作九嶷,在今湖南寧遠縣南。黛,青黑色的顔料。古時女子用以畫眉,因代稱婦女之眉。湘川,湘水。陳伯海主編《唐詩彙評》(P. 2575);《石園詩話・唐詩》卷二:"文山進詩表云:'居住沅、湘,宗師屈、宋,楓江蘭浦,蕩思搖情',可為《黃陵廟》《玉真觀》諸詩注脚。"

【校勘】

〔一〕李群玉　正統本、明應本脱。

〔二〕小孤洲　全唐詩作"小姑(一作孤,一作袁)洲"。

〔三〕明粧共　全唐詩作"容華(一作啼妝,一作明妝)自(一作共)"。

〔四〕東風近墓　全唐詩作"風迴日(一作東風近)暮"。

〔五〕落日深山　全唐詩作"月落(一作落日)山深"。

〔六〕如黛　全唐詩作"愁斷(一作如黛,一作愁絶)"。

〔七〕桷　底本、大系本作"桶",據正統本、《韓昌黎文集校注・黃陵廟碑》(P. 497)改。

〔八〕洲　底本作"州",據正統本、大系本改。

〔九〕九　底本作"元",據詩説本、正統本、明應本、《韓昌黎文集校注・黃陵廟碑》(P. 496)改。

〔十〕簫韶　底本、詩説本作"蕭韶",據正統本、明應本改。

晚歇湘源縣①

張　泌②

煙郭遥聞向晚雞③,水平舟静浪聲齊。高林帶雨楊梅熟,曲岸籠雲謝豹啼④。二女廟荒宮〔一〕樹老⑤,九疑山碧楚天低⑥。湘南自古多離怨⑦,莫動哀吟易慘凄。

【考證】

此詩見《全唐詩》卷七四二(P. 8451)，題中"歇"作"次(一作歇)"。

【注評】

①【增注】《唐書》："江南道永州零陵郡湘源縣。"五代晉改置全州。

【補注】湘源縣，隋開皇十年置，屬永州。治所在今廣西全州縣西七里柘橋村。大業初屬零陵郡，唐屬永州。

②【圓至】江南人，南唐內史舍人。

【補注】吳在慶撰《中國文學家大辭典·唐五代卷》(P. 423)"張泌"條云，泌(生卒年不詳)，泌一作佖，字子澄，淮南(今安徽壽縣)人。仕南唐，後主時為句容縣尉。宋建隆三年，憤國事日非，上書後主言為政之要，詞甚激切。後主手詔慰諭，徵為監察御史。歷考功員外郎、內史舍人。開寶五年，以內史舍人知禮部貢舉。擅詩詞，所作多七言近體，詩風婉麗，時有佳句。《全唐詩》卷七四二編其詩為一卷。

③【補注】郭，外城。向晚，傍晚。李頎《送魏萬之京》："關城樹色催寒近，御苑砧聲向晚多。"

④【圓至】張華《博物志》六："杜宇啼苦則懸於樹，自呼曰謝豹。"

【補注】楊梅，常綠喬木，葉互生，長橢圓形，花褐色，雌雄異株。核果球形，表面有粒狀突起，味酸甜，可食。《本草綱目》卷三〇："楊梅，樹葉如龍眼及紫瑞香。冬月不凋，二月開花結實，形如楮實子，五月熟。"謝豹，即子規。亦名杜宇、杜鵑。相傳為古蜀王杜宇之魂所化。春末夏初，常晝夜啼鳴，其聲哀切，似"不如歸去"，故又名催歸。參見卷一李涉《竹枝詞》注④。

⑤【圓至】即黃陵廟。

【補注】二女廟，又名黃陵廟、二妃廟等，在今湖南湘陰縣北。祠堯之二女即舜之二妃娥皇、女英。參見卷三李群玉《黃陵廟》注①。

⑥【圓至】見前注。

【補注】九疑，亦作九嶷，在今湖南寧遠縣南。相傳舜葬於此。參見卷三李群玉《黃陵廟》注⑦。

⑦【圓至】屈原作《離騷》以寓怨，自沉於湘水。【增注】《漢書》：“湘南屬長沙國。”注：“衡山在東南。”

【補注】湘南，縣名。秦置，屬長沙郡。治所在今湖南湘潭縣西南花石鎮；又泛指湖南南部。參見卷一戴叔倫《湘南即事》注①。多離怨，《楚辭·九歌·湘夫人》：“沅有茝兮醴有蘭，思公子兮未敢言。”李白《遠別離》：“遠別離，古有皇英之二女，乃在洞庭之南，瀟湘之浦。海水直下萬里深，誰人不言此離苦……帝子泣兮綠雲間，隨風波兮去無還。慟哭兮遠望，見蒼梧之深山。蒼梧山崩湘水絕，竹上之淚乃可滅。”

【校勘】

[一] 宮　磧砂本空格，何校“官”，全唐詩作“汀（一作宮）”。

廢　宅

吳　融

風飄碧瓦雨摧垣，却有鄰人为[一]鎖門①。幾樹好花閑白晝，滿庭荒[二]草易[三]黃昏②。放魚池涸蛙爭聚[四]，棲[五]燕梁空雀自喧。不獨凄凉眼前事，咸陽一火便成[六]原③。

【考證】

此詩見《全唐詩》卷六八六（P. 7883）。

【注評】

①【何焯】廢宅“却有”鄰人，咸陽則何託矣？作用全在此二字。

【補注】碧瓦，青綠色的琉璃瓦。杜甫《冬日洛城北謁玄元皇帝廟》：“碧瓦初寒外，金莖一氣旁。”垣，矮牆。《尚書·梓材》：“若作室家，既勤垣墉，惟其塗墍茨。"陸德明釋文："馬云：卑曰垣，高曰墉。"

②【增注】《淮南子》："日薄於虞淵，是為黃昏。"【何焯】上四字是"易"字所由來也。

③【圓至】項羽燒咸陽，三月火不滅。此言國猶有廢興，況家乎？【高士奇】故作達語，感概轉深。【磧砂】敏曰：此非物外閑觀之慨，正是局中切歎之辭，感懷雖在廢宅，而結句方是逗漏處也。按，子華昭宗龍紀元年進士。天復元年，崔胤諷李茂貞留兵京師，希圖宦官。朱全忠欲上幸東都，茂貞欲上幸鳳翔。胤知謀泄，遺書全忠稱詔令迎車駕。中尉韓全誨等陳兵殿前，請幸鳳翔。上不得已，乃與皇后、妃嬪、諸王百餘人皆上馬慟哭，聲不絕。全誨等遂火宮城。及天祐元年，朱全忠密表崔胤專權亂國，誅之，請上遷都洛陽。全忠以張廷範為御史，毀長安宮室、百司及民間廬舍，長安自是丘墟。所以《金橋感事》"飲馬早聞臨渭北，射雕今欲過山東。百年徒有伊川歎，五利寧無魏絳功"等句，《彭門用兵後經汴路》"細柳舊營猶鎖月，祁連新冢已封苔。金鏃有苔人拾得，蘆衣無土鳥銜將"等句，無非觸目驚心之象，能無驚魂掉膽之情乎？廢宅之所以興感無限也，瓦落垣頹，朝廷大壞也。鄰人鎖門，政權下移也。"好花"喻君子，今已空虛也。"荒草"喻小人，今又滋息也。"放魚池""棲燕梁"，天家宮殿，百姓廬舍也。"蛙"與"雀"，奸邪將相，驕悍士卒也。雖從廢宅興感，而興感處總亦無可奈何，故若為廢興有常，不足為變之詞，可慨矣。【何焯】"便"字與"却有"二字呼應。○"鬧"字、"喧"字與"涸"字、"空"字反，"寒"字與"火"字反，又與"風""雨"相映。○蛙鬧雀喧亦昭諫所謂"雀喧鳩聚"也，然亦自致此耳。"放魚池涸"則民無所寬矣，"乳燕梁空"則民失所庇矣，所以轉而他屬，掃地無遺乎？○落句指黃寇。

【補注】咸陽，古都邑名，在今陝西咸陽東北二十里窰店鎮一帶。曾為秦都，殿宇林立，有阿房宮等建築。秦末為項羽焚毀。參見卷三許渾《咸陽城東樓》注①。原，寬廣平坦之地。《詩經·大雅·緜》："周原膴膴，菫茶如飴。"鄭玄箋："廣平曰原。"陳伯海主編《唐詩彙評》（P. 2900）；《山滿樓箋注唐詩七言律》卷六："瓦飄垣摧，宅已無主，又誰為鎖門耶？問之，曰鄰人也。

可憐哉！不特子姓全虛，即奴僕亦不知何往矣！幾樹好花，滿庭芳草，皆一鎖之功也。‘閒白晝’不過是無人賞玩，易知。看他‘易黃昏’三字，寫出一片空庭，凄凄涼涼，毫無氣色，正妙在可解不可解之間。五、六特於其中再寫一放魚池，再寫一樓燕梁，想見當年爛醉橋邊，佳賓珠履新桩，樓上少婦花顏，如何豪華，如何婉變，今皆安在哉！說至此，真欲令一團紅焰頓化寒波。七、八忽用‘不獨’字一筆宕開，揭出許大比方，可知古今以來，何興不廢，何盛不衰，欲哭豈勝其哭，欲歎又豈勝其歎耶！而世之營營名利惟日不足者，亦可以少悟也已。”

【校勘】

　　[一]為　全唐詩作“與（一作為）”。

　　[二]荒　高本、四庫本、磧砂本作“芳”，何校“荒”。

　　[三]易　圓校“一本作自”，全唐詩校“一作自”。

　　[四]聚　何校“閙”，全唐詩校“一作閙”。

　　[五]樓　何校“乳”。

　　[六]成　何校“寒”。便成　全唐詩校“一作變寒”。

龍泉寺絕頂①

方　干②

　　未明先見海底日，良久遠雞方報晨③。古樹含風常[一]帶雨，寒岩四月始知春。中天氣爽星河近④，下界時豐雷雨均⑤[二]。前後登臨思無盡，年年改換往[三]來人⑥。

【考證】

　　此詩見《全唐詩》卷六五二（P. 7484），題首多“題”字。

【注評】

①【圓至】寺在餘姚。【增注】龍泉寺碑,虞世南撰,在會稽。方干有舊居。

【補注】龍泉寺,在今浙江餘姚市城西龍泉山下。《(萬曆)紹興府志》卷五"山川志二•山下":"餘姚……龍泉山,在縣城中,秘圖山西一里許。山腰有微泉,未嘗竭,所謂龍泉者也。舊名靈緒山,亦名嶼山,三峰挺秀如畫,南俯姚江,頗號佳勝。孔曄《記》云:……山巔有葛仙翁井,有絕頂石……下為龍泉寺。"

②【圓至】字雄飛,新定人。後隱鏡湖。【增注】字雄飛,新定人。張八元即其外王父也。一云歙人,兔缺,號缺唇先生,有司以唇缺不可與科名。咸通中隱居鑒湖。一云桐廬人,姿態山野,時號方處士。嘗謁廉倅,誤三拜,人稱方三拜。將薦於朝而卒,門[四]人謚玄英先生,韋莊奏賜及第。一云宰臣張文蔚、中書舍人封舜卿奏名儒不遇者十五人,乞各賜一官,以慰冥魂,干其一也。

【補注】吳在慶撰《中國文學家大辭典•唐五代卷》(P. 99)"方干"條云,干(809—888?),字雄飛,睦州清溪(今浙江淳安)人。為人質野,每見人連跪三拜,人呼方三拜。貌陋唇缺,人又稱其補唇先生。幼有清才,為徐凝所器重,授以詩律。姚合為金州刺史,干曾往謁見。大中中,舉進士不第,遂隱居會稽,漁于鏡湖,蕭然山水間,以詩自放。與鄭仁規、李頻、陶詳為"三益友"。咸通末,王龜任浙東觀察使,頗稱賞其節操,將薦之于朝。未幾,王龜卒,事遂不果,以布衣而終。卒後,門人私謚為玄英先生。昭宗光化三年,韋莊奏請追賜進士及第,並追贈其官。干善律詩。廣明、中和間,詩名大著于江南。李群玉、吳融、喻鳧、鄭谷、羅鄴、崔道融、曹松諸人均與之交往唱酬。李頻、孫郃等人則師其為詩。故吳融稱其"把筆盡為詩,何人敵夫子。句滿天下口,名聒天下耳"(《贈方干處士歌》)。為詩尚苦吟,自言"吟成五字句,用破一生心"(《貽錢塘縣路明府》)。詩風近賈島、姚合。干卒後,其甥楊弇及僧居遠輯其遺詩三百七十餘篇,成《玄英先生詩集》十卷,中書舍人王贊為之作序。《新唐書•藝文志》亦著錄其集十卷。《全唐詩》卷

六四八至六五三録其詩六卷。今人胡才甫有《方干詩選》(浙江古籍出版社
1987 年版)。

③【圓至】《泰山記》:"東巖名日觀,雞一鳴,見日出,高數丈。"

【補注】方干《和于中丞登扶風亭》:"東軒海日已先照,下界晨雞猶
未啼。"

④【圓至】李周翰曰:"中天,言及天半。"

【補注】中天,高空中,當空。星河,銀河。此句形容山之高。李白《夜
宿山寺》:"危樓高百尺,手可摘星辰。不敢高聲語,恐驚天上人。"

⑤【補注】下界,人間,這裏指山下。時豐,年歲豐穰。雷雨均,猶風調
雨順。

⑥【磧砂】謙曰:總在"絶頂"上着意,結句稍用颺筆也。"猶帶雨""雨"
字與"雷雨""雨"字微有不同。【何焯】發端破出"絶頂",中二連暗藏時序,
含"前後登臨"在内。○"古樹"一連非"絶頂"不可,其中亦寓自家身分也。

【補注】孟浩然《與諸子登峴山》:"人事有代謝,往來成古今。江山留勝
迹,我輩復登臨。"

【校勘】

[一] 常　磧砂本作"猶",全唐詩作"長"。

[二] 均　全唐詩作"勻"。

[三] 往　全唐詩作"去(一作往)"。

[四] 門　底本作"問",據正統本、大系本改。

已前[一]共十四首

【校勘】

[一] 前　高本作"上",何校"前"。

和賈至早朝大明宮①

王　維

　　絳幘雞人送[一]曉籌②,尚衣方進翠雲裘③。九天[二]閶闔開宮殿④[三],萬國衣冠拜冕旒⑤。日色[四]臨仙掌動⑥,香煙欲傍袞[五]龍浮⑦。朝罷須裁五色詔⑧,珮聲歸向[六]鳳池頭⑨。

【考證】

　　此詩見《全唐詩》卷一二八(P. 1296),題中"賈至"作"賈舍人",題末多"之作"二字。

【注評】

　　①【圓至】唐制"三內":皇城曰西內,大明宮曰東內,興慶宮曰南內。【增注】賈至,字幼鄰,賈曾子,洛陽人。擢明經第,解褐單父尉,玄宗拜為起居舍人。

　　【補注】陳鐵民《王維集校注》(P. 488、256、382)云,此詩作於乾元元年(758)春末,時維官中書舍人。賈至,兩《唐書》有傳,自天寶末至乾元元年春官中書舍人。唐中書省置中書舍人六名,正五品上,"掌侍進奏,參議表章。凡詔旨制敕、璽書冊命,皆起草進畫"(《新唐書·百官志二》)。《新唐書·地理志一》:"大明宮在禁苑東南,西接宮城之東北隅……曰東內。本永安宮,貞觀八年置,九年曰大明宮……高宗以風痺,厭西內湫濕,龍朔二年始大興葺,曰蓬萊宮……長安元年復曰大明宮。"《舊唐書·地理志一》:"高宗已後,天子常居東內(大明宮)。"陳鐵民、侯忠義《岑參集校注》(P. 231):"大明宮有含元、宣政、紫宸三殿,為朝會行儀之處。"賈至原賦題作《早朝大明宮呈兩省僚友》,岑參、杜甫等人皆有和作。

　　②【圓至】王洙曰:"雞人,宮中司曉者。"曉籌,曉漏也。絳幘者,朱冠以

象雞。東坡云:"余來黃,聞人歌如雞唱,與朝堂中所聞雞人傳漏微相似。"
【增注】絳,大赤色。髮有巾曰幘。《周禮》:"雞人夜呼旦以叫百官。"【磧砂】
《漢官儀》:"宮中不畜雞,汝南出長鳴雞,衛士候於朱雀門外,着絳幘,專傳
雞唱。"

　　【補注】陳鐵民《王維集校注》(P. 488)云:絳幘,紅色頭巾。絳幘雞人,
此處借指宮中夜間報更之人。送曉籌,即報曉之意。籌,指更籌、更籤,報
更用的牌。《陳書·世祖本紀》:"每雞人伺漏,傳更籤於殿中,乃敕送者必
投籤於階石之上,令鏘然有聲。"

　　③【圓至】《百官志》:"尚衣掌供冕服。"宋玉賦:"上翠雲之裘。"【增注】
尚衣,掌御衣之官,曉則進衣,夜則襲衣。【磧砂】尚衣、尚藥、尚食,皆唐制
宮中官。《風賦》:"被翠雲之裘。"

　　【補注】陳鐵民《王維集校注》(P. 489)云:尚衣,唐殿中省有尚衣局,掌
天子之服冕,參見《舊唐書·職官志三》。翠雲裘,用翠羽編織成的雲紋之
裘。《古文苑》卷二宋玉《諷賦》:"披翠雲之裘。"章樵注:"輯翠羽為裘。"

　　④【圓至】雞跖曰:"九天:一中天,二羨[七]天,三從天,四更天,五睟[八]
天,六廓天,七咸天,八沈天,九成天。"薛綜曰:"紫微宮門曰閶闔。"【增注】
九天,柳文"九天"注:"九者,老陽數之極,積陽為天。"又引《淮南·天文
説》:"東皞天,東南陽天,南赤天,西南朱天,西成天,西北幽天,北玄天,東
北變天,中央鈞天。"○天門曰閶闔。漢建章宮正門亦曰閶闔。【磧砂】九
天,數起於一,立於三,成於五,盛於七,處於九,故天去地九萬里。

　　【補注】九天,謂天空最高處,這裏喻指宮禁。閶闔,傳説中的天門,這
裏喻指宮門。

　　⑤【圓至】《禮》:"天子冕有十二旒。"【增注】《漢志》:"冕廣七寸,長尺二
寸,前圓後方,朱緣裏,玄上,前垂四寸,後垂三寸,天子係白珠,為十二旒。"

　　【補注】萬國,萬邦、天下。《易·乾》:"首出庶物,萬國咸寧。"衣冠,衣
和冠,古代士以上戴冠,因代稱縉紳、士大夫。冕旒,古代大夫以上的禮冠。
頂有延,前有旒。天子之冕十二旒,諸侯九,上大夫七,下大夫五,見《周
禮·司馬·弁師》。有時專指皇冠,借指皇帝、帝位。這裏借指皇帝。沈約

《勸農訪民所疾苦詔》：“冕旒屬念，無忘夙興。”

⑥【圓至】仙掌，見前注。【磧砂】長安東望華岳，即日出之所。仙掌，華山巖也。【何焯】第五復醒“早”字，流麗不板。

【補注】陳鐵民《王維集校注》（P. 489）云：“仙掌，承露盤上的仙人手掌。漢武帝作承露盤，立銅仙人舒掌擎盤以承甘露。”

⑦【圓至】袞衣，畫龍其上。【增注】袞龍，《尚書》“五服”注：“袞冕以龍為首，龍首卷然，故以袞為名。”【磧砂】龍袞，天子之服。【何焯】暗度舍人。

【補注】陳鐵民《王維集校注》（P. 489）云：“香煙：指朝會時殿中設爐燃香。《新唐書·儀衛志》：‘朝日殿上設黼扆、蹕席、熏爐、香案。’欲：猶‘已’。傍：依附。指附着於身。袞：天子禮服，上畫龍，又稱龍袞、卷龍衣……浮：指袞上所繡之龍如浮游於煙霧之中。”

⑧【圓至】石虎詔書用五色紙。【磧砂】石虎詔以五色紙着鳳口中銜出。

⑨【圓至】鳳池，中書也。晉荀勖為中書監，除尚書令。人賀之，荀曰：“奪我鳳凰池，何賀耶？”【增注】珮，《説文》：“大帶佩也。”《禮》：“凡帶必有珮玉。”【磧砂】謙曰：結出和詩意。凡中聯最忌重字，或犯首尾則可，謝茂秦所以論劉禹錫贈白樂天兩聯用兩“高”字，自注不同，總為自恕也。雖云“尚衣”“衣冠”，與子美“江閣邀賓許馬迎”“醉于馬上往來輕”不害為大家，然而多一重字，未免覺得觸目，方干兩“雨”字亦然。【何焯】舍人立班在香案傍。

【補注】陳鐵民《王維集校注》（P. 489）云：“珮：玉珮。唐五品以上官員之飾物有珮（中書舍人正五品上）……鳳池，即鳳凰池，指中書省。本意為禁苑中的池沼。魏晉以後，設中書省於禁苑，因其專掌機要，接近天子，故稱為鳳凰池……此二句與賈至原賦的末二句（‘共沐恩波鳳池裏，朝朝染翰侍君王’）相應。又，是時維與賈同官中書舍人，故有‘須裁五色詔’（中書舍人掌草詔）、‘歸向鳳池頭’之語。”

【校勘】

　　［一］送　磧砂本作“報”，全唐詩校“一作報”。

　　［二］天　全唐詩校“一作重”。

　　〔三〕何校"第三當如《後山詩話》作'九天宮殿開閶闔',乃文從字順,對屬又不死板"。

　　〔四〕乍　元刊本、磧砂本、高本、四庫本、全唐詩作"纔"。

　　〔五〕衮　底本作"兗",據元刊本、正統本、明應本、磧砂本、高本、四庫本、全唐詩改。

　　〔六〕向　元刊本、磧砂本、高本、四庫本作"到",何校"向",全唐詩校"一作到"。

　　〔七〕羨　底本作"義",據詩説本、正統本、明應本、《太玄集注》(P. 202)改。

　　〔八〕睟　底本作"晬",據詩説本、正統本、明應本、《太玄集注》(P. 202)改。

又①〔一〕

岑　參

　　雞鳴紫陌曙光寒,鶯囀皇州春色〔二〕闌②。金闕〔三〕曉鍾開萬户③,玉堦仙仗擁千官④。花迎〔四〕劍佩星初落,柳拂旌旗露未乾⑤。獨有鳳凰〔五〕池上客,陽春一曲和皆難⑥。

【考證】

　　此詩見《全唐詩》卷二〇一(P. 2096),題作《奉和中書舍人賈至早朝大明宫》。

【注評】

　　①【補注】陳鐵民、侯忠義《岑參集校注》(P. 231):"作於乾元元年(七五八)春末,時岑參在長安任右補闕。"

②【增注】東魏時官陌曰紫陌，又曰繡陌。【磧砂】“皇”“紫”是借對。

【補注】紫陌，京城內的街道。王粲《羽獵賦》：“倚紫陌而並征。”皇州，帝都、京城。鮑照《侍宴覆舟山詩二首》之二：“愛景麗皇州。”闌，將盡，將完。《史記·高祖本紀》：“酒闌，呂公因目固留高祖。”

③【圓至】建章宮千門萬戶。

【補注】金闕，道家謂天上有黃金闕，為仙人或天帝所居；後喻指天子所居的宮闕。顏之推《觀我生賦》：“指金闕以長鍛，向王路而蹶張。”萬戶，陳鐵民、侯忠義《岑參集校注》(P. 231)：“指皇宮的千門萬戶。”

④【圓至】《唐志》：“凡朝會立[六]仗，三衛番上，分為五仗。”【增注】《秦紀》：“洛陽殿玉為階。”○仙仗，御前儀仗也。【磧砂】《唐·儀衛[七]志》：“朝會每月以四十六人立內廊外，號曰內仗。”朝罷放仗曰仙仗，頌辭。

【補注】陳鐵民、侯忠義《岑參集校注》(P. 231—232)：“玉階：指皇宮的臺階。仙仗：皇帝的儀仗。據《新唐書·儀衛志》，朝會之仗有五，以諸衛為之，‘皆帶刀捉仗，列坐於東西廊(宣政殿東西廊)下。’擁：聚。”

⑤【增注】《周禮》：“折羽為旌，五綵繫之，熊虎為旗，畫以示猛。”

【補注】陳鐵民、侯忠義《岑參集校注》(P. 232)：劍佩：《舊唐書·輿服志》：“朝服……冠，幘，纓……劍，佩，綬，一品已下，五品以上，陪祭、朝饗、拜表大事則服之。七品已上，去劍、珮、綬，餘並同。”佩，玉佩。星初落，天剛亮。“兩句中，花、柳寫春景，星初落、露未乾寫時間之早。”

⑥【圓至】《襄陽耆舊傳》云：“宋玉曰：‘楚有善歌者，始而曰《下俚》《巴人》，國中唱而和之者數萬人。中而曰《陽阿》《采菱》，國中唱而和之者數百人。既而曰《陽春》《白雪》《朝日》《魚離》，國人和者不過數人。其唱彌高，其和彌寡。’”【磧砂】謙曰：昔人謂此篇“頡頑王、杜，千古膾炙”。中二聯分大小景，貴乎皆見“早朝”二字。結引故事，親切條暢。又聞許之者謂：“諸公倡和，此當為首，惜‘寒’‘闌’‘乾’‘難’四韻不佳。”此雖不必泥，然應制體中最恐有人摘破也。

【補注】鳳凰池，指中書省，參見卷三王維《和賈至早朝大明宮》注⑨。客，指賈至，參見卷三王維《和賈至早朝大明宮》注①。

【校勘】

[一] 高本、四庫本題作《和賈至早朝大明宮》。

[二] 色　何校"夜"："重用字唐人不避,此篇'春夜',賈詩'身染',妄作者何苦改之",全唐詩校"一作欲"。

[三] 闕　何校"鑰"："夜闌方是早。改'鑰'字,'開'字落空。'闕'是石柱,比不得'九天宮殿開閶闔'也",全唐詩校"一作鎖"。

[四] 迎　全唐詩校"一作明"。

[五] 鳳凰　全唐詩作"鳳皇"。

[六] 立　明應本、《新唐書》(P. 481)作"之"。

[七] 衛　底本、三徑堂本作"會",據《新唐書》(P. 482)改。

酬暢當嵩山尋麻道士見寄①

盧綸[一]

聞逐樵夫閑[二]看棋②,忽逢人世是秦時③。開雲種玉嫌山淺④,渡海傳書怪鶴遲⑤。陰洞石幢微有字⑥,古壇松樹半無枝⑦。煩君遠示青囊錄⑧,願得相從一問師⑨。

【考證】

此詩見《全唐詩》卷二七六(P. 3138),題中"嵩山尋"作"尋嵩岳";又見卷二〇一(P. 2098),屬岑參,題下校"一作盧綸詩"。佟培基《全唐詩重出誤收考》(P. 154)云,此詩《文苑英華》卷二二作盧綸。陳鐵民和侯忠義《岑參集校注》以為偽詩不錄。劉初棠《盧綸詩集校注》認為當為盧綸詩。李嘉言《李嘉言古典文學論文集·岑詩繫年》(P. 284)云:"案《唐才子傳》,暢當大曆七年及第,而岑參大曆五年已卒,二人年輩稍遠。《全唐詩》卷十盧綸集中則多有與暢當唱和之作,卷十一暢當集中亦有《別盧綸》詩,則此亦盧綸詩也。《衆妙集》正作盧綸,正德本岑集亦不載。"知為盧綸詩。

【注評】

①【增注】嵩山在洛陽,五岳之中岳。大而高[三]曰嵩。有三十六峰,東曰太室[四],西曰少室,嵩其總名也。

【補注】暢當,河東(今山西永濟)人,大曆七年登進士第。有詩名,與盧綸、司空曙等多有唱酬。參見卷六暢當《軍中醉飲寄沈八劉叟》注②。嵩山,又名嵩高山,在今河南登封市北,有嵩陽觀等道觀。參見卷一姚合《採松花》注③。麻道士,待考。見,用在動詞前面,稱代自己。

②【圓至】王質事。【增注】晉樵者王質入山見二童子弈棋,以斧坐觀。與質一物如棗核,含之竟不飢。看局未終,童子曰:"斧柯爛矣。"質歸鄉,已百年。今衢州常山縣有爛柯山。

【補注】劉初棠《盧綸詩集校注》(P.125):《搜神後記》卷一《仙館玉漿》:嵩高山北有大穴,晉時有人誤墮穴中,見二人圍棋,局下有一杯白飲。與墮者飲,氣力十倍。墮者出後,問張華。華曰:"此仙館大夫,所飲者玉漿也。"

③【圓至】桃源事。

【補注】陶淵明《桃花源記》云,桃花源中人"自云先世避秦時亂,率妻子邑人來此絶境,不復出焉,遂與外人間隔。問今是何世,乃不知有漢,無論魏晉"。參見卷二劉長卿《過鄭山人所居》注③。

④【圓至】《搜神記》:"王雍伯致義漿饋行者,有一人飲訖,懷中出石子一升與之,謂曰:'種此,生好玉。'後得雙璧。"

⑤【增注】傳書,唐柳毅下第,歸至涇陽,見一女牧羊,曰:"妾洞庭君少女,嫁涇陽次子,得罪姑舅,居此。聞君還,寄書洞庭君。"君化龍取女歸。

【補注】劉初棠《盧綸詩集校注》(P.125—126):《初學記》卷三〇引《相鶴經》謂鶴為"仙人之驥驥"。《白孔六帖》卷九四"鶴五·入帳"注引《茅君傳》曰:"鶴者,皆是九轉還丹之使。"《太平廣記》卷二五《元柳二公》引《續仙傳》載,元和初,元徹、柳實在南溟夫人處,"忽有玄鶴,銜彩牋自空而至,曰:'安期生知尊師赴南溟會,暫請枉駕。'"可見唐時多此類傳説,可參證。

⑥【圓至】《河南志》："後魏時有樵夫劉會,入洛陽石龍洞,得石,上有字。"

【補注】石幢,古代祠廟中刻有經文、圖像或題名的大石柱。有座有蓋,狀如塔。石幢,集本一作石牀。劉初棠《盧綸詩集校注》(P. 126):《藝文類聚》卷六四引《嵩高山記》曰:"山下巖中有石室,中有自然經書,自然飲食。"《神仙傳》卷七《帛和》謂得道者王君語帛和曰:"汝於此石室中可熟視石壁,久久當見文字,見則讀之,得道矣。"石牀,《初學記》卷五引潘岳《關中記》曰:"嵩高山石室十餘孔,有石牀、池水、食飲之具。道士多遊之,可以避世。"

⑦【補注】壇,僧道過宗教生活或舉行祈禱法事的場所。劉初棠《盧綸詩集校注》(P. 126):《初學記》卷二八引《嵩山記》曰:"嵩高山有大松樹,或百歲,或千歲。其精變為青牛,為伏龜。採食其實得長生。"

⑧【圓至】《郭璞傳》："郭公以青囊中書九卷與璞,後門人[五]竊囊[六],未及讀[七]火[八]焚。"

【補注】錄,通籙,即道籙,道家符籙圖訣。凡入道者必受籙。參見卷四錢起《石門春暮》注④。

⑨【何焯】次連從"是秦時"三字生下,避亂棲遁,思為物外之遊,故有味。○落句暗寓河北先擾,有"黔黎將湮於異類,桑梓其剪為龍荒"之懼,應轉"是秦時"三字,仍復渾然無迹。

【補注】師,對僧、尼、道士的尊稱。

【校勘】

[一]盧綸　元刊本、高本、四庫本脱,何校補。

[二]閑　何校"行"。

[三]高　底本、正統本脱,據大系本補。

[四]室　底本、正統本脱,據大系本補。

[五]何校"門人"後增"趙載"二字。

[六]囊　何校"書"。

［七］何校“讀”後增“而為”二字。

［八］何校“火”後增“所”字。

別嚴士元①［一］

劉長卿［二］

　　春風倚棹闔閭城②，水國春［三］寒陰復晴③［四］。細雨濕衣看［五］不見，閑花落［六］地聽［七］無聲④。日斜江上孤帆影，草綠湖南萬里情⑤［八］。東道［九］若逢相識問，青袍今已［十］誤儒生⑥。

【考證】

　　此詩見《全唐詩》卷一五一（P. 1569），題作《別（一作送）嚴士元》（一作《送嚴員外》，一作《吳中贈別嚴士元》，一作《送郎士元》，一作李嘉祐詩）；又見卷二〇七（P. 2165），屬李嘉祐，題作《送嚴員外》（一作劉長卿詩）。佟培基《全唐詩重出誤收考》（P. 121）云，此詩《中興間氣集》卷下、《文苑英華》卷二七〇、《衆妙集》、《唐詩紀事》卷二六俱作劉長卿，《對床夜語》卷三盛稱其頷聯。《才調集》卷八誤作李嘉祐。《艇齋詩話》亦稱其頷聯，作李。儲仲君《劉長卿詩編年箋注》（P. 125）據嚴士元、劉長卿的生平經歷推斷，亦認為當為劉作。

【注評】

　　①【補注】儲仲君《劉長卿詩編年箋注》（P. 125）云：“嚴士元，馮翊人，嚴損之之子，嚴武之從兄弟也。穆員《國子司業嚴公墓誌》（《文苑英華》卷九四四）：‘天寶中，士元以門子經行擢宏文生，調參江陵府軍事。時所奉之主永王璘，陰有吳濞東南之亂，致公賓友之禮。公迨其將兆而未發也，以智勇免之，受命南國。’史載永王璘于至德元年十二月‘擅領舟師下廣陵’，士

元之受命南國,途出蘇州,當在至德二年春。此後士元即赴京任大理司直、歷京兆府户曹參軍、殿中侍御史、虞部員外郎,拜河南令,不復再至蘇州矣。時長卿初仕長洲縣尉,故有'青袍今已誤儒生'之語。一作李嘉祐詩,誤。"

②【圓至】《越絶書》云:"闔閭使子胥相土嘗水,筑為大城,開八門以象八風[十一]。"【何焯】"倚棹"呼後掛帆。

【補注】倚棹,停船。儲仲君《劉長卿詩編年箋注》(P. 126)云:闔閭城,謂蘇州。《吴郡圖經續記》卷上:"吴自泰伯以來,所都謂之吴城,在梅里平墟,乃今無錫縣境。及闔廬立,乃徙都,即今之州城是也。"

③【補注】水國,猶水鄉。顏延之《始安郡還都與張湘州登巴陵城樓作詩》:"水國周地險,河山信重複。"

④【補注】馬茂元、趙昌平《唐詩三百首新編》(P. 232)云:"看雨,聽花,因離愁悵惘無所着落,故反而專注于'看雨''聽花'這類微細事物。"

⑤【何焯】無復對偶在。

【補注】儲仲君《劉長卿詩編年箋注》(P. 126)云:"湖,謂太湖,在州城南五十里。"馬茂元、趙昌平《唐詩三百首新編》(P. 232)云,此聯"寫送别之情。上句即李白《黄鶴樓送孟浩然之廣陵》'孤帆遠影碧空盡'之意,下句與王維《送沈子福歸江東》'惟有相思似春色,江南江北送君歸'略同"。

⑥【增注】《左傳》:"燭之武説鄭云:'君舍鄭以為東道主。'"【高士奇】"細雨濕衣",應"陰"字。"日斜江上",應"晴"字。【何焯】風雨停舟,天假良覿,而王程拘限,方擬破浪遄發。後半自鳴急於言别,意極到而語不盡。○第四暗寓淹久,激起五、六兼程以赴期會也。

【補注】東道,東道主。春秋時,晉、秦合兵圍鄭,鄭文公使燭之武説秦穆公,曰:"若舍鄭以爲東道主,行李之往來,共其乏困,君亦無所害。"事見《左傳·僖公三十年》。鄭在秦東,接待秦國出使東方的使節,故稱東道主。後因以泛指接待或宴客的主人。李白《望九華贈青陽韋仲堪》:"君爲東道主,於此卧雲松。"青袍,青色的袍子。唐貞觀三年,規定八品、九品官服青色,顯慶元年,規定深青為八品之服,淺青為九品之服。高適《留别鄭三韋九兼洛下諸公》:"此時亦得辭漁樵,青袍裹身荷聖朝。"長卿任縣尉,例服青。

【校勘】

［一］正統本、明應本題首多“吳中”二字。

［二］劉長卿　正統本、明應本脱。

［三］春　全唐詩校“一作猶”。

［四］水國春寒陰復晴　全唐詩校“一作水閣天寒暗復晴，又作水國春深陰復晴”。

［五］看　全唐詩校“一作人”。

［六］落　何校“滿”。

［七］聽　何校“落”。

［八］情　全唐詩校“一作程”。

［九］東道　全唐詩校“一作君去”。

［十］已　全唐詩作“日（一作已）”。

［十一］風　底本作“中”，據詩説本、正統本、明應本改。

送王李二少府貶潭峽①[一]

高　適[二]

嗟君此別意何如②，駐馬銜杯問謫居③。巫峽啼猿數行淚④，衡陽歸雁幾封書⑤。青楓江上秋天遠⑥，白帝城邊古木疎⑦。聖代祇[三]今多雨露⑧，暫時分手莫躊躇⑨[四]。

【考證】

此詩見《全唐詩》卷二一四（P. 2233），題作《送李少府貶峽中王少府貶長沙》。

【注評】

①【增注】《職官分紀》云：“縣尉曰少府。”峽州，唐屬山南道，今屬湖北

道。【磧砂】巫峽在夔州,長沙為衡陽郡。潭州白帝城在峽中,公孫述築,劉先主改為永安。

【補注】少府,縣尉的別稱。《遊仙窟》:"下官答曰:'……奉敕授關內道小縣尉,見充河源道行軍總管記室。頻繁上命,徒想報恩,馳驟下寮,不遑寧處。'十娘曰:'少府不因行使,豈肯相過?'"王少府、李少府,待考。潭,潭州,隋開皇九年改湘州置,治所在長沙縣(今長沙市)。大業初改為長沙郡,唐武德四年復為潭州。天寶初又改為長沙郡,乾元初復為潭州。轄境相當今湖南長沙、株洲、湘潭、益陽、瀏陽、湘鄉、醴陵等市縣地。峽,指三峽之中。劉開揚《高適詩集編年箋注》(P. 83—85)云,高適《途中酬李少府贈別之作》當在開元二十二年(734)赴長安應試途中作于大梁,該詩"有'終嗟州縣勞,官謗復迍邅',與此詩之李少府或為一人,又上篇'皇明燭幽遐'二語與此詩'聖代即今多雨露'意亦同",故繫于其後。

②【何焯】"問"。

③【補注】孫欽善《高適集校注》(P. 216):"銜杯,飲酒。問,存問,慰問。"

④【圓至】《荊州記》:"古歌曰:'巴東三峽巫峽長,猿鳴三聲淚沾裳。'"【磧砂】巫峽多猿,啼聲甚哀。

【補注】巫峽,在今重慶巫山縣東,為長江三峽之一。起于大寧河口,東至湖北巴東縣官渡口,全長 42 公里。西段為金盔銀甲峽,東段為鐵棺峽。巫山十二峰在峽兩岸,極為壯觀。《水經·江水注》:"江水又東逕巫峽,杜宇所鑿,以通江水也……江水歷峽東逕新崩灘……其間首尾百六十里,謂之巫峽,蓋因山為名也。自三峽七百里中,兩岸連山,略無闕處,重岩疊嶂,隱天蔽日,自非停午夜分,不見曦月。至于夏水襄陵,沿泝阻絕,或王命急宣,有時朝發白帝,暮到江陵,其間千二百里,雖乘奔御風,不以疾也。春冬之時,則素湍綠潭,迴清倒影,絕巘多生怪柏,懸泉瀑布,飛漱其間,清榮峻茂,良多趣味。每至晴初霜旦,林寒澗肅,常有高猿長嘯,屬引淒異,空谷傳響,哀轉久絕。故漁者歌曰:'巴東三峽巫峽長,猿鳴三聲淚沾裳。'"

⑤【圓至】《蘇武傳》:"天子上林射雁,得帛書繫雁足。"【增注】衡陽近潭

州,有回雁峰。雁至此不過,遇春而回。【磧砂】衡山有回雁峰,至此即歸。

⑥【圓至】《楚詞》:“江水湛湛兮上有楓。”【磧砂】長沙有青楓江。

【補注】劉開揚《高適詩集編年箋注》(P. 86):《欽定大清一統志》卷二七六“長沙府一”:“瀏水徑瀏陽縣西南三十五里曰清楓浦折而西入長沙縣,至縣西北十里駱駝嘴入湘。”“雙楓浦在瀏陽縣南三十里瀏水中,一名青楓浦。”青楓江當指瀏水,入湘在長沙。

⑦【圓至】公孫述築白帝城,今夔州。

【補注】劉開揚《高適詩集編年箋注》(P. 86—87):“《元和郡縣志》闕卷逸文:‘白帝山即夔州城所據也,與赤甲山相接,初公孫述殿前井有白龍出,因號白帝城。’(《通鑑地理通釋》卷十一引)峽中地也。‘古木疏’為冬景,蓋峽中較長沙途遠,故冬方可到。”

⑧【圓至】《詩·蓼蕭》注曰:“雨露者,天所潤萬物,喻王者恩澤。”

⑨【磧砂】敏曰:中聯以二人謫地分説,恰好切潭、峽事,極工確,且就中便含別思。末復收拾以應首句,昔人已論之矣,然首句便已含蓄。【何焯】“幾封書”反對“暫”字,五、六則言瞻望佇立之情也。○中二連於工整中仍錯綜變換。

【補注】劉開揚《高適詩集編年箋注》(P. 87):《唐詩鼓吹注解》卷二:“今聖天子在位,澤如雨露,當即賜環,此亦暫時分手而已,不必猶豫於臨行之際也。”

【校勘】

［一］磧砂本題作《送李少府貶峽中王少府貶長沙》。

［二］高適　正統本、明應本脱。

［三］祇　磧砂本、全唐詩作“即”,全唐詩校“一作祇”。

［四］躊躇　磧砂本作“跔蹢”。

西塞山^①[一]

劉禹錫

　　西晉[二]樓船下益州^②，金陵王氣漠[三]然收^③。千尋鐵鎖沉江底，一片降旗[四]出石頭^④。人世幾回傷往事^⑤[五]，山形依舊枕寒[六]流^⑥。今逢[七]四海為家日，故壘^⑦蕭蕭蘆荻秋^⑧[八]。

【考證】

　　此詩見《全唐詩》卷三五九(P.4058)，題末多"懷古"二字。

【注評】

　　①【圓至】見前注。【增注】《方輿勝覽》："西塞山，在壽昌軍武昌縣東百三十里。"東坡《西塞風雨》詩注云："西塞乃湖州磁湖鎮道士磯也。"【磧砂】金陵西。【何焯】羅隱《西塞山》詩注云："在武昌界，孫吳以之為西塞。"○按，西塞即荊門，《水經》："江水又東歷荊門、虎牙之間。"注云："此二山，楚之西塞也。"《後漢書》注："荊門在今峽州夷陵[九]縣西北，岑彭破田戎、任滿於此。蓋吳、蜀之咽喉也。"夷陵在吳為西陵，《陸抗傳》詳其事。

　　【補注】馬茂元《唐詩選》(P.563)：西塞山，在今湖北大冶東，是長江中流要塞之一。《水經·江水注》："江之右岸有黃石山，水逕其北，即黃石磯也……山連延江側，東山偏高，謂之西塞。東對黃公九磯，所謂九圻者也。于行、小難兩山之間，為闕塞。"三國時，西塞山一帶為吳國境內重要的江防前綫。陶敏、陶紅雨《劉禹錫全集編年校注》(P.330)：《元和郡縣圖志》卷二七"江南道三·鄂州·武昌縣"："西塞山在縣東八十五里，竦峭臨江。"《唐音癸籤》卷一六："'勢從千里奔，直入江中斷。嵐橫秋塞雄，地束江流滿。'此韋江州所詠武昌之西塞也。"此詩為長慶四年(824)禹錫赴和州刺史任途經西塞山時所作。

②【磧砂】樓船作自漢武帝,上建樓櫓,故名。【何焯】上游。

【補注】樓船,有樓的大船。古代多用作戰船,亦代指水軍。《史記·平準書》:"(漢武帝)治樓船,高十餘丈,旗幟加其上,甚壯。"益州,西漢元封五年(前106)置,為十三州刺史部之一。《釋名·釋州國》:"益,阨也。所在之地險阨也。"《水經·江水注》引《地理風俗記》曰:"華陽黑水惟梁州。漢武帝元朔二年,改梁曰益州,以新啓犍爲、牂柯、越巂,州之疆壤益廣,故稱益云。"西晉時轄境大體相當今四川及雲、貴兩省北部,治所在今成都市。陶敏、陶紅雨《劉禹錫全集編年校注》(P.331):《晉書·武帝紀》:"(咸寧五年)十一月,大舉伐吳,遣鎮軍將軍、琅邪王伷出涂中,安東將軍王渾出江西,建威將軍王戎出武昌,平南將軍胡奮出夏口,鎮南大將軍杜預出江陵,龍驤將軍王濬、廣武將軍唐彬率巴蜀之卒浮江而下,東西凡二十餘萬。"同書《王濬傳》:"重拜益州刺史。武帝謀伐吳,詔濬修舟艦。濬乃作大船連舫,方百二十步,受二千餘人。以木為城,起樓櫓,開四出門,其上皆得馳馬來往。又畫鷁首怪獸於船首,以懼江神。舟楫之盛,自古未有……太康元年正月,濬發自成都(攻吳)。"下益州,指從益州順流而下。

③【圓至】孫皓都金陵。【何焯】下流。

【補注】金陵,三國時吳國的都城,即今南京市。王氣,舊指象徵帝王運數的祥瑞之氣。漠然,模糊、暗淡貌。馬茂元《唐詩選》(P.564):"金陵"句謂吳國亡國之象立見。《太平御覽》卷一七〇引《金陵圖》:"昔楚威王見此有王氣,因埋金以鎮之,故曰金陵。秦併天下,望氣者言江東有天子氣,鑿地斷連岡,因改金陵為秣陵。"

④【圓至】晉王濬為益州刺史,濬作大船,連舫攻吳。吳人於江磧要害處,并以鐵鎖橫截之以拒船。濬作大炬,灌油燒之,鎖皆斷絕,順流徑入石頭城。孫皓乃備亡國之禮,造壘門降。【何焯】無對屬之迹。

【補注】尋,古代長度單位,一般為八尺。《詩經·魯頌·閟宮》:"是斷是度,是尋是尺。"毛公傳:"八尺曰尋。"陶敏、陶紅雨《劉禹錫全集編年校注》(P.331—332):《晉書·王濬傳》,王濬率水師沿江東下,"吳人於江險磧要害之處,並以鐵鎖橫截之,又作鐵錐長丈餘,暗置江中,以逆距船。先是,羊祜獲吳間諜,具知情狀。濬乃作大筏數十,亦方百餘步,縛草為人,被甲持杖,令善水者以筏先行。筏遇鐵錐,錐輒著筏去。又作火炬,長十餘丈,大數十圍,灌以麻油,在船前。遇鎖,然炬燒之,須臾,融液斷絕。於是船無所礙……濬自發蜀,兵不血刃,攻無堅城,夏口、武昌,無相支抗,於是順流鼓棹,徑造三山……濬入于石頭,(吳主孫)皓乃備亡國之禮,素車白馬,肉袒面縛,銜璧牽羊,大夫衰服,士輿櫬,率其偽太子瑾、瑾弟魯王虔等二十一人造于壘門。濬躬解其縛,受璧焚櫬,送于京師"。石頭,即石頭城,故址在今南京清涼山。《元和郡縣圖志》卷二五"江南道一·潤州·上元縣":"石頭城在縣西四里,即楚之金陵城也,吳改為石頭城。建安十六年,吳大帝修築,以貯財寶軍器,有成。《吳都賦》云'戎車盈於石城',是也。諸葛亮云'鍾山龍盤,石城虎踞',言其形之險固也。"馬茂元《唐詩選》(P. 564);《三國志·吳書·吳主傳》:建安"十六年,(孫)權徙治秣陵。明年,城石頭,改秣陵為建業"。

⑤【磧砂】敏曰:自晉滅吳之後,又歷晉、宋、梁、齊、陳、隋六代也。

⑥【磧砂】敏曰:王導新亭流淚云:"風景不殊,滿目有江山之異。"此云"依舊",更見淒涼。

⑦【圓至】壘,舊時軍壘也。【何焯】"塞"。

【補注】壘,軍壁,陣地上的防禦工事。《禮記·曲禮上》:"四郊多壘,此卿大夫之辱也。"鄭玄注:"壘,軍壁也。"

⑧【增注】按《鑒戒錄》載:"元微之、劉夢得、韋楚客會於白樂天之居,各賦《金陵懷古》詩。夢得騁其材[十],略無遜意,滿引一揮而成。白公覽詩曰:'四子探驪龍,吾子先得珠,其餘鱗甲,將何為?'三公於是罷吟。"【高士奇】此專咏吳主孫皓之事也。按,禹錫與元微之、宗[十一]楚客、白樂天論六朝興衰事,各賦《金陵懷古》,以《西塞山》為題。禹錫略無造意,引滿而成。樂天覽之曰:"四人探驪龍之珠,劉子得頷下一顆,餘皆鱗甲中珠耳。"其見推重如此。【磧砂】謙曰:此固專言孫皓之事,而六朝之興廢畢於此,深其感慨焉。按,禹錫與元微之、宗楚客、白樂天論六朝興衰事,各賦《金陵懷古》,以《西塞山》為題。禹錫略無造意,引滿而成。樂天覽之曰:"四人探驪龍之

珠,劉子得頷下一顆,餘皆鱗甲中珠耳。"敏曰:王渾與王濬爭功,幾傾濬,時人惜之。此詩首句特書曰"王濬樓船下益州",則亦歸功于濬矣。"千尋鐵索"偏與"一片降旗"作對,二句一齊讀下,皓之為皓也,可貽笑於後世矣。"四海爲家"反對三國時說,不用議論而斷案定焉。敏故嘗謂不明乎《春秋》之義不足以為詩者,此類是也,至起承轉合更不容贅。【何焯】"下益州",兵自西來也。落句收出"塞"字。"四海爲家"則無東西之可間,又與"西"字反對,詩律之密如此。○上流門户不守則徑造秣陵,勢均破竹,前半檃括史事。形勝在目,健筆雄才誠難匹敵。若專賦金陵往事,不惟意味淺短,且不應只說孫氏也。他本題作《金陵懷古》,非。

【補注】蕭蕭,象聲詞,這裏形容秋風吹動蘆荻發出的聲音。蘆荻,蘆葦和荻。荻,多年生草本植物,與蘆同類。生長在水邊。根莖都有節似竹,葉抱莖生,秋天生紫色或白色、草黃色花穗,莖可以編席箔。《本草綱目》卷一五:"蘆有數種:其長丈許中空皮薄色白者,葭也,蘆也,葦也。短小於葦而中空皮厚色青蒼者,菼也,薍也,荻也,萑也。其最短小而中實者,蒹也,薕(簾)也。"馬茂元《唐詩選》(P. 563—564):四海為家,指全國統一,歸一個朝廷統治。《史記·高祖本紀》:"天子以四海為家。"《元和郡縣圖志》卷二五"江南道一·潤州·上元縣":"賀若弼壘,在縣北二十里……韓擒虎壘在縣西四里。隋平陳樹碑。""中唐以來,藩鎮擁兵自雄,破壞了國内的和平統一。元和初年,李錡就曾據江南東道叛亂。詩的末尾,顯然是對野心軍閥提出教訓,寓有一定的現實意義。""三接一,二承四,從攻守二方寫……滅吳事,筆法流走跳蕩,見出破竹、建瓴之勢。五句'幾回'承上四句,又括過六朝興亡。六句'依舊'對五句'幾回',由古及今,點題西塞山。七句承六言今,八句回照歷朝,結出吊古諷今意,曲折圓到中見出思致深沉。詩有中唐七律爽利之風調,又兼熔盛唐渾厚之氣格,故雖流轉而不失之佻巧。"針對《鑒戒録》所載本事,陶敏、陶紅雨《劉禹錫全集編年校注》(P. 332)辯云:長慶中劉禹錫未至長安。永貞中,劉在郎署,次年元、白方應制舉。大和二年,劉、白同在長安,而元稹遠在浙東。大和三年,劉、元同在長安,白又以太子賓客分司洛陽,故四人實不可能"同會樂天之居"。

【校勘】

[一] 裴校“一作《金陵懷古》”。

[二] 西晉　磧砂本作“王濬”,全唐詩校“一作王濬”,何校“‘西晉’與‘今’字對,不必作‘王濬’”。

[三] 漠　全唐詩作“黯(一作漠)”。

[四] 旗　全唐詩作“旛”。

[五] 人世幾回傷往事　全唐詩校“一作荒苑至今生茂草”。

[六] 寒　全唐詩作“江(一作寒)”。

[七] 今逢　全唐詩校“一作從今”。

[八] 今逢……荻秋　全唐詩校“一作而今四海歸皇化,兩岸蕭蕭蘆荻秋”。

[九] 夷陵　底本、瀘州本作“夷都”,據下文改。

[十] 材　底本作“林”,據正統本、大系本改。

[十一] 宗　何校“韋”。

已前[一]共六首

【校勘】

[一] 前　高本作“上”,何校“前”。

早春五門西望

王　建

百官朝下五門西①,塵起春風滿御堤②[一]。黃帕盖鞍呈了馬③[二],紅羅纏項[三]鬥回雞④。館[四]松枝[五]重[六]墙頭出⑤,渠[七]柳條長[八]水面齊⑥。惟有教坊南草色⑦[九],古城[十]陰處[十一]冷凄凄⑧。

【考證】

此詩見《全唐詩》卷三〇〇(P.3416)，題中"早春五門"作"春日五(一作午)門"。

【注評】

①【圓至】天子五門：皋門、庫門、雉門、應門、路門。

【補注】王宗堂《王建詩集校注》(P.419)云，五門，指大明宮(即蓬萊宮)南面的五座城門。《唐六典》卷七"尚書工部·工部郎中·員外郎"："大明宮在禁苑之東南，西接宮城之東北隅。南面五門：正南曰丹鳳門，東曰望僊門，次曰延政門，西曰建福門，次曰興安門。"五門西面緊接太極宮宮城，僅一渠之隔便是太極宮東宮的宮牆。五門南面有左右教坊，這一地區的近十個坊，是王公貴族聚居的地方，"貴氣特盛"。然而和五門西宮城外的氣象相比，却又黯然失色。本詩就是通過這種鮮明對比，突出地表現了帝王無上、皇家至尊的思想。朝下，下朝、退朝。

②【補注】御堤，御溝之堤。

③【增注】杜詩："赤汗微生白雪毛，銀鞍却覆香羅帕。"

【補注】王宗堂《王建詩集校注》(P.419)云，了馬，《唐音統籤》《唐詩品彙》作過馬，是。過馬是經宦官馴馭過的貢馬。《春明退朝錄》卷下："按唐韓偓詩：'外使進鷹初得按，中官過馬不教嘶。'注云：'上每乘馬，必中官馭以進，謂之過馬。既乘之，蹙踥嘶鳴也。'"蔣禮鴻《敦煌變文字義通釋》第四篇《釋事為》"過與、過以、過"條(P.180)："'過馬'的'過'，應該就是交獻的意思。"

④【圓至】鬥雞，民間之戲，明皇愛之，始置坊教習。【增注】明皇樂民間清明鬥雞，有賈昌者善養雞，為五百小兒長，甚愛幸之。當時為之歌曰："生時不用識文字，鬥雞走馬勝讀書。賈家小兒年十三，富貴榮華代不如。能令金距期勝負，白錦繡衫隨軟輿。"【磧砂】敏曰：走馬鬥雞，紅羅黃帕，御堤塵起，可惜春風，具文見意云耳。【全唐詩】江鄰幾《雜志》：晏元獻改此聯為"呈馬了，鬥雞回"。

【補注】紅羅，紅色的輕軟絲織品。

⑤【磧砂】幹弱枝强之象也。

【補注】館松，尹占華《王建詩集校注》(P. 336)認為，“館”當指弘文館、史館等；王宗堂《王建詩集校注》(P. 420)云，館一作宮，是，指東宮。

⑥【圓至】《資暇集》云：“長安御溝，植楊於上。”【磧砂】尾大不掉之象也。

⑦【圓至】元宗開元初，於蓬萊宮側立教坊，置使領之。

【補注】王宗堂《王建詩集校注》(P. 420)云，此處“教坊”指左右教坊。《教坊記》：“西京：右教坊在光宅坊，左教坊在延政坊(按，延政坊即長樂坊，因坊北即延政門，後改延政坊)。”左右教坊所在的長樂、光宅二坊的南面地段，本是王公貴族第宅薈萃之所，但和五門及五門西的帝王之居相比，就相形見絀，故下句言“古苔陰地冷凄凄”。

⑧【磧砂】敏曰：天寶之後，肅、代相承，迄於大曆，舞馬舞象，五百小兒長之類，其猶有未罷者乎？【何焯】觀落句，仲初為太常丞時所作。“塵起”即指上“百官”，詩人所謂“維塵冥冥”也。其朝無人焉，而賢者獨擯壓不得志。下六句皆申此句之意。

【校勘】

［一］滿御堤　全唐詩作“過玉堤(一作滿御堤)”。

［二］了馬　何校“了馬，記集作過馬”，磧砂本作“過馬”，全唐詩“了”下校“一作過”。

［三］纏項　全唐詩作“繫項(一作頂，一作纏項)”。

［四］館　全唐詩校“一作宮”。

［五］枝　全唐詩校“一作葉”。

［六］館松枝重　全唐詩校“一作古城葉重”。

［七］渠　全唐詩作“御(一作渠)”。

［八］長　底本殘缺，有人修補書頁後用墨筆補“長”字，元刊本、正統本、明應本、磧砂本、高本、四庫本、全唐詩亦作“長”，據補。

[九]色　全唐詩作“綠(一作色)”。

[十]城　全唐詩作“苔(一作城)”。

[十一]處　全唐詩作“地(一作處)”。

錦　瑟①

李商隱

錦瑟無端五十絃②，一絃一柱思華年。莊生曉夢迷蝴蝶③，望帝春心託杜鵑④。滄海月明珠有淚⑤，藍田日暖玉生煙⑥。此情可待成追憶，只是當時已惘然⑦。

【考證】

此詩見《全唐詩》卷五三九(P.6144)。

【注評】

①【增注】瑟本伏羲氏所作。杜詩“暫醉佳人錦瑟傍”，注：“彩繪其紋，如錦也。”

【補注】無端，沒有頭緒，沒有來由。五十絃，古瑟有五十絃者，為商隱詩常用，如《七月二十八日夜與王鄭二秀才聽雨後夢作》即云“雨打湘靈五十絃”。

②【圓至】《古今樂志》云：“錦瑟之為器也，其絃五十，其柱如之，其聲適、怨、清、和。”

③【圓至】適也。《莊子》曰：“昔者莊周夢為蝴蝶，栩栩適志。”

④【圓至】怨也。事見前注。【何焯】第三謂來生，第四謂前業。

【補注】望帝，戰國末年在蜀稱帝的杜宇，相傳死後其魂化為杜鵑。春末夏初，常晝夜啼鳴，其聲哀切。參見卷一李涉《竹枝詞》注④。

⑤【圓至】清也。海賈云：“中秋有月，則是歲多珠而圓。”【增注】《吳都賦》：“蚌蛤珠胎，與月虧全。”

【補注】劉學鍇、余恕誠《李商隱詩歌集解》（P. 1422）引朱鶴齡注：“《文選》注：‘月滿則珠全，月虧則珠闕。’”《博物志》卷二：“南海外有鮫人，水居如魚，不廢織績，其眠（眼）能泣珠。”

⑥【圓至】和也。戴容州曰：“詩家景，如藍田日暖，良玉生煙。”【增注】《前漢·地理志》：“藍田山出美玉。”又《許彥周詩話》云：“李商隱《錦瑟》詩云云。昔令狐楚侍人能彈此四曲，詩中四句，蓋狀四曲也。”【何焯】明明日月，獨有沉珠埋玉向隅之泣，蓋自比名不掛朝籍耳。玉煙、珠淚，則愁苦發憤，賴以自通於後者也。

⑦【圓至】前輩謂商隱情有所屬，託之《錦瑟》。【增注】或云，錦瑟，令狐楚妾。【高士奇】此詩說者紛紛：謂錦瑟為貴人愛姬者，劉貢父也；謂為令狐楚之妾者，計敏夫也；自東坡謂詠錦瑟之聲，則有適、怨、清、和之解，詩家多奉為指南。然以分配中兩聯，固自相合，若起結則又何解以處此？詳玩“無端”二字，錦瑟絃柱當屬借語，其大指則取五十之義。“無端”者，猶言歲月忽已過也，玩下句自見。顧其意言所指，或憶少年之艷冶而傷美人之遲暮，或感身世之閱歷而悼壯夫之晼晚，殆未可以一詞定也。【磧砂】吳修齡《西崑發微》曰：“《唐詩紀事》以《錦瑟》為令狐丞相青衣；丞相，楚也。此詩或病其猥媟，或為之掩諱，而蘇、黃猶以為適、怨、清、和。義山去今不遠，其詩猶不易解乎？於《紀事》而有悟焉。首句舊事年深，託怨於瑟柱之多。次句追思前事，《紀事》所謂丞相斷是楚而非絢矣。三句‘迷’言仕途速化之無術。四句義山王孫，故用‘望帝’。五句述己思楚之心。六句言絢通顯之榮。末聯言楚之厚德不待絢今日見疏而後追思之，猶在存日已自惘然，出於望外也。”說極確當，洵是義山知己也已。【何焯】說錦瑟者獨此為近。

【補注】劉學鍇、余恕誠《李商隱詩歌集解》（P. 1422）云：“可待，豈待，何待。只是，猶直使，即便之意。”

江亭春霽

李　郢

　　江蘺漠漠荇田田①，江上雲亭霽景鮮②。蜀客帆檣背歸燕[一]，楚山花木怨啼鵑③。春風掩映千門柳，晚[二]色凄凉萬井煙④。金磬泠泠水南寺，上方臺殿[三]翠微連⑤。

【考證】

　　此詩見《全唐詩》卷五九〇（P.6849）。

【注評】

　　①【圓至】《説文》曰：“江蘺，䕷蕪也。”郭璞曰：“似水薺。”【增注】《本草》：“䕷蕪，一名江蘺，芎藭苗也。”陶隱居云：“葉似蛇床而香。”《爾雅》：“香草，葉如薑狀。”

　　【補注】江蘺，又名䕷蕪、芎藭。《博物志》卷七：“芎藭，苗曰江蘺，根曰芎藭。”參見卷一孟遲《閑情》注④。漠漠，密佈貌。枚乘《柳賦》：“階草漠漠，白日遲遲。”荇，多年生水生草本植物，葉呈對生圓形，嫩時可食，亦可入藥。《詩經·周南·關雎》：“參差荇菜，左右流之。”田田，盛密貌，鮮碧貌。

　　②【補注】江上，江岸上。《吕氏春秋·孟冬紀·異寶》：“（伍員）因如吴。過於荊，至江上，欲涉。”雲亭，對亭子的美稱。謂有雲彩環繞或簷廊畫有雲彩，故名。霽景，雨後晴明的景色。陳子昂《晦日宴高氏林亭序》：“山河春而霽景華，城闕麗而年光滿。”

　　③【補注】帆檣，船帆和桅杆。啼鵑，啼叫的杜鵑。此鳥傳説為蜀帝杜宇的魂魄所化。春末夏初，常晝夜啼鳴，其聲哀切，似“不如歸去”，故又名催歸。參見卷一李涉《竹枝詞》注④。

　　④【補注】掩映，謂或遮或露，時隱時現。白居易《夜泛陽塢入明月灣即

事寄崔湖州》："掩映橘林千點火,泓澄潭水一盆油。"萬井,古代以地方一里為一井,萬井即一萬平方里。後借指千家萬户。陳子昂《謝賜冬衣表》:"三軍叶慶,萬井相歡。"

⑤【圓至】陸倕[四]《石闕銘》曰:"上連翠微。"注曰:"翠微,天邊氣也。"【增注】山未及頂上,在旁陂陀[五]之處名翠微,又名山秒也。一説山氣青縹色,故曰翠微。【何焯】只平敘不道破。○耳中聲聲"不如歸去",此身方且牽於行役,千門萬井不知安所投止,不如江干淨侣,占盡閑適,使人有可望不可即之歎也。

【補注】磬,寺院中召集衆僧用的雲板形鳴器或誦經用的鉢形打擊樂器。一般用金屬或石頭製成,故云金磬、石磬。泠泠,形容聲音清越、悠揚。陸機《招隱詩》:"山溜何泠泠,飛泉漱鳴玉。"上方,天上,上界。這裏美稱佛寺。解琬《奉和九月九日登慈恩寺浮圖應制》:"瑞塔臨初地,金輿幸上方。"翠微,形容山光水色青翠縹緲。韓愈《送區弘南歸》:"洶洶洞庭莽翠微,九疑鑱天荒是非。"

【校勘】

［一］燕　何校"燕,當作雁",磧砂本作"鴈"。

［二］晚　磧砂本、高本、四庫本、全唐詩作"曉"。

［三］臺殿　全唐詩作"僧室(一作臺殿)"。

［四］陸倕　底本作"陸陲",據詩説本、正統本、明應本改。

［五］陂陀　底本、正統本作"坡陁",據大系本改。

送人之嶺南①

關山迢遞古交州②,歲晏[一]憐君走馬遊③。謝氏海邊逢姹[二]女④,越王潭上見青牛⑤。嵩臺月照啼猿樹⑥[三],石室煙涵[四]古桂秋⑦。回望長安五千里，刺桐花下莫淹留⑧。

【考證】

此詩見《全唐詩》卷五九〇（P.6849）。

【注評】

①【增注】大庾、始安、臨賀、桂陽、揭陽，是爲五嶺。嶺南則自五嶺以南也。

【補注】嶺南，指五嶺以南的地區，即今廣東、廣西一帶。嶺，指五嶺，大庾嶺、越城嶺、騎田嶺、萌渚嶺、都龐嶺的總稱，位于江西、湖南、廣東、廣西四省之間，是長江與珠江流域的分水嶺。一説指大庾、始安、臨賀、桂陽、揭陽五嶺。《晉書·良吏傳·吳隱之》：“朝廷欲革嶺南之弊，隆安中，以隱之爲龍驤將軍、廣州刺史，假節，領平越中郎將。”

②【圓至】漢交州，南海、蒼梧、鬱林、合浦、交趾、九真、日南皆屬焉。【增注】交州屬嶺南，古百粵地。吳孫休置交州，即今廣州。

【補注】關山，關隘山嶺。《木蘭詩》：“萬里赴戎機，關山度若飛。”迢遞，遥遠貌。嵇康《琴賦》：“指蒼梧之迢遞，臨迴江之威夷。”交州，東漢建安八年改交州刺史部置，治所在廣信縣（今廣西梧州市）。十五年移治番禺縣（今廣州市）。轄境相當今廣東、廣西的大部，越南承天以北諸省。三國吳黃武五年分爲交、廣二州，交州治龍編縣（今越南仙游東）。轄境相當今廣西欽州地區、廣東雷州半島，越南北部、中部地區。隋廢。唐武德五年復置，治所在交趾縣（今越南河内西北）。寶曆元年移治宋平縣（今越南河内市）。後廢。

③【何焯】此“憐”字是“哀怜”之“怜”也。〇本屬傷心慘目，却説似走馬看花，亦文亦譎，所謂“微而顯”也。

【補注】歲晏，一年將盡的時候。白居易《觀刈麥》：“吏禄三百石，歲晏有餘糧。”走馬，騎馬疾走，馳逐。《詩經·大雅·緜》：“古公亶父，來朝走馬。"

④【圓至】《發蒙記》曰:"候官謝端於海上得大螺,中有美女,曰:'我天漢中白水[五]素女,天矜卿貧,令我為卿妻。'"《漢書》曰:"河間姹女工數錢。"【增注】果州南充縣謝氏女名自然,泛海詣蓬萊求師,舟為風所飄,至嶺南山中,見道人,教以爐煉之法,後於果州金泉山白日上昇。○按,《真一經》"河上姹女"及漢真人大丹訣"姹女隱在丹砂中",并云汞也。又《本草》:"水銀殺金銀毒,姹女也。蓋水銀即汞也。"杜詩:"姹女縈新裏。"注同上,且云非神仙人。又《道家四象論》:"西方庚辛金,淑女之異名,故有姹女。黃婆,嬰兒之號。"【高士奇】候官謝端于海邊得一螺,如三升壺,貯甕中。端每耕作還,飯飲湯火如有人所為。端疑之,早出從籬外窺之,見一少女從甕中出。端入問之,女曰:"我天漢中白水素女也,天帝哀卿孤慎,使我炊烹。"【磧砂】謝端少喪父母,鄰人養之,恭謹自守。端於海邊得一螺,如三升壺,貯甕中。端[六]每耕作還,飯飲湯火如有人所為。端疑之,早出從籬外窺之,見一少女從甕中出。端乃入問之。女曰:"我天漢中白水素女也,天帝哀卿孤慎,使我為汝婦。"

【補注】姹女,少女,美女。羅鄴《自遣》:"春巷摘桑喧姹女,江船吹笛舞蠻奴。"

⑤【圓至】《南越志》:"綏安縣北有連山,昔越王建德伐木為船,以童男女三十牽之,既而人船俱墮於潭。時聞附船有唱喚督進之聲,往往有青牛馳回,與船俱,蓋神靈之至。"【何焯】"女""牛"以二宿暗對,是《初學記》中現成故實,須觀其點化。

⑥【圓至】《南越志》:"高要有辣石,廣六十餘丈,高二百仞,土人謂之嵩臺。"

⑦【圓至】《南越志》:"高要石室南北二門,狀若人功,意者仙都。"

⑧【圓至】《嶺南異物志》:"刺桐花,南海至福州皆有之,繁茂不如福建。梧州城外止有三四株,未嘗見花,反以名郡,亦未喻也。"【增注】晉安《海物異名記》:"刺桐,其花丹,枝幹有刺,花附幹而生,側敷如掌,形若金鳳,葉如桐。"【磧砂】敏曰:次聯言嶺南之怪異,三聯言嶺南之風景,總見得不比長安

也。雖有刺桐花，又何可以久留也乎？【何焯】中二連是刺詩。"逢素女"是民皆無妻也，"見青牛"是民皆無子女也，所存者惟"啼猿"、枯樹而已。"刺桐"則刺棘之區，以比其人之不可因依也。雖曰遠天高，報虐不爽，何苦反疾驅就之，將以黨惡及禍乎？故不著所送之人，但存此詩以垂誡而已。

　　【補注】刺桐，亦稱海桐、山芙蓉。落葉喬木。花、葉可供觀賞，枝幹間有圓錐形棘刺，故名。原產印度、馬來亞等地，我國廣東一帶亦多栽培。

【校勘】

　　[一]晏　高本、四庫本作"宴"，何校"晏"，全唐詩作"〔晏〕（宴）"。

　　[二]姹　磧砂本、何校、全唐詩作"素"，全唐詩校"一作姹"。

　　[三]樹　何校、全唐詩作"曙"，全唐詩校"一作樹"。

　　[四]涵　磧砂本、全唐詩作"含"。

　　[五]水　底本、詩説本、正統本、明應本作"承"，據《初學記》(P.192)改。

　　[六]端　底本、三徑堂本作"瑞"，據上文改；下文同，徑改。

九日登仙臺呈劉明府①

崔　曙②[一]

　　漢文皇帝有高臺③，此日登臨曙色開④。三晉雲山皆北向⑤，二陵風雨自東[二]來⑥。關門令尹誰能識⑦，河上仙翁去不回⑧。且欲近尋彭澤宰，陶然一[三]醉菊花杯⑨。

【考證】

　　此詩見《全唐詩》卷一五五(P.1601)，題中"仙臺"前有"望"字，"劉明府"後有"容"字。

【注評】

①【補注】九日,指農曆九月九日重陽節。古人于此日登高遊宴,佩茱萸,賞菊插菊,飲菊花酒。參見卷一鄭谷《十日菊》注①。仙臺,即望仙臺,在今河南陝縣西南。《太平寰宇記》卷六"河南道六·陝州·陝縣":"在縣西南十三里。漢文帝親謁河上公,公既上昇,故築此臺以望祭之。"明府,縣令,參見卷一雍陶《和孫明府懷舊山》注①。劉明府,名容,生平待考。

②【圓至】開元二十六年進士。

【補注】吳企明撰《中國文學家大辭典·唐五代卷》(P.717)"崔曙"條云,曙(? —739),一作署,原籍博陵(今河北安平),後居宋州(今河南商丘)。少孤貧,苦讀于少室山。開元二十六年進士及第,釋褐為河內尉(《國秀集》目錄)。其應試詩《明堂火珠》云:"夜來雙月滿,曙後一星孤。"曙以此詩得名。二十七年卒,留一女名星星,時人異之,以為詩讖。與薛據友善。芮挺章選其詩五首入《國秀集》。殷璠選其詩六首入《河岳英靈集》,并評曰:"署詩言詞款要,情興悲涼,送別、登樓,俱堪淚下。"(卷下)《直齋書錄解題》著錄《崔曙集》一卷。《全唐詩》卷一五五錄其詩十五首。

③【圓至】《神仙傳》:"河上公授帝《老子》而去,失所在。帝於西山築臺望之。"【高士奇】即仙臺也。

【補注】漢文皇帝(前202—前157),即西漢皇帝劉恒,謚號文。高祖中子。初封代王。呂后死,為大臣周勃等擁立。他推崇黃老思想,實行與民休息政策,注意恢復和發展社會經濟。史家把他同其子景帝統治時期並舉,稱為文景之治。

④【補注】曙色,拂曉時的天色。梁簡文帝《守東平中華門開詩》:"薄雲初啓雨,曙色始成霞。"陳伯海主編《唐詩彙評》(P.500):《貫華堂選批唐才子詩甲集七言律》卷四下:"'曙色開'妙!一是高臺久受湮沒,氣象忽得一開;一是登高臺人久抱抑鬱,情思忽得一暢。"

⑤【圓至】三晉,韓、趙、魏。【增注】晉本唐國,周成王封弟叔虞於唐,即太原晉陽中山之地,堯始都。此詩所謂此晉也,而謂之唐,有堯之遺風焉。南有晉水,叔虞之子燮改為晉。傳至周安王時,為韓虔、趙籍、魏斯三大夫

共滅其國而三分其地,故曰“三晉”。

⑥【圓至】《左傳》:“肴有二陵焉,其一文王所以避風雨也。”《輿地廣記》曰:“肴山在河南府永寧縣北二十八里。”【何焯】秋霽憑高,悄乎如有風雨欲至,第四起下思酒,非與“曙色”違反。

【補注】《左傳·僖公三十二年》:“蹇叔之子與師,哭而送之,曰:‘晉人禦師必於殽。殽有二陵焉:其南陵,夏后皋之墓也;其北陵,文王之所辟風雨也。’”杜預注:“殽在弘農澠池縣西……大阜曰陵。”又云:“此道在二殽之間南谷中,谷深委曲,兩山相嵌,故可以辟風雨。”這裏所言殽山,一作崤山,在今河南洛寧縣西北六十里。《左傳·僖公三十三年》:“晉人及姜戎敗秦師于殽。”《呂氏春秋·有始覽·有始》:“山有九塞”,殽其一也。

⑦【圓至】《神仙傳》:“老子去周,關令尹喜知之,見老子,老子授以長生之術。”【增注】關令尹名喜,字公度,蜀之青城人,為函谷關令尹。候氣知真人西遊當過此,果見老子乘青牛薄版車出關,喜曰:“子將隱矣,為我著書。”乃作《道德經》二篇。函谷關,在弘農。【何焯】第五本言今日關尹不識老聃,卻云“誰能識”,活變。

⑧【圓至】《神仙傳》:“河上公[四],漢文帝時結草菴河上。帝讀《老子》有不解,遣問之。公曰:‘道尊德貴,非可遙問。’帝幸其菴,問曰:‘普天之下,莫非王臣。不能自屈,無乃高乎?’公即坐躍,冉冉在空,去地數丈曰:‘余上不至天,中不至人,下不至地,何臣民之有?’帝乃下車稽首,公授《素書》一卷,遂失所在。”【何焯】二句就仙臺舊事點化,分明“我獨胡為淹此留”也。

⑨【圓至】陶彭澤九日坐東籬,對菊花,適王弘送酒至,遂醉而歸,以比“劉明府”。【磧砂】敏曰:“關門令尹”“河上仙翁”,雖是隨景轉筆,亦只是陪起“彭澤宰”。【何焯】佳節登臨,又當名迹形勝滿目,俯仰慨然,乃至無酒陶寫,姑欲問之邑宰。“且”字與上意直似絕不相蒙,乃覺其曠逸不可當。

【補注】彭澤宰,指陶淵明,因陶曾任彭澤縣令。這裏用來借指劉明府。彭澤,縣名。西漢置,屬豫章郡。治所在今江西湖口縣東南三十里江橋鄉柳德昭村附近。《元和郡縣圖志》卷二八“江南道四·江州·彭澤縣”:“置彭城(蠡)湖南。因以為名。”東漢建安十四年孫權于縣置彭澤郡,尋廢,縣屬豫章郡。西晉懷帝永嘉元年改屬尋陽郡。宰,對官吏的敬稱。韓愈《送幽州李端公序》:"公天子之宰,禮不可如是。"陶然,醉樂貌。陶淵明《時運》:"邁邁遄景,載欣載矚。稱心而言,人亦易足。揮茲一觴,陶然自樂。"菊花杯,即菊花酒。一種用菊花雜黍米釀製的酒。《西京雜記》卷三《戚夫人侍兒言宮中樂事》:"九月九日,佩茱萸,食蓬餌,飲菊華酒,令人長壽。菊華舒時,并採莖葉,雜黍米釀之,至來年九月九日始熟,就飲焉,故謂之菊華酒。"又陶淵明好菊,其《飲酒詩二十首》之五:"采菊東籬下,悠然見南山。"《藝文類聚》卷四"歲時部中·九月九日"引《續晉陽秋》:"陶潛嘗九月九日無酒,宅邊菊叢中,摘菊盈把,坐其側久,望見白衣至,乃王弘送酒也。即便就酌,醉後而歸。"陳增傑《唐人律詩箋注集評》(P. 122—123):《而庵説唐詩》卷一九"七言律四":"'且欲'二字,煞有陽秋在。'欲'者,意中要如此,身却未去;'且'者,是于分外作指望,有諷明府意。"《聞鶴軒初盛唐近體讀本》卷八:楊芝三曰:"三、四承'曙色開',極寫形勝,河山大地盡收入登眺中,是何等氣象!五、六就臺興感,言神仙渺遠,正以引起'近尋'一緒,章法更乃融成。"

【校勘】

[一]崔曙　磧砂本脱。

[二]東　何校"東,一作西",全唐詩校"一作西"。

[三]一　磧砂本、全唐詩作"共",全唐詩校"一作一"。

[四]河上公　底本、詩説本、正統本、明應本作"河上翁",據何校改。

叢　臺[一]

李　遠①

有客新從②趙地回,自言曾上古叢臺③。雲遮襄國天邊去④[二],

樹遠漳河地裏^[三]來⑤。絃管變成山鳥哢,綺羅留作野花開⑥。金輿玉輦無消息⑦^[四],風雨惟知^[五]長緑^[六]苔。

【考證】

此詩見《全唐詩》卷五一九(P.5932—5933),題首多"聽話"二字。

【注評】

①【圓至】字求古,太和四年進士。【增注】字求古,大中中^[七]建州刺史。又宣宗大中十二年,丞相令狐綯擬遠杭州刺史,上曰:"吾聞遠詩云'長日惟消一局棋',安能理人?"綯曰:"此詩人託興耳,未必果然。"上曰:"且令往,試觀之。"

【補注】吳在慶撰《中國文學家大辭典·唐五代卷》(P.280—281)"李遠"條云,遠(生卒年不詳),字求古(一作承古),夔州雲陽(今屬重慶)人。少有大志,跨邁流俗。大和五年登進士第。會昌間,嘗爲福州從事。入爲御史、司門員外郎。大中時,歷司勳員外郎、岳州刺史。宰相令狐綯曾奏其任杭州刺史。後歷任忠、建、江三州刺史,終御史中丞。遠"爲詩多逸氣,五彩成文"(《唐才子傳》卷七)。亦善賦,許渾譽為"賦擬相如詩似陶"(《寄當塗李遠》)。《新唐書·藝文志》著録《李遠詩集》一卷等。今人李之亮有《秦韜玉詩注·李遠詩注》(上海古籍出版社1989年版)。

②【何焯】着此二字伏次連。

③【圓至】叢臺,在磁州東北二里,趙武靈王所筑,屬邯鄲縣。【何焯】叢臺在今邯鄲縣東北隅,北為順德,跨連西山,南是臨漳,大川縈帶。○破題即是"聽話"。○"古"字伏後半。

【補注】叢臺,在河北邯鄲市叢臺公園内。相傳戰國時趙武靈王為觀看軍事操演與歌舞而建,有雪洞天橋、花苑、妝閣諸景。《漢書·高后紀》:"趙王宮叢臺災。"顔師古注:"連聚非一,故名叢臺,蓋本六國時趙王故臺也,在邯鄲城中。"西漢初為趙王宮苑内勝景。

④【圓至】春秋時邢國,漢置邢州,後爲襄國郡。【磧砂】項羽分趙地,立張耳爲常山王,居信郡,改曰襄國。

【補注】襄國,縣名。漢高帝元年項羽改信都縣置,西漢屬趙國。治所即今河北邢臺市。《元和郡縣圖志》卷一五"河東道四·邢州":"項羽改曰襄國,蓋以趙襄子諡名也。"《史記·項羽本紀》:西漢初,羽立張耳"爲常山王,王趙地,都襄國",即此。隋開皇九年改爲龍岡縣。

⑤【圓至】漳河,在邢州任縣。【何焯】次連全趙形勝在指掌中。

【補注】漳河,在今河北、河南兩省邊境。有清漳河、濁漳河兩源,均出山西東南部,在河北南部邊境涉縣合漳鎮匯合後稱漳河。《夢溪筆談》卷三"辯證一":"予考其義,乃清濁相蹂者爲漳。"其河道古今變遷較大。今漳河僅是南運河一支流,而古漳河初爲黃河中、下游最大支流。

⑥【補注】絃管,絃樂器和管樂器。這裏泛指歌吹彈唱。李商隱《思賢頓》:"内殿張絃管,中原絶鼓鼙。"哢,鳥鳴。陶淵明《癸卯歲始春懷古田舍二首》之一:"鳥哢歡新節,泠風送餘善。"綺羅,泛指華貴的絲織品或絲綢衣服。這裏代稱穿着綺羅的美女。韋莊《江亭酒醒却寄維揚餞客》:"滿坐綺羅皆不見,覺來紅樹背銀屏。"

⑦【圓至】趙及後趙、北齊皆都趙也。【磧砂】石虎沿漳河四十里一宫,宫中宫女數十人,一夫人主之,石虎下輦止宿焉。【何焯】北齊都鄴,乃魏地,注誤。石勒所都,亦是襄國。○心友云此篇即規橅《丁卯集》《凌歊臺》,用韻皆同。

【補注】金輿玉輦,帝王乘坐的車轎,以金玉爲飾。《史記·禮書》:"人體安駕乘,爲之金輿錯衡,以繁其飾。"潘岳《藉田賦》:"天子乃御玉輦,蔭華蓋。"陳伯海主編《唐詩彙評》(P. 2329):《網師園唐詩箋》卷一二"七言律詩三":"言中綺麗,言外凄涼。"

【校勘】

[一]裝校"《又玄集》作《聽話叢臺》",何校題前增"聽話"二字。

[二]去　何校"盡",全唐詩校"一作盡"。

［三］地裏　全唐詩校“一作掌上”；地　何校“掌”。

［四］消息　磧砂本、全唐詩作“行迹”，全唐詩校“一作消息”。

［五］惟知　全唐詩作“惟（一作誰）知（一作年年）”。

［六］緑　何校“碧”。

［七］中　底本、正統本脱，據大系本補。

寒　食①

來　鵬②

獨把一杯山館中，每驚[一]時節恨飄蓬③。侵堦草色連朝雨，滿地梨花昨夜風④。蜀魄啼來春寂寞⑤，楚魂吟後月朦朧⑥。分明記得還家夢，徐孺宅前湖水東⑦。

【考證】

此詩見《全唐詩》卷六四二（P.7357），題末多“山館書情”四字。

【注評】

①【增注】清明前三日曰寒食。劉向《新序》云：“晉文公反國，召咎犯而將之，召文陸而相之。介子推無爵，遂去而之介山之上。文公求之不得，焚其山，不出而死。”俗傳因子推此日被焚，禁火也。按《左傳》并《史記》并無此事。又按《周禮》：“司烜氏仲春以木鐸修火禁於國中。”注：“為季春將出火也。”今寒食節是春末，清明之初則禁火，蓋則之舊制。子推之説，流傳之訛耳。

【補注】寒食，節日名，在清明前一日或二日，其時禁火冷食。參見卷一韓偓《尤溪道中》注④。

②【圓至】洪州人。尚書韋岫[二]欲以女妻之，不果。【增注】昭宗時人，

詩思清麗。福建韋尚書岫愛其才，欲以女妻之，不果。後遊蜀，夏課卷中有詩云"一把緑荷風剪破，賺他秋雨不成珠"，識者以為不祥，是歲隨秋賦而卒。又詩云"分明記得還家夢，徐孺宅前湖水東"，恐洪州人。

【補注】吳在慶撰《中國文學家大辭典・唐五代卷》(P. 367)"來鵬"條云，鵬(生卒年不詳)，鵬一作鵠，豫章(今南昌)人。嘗自稱鄉校小臣，家于徐孺子亭邊，以林園自樂。師韓愈、柳宗元文，大中、咸通間才名頗著。然因家貧不達，作詩多寓譏訕，每為權貴嫉忌，故屢舉進士不第。乾符時，福建觀察使韋岫愛其才，擬招為婿而不果。廣明元年，黃巢攻克長安後，鵬避地遊荆襄，後南歸。中和時，客死揚州。鵬工詩，以文章稱。時閩廷言文格高絶，鵬與之齊名。其詩詩思清麗，内容時有譏訕權貴、憤世疾俗者。《新唐書・藝文志》著録《來鵬詩》一卷。《全唐詩》卷六四二編其詩為一卷。

③【增注】古詩："轉蓬離本根，飄飄畏長風。"言流落如蓬之隨風，在其飄轉也。

【補注】時節，四時的節日。《吕氏春秋・孟夏紀・尊師》："敬祭之術，時節爲務。"這裏指寒食節。

④【補注】陳伯海主編《唐詩彙評》(P. 2776)：《貫華堂選批唐才子詩甲集七言律》卷七下："三、四畫'時節'亦盡此十四字，畫'飄蓬'亦盡此十四字，更不須別動筆也。"

⑤【圓至】蜀魄，子歸也。【何焯】含"還家"。

【補注】蜀魄，鳥名，又名杜宇、子規、杜鵑。相傳為古蜀王杜宇之魂所化。春末夏初，常晝夜啼鳴，其聲哀切，似"不如歸去"，故又名催歸。參見卷一李涉《竹枝詞》注④。

⑥【增注】楚魂，鳥名，一曰亡魂，出《古今注》。或云，楚懷王與秦昭王會武關，為秦所囚，不得歸，卒於秦。後於寒食月夜，人見於楚，吟詩云："流水涓涓芹發芽，織烏雙飛客還家。荒村無人作寒食，濱宮空對棠梨花。"按，《酉陽雜俎》載此詩乃鬼詩。【何焯】含"夢"字。

【補注】楚魂，鳥名。傳説為客死于秦的楚懷王靈魂所化。

⑦【圓至】徐孺子墓，在洪州東湖上。【增注】徐孺子，名稺，東漢人，宅

在洪州。按《圖經》：“章水經南昌城西，歷白社，其西有孺子墓。又北歷南塘，其東為東湖，其南小洲上有孺子宅，號孺子臺。”【何焯】“獨把一杯”則不得預杏園之宴，草長花落，人才消長如此，安得不身世飄零乎？

【補注】徐孺子，名稺，字孺子，今南昌市人。東漢高士，以品德高尚著聞，屢徵不仕，受到太守陳蕃及桓帝的禮遇。事迹見《後漢書·徐稺傳》。陳伯海主編《唐詩彙評》（P.2776）：《貫華堂選批唐才子詩甲集七言律》卷七下：“末句句法，言‘徐孺宅前湖水’六字，是將到家下，路之所經，只得‘東’一字，是其家下也。”《唐詩貫珠》卷四九“寒食”：“按，來鵬屢舉進士不中而客死，則其潦倒可知，故詩多失意之語，發之於節序，非正賦寒食也。”陳增傑《唐人律詩箋注集評》（P.1038）：“後半篇用倒敘法。五、六句先寫夢回情景，春光冷寂，夜月無輝，愁聽蜀魄楚魂啼鳴。第七句方點明所作的‘還家夢’，且將‘分明記得’的回鄉路徑一一敘出，用以襯托醒後依舊客身凄凉的傷感。尾句‘徐孺宅前’不僅是寫家宅位置，兼有‘意欲學徐高隱’（胡以梅語）之情。”此詩已逗宋人詞境。

【校勘】

〔一〕驚　全唐詩作“經”。

〔二〕韋岫　底本作“韋宙”，據詩説本改。

已前共三首[一]

【校勘】

〔一〕從前首來鵬《寒食》算起，至前一小計——劉禹錫《西塞山》後“已前共六首”止，實為七首。

四　虛

周弼曰：其説在五言，然比於五言，終是稍近於實而不全虛。蓋句長而全虛，則恐流於柔弱。要須於景物之中而情思通貫，斯為得矣。

隋[一]宮①

李商隱

　　紫泉宮殿鎖煙霞②，欲取蕪城作帝家③。玉璽不緣歸日角，錦帆應是到天涯④。于今腐草無螢火⑤，終古垂楊有暮鴉⑥。地下若逢陳後主⑦，豈宜重問後庭花⑧。

【考證】

　　此詩見《全唐詩》卷五三九（P.6161）。

【注評】

　　①【圓至】隋煬帝大業元年，自長安至江都置離宮四十餘所。

　　②【圓至】司馬相如曰：“獨不聞天子之上林乎？丹水更其南，紫淵徑其北。”師古曰：“‘丹水更其南，紫泉徑其北’，皆謂苑外。”師古唐人，諱“淵”曰“泉”，義山用之。蓋隋都關中。“鎖煙霞”者，言煬帝棄國南游。【何焯】“紫泉”句便已關合“歸日角”。○長安反照江都宮。

　　③【圓至】沈約《宋書》曰：“鮑明遠為臨海王子頊參軍，在廣陵。子頊叛逆，昭見故城荒蕪，乃吳王濞所都，遂作《蕪城賦》。”煬帝以廣陵為江都。【增注】蕪城，隋煬帝大業元年御龍舟行幸，欲遷都於此。【何焯】破“隋”字。

　　【補注】蕪城，即廣陵城。故址在今江蘇揚州江都區。西漢吳王劉濞建都于此，築廣陵城。南朝宋竟陵王劉誕據廣陵反，兵敗死焉，城遂荒蕪，鮑照作《蕪城賦》以諷之，因得名。帝家，京都。

　　④【圓至】《北齊·辛術傳》曰：“傳國璽，秦所制。漢光武龍顏日角，而

唐太宗亦天日之表。"《南部煙花録》云："煬帝御龍舟，蕭妃乘鳳舸[二]，錦帆綵纜。"詩意謂：使隋之神器不為太宗所取，則煬帝游幸應至天涯，豈止江都而已？【增注】玉璽，印也，信也。古者尊卑共之，自秦漢以來，唯至尊以為信。《漢·輿服志》："璽皆玉螭虎鈕，文曰皇帝行璽、皇帝之璽、皇帝信璽、天子行璽、天子之璽、天子信璽，凡六。"《唐志》："天子有傳國璽及八璽，皆玉為之。初，太宗刻受命玄璽，玉為螭者，文曰'皇天景命，有德者昌'。至武后，改諸璽皆為寶。中宗復為璽。"○日角，朱建平《相書》："額有龍犀入鬢，左角日，右角月，有者王天下。"注："日角，謂庭中骨起狀如角。"【何焯】唐儉謂高祖曰："公日角龍庭，姓協圖讖。"注家皆誤以為太宗。○次連不即實接江都事，勢變而意到。當時已起宮丹陽，固非虛加其惡也。

　　【補注】劉學鍇、余恕誠《李商隱詩歌集解》（P. 1395）引朱鶴齡注："劉孝標《辨命論》：'龍犀日角，帝王之表。'"又引馮浩注："《舊書·紀》：'隋恭帝二年，奉皇帝璽綬於高祖。'"《左傳·襄公二十九年》"璽書追而與之"孔穎達疏："正義曰：蔡邕《獨斷》云：'璽印也，信也。天子璽白玉螭，虎紐。古者尊卑共之。'……衛宏云：'秦以前，民皆以金玉為印，唯其所好。自秦以來，唯天子之印獨稱璽，又以玉，群臣莫敢用也。'"

　　⑤【圓至】《禮記》："腐草化為螢。"又煬帝於景華宮徵求螢火數斛，夜出游山放之，光遍山谷。【何焯】對法虛實參差。

　　⑥【圓至】大業元年開邗溝，自山陽至江，廣數十步。"無螢火""有暮鴉"者，虐燄雖滅，惡聲常在也。【磧砂】自板渚引河作街道，植以楊柳，名曰隋堤。【何焯】腐而鑿。隨事點化，自然興在象外，何用下此注脚？○不為鑿。

　　【補注】劉學鍇、余恕誠《李商隱詩歌集解》（P. 1396）引高步瀛注："《開河記》曰：'詔民間有柳一株賞一縑，百姓爭獻之。又令親種，帝自種一株，群臣次第種，栽畢，帝御筆寫賜垂楊柳姓楊，曰楊柳也。'……終古，久遠。二句於'無''有'之對照中，深寓荒淫亡國之歷史感慨。隋宮荒廢，惟餘腐草，無復閃熠之螢火；隋堤冷落，垂楊之上，惟暮鴉聒噪，無復錦帆相接之氣象。"

　⑦【何焯】"陳"反照"隋"字。

　⑧【圓至】《伽藍記》曰："帝嘗行吳公臺下，恍惚遇陳後主。帝請張麗華舞《玉樹後庭花》，後主曰：'每憶與張妃憑臨春閣，作《璧月》詞，未終，見韓擒虎領萬騎，直來撞人，便至今日。始謂殿下治在堯舜之上，今日還此逸游，曩日何見罪之深耶？'帝叱之，不見。"此言"地下"者，蓋煬帝既弒，葬吳公臺下。【何焯】阿麼加長城公諡曰"煬"，豈知乃自蹈之？落句不煩贅取小說，解"逢"字自可。○叔寶三閣淫酗，坐而待亡，阿麼則毒痛四海，罪浮什百矣。

【校勘】

　[一]隋　底本、元刊本作"隋"，據正統本、明應本、磧砂本、高本、四庫本、全唐詩改。

　[二]舠　底本作"舡"，據詩説本、正統本、明應本改。

馬　嵬①

　海外徒聞更九州②，他生未卜[一]此生休③。空聞虎旅鳴[二]宵柝[三]，無復雞人報曉籌④。此日六軍同駐馬⑤，當時七夕笑牽牛⑥。如何四紀為天子⑦，不及盧家有莫愁⑧。

【考證】

　此詩見《全唐詩》卷五三九（P.6177），為《馬嵬二首》之二。

【注評】

　①【圓至】馬嵬，故城在興平縣西北二十三里，本馬嵬所筑以避難，有驛。【增注】在咸陽西，楊貴妃所瘞之地。按史，玄宗以後宮數千無當意者，

或云："壽王妃楊氏之美，絕世無雙。"上見而悅之，使高力士取於壽邸，度為女道士，號太真，使納太真宮。天寶四載，冊為貴妃。時宰相李林甫嫌儒臣，欲杜[四]邊師入朝，請專用蕃將，安禄山以邊功幸用。妃方有寵，禄山請為妃養兒，遂出入宮掖不禁。李林甫、楊國忠更持權柄，綱紀大亂。禄山計天下可取，遂謀反。上與貴妃等幸蜀，至馬嵬，將士飢疲，皆憤怒。左龍武大將軍陳玄禮等以天下計，誅國忠。六軍駐馬不發，上遣高力士問故，答曰："賊本尚在，願陛下割恩正法。"帝不得已，與妃訣。力士縊之路祠堂下，以紫茵裹尸瘞道旁。時天寶十五載六月丁酉日也。

②【圓至】【全唐詩】自[五]注曰："鄒衍云：'九州之外，更[六]有九州。'"【何焯】逐層逆敘，勢極錯綜。○"此生休"三字倏然落下，非杜詩無此筆力。

【補注】《史記·孟子荀卿列傳》："中國名曰赤縣神州。赤縣神州內自有九州，禹之序九州是也，不得為州數。中國外如赤縣神州者九，乃所謂九州也。於是有裨海環之，人民禽獸莫能相通者，如一區中者，乃為一州。如此者九，乃有大瀛海環其外，天地之際焉。"

③【圓至】《仙傳拾遺》曰："楊妃死，帝召楊什伍於行在，考召至三日夜，奏曰：'人寰之中，十洲三島之內，求之不得。後於東海上蓬萊頂見妃，謂什伍曰：此後一紀，當相見。願保聖體，毋憶念也。'"商隱用此，謂帝徒聞妃在九州之外，若他生相見未可知，此生休矣。【高士奇】《長恨傳》曰："玄宗命方士致貴妃之神，見最高仙山上多樓閣，署曰玉妃太真院。玉妃取金釵、鈿合，各拆其半，授使者獻還上皇，并述七夕相誓，願世世為夫婦之語。"此詩起二語正指其事，言夫婦之願他生未卜而此生已休，徒髣髴其神於海外耳，能無悲乎？【磧砂】言夫婦之願他生未卜而此生先休，徒髣髴其神于海外耳，能無悲乎？

④【圓至】虎旅，衛士也。《漢舊儀》曰："夜漏起，周廬擊木柝，雞人傳曉以驚寢也。"《仙傳拾遺》曰："玄宗幸蜀，自馬嵬之後，屬念貴妃，往往輟食忘寐。"詩意用此，謂帝不寐而聞柝者，非因雞人之警也。此詩第三句與第五句，詞同而意異。【增注】虎旅，《周禮》："虎賁氏，王在國則守王宮，有大故則守王門。旅賁氏執戈盾，夾王車而趨。"張衡《西京賦》："陳虎旅於飛廉。"

【何焯】《周官》"司馬"有虎賁氏、旅賁氏。

　　【補注】宵柝，巡夜的梆聲。無復，不再有，沒有。劉學鍇、余恕誠《李商隱詩歌集解》(P. 309)引朱鶴齡注："《周禮》：'雞人，夜嘑旦以嘂百官。'《漢官儀》：'宮中不得畜雞，衛士候於朱雀門外傳雞唱。'王維詩：'絳幘雞人報曉籌。'"

　　⑤【圓至】《舊史》云："禄山反，上出延秋門。至馬嵬驛，軍士飢憤圍驛，擒楊國忠斬之，是日貴妃縊死。"【增注】《唐書·百官志》："左右龍武、左右神武、左右神策，號六軍。"駐馬，詳見前題下注。

　　⑥【圓至】《楊妃外傳》云："玄宗與妃在驪山宮，七日牛女之夕，夜半，妃獨侍上，上憑肩密誓：'願世世生生為夫婦。'"【磧砂】妃死後，玄宗命方士致其神。跨蓬壺，見妃將還，乞當時一事不聞于人者為驗。妃曰："昔天寶十年秋七夕獨侍上，上憑肩而立，因仰天感牛女事，密相誓：'願世世為夫婦。'執手各嗚咽。此獨君王知之耳。"方士還奏，上皇嗟悼久之。敏曰："同駐馬"，猶是片刻廝守；"笑牽牛"，因其暫時歡會。當時如此，此日依然，而今安在哉！真用反襯之妙法。

　　【補注】七夕，農曆七月初七之夕。牽牛、織女本為天上的兩個星宿，後在傳説中衍化為夫婦，每年此夜在天河相會一次。參見卷三李嘉祐《早秋京口旅泊》注⑥。

　　⑦【圓至】明皇幸西内，驚墜馬，高力士叱衛士曰："五十年太平天子，汝欲何為？"【增注】四紀天子，十二年為一紀。《太平廣記》載："開元末，於弘農古函谷間得寶符，白石赤文成'乘'字。識者解之云：'乘者四十八，所以示聖人御曆數也。'及帝幸蜀之來歲，正四十八。得寶時天下歌之曰：'得寶耶？弘農耶？'遂改元天寶。"

　　【補注】如何，為什麼。《左傳·僖公二十二年》："傷未及死，如何勿重？"

　　⑧【圓至】梁武帝《河中之水歌》曰："洛陽女子名莫愁，十五嫁為盧家婦。"

【校勘】

［一］卜　全唐詩校"一作決"。

［二］鳴　何校、全唐詩作"傳"，全唐詩校"一作鳴"。

［三］柝　磧砂本作"析"。

［四］杜　底本作"村"，大系本作"忖"，據正統本改。

［五］自　全唐詩作"原"。

［六］更　全唐詩作"復"。

籌筆驛①

魚[一]鳥猶疑畏簡書，風雲長[二]為護儲胥②。徒令上將揮神筆③，終見降王走傳車④。管樂有才終[三]不忝，關張無命欲[四]何如⑤。他年錦里經祠廟⑥，梁甫[五]吟成恨有餘⑦。

【考證】

此詩見《全唐詩》卷五三九（P. 6161）。

【注評】

①【圓至】在利州綿谷縣，去州北九十九里，諸葛孔明出師嘗駐此。

【補注】劉學鍇、余恕誠《李商隱詩歌集解》（P. 1319）引馮浩注："《全蜀藝文志》《利州碑目》：'舊有李義山碑，在籌筆驛，因兵火不存。'"又云："今四川廣元縣北有朝天嶺，路徑絕險，嶺上有朝天驛，即古籌筆驛。"見《讀史方輿紀要》卷六八"四川三·保寧府·廣元縣。"

②【圓至】管仲曰："'豈不懷歸？畏此簡書。'請救邢以從簡書。"《長楊賦》："木擁槍纍為儲胥。"注曰："木槍相壘為柵。"《詩眼》云："簡書，軍中法令約束。"言號令嚴明，雖百千年，魚鳥猶畏之。儲胥，軍中藩籬。言忠賢神

明，風雲猶護其壘。

③【圓至】上將，諸葛亮也。杜牧《籌筆驛》詩云：“永安宮受詔，籌筆驛沉思。畫地乾坤在，濡毫勝負知。”

【補注】劉學鍇、余恕誠《李商隱詩歌集解》（P. 1320）云：“上將，猶主將……揮神筆，指籌畫軍事，揮筆為文，料敵如神。”

④【圓至】孔明死後，蜀政益衰。魏伐蜀，炎興元年後主輿櫬自縛詣鄧艾軍降。師古曰：“傳，若今之驛。古者以車，謂之傳車。其後置單馬，曰驛騎。”【增注】傳車，《漢律》：“四馬高足為置傳，四馬中足為馳傳，四馬下足為乘傳，一馬二馬為軺傳，急者乘一乘傳。”【磧砂】鄧艾破蜀，後主銜璧輿櫬降，遂送洛陽。

⑤【圓至】《亮傳》云：“亮躬耕隴畝，好為《梁甫吟》，每自比管仲、樂毅。”關羽、張飛皆蜀將。羽死建安二十四年，飛死先主章武元年，皆不及見武侯總戎矣。【增注】“管樂有才”，《史記》：“管仲名夷吾，少常與鮑叔遊。鮑叔知其賢，進於桓公。任政於齊，齊國以霸。”“樂毅，魏將，樂羊之子孫，為魏使至燕，燕昭王以客禮待之，遂委質為臣。及伐齊，以毅為上將軍，五歲下齊七十餘城。”○“關張無命”，按《三國紀》：“關羽，字雲長，河東解人，亡命奔先主，為前將軍。率衆攻魏曹仁，南郡太守麋芳、將軍傅士仁[六]皆素嫌羽輕己，陰迎權擊羽，斬於臨沮。”“張飛，字益德，涿郡人，與關羽俱事先主，為前將軍。飛愛敬君子，而不恤小人，及伐吳，臨發，帳下將張達、范強殺飛，持其首奔孫權。”【何焯】第六即承祚時無王子城父、韓信之意，但彼是遜詞，非真謂公短於奇謀，不可自將也。

⑥【圓至】《成都記》云：“錦里城，呼為錦城，以江山明麗錯雜如錦。”又曰：“武侯廟在先主廟西。”

【補注】劉學鍇、余恕誠《李商隱詩歌集解》（P. 1320）云：“他年，猶往年。‘他’字用以指時間者，一為將來之義，如‘他生未卜此生休’（《馬嵬》）……一為過去之義，如‘細路獨來當此夕，清樽相伴省他年’（《野菊》）……此句‘他年’係後一義，指大中五年冬至西川推獄，曾謁武侯廟一事。”

⑦【圓至】謂今日經公之祠，一吟《梁甫》，猶為公有餘恨也。【增注】梁

甫,山名,在唐河南兗州。《梁甫吟》,山東之音也。《三齊略記》載:"孔明
《梁甫吟》曰:'步出齊東門,遥望蕩陰里。里中有三墳,壘壘正相似。借問
誰家冢[七],田强古冶氏[八]。力能耕南山,文能絕地紀。一朝被讒言,二桃
殺三士。誰能為此謀,國相齊晏子。'"【磧砂】鄧城西有獨樂山,孔明嘗登此
山,作《梁父吟》。

　　【補注】梁甫,亦作梁父,泰山下的一座小山,在今山東新泰市西。余冠
英《三曹詩選》(P. 79—80)注曹植《雜詩六首》之六"思欲赴太山"云:"'赴太
山'猶言'赴死'。古人相信人死後魂魄歸於泰山。所以古樂府《怨詩行》
道:'人間樂未央,忽焉歸東嶽',應璩《百一詩》道:'年命在桑榆,東嶽與我
期',劉楨《贈五官中郎將》詩也有'常恐游岱宗,不復見故人'之句,可見漢
魏人慣用這種說法。"《梁甫吟》本為輓歌,或與此相關。劉學鍇、余恕誠《李
商隱詩歌集解》(P. 1321)云:"《梁父吟》本挽歌,歌詞悲涼慷慨。今傳《梁父
吟》古辭托為諸葛亮作,唐詩人李白亦襲其說。此詩所謂《梁父吟》,實指作
者大中五年謁武侯廟時所作之《武侯廟古柏》一詩。蓋《梁父吟》古辭詠二
桃殺三士事,後世或以諸葛亮借此抒寫政治感慨,故此處轉指有寄托感慨
之詩篇(作者在《偶成轉韻》中亦自謂'我生粗疏不足數,梁父哀吟鴝鵒
舞')。《武侯廟古柏》有句云:'玉壘經綸遠,金刀歷數終。誰將出師表,一
為問昭融?'與'恨有餘'之語正合。二句謂往年曾謁武侯廟,寫成弔古傷今
之詩篇,深感餘恨無窮。明說'他年''吟成恨有餘',實兼寓今日詠懷古迹
時亦有類似感慨。"所言甚是,"吟成"二字,亦見乃詩人創作,非吟武侯舊
作也。

【校勘】

　　[一]魚　全唐詩作"猿(一作魚)"。

　　[二]長　全唐詩作"常"。

　　[三]終　何校"真",全唐詩校"一作真"。

　　[四]欲　全唐詩校"一作復"。

　　[五]梁甫　磧砂本、全唐詩作"梁父"。

[六] 傅士仁　底本、正統本、大系本作“傅士仁”，據史實改。

[七] 冢　底本作“家”，據正統本、大系本改。

[八] 古冶氏　底本作“古治氏”，據正統本、大系本改。

聞　歌

斂笑凝眸意欲歌，高雲不動碧嵯峨①。銅臺罷望歸何處②，玉輦忘還事幾多③。青冢路邊南雁盡④，細腰宮裏北人過⑤。此聲腸斷非今日，香炧燈光[一]奈爾何⑥。

【考證】

此詩見《全唐詩》卷五四〇(P. 6186)。

【注評】

①【圓至】《列子》曰：“秦青悲歌，聲振林木，響遏行雲。”【磧砂】暗用秦青響遏行雲事。【何焯】第二言不待聲傳，雲已過矣。

【補注】凝眸，注視，目不轉睛地看。

②【圓至】陸機《弔魏武文》云：“魏武遺令曰：‘吾婕好、妓人皆著銅雀臺中，月朝十五，向帳作妓樂。時時登臺，望吾西陵墓田。’”

③【圓至】《拾遺記》：“周穆王御黃金碧玉輦。”又：“穆王與西王母宴於瑤池，歌謳忘歸，諸侯遂叛。”【增注】“玉輦忘還”，隋煬帝大業間築西苑，周二百里，緣渠作十六院，每院以四品夫人主之。乘輿行幸，競以肴羞精麗求市恩寵。上好以月夜從宮女數千騎遊，作《清夜遊》曲，於馬上奏之。後行幸江都，為令狐行達縊殺，玉輦竟忘還。【磧砂】周穆王御黃金碧玉之輦，迹轂遍于四海。西王母乘翠鳳之輦而來，與穆王歡歌。

【補注】劉學鍇、余恕誠《李商隱詩歌集解》(P. 1860)引馮浩注：“《穆天子傳》備敘巡遊,而終以盛姬之喪,故云。"

④【圓至】昭君嫁匈奴,恨死胡中,胡葬之。胡地草白,而冢草獨青,故曰青冢。石崇《昭君詞》曰:"願假飛鴻[二]翼,乘之以遐征。飛鴻不我顧,佇立以屏營。"

【補注】劉學鍇、余恕誠《李商隱詩歌集解》(P. 1860)引朱鶴齡注:"《一統志》:'昭君墓在古豐州西六十里。'"

⑤【圓至】《漢·馬廖傳》:"楚王好細腰,宮中多餓死。"【磧砂】敏曰:此聯總是南北殊鄉,情深易感。

【補注】細腰,亦作細要,纖細的腰身,代指美女。《墨子·兼愛中》:"昔者楚靈王好士細要,故靈王之臣皆以一飯爲節。"劉學鍇、余恕誠《李商隱詩歌集解》(P. 1860)引馮浩注:"巫山楚宮,古謂之細腰宮。然可泛稱。陸游《入蜀記》:'巫山縣楚故離宮,俗謂之細腰宮。'"

⑥【圓至】《釋文》:"虵,燼也。"項羽既敗,與虞美人歌曰:"虞兮虞兮奈爾何!"【增注】"腸斷",唐武宗疾篤,孟才人者以歌獲寵,請歌一曲《河滿子[三]》,氣亟立殞。上令醫候之,曰:"脈尚温,而腸已斷。"○虵,以者切,香煤也。【磧砂】桓子埜聞歌,輒喚奈何。

【校勘】

[一]光　何校"殘":"光,集本作殘"。

[二]鴻　底本作"鶴",正統本漫漶,據詩説本、明應本改。

[三]河滿子　底本、正統本、大系本作"河漏子",據《張承吉集》卷四《孟才人歎一首并序》改。

茂　陵①

漢家天馬出蒲梢[一],苜蓿榴花遍近郊②。内苑只知銜[二]鳳觜③,

屬車無復插雞翹④。玉桃偷得憐方朔⑤，金屋粧［三］成貯阿嬌⑥。誰料
蘇卿老歸國，茂陵松柏雨蕭蕭⑦。

【考證】

此詩見《全唐詩》卷五四〇(P. 6192—6193)。

【注評】

①【圓至】漢武所葬，在興平縣北。師古曰：“本槐里縣茂鄉，故曰茂
陵。”《雍録》曰：“在興平縣北七里。”【磧砂】漢武葬茂陵，在長安。

【補注】茂陵，古縣名，治在今陝西興平市東北。漢初為茂鄉，屬槐里
縣。武帝築茂陵，置為縣，屬右扶風，見《漢書・地理志上》。《漢書・武帝
紀》：“(後元二年二月)丁卯，帝崩于五柞宮，入殯于未央宮前殿。三月甲
申，葬茂陵。”顏師古注引臣瓚曰：“自崩至葬凡十八日。茂陵在長安西北八
十里也。”

②【圓至】武帝聞宛有善馬，求之不得［四］，使李廣利伐破［五］之，取其馬
以歸。《張騫傳》曰：“帝初得烏孫馬，名天馬。及得宛馬，更名烏孫曰西極
馬，宛馬曰天馬。”《西域傳贊》曰：“蒲梢龍文魚目汗血之馬，充於黃門。”又
《漢書》：“大宛馬嗜苜蓿，張騫持千金請宛馬，采苜蓿歸，種之離宮別館。”陸
機《與弟書》曰：“張騫使外國十八年，得塗林安石榴種。”此二句蓋譏武帝勤
遠略。【增注】武帝元鼎中，南陽新野人景利長遭刑屯田於渥洼，見郡馬飲
水，中有奇者，先作土［六］人，持勒絆立。其後馬慣習久之，利長因依土人，收
馬以獻帝。欲神異之，云從水中出，乃作《天馬之歌》。渥洼，在三危山下燉
煌界。〇苜蓿，草名，可為菜，漢馬援伐西域取歸。《前漢・西域傳》：“宛馬
嗜苜蓿。”《本草衍義》引李白詩“天馬常銜苜蓿花”。【磧砂】漢武帝伐大宛，
得千里馬，名蒲梢，作《天馬歌》。【何焯】“漢家天馬出蒲梢”“長陵高闕此安
劉”皆古人病句。〇首句言蒲梢、汗血本天馬子也，故自無嫌，惟一事占二
句，稍詞費耳。丙戌。〇“梢”“郊”皆非本韻，乃“五肴”中字。

③【圓至】《十洲記》："麟洲上多鳳麟，煮麟角鳳嘴為膠，可連斷弦。"《仙傳拾遺》曰："武帝天漢三年北巡，西王母使使獻靈膠二[七]兩。帝射虎華林苑，弩絃斷，使者口濡膠一分以續之。"只知，猶專務也。銜鳳嘴，口濡膠也。蓋譏武帝好獵。【增注】内苑，《漢制》："天子内中曰行内，猶禁中也。"苑，所以養禽獸。○銜鳳嘴，《鄴中記》："詔書用五色紙，著於木鳳口中，飛下端門，謂之鳳詔。"

④【圓至】胡廣《制度》曰："大駕屬車八十一乘。"蔡邕《獨斷》曰："鸞旗者，編羽毛列繫幢傍，民或謂之雞翹。"按，天子出則鸞旗在前，屬車在後。此言"無復插雞翹"者，蓋譏帝好為期門微行。【增注】屬車，《漢書》："副車曰屬，言相連屬也。"

⑤【圓至】《漢武故事》曰："西王母降，出桃七枚曰：'此桃三千年一花，三千年結子。'指方朔曰：'此兒已三竊吾桃矣。'"此句蓋譏帝好仙。【磧砂】楊用修改作"瑤池宴罷留王母"，朱長孺辨是穆王事，如何可合？且按《西王母傳》《漢武故事内傳》可據。

⑥【圓至】《漢武故事》："帝年五歲，長公主抱問曰：'兒欲得婦否？'曰：'欲得。'指女阿嬌曰：'阿嬌好否？'帝曰：'若得阿嬌，當作金屋貯之。'"此句蓋譏帝好内。

【補注】劉學鍇、余恕誠《李商隱詩歌集解》(P.554)引馮浩注："《漢書·外戚傳》：武帝即位，陳皇后擅寵驕貴十餘年。此舉一以該後宮。"

⑦【圓至】蘇武，字子卿。武帝天漢元年使匈奴，昭帝始元六年歸。至京師，詔武奉太牢謁武帝園廟。此詩前六句極[八]道武帝之多欲，而結句意謂：誰料百年之後，但陵柏蕭蕭，其雄心侈志，今安在哉？【高士奇】所以深致嗟惜也。【磧砂】朱長孺注義山集曰："按史，唐武宗好遊獵及武戲，親受道士趙歸真法籙，又深寵王才人，欲立為后。此詩全是托諷。"敏曰：昔吾友鍾淳厓落魄不羈，恣酒自廢，才華爛熳。溢為詩歌，可與溫飛卿並美，其出處略同，里中呼為狂生，淳厓益自許。嘗論西崑詩如玉溪生不獨踵武子美，而蹊徑超脫，六義並舉，風雅後勁，即其遣辭造意，搆局謀篇，儼如仙子臨凡，別樣搖曳也。今試觀此集所選，有一句傷直病俚者乎？即如《籌筆驛》

起"魚鳥猶疑畏簡書，風雲長為護儲胥"，飄忽而來，先極凛凛；《聞歌》起句"斂笑凝眸意欲歌，高雲不動碧嵯峨"，十四字中色態嫣然，性情宛爾，復使歌聲雲影，動魄驚心，結句又極有餘不盡。篇篇如此，工力兼深，真有所謂仙子臨凡，別樣搖曳，不許煙火人效顰學步者，奈今人輒擬西崑、輕詆西崑也？余故憶亡友，亦為義山知己矣。【何焯】武帝窮兵黷武，而師出無名、賊用民命莫甚于伐宛之役，故獨以為刺。外勤遠略而內則不能戒慎，妄冀神仙而仍湛溺牀第，又皆即其行事相反者獻譏也。義山過人處在識，句句用意。西崑止於塗澤，不到他一斑半點也。丁亥。

【校勘】

[一]蒲梢　底本作"蒲捎"，據元刊本、正統本、明應本、磧砂本、高本、四庫本、全唐詩改。

[二]衔　磧砂本、全唐詩作"含"，全唐詩校"一作衔"。

[三]粧　全唐詩作"修（一作妝）"。

[四]得　底本作"釋"，據詩說本、正統本、明應本改。

[五]破　底本作"敗"，據詩說本、正統本、明應本改。

[六]土　底本作"十一"，據正統本、大系本改。

[七]二　底本作"一"，據詩說本、正統本、明應本改。

[八]極　底本作"蓋"，據詩說本、正統本、明應本改。

　　已前共五首

早秋京口旅泊①[一]

李嘉祐②

移家避寇逐行舟，厭見南徐江水流③。吳地[二]征徭非舊日④，秣陵凋弊不宜秋⑤。千家閉戶無砧杵，七夕何人望斗牛⑥。惟[三]有同時驄馬客⑦，偏題[四]尺牘[五]問窮愁⑧。

【考證】

此詩見《全唐詩》卷二〇七（P. 2164—2165），題末多“章侍御寄書相問，因以贈之，時七夕”十四字。

【注評】

①【圓至】京口，鎮江府。【磧砂】京口，南徐，即潤州也。

【補注】京口，東漢末、三國吳時稱為京城，後稱京口。即今江蘇鎮江市。《元和郡縣圖志》卷二五“江南道一·潤州”：“後漢獻帝建安十四年，孫權自吳理丹徒，號曰‘京城’，今州是也。十六年遷都建業，以此為京口鎮。”《方輿勝覽》卷三“浙西路·鎮江府·郡名”：“京口，《圖經》：其城因山為壘，緣江為境，《爾雅》‘丘絕高曰京’，故名。”傅璇琮《唐代詩人叢考·李嘉祐考》（P. 242）謂此詩當作於袁晁起義之時。按，由於官府橫征暴斂，寶應元年（762）八月，袁晁率衆在明州翁山（今浙江東部舟山島）起義，攻下台州（治所在今浙江臨海市），在此建立政權，改年號為寶勝。起義軍很快發展到二十萬人，先後攻克越州、衢州、信州、溫州等地。朝廷急忙派李光弼率大軍前往鎮壓。次年春，雙方大戰于台州，起義軍戰敗，袁晁被殺。《舊唐書·代宗本紀》載，寶應元年八月，“台州賊袁晁陷台州，連陷浙東州縣”。二年三月，“丁未，袁傪破袁晁之衆於浙東”；四月“庚辰，河南副元帥李光弼奏生擒袁晁，浙東州縣盡平”。此詩當作於廣德元年（763）七夕。

②【圓至】字從一，袁州人。天寶七年進士。【增注】別名從一，或曰從一字也，袁州人。初為江陰令，上元中台州刺史，大曆刺袁州。又嘗郎於中臺，故竇常贊嘉祐云“雅登郎位，靜鎮方州”，其詩因號《臺閣集》。

【補注】賈晉華撰《中國文學家大辭典·唐五代卷》（P. 335—336）“李嘉祐”條云，嘉祐（生卒年不詳），字從一，行二，趙州（今河北趙縣）人。天寶七載登進士第,授秘書省正字,擢監察御史(或殿中侍御史)。至德元載貶鄱陽令,乾元二年量移江陰令。上元二年遷台州刺史,寶應元年罷任,漫遊吳越。大曆初入朝,歷工部員外郎、司勳員外郎。六、七年間出為袁州刺史。罷任後居蘇州,約卒于大曆末。嘉祐交遊甚廣,與劉長卿、皇甫冉、皇甫曾、嚴維、皎然、靈一、獨孤及、錢起、韓翃、苗發、夏侯審、郎士元等皆有交誼。其于蕭、代時期頗著詩名,與錢起、郎士元、劉長卿並稱"錢郎劉李"。高仲武稱其"振藻天朝,大收芳譽,中興高流也。與錢、郎別為一體,往往涉於齊、梁,綺靡婉麗,吳均、何遜之敵也"(《中興間氣集》卷上)。《新唐書·藝文志》著錄《李嘉祐詩》一卷,《郡齋讀書志》錄為二卷。今存《李嘉祐集》二卷(又稱《臺閣集》)。《全唐詩》卷二〇六至二〇八編其詩為三卷。

③【補注】南徐,即南徐州,南朝宋置,治所在京口(今江蘇鎮江市),隋廢。參見卷二皇甫冉《酬張繼》注②。陳增傑《唐人律詩箋注集評》(P.480):移家避寇,指避袁晁起義,攜家移居。逐,隨。《貫華堂選批唐才子詩甲集七言律》卷五上:"倉皇窘迫,固非未經亂人之所夢見也。'厭',足也。朝看江水,暮看江水,除飽看江水外,別無事事也。"

④【圓至】征,稅也。徭,役也。

【補注】吳地,江、浙一帶,春秋時為吳國。陳增傑《唐人律詩箋注集評》(P.481):"征徭,指租稅和徭役。非舊日,非舊日繁華可比。"《唐詩鼓吹注解》卷五:"征科煩擾,非昔可同。"

⑤【圓至】秦始皇以金陵有王氣,掘斷其地,改金陵曰秣陵。

【補注】秣陵,縣名,秦始皇三十七年(前210)改金陵邑置,屬會稽郡。治所即今南京江寧區秣陵。《三國志·吳書·張紘傳》裴松之注引《江表傳》載,張紘謂孫權曰:"秣陵,楚武王所置,名為金陵。地勢岡阜連石頭,訪問故老,云昔秦始皇東巡會稽經此縣,望氣者云,金陵地形有王者都邑之氣,故掘斷連岡,改名秣陵。"西漢屬丹楊郡。東漢建安十七年孫權自京口(今鎮江市)徙治于此,改名建業,移治今南京市。西晉太康元年滅吳,復名秣陵;三年分淮水(今秦淮河)南為秣陵縣,北為建鄴縣。隋開皇中併入江寧縣。陳增傑《唐人律詩箋注集評》(P.480):《唐音評注·正音》卷四:顧璘：“不須極論，自見凄凉。”

⑥【何焯】無不“移家避寇”，兼之有士女仳離者也。

【補注】砧杵，擣衣石和棒槌，這裏指擣衣之聲。七夕，農曆七月初七之夕。牽牛、織女本為天上的兩個星宿，後在傳說中衍化為夫婦，每年此夜在天河相會一次。舊俗婦女于是夜在庭院中乞巧。《荆楚歲時記》：“七月七日，爲牽牛、織女聚會之夜……是夕，婦人結綵縷，穿七孔針，或以金、銀、鍮石爲針，陳瓜果於庭中以乞巧，有喜子網於瓜上，則以爲符應。”斗牛，二十八宿中的斗宿和牛宿（即牽牛宿），這裏偏指牛宿。陳增傑《唐人律詩箋注集評》（P.481）：《唐詩鼓吹注解》卷五：“秋時無搗練之聲，良夜無乞巧之會。”均見蕭條冷落。

⑦【圓至】桓典為御史，乘驄馬。本集云“章侍御寄書相問”。

【補注】驄馬客，《後漢書·桓典傳》：“（桓典）辟司徒袁隗府，舉高第，拜侍御史。是時宦官秉權，典執政無所回避。常乘驄馬，京師畏憚，爲之語曰：‘行行且止，避驄馬御史。’……在御史七年不調，後出爲郎。”後以驄馬使或驄馬客等指御史。

⑧【圓至】廣武君曰：“奉咫尺之書。”注曰：“簡牘長咫尺者。”【增注】避寇及吳地秣陵等事，以時考之。按史，上元元年揚州刺史劉展反，陷潤州、昇州，二年伏誅，是時恐嘉祐在潤州避此寇亂。蓋嘉祐嘗有《潤州送蔣侍御收兵歸揚州》等詩，此末句云“驄馬客”，亦恐指蔣侍御也。南徐，即潤州。晉元帝渡江，而淮北地皆陷於胡。後幽、并、青、徐、兖、冀之流人相率過江，帝并僑立諸縣以司牧之，各仍其舊號，而為南北之別，於京口僑置南徐州。宋以南徐治京口，隋文帝以南徐置潤州，取潤浦以為名。【何焯】題云“因以贈之”，則中四句并勉以寬征徭、輯流亡之事，非為一身述旅況之窮也。“偏”字包含無限意思。

【補注】尺牘，長一尺的木簡，古代用以書寫。這裏指信札、書信。《史記·扁鵲倉公列傳》：“緹縈通尺牘，父得以後寧。”問，問候。窮愁，窮愁之人，詩人自稱。

【校勘】

　　［一］何校題末增"章侍御寄書相問，因以贈之，時七夕"十四字。

　　［二］吳地　全唐詩作"吳越（一作地）"。

　　［三］惟　全唐詩作"衹"。

　　［四］題　全唐詩作"宜（一作題）"。

　　［五］牘　底本此字左側殘缺，據元刊本、正統本、明應本、磧砂本、高本、四庫本、全唐詩補。

晚次鄂州^①

盧　綸

　　雲開遠見漢陽城^②，猶是孤帆一日程^③。估^{［一］}客晝眠知浪靜，舟人夜語覺潮生^④。三湘愁^{［二］}鬢逢秋色^⑤，萬里歸心對月明^⑥。舊業已隨征戰盡^⑦，更堪江上鼓鼙聲^⑧。

【考證】

　　此詩見《全唐詩》卷二七九（P. 3177），題下注"至德中作"。

【注評】

　　①【增注】鄂州，自周夷王時入於楚，漢置鄂縣，吳名武昌，晉武昌隸江州，宋立郢州，隋宋并鄂州，唐鄂州江夏郡屬江南道，今屬湖北道。

　　【補注】鄂州，隋開皇九年改郢州置，治所在江夏縣（今武漢武昌區）。《太平寰宇記》卷一一二"江南西道十·鄂州"："取鄂渚以為州名。"大業三年改為江夏郡。唐武德四年復為鄂州。轄境約當今湖北蒲圻市以東，陽新縣以西，武漢市長江以南，幕阜山以北地。天寶元年改為江夏郡。乾元元年復為鄂州。永泰之後為鄂岳觀察使、武昌軍治所。集本題下注云："至德中作。"劉初棠《盧綸詩集校注》(P.469)云,鄂州在漢陽東,不能為詩人至德中向鄱陽時作。又詩云"三湘愁鬢逢秋色",知綸年歲已較大,與史載綸至德間情況不符。《才調集》所載無注,此注當為後人誤加。詩或作于大曆初由鄱陽返京途中。

②【增注】唐鄂州漢陽縣本沔州漢陽郡。

【補注】漢陽,隋大業二年改漢津縣置,屬復州,治所在今武漢蔡甸區東臨嶂山下。《太平寰宇記》卷一三一"淮南道九・漢陽軍・漢陽縣":"以在漢水之南,居嶂山之陽為名。"三年屬沔陽郡。唐武德四年徙治鳳棲山(今武漢市漢陽區),寶曆二年屬鄂州。

③【補注】劉初棠《盧綸詩集校注》(P.469—473):《元和郡縣圖志》卷二七"江南道三・沔州":"(漢陽)東渡江至鄂州七里。"雖僅七里,然此段水路"激浪崎嶇,寔舟人之所艱也"(《水經・江水注》),故曰"一日程"。《東嵒草堂評訂唐詩鼓吹》卷五:朱三錫:"此篇起二語,初讀殊為不解。既曰'遠見',又曰'一日程',豈有一日之程而可以望見其城者? 及讀崔公《黃鶴樓》詩中聯云'晴川歷歷漢陽樹,芳草萋萋鸚鵡洲',方有着落。蓋鄂州即今武昌府……武昌在江之南,漢陽在江之北,隔江相對,不過數里,然非順風,不能飛渡。明明望見漢陽城,不能即至,始知'浪靜''潮生'等語,非泛泛也。"《唐詩摘鈔》卷三"七言律":"曰'猶是'者,客塗淹泊,雖一日不可耐也。"

④【何焯】驚魂不定,貪程難待。合下四句讀之,其意味更長。

【補注】估客,即行商。《世説新語・文學》:"聞江渚間估客船上有詠詩聲。"舟人,船夫。《詩經・小雅・大東》:"舟人之子,熊羆是裘。"毛公傳:"舟人,舟楫之人。"劉初棠《盧綸詩集校注》(P.470):《東嵒草堂評訂唐詩鼓吹》卷五:朱三錫:"通篇只寫爭歸神理耳。盧公歸心甚迫,望見漢陽,恨不疾飛立到,無奈計程尚須一日,故曰'遠見',又曰'一日程'也。三、四,承上言。明知再須一日,而心頭眼底,不覺忽忽欲去,於是厭他'估客晝眠'而'知浪靜',曰'浪靜',是無風可渡矣;喜他'舟人夜語'而'覺潮生',曰'潮生',又似有水可行矣。總是徹夜不眠,急歸情緒也。"

⑤【圓至】三湘:湘潭、湘鄉、湘源。【增注】三湘,一云:湘潭、湘川、湘

中也。

【補注】三湘,這裏應泛指湘江流域及洞庭湖地區。參見卷二熊孺登《湘江夜泛》②。

⑥【補注】劉初棠《盧綸詩集校注》(P. 469、472):"按:綸祖籍范陽,徙居于蒲,又客長安,均距鄂州甚遠,故曰'萬里'。"《山滿樓箋注唐詩七言律》卷三:"第六句中'歸心'二字,是一篇之眼。前五句寫歸心之急,後二句寫歸心所以如此之急之故……客于巴陵,故曰'三湘';家在關內,故曰'萬里'。'逢秋色',則'愁鬢'不勝憔悴;'對月明',則'歸心'愈覺悽惶。字字真情,字字實理。"

⑦【圓至】本集題下自注云:"至德中作。"綸,河中人,時安史方亂三河。【何焯】第七是無可歸,結句則又添悲也。

【補注】舊業,原有的產業、家業。《漢書·王莽傳上》:"(莽)又上書歸孝哀皇帝所益封邑,入錢獻田,殫盡舊業,爲衆倡始。"

⑧【何焯】浪靜正可揚帆,潮生復宜順流,一刻更坐不定,却為兵阻,止隔一程,翻爾淹泊。從"次"字中描出無限悶懷。

【補注】劉初棠《盧綸詩集校注》(P. 469、473):《新唐書·文藝傳下·盧綸》載,綸"避天寶亂,客鄱陽"。舊業蕩盡,聞軍鼓之聲,猶自驚心。鼓鼙,《禮記·樂記》:"聽鼓鼙之聲,則思將帥之臣。"鼙,軍中小鼓。《唐詩摘鈔》卷三"七言律":"'舊業'已盡,歸將安處? 然首丘之心固在,其如世亂未已何!"

【校勘】

[一]裴校"估,一作賈"。

[二]愁　何校、全唐詩作"衰",全唐詩校"一作愁"。

赴武陵寒食次松滋渡①[一]

竇　常

杏花榆莢曉風前，雲際離離上峽船②。江轉數程淹驛騎③，楚曾三戶少人煙④。看春又過清明節，箏老重經癸巳年⑤。幸得[二]枉山[三]當郡舍⑥，在朝長詠卜居篇⑦。

【考證】

此詩見《全唐詩》卷二七一（P. 3032—3033），題作《之任武陵寒食日途次松滋渡先寄劉員外禹錫》。

【注評】

①【圓至】常元和中自水部員外郎為朗州刺史。【增注】《衆妙集》於本題下又有"先寄劉員外禹錫"七字。松滋渡，在唐江陵府松滋縣。

【補注】武陵，即朗州，治所在武陵縣（今湖南常德市）。參見卷一僧法振《逢友人之上都》注③。寒食，節日名，在清明前一日或二日，其時禁火冷食。參見卷一韓偓《尤溪道中》注④。松滋渡，在今湖北松滋市西，唐時屬荊州江陵府。《入蜀記》卷五："泊灌子口，蓋松滋、枝江兩邑之間。松滋，晉縣，自此入蜀江……灌子口，一名松滋渡。"《舊唐書·竇群傳》："兄常……元和六年，自湖南判官入為侍御史，轉水部員外郎。出為朗州刺史。"詩云"癸巳年"，乃元和八年（813），此詩當為是年春，竇常赴朗州刺史任，途經松滋渡時所作。

②【增注】峽指三峽[四]，蓋江陵上通巴蜀。

【補注】離離，隱約貌。盧綸《奉和户曹叔夏夜寓直寄呈同曹諸公并見示》："亂螢光熠熠，行樹影離離。"

③【圓至】驛騎，見前注。【何焯】地惡。

　　【補注】程，指以驛站郵亭或其他停頓止宿地點爲起訖的行程段落。驛騎，乘馬送信、傳遞公文的人。《漢書·丙吉傳》：“嘗出，適見驛騎持赤白囊，邊郡發犇命書馳來至。馭吏因隨驛騎至公車刺取。”

　　④【圓至】三户亭，在南郡穰縣安密鄉，即南公所謂“楚雖三户，亡秦必楚”者也。【磧砂】楚有屈、景、昭三閭，故云“楚雖三户，亡秦必楚”。

　　⑤【圓至】癸巳，元和八年。【增注】癸巳年，以竇常之時考之，玄宗天寶十二年癸巳，至憲宗元和八年又是癸巳，又十餘年當敬宗寶曆[五]中，竇常爲國子祭酒，致仕卒。【何焯】年衰。○前此癸巳則天寶十二載也。【全唐詩】憲宗元和八年。

　　⑥【圓至】宋元嘉七年大水，武陵枉山陷。《湘州記》：“枉山在郡東十七里，今德山是。”屈原有《卜居》詞。【磧砂】柱山，在松滋，即江陵府西北，誤作“枉”。【何焯】山稱枉人，落句借以自訴也。○《水經注》：“沅水又東徑臨沅縣南，縣治武陵郡下，本楚之黔中郡，漢高祖二年割黔中故治爲武陵郡。沅水又東歷小灣，謂之枉渚，渚東里許便得枉人山。”不知何自訛爲“柱山”也？【全唐詩】湘州枉山，在郡東十七里，即今德山。

　　【補注】柱山，當作枉山，又名枉人山。在今湖南常德市東南十五里。《太平御覽》卷六五引《湘州記》：“枉山在郡東十七里，有枉水出焉。”《輿地紀勝》卷六八“荆湖北路·常德府·景物上”引《元和郡縣志》：枉山“一名善德山。在武陵縣東九里。此山本名枉山，開皇中刺史樊子蓋以善卷嘗居此山，名善德山”。郡舍，官署。

　　⑦【磧砂】謙曰：屈原卜居，憫時人之習安邪佞，違背正直也。此詩意謂：在朝之日，長詠《卜居》篇，而今幸得柱山當郡，差可慰之。

　　【補注】《楚辭·卜居》王逸注：“《卜居》者，屈原之所作也。屈原體忠貞之性，而見嫉妒；念讒佞之臣，承君順非，而蒙富貴。己執忠直而身放棄，心迷意惑，不知所爲。乃往至太卜之家，稽問神明，決之蓍龜，卜己居世何所宜行，冀聞異策，以定嫌疑。故曰卜居也。”

【校勘】

［一］何校題作《之任武陵寒食日途次松滋渡先寄劉員外禹錫》。

［二］得　元刊本、正統本作“在”，高本、四庫本作“有”，全唐詩校“一作在”。

［三］枉山　元刊本、正統本、明應本、磧砂本、高本、四庫本作“柱山”，何校“枉山”：“宋本《聯珠集》作‘枉山’”，全唐詩作“柱（一作枉，一作佳）山”。

［四］三峽　底本作“一峽”，據正統本、大系本改。

［五］寶曆　底本、正統本作“寶歷”，據大系本改。

鄂州寓嚴澗宅①

元　稹

鳳有高梧鶴有松②，偶來江外寄行蹤③。花枝滿院空啼鳥，塵榻無人憶卧龍④。心想夜閑[一]惟足夢，眼看春盡不相逢。何時最是思君處，月入斜窗曉寺鍾⑤。

【考證】

此詩見《全唐詩》卷四一四（P. 4581），題中“寓”後有“館”字，題下注“時澗不在”。

【注評】

①【補注】鄂州，隋改郢州置，治所在江夏縣（今武漢武昌區）。參見卷三盧綸《晚次鄂州》注①。楊軍《元稹集編年箋注·詩歌卷》（P. 941）：據《唐尚書省郎官石柱題名考》卷一五、卷二二、卷二五，澗曾任祠部員外郎、金部郎中、主客郎中。又御史臺碑額監察題名有嚴澗。或即其人。卞孝萱《元

積年譜》(P. 500)認為,此詩作于大和四年(830)暮春,元稹時在鄂州刺史任。

②【圓至】《韓詩外傳》曰:"鳳止黃帝東園,集梧桐,食竹實。"【何焯】反破"寓"字,來脈甚遠。

③【補注】江外,江南。從中原人看來,地在長江之外,故稱。《三國志·魏書·王基傳》:"而江外之郡不守。"

④【圓至】徐庶謂先主曰:"諸葛孔明,臥龍也。"

【補注】臥龍,喻隱居或尚未嶄露頭角的傑出人材。古代多以龍喻指皇帝或才俊之士。

⑤【何焯】前四句皆自言流落下國,無人援之,復入長安。後四句則言止一居停主人相為慰藉,又不在側,如逃空虛而不聞足音,尤可悲也。

【校勘】

[一] 閑　四庫本作"間"。

九日齊山登高①

杜　牧

江涵秋影鴈初飛②,與客攜壺上翠微③。人[一]世難逢開口笑④,菊花須插滿頭歸⑤。但將酩酊酬佳節⑥,不用登臨怨[二]落暉。古往今來只如此,牛山何必獨[三]沾衣⑦。

【考證】

此詩見《全唐詩》卷五二二(P. 5966),題中"齊山"作"齊安(一作齊山)"。

【注評】

①【圓至】齊山，在池州貴池縣南五里。王哲《齊山記》曰：“山有五十餘峰，其高等，故名齊山。”杜牧嘗守池。【增注】《續齊諧記》：“汝南桓景隨費長房遊學，長房謂曰：‘九月九日汝家有災，急令家人作絳囊，盛茱萸，繫臂登高山，飲菊花酒，可免。’景如其言，舉家登山。夕還，見雞犬牛羊一時暴死。長房曰：‘代之矣。’今人每至九日登高飲酒，蓋起於此。”

【補注】九日，指農曆九月九日重陽節。古人于此日登高遊宴，佩茱萸，賞菊插菊，飲菊花酒。參見卷一鄭谷《十日菊》注①。吳在慶《杜牧集繫年校注》(P. 372)云，《臨漢隱居詩話》：“池州齊山石壁有刺史杜牧、處士張祜題名。”據此，定為會昌五年(845)杜牧、張祜同遊齊山時作。

②【何焯】發端却暗藏一“怨”字。

③【圓至】《爾雅·釋山》曰：“山未及上曰翠微。”注曰：“一說山氣清縹色曰翠微。”

【補注】翠微，原指青翠掩映的山腰幽深處，或形容山光青翠縹緲。《爾雅·釋山》：“未及上，翠微。”郭璞注：“近上旁陂。”郝懿行義疏：“翠微者……蓋未及山頂，屛顏之間，葱鬱菳菳，望之殕殕青翠，氣如微也。”《文選》卷四左思《蜀都賦》：“鬱菳菳以翠微，崛巍巍以峨峨。”劉逵注：“翠微，山氣之輕縹也。”後亦泛指青山。

④【圓至】盗跖曰：“一月之間，開口而笑者，不過幾日。”

⑤【何焯】此句妙在不實接“登高”，撇開“怨”字，後半都一氣貫注。

【補注】吳在慶《杜牧集繫年校注》(P. 372)引馮集梧注：“崔寔《月令》：九月九日，可采菊花。《續神仙傳》：許碏插花滿頭，把花作舞，上酒家樓醉歌。”

⑥【增注】酩酊，甚醉貌。字亦作茗艼，晉山簡“茗艼無所知”。

⑦【圓至】牛山，在青州臨淄縣。《列子》：齊景公遊於牛山，臨其國城，流涕曰：“美哉，國乎！若何去此而死！”【增注】《孟子》：“牛山之木常美矣。”注：“齊之東南山也。”

【補注】《晏子春秋·景公登牛山悲去國而死晏子諫》：“景公遊于牛山，

北臨其國城而流涕曰：‘若何滂滂去此而死乎？’艾孔、梁丘據皆從而泣，晏子獨笑于旁。公刷涕而顧晏子，曰：‘寡人今日之遊悲，孔與據皆從寡人而涕泣，子之獨笑，何也？’晏子對曰：‘使賢者常守之，則太公、桓公將常守之矣；使勇者常守之，則莊公、靈公將常守之矣。數君者將守之，則吾君安得此位而立焉？以其迭處之，迭去之，至于君也，而獨為之流涕，是不仁也。不仁之君見一，諂諛之臣見二，此臣之所以獨竊笑也。’”

【校勘】

　　［一］人　磧砂本、全唐詩作“塵”。

　　［二］怨　全唐詩作“欸（一作恨）”。

　　［三］獨　磧砂本、全唐詩作“淚”，全唐詩校“一作獨”。

贈王尊師①

姚　合

　　先生自說瀛洲路②，多在青松白石間③。海岸夜中常[一]見日，仙宮深處却無山④。犬隨鶴去遊諸洞，龍作人來問大還⑤。今日偶聞塵外事，朝簪未擲復何顏⑥。

【考證】

　　此詩見《全唐詩》卷四九七（P. 5650）。

【注評】

　　①【補注】尊師，對道士的敬稱。王昌齡《武陵開元觀黃鍊師院三首》之一：“松間白髮黃尊師，童子燒香禹步時。”王尊師，待考。

　　②【圓至】東方朔《十洲記》曰：“瀛洲在東海東，上有聖芝靈草。”

【補注】瀛洲,傳説中的仙山。《列子·湯問》:"渤海之東不知幾億萬里……其中有五山焉:一曰岱輿,二曰員嶠,三曰方壺,四曰瀛洲,五曰蓬萊……所居之人皆仙聖之種。"

③【補注】白石,潔白的石頭。傳説仙人煮白石為食,參見卷五賈島《山中道士》注⑤。

④【磧砂】謙曰:上句可能,下句人寫不到。【何焯】"常見日",無昏曀之時;"却無山",遠險艱之境。正與蒙頭軟塵者苦樂相判,聞之而欣然規往者也。

⑤【圓至】《真仙傳》曰:"有小還丹、大還丹。"《舊史》曰:"高宗令劉道士合大還丹。"【增注】"犬隨鶴",漢淮南王劉安仙去,餘藥,雞犬舐之,亦得上昇。○"龍作人",晉孫思邈隱居終南山,時大旱,西域僧請於昆明池結壇祈雨,凡七日,池水縮數尺。龍化為老人,至孫室請救。孫就求仙方三十,乃授以大還之術。由是池水漲,龍得還生。【何焯】五、六反激朝簪未脱,自愧不如物類猶能隨之昇舉,冀聞道要爾。

【補注】大還,指大還丹,道教丹藥名。又稱九還金丹。李白《草創大還贈柳官迪》:"赫然稱大還,與道本無隔。"

⑥【圓至】左思《招隱》詩:"聊欲投吾簪。"注曰:"欲投棄冠簪而隱。"【增注】擲朝簪,擲,投也。卿大夫致仕閒散者,謂之投簪。魏胡昭應辟不仕,摯虞贊曰:"投簪卷帶,韜聲匿迹。"

【補注】朝簪,朝廷官員的冠飾。常用以借指京官。張説《襄州景空寺題融上人蘭若》:"何由侶飛錫,從此脱朝簪。"

【校勘】

　[一]常　磧砂本作"嘗"。

贈王山人①

許　渾

貰酒攜琴訪我頻②，始知城市[一]有閑人。君臣藥在寧憂病③，子母錢成豈患貧④。年長[二]每勞推甲子⑤，夜寒初共[三]守庚申⑥。近來聞説燒丹處，玉洞桃花萬樹春⑦[四]。

【考證】

此詩見《全唐詩》卷五三五（P.6103）。

【注評】

①【補注】山人，指仙家、道士之流。王山人，待考。

②【增注】貰，賒也。司馬相如以鷫鸘裘貰酒。

③【圓至】《本草》：“藥有君、臣、佐、使。”

【補注】君、臣、佐、使，中醫配方，針對病因或主症的主要藥物為君，輔助主藥發揮作用的藥物為臣，治療兼症或消除主藥副作用的藥物為佐，引藥直達病所或起調和諸藥作用的藥物為使。

④【圓至】《搜神記》：“青蚨似蟬稍大，生子草間，如蠶，取其子，母即飛來。以母血塗錢八十一文，子血塗錢八十一文，每市物，或先用母錢，或先用子錢，皆復飛回，循環無已。”

⑤【圓至】甲子，見前注。【增注】甲子，言時節也。《左傳·襄公三十年》：晉悼夫人食輿人之城杞者，絳縣老人與於食云云：“臣生之歲，正月甲子朔，四百有四十五甲子矣。”

【補注】推甲子，推算歲數。參見卷一許渾《送宋處士歸山》注③。

⑥【圓至】《洛中記異》曰：“道士程紫霄，有朝士夜會太乙觀，拉師共守庚申。”《酉陽雜俎》曰：“凡庚申日，三尸言人過。七守庚申，三尸滅。三守

庚申，三尸伏。”

【補注】守庚申，道士修養的方術之一。于庚申日通宵静坐不眠，故名。道教認為人身有三尸神，每至庚申日上天言人罪過，是日若清齋不寢，使之不能上天，則可避免。

⑦【何焯】第六句“初”字佳，反應上句“年長”，遂不似後人死對。落句收得渾成，一日丹成，更不問藥與錢，亦不慮年長也。【何焯門生】用去要他飛回，豈是高人道理？恐使事少欠斟酌。

【補注】燒丹，猶煉丹，指道教徒用朱砂煉藥，認為服之可以長生。玉洞，岩洞的美稱，亦指仙道或隱者的住所。

【校勘】

　　[一]市　全唐詩校“一作郭”。

　　[二]長　全唐詩校“一作老”。

　　[三]共　磧砂本作“起”。

　　[四]春　四庫本作“香”。

湘中[一]送友人①

李　頻②

　　中流欲暮見湘煙③，岸葦[二]無窮接楚田④[三]。去鴈[四]遠衝雲夢雪⑤[五]，離人獨上洞庭船⑥。風波盡日依山轉，星漢通宵[六]向水連⑦。零落梅花過殘臘[七]，故園歸去醉[八]新年⑧。

【考證】

　　此詩見《全唐詩》卷五八七（P. 6807），題中“中”作“口”。

【注評】

①【增注】湘中,潭州郡稱。

【補注】湘中,今湖南省中部偏東、湘水中下游地區的通稱。參見卷二熊孺登《祗役遇風謝湘中春色》注①。

②【圓至】字德義,睦州人。大中八年顏標榜進士。【增注】字德新,睦州壽昌人,一作遂安人。大中八年擢進士第,調秘書郎,為南陵主簿,判入等。再遷武功令,縣大治,懿宗嘉之,擢侍御史,累都官員外郎。乾符中以工部郎中表丐建州刺史,卒於官。娶姚合少監女。

【補注】吳在慶撰《中國文學家大辭典·唐五代卷》(P.329—330)“李頻”條云,頻(?—876),字德新,睦州壽昌(今浙江壽昌)人。少師里人方干為詩。大中八年擢進士第,授校書郎,受辟于黔中幕府,後官南陵主簿。試判入等,遷武功令。頻性耿介,剛直守正,頗有政聲。以此懿宗嘉之,賜以緋衣、銀魚,擢其為侍御史,累遷都官員外郎。乾符二年,表請為建州刺史。既至,更布條教,民賴以安。翌年,卒于任。歸葬永樂州,鄉人為立廟于梨山,歲時祭祠。頻工于詩,尤長于律絶。用心苦吟,工于雕琢,自言“只將五字句,用破一生心”(《北夢瑣言》卷七《韋杜氣概》)。與李群玉、薛能、鄭谷、許棠、張喬、許渾等交游、唱酬。《新唐書·藝文志》著録《李頻詩》一卷。今人方韋有《李頻詩集編年箋注》(中國文史出版社2014年版)。

③【何焯】目送。

④【補注】楚田,湘中一帶春秋、戰國時屬楚國,故稱。

⑤【圓至】雲、夢二澤在鄂州,雲澤在江北,夢澤在江南。

【補注】雲夢,亦作雲瞢,古藪澤名,本在今湖北江陵以東,江漢之間。晉以後的學者將古雲夢澤的範圍説到大江以南、漢水以北,把洞庭湖也包括在内,與漢以前記載不符,不足信據。《周禮·司馬·職方氏》:“正南曰荆州,其山鎮曰衡山,其澤藪曰雲瞢。”鄭玄注:“衡山在湘南,雲瞢在華容。”《方輿勝覽》卷二九“湖北路·岳州·山川”:“雲夢澤……《漢陽圖經》:‘雲在江之北,夢在江之南。’”衝雪,冒雪。

⑥【磧砂】敏曰:“離人獨上洞庭船”七字,含蓄無限情思。細觀其妙,洞

庭渺渺,煙波孤棹,當其天涯落落,行李長征,只用"獨上"二字襯出。

【補注】離人,離別的人。陶淵明《贈長沙公并序》:"敬哉離人,臨路凄然。"洞庭,在湖南省北部、長江南岸。面積 2820 平方公里,為我國第二大淡水湖,素有"八百里洞庭"之稱。湘、資、沅、澧四水匯流于此,在岳陽縣城陵磯入長江。湖中小山甚多,以君山最為著名。沿湖有岳陽樓等名勝古迹。

　　⑦【補注】星漢,天河、銀河,由大量恒星構成的銀白色光帶。曹操《步出夏門行》:"日月之行,若出其中;星漢粲爛,若出其裏。"通宵,整夜。陳伯海主編《唐詩彙評》(P. 2654—2655):《刪訂唐詩解》卷二一:吳昌祺:"五、六言洞庭之遠而闊。"

　　⑧【何焯】發端畫出"獨"字,第三用反襯,為添豪,極貌孤窮之況。"偏"字折落,愈不堪而有力矣。○送歸詩。六句劇道行路險艱,落句忽然翻轉,可謂蹈險爭奇手也。

【補注】殘臘,農曆年底。臘,歲末,因臘祭而得名,通指農曆十二月或泛指冬月,常與"伏"相對。參見卷二劉言史《過春秋峽》注④。陳伯海主編《唐詩彙評》(P. 2655):《貫華堂選批唐才子詩甲集七言律》卷七下:"'風波盡日',是寫洞庭船晝行;'星漢通宵',是寫洞庭船夜行。七、八言如此晝夜兼行,則冬春之交必得到家,然而獨奈我何哉!"

【校勘】

　　[一]湘中　磧砂本校"一作湖口"。

　　[二]岸葦　磧砂本、全唐詩作"葦岸"。

　　[三]田　磧砂本作"天",全唐詩校"一作天"。

　　[四]去鴈　圓校"作落雁者非,今從本集"。

　　[五]雪　圓校"雪,或作澤者非,今從本集",全唐詩校"一作澤"。

　　[六]宵　全唐詩作"霄"。

　　[七]零落梅花過殘臘　圓校、全唐詩校"一作回首羨君偏有我",何批"回首羨君偏有我"。

　　［八］去醉　　何校"醉又"，全唐詩作"醉及（一作去醉，一作去又）"。

元達上人種藥①

皮日休②

　　雨滌煙鋤偃破籬[一]，紺芽[二]紅甲兩三畦③。藥名却笑桐君少④，年紀翻嫌竹祖低⑤。白石净[三]敲蒸术火⑥，清泉閑洗種花泥。怪來昨日[四]休持鉢⑦，一尺雕胡似掌齊⑧。

【考證】

　　此詩見《全唐詩》卷六一三（P. 7078），為《重玄寺元達年逾八十，好種名藥，凡所植者多至自天台、四明、包山、句曲，叢翠紛糅，各可指名。余奇而訪之，因題二章》之一。

【注評】

　　①【補注】上人，對和尚的尊稱。元達上人，待考。

　　②【圓至】字襲美，一字逸少，襄陽人。咸通八年鄭弘業榜進士。【增注】字襲美，一[五]字逸少，襄陽人。咸通八年登進士第，一云咸通中為太常博士。遭亂歸吳中，黃巢寇江浙，劫以從軍，至京師以為偽翰林學士，令作讖。

　　【補注】吳在慶撰《中國文學家大辭典・唐五代卷》（P. 155）"皮日休"條云，日休（834？—883？），字逸少，後字襲美，襄陽竟陵（今湖北天門）人。出身貧寒，初隱居鹿門山，自稱鹿門子。嗜酒、癖詩，又自號醉吟先生、醉士。咸通七年，射策不第，退于肥陵，編其詩文為《皮子文藪》。八年，登進士第。翌年遊蘇州。十年蘇州刺史崔璞辟為軍事判官。與陸龜蒙等結為詩友，唱酬頗多。陸龜蒙編唱和聯句詩為《松陵集》。後入京為著作郎，遷太常博士,又出為毗陵副使。黃巢起義,入黃巢軍。廣明元年十二月,隨軍入長安,授翰林學士,約卒于中和三年。日休之死,衆説紛紜。一説因作讖文譏刺黃巢,為巢所殺;一説巢兵敗,為唐王朝所害;一説巢敗後流落江南病死;又有以為巢敗後,日休逃至會稽依錢鏐,死于杭州者。日休為晚唐著名詩人及散文家,與陸龜蒙齊名,世稱"皮陸"。為詩主張"詩之美也,聞之足以勸乎功;詩之刺也,聞之足以戒乎政"(《正樂府十篇》序)。胡震亨謂其"未第前詩,尚樸澀無采。第後遊松陵,如太湖諸篇,才筆開橫,富有奇豔句矣。律體刻畫堆垛,諷之無音,病在下筆時先詞後情,無風骨為之幹也"(《唐音癸籤》卷八)。所著頗多。《新唐書·藝文志》著録《皮氏鹿門家鈔》九十卷、《皮日休集》十卷、《胥臺集》七卷、《文藪》十卷、詩一卷,與陸龜蒙唱和之《松陵集》十卷。今人靳進有《皮日休詩文集校注》(湖北科學技術出版社 2014年版)。

　　③【補注】煙鋤,冒着煙霧鋤草、鬆土。偃,倒伏。《尚書·金縢》:"秋,大熟,未穫。天大雷電以風,禾盡偃。"紺,深青透紅之色。甲,草木萌芽時的外殼。《易·解》:"雷雨作而百果草木皆甲坼。"畦,用作田地的量詞。《漢書·循吏傳·龔遂》:"勸民務農桑,令口種一樹榆……一畦韭,家二母彘、五雞。"

　　④【圓至】桐君山,在嚴州。有人采藥,結廬桐木下,指桐為姓,故山得名。陶隱居《本草序》有《桐君藥録》。詩意謂:桐君所録,不如上人種者之多。

　　【補注】桐君,傳説為黃帝時醫師,識草、木、金、石性味,定三品藥物,立醫方君、臣、佐、使理論。曾采藥于浙江省桐廬縣的東山,結廬桐樹下。人問其姓名,則指桐樹示意,遂被稱為桐君。民間奉為藥王。陶弘景《本草序》:"又云,有桐君《採藥録》,説其花葉形色。"《隋書·經籍志三》載《桐君藥録》三卷。

　　⑤【圓至】《竹譜》云:"竹祖,最初所種之竹。"唐人詩有"祖竹叢新笋",又"祖竹護龍孫"。【增注】《漢武帝内傳》:"封君達,隴西人,號青牛師,服水銀。百餘年還鄉里,如二十人。常乘青牛,路上有死者,便以竹管藥救之,或下針應手皆活,人呼為竹祖。"

【補注】《後漢書·方術列傳下》李賢等注引《漢武帝內傳》云："封君達……聞有病死者，識與不識，便以要間竹管中藥與服，或下針，應手皆愈。不以姓名語人……二百餘歲乃入玄丘山去。"無增注所謂人呼封君達為"竹祖"語，或其所據版本與此不同。

⑥【圓至】祖微夫人《服术序》云："察草木之益己者，並不及术。古人名為山精之卉，山薑之精。"

【補注】敲火，敲擊火石以取火。韓愈《石鼓歌》："牧童敲火牛礪角，誰復著手爲摩挲。"因火石色彩略白，故稱白石；又傳說仙人煮白石為食，參見卷五賈島《山中道士》注⑤。术，多年生草本，有白术、蒼术等數種，根莖可入藥。傳說食之可以延年益壽。《爾雅·釋草》："术，山薊。"郭璞注："《本草》云：术，一名山薊。今术似薊而生山中。"邢昺疏："陶注云：有兩種，白术葉大有毛，甜而少膏；赤术葉細小，苦而多膏是也。"嵇康《與山巨源絕交書》："又聞道士遺言，餌术黃精，令人久壽，意甚信之。"

⑦【圓至】僧律："持鉢乞食。"【何焯】略補"上人"。

【補注】怪來，難怪。鉢，梵語鉢多羅（pātra）的省稱。意為"應器"，僧人食具。底平，口略小，形圓稍扁。用泥或鐵等製成。《晉書·藝術傳·佛圖澄》："澄即取鉢盛水，燒香咒之。"

⑧【圓至】《本草》："菰米臺中黑者謂之茭烏，結實乃雕胡黑米。"【磧砂】雕胡，胡麻也，實可為飯。

【補注】雕胡，指茭白。參見卷四李嘉祐《自蘇臺至望亭驛人家盡空》注②。此聯意謂上人種有雕胡，足以為食，自然不用持鉢化緣。

【校勘】

［一］偃破籬　全唐詩作"傴僂賣（一作偃破籬）"。

［二］芽　全唐詩作"牙"。

［三］净　全唐詩作"靜"。

［四］日　磧砂本作"夜"。

［五］一　底本空一格，據正統本、大系本補。

已前共九首[一]

【校勘】

　　[一] 此條底本、詩説本脱，據正統本、明應本補；又何焯在卷末計本卷詩數云“四十一首”。

唐詩三體家法卷四

前虛後實

周弼曰：其說在五言，但五言人多留意於景聯、頷聯之分，或守之太過。至七言則自廢其說，音節諧婉者甚寡，故標此以待識者①。

【注評】

① 【磧砂】起、結另有說。

黃鶴樓①

崔　顥②

昔人已乘白雲[一]去，此[二]地空餘[三]黃鶴樓③。黃鶴一去不復返，白雲千載空悠悠④。晴川歷歷漢陽樹[四]，芳[五]草萋萋[六]鸚鵡洲⑤。日暮鄉關何處是[七]，煙[八]波江上使人愁⑥。

【考證】

此詩見《全唐詩》卷一三〇(P. 1329)。

【注評】

①【圓至】在鄂州。【增注】在鄂州子城西北隅黃鶴山上。張南軒云：“黃鶴樓，以山得名也。”

【補注】黃鶴樓，在今武漢武昌蛇山黃鶴磯（又名黃鶴山、黃鵠磯等）頭。相傳三國吳黃武二年建。一說因山得名。《方輿勝覽》卷二八“湖北路・鄂州・樓亭”：黃鶴樓“在子城西南隅黃鶴山上。此樓因山得名，蓋自南朝已著矣”。一說因仙人駕鶴過此，因而得名。《南齊書・州郡志下・郢》：“夏口城據黃鵠磯，世傳仙人子安乘黃鵠過此上也。邊江峻險，樓櫓高危，瞰臨沔、漢。”《太平寰宇記》卷一一二“江南西道十・鄂州・江夏縣”云，“昔費褘登仙，每乘黃鶴於此樓憩駕”，故名。

②【圓至】開元十一年源少良榜進士，累官至司勳員外，天寶十三年卒。【增注】汴州人。開元擢進士第。才俊無行，好蒲飲，娶妻惟擇美者，不愜即去之者三四。終司勳員外郎。

【補注】吳企明撰《中國文學家大辭典・唐五代卷》（P.717—718）“崔顥”條云，顥（？—754），汴州（今河南開封）人。早有才名。開元十一年進士及第。開元中，嘗遊江南。開元後期，為代州都督杜希望所器重，引至門下，以監察御史任職河東軍幕（崔顥《結定襄郡獄效陶體》），得以“一窺塞垣”。大寶初，任太僕寺丞，後改司勳員外郎。十三載卒。崔顥“名重當時”（《新唐書・杜佑傳》），與盧象、嚴挺之有交往。芮挺章選其詩七首入《國秀集》；殷璠選其詩十一首入《河岳英靈集》，評曰：“顥少年為詩，屬意浮艷，多陷輕薄，晚節忽變常體，風骨凜然，一窺塞垣，說盡戎旅。”（卷下）《新唐書・藝文志》著錄《崔顥詩》一卷。今人萬竟君有《崔顥詩注・崔國輔詩注》（上海古籍出版社1982年版）。

③【圓至】《齊諧志》：“黃鶴山者，仙人子安乘黃鶴過此，上有黃鶴樓。”【磧砂】費文褘登仙，駕黃鶴返憩于此。

【補注】白雲，一作黃鶴。陳增傑《唐人律詩箋注集評》（P.140）云：“當從作‘黃鶴’為是。金聖歎《選批唐詩》、李鍈《詩法易簡錄》、紀昀《瀛奎律髓刊誤》、高步瀛《唐宋詩舉要》皆已論及。金云：‘有本乃作“昔人已乘白雲去”，大謬！不知此詩正以浩浩大筆連寫三“黃鶴”字為奇耳。’試詳論之。其一，‘白雲’不合典實。所傳仙人王子安、費文禕並駕黃鶴，無乘白雲事。其二，從意思講，第三句‘黃鶴一去’正承首句‘黃鶴去’説下（‘去’字重得有義味）。若作‘白雲’，則前後意不相貫，下面‘空餘’‘不返’均無着落；而且這樣一來，‘三句“黃鶴”不得説“去”，而四句“白雲”何反言“千載悠悠”耶’（李鍈語）？語多乖違。其三，從章法講，前三句疊用‘黃鶴’，第四句始接出‘白雲’，‘有題外突入之妙’，讀之眼目一新；以虛（黃鶴，虛象）襯實（白雲，實景），筆意跌宕，境象最為超邁。若首句即出‘白雲’，第四句的‘白雲’就顯得重複乏味，前半篇失却奇警，真成‘化神奇為腐朽’了。魏伯子云：‘後之俗人病其不對，改首句“黃鶴”為“白雲”，作雙起雙承之體，詩之板陋固不必言。’（《詩法易簡録》卷十一引）其四，李白《鸚鵡洲》詩係仿此而作，前半云：‘鸚鵡東過吳江水，江上洲傳鸚鵡名。鸚鵡西飛隴山去，芳洲之樹何青青。’起三句亦三疊‘鸚鵡’字，正可佐證崔詩章法。”

④【何焯】第四用《穆天子傳》“白雲在天，山陵自出，道里悠遠，山川間之”，即帶起五、六也。

【補注】悠悠，動盪、飄忽不定貌。

⑤【圓至】黃祖殺禰衡，埋於洲上，後人號曰鸚鵡洲，以衡嘗為《鸚鵡賦》。【磧砂】漢陽在大江北，與武昌相對，鸚鵡洲在江中。魏禰衡為黃祖客，大宴賓客，有獻鸚鵡者，令正平賦之。迨後殺正平於其上，因名。

【補注】晴川，晴天下的江面。袁嶠之《蘭亭詩二首》之二：“四眺華林茂，俯仰晴川渙。”歷歷，清晰貌。《古詩十九首·明月皎夜光》：“玉衡指孟冬，衆星何歷歷。”漢陽，鄂州屬縣，治所在鳳棲山（今武漢市漢陽區）。參見卷三盧綸《晚次鄂州》注②。萋萋，草木茂盛貌。鸚鵡洲，在今武漢西南長江中。相傳東漢末江夏太守黃祖長子射在此大會賓客，有人獻鸚鵡，禰衡作《鸚鵡賦》，故名。後衡為黃祖所殺，葬此。自漢以後，由於江水冲刷，屢被浸没，今鸚鵡洲已非宋以前故地。馬茂元《唐詩選》（P. 158）：“《楚辭·招隱士》：‘王孫遊兮不歸，春草生兮萋萋。’下句即景生情，化用成語，興起下文‘日暮鄉關’之感。”又《古詩十九首·涉江采芙蓉》：“涉江采芙蓉，蘭澤多芳草。采之欲遺誰,所思在遠道。還顧望舊鄉,長路漫浩浩。同心而離居,憂傷以終老。"陳增傑《唐人律詩箋注集評》(P.136):"宋張舜民《郴行録》云:'(黃鶴樓)下枕大江,對瞰漢陽,江中即鸚鵡洲,黃祖沉禰衡之所。上接湖湘,下臨沔漢,乃古今絶景也。'……何孟春《餘冬詩話》卷下謂此聯得謝脁名句'雲中辨江樹'的意境。明時于龜山東端建晴川閣,即取崔詩命名。"

⑥【增注】《詩話》:"煙波江在江夏西北,屬漢陽縣。"【磧砂】舊注:"前四句序樓之所由成,後四句寓感慨意。"敏按,李太白見此作曰"眼前有景道不得,崔顥題詩在上頭",欲擬之以較勝負,乃作《鳳凰臺》及《鸚鵡洲》詩,堪為敵手。格調相同,意亦相類,真一時登臨高興流出,未必嘗有此作也。今細求之,一氣渾成,律中帶古,自不必言。即"晴川"二句,清迴絶倫,他再有作,皆不過眼前景矣。包涵甚遠,而且移易不動;寄託自深,而且痕迹俱消,所以獨步千古乎!【何焯】此篇體勢可與老杜《登岳陽樓》匹敵。

【補注】鄉關,猶故鄉。《陳書·徐陵傳》:"瞻望鄉關,何心天地?"陳增傑《唐人律詩箋注集評》(P.138、139):《唐七律選》卷二:"此律法之最變者,然係意興所至,信筆抒寫而得之,如神駒出水,任其蹀躞,無行步工拙,裁摩擬便惡劣矣。前人品此為唐律第一,或未必然,然安可有二也。"《養一齋詩話》卷八:"崔詩萬難嗣響。崔詩之妙,殷璠所謂'神來、氣來、情來'者也。"

【校勘】

[一]白雲　全唐詩校"一云作黃鶴"。

[二]此　全唐詩校"一作兹"。

[三]餘　全唐詩校"一作留"。

[四]樹　全唐詩校"一作戍"。

[五]芳　全唐詩作"春(一作芳)"。

[六]萋萋　正統本、明應本作"淒淒",全唐詩校"一作青青"。

[七]是　全唐詩校"一作在"。

[八]煙　底本作"湮",似為"煙"殘版所致,據元刊本、正統本、明應本、磧砂本、高本、四庫本、全唐詩改。

自蘇臺至望亭驛人家盡空①[一]

李嘉祐

南浦菰蒲[二]覆白蘋②，東吳黎庶逐黃巾③。野棠自發空流[三]水④，江燕初歸[四]不見人⑤。遠樹[五]依依如送客，平田渺渺獨傷春⑥。那堪回首長洲苑⑦，烽火年年報虜[六]塵⑧。

【考證】

此詩見《全唐詩》卷二〇七（P. 2162），題末多"春物增思，悵然有作，因寄從弟紓"十三字；又見卷五〇五（P. 5742），屬郭良驥，題作《自蘇州至望亭驛有作》（一作李嘉祐詩）。此詩《文苑英華》卷二九八、《唐百家詩選》卷六、《吳都文粹》卷一〇、《瀛奎律髓》卷三二、《唐詩鼓吹》卷五俱署李嘉祐。《唐詩紀事》重出：卷二六李紓下錄此詩，屬李嘉祐；卷五〇又屬郭良驥，題作《自蘇州至望亭驛有作》，計有功在詩後按云："觀詩所載，疑李錡叛時事也。"《全唐詩話》卷四郭良驥下亦收，題同《唐詩紀事》卷五〇。吳汝煜撰《中國文學家大辭典·唐五代卷》"郭良驥"條（P. 664）云："李錡之叛，平息甚速，與'烽火年年'不合；'黃巾'係指農民起義，與李錡之以宗室叛亦不符。計氏之説非是。"佟培基《全唐詩重出誤收考》（P. 162）云，詩中"黃巾""虜塵"等當指浙東袁晁農民起義。參見卷三李嘉祐《早秋京口旅泊》。郭良驥生平事迹不詳。李嘉祐曾任台州刺史，與此詩所述地、事相合。又一本詩題言及"從弟紓"，與嘉祐詩《元日無衣冠入朝，寄皇甫拾遺冉、從弟補闕紓》亦相符。可見，此詩當爲李嘉祐作。

【注評】

①【圓至】《青箱記》："蘇州有姑蘇臺，故謂之蘇臺。"

【補注】蘇臺，即姑蘇臺，又名胥臺。在蘇州西南姑蘇山上。相傳爲春秋時吳王闔廬所築,夫差于臺上立春宵宮,作長夜之飲。越國攻吳,吳太子友戰敗,遂焚其臺。《太平寰宇記》卷九一"江南東道三·蘇州·吳縣":"姑蘇臺,吳王夫差為西施造,以望越。按《吳地記》云:'闔閭十一年起臺于胥門姑蘇山,山南造九曲路,高三百尺。'……故太史公云:'登姑蘇,望五湖。'即此。"這裏借指蘇州。望亭驛,又名御亭驛。在今蘇州西北望亭鎮,三國吳孫權所立。《晉書·王舒傳》:東晉咸和三年蘇峻之亂,王舒假顧颺"監晉陵軍事,於御亭築壘"。《太平寰宇記》卷九二"江南東道四·常州·無錫縣":"御亭驛,在州東南一百三十八里。《輿地志》云:'御亭,在吳縣西六十里。吳大帝所立。'梁庾肩吾詩云:'御亭一回望,風塵千里昏。'即此也。開皇九年置為驛,十八年改為御亭驛,李襲譽改為望亭驛。"人家,民家,民宅。《史記·六國年表》:"《詩》《書》所以復見者,多藏人家,而史記獨藏周室,以故滅。"此詩當作于寶應二年(762)春浙東袁晁起義之時。

②【補注】南浦,南面的水邊。後常用稱送別之地。《楚辭·九歌·河伯》:"子交手兮東行,送美人兮南浦。"菰蒲,菰和蒲。菰,多年生草本植物,生長在池沼裏,地下莖白色,地上莖直立,開紫紅色小花。嫩莖的基部經某種菌寄生後,膨大,即平時食用的茭白。果實狹圓柱形,名菰米,一稱雕胡米,可以作飯。蒲,又名香蒲、蒲草。多年生草本植物。生長在水邊或池沼內。葉狹長,夏季開花,雌雄花穗緊密排列在同一穗軸上,形如蠟燭,有絨毛,可做枕頭芯;葉片可編織席子、蒲包、扇子。花粉稱蒲黃,用為止血藥。白蘋,水生草本植物,夏秋開小白花。參見卷一李群玉《南莊春晚》注②。

③【圓至】漢靈帝中平元年,鉅鹿人張角自稱黃天[七],其部有三十六萬[八],皆著黃巾,同日反叛。嘉祐玄、肅時人,此詩蓋作於劉展、張景起亂,浙西平盧軍大掠之後。【增注】東吳,即蘇州。《史記》:"武王得仲雍曾孫周章,封之東吳。"【磧砂】故以黃巾比之,不敢斥言軍掠也。

【補注】黎庶,黎民。《史記·孟子荀卿列傳》:"若《大雅》整之於身,施及黎庶矣。"黃巾,東漢末年張角領導的農民起義軍,因頭包黃巾而得名。《後漢書·皇甫嵩傳》:張角等"知事已露,晨夜馳敕諸方,一時俱起。皆著黃巾為摽幟,時人謂之'黃巾'"。這裏借指袁晁農民起義軍。陳增傑《唐人律詩箋注集評》(P. 482)：“東吳，指今蘇南、浙北一帶地區……逐黃巾，廖文炳云：言‘東吳黎庶盡逐而為黃巾之盜’(《唐詩鼓吹注解》卷五)。近人注本亦釋云：‘逐，跟隨。’引《資治通鑑·肅宗寶應元年》‘台州賊帥袁晁攻陷浙東諸州，改元寶勝，民疲於賦斂者多歸之’，言東吳百姓歸隨黃巾（起義軍）。按：此釋似未合詩意。此言東吳人民盡被召募于征討黃巾的戰事。作者《南浦渡口》詩：‘寡婦共(供)租稅，漁人逐鼓鼙。’‘逐’字用法同。”

④【圓至】謂棠花無人，空流於水也。

【補注】野棠，即棠梨，參見卷一劉商《送元史君自楚移越》注⑤。

⑤【磧砂】郝天挺注曰：“‘江燕初飛不見人’，即元嘉時‘春燕歸來，巢於林木’意。”

【補注】陳增傑《唐人律詩箋注集評》(P. 482)：“《唐詩鼓吹》卷五郝天挺注引宋元嘉二十八年魏軍南侵，‘殺掠不可勝計’；‘所過郡縣，赤地無餘，春燕歸來，巢於林木’。不見人，不見舊日主人。”《詩境淺說·丙編》：“四句言江燕歸來，更無棲處，則人家之寥落可知。宋元嘉兵燹後，歸燕巢于林木。亂離景象，今古同之。”

⑥【補注】依依，輕柔披拂貌。《詩經·小雅·采薇》：“昔我往矣，楊柳依依；今我來思，雨雪霏霏。”渺渺，悠遠貌。《管子·內業》：“渺渺乎如窮無極。”尹知章注：“渺渺，微遠皃。”傷春，因感觸春色而憂傷苦悶。司空曙《送鄭明府貶嶺南》：“青楓江色晚，楚客獨傷春。”陳伯海主編《唐詩彙評》(P. 853)：《貫華堂選批唐才子詩甲集七言律》卷五上：“看他‘依依’字，虛寫送客之樹；‘渺渺’字，實爲(寫)無耕之田。妙！妙！”

⑦【圓至】見前注。

【補注】那堪，怎堪，怎能禁受。李端《溪行逢雨寄柳中庸》：“那堪兩處宿，共聽一聲猿。”長洲苑，故址在今蘇州西南、太湖北。春秋時為吳王闔閭遊獵處。參見卷二杜牧《懷吳中馮秀才》注①。

⑧【增注】烽火，唐鎮戍烽候所至，大率相去三十里。其逼邊者，築城以置之。其放煙，有一炬、二炬、三炬、四炬。每日初夜舉一炬，謂之平安火。餘則隨賊多少而為差。又詳見前《過蕭關》詩。○年年虜塵，是時安史反

叛[九]，後復有吐蕃、回紇等亂。

【補注】烽火，古時邊防報警的煙火。《史記·周本紀》：“有寇至則舉烽火。”虜塵，指敵寇或叛亂者的侵擾。王維《涼州賽神》：“涼州城外少行人，百尺峰頭望虜塵。”《詩境淺説·丙編》：“末句言舊苑長洲，虜塵未息，當日繁華，不堪回首矣。”陳伯海主編《唐詩彙評》（P. 853）：《山滿樓箋注唐詩七言律》卷三：“此舟行紀事之作。通篇只寫得‘不見人’三字，而此三字却第四句末輕輕帶出，奇矣。其所以不見人者，惟‘逐黃巾’之故，然則‘東吳’句乃是一篇之主……‘年年’字最慘，如此景色，如此情事，一年已不堪矣，況年年乎？嗟夫，爾日之黎庶，寧尚有生理哉！”

【校勘】

　　［一］磧砂本題末多“春物增思悵然有作”八字。

　　［二］蒲　全唐詩作“蔣”。

　　［三］流　全唐詩作“臨（一作流）”。

　　［四］歸　磧砂本作“飛”。

　　［五］樹　全唐詩作“岫（一作樹）”。

　　［六］虜　高本作“鹵”，何校“虜”。

　　［七］天　底本作“巾”，據詩説本、正統本、明應本改。

　　［八］万　底本作“方”，據詩説本、正統本、明應本改。

　　［九］叛　底本、正統本作“版”，據大系本改。

與僧話舊①

劉　滄

巾鳥同時下翠微②，舊遊因話事多違。南朝古寺幾僧在③，西[一]嶺空林惟鳥歸。莎徑晚煙凝竹塢，石池春色[二]染苔衣④。此時相見又相別,即是關河朔鴈飛⑤。

【考證】

此詩見《全唐詩》卷五八六(P. 6796—6797)。

【注評】

①【何焯】會昌廢寺後詩。

【補注】話舊,敍談往事、舊誼。李益《下樓》:"話舊全應老,逢春喜又悲。"

②【增注】蔡邕《獨斷》曰:"古幘無巾。王莽頭禿,乃始施巾。"又東坡《巾》詩云:"轉覺周家新樣俗。"注:"頭巾起自後周。"舄,複底曰舄。

【補注】巾,頭巾。舄,鞋的通稱。《漢書·東方朔傳》:"身衣弋綈,足履革舄。"巾舄,這裏指穿戴着巾舄。翠微,原指青翠掩映的山腰幽深處,或形容山光青翠縹緲。後亦泛指青山。參見卷三杜牧《九日齊山登高》注③。

③【增注】南朝寺,《西嶺》坡詩:"欲款南朝寺。"注:"山中寺,多是六朝行宮。又吳孫權有故宮苑,在武昌。"

【補注】南朝,南北朝時期,據有江南地區的宋、齊、梁、陳四朝的總稱。其時君主大多崇佛,所建佛寺頗多。參見杜牧《江南春》④。

④【圓至】《爾雅》曰:"苔,水衣也。"

【補注】莎,即莎草,多年生草本植物。參見卷五張祜《惠山寺》注⑤。竹塢,竹林茂盛的山塢。李德裕《重憶山居六首》之一《平泉源》:"逶迤過竹塢,浩淼走蘭塘。"苔衣,泛指苔蘚。謝靈運《嶺表賦》:"蘿蔓絶攀,苔衣流滑。"

⑤【補注】關河,關山河川。《後漢書·荀彧傳》:"此實天下之要地,而將軍之關河也。"朔雁,指北地南飛之雁。謝靈運《撰征賦》:"眷轉蓬之辭根,悼朔雁之赴越。"

【校勘】

　　〔一〕西　全唐詩校"一作北"。

　　〔二〕色　元刊本、正統本、明應本、磧砂本、高本、四庫本作"水"。

長洲懷古①

　　野燒空原[一]盡荻灰②，吳王此地有樓臺③。千年事往人何在，半夜月明潮自來④。白鳥影從江樹沒，清猿聲入楚雲哀⑤。停車日晚薦蘋藻⑥，風靜寒塘花正開⑦。

【考證】

　　此詩見《全唐詩》卷五八六（P.6787）。

【注評】

　　①【圓至】題見前注。【增注】《吳地志》："長洲，在姑蘇南太湖北，吳王闔閭所遊處也。"【何焯】縮作絕句便佳。

　　【補注】長洲，古苑名，故址在今蘇州西南、太湖北。春秋時為吳王闔閭遊獵處。參見卷二杜牧《懷吳中馮秀才》注①。

　　②【磧砂】燒，去聲，燎原之火曰燒。

　　【補注】野燒，猶野火。嚴維《荊溪館呈丘義興》："野燒明山郭，寒更出縣樓。"荻，多年生草本植物，與蘆同類。參見卷三劉禹錫《西塞山》注⑧。

　　③【圓至】《越絕書》曰："吳王闔廬起姑蘇臺，三年聚材，五年乃成，高見三百里。"

　　【補注】陳伯海主編《唐詩彙評》（P.2647—2648）：《貫華堂選批唐才子詩甲集七言律》卷七下："此落手七字最奇，意欲先寫'空原'，直空到盡情，便只荒荒一點蘆荻亦不存留，都付野燒盡燒作灰。夫而後翻手掉筆，焕然點出'吳王''樓臺'四字,使人讀之,別自心眼閃爍,不復作通套滄桑語過目也。"《瀛奎律髓彙評》卷三"懷古類":何焯:"首聯倒出,有力。"

④【補注】陳伯海主編《唐詩彙評》(P. 2647):《山滿樓箋注唐詩七言律》卷五:"三言驕主之聲靈銷亡已久,四言忠臣之精魄激烈猶初;蓋'人何在'明指吳王,'潮自來'暗伏子胥也:作如是觀,則題中'懷古'二字方不落空……七蘋蘩之薦,殆為何人?恐非伍大夫無足以當之者。"相傳吳相伍子胥因忠言進諫被吳王賜死,投尸江中,化為潮(濤)神。參見卷四李紳《欲到西陵寄王行》注⑤。

⑤【何焯】五、六説得曠遠,方是極荒寒也。

【補注】江樹,長洲在江水中,故云。楚雲,楚天之雲。陳伯海主編《唐詩彙評》(P. 2647—2648):《山滿樓箋注唐詩七言律》卷五:"五、六換筆重寫見景:五是見之遠,六是聽之高。"《一瓢詩話》:"《長洲懷古》用'清猿',人議其背題,不知楚為吳破,正可借以形喻。"

⑥【圓至】《左傳》:"蘋蘩荇藻之菜,可薦於鬼神。"【增注】"薦蘋藻",祭吳王墓也。墓在虎丘山下。《左傳》注:"薦,祭也。"

【補注】薦,祭祀時陳獻供品。蘋,水生草本植物,夏秋開小白花。參見卷一李群玉《南莊春晚》注②。藻,指藻類植物。

⑦【磧砂】謙曰:五、六句雖即景而言,然上句即喻吳王之業不復見,下句即喻吳朝之事為可哀也。【何焯】結句變,亦反形之也。

【補注】陳伯海主編《唐詩彙評》(P. 2647—2648):《東嵒草堂評訂唐詩鼓吹》卷五:朱三錫:"五六雖即景而言,已具無限傷今吊古之意。眼望寒塘日晚,風猶昔日之風,花猶昔日之花,而樓臺終歸無有,惟有'野燒空原'而已。"

【校勘】

[一] 空原　全唐詩作"原空"。

煬帝行宮①

　　此地曾經翠輦過，浮雲流水竟如何②。香銷南國美人盡，怨入東風芳草多③。殘柳宮前空露葉④，夕陽江[一]上浩煙波⑤。行人遙起廣陵思，古渡月明聞棹歌⑥。

【考證】

　　此詩見《全唐詩》卷五八六（P.6787），題首多"經"字。

【注評】

　　①【圓至】見前注。【增注】隋煬帝開汴河泛艦，為江都之遊。項昇進新宮圖，帝愛之，即圖營建。【何焯】句句事實，絕不繁釀，又一格。

　　【補注】煬帝，即隋朝第二代皇帝楊廣。行宮，古代京城以外供帝王出行時居住的宮室。《文選》卷五左思《吳都賦》："鳥聞梁岷有陟方之館，行宮之基歟？"李善注："天子行所立，名曰行宮。"煬帝好四出巡遊，自長安至揚州置行宮四十餘所。參見卷一鮑溶《隋宮》注①和④。

　　②【補注】翠輦，飾有翠羽的帝王車駕。《北史・突厥傳》："啓人奉觴上壽，跪伏甚恭。帝大悅，賦詩曰：'鹿塞鴻旗駐，龍庭翠輦回。'"陳增傑《唐人律詩箋注集評》（P.924）："'浮雲'句，前後兩截意，隋朝帝業和當日繁華已如浮雲流水；'竟如何'三字啓下，謂現今行宮風景怎樣，轉出下文。'竟'字含感歎意。"

　　③【圓至】煬帝在江都，盛集美女，有終身不得幸，怨而作詩自縊者。【磧砂】次聯詞意極其俊逸。【何焯】第四暗藏遊而不歸，乃只為南國佳人致此，敘致諷刺，淡而愈刻。

　　【補注】南國，泛指我國南方。《楚辭・九章・橘頌》："受命不遷，生南國兮。"王逸注："南國，謂江南也。"

【補注】陳伯海主編《唐詩彙評》（P. 2648—2649）：《山滿樓箋注唐詩七言律》卷五：“美人盡處，香易銷而怨難銷，對此春來碧色、一望淒淒者，知其為當年餘恨之所積也。此種思致，真在筆蹊墨徑之外，非尋常學力所能到。”

④【圓至】見前注。

⑤【補注】浩，盛大密集貌。陳伯海主編《唐詩彙評》（P. 2648）：《唐詩成法》卷一二“七言律”：“五、六今日荒涼之景。”

⑥【圓至】煬帝鑿河，自造《水調歌》。公孫滿寓秦中，月夜聞人吳音棹歌，浩然有歸思。【增注】廣陵，即揚州。

【補注】棹歌，行船時所唱的歌。廣陵，郡名。東漢建武十八年改廣陵國置，治所在廣陵縣（今江蘇揚州西北蜀岡上）。東漢末移治射陽縣（今江蘇寶應縣東北射陽鎮）。三國魏移治淮陰縣（今江蘇淮安市淮陰區西南甘羅城）。東晉時還治廣陵縣。隋開皇初廢。唐天寶元年又改揚州為廣陵郡，治所在江都縣（今江蘇揚州市）。乾元元年復為揚州。陳伯海主編《唐詩彙評》（P. 2648）：《唐詩摘鈔》卷三“七言律”：“結句聞櫂歌之聲，因想當日樓船歌舞之盛，從此而達廣陵也。”

【校勘】

［一］江　全唐詩作“川”。

經故丁補闕郊居①

許　渾

死酬知己道終全②，波暖孤[一]冰且自堅③。鵬上承塵纔一[二]日④，鶴歸華表已千年⑤。風吹藥蔓迷樵徑，水[三]暗蘆花失釣船。四尺孤墳何處是⑥，闔閭城外草連天⑦。

【考證】

此詩見《全唐詩》卷五三五(P. 6109)。

【注評】

①【增注】《職林》："補闕、拾遺，垂拱中置二人，以掌供奉諷諫。自開元已來，猶為清選，左右補闕各二人。"【何焯】丁柔立也，事見《通鑑》大中二年。○宋申錫為王守澄所誣，拾遺丁居晦與崔元亮等伏階下力爭，豈斯人耶？此吾郡之故，當考之。○居晦非終於補闕。○初李德裕執政，有薦丁柔立清直可任諫官者，德裕不能用。上即位，柔立為右補闕。德裕貶潮州，柔立上疏訟[四]其冤，坐阿附貶南陽尉。

【補注】陶敏《全唐詩人名彙考》(P. 1015)云，《新唐書·丁柔立傳》載其官職為左拾遺。李德裕《近世節士論》："客又謂余曰：'……敢問士君子身在下位而義激衰世者，有其人乎？'余曰：'焉得無之？丁生、魏生是也……余頃歲待罪廟堂，六年竊位，而言責之官，執憲之臣，屢薦丁生，稱其有清直之操。亦有毀之者，曰體羸多病，必不能舉職。余惑是說，未及升之於朝。而一旦觸群邪，犯眾怒，為一孤臣，獨生正言無避，亦鄭昌、梅福之比也。'"郊居，郊外的住所。

②【圓至】《戰國策》："士為知己者死。"

③【磧砂】比丁也。

【補注】《唐詩鼓吹注解》卷一："補闕必為友而死，故首言'死酬知己'以全交道，如孤冰之堅，雖暖波不散也。"

④【圓至】賈誼謫長沙，有鵩入其舍，占之，曰："野鳥入室，主人將去。"誼果死。《搜神記》曰："長安張氏處室，有鳩止於床，張氏祝曰：'為禍即飛上承塵，為福即飛入我懷。'"又《說文》曰："承塵，壁衣也。"

【補注】承塵，指承接塵土的小帳幕。

⑤【圓至】《續搜神記》："遼東華表柱[五]上有鶴人言曰：'有鳥有鳥丁令威，學仙千年今始歸。城郭是兮人民非，何不學仙冢壘壘。'"

【補注】華表，古代設在橋樑、宮殿、城垣或陵墓等前兼作裝飾用的巨大柱子,一般用石造。

　　⑥【圓至】孔子封其母墳,崇四尺。

　　⑦【磧砂】閶閶,吳王名。

　　【補注】閶閶城,蘇州的別稱。《史記·吳太伯世家》“吳太伯”張守節正義:“吳,國號也。太伯居梅里,在常州無錫縣東南六十里……至二十一代孫光,使子胥築閶閶城都之,今蘇州也。”

【校勘】

　　〔一〕孤　全唐詩校“一作狐”。

　　〔二〕一　全唐詩校“一作幾”。

　　〔三〕水　全唐詩作“雨(一作水)”。

　　〔四〕訟　底本、瀘州本作“頌”,據《資治通鑑》(P.8031)改。

　　〔五〕柱　底本、詩説本作“樹”,據正統本、明應本改。

贈蕭兵曹①〔一〕

　　廣陵堤上昔〔二〕離居,帆轉瀟湘〔三〕萬里餘②。楚澤〔四〕病時無鵬鳥③,越鄉〔五〕歸去〔六〕有鱸魚④。潮生水國〔七〕蒹葭響⑤,雨過山城〔八〕橘柚踈。聞説〔九〕攜琴兼〔十〕載酒,邑人爭識〔十一〕馬相如⑥。

【考證】

　　此詩見《全唐詩》卷五三三(P.6086),題末多“先輩”二字。

【注評】

　　①【增注】兵曹,魏尚書分五曹,内有五兵曹,晉亦有此職,隋改為六部侍郎,亦有兵曹郎。又漢魏以下,同隸州郡,皆有司户、兵、職〔十二〕等曹員。

【補注】羅時進《丁卯集箋證》(P.332)認為許渾《宣城贈蕭兵曹》述其初任監察御史因執法不阿而獲罪，謫潤州司馬事，時在會昌三年(843)。此詩當作于同時。兵曹，官名。唐制，府置兵曹參軍，掌軍防、門禁、田獵、烽候、驛傳諸事。蕭兵曹，待考。

②【補注】廣陵，即揚州，參見劉滄《煬帝行宮》注⑥。離居，離開居處，流離失所。《尚書·盤庚下》：“今我民用蕩析離居，罔有定極。”瀟湘，湘水與瀟水的並稱。多借指今湖南地區。參見卷一柳宗元《酬曹侍御過象縣見寄》注④。

③【圓至】見前注。

【補注】鵬鳥，參見前首注④。

④【圓至】晉張翰為齊王掾，見秋風起，思松江蓴羹、鱸魚膾，歎曰：“何能羈宦千里？”遂東歸。【何焯】三、四言自為鱸魚，不關鵬鳥。

⑤【圓至】《爾雅·釋草》云：“蒹葭，蘆葦也。”【磧砂】水國，出《周禮》。

【補注】水國，猶水鄉。

⑥【圓至】司馬相如過臨邛令王吉，邑富人卓氏、程鄭相謂曰：“令有貴客，為具召之。”酒酣，令前奏琴曰：“竊聞長卿好之，願以自娛。”【何焯】一旦倦遊稱病，竟歸其高躅，真仿佛季鷹矣。第五思伊人而不可從，第六別經時而遠莫致。落句以相如比蕭，正與“無鵬鳥”相應，又自恨不如王吉之能客此才也。

【校勘】

［一］正統本、明應本題下作者署“李嘉祐”。

［二］昔　全唐詩校“一作欲”。

［三］瀟湘　全唐詩校“一作湘南”。

［四］澤　全唐詩作“客(一作澤)”。

［五］鄉　磧砂本作“江”，全唐詩校“一作江”。

［六］去　磧砂本、全唐詩作“處”，全唐詩校“一作去”。

［七］國　全唐詩作“郭(一作國)”。

　　［八］城　全唐詩校"一作村"。

　　［九］説　全唐詩校"一作道"。

　　［十］兼　全唐詩校"一作還"。

　　［十一］邑人争識　全唐詩校"一作臨邛休羡"。

　　［十二］職　底本、正統本作"我"，據大系本改。

　　已前共七首

酬張芬赦後見寄①

司空圖

　　紫鳳朝銜五色書②，陽春忽布網羅除。已將心變寒灰後③，豈料光生腐草餘④。建水風煙收客淚，杜陵花竹[一]夢郊居⑤。勞君故有詩人[二]贈，欲報瓊瑶愧不如⑥。

【考證】

　　此詩見《全唐詩》卷六三二(P.7251)，題下校"一作司空曙詩"；又見卷二九二(P.3320)，屬司空曙，題中"張芬"後有"有"字，"寄"作"贈"，題下校"一作司空圖詩"。本書磧砂本、何校署"司空曙"；《文苑英華》卷二四三亦署"司空曙(見集本)"，江標刊宋書棚本曙集卷下正收此詩。《唐百家詩選》卷八、《唐詩紀事》卷三〇司空曙下亦收。佟培基《全唐詩重出誤收考》(P.261—262)云，張芬曾任大理評事，與李端、崔峒友善，曾于貞元年間與司空曙同在劍南西川節度使韋皋幕府，符載《劍南西川幕府諸公寫真贊并序》凡十三章，第二章為《兵部張郎中芬字茂宗》，第三章為《水部司空郎中曙字文初》，另參見《舊唐書·韋皋傳》。司空圖活動在唐末，不及與張芬交往。故此詩當爲司空曙作。

【注評】

①【增注】此詩以司空曙之時考之，按史，大曆[三]十四年德宗即位，又德宗興元元年，又永貞元年正月順宗即位，凡三赦天下，改元。德宗之末十年無赦，群臣以微過譴逐者，皆不復敘用[四]，至是始得量移。【何焯】逢赦即遷客量移近地。

【補注】見，用在動詞前面，稱代自己。文航生《司空曙詩集校注》（P. 125—126）云："司空曙約在大曆末年之後的數年間被貶謫至江陵郡長林縣（故城在今湖北荊門），任長林縣丞。張芬：事迹不詳。曾任大理評事……司空曙遇赦準確時間不詳，當在建中二年（七八一）的元旦，本篇即作於此時。"

②【圓至】後趙石虎，詔書用五色紙，銜於木鳳之口而頒行之。

【補注】文航生《司空曙詩集校注》（P. 126）:《太平御覽》卷九一五引《鄴中記》："石季龍與皇后在觀上，為詔書，五色紙著鳳口中。鳳既銜詔，侍人放數百丈緋繩，轆轤回轉，鳳皇飛下。鳳以木作之，五色漆畫，腳皆用金。"

③【圓至】《莊子》："心固可使為死灰。"

④【圓至】腐草，見前注。【磧砂】謙曰：此聯一開一闔。語云："死灰不能復燃。"又《記》："腐草化為螢。""已將""誰料"四字作呼應，而對仗工確，且極自在。

⑤【增注】唐嶺南道瀧州開陽郡有建水縣。又建水在江陵府荊門縣。〇宋沈[五]約儉[六]素，立宅，常為《郊居賦》以序其事。【磧砂】謙曰：此聯雖亦即景言情，上句是謫地風煙，下句是故園花竹，妙在寒灰腐草，惟有淚中洗面，久不復夢安居。至此日而客淚方收，郊居重夢矣。真有入木三分之力。

【補注】文航生《司空曙詩集校注》（P. 126—127）："建水，河名。源出湖北荊門（唐代長林縣）南虎牙關，今名建陽河，一名大漕河，南流入江陵縣長湖。"杜陵，文氏謂"指杜甫"，誤；實為地名，在今西安東南。古為杜伯國，秦置杜縣，漢宣帝築陵于東原上，因名杜陵，並改杜縣為杜陵縣。晉曰杜城縣，北魏曰杜縣，北周廢。溫庭筠《商山早行》："因思杜陵夢，鳧雁滿迴塘。"

此聯殆謂:得聞大赦消息,長期以來在貶所建水流域因望鄉思君而流的眼淚可以收住了,已經迫不及待地做回杜陵賞花觀竹過悠閒生活的好夢了。

⑥【圓至】《詩》:"投我以木桃,報之以瓊瑶。"【磧砂】結出酬寄之意,總是欣喜之情。

【補注】瓊瑶,美玉,對張芬詩的美稱。

【校勘】

[一] 竹　全唐詩作"燭"。

[二] 人　元刊本、磧砂本、高本、四庫本、全唐詩作"相"。

[三] 大曆　底本、正統本、大系本作"太曆",據史實改。

[四] 用　底本、正統本作"向",據大系本改。

[五] 底本、正統本"沈"後衍"嘗"字,據大系本刪。

[六] 儉　底本、正統本作"佺",據大系本改。

答竇拾遺臥病見寄①

包　佶②

今春扶病移滄海,幾度承恩對白花③。送客屢聞簷[一]外鵲④,消愁已辦[二]酒中蛇⑤。瓶收[三]枸杞[四]懸泉水⑥,鼎煉芙蓉伏火砂⑦。誤入塵埃牽吏役,羞將簿領到君家⑧。

【考證】

此詩見《全唐詩》卷二〇五(P. 2138—2139)。

【注評】

①【增注】竇群,德宗朝為左拾遺。

【補注】拾遺，官名。與補闕同分左、右，共掌諷諫。參見卷一劉長卿《寄別朱拾遺》注①。儲仲君《李嘉祐詩疑年》（P.162—263）云，寶拾遺指寶叔向。《唐詩紀事》卷三一："代宗時，常袞為相，用為左拾遺、內供奉。"據《舊唐書·代宗本紀》，大曆十二年（777）夏四月，常袞為相，叔向任拾遺當為此時。李嘉祐《送寶拾遺赴朝因寄中書十七弟（寶拾遺叔向，其弟寶舒也）》、皇甫曾《酬寶拾遺秋日見呈（時此公自江陰令除諫官）》詩、梁肅《送寶拾遺赴朝廷序》文，皆為送寶叔向赴朝任職時作。按，叔向（？—779?），字遺直，寶群父。大曆初登進士第，歷任國子博士、轉運使判官、江陰令、左拾遺、溧水令等。有詩名。褚藏言稱其"當代宗皇帝朝，善五言詩，名冠流輩"（《寶常傳》）。生平參見賈晉華撰《中國文學家大辭典·唐五代卷》（P.784—785）"寶叔向"條。見，用在動詞前面，稱代自己。據首聯"移滄海""對白花"等語，知此詩當為大曆十二年，佶坐與元載善貶嶺南時作。

②【圓至】字幼正，延陵人，天寶六年楊護榜進士[五]。【增注】字幼正，潤州延陵人。集賢院太理司直包融之子。擢進士第，累官諫議大夫，坐善元載貶嶺南。劉晏起為汴東兩稅使，晏罷，以佶充諸道鹽鐵輕貨錢物使，遷刑部侍郎，改秘書監，封丹陽公。與兄包何齊名，世稱"二包"。父融同二子并儲光羲、殷遙等十八人並有詩名，殷璠彙次為《丹陽集》。

【補注】賈晉華撰《中國文學家大辭典·唐五代卷》（P.141）"包佶"條云，佶（727？—792），字幼正，行七，潤州延陵（今江蘇丹陽）人。父融，兄何，皆有詩名。佶登天寶六載進士第。安史之亂中曾避地江南。約于廣德至大曆初入劉晏轉運幕，檢校大理評事。大曆中，歷官度支郎中、諫議大夫、知制誥。十二年宰相元載獲罪誅，佶坐與載善貶嶺南。十四年五月德宗即位，坐元載黨者相次引用，佶亦授江州刺史。建中元年兼權領轉運鹽鐵使，檢校御史中丞。二年入朝為戶部郎中，十一月充江淮水陸運使，三年轉汴東水陸運鹽鐵使。貞元元年入朝為刑部侍郎，六月改國子祭酒。二年正月禮部侍郎鮑防遷京兆尹，佶代防知貢舉，擢寶牟、張署等登第。四年轉秘書監，八年五月卒，年約六十六。佶詩名頗著，與兄何並稱"二包"，又與李紓並稱"包李"。權德輿稱其詩："雅韻拔俗，清機入冥。立言大旨，為經為紀。行中文質，不華不俚。"(《祭秘書包監文》)《秘書省續編到四庫闕書目》著録《包佶詩》一卷。《全唐詩》卷二〇五編其詩為一卷。

③【補注】扶病，支撐病體。亦指帶病工作或行動。《禮記・問喪》："身病體羸，以杖扶病也。"承恩，蒙受恩澤。白花，浪花，水花。水相激而色白，故稱。顧況《望簡寂觀》："仙人住在最高處，向晚春泉流白花。"時佶貶嶺南，其地靠海，故云"移滄海"；又佶曾入轉運幕，這次又貶近海之嶺南，故云"幾度承恩對白花"。

④【圓至】陸賈曰："烏雀噪而行人至。"

【補注】舊傳鵲噪兆喜。宋之問《發端州初入西江》："破顏看鵲喜，拭淚聽猿啼。"

⑤【圓至】樂廣有親客久不來，廣問之，答曰："前蒙賜酒，杯中有蛇影而疾。"時廳壁有弓，樂意謂弓影。乃置酒前處，問曰："有見否?"答曰："如前。"乃告所以，客豁然頓愈。

【補注】《風俗通義・怪神・世間多有見怪驚怖以自傷者》載，杜宣夏至日赴飲，見酒杯中似有蛇，然不敢不飲。酒後胸腹痛切，多方醫治不愈。後得知壁上赤弩照于杯中，影如蛇，病即愈。《晉書・樂廣傳》等亦有類似記述。後用"酒中蛇"為因疑慮而引起疾病之典實。此聯承上啓下，上句從己處着筆，寫對方即將入朝拜拾遺之喜；下句從對方落筆，言其病即將痊愈，照應標題"卧病"。

⑥【圓至】《續仙傳》："朱孺子汲溪，見二花犬入枸杞[六]叢中。掘之，根形如二犬。食之身輕，飛於峰上。"

【補注】懸泉，瀑布。張九齡《入廬山仰望瀑布水》："絶頂有懸泉，喧喧出煙杪。"枸杞，《神農本草經》卷一："枸杞，味苦寒。主五内邪氣，熱中消渴，周痹。久服堅筋骨，輕身不老。"蘇軾《和陶桃花源并引》之引云："蜀青城山老人村，有見五世孫者，道極險遠，生不識鹽醯，而溪中多枸杞，根如龍蛇，飲其水，故壽。"

⑦【圓至】《本草》："光明砂，大者謂之芙蓉砂。"《大洞煉真寶經》曰："將丹砂修煉，伏火後鼓成白銀，一返也。將銀化出砂，伏火鼓之為黃金，二

返也。"

【補注】伏火,道家煉丹,調低爐火的溫度謂"伏火"。朱慶餘《贈道者》:"藥成休伏火,符驗不傳人。"芙蓉砂,光明砂之別名。傳説中的上品丹砂。《雲笈七籤》卷六九"金丹部·七返靈砂論·第一返丹砂篇":"且上品光明砂者,出於辰錦山石之中,白牙石牀之上,十二枚為一座,生色如未開紅蓮華,光明曜日。"此聯寫竇拾遺病後服藥,却寫得如此高逸,令人生羨,自然唤起下聯,照應首句"扶病"。

⑧【圓至】王播每視簿領紛積於前,反為樂。【增注】淵明詩:"有政非簿領。"

【補注】塵埃,猶塵俗。《淮南子·俶真訓》:"芒然仿佯于塵埃之外,而消搖于無事之業。"誤入塵埃,陶淵明《歸園田居五首》之一:"少無適俗韻,性本愛丘山。誤落塵網中,一去三十年。羈鳥戀舊林,池魚思故淵。"吏役,官府中的胥吏和差役。白居易《病假中南亭閒望》:"始知吏役身,不病不得閒。"將,攜帶。簿領,謂官府記事的簿冊或文書。《後漢書·南匈奴列傳》:"當決輕重,口白單于,無文書簿領焉。"

【校勘】

［一］簪　全唐詩作"簾(一作簪)"。

［二］辨　底本、正統本、明應本作"辦",據元刊本、磧砂本、高本、四庫本、全唐詩改。

［三］收　全唐詩作"開"。

［四］枸杞　底本作"狗杞",據元刊本、正統本、明應本、磧砂本、高本、四庫本、全唐詩改。

［五］此條原在卷六包佶《秋日過徐氏園林》作者下,現據全書體例提前移至此處。

［六］枸杞　詩説本、明應本作"狗杞"。

寄樂天①

元　稹

　　榮辱升沉影與身,世情誰是舊雷陳②。惟應鮑叔偏[一]憐我③,自保曾參不殺人④。山入白樓沙苑暮⑤,潮生滄海野塘春⑥。老逢佳景惟惆悵,兩地各傷無[二]限神。

【考證】

　　此詩見《全唐詩》卷四一六(P.4596),為《寄樂天二首》之一。

【注評】

　　①【補注】樂天,白居易字。參見卷四白居易《尋郭道士不遇》注②。周相録《元稹集校注》(P.644):長慶三年(822)作於同州,時元稹為同州刺史。"長慶二年五月,李賞受李逢吉指使,誣告元稹欲遣人刺殺裴度,詔下三司按驗,無狀,而元稹與于方合謀反間而出牛元翼事因之公開。六月,元稹罷相,出為同州刺史。此詩為元稹自傷之作。元龔璛有次韻酬和第一首之作"。

　　②【圓至】後漢雷義與陳重友,人語曰:"膠漆雖堅,不如雷與陳。"【磧砂】謙曰:榮升辱沉,截然兩途,惟影與身非關附麗乎?次句轉喚"惟應"句。【何焯】言世雖不諒,實不愧影也。發端已含第四句,第二反呼第三句,"舊"字并貫注落句"老"字。

　　【補注】雷陳,東漢雷義與陳重的並稱。據《後漢書·獨行列傳》載,雷義與陳重為同郡人,二人友好情篤,鄉人諺云:"膠漆自謂堅,不如雷與陳。"後用"雷陳"比喻交誼深厚的朋友。

　　③【圓至】管仲曰:"生我者父母,知我者鮑叔。"史謂稹與樂天友善,樂天嘗上疏理之。

【補注】楊軍《元稹集編年箋注·詩歌卷》(P.861)：《史記·管晏列傳》：
"管仲夷吾者，潁上人也。少時常與鮑叔牙游，鮑叔知其賢。管仲貧困，常
欺鮑叔，鮑叔終善遇之，不以為言……管仲曰：'吾始困時，嘗與鮑叔賈，分
財利多自與，鮑叔不以我為貪，知我貧也。吾嘗為鮑叔謀事而更窮困，鮑叔
不以我為愚，知時有利不利也。吾嘗三仕三見逐於君，鮑叔不以我為不肖，
知我不遭時也。吾嘗三戰三走，鮑叔不以我為怯，知我有老母也。公子糾
敗，召忽死之，吾幽囚受辱，鮑叔不以我為無恥，知我不羞小節而恥功名不
顯于天下也。生我者父母，知我者鮑子也！'鮑叔既進管仲，以身下之……
天下不多管仲之賢而多鮑叔能知人也。"

④【圓至】甘茂謂秦王曰："昔曾參有與同姓名者殺人，人告其母，母曰：
'吾子不殺人。'有頃，一人來。有頃，又一人來。其母投杼而走。夫以曾參
之賢，其母信之，然三人則母懼。今疑臣者非特三人，臣恐大王之投杼也。"
微之長慶二年為相，時王庭湊圍牛元翼於深州。稹以天子非次拔己，欲立
功報上。有于方言於稹曰："有奇士王昭、王友明，嘗客燕趙，與賊黨通，可
以反間出元翼。"稹然之。李賞知其謀，告裴度曰："于方為稹結客刺公。"度
隱而不發。及神策中尉奏于方之事，詔三司訊鞫，而害裴之事無驗。稹與
度遂俱罷，出稹為同州刺史。【磧砂】應首句，蓋微之為李賞之謗，言于方為
稹結客刺裴度，後訊無驗，稹與度俱罷，故用甘茂謂秦王語。

⑤【圓至】同州白樓，令狐楚作賦刻其上。李吉甫《郡國圖》曰："沙苑，
一名沙阜，在同州馮翊縣南十二里。"

【補注】《陝西名勝志》卷三"同州"："《集古錄》云：'同州有白樓，唐賢眺
詠之所，令狐楚作賦刻其上。'"沙苑，又名沙阜、沙海、沙窩，在唐同州治所
馮翊縣(今陝西大荔縣)南渭、洛二水之間，東西八十里，南北三十里，其處
宜于牧畜，唐于此置沙苑監。杜甫《留花門》："沙苑臨清渭，泉香草豐潔。"

⑥【圓至】錢塘有潮，樂天時守杭。

【校勘】

［一］偏　全唐詩作"猶"。

［二］無　全唐詩作"何"。

秋居病中^①

雍　陶

幽居悄悄何人到^②，落日清涼滿樹梢^③。新句有時^[一]愁裏得，古方無效病來抛^④。荒簷^[二]數蝶懸蛛網，空屋孤螢入燕巢^⑤。獨臥南窗秋色晚，一庭紅葉掩衡茅^⑥。

【考證】

此詩見《全唐詩》卷五一八（P.5916）。

【注評】

①【補注】周嘯天、張效民《雍陶詩注》（P.29）：詩人多病，常有詩言及，如《自述》"貧當多累日"，《送契玄上人南遊》"病客思留藥"。殷堯藩《酬雍秀才二首》之二亦云："臥病茅窗下，驚聞兩月過。"

②【何焯】藏"愁"字。

【補注】周嘯天、張效民《雍陶詩注》（P.29）：幽居，幽静的住所。殷堯藩《過雍陶博士邸中飲》："落葉下蕭蕭，幽居遠市朝。"悄悄，寂静貌。元稹《鶯鶯傳》："更深人悄悄，晨會雨濛濛。"

③【何焯】"何人到"三字貫注後四句。"滿樹梢"則葉已下，細秀至此。

④【補注】古方，古代流傳下來的藥方，與"時方"相對。如《傷寒論》《金匱要略》所列的藥方都稱古方。也稱經方。《晉書·范甯傳》："古方，宋陽里子少得其術。"

⑤【何焯】五、六一句畫、一句夜，用"落日"二字兩面俱縮住。

⑥【圓至】茅屋而衡門。【何焯】方當秋賦修卷之時，偏無方可起。"抛"

是且拋却所得新句也。無可奈何，只得顧命，“拋”字正愁到極處。冐網之蝶，乾巢之螢，并畫出臥病不能騰化人小影。

【補注】南窗，向南的窗子。因窗多朝南，故亦泛指窗子。周嘯天、張效民《雍陶詩注》(P. 29)：陶淵明《歸去來兮辭并序》：“引壺觴以自酌，眄庭柯以怡顏。倚南窗以寄傲，審容膝之易安。”衡茅，衡門茅舍，指簡陋的住所。陶淵明《辛丑歲七月赴假還江陵夜行塗中詩》：“養真衡茅下，庶以善自名。”

【校勘】

[一] 時　高本、四庫本作“神(一作時)”，何校“時”：“‘時’字始與詩格爲稱，內府所開作‘時’，‘神’字乃不知者妄掉書袋也。”

[二] 簹　磧砂本作“塘”。

送崔約下第歸楊州①[一]

姚　合

滿座詩人吟送酒，離城此會亦應稀②。春風下第時稱屈③，秋卷呈親自束歸④。日晚山花當馬落，天陰水鳥傍船飛。江邊道路多苔蘚，塵土無由得上衣⑤。

【考證】

此詩見《全唐詩》卷四九六(P. 5617—5618)。

【注評】

①【增注】《禹貢》：“淮海惟楊州。”春秋屬吳越，漢吳王國，景帝更江都，武帝更廣陵，隋楊州，唐揚州廣陵郡，屬淮南道，今屬淮東道。

【補注】崔約，待考。楊州，即揚州，隋開皇九年改吳州置，治所在江都縣(今江蘇揚州市)。大業初改為江都郡,天寶元年改為廣陵郡,乾元元年復為揚州。

②【何焯】歸路并此無之,如何可堪? 束卷歸呈,聊以自解。

③【圓至】《唐史》:"劉蕡下第,物論嚻然稱屈。"

【補注】下第,落第。參加進士諸科考試未及第。吳河清《姚合詩集校注》(P.23):"唐代進士禮部試例在正月,發榜之時例在二月",故云"春風下第"。稱屈,為之抱屈。

④【圓至】《摭言》云:"唐進士下第,退而隸業,謂之過夏。執業以出,謂之秋卷。"

【補注】秋卷,又稱夏課,唐代士人為請求薦送獲得舉子資格,在禮部試前向名公貴仕呈納的詩文卷冊。多在夏天課讀、撰著,秋天進呈,故云。《説郛》卷六九上録《秦中歲時記》:"進士下第,當年七月復獻新文求拔解,故曰'槐花黃,舉子忙'。"

⑤【何焯】寬之。○於垂白之親,何其能曲寫難言之隱。○後四句皆是"送"字。

【補注】塵土,這裏亦喻指塵世中庸俗骯髒的事物。《唐才子傳》卷六載,殷堯藩耽丘壑之趣,嘗曰:"吾一日不見山水,與俗人談,便覺胸次塵土堆積,急呼濁醪澆之,聊解穢耳。"

【校勘】

[一] 楊州　元刊本、磧砂本、高本、四庫本、全唐詩作"揚州"。

旅館書懷①

劉　滄

忽[一]看庭樹換風煙②,兄弟飄零寄海邊。客計倦行分陝路③,家貧休種汶陽田④。雲低遠塞鳴寒鴈，雨歇空山噪暮蟬。落葉蟲絲滿窗户⑤，秋堂獨坐思悠然。

【考證】

此詩見《全唐詩》卷五八六（P. 6794）。

【注評】

①【補注】書懷，書寫情懷。

②【何焯】風高則葉落，葉盡則煙空矣。

③【圓至】公羊曰：“自陝而東者周公主之，自陝而西者召公主之。”故《曲水》詩序曰：“分陝流勿竆之歡。”

【補注】分陝，陝即今河南陝縣。相傳周初周公旦、召公奭分陝而治，周公治陝以東，召公治陝以西。後用來美稱官僚出任地方官。《三國志·魏書·棧潛傳》：“今既無衛侯、康叔之監，分陝所任，又非旦、奭。”

④【圓至】杜預曰：“鄆、讙、龜陰三邑之田，皆汶陽田。”【增注】春秋汶陽屬齊。公賜季友[一]汶陽之田，後為晉所侵。魯成公八年，晉歸汶陽之田於齊。又《論語》“汶上”注：“水名，在齊南魯北境。”《詩》：“汶水湯湯。”【何焯】蕴靈魯人，故有第四。

【補注】汶陽，春秋魯地。在今山東泰安西南一帶。因在汶水（今山東大汶河）北，故名。《左傳·僖公元年》：“公賜季友汶陽之田。”杜預注：“汶陽田，汶水北地。汶水出泰山萊蕪縣，西入濟。”因近齊，曾為齊所侵奪。一説在龔丘縣（今山東寧陽縣）東北，西漢曾置汶陽縣。《元和郡縣圖志》卷一〇“河南道六·兖州·龔丘縣”：“故汶陽城，在縣東北五十四里。其城側土田沃壤，故魯號汶陽之田，謂此地也。”劉滄《懷汶陽兄弟》：“回看雲嶺思茫茫，幾處關河隔汶陽。書信經年鄉國遠，弟兄無力海田荒。”可與此聯參讀。

⑤【補注】蟲絲，蛛絲。庾信《傷往詩二首》之一：“鏡塵言苦厚，蟲絲定幾重。”

【校勘】

［一］忽　磧砂本作“忍”，全唐詩作“秋”。

［二］季友　底本作“李父”，大系本作“季父”，據正統本改。

潁州^[一]客舍^①

姚揆^②

素琴孤劍尚閑遊，誰共芳樽話唱^[二]酬^③。鄉夢有時生枕上，客情終日在眉頭^④。雲拖雨腳連天去，樹夾河聲遶郡流。回首帝京歸未得，不堪吟倚夕陽樓^⑤。

【考證】

此詩見《全唐詩》卷七七四（P. 8777），題中“潁州”作“潁川”。

【注評】

①【增注】唐潁州汝陰郡屬河南道，今屬中京路。

【補注】潁州，北魏孝昌四年置，治所在汝陰縣（今安徽阜陽市）。北齊廢。唐武德六年改信州復置。天寶初改為汝陰郡。乾元初復為潁州。轄境相當今安徽阜陽、阜南、潁上、太和、鳳臺、界首、臨泉等市縣地。

②【補注】姚揆（生卒年里不詳），貞元前後人。《全唐文》卷九〇一錄其《仙巖銘》，小傳云：“揆，官溫州郡丞。”按，仙巖在浙江溫州境内，或據當地方志。《遺珍·甌海區第三次全國文物普查成果選粹》（P. 248）云：“仙巖山摩崖題刻位于仙巖鎮仙北村仙巖山，浙江省級風景名勝區内，景區有摩崖二十九處……翠微嶺側有唐德宗貞元元年（七八五）姚揆的《仙巖銘》詩刻，年代最早，《全唐文》有載。”一說為初宋人。北宋太宗端拱二年己丑科陳堯叟榜進士第三人，曾官防禦推官（《容齋隨筆·續筆》卷一三《科舉恩數》），

并在吏部任職,或為侍郎。《仙巖山志》卷二"古蹟":"聖壽禪寺,在兩積翠峰間,創於唐貞觀……祥符二年,吏部姚揆奏請敕賜聖壽禪寺。"《仙巖志》卷一〇《宋安禪師行署》:"他日侍郎姚揆入山問師曰:'如何是道?'師指潭水。侍郎從此悟入。"陳尚君撰《中國文學家大辭典·唐五代卷》(P.605)"姚揆"條云,就其詩觀之,行蹤嘗至巴蜀。《全唐詩》卷七七四、八八六收其詩四首,皆為近體,乃據本書及《分門纂類唐歌詩》等輯錄。《全唐詩補編·續拾》卷五三據《亞愚江浙紀行集句詩》、《(嘉靖)溫州府志》等又補一首又二句。

③【補注】素琴,不加裝飾的琴。《禮記·喪服四制》:"祥之日,鼓素琴。"芳樽,盛有芳香美酒的酒器。亦借指美酒。《晉書·阮籍等傳》:"嵇、阮竹林之會,劉、畢芳樽之友。"

④【圓至】庾信《愁賦》曰:"眉頭那時伸。"

【補注】鄉夢,思鄉之夢。宋之問《別之望後獨宿藍田山莊》:"愁至願甘寢,其如鄉夢何?"客情,客旅的情懷。鮑照《代東門行》:"離聲斷客情,賓御皆涕零。"

⑤【補注】帝京,帝都,京都。《漢武故事》:"上幸河東,欣言中流,與群臣飲宴。顧視帝京,乃自作《秋風辭》。"

【校勘】

[一]潁州　磧砂本作"潁川"。

[二]唱　磧砂本作"倡"。

春日長安即事①

崔　魯[一]

一百五日又欲來②,梨花梅花參差開③。行人自笑[二]不歸去,瘦馬獨吟真可哀④。杏酪漸香鄰舍粥⑤，榆烟將變舊爐灰⑥。玉樓[三]春暖笙[四]歌夜，肯信愁腸日九回⑦。

【考證】

此詩見《全唐詩》卷五六七(P.6566)，屬崔櫓(一作魯)，題中無"長安"二字，"春日"下校"一本此下有'長安'二字"。

【注評】

①【補注】即事，就當前的事物、情景而寫作。

②【圓至】《荆楚歲時記》："去冬節一百五日，即有疾風甚雨，謂之寒食。"

【補注】一百五日，指寒食節，在冬至後一百五日、清明前一日或二日，其時禁火冷食。參見卷一韓偓《尤溪道中》注④。陳伯海主編《唐詩彙評》(P.2565)：《貫華堂選批唐才子詩甲集七言律》卷七下："通解只寫得'又欲來'之三字，猶言還是去年一百五日欲來之前，決計求歸，既而看看漸不得歸，今則不料又是一百五日又欲來也。"

③【何焯】梨花最晚，梅花最早，倒用之，甚言春去之疾也。羈窮且老，光陰難駐，安得不撫時而煎迫乎？

【補注】自小寒至穀雨，凡四月，共八個節氣，一百二十日，每五日一候，計二十四候。古人每候應以一種花的信風(應花期而來的風)，稱為"二十四番花信風"。每氣三番，如小寒：梅花、山茶、水仙；春分：海棠、梨花、木蘭；清明：桐花、麥花、柳花。參見《荆楚歲時記》、《演繁露》卷一《花信風》、《蠡海集·氣候類》。參差，不齊貌，這裏引申為依次。

④【何焯】"獨"字呼起結句。

【補注】行人，出行在外的人。

⑤【圓至】《玉燭寶典》曰："寒食煮大麥粥，研杏仁為酪，以餳沃之。"

【補注】杏酪，杏仁粥。寒食節的食品。《玉燭寶典·二月仲春》："寒食又作醴酪……擣杏子人煮作粥。"注："今世悉作大麥粥,研杏人爲酪。"酪,用果子或果子的仁做的糊狀食品。

⑥【圓至】見前注。【增注】《周禮》："司烜氏掌四時變國火,春取榆柳之火。"《歲時記》："唐取榆柳之火,賜近臣,順陽氣也。"【磧砂】春取榆柳之火。

【補注】榆煙將變,寒食後一日或二日為清明節,照舊俗,要用鑽榆木以取得的新火。杜甫《清明》："朝來新火起新煙。"參見卷一韓翃《寒食》注④。傳說中古帝王在四季用不同的樹木取火,以驅除疾病。《周禮・司馬・司爟》："四時變國火,以救時疾。"鄭玄注："鄭司農説以鄹子曰:'春取榆柳之火,夏取棗杏之火,季夏取桑柘之火,秋取柞楢之火,冬取槐檀之火。'"賈公彦疏："火雖是一,四時以木爲變,所以禳去時氣之疾也。"

⑦【圓至】太史公曰:"腸一日而九回。"【增注】崑崙山積金為城,上有玉樓十二。

【補注】玉樓,華麗的樓。笙歌,吹笙唱歌,亦泛指奏樂唱歌。肯,豈肯。陳伯海主編《唐詩彙評》(P.2566):《唐詩成法》卷一一"七言律":"彼是自笑自哀,'清歌'是他人清歌,他人'肯信'也。"

【校勘】

[一] 崔魯　何校"崔穭"。

[二] 笑　磧砂本作"歎"。

[三] 玉樓　全唐詩作"畫橋"。

[四] 笙　全唐詩作"清"。

江　際①

鄭　谷

杳杳漁舟破暝[一]烟②,踈踈蘆葦舊江天。那堪流落逢搖落③,可得^[二]潸然是偶然④。萬頃白波迷宿鷺，一林黃葉送秋^[三]蟬。兵車未息年華促，早晚閑吟向滻川⑤。

【考證】

此詩見《全唐詩》卷六七六(P. 7741)。

【注評】

①【補注】嚴壽澂等《鄭谷詩集箋注》(P. 297)云，據頷聯及尾聯"流落""兵車未息"諸語，大致可知為光啓三年(887)至大順元年(900)，鄭谷漂寓巴、蜀、荊、楚時作。

②【補注】暝煙，傍晚的煙靄。戴叔倫《過龍灣五王閣訪友人不遇》："野橋秋水落，江閣暝煙微。"

③【圓至】《九辯》曰："草木搖落而變衰。"

【補注】那堪，怎堪，怎能禁受。流落，漂泊外地，窮困失意。錢起《秋夜作》："流落四海間，辛勤百年半。"搖落，凋殘、零落。

④【圓至】《詩》："潸然出涕。"

【補注】可得，豈得，那得。白居易《酬嚴給事》："不緣啼鳥春饒舌，青瑣仙郎可得知。"潸然，流淚貌。

⑤【圓至】《唐志》："滻為關內八川，在萬年縣。"【磧砂】長安八水，滻其一也。此必客江上思家也。

【補注】早晚，何日、幾時。《顏氏家訓·風操》："尊侯早晚顧宅?"滻川，即滻水，關中八川之一。源出今陝西藍田縣西南秦嶺山中，西北流至西安東入灞水。《欽定大清一統志》卷一七八"西安府一"引《咸寧縣志》："滻水在城東十里，焦戴川自東南來，滽川自西南來，二川相合，即為滻水。"《水經·滻水》："滻水出京兆藍田谷，北入于灞。"酈道元注："滻水又北歷藍田川，北流注于灞水。《地理志》曰：'滻水北至霸陵入霸水。'"北魏以來人們多誤以長水為滻水。

【校勘】

〔一〕暝　底本作“瞑”，正統本、明應本作“溟”，據元刊本、磧砂本、高本、四庫本、全唐詩改。

〔二〕得　全唐詩校“一作謂”。

〔三〕秋　全唐詩作“殘（一作寒，又作秋）”。

中　年①

漠漠秦雲淡淡[一]天②，新年景象入中年。情多最恨花無語，愁破方知酒有權③。苔色滿墙思[二]故第④，雨聲入[三]夜憶春田⑤。衰遲自喜添詩學⑥，更把前題改數聯。

【考證】

此詩見《全唐詩》卷六七六(P. 7747)。

【注評】

①【補注】嚴壽澄等《鄭谷詩集箋注》(P. 348)云，古人以三四十歲為中年，詩言“入中年”，當為三十歲時作。

②【補注】漠漠，布列貌。嚴壽澄等《鄭谷詩集箋注》(P. 348)：淡淡，若隱若現。《列子·湯問》：“淡淡焉若有物存，莫識其狀。”

③【圓至】阮簡久寓西山，一日友人攜酒炙雞至，簡大笑曰：“今朝愁破矣。”

【補注】《開元天寶遺事》卷下《解語花》：“明皇秋八月，太液池有千葉白蓮數枝盛開，帝與貴戚宴賞焉。左右皆歎羨久之，帝指貴妃示於左右曰：‘爭如我解語花。’”“恨花無語”，明無伴侶矣，而偏偏“情多”，奈何奈何！李商隱《春日寄懷》亦曰：“縱使有花兼有月，可堪無酒又無人。”權，權柄，威勢。"愁破"句乃設想之辭,從反面説:只有愁破了纔知澆愁之酒的權柄、威勢,則實際上愁難澆破,酒亦"無權",句意與李白《宣州謝朓樓餞别校書叔雲》"舉杯銷愁愁更愁"、唐彦謙《無題十首》之八"酒兵無計敵愁腸"略同。就全詩情調而言,亦未見"愁破","情多最恨""思故第""憶春田""衰遲自喜添詩學"等字句,恰流露出一顆敏感心靈所遭受的漂泊難歸、一事無成、知音莫遇……之落寞,可謂愁緒瀰漫!詩人不過强笑為歡、隨俗過節罷了。嚴壽澄等《鄭谷詩集箋注》(P. 348)謂:"酒有權,謂酒量無定,因心情而易,句即以酒澆愁之意。"不確。

④【圓至】《漢書》:"列侯賜大第。"注曰:"甲乙次第,故曰第。"

⑤【補注】陳增傑《唐人律詩箋注集評》(P. 1164):鄭谷《潼關道中》:"何年歸故社,披雨翦春畦。"

⑥【何焯】只添得詩學,正自傷一無所成也。

【補注】添,新年有"添歲"之説,這裏借用其語。詩學,做詩、論詩的學問。嚴壽澄等《鄭谷詩集箋注》(P. 348):杜甫《遣悶戲呈路十九曹長》:"晚節漸於詩律細。"

【校勘】

[一]淡淡　磧砂本、全唐詩作"澹澹"。

[二]思　全唐詩作"尋(一作思)"。

[三]入　全唐詩作"一"。

已前共十首

秋日東郊作①

皇甫冉

閑看秋水心無事②,卧[一]對寒松手自栽。廬嶽高僧留偈别③,茅

山道士寄書來④。燕知社日辭巢去，菊爲重陽冒雨開⑤。淺薄將何稱
獻納⑥，臨岐[二]終日自徘徊⑦[三]。

【考證】

此詩見《全唐詩》卷二四九(P. 2811)，題中"郊"下校"一作林"。

【注評】

①【補注】東郊，長安東部的郊區。據尾聯，知此詩爲冉大曆二年(767)
至五年任左拾遺、左補闕期間所作。

②【補注】秋水，雙關，兼指《莊子·秋水》。

③【圓至】《廬山記》："匡俗，周威王時人，生而神靈，廬於此山，故山取
名焉。"

【補注】廬嶽，即廬山，在今江西九江南，下有東林寺。參見卷六孟浩然
《晚泊潯陽望爐峰》注①和⑤。

④【圓至】茅山觀，在句容縣南五十里。

【補注】茅山，在江蘇句容市東南，道家三十六洞天之八。原名句曲山，
相傳有漢茅盈與弟衷、固采藥修道於此，因改名茅山。《南史·隱逸傳下·
陶弘景》："止于句容之句曲山，恒曰……昔漢有咸陽三茅君得道來掌此山，
故謂之茅山。"參見卷四陸龜蒙《和皮日休酬茅山廣文》注①和②。

⑤【增注】魏文帝書："九爲陽數，日月陽數并應，曰重陽。"

【補注】社日，古時祭祀土神的日子，一般在立春、立秋後第五個戊日。
參見卷一張演《社日》注①。這裏指秋社。重陽，節日名，在九月九日。古
人于此日登高遊宴，佩茱萸，賞菊插菊，飲菊花酒。參見卷一鄭谷《十日菊》
注①。

⑥【圓至】《西都賦》序曰："日月獻納。"【增注】皇甫冉嘗爲左補闕，武后
朝以補闕、拾遺充使知匭事。玄宗以"匭"聲近"鬼"，改獻納使。

【補注】淺薄，膚淺。多指人的學識、修養等。《荀子·非相》："智行淺

薄,曲直有以相縣矣。"這裏係詩人謙稱。將,奉獻。稱,相當,符合。汪遵《郢中》:"莫言白雪少人聽,高調都難稱俗情。"獻納,本義指獻忠言以供採納,引申為獻納忠言之官。

⑦【補注】臨岐,即臨歧,面臨歧路。這裏指在仕、隱之間猶豫。陳伯海主編《唐詩彙評》(P. 1345):《貫華堂選批唐才子詩甲集七言律》卷五上:"休沐詩寫到如此田地,真乃現宰官身而説法也!"

【校勘】

[一] 卧　全唐詩校"一作坐"。

[二] 岐　正統本、何校"歧"。

[三] 自徘徊　全唐詩作"自(一作獨)遲(一作裴)迴"。

過乘如禪師蕭居士嵩丘蘭若①

王　維

無着天親弟與兄②,嵩丘蘭若一峰晴。食隨鳴磬巢烏下③,行踏空林落葉聲。迸水定侵香案濕,雨花應共石床平④。深洞長松何所有,儼然天竺古先生⑤。

【考證】

此詩見《全唐詩》卷一二八(P. 1297)。

【注評】

①【圓至】居士之號起於商周之間。《韓非子》曰:"太公封於齊,有居士狂矞[一]、華仕昆弟曰:'吾不臣天子,不友諸侯。'"《禮記》亦有居士錦帶。

【補注】陳鐵民《王維集校注》(P. 110):作于開元二十二年(734)秋至二

十三年春王維隱居嵩山期間。乘如禪師，《宋高僧傳》卷一五“明律篇第四之二”《唐京兆安國寺乘如傳》：“釋乘如，未詳氏族，精研律部，頗善講宣……代宗朝翻經，如預其任……終西明、安國二寺上座。有《文集》三卷，圓照鳩聚流布焉。”又《代宗朝贈司空大辨正廣智三藏和上表制集》卷一《請置大興善寺大德四十九員》勅一首，載有“東都敬愛寺僧乘如”。二書所載，疑即一人。居士，在家奉佛修道之人。蕭居士，玩詩意，當是乘如之兄弟。陶敏《全唐詩人名彙考》(P.179)云，乘如俗姓蕭，其兄蕭居士名時和。《全唐文補編》卷一〇《唐故臨壇大德乘如和尚靈塔銘》：“大師號乘如，姓蕭……兄曰時和。”又《皇唐兩京故臨壇大德乘如和尚碑陰記》：“和尚法諱乘如……我居士，和尚之仁兄也……弱歲與和尚常居中岳……起身塔於嵩丘，不忘本也。”《太平廣記》卷三〇〇《杜鵑舉》，末注云“出處士蕭時和作傳”，即此人。嵩丘，即嵩山。蘭若，梵語“阿蘭若”的略稱，一般指佛寺。

②【圓至】無着、天親二菩薩，以比禪師與居士，出《西域記》第四卷。

【補注】無着，音譯“阿僧伽”，古印度大乘佛教瑜伽行派創始人之一。據《婆藪槃豆法師傳》《大唐西域記》等記載，為北印度富婁沙富羅國（今巴基斯坦白沙瓦西北）人。先在化地部（一說在說一切有部）出家，修習小乘佛教，又隨賓頭羅修習小乘空觀，最後改宗大乘。從此專門研修唯識理論，與其弟世親同為唯識理論的奠基者。著有《攝大乘論》《金剛般若經論》等。天親，即無着弟世親。這裏用無着、世親二菩薩借指乘如禪師和蕭居士。

③【補注】磬，寺院中召集僧衆用的雲板形鳴器或誦經用的鉢形打擊樂器。僧人過堂用齋時有鳴磬、念佛等儀式，今日尚然。

④【圓至】維摩居士室中天女雨花。

【補注】陳鐵民《王維集校注》(P.111)：迸水，《高僧傳》卷六“義解三”《晉廬山釋慧遠》：“遠於是與弟子數十人，南適荆州，住上明寺。後欲往羅浮山，及届潯陽，見廬峰清静，足以息心，始住龍泉精舍。此處去水大遠，遠乃以杖扣地曰：‘若此中可得棲立，當使朽壤抽泉。’言畢清流涌出，後卒成溪。”雨花，佛祖説法，諸天降花，滿空而下。《妙法蓮華經·序品》：“爾時世尊……為諸菩薩説大乘經，名無量義教菩薩法佛所護念。佛説此經已，結加趺坐,入於無量義處三昧,身心不動。是時天雨曼陀羅華、摩訶曼陀羅華、曼殊沙華、摩訶曼殊沙華,而散佛上及諸大衆。"石床,供人坐臥的石製用具。此聯讚美二人的道行、法力之高。

⑤【圓至】佛也。《老子化胡經》曰:"吾聞天竺有古皇先生,善入無為。"【增注】《唐書》云:"竺,漢身毒國也,或曰摩伽陀,曰婆羅門,去京師九千六百里,居蔥嶺南,幅員三萬里,分東、西、南、北、中五天竺。"【磧砂】梵言阿蘭若,唐言無諍也,即清净草庵之意。誌公因寺無水,卓錫而水迸出。

【補注】陳鐵民《王維集校注》(P. 111):天竺,古印度的别稱。古先生,道教稱老子西至天竺為佛,號古先生。《西昇經》卷一:"老子西昇,開道竺乾,號古先生。"這個説法是道教為了貶抑佛教,否定其宗教正統地位而製造出來的。此句謂乘如兄弟,儼然似天竺之佛。

【校勘】

[一] 狂喬　底本、明應本、正統本、詩説本作"任喬",據《韓非子集解》(P. 315)改。

送友人遊江南

耿　湋①

遠別悠悠白髮新,江潭何處是通津②。潮聲偏懼初來客③,海味惟甘久住人④。漠漠煙光漁[一]浦晚⑤,青青草色定山春⑥。汀洲更有南回鴈,亂起聯翩北向秦⑦。

【考證】

此詩見《全唐詩》卷二六九(P. 3002)。

【注評】

①【圓至】寶應二年洪源榜進士。【增注】登寶應進士第,為左拾遺,"大曆十才子"一人之數。〇湋,音為。

【補注】賈晉華撰《中國文學家大辭典·唐五代卷》(P. 615)"耿湋"條云,湋(生卒年不詳),行十三,蒲州(今山西永濟)人,久居洛陽。寶應二年登進士第,授周至尉。約于大曆初入朝任左拾遺(一作右拾遺)。與錢起、盧綸等文詠唱和,游于駙馬郭曖之門。十一年充括圖書使往江淮,與江南詩人廣為酬唱。建中年間貶許州司法參軍。約卒于貞元三年後的數年間。有詩名,與錢起、盧綸、吉中孚、韓翃、司空曙等並稱"大曆十才子"。《新唐書·藝文志》著録《耿湋詩集》二卷。《全唐詩》卷二六八、二六九編其詩為二卷。

②【補注】悠悠,遙遠、久遠,既言空間,又言時間。江潭,江邊。《楚辭·漁父》:"屈原既放,游於江潭,行吟澤畔。"潭,同潯,水邊,水邊深處。鮑照《贈傅都曹別詩》:"輕鴻戲江潭,孤雁集洲沚。"通津,四通八達之津渡。《梁書·武帝紀上》:"追奔逐北,奄有通津。"

③【圓至】《叢語》曰:"海潮來皆有漸,惟浙江潮來如山岳震,如雷霆可畏。"

④【補注】海味,海產食品。《南齊書·虞悰傳》:"雖在南土,而會稽海味,無不畢致焉。"甘,以為甘美。《淮南子·泰族訓》:"儀狄爲酒,禹飲而甘之。"此句設想朋友初到江南,吃不慣海味。陳伯海主編《唐詩彙評》(P.1420):《删補唐詩選脉箋釋會通評林·七言律詩·中唐下》:周珽:"生情。妙在'偏''惟'二字。"

⑤【圓至】《吳郡記》:"富春東三十里有漁浦。"

【補注】漠漠,迷蒙貌。王逸《九思·疾世》:"時咄咄兮旦旦,塵莫莫兮未晞。"漁浦,在今杭州蕭山區西北。《宋書·孔覬傳》:南朝宋泰始二年,任農夫"自定山進向漁浦,戍主孔叡率千餘人據壘拒戰",即此。《讀史方興紀要》卷九二"浙江四·紹興府·蕭山縣":"漁浦當西陵之上游,其對岸即錢塘之六和塔,舊為戍守處。"

⑥【圓至】《杭州郡志》：“定山，在錢塘南四十七里，潮至此抑聲，過此復怒。”

【補注】青青草色，《楚辭·招隱士》：“王孫遊兮不歸，春草生兮萋萋。”定山，一名浙山。在今杭州西南周浦鄉境。《水經·漸江水注》：錢塘“縣東有定、包諸山，皆西臨浙江。水流於兩山之間，江川急濬”。《太平寰宇記》卷九三“江南東道五·杭州·錢塘縣”：定山“在縣西四十七里，突出浙江數百丈，又按《郡國志》云：‘濤至此輒抑聲，過此便雷吼霆怒，上有可避濤處，行者賴之，云是海神婦家。’”原為錢塘江中江心島，元後泥沙淤積，錢塘江江道東移，遂成陸上崗丘。

⑦【磧砂】謙曰：第二聯總如《楚詞》所云“南方不可以久留”意，一結亦謂旅雁原思歸北也。【何焯】三、四逼出第六，暗藏“歸”字，結句點破。

【補注】汀洲，水中小洲。聯翩，鳥飛貌。《文選》卷一七陸機《文賦》：“浮藻聯翩，若翰鳥纓繳而墜曾雲之峻。”李周翰注：“聯翩，鳥飛貌。”秦，先秦時期秦國所在地陝西一帶。這裏指京師長安（今西安）。陳增傑《唐人律詩箋注集評》（P.570）：《唐詩成法》卷九“七言律”：“詳詩意，乃言可以不遊江南也。句句送，句句留。”

【校勘】

［一］漁　全唐詩作“前”。

送[一]別友人[二]

姚　合

獨[三]向山中覓紫芝①，山人勾引住多時②。摘花浸酒春愁盡，燒竹煎茶夜臥遲③。泉落林梢多碎滴，松生石[四]底足旁枝。明朝却欲歸城市，問我來期總[五]不知④。

【考證】

此詩見《全唐詩》卷四九六(P.5624)，題下校"一作《別友人山居》"。

【注評】

①【圓至】四皓隱商山，作《紫芝歌》曰："菀菀紫芝，可以療飢。"

【補注】紫芝，真菌的一種。也稱木芝。似靈芝。菌蓋半圓形，上面赤褐色，有光澤及雲紋，下面淡黃色，有細孔。菌柄長，有光澤。生于山地枯樹根上。可入藥，性溫味甘，能益精氣，堅筋骨。古人以為瑞草。道教以為仙草。參見《本草綱目》卷二八"紫芝"條。亦用以比喻賢人。《淮南子·俶真訓》："巫山之上，順風縱火，膏夏、紫芝與蕭、艾俱死。"高誘注："膏夏、紫芝皆喻賢智也。蕭、艾賤草，皆喻不肖。"

②【補注】吳河清《姚合詩集校注》(P.67)：勾引，招引、吸引。杜甫《風雨看舟前落花戲為新句》："影遭碧水潛勾引，風妒紅花却倒吹。"

③【何焯】第三明露"愁盡"，第四暗寓夢覺也。

④【何焯】"多碎滴""足傍枝"以比儘容他人同住，可無亟歸？為"却"字蓄勢。

【校勘】

［一］送　磧砂本脫，高本、四庫本作"留"。

［二］何焯在題旁批"宿友人山居"。

［三］獨　何校"偶"，全唐詩校"一作偶"。

［四］石　何批"澗"。

［五］總　何校"摠"，又批"自"；全唐詩校"一作自"。

嶺南道中①

李德裕②

嶺水爭分路轉迷，桄榔椰葉暗蠻溪③。愁衝毒霧逢蛇草④，畏落

沙蟲避燕泥⑤。五月畬田收火米⑥,三更津吏報潮雞⑦。不堪腸斷思
鄉處,紅槿花中越鳥啼⑧。

【考證】

此詩見《全唐詩》卷四七五(P.5397),題首多"謫"字,題末多"作"字。

【注評】

①【增注】按《東坡指掌圖》:"五嶺自衡山之南,一曰:東窮於海,其南漲
海之北,古荒服。秦置三郡,漢分九郡,日南、朱崖皆在此地。"此詩一作《謫
遷嶺南道中作》。按,李德裕宣宗大中[一]二年貶崖州司戶參軍。

【補注】嶺南,指五嶺以南的地區,即今廣東、廣西一帶。參見卷三李郢
《送人之嶺南》注①。陳增傑《唐人律詩箋注集評》(P.793):"宣宗大中元年
(847),李德裕在黨爭傾軋中被罷相,貶潮州(今廣東潮州)司馬。次年正
月,他從洛陽出發,五月始抵達潮州。《舌箴》自序:'余以仲夏月達於海
曲。'這詩即為貶途中過五嶺時所作。"

②【圓至】字文饒,吉甫之子,會昌宰相。【增注】字文饒,趙州贊皇人。
元和宰相李吉甫子,以蔭補校書郎。穆宗擢為翰林學士,尋授御史中丞,出
為浙西觀察使。文宗大和三年拜兵部侍郎,復出為鄭滑節度使,徙劍南西
川節度使,後拜刑部尚書,又拜平章事,又興元節度使。武宗立,召拜同平
章事,封衛國公。宣宗罷為司徒同平章事、荊南節度使,俄徙東都留守,後
貶潮州司馬,又厓州司馬卒,年六十三。懿宗追復太子少保,衛國公。

【補注】吳汝煜撰《中國文學家大辭典·唐五代卷》(P.340—341)"李德
裕"條云,德裕(787—850),字文饒,初名緘,行九。趙郡贊皇(今屬河北)
人。宰相李吉甫之子。生于西京萬年縣(今西安)安邑坊。元和元年,以蔭
補秘書省校書郎。次年,以父居相位,避嫌解職,受辟為諸府從事。十二年
為河東節度使張弘靖掌書記。十四年隨張弘靖入朝,除監察御史。穆宗即
位,為翰林學士,旋加屯田員外郎。長慶元年,遷考功郎中、知制誥。次年

加翰林承旨學士。二月,擢中書舍人,旋改御史中丞。九月,出為浙西觀察使。在任奏毀淫昏廟一千餘所,又下令禁止佛寺任意度人為僧。大和三年八月,入為兵部侍郎,歷義成軍節度使、劍南西川節度使、兵部尚書。七年二月,拜為同中書門下平章事。八年十月罷相,復出為浙西節度使。九年,因受李宗閔、鄭注構陷,貶袁州長史。開成元年三月,改為滁州刺史。旋除太子賓客分司東都,居平泉別墅。十一月,出為浙西觀察使。二年五月,改淮南節度使。五年七月,武宗下詔征李德裕入朝。九月,入居相位。力主安邊削藩,沮遏朋黨。佐武宗擊敗回紇烏介可汗,迎還大和公主,討平擅自襲任澤潞節度使的劉稹。會昌四年八月,以功兼守太尉,進爵衛國公。大中初,因受牛黨成員白敏中、令狐綯中傷,由太子少保、東都留守貶潮州司馬。再貶為崖州司戶參軍。三年十二月,卒于任所。德裕以器業自負,明辯有風采。好著書為文,獎善嫉惡。雖位極台輔,而讀書不輟,尤精《漢書》《左傳》。與劉禹錫、元稹、李商隱、溫庭筠、杜牧均有交往。一生著述甚富。《舊唐書》本傳謂其有《文集》(即《會昌一品集》,又名《李文饒文集》《李衛公文集》)二十卷等。今人傅璇琮、周建國有《李德裕文集校箋》(河北教育出版社 2000 年版),傅璇琮有《李德裕年譜》(中華書局 2013 年版)。

③【圓至】《廣州志》:"桄榔樹大[一]四五圍,長五六丈,無枝條[三],其顛[四]生葉。"《本草》:"椰子出嶺南。"【增注】《交州記》:"椰子本似檳榔。"按《本草》:"實大如瓠殼,員而堅,可為飲器。"

【補注】轉,愈益、更加。桄榔,木名。俗稱砂糖椰子、糖樹。常綠喬木,羽狀複葉,小葉狹而長,肉穗花序的汁可製糖,莖中的髓可製澱粉,葉柄基部的棕毛可編繩或製刷子。《文選》卷四左思《蜀都賦》:"布有橦華,麵有桄榔。"劉逵注引張揖曰:"桄榔,樹名也。木中有屑如麵,可食,出興古。"椰,椰子,常綠喬木。通身無枝。羽狀複葉,叢生于頂。花單性,雌雄同株。核果橢圓形,外果皮黃褐色,中果皮為厚纖維層,內果皮為角質的硬殼。果肉白色多汁,含脂肪,可吃,也可榨油,汁可做飲料。外果皮和中果皮的纖維可製船纜和刷子,果殼可作各種器皿,葉可編席和蓋棚,木材可作建築材料。椰葉,左思《吳都賦》:"檳榔無柯,椰葉無陰。"蠻溪,泛指南方的溪流。

《禮記·王制》:"南方曰蠻,雕題交趾,有不火食者矣。"

④【圓至】馬援討交趾曰:"下潦上霧,毒氣蒸薰。"永州異蛇,齧草盡死。後人來觸草,猶墮指攣腕。

【補注】衝,冒,多指不顧危險或惡劣環境而向前行進。韓愈《廣宣上人頻見過》:"三百六旬長擾擾,不衝風雨即塵埃。"毒霧,指瘴氣。駱賓王《兵部奏姚州破賊設蒙儉等露布》:"水積炎氛,山涵毒霧。"陳增傑《唐人律詩箋注集評》(P.793):蛇草,被毒蛇咬過的有毒的草。《博物志》卷三:"蝮蛇秋月毒盛,無所蚳螫,嚙草木以泄其氣,草木即死。人樵採,設為草木所傷刺者亦殺人。"

⑤【圓至】《録異記》:"潭、袁、虔、吉等州有沙蟲,即毒蛇鱗中蟲。蛇為所苦,則樹身急流水,或臥沙中,碾虫入沙。人中之三日死。"【增注】《廣州志》:"水弩蟲自四月一日上弩射人影,八月後卸弩。"《春秋》有蜮,《詩》為蜮,即含沙射人影者,名射影。

【補注】沙蟲,也叫沙虱,傳說中一種細小而有毒的虫。《搜神記》卷一七:"漢中平年内,有物處于江水,其名曰蜮,一曰短狐。能含沙射人,所中者則身體筋急,頭痛發熱,劇者至死。"《太平御覽》卷九五○引《唐書》:"南平獠部落土氣多瘴癘,山有毒草及沙虱、蝮蛇。"又沙蟲兼指小人。《藝文類聚》卷九○引《抱朴子》:"周穆王南征,一軍盡化,君子為猿為鶴,小人為蟲為沙。"陳增傑《唐人律詩箋注集評》(P.794):《唐詩貫珠》卷四八"南徼":"蛇草、沙蟲,雖南土之惡類,曰'愁'曰'畏',亦明指仇黨毒害,恐伏禍機未已。"

⑥【圓至】《異物志》:"交趾稻夏熟,一歲再種。火米,火耕之米也。"【增注】南方蓺草種田曰畲。不事水耨,惟尚火耕而得米。《爾雅》:"田一歲曰菑,二歲曰新,三歲曰畲。"

【補注】畲田,燒去草木、就地種植作物的田地。杜甫《戲作俳諧體遣悶二首》之二:"瓦卜傳神語,畲田費火耕。"仇兆鰲注:"《貨殖傳》:'楚越之地,地廣人稀,或火耕而水耨。'楚俗燒榛種田,謂之火耕。"陳增傑《唐人律詩箋注集評》(P.794):火米,旱稻。《本草綱目》卷二二:"西南夷亦有燒山地為畬田種旱稻者,謂之火米。"《唐詩鼓吹注解》卷七:"土人以五月收米為火米。"

⑦【圓至】《輿地志》曰:"移風縣有潮雞,潮長則鳴。"【增注】津吏,《唐·百官志》:"諸津令一人,丞三人,掌津濟舟梁。"【磧砂】潮長則鳴之雞也。

【補注】三更,古時一夜分為五更,每更約兩小時,三更約指半夜十一時至翌晨一時。津吏,古代管理渡口、橋樑的官吏。潮雞,一種潮來即啼的雞。又名伺潮雞、石雞。《神異經·東荒經》:"蓋扶桑山有玉雞,玉雞鳴則金雞鳴,金雞鳴則石雞鳴,石雞鳴則天下之雞悉鳴,潮水應之矣。"《太平寰宇記》卷一七一"嶺南道十五·愛州·軍寧縣"引《輿地志》云:"愛州移風縣有潮雞,鳴長且清如吹角,潮至則鳴。一名林雞,其冠四開如芙蓉。"

⑧【圓至】《嶺南異物志》:"紅槿自正月迄十二月常開,秋冬差少。"越鳥,鷓鴣也。李白《鷓鴣詞》云:"有客桂陽至,能吟山鷓鴣。清風動窗竹,越鳥起相呼。"德裕時謫揭陽。【增注】嶺南紅槿花,一名木槿,又曰露槿,又曰日及花。《詩》:"顏如舜英。"注:"舜,木槿也,朝開暮落。"○嶺南越鳥,本名越王鳥,一云越鳥,似鳶。【磧砂】敏曰:文饒為白敏中、崔鉉令黨人李成訟輔政時陰事,乃罷留守,以太子少保分司東都,時大中元年秋。尋再貶潮州司馬,其年冬又貶潮州司戶。大中二年,自洛陽水路經江淮赴潮州,其冬至潮陽,又貶崖州司戶,至三年正月方達珠崖,十二月卒。此道中感賦,而前四句雖即景言之,亦有比意焉。"嶺水爭分",白敏中之黨局相爭也。"路轉迷",貶謫轉展禍甚叵測也。"桄榔椰葉",異類蒙茸也。"暗蠻溪",猶如薈蔚朝隮之義也。"愁衝毒霧逢蛇草",言白黨凶鋒既犯。"畏落沙蟲避燕泥",言己身懼禍不免也,為鬼為蜮同意。第三聯總狀氣候之不齊。末聯言鄉思正切而越鳥啼聲更不堪聞耳。蓋鷓鴣啼猶人言"行不得也哥哥",極傷客思。

【補注】紅槿,紅色的木槿花。參見卷二竇鞏《訪隱者不遇》注②。越鳥,南方的鳥。《文選》卷二九《古詩十九首·行行重行行》:"胡馬依北風,越鳥巢南枝。"李善注引《韓詩外傳》:"《詩》云:'代馬依北風,飛鳥棲故巢。'皆不忘本之謂也。"後因用為思念故鄉或故國之典。

【校勘】

　[一]大中　底本、正統本、大系本作"太中"，據史實改。

　[二]大　底本作"丈"，據詩説本、正統本、明應本改。

　[三]條　底本作"至"，據詩説本、正統本、明應本改。

　[四]顛　底本作"頭"，據詩説本、正統本、明應本改。

病　起

來　鵬

　春初一臥到秋深，不見紅芳與緑陰①。窗下展書難久讀②，池邊扶杖欲閑吟。藕穿平地生荷葉，筍過東家作竹林③。在舍渾如遠鄉客，詩僧酒伴鎮相尋④。

【考證】

　此詩見《全唐詩》卷六四二(P.7357)。

【注評】

　①【補注】紅芳，指紅花。陳子昂《感遇詩三十八首》之三十："但恨紅芳歇，凋傷感所思。"

　②【補注】展書，展開書卷。唐代書籍形制為卷軸寫本，故云。

　③【圓至】《齊民要術》曰："竹性愛東南引。諺曰：'西家種竹，東家治地。'"

　④【補注】渾如，直如。杜甫《即事》："雷聲忽送千峰雨，花氣渾如百和香。"詩僧，能作詩的僧人。鎮，猶常。唐太宗《詠燭二首》之一："鎮下千行淚，非是爲思人。"

　　已前共六首

送李録事赴饒州^①

皇甫冉

北人南去雪紛紛,鴈過^[一]汀洲^[二]不可聞^②。積水長天隨逐^[三]客^[四],荒城^[五]極浦足寒雲^③。山從建業千峯出^[六],江至^[七]潯^[八]陽九派分^④。借問督郵纔弱冠,府中年少不如君^⑤。

【考證】

此詩見《全唐詩》卷二四九(P. 2797),題中"李録事"下校"一作裴員外"。

【注評】

①【增注】吳九江郡鄱陽縣本楚地,隋改饒州,唐屬江南道,今屬江東道。

【補注】録事,官名,掌管文書、勾稽缺失。三國諸將軍府始置。隋、唐、五代謁臺者、御史臺、諸寺監、東宮詹事府、左右春坊、諸率府、親王府、都督府、諸府州縣等置,長官之佐吏,位高者從九品上,低者為流外。李録事,待考。饒州,隋開皇九年以鄱陽郡改名,治所在鄱陽縣(今屬江西)。大業初改為鄱陽郡。唐武德四年復為饒州。天寶元年又改為鄱陽郡。乾元元年復為饒州。唐轄境相當今江西鄱江、信江兩流域(婺源、玉山除外)。《輿地紀勝》卷二三"江南東路·饒州·風俗形勝"引徐湛《鄱陽記》:"饒州北有堯山,嘗以堯為號,又以地饒衍,遂加食為饒。"

②【補注】北人,泛稱北方之人。汀洲,水中小洲。

③【補注】積水,指江海、湖泊或池沼。杜甫《別蔡十四著作》:"積水駕三峽,浮龍倚長津。"長天,遼闊的天空。王勃《秋日登洪府滕王閣餞別序》:"落霞與孤鶩齊飛,秋水共長天一色。"逐客,指被貶謫遠地的人。杜甫《夢

李白二首》之一：“江南瘴癘地，逐客無消息。”荒城，荒涼的古城。杜甫《謁先主廟》：“絕域歸舟遠，荒城繫馬頻。”極浦，遙遠的水濱。《楚辭·九歌·湘君》：“望涔陽兮極浦，横大江兮揚靈。”王逸注：“極，遠也；浦，水涯也。”寒雲，寒天的雲。陶淵明《歲暮和張常侍詩》：“向夕長風起，寒雲没西山。”

④【圓至】《潯陽地記》曰：“九江：一烏白江，二蚌江，三烏江，四嘉靡江，五畎江，六源江，七廩江，八提江，九菌江。”【磧砂】郭璞《江賦》：“源二分於崛嵊，流九派於潯陽。”

【補注】建業，又名建鄴、建康。即今南京，六朝相繼建都於此，四圍多山。參見卷二吴融《秋色》注④和卷三許渾《金陵》注⑧。潯陽，縣名，屬江州，治所在今江西九江市。參見卷六孟浩然《晚泊潯陽望爐峰》注①。《漢書·地理志上》：“《禹貢》九江在南，皆東合為大江。”顏師古注引應劭曰：“江自廬江尋陽分為九。”

⑤【圓至】《白氏六帖》：“州主簿、郡督郵，并今録事參軍。”《記》曰：“二十曰弱，冠。”【磧砂】謙曰：結語有勉之乘時策勛意。

【補注】督郵，官名。漢置，郡的重要屬吏，代表太守督察縣鄉，宣達教令，兼司獄訟捕亡。唐以後廢。《後漢書·朱穆傳》：“初舉孝廉。”李賢等注引謝承《書》：“穆少有英才，學明五經。性矜嚴疾惡，不交非類。年二十為郡督郵。”這裏以朱穆比李録事。弱冠，古時以男子二十歲為成人，初加冠，因體猶未壯，故稱弱冠。後遂稱男子二十歲或二十幾歲的年齡為弱冠。年少，猶少年。

【校勘】

［一］過　何校、全唐詩作“叫”。

［二］洲　何校、全唐詩作“沙”，全唐詩校“一作洲”。

［三］逐　何校、磧砂本、全唐詩作“遠”。

［四］客　全唐詩校“一作色”。

［五］荒城　全唐詩校“一作荒林，又作孤舟”。

［六］出　何校“出，《百家選》作遠，疑是‘遠’字”；全唐詩校“一作起，又

作斷"。

　　[七] 至　全唐詩校"一作自，又作到"。

　　[八] 潯　何校"尋"。

清明日與友人遊玉塘莊^①

來　鵬

　　幾宿^[一]春山共^[二]陸郎^②，清明時節好風^[三]光。細^[四]穿緑^[五]荇船頭滑^③，碎^[六]踏殘花屐齒香^④。風急嶺^[七]雲飄^[八]迥野，雨餘田水落芳^[九]塘^⑤。不堪吟罷東^[十]回首，滿耳蛙聲正夕陽^⑥。

【考證】

　　此詩見《全唐詩》卷六四二（P. 7357），題中"玉塘莊"作"玉粒（一本無'粒'字）塘莊"。

【注評】

　　①【補注】清明，二十四節氣之一，後演變為節日。在公曆四月四、五或六日。我國有清明節踏青、掃墓的習俗。《逸周書·周月》："春三月中氣，驚蟄，春分，清明。"朱右曾校釋引孔穎達曰："清明，謂物生清净明潔。"《淮南子·天文訓》：春分"加十五日（斗）指乙則清明風至"。玉塘莊，待考。

　　②【圓至】【全唐詩】袁術常呼陸績為陸郎。

　　【補注】陸績（187—219），字公紀，三國時期吴郡吴（今蘇州）人。容貌雄壯，博學多識，星曆算數無不涉覽，與龐統等友善。孫權徵以為奏曹掾，後出任郁林太守，加偏將軍，率兵二千人。意在儒雅，雖在軍中，不廢著述，曾作《渾天圖》、注《易》、釋《玄》等，今佚。事迹見《三國志·吴書·陸績傳》。這裏用"陸郎"借指友人，或其亦姓陸。

③【何焯】歸。

【補注】荇，多年生水生草本植物，參見卷三李郢《江亭春霽》注①。

④【增注】宋謝靈運好遊山，嘗着木屐，上山則去前齒，下山則去後齒。
【何焯】醉。

【補注】屐，木製的鞋，底大多有二齒。

⑤【補注】迥野，曠遠的原野。司空曙《送魏季羔遊長沙覲兄》：“鶴高看迥野，蟬遠入中流。”陳增傑《唐人律詩箋注集評》(P. 1037—1038)：《唐詩鼓吹注解》卷七：“綠荇殘花，雲飄水落，皆以言乎風光之好也。上二句遊情，下二句遊景。”

⑥【磧砂】敏曰：按，鵬，豫章人，大中咸通間舉進士不中，客死於維揚。考之大中間朋黨之患已極，位於朝者皆齟齬齪齪容悦如白敏中。令狐綯號為一時柱石，然其施設可睹矣，況其下乎？天下目宣宗為小太宗，而不知唐亡自宣宗始也。至若懿宗咸通間所親者巷伯，所昵者桑門，以蠱惑之侈言亂驕淫之方寸，釁起蠻陬，奸生戍卒。發五嶺之輪轉，寰海動搖；徵二蜀之扞防，蒸人蕩覆。徐寇雖殄，河南幾空。然猶削軍賦而飾伽藍，困民財而修净業，見豕負塗之愛豎非次寵升，焦頭爛額之輔臣無辜竄逐，士夫陵彝，禍階於此。此詩雖無年譜可稽，然讀“清明時節好風光”句，下則言情寫景而已，何至結語便有不堪回首之情，却在“滿耳蛙聲正夕陽”乎？蓋蛙聲雜遝，何啻朋黨紛呶，侈言蠱惑；而且夕陽雖好，落日難揮，國運將傾，桑榆已晚，又何異也？兼比興。【何焯】“好風光”却為風雨厮壞，寫失意却不露骨。

【補注】陳增傑《唐人律詩箋注集評》(P. 1038)：《唐詩評選》卷四“七言律”：“取景近，脱口輕，世眼所不取，吾特賞其興會。”

【校勘】

［一］宿　元刊本、磧砂本、高本、四庫本作“度”，何校“宿”，全唐詩校“一作度”。

［二］共　何校、全唐詩作“逐”，全唐詩校“一作共”。

［三］風　全唐詩作“煙（一作風）”。

［四］細　磧砂本、全唐詩作"歸"，全唐詩校"一作細"。

［五］緑　全唐詩作"細(一作緑)"。

［六］碎　磧砂本、何批、全唐詩作"醉"。

［七］嶺　正統本作"領"。

［八］飄　全唐詩校"一作翻"。

［九］芳　磧砂本、何校、全唐詩作"方"。

［十］東　全唐詩校"一作重"。

已前共二首

宿淮浦寄司空曙①

李　端②

愁心一倍長離憂③，夜思千重戀舊遊。秦地故人成遠夢，楚天多［一］雨在孤舟④。諸溪近海潮皆應，獨樹邊淮葉盡流⑤。別恨轉［二］深何處寫，前程惟有一登樓⑥。

【考證】

此詩見《全唐詩》卷二八六(P. 3269)，題中"寄司空曙"作"憶司空文明"。

【注評】

①【增注】《禹貢》："導淮自桐柏，在豫州。"又："海岱及淮惟徐州。"《詩》："率彼淮浦。"屬徐州。《漢書》："臨淮郡淮浦縣。"注并云："淮厓也。"徐州屬河南道。【何焯】郭虛舟。

【補注】淮浦，縣名。西漢置，屬臨淮郡。《水經·淮水注》引應劭曰：

“淮崖也。蓋臨側淮濆，故受此名。”治所在今江蘇漣水縣西。東漢改屬下
邳國。晉屬廣陵郡。南朝宋屬臨淮郡，後廢。淮浦，或泛指淮水邊的口岸。
淮水，《尚書·禹貢》：“海岱及淮惟徐州，淮沂其乂……浮于淮泗達於河。”
《漢書·地理志上》“南陽郡·平氏縣”：“《禹貢》桐柏大復山在東南，淮水所
出，東南至淮（陵）〔浦〕入海，過郡四，行三千二百四十里。”源出河南桐柏
山，東流經河南、安徽，原在江蘇北部獨流入海。金代以後下游為黃河所
奪，現由洪澤湖，經寶應湖、高郵湖，在今江蘇揚州江都入長江。浦，水邊，
河岸。司空曙，與錢起、李端等文詠唱和，皆入“大曆十才子”之數。生平參
見卷一司空曙《病中遣妓》注②。

②【圓至】趙州人，大曆五年李搏榜進士。【增注】趙州人，仕至杭州司
馬。《詩格》云：“校書郎，‘大曆十才子’一人之數。李嘉祐有《送侄端》詩，
蓋其侄。”

【補注】賈晉華撰《中國文學家大辭典·唐五代卷》（P. 337）“李端”條
云，端（生卒年不詳），字正己，行二，趙郡（今河北趙縣）人。大曆五年登進
士第，授秘書省校書郎。與錢起、盧綸等文詠唱和，游於駙馬郭曖之門。建
中中移疾江南，授杭州司馬。卒于貞元二年前。端有詩名，與錢起、盧綸、
吉中孚、韓翃、司空曙等並稱“大曆十才子”。《新唐書·藝文志》著錄《李端
詩集》三卷。《全唐詩》卷二八四至二八六編其詩為三卷。

③【圓至】《楚詞》：“思公子兮徒離憂。”

【補注】長，增長。離憂，離別的憂思。杜甫《長沙送李十一》：“李杜齊
名真忝竊，朔雲寒菊倍離憂。”仇兆鰲注：“離憂，離別生憂也。”陳伯海主編
《唐詩彙評》（P. 1494）：《詩式》卷五：“曰‘愁心一倍’，此對己言；曰‘長離
憂’，却屬自己一面，而亦對人言，皆從不得志來。”

④【磧砂】謙曰：上句是曙，下句是己。

【補注】秦地，秦國所轄地陝西一帶。這裏指司空曙所居地長安。楚
天，詩人泊舟地淮浦古屬楚國，故稱。陳伯海主編《唐詩彙評》（P. 1494）：
《貫華堂選批唐才子詩甲集七言律》卷五上：“‘夜思’七字，獨承‘離憂’，言
翻來覆去，更睡不得，即更放不得也。‘秦地’十四字，再承‘夜思’，言纔睡

得,即又夢,纔夢得,即又覺,迷迷離離,恰似家中握手,淅淅瀝瀝,早是船背雨聲也,真寫盡'千重'二字矣。"

　　⑤【補注】邊,接近,臨近。陳增傑《唐人律詩箋注集評》(P.577):《唐詩繹》卷二二"七言律詩":"'潮皆應',轉若聲氣之通;'葉盡流',倍觸流離之感矣。景中含情,恰好引起末二意。"

　　⑥【圓至】王仲宣思歸,作《登樓賦》。【何焯】此詩不免凡語,如韓吏部《訪劉尊師不遇》篇則超絕矣。○五、六較勝三、四。○元和詩韻脚極工,却不做不遇。

　　【補注】轉,愈益,更加。寫,傾吐,發抒。《詩經·邶風·泉水》:"駕言出遊,以寫我憂。"毛公傳:"寫,除也。"陳增傑《唐人律詩箋注集評》(P.577):"登樓,漢末王粲流寓江南,曾作《登樓賦》以抒寫憂懷。這裏的'登樓',既是説登樓遠望,想懷友人;又包含自己天涯流落的憂憤(如王粲之賦《登樓》)。"按,王粲《登樓賦》主要抒發懷鄉思歸的憂思及懷才不遇的憤懣,有句云:"雖信美而非吾土兮,曾何足目少留……悲舊鄉之壅隔兮,涕橫墜而弗禁……冀王道之一平兮,假高衢而騁力。懼匏瓜之徒懸兮,畏井渫之莫食。步棲遲目徙倚兮,白日忽其將匿……心悽愴目感發兮,意忉怛而憯惻。循階除而下降兮,氣交憤于胸臆。夜參半而不寐兮,悵盤桓目反側。"

【校勘】

　　[一]多　全唐詩作"凉"。
　　[二]轉　全唐詩校"一作最"。

尋郭道士不遇①

白居易②

郡中乞假來尋[一]訪③,洞裏朝元去不逢④。看院只留雙白鶴,入

門唯見一青松。藥爐有火丹應伏⑤，雲碓無人水自春⑥。欲問參同契
中事⑦，未知何日得相從[二]。

【考證】

　　此詩見《全唐詩》卷四四〇（P. 4899）。

【注評】

　　①【補注】朱金城《白居易集箋校》（P. 1071）：郭道士，道士郭虛舟，與
白居易相識于江州，白同時寫有《郭虛舟相訪》，後來又作有《同微之贈別郭
虛舟鍊師五十韻》云：“我為江司馬，君為荆判司。俱當愁悴日，始識虛舟
師。”認為此詩作于元和十三年（818）白居易任江州司馬時。

　　②【圓至】太原人，字樂天。【增注】字樂天，其先太原人，徙華州下邽。
生於大曆七年壬子。貞元十四年擢進士第，元和對策為翰林學士。因事貶
江州司馬，遷左拾遺，徙忠州刺史，入為司門員外郎，以主客郎中知制誥。
長慶中自中書舍人為杭州刺史。會昌初刑部尚書致仕，六年卒，年七十五，
贈尚書右僕射。

　　【補注】吳汝煜撰《中國文學家大辭典·唐五代卷》（P. 134—136）“白居
易”條云，居易（772—846），字樂天，晚號香山居士、醉吟先生。行二十二。
祖籍太原（今屬山西），後遷居下邽（今陝西渭南），遂為下邽人。出生于鄭
州新鄭縣（今屬河南）。幼聰慧，五六歲學作詩，九歲解聲韻。建中三年，隨
父至徐州別駕任所，寄家苻離。次年避亂至越中。貞元十六年登進士第。
十八年登書判拔萃科。次年授秘書省校書郎。元和元年中“才識兼茂、明
於體用科”，授盩厔尉。二年十一月任翰林學士。後歷左拾遺、京兆府戶曹
參軍等職，仍兼翰林學士。以亢直敢言和寫作新樂府詩諷刺時政為權豪所
恨。六年丁母憂。服闋，召授太子左贊善大夫。十年秋，因上書請求急捕
刺殺宰相武元衡之凶手，執政惡其越職言事，貶江州司馬。十三年冬，轉忠
州刺史。穆宗即位，召為尚書司門員外郎。十二月改授主客郎中、知制誥。

長慶元年遷中書舍人。明年求外任，除杭州刺史。曾修築錢塘湖堤蓄水灌田千餘頃。四年五月，除太子左庶子分司東都。寶曆元年三月，再除蘇州刺史。次年九月因病罷官歸洛陽。大和元年徵為秘書監。次年除刑部侍郎。三年，以太子賓客分司東都，此後定居洛陽。歷河南尹、太子賓客、太子少傅等職。棲心梵釋，淡泊自守。與裴度、劉禹錫、王起等詩酒唱和。會昌二年以刑部尚書致仕。曾出資鑿開龍門八節石灘，以利行船。六年八月卒。諡文。世稱白傅或白文公。白居易以詩著稱。早年與元稹齊名，稱“元白”；晚年與劉禹錫齊名，稱“劉白”。他主張“文章合為時而著，歌詩合為事而作”，發揮“補察時政”“泄導人情”的社會功能（《與元九書》），要求作品“辭質而徑”“言直而切”“事覈而實”“體順而肆”（《新樂府》序）。自分其詩為諷諭、閒適、感傷、雜律四類，風格以通俗淺易為主。唐時“學者翕然，號元和詩”（顧陶《唐詩類選後序》）。其詩曾遠播日本、朝鮮，對日本文學發展產生影響。白居易兼擅詞、文、書法。《新唐書·藝文志》著錄《白氏長慶集》七十五卷等。今人朱金城有《白居易集箋校》（上海古籍出版社 1988 年版）和《白居易年譜》（上海古籍出版社 1982 年版），謝思煒有《白居易詩集校注》（中華書局 2006 年版）。

③【圓至】《舊史》謂：“樂天貶江州司馬，立隱舍於廬山。或經時不歸，或逾月而反，郡守不之責。”

④【補注】謝思煒《白居易詩集校注》（P.1355）：“朝元，朝見元君。《抱朴子內篇·金丹》：‘元君者，老子之師也。’李益《登天壇夜見海》：‘八鸞五鳳紛在御，王母欲上朝元君。’呂岩《七言》：‘玉京殿裏朝元始，金闕宮中拜老君。’”此注書證中的“元君”與“元始”非同一尊神，元始乃元始天尊，故“朝元”並不能看作“朝元君”或“朝元始”的簡稱。按，道家言“朝元”，一般有二義。一指朝拜老子。唐皇室姓李，故高宗追號老子李耳為“太上玄元皇帝”，並在華清宮建朝元閣以祠之。二為內丹術語，說法不一，多指五臟之氣彙聚于天元（臍），參見《太上老君說常清靜經注》《鍾呂傳道集·朝元》《性命圭旨》等。道教認為：“內丹煉到極致，元神可以自由出入身體，超脫後，如果厭居仙境，尚可返回‘傳道’，積行于人間，然後受天書返歸仙境。”

(丁培仁《北宋內丹道述略》,《上海道教》1991 年第 3 期)呂巖《別詩二首》之
一:"朝朝煉液歸瓊壠,夜夜朝元養玉英。"白詩二義皆通。類似者還有姚鵠
《玉真觀尋趙尊師不遇》:"羽客朝元畫掩扉,林中一徑雪中微。"呂巖《宿州
天慶觀殿門留贈符離道士》:"雲迷鶴駕何方去,仙洞朝元失我期。"

⑤【圓至】見前注。

【補注】丹應伏,指煉成了仙丹。伏,隱藏。

⑥【圓至】自注曰:"廬山雲母多,以水碓搗,俗呼為雲碓。"【增注】李白
詩:"水舂雲母碓。"按《本草》:"雲母,石類也。"【全唐詩】廬山中雲母多,故
以水碓搗煉,俗呼為雲碓。

【補注】碓,舂米的工具。最早是一臼一杵,用手執杵舂米。後用柱架
起一根木杠,杠端繫石頭,用腳踏另一端,連續起落,脫去下面臼中谷粒的
皮。爾後又有利用畜力、水力等代替人力的,使用範圍亦擴大,如舂搗紙漿
等。《新論·離事》:"宓犧之制杵臼,萬民以濟。及後世加巧,因延力借身
重以踐碓,而利十倍杵臼。又復設機關,用驢、騾、牛、馬及役水而舂,其利
乃且百倍。"

⑦【圓至】《神仙傳》:"魏伯陽,齊會稽人,得古文[三]《龍虎上經》,約其
象,著《參同契》。"

【補注】參同契,即《周易參同契》,道教經典,相傳為東漢魏伯陽著,三
卷。參"太易""黃老""爐火","三道由一,具出徑路",故名。該書借乾、坤、
坎、離、水、火、龍、虎、鉛、汞等法象論述煉丹修仙的方法,兼及內外丹,但重
點是內丹。認為萬物的產生和變化皆是陰(坤、雌)陽(乾、雄)交媾,使精氣
得以發舒的結果;欲求長生不死必須順從陰陽變化,掌握坤乾六十四卦運
行規律來從事修煉,即所謂煉丹。

【校勘】

[一]尋　全唐詩作"相"。

[二]未知何日得相從　全唐詩作"更期何日得從容(一作未知何日得
相從)"。

　　[三]文　底本、詩説本脱，據正統本、明應本補。

早秋寄題天竺靈隱寺①

賈　島

　　峯前峯後寺新秋，絶頂高窗見沃州②[一]。人在定中聞蟋蟀，鶴曾[二]棲處掛獼猴③。山鍾[三]夜度[四]空江水，汀月寒生古石樓④。心憶懸[五]帆身未遂，謝公此地昔曾[六]遊⑤。

【考證】

　　此詩見《全唐詩》卷五七四（P.6683）。

【注評】

　　①【圓至】在杭州。【增注】二寺俱在杭州。《寰宇記》"天竺山"："晉咸和元年，西天僧慧理歎曰：'此是天竺國靈鷲山之小嶺，不知何年飛來。佛在日多為仙靈所隱，今此復爾。'因掛錫靈隱寺，號飛來峰。靈隱山以許由、葛洪所隱入去忘歸取名，本名稽宿山。"又《圖經》："杭州靈山之陰、北澗之陽即靈隱寺；靈山之南、南澗之陽即天竺寺。"

　　【補注】齊文榜《賈島集校注》（P.482—483）云，文宗大和九年（835），姚合為杭州刺史。其年秋，島前往拜謁遊杭，詩為此時作。天竺靈隱寺，指天竺、靈隱二寺。《（咸淳）臨安志》卷八〇"寺觀六"："下竺靈山教寺，在錢唐縣西一十七里，隋開皇十五年僧真觀法師與道安禪師建，號南天竺，唐永泰中賜今額。""景德靈隱寺，在武林山。東晉咸和元年梵僧慧理建。舊名靈隱，景德四年改景德靈隱禪寺。靈隱、天竺兩山，由一門而入。陸羽《記》云：'南天竺，北靈隱。'有百尺彌勒閣、蓮峰堂、白雲庵、千佛殿、巢雲亭、延賓水閣、望海閣。"

②【圓至】沃州山，在越州新昌縣東三十里。

【補注】沃州，即沃洲山，在今浙江新昌縣東南三十六里。支遁曾于此立寺棲居、講道，現留有支遁嶺、放鶴峰等遺迹。南朝名僧帛道猷于此建沃州禪院，唐時重建。白居易《沃洲山禪院記》：“沃洲山在剡縣南三十里……東南山水越為首，剡為面，沃洲、天姥為眉目。”

③【增注】《爾雅》：“蟋蟀，蛩也，幽州人謂之促織。”○獼猴似猿。今飛來峰有猿，其洞名呼猿洞。

【補注】定中，指佛教徒進入禪定的狀態之中，多取趺坐式。謂閉目静坐，不起雜念，使心定于一處而不昏沉，了了分明而無雜念。飛來峰西側有“呼猿洞”。古時，靈隱、天竺一帶山上多猿猴，相傳“晉慧理嘗畜白猿於此。六朝宋時，有僧智一訪舊蹟，畜猿於山，臨澗長嘯，則諸猿畢集”（《西湖遊覽志》卷一〇“北山勝蹟”）。

④【補注】齊文榜《賈島集校注》（P. 483）：“江，指錢唐江，即古之浙江……石樓，山名，位于今浙江鄞縣南四明山中。”按，天竺、靈隱二寺，距離錢塘江約十多公里，距離鄞縣四明山甚遠。此注釋“江”甚是，謂“石樓”為山名，誤。此聯烘托寺廟形勝，氣勢恢弘，景象開闊，堪與宋之問《靈隱寺》名句“樓觀滄海日，門對浙江潮”媲美：上句由近及遠，從聲覺入手，較實；下句由遠及近，從視覺和觸覺入手，較虛。據詩意，“石樓”當在寺內。又山、川等自然景觀罕見用“古”“今”等時間詞形容者，詩人懷古悼今，往往感慨自然風景不殊，宮殿、人事等有興廢、變遷。詩中既云“汀月”“古”，則“石樓”非山，當泛指石築的樓臺。如齊己《匡山寓居棲公》：“樹影殘陽寺，茶香古石樓。”

⑤【圓至】謝安嘗經臨安山中，坐石室臨濬谷，悠然歎曰：“此去伯夷何遠？”【增注】臨安縣有東、西二巖，坡詩自注云：“謝安東山也。”【磧砂】謙曰：按閬仙在京師，一日於驢背上得句云“鳥宿池邊樹，僧敲月下門”。因欲着“推”字，遂於驢背吟哦，引手作推敲勢。時韓愈吏部權京兆，閬仙不覺衝至第三節。左右擁至前，具對。韓立馬良久，曰：“敲字佳。”遂并轡而歸。又嘗在法乾寺與僧論詩，其卷在案。宣宗微行至寺，見卷取視。閬仙不知為

帝,怒目視之曰:"郎君何會此耶?"奪卷回。今觀此詩,真字字攻苦而出也。次聯極其細,三聯更極其幽,不易會矣。

【補注】謝公,指謝靈運,會稽人,好遊覽,遊蹤主要在浙江一帶,是山水詩的開創者,并撰有《遊名山志》《山居賦》等山志。《宋書·謝靈運傳》云,靈運"出為永嘉太守。郡有名山水,靈運素所愛好,出守既不得志,遂肆意游遨,遍歷諸縣,動逾旬朔……所至輒為詩詠,以致其意焉……尋山陟嶺,必造幽峻,巖障千重,莫不備盡"。李白《夢遊天姥吟留別》:"謝公宿處今尚在,渌水蕩漾清猿啼。"黄鵬《賈島詩集箋注》(P. 343):《才調集補注》卷一:"謝公,即靈運。《舊圖經》:飛來峰怪石森羅,青蒼玉削,其頂有蓮花泉,謝靈運翻經臺在焉。"

【校勘】

［一］沃州　磧砂本、何校、全唐詩作"沃洲"。

［二］曾　全唐詩作"從(一作曾)"。

［三］鍾　四庫本作"中"。

［四］度　全唐詩作"渡"。

［五］懸　全唐詩校"一作挂"。

［六］曾　全唐詩作"年"。

題宣州開元寺水閣①[一]

杜　牧

六朝文物草連空②,天淡雲開[二]今古同③。鳥去鳥來山色裏,人歌人哭水聲中④。深秋簾幕千家雨,落日樓臺一笛風⑤。惆悵無因見[三]范蠡,參差煙樹五湖東⑥。

【考證】

此詩見《全唐詩》卷五二二(P. 5964)，題末多“閣下宛溪，夾溪居人”八字。

【注評】

①【增注】宣城，即宣州。杜牧嘗為宣州判官，又佐沈傳師宣城幕。《釋氏通鑑[四]》載：“玄宗開元二十六年，詔各郡建一寺，紀年為號，曰開元寺。”

②【圓至】六朝，見前注。

③【何焯】“今”“古”二字已暗透後半消息。

④【圓至】按本集題云《開元寺水閣，閣下宛溪，夾溪居人》。

【補注】吳在慶《杜牧集繫年校注》(P. 352)云，宛溪，發源于宣城東南嶧山，流繞城東為宛溪，至縣東北里許，與句溪匯合。“人歌人哭”句化用《列子·仲尼》“衆人且歌，衆人且哭”，與《禮記·檀弓下》“晉獻文子成室，晉大夫發焉，張老曰：‘美哉輪焉，美哉奐焉！歌於斯，哭於斯，聚國族於斯’”句意。馮集梧注：“《拾遺記》：日南之南，有淫泉之浦，其水激石之聲，似人之歌笑。”

⑤【磧砂】敏曰：每於此等句法，最愛其全無襯字而其中自具神通。【何焯】六朝不過瞬息，人生那可不乘壯盛有所建樹？然而此懷誰可語者，“風”“雨”二句，思同心而莫之致也。我思古人如范蠡者，功成身退，雖為執鞭，所欣慕焉。五、六正為結句蓄勢也。○寄託高遠，不是逐逐寫景，若為題所謾，便無味矣。

⑥【圓至】《國語》曰：“范蠡遂乘輕舟浮於五湖。”【磧砂】謙曰：范蠡功成身退，能識進退之宜，此結有感歎人己意。

【補注】參差，紛紜繁雜。五湖，古代吳、越一帶的湖泊，說法不一。春秋末越國大夫范蠡，輔佐越王勾踐滅吳後，功成身退，乘輕舟以隱于五湖。事見《國語·越語下》。後因以“五湖”指隱遁之所。《抱朴子外篇·正郭》：“法當仰隮商洛，俯泛五湖，追巢父於峻嶺，尋漁父於滄浪。”

【校勘】

[一] 閣　正統本、明應本作“閤”。

[二] 開　磧砂本、高本、四庫本、全唐詩作“聞”。

[三] 見　全唐詩校“一作逢”。

[四] 通鑑　底本、正統本、大系本作“通監”，據該著書名改。

長安秋夕[一]

趙　嘏

雲物淒凉[二]拂曙流，漢家宮闕動高秋①。殘星數[三]點鴈橫塞，
長笛一聲人倚樓②。紫艷半開籬菊净③[四]，紅衣落盡渚蓮愁④。鱸魚
正美不歸去⑤，空戴南冠學楚囚⑥。

【考證】

此詩見《全唐詩》卷五四九（P. 6347），題中“秋夕”作“晚秋（一作秋望，
一作秋夕）”。

【注評】

①【何焯】“流”字起“動”字，蘊藉至此。○第二萬鈞之力。○哀怨殆不
可堪。○“動”字暗藏秋風起在内，直是社稷傾摇景象也。○秋風起是王室
亂，不可顯指，半明半暗。深於詩教，脱化即寓其中矣。○此詩其作於太和
間耶？

【補注】雲物，雲氣、雲彩。《抱朴子外篇·知止》：“若夫善卷、巢、許、
管、胡之徒，咸蹈雲物以高騖，依龍鳳以竦迹。”拂曙，拂曉。蕭愨《奉和元
日》：“帝宮通夕燎，天門拂曙開。”陳伯海主編《唐詩彙評》（P. 2520）；《唐詩
貫珠》卷五〇“秋”：“調高氣暢。其靈活處，煉字得力。‘流’字落想佳。”漢

家宮闕,借指唐代的宮殿觀闕。高秋,深秋。何遜《贈族人秣陵兄弟詩》:"蕭索高秋暮,砧杵鳴四鄰。"馬茂元《唐詩選》(P.740):"漢家句:高聳的宮闕掩映在雲氣之中,隨着流雲而滉漾,故云。"

②【圓至】《摭言》曰:"杜紫微覽趙渭南詩云云,因目瑕為趙倚樓。"【磧砂】謙曰:杜紫微覽此一聯,賞詠不已,人因稱為趙倚樓。愚竊思之,真有靈氣,中涵不可摸索之妙,何也?"殘星幾點",天光欲曙矣。翔雁南飛,秋聲已慘,況復長笛風清,動人旅思之時乎?悄然生感,倚樓獨立,正覺難以為情也。陶鑄成句,毫不道破,令人誦之悠然遠引。所以延譽當年、流傳後世者,定有真精神與之俱在也。【何焯】倒找"望"字。○"殘星數點"則帝座暗、台階坏皆寓其中。"長笛"乃山陽之感也。

【補注】塞,險要之處。多指邊界上可以據險固守的要地。

③【磧砂】"静"字亦細。

【補注】紫豔,紫色豔麗,形容籬菊色澤。古人重陽節闔家團聚,登高,插茱萸、賞菊、飲菊花酒。參見卷一鄭谷《十日菊》注①。此句暗用陶淵明采菊事,兼寫思歸之情。參見卷三崔曙《九日登仙臺呈劉明府》注⑨。

④【何焯】五、六"半開""落盡"言歸期已後,如何猶不知幾,豈有人縶其手足耶?

【補注】紅衣,荷花瓣的別稱。許渾《秋晚雲陽驛西亭蓮池》:"煙開翠扇清風曉,水泛紅衣白露秋。"渚,水中小洲。《唐詩續評》卷三"七言律":"'雁''菊''蓮',皆秋時之物;曰'幾點''一聲''半開''落盡',皆寫'凄凉',而又以'静'字、'愁'字點破。'長笛一聲',寫'凄凉'更透露。"

⑤【圓至】見前注。【何焯】第二暗伏此,明結。

【補注】此句用張翰見秋風起,因思故鄉鱸魚膾東歸典。參見卷四許渾《贈蕭兵曹》注④。

⑥【圓至】晉侯見鍾儀,問曰:"南冠而縶者誰也?"有司曰:"鄭人所獻楚囚也。"【磧砂】承祐自況。【何焯】詩到此,安得不令杜紫微俯首?

【補注】南冠,春秋時楚人之冠,後泛指南方人之冠。陳伯海主編《唐詩彙評》(P.2520):《山滿樓箋注唐人七言律》卷四:"此不得志而思歸之作也……‘空戴南冠’，一‘空’字最苦，其所以欲歸，正在此。”《唐詩析類集訓》卷二七“七言律四韻”：“首以‘淒涼’作骨，末結所以‘淒涼’之意。”

【校勘】

　　［一］夕　何校“望”。

　　［二］涼　全唐詩校“一作清”。

　　［三］數　磧砂本、全唐詩作“幾”。

　　［四］净　全唐詩、磧砂本作“静”。

宿山寺

項　斯①

　　栗葉重重覆[一]翠[二]微②，黄昏溪上語人稀③。月明古[三]寺客初到，風度[四]閑門僧未歸④。山果經霜多自落⑤，水螢穿竹不停飛⑥。中宵能得幾時睡，又被鍾聲催着衣⑦。

【考證】

　　此詩見《全唐詩》卷五五四（P. 6421）。

【注評】

　　①【圓至】會昌四年進士。【增注】字子遷，江東人。會昌四年登進士第，命為潤州丹徒縣尉。尚書楊敬之雅愛其詩，所至稱之，嘗贈詩云：“平生不解藏人善，到處逢人説項斯。”敬之，御史疑之子。

　　【補注】吴在慶撰《中國文學家大辭典·唐五代卷》（P. 552）“項斯”條云，斯（生卒年不詳），字子遷，台州（今浙江臨海）人。初築草屋于朝陽峰前，與僧人交友，隱居山中凡三十餘年。寶曆、開成間有詩名，為楊敬之所知賞。敬之嘗贈詩云："平生不解藏人善，到處逢人説項斯。"(《贈項斯》)名益振。會昌四年登進士第，授丹徒縣尉，卒于任所。其詩學張籍。張洎評云："詞清妙而句美麗奇絶，蓋得於意表，迫非常情所及。"(《項斯詩集序》)張為《詩人主客圖》列為"清奇雅正主"李益之升堂者。《新唐書·藝文志》著録《項斯詩》一卷。《全唐詩》卷五五四編其詩為一卷。今人徐光大有《項斯詩注》(浙江古籍出版社 2010 年版)。

②【何焯】藏"客初到""僧未歸"。

【補注】翠微，原指青翠掩映的山腰幽深處，或形容山光青翠縹緲。後亦泛指青山。參見卷三杜牧《九日齊山登高》注③。

③【何焯】此句直貫注"得幾時"。

④【何焯】起不睡。

【補注】陳伯海主編《唐詩彙評》(P. 2532)：《貫華堂選批唐才子詩甲集七言律》卷七下："前解寫山寺，言遠望此山，千重栗樹，初尋寺徑，一帶溪流，已而明月照門，則見好風自開。蓋一望、二尋、三到、四入也。"

⑤【何焯】此句不睡所聞。

⑥【何焯】不睡所見。

⑦【補注】中宵，中夜，半夜。陸機《贈尚書郎顧彦先詩二首》之二："迅雷中宵激，驚電光夜舒。"陳伯海主編《唐詩彙評》(P. 2532)：《貫華堂選批唐才子詩甲集七言律》卷七下："後解寫宿。五寫宿後所聞，六寫宿後所見。夫宿後聞見如此，則是一夜通不得宿，便轉出七之'能得幾時'四字也。末句，勞人之勞，不亦悲哉！"

【校勘】

［一］覆　全唐詩作"復"。

［二］翠　圓校"一作徑"。

［三］古　何校"半"："'半'字方與'黃昏'句一氣，改一'古'字，全首神味索然矣。"

［四］度　圓校"一作動"，磧砂本作"動"。

題永城驛①

薛　能

　　秋賦春還計盡^[一]違②，自知身是拙求知。惟思曠海無^[二]休日③^[三]，却^[四]喜孤舟似去時④。連浦^[五]一程^[六]兼汴宋，夾堤千柳雜唐隋⑤。從來此恨皆前達，敢負吾君作楚詞⑥^[七]。

【考證】

　　此詩見《全唐詩》卷五五九（P. 6480），題作《下第後夷門乘舟至永城驛題》；又見卷四九九（P. 5680—5681），屬姚合。佟培基《全唐詩重出誤收考》（P. 365）云，此詩《四部叢刊》本、汲古閣本及《唐音統籤》姚合集不載。《文苑英華》卷二九八作薛能詩；《唐音統籤》薛能集亦收，所據為南宋紹興元年山陰陸榮望本；季振宜《全唐詩稿本》卷四九《唐許昌節度使薛太拙詩》亦收，下注“詩法”，即楊仲弘《古今詩法》。“看來宋刻及元人選本對此詩之歸屬本無疑義，作姚合詩者誤。但薛能汾州人，下第後何至東歸汴宋尚有疑。”

【注評】

　　①【圓至】永城縣，在亳州。

　　【補注】永城縣，隋大業六年置，屬譙郡。治所在今河南永城市東北三里趙莊。唐武德五年移治于馬浦城（今永城市），屬譙州。貞觀十七年屬亳州。

　　②【圓至】賦，鄉貢也。晁錯策曰：“乃以臣錯充賦。”按，本集題云《下第後自夷門乘舟至永城驛》。

　　【補注】秋賦，又稱秋貢，地方州府向朝廷薦舉省試人員的選拔考試。因于秋季舉行，故稱。合格者稱鄉貢，齊集京師參加次年春天舉行的省試。

春還,謂應省試落榜還鄉。

③【圓至】孔子曰:"道不行,乘桴浮于海。"【何焯】曠海,謂宦海也。

【補注】曠,廣大。

④【何焯】三、四分明"當君白首同歸日,是我青山獨往時"詞氣。

⑤【圓至】煬帝自板渚引^[八]河,築街道,植以柳,名曰隋堤,一千三^[九]百里。【增注】唐河南汴州及宋州本梁郡,并鄰亳州。

【補注】浦,小水匯入大水處。《楚辭·九章·涉江》:"入溆浦余儃佪兮,迷不知吾所如。"程,指以驛站、郵亭或其他停頓止宿地點為起訖的行程段落。汴宋,汴州和宋州,二州相鄰。汴州,北周建德五年改梁州置,治所在浚儀縣(今河南開封市)。以城臨汴水,故名。隋大業三年廢。義寧元年復置。唐轄境相當今河南開封祥符、龍亭、封丘、蘭考、杞縣、通許、尉氏等區縣地。天寶初改為陳留郡。乾元初復為汴州。宋州,隋開皇十六年置,治所在睢陽縣(後改宋城縣,在今河南商丘南)。大業三年改為梁郡。唐武德四年復為宋州。天寶元年改為睢陽郡,乾元元年復為宋州。轄境相當今河南柘城、夏邑以北,睢縣以東,山東曹縣、單縣以南,安徽碭山縣以西地。本集題云"夷門乘舟",知詩人從汴州出發。夷門,原指戰國魏都大梁城東門,因在夷山之上而得名,後用作開封的別稱。

⑥【圓至】《史記》:"屈原死後,楚有宋玉、景差之徒,皆以賦稱,故世傳《楚詞》。"【何焯】第七應"拙求知",先得路者蔽障於前,固非吾君負天下才俊,其敢同騷人之怨憤耶?

【補注】前達,指有地位有聲望的先輩。江淹《蕭驃騎讓封第二表》:"爵侈常班,寵溢前達。"敢,豈敢。楚詞,亦作楚辭。本為楚地歌謠,戰國楚屈原吸收其營養,創作出《離騷》等巨制鴻篇,後人仿效,名篇繼出,成為一種有特點的文學作品,通稱楚辭。西漢劉向編輯成《楚辭》集,東漢王逸又有所增益,分章加注成《楚辭章句》。班固《離騷序》:"今若屈原,露才揚己,競乎危國群小之間,以離讒賊。然責數懷王,怨惡椒蘭,愁神苦思,强非其人,忿懟不容,沈江而死,亦貶絜狂狷景行之士。"

【校勘】

［一］盡　磧砂本作“就”。

［二］無　全唐詩作“為（一作無）”。

［三］日　全唐詩作“處（一作日）”。

［四］却　全唐詩作“忽（一作卻）”。

［五］浦　全唐詩校“一作夜”。

［六］程　全唐詩作“城（一作程）”。

［七］楚詞　全唐詩作“楚辭”。

［八］引　底本、詩説本、正統本、明應本脱，據《隋書》（P. 63）補。

［九］三　底本作“二”，據詩説本、正統本、明應本改。

慈恩偶題①

鄭　谷

往事悠悠成［一］浩歎，浮［二］生擾擾竟何能②。故山歲晚不歸去，高塔晴來獨自登③。林下聽經秋苑［三］鹿④，溪［四］邊掃葉夕陽僧。吟餘却起雙峯念⑤，曾看庵西瀑布冰。

【考證】

此詩見《全唐詩》卷六七六（P. 7743），題中“慈恩”後有“寺”字。

【注評】

①【圓至】《雍録》曰：“慈恩寺，在朱雀街東第三街，自北而南第十五坊名進昌坊。”《西京雜記》曰：“慈恩寺，隋無漏寺。嘗廢，貞觀二十年高宗在春宫，為文德皇后立，故以慈恩為名。院西浮圖六級，高三百尺。”【增注】貞觀二年玄奘法師往五印度取經，十九年至京師，得如來舍利一百五十粒，梵

夾六百五十七部,始居洪福寺翻譯。及慈恩寺成,玄奘居之。乃於寺西院
造博浮圖塔,藏梵本諸經。

【補注】慈恩寺,在今西安南和平門外雁塔路南端。

②【補注】浩歎,長歎,大聲歎息。浮生,語本《莊子·刻意》:“其生若
浮,其死若休。”以人生在世,虛浮不定,因稱人生為“浮生”。鮑照《答客
詩》:“浮生急馳電,物道險絃絲。”擾擾,紛亂、煩亂貌。《列子·周穆王》:
“今頓識既往,數十年來存亡、得失、哀樂、好惡,擾擾萬緒起矣。”《貫華堂選
批唐才子詩甲集七言律》卷八上:“一‘成浩歎’妙,便攝盡過去……二‘竟何
能’妙,便攝盡未來。”

③【補注】慈恩寺内有塔,名慈恩塔,又名大雁塔。永徽三年,由玄奘在
高宗資助下始建,武則天和代宗重建、擴修,至今尚存。《唐摭言》卷三《慈
恩寺題名遊賞賦詠雜紀》:“進士……自神龍之後,過關宴後,率皆期集於慈
恩塔下題名。”谷幼穎悟,屢舉進士不第,此詩當是未第時作,故有此慨。

④【增注】《宋·明帝紀》:“魏主[五]建鹿野浮圖於苑中西山,與禪師居,
苑鹿聽經。”

【補注】《法苑珠林》卷四〇“舍利篇·感福部·感應緣”《慶舍利感應
表》:“仁壽二年正月二十三日,復分布五十三州,建立靈塔……期用四月八
日午時,合國化内,同下舍利,封入石函。所感瑞應者,別錄如左:……楚州
(野鹿來聽,雁翔塔上)。”苑鹿聽經事,或由釋迦牟尼於鹿野苑説經事推衍
而來。鹿野苑,又名施鹿林、仙人論處等,在波羅奈國,為釋迦牟尼始説經
處。《阿毘達磨大毘婆沙論》卷一八二:“問何故名仙人論處? 答若作是説,
諸佛定於此處轉法輪者,彼説佛是最勝仙人,皆於此處初轉法輪,故名仙人
論處……問何故名施鹿林? 答恒有諸鹿遊止此林,故名鹿林。”

⑤【圓至】雙峰,黃梅也。【增注】《釋氏要覽》:“如來涅槃雙峰,即拘尸
林也。”又韶州曹溪在雙峰寺下,其寺即晉武帝時曹叔良宅。

【補注】《欽定大清一統志》卷二六三“黃州府”:“雙峰山,在黃梅縣西北
三十里,一名西山,一名破額山。《寰宇記》:‘慈雲塔在黃梅縣雙峰山,第四
祖寂滅之所。’……《名勝志》:‘黃梅有東、西二山,為四祖、五祖道場。西山

即破額山，東山即馮茂山也。’”《舊唐書·方伎傳·神秀》：“達摩傳慧可，慧可嘗斷其左臂，以求其法。慧可傳璨，璨傳道信，道信傳弘忍。弘忍姓周氏，黃梅人。初弘忍與道信並住東山寺，故謂其法爲東山法門。”

【校勘】

　　［一］成　全唐詩作“添”。

　　［二］浮　全唐詩作“勞”。

　　［三］苑　圓校、全唐詩校“一作院”。

　　［四］溪　全唐詩作“江”。

　　［五］主　底本、正統本作“王”，據大系本改。

　　已前共九^[一]首

【校勘】

　　［一］前共九　高本作“上九”，何校“前八”。按，何校是。從前首鄭谷《慈恩偶題》算起，至前一小計——來鵬《清明日與友人游玉塘莊》後“已前共二首”止，實爲八首。

都城^[一]蕭員外寄海棠花^{①[二]}

羊士諤^②

　　珠履行臺擁附蟬^③，外郎高步似神仙^④。陳詞^[三]今見唐風盛，從事遙瞻魏^[四]國賢^⑤。擲地好辭^[五]凌綵筆^⑥，浣花春水膩魚牋^⑦。東山芳意須^[六]同賞^⑧，子着^[七]囊盛幾日傳^⑨。

【考證】

此詩見《全唐詩》卷三三二（P. 3711），題作《都城從事蕭員外寄海梨花詩盡綺麗至惠然遠及》。

【注評】

①**【圓至】**按詩中語，"海棠花"恐是曲名。**【增注】**唐《李贊皇集》："花木[八]以海為名者，悉從海上來，海棠是也。"

【補注】員外，即員外郎。本指正員以外的郎官。三國魏末置員外散騎常侍，晉武帝置員外散騎侍郎，簡稱員外郎。隋開皇時，尚書省二十四司各設員外郎一人，為各司之次官。煬帝廢。唐代尚書省六部二十四司都置員外郎，從六品上，皆為尚書、侍郎之副職。海棠，落葉喬木。葉子卵形或橢圓形，春季開花，白色或淡紅色。品種頗多，可供觀賞。《本草綱目》卷三〇引沈立《海棠譜》："海棠盛於蜀中。"裴廷裕《蜀中登第答李搏六韻》："蜀柳籠堤烟蠹蠹，海棠當戶燕雙雙。"陶敏《唐代文學與文獻論集·羊士諤生平及詩文繫年》（P. 163—164）云，此詩為元和五年（810）羊士諤任巴州刺史時作。同時期，士諤還作有《郡中言懷寄西川蕭員外》等詩。此詩題中的"都城"，乃"成都"之倒訛。蕭員外，蕭祜（祜，《舊唐書》作祐），時在成都武元衡劍南西川節度使幕中。蕭氏作有《奉陪武相公西亭夜〔宴〕（晏）陸郎中（時為武元衡幕僚）》，云："弘閣陳芳宴，佳賓此會難。交逢貴日重，醉得少時歡。舒黛凝歌思，求音足筆端。一聞清佩動，珠玉夜珊珊。"可證。但《八瓊室金石補正》卷六八元和四年二月《諸葛武侯祠堂碑》碑陰題名無蕭名，知其入幕稍晚，約在本年。

②**【圓至】**貞元元年鄭全濟榜進士。憲宗以與呂溫善，貶資州刺史。**【增注】**受知李吉甫，又最善呂溫，薦為御史，又嘗為資州刺史。按《順宗實錄》：元年貶羊士諤為汀州寧化縣尉。蓋士諤性傾險，以公事至京時，王叔文用事，公言其非。叔文聞之，怒，欲下詔斬之，韋執誼不可，遂貶焉。

【補注】吳汝煜撰《中國文學家大辭典·唐五代卷》（P. 218—219）"羊士諤"條云，士諤（762?—822?），字諫卿，行二十七。泰山（今山東泰安）人，家于洛陽（今屬河南）。貞元元年登進士第，授義興縣尉，遷義興主簿。後歷浙東觀察使左威衛兵曹參軍，宣歙觀察使巡官。永貞元年入京，公言王叔文之非，貶汀州寧化縣尉。憲宗即位，福建觀察使閻濟美奏為大理評事。元和元年，入京為監察御史，遷侍御史。三年秋，因與御史中丞竇群等謀傾宰相李吉甫，貶資州刺史，未及蒞任，再貶巴州刺史。在任能關心民瘼，舒民之困，治行居最。後歷資州、洋州、睦州刺史，皆有政績。元和十四年入朝為戶部郎中，卒。士諤詩文兩擅。張為《詩人主客圖》列為"廣大教化主"白居易之入室者。辛文房謂其詩"妙造梁《選》，作皆典重"（《唐才子傳》卷五）。《郡齋讀書志》著錄《羊士諤詩》一卷。《全唐詩》卷三三二編其詩為一卷。

　　③【圓至】《史記》：趙平原君使人於春申君，趙使刀劍室皆飾珠玉。春申君客三千人，皆躡珠履見趙使，趙使大慚。《漢儀》：侍中冠惠文冠，加金璫，附蟬為文，貂尾為飾。【增注】行臺，《職林》載：自魏晉有之，後魏為尚書大行臺，隋為行臺省，唐初亦置行臺。後諸道各置采訪等使，每使有判官二人，兼判尚書、六行事，蓋行臺之遺制也。

　　【補注】珠履，珠飾之履。《史記·春申君列傳》："春申君客三千餘人，其上客皆躡珠履。"這裏謂蕭員外受到款待。行臺，臺省在外者稱行臺。魏、晉始有之，為出征時隨其所駐之地設立的代表中央的政務機構，北朝後期，稱尚書大行臺，設置官屬無異於中央，自成行政系統。唐貞觀以後漸廢。後亦指地方大吏的官署與居住之所。這裏指劍南西川節度使府。附蟬，漢侍中、中常侍，唐散騎常侍冠飾。金質，蟬形。金取堅剛，蟬取居高飲潔義。《漢書·燕剌王劉旦傳》："郎中侍從者著貂羽，黃金附蟬，皆號侍中。"顏師古注："附蟬，（謂）〔為〕金蟬以附冠前也……而貂羽附蟬，又天子侍中之飾。"後亦借指尊官。這裏指劍南西川節度使兼門下侍郎武元衡。元衡（477—478），字伯蒼，緱氏（今河南偃師）人。建中四年登進士第。元和二年拜門下侍郎同平章事。十月，以使相出為劍南西川節度使。八年徵還，復入相。生平參見吳汝煜撰《中國文學家大辭典·唐五代卷》（P. 218—219）"武元衡"條。

④【補注】外郎，員外郎。這裏指蕭員外。高步，闊步，大步。這裏兼指才華等超羣出衆。顏真卿、皇甫曾等《七言重聯句》："頃持憲簡推高步，獨占詩流横素波。"

⑤【圓至】獻帝以十郡為魏國，封曹操。時文帝為五官將，及平原侯植皆好文學。王粲為丞相掾，徐幹為五官掾，陳琳、阮瑀為祭酒，應瑒[九]、劉楨並為掾屬。【增注】從事魏國賢，按《職林》：魏末，晉文帝詔[十]諸葛誕、裴秀以行臺從，誕與秀并魏賢人。

【補注】陳詞，謂創作辭賦、詩文等。《楚辭·九章·抽思》："結微情以陳詞兮，矯以遺夫美人。"王逸注："結續妙思，作辭賦也。"從事，行事，辦事。《詩經·小雅·十月之交》："黽勉從事，不敢告勞。"後亦為官名。漢以後三公及州郡長官皆自辟僚屬，多以從事為稱。《漢書·丙吉傳》："坐法失官，歸爲州從事。"

⑥【圓至】晉孫綽作賦，示范榮期，曰："卿賦擲地，當作金聲。"蔡邕題《曹娥碑》云："絶妙好辭。"江淹夢郭璞取去五色筆，後爲詩絶無美句。

【補注】擲地，孫綽作《天台山賦》成，對友人范榮期説："卿試擲地，當作金石聲也。"范起初不信，打開來一讀，果然贊不絶口。事見《世説新語·文學》《晉書·孫綽傳》。金石，鐘磬之類的樂器。後以"擲地金聲"等形容辭章優美。凌，乘，駕馭。《楚辭·九章·悲回風》："凌大波而流風兮，託彭咸之所居。"洪興祖補注："言乘風波而流行也。"彩筆，五彩之筆。《南史·江淹傳》："淹少以文章顯，晚節才思微退……又嘗宿於冶亭，夢一丈夫自稱郭璞，謂淹曰：'吾有筆在卿處多年，可以見還。'淹乃探懷中得五色筆一以授之。爾後為詩絶無美句，時人謂之才盡。"後人因以"彩筆"指詞藻富麗的文筆。

⑦【圓至】《梁益記》曰："浣花溪水，居人多造綵箋。"《國史補》曰："紙之善者，蜀之金花、魚子。"

【補注】浣花溪，在今成都西郊草堂寺一帶，為南河支流。《方輿勝覽》卷五一"成都府路·成都府·山川"：浣花溪"在城西五里。一名百花潭"。以溪水所造紙色澤光滑，非常有名，唐人寶重之。薛濤曾家于溪旁，造十色

箋。膩,滑澤,細膩。《楚辭·招魂》:"靡顏膩理,遺視矊些。"王逸注:"靡,
緻也。膩,滑也。"這裏用為使動。魚箋,亦稱魚子箋或魚子。一種硏花水
紋紙,產于蜀地。《文房四譜》卷四"紙譜":"以細布先以麵漿膠令勁挺,隱
出其文者,謂之魚子牋,又謂之羅牋。"陸龜蒙《襲美以魚牋見寄因謝成篇》:
"擣成霜粒細鱗鱗,知作愁吟喜見分。向日乍驚新繭色,臨風時辨白萍文。"

⑧【圓至】謝安攜妓遊東山。

【補注】東山,據《晉書·謝安傳》載,謝安早年曾辭官隱居會稽之東山,
經朝廷屢次徵聘,方從東山復出,官至司徒要職,成為東晉重臣。又,臨安、
金陵亦有東山,也曾是謝安的遊憩之地。後因指隱居或遊憩之地。王維
《戲贈張五弟諲三首》之一:"吾弟東山時,心尚一何遠!"芳意,這裏指海棠
花開放的意態、氣象。

⑨【圓至】見王羲之帖。【增注】子着囊盛,羲之《來禽帖》云:"日給藤
子,皆囊盛為佳,函封多不生。可與致子,當種之。"【何焯】落句似以"來禽"
"海棠"為一物。【全唐詩】右軍書云:"青李、來禽、櫻桃、日給藤子,皆囊盛
為佳,函封多不生。"

【補注】子,種子、果實。着,猶言用。囊,袋子。《易·坤》:"六四,括
囊,無咎無譽。"孔穎達疏:"囊,所以貯物。"

【校勘】

〔一〕都城　何批"成都",又云"都,疑作鄰"。

〔二〕何校"分類題作《都城從事蕭員外寄梅梨花詩盡綺麗惠然遠及》"。
按,這裏的"分類",當指王安石《唐百家詩選》分類本;何氏曾批校該書。

〔三〕詞　何校"詩"。

〔四〕魏　何批、全唐詩作"衛",何氏又云"分類……魏作衛"。

〔五〕辭　全唐詩作"詞"。

〔六〕須　磧砂本作"雖"。

〔七〕子着　何校"分類……子着(子着,瀘州本作'字著')作海實",全
唐詩作"子看"。

〔八〕木　底本、正統本作“本”，據大系本改。

〔九〕應瑒　底本作“應璩”，據詩説本、正統本、明應本改。

〔十〕詔　底本、正統本作“射”，據大系本改。

陳琳墓①

温庭筠

曾於青史見遺文②，今日飄零[一]過古[二]墳。詞客有靈應識我，霸才無主始[三]憐君③。石麟埋没藏春[四]草④，銅雀凄涼起[五]暮雲⑤。莫怪臨風倍惆悵，欲將書劍學從軍⑥。

【考證】

此詩見《全唐詩》卷五七八（P. 6723），題首多“過”字。

【注評】

①【圓至】《九域志》：“陳琳墓，在下邳，今淮陽軍。”【增注】《三國志》：陳琳，字孔璋，廣陵人。太祖愛其才，以為司空管記，軍國書檄多琳所作。嘗草呈太祖，太祖先苦頭風，讀琳作翕然而起曰：“此愈我疾。”數加厚賜。

②【圓至】劉向《別録》曰：“治青竹作簡曰青簡。”王洙曰：“史臣以記事者。”

【補注】劉學鍇《温庭筠全集校注》（P. 388）云：陳琳《為袁紹檄豫州》，見《後漢書・袁紹傳》及《三國志・魏書・袁紹傳》；《諫何進召外兵》，見《後漢書・何進傳》。“此即所謂‘青史見遺文’。”

③【圓至】陳琳初為何進主簿，諫不納。進敗依袁紹，紹敗歸太祖，故曰“無主”也。

【補注】詞客，擅長文詞的人，這裏指陳琳。王維《偶然作六首》之六：

"宿世謬詞客，前身應畫師。"劉學鍇《溫庭筠全集校注》（P. 389）云："'霸才'，詩人自指，謂能輔佐明主成霸業之才。或逕解為'雄才'，亦通。憐，愛慕、羨慕。白居易《長恨歌》：'姊妹兄弟皆列土，可憐光彩生門戶。'可憐，即可羨之意。陳琳終遇曹操，操愛其才，不咎既往，加以重用，得以施展雄才，誠可謂'霸才有主'矣。我今才比陳琳，亦可謂霸才，然遭遇不偶，飄蓬無託，故過其墳而益羨君之遇明主矣。紀昀曰：'詞客指陳，霸才自謂。此一聯有異代同心之感，實指彼此互文。應字極兀傲，始字極沉痛。通首以此二語為骨，純是自感，非弔陳琳也。虛谷以霸才為曹操，謬甚。霸才、詞客均結入末句中。'雖指出'霸才'係自謂，然仍誤解'憐'為憐惜、同情，故云'有異代同心之感'，於作者本意猶未明瞭。"此説甚是。"霸才"謂包括自己在內的懷才不遇者，該句若解作憐惜陳琳，則"始"字無著落；又首尾"飄零""惆悵"等語詞，皆言自感，與此呼應。

④【**圓至**】《西京雜記》曰："石麟，冢上物。"【**何焯**】"有靈"。

⑤【**圓至**】銅雀臺，魏祖所築。《鄴故事》曰："三臺相去各六十步，以複道相通。一銅雀高一丈五尺，置樓頂。"【**何焯**】"無主"。

【**補注**】劉學鍇《溫庭筠全集校注》（P. 390）云："此聯承上'霸才無主'，聯想到今日已無曹操那樣識才重才的明主……抒發了對曹操的懷念憑弔之情。"

⑥【**磧砂**】敏曰：按琳避難冀州，袁紹以琳典文章，令作檄以告劉備，言曹操失德。後紹敗，琳歸操。操曰："卿為紹作書，罪孤而已，何乃上及祖父？"琳謝曰："矢在弦上，不得不發。"此言"詞客有靈"，謂琳也。"霸才無主"，謂紹也。"石麟"句謂琳墓也，"銅雀"句謂操亦安在也？凡此皆"臨風""惆悵"者也。況乎今日飄零寥落不偶，而欲書劍從軍，為陳琳以後之人哉！飛卿引琳為知己以伸慟。【**何焯**】當路者於我豈有父母之讎，乃令我飄零若是，所以慨然於孔璋之遇魏武也。"遺文"即指《檄豫州將校文》。丙戌。○所過者孔璋，所思者孟德，只是不與科第，欲干東諸侯作鬧，又恨時無英雄，故云"倍惆悵"也。庚寅。○孔璋本自不閑詞賦，故宜以書記終，若我出其所長，登第升朝如俯拾地芥，乃亦飄蓬不偶，僅從使府之解，承粗官制指，不

倍可哀乎？感憤抑揚，不覺其詞之過，未必遂至欲作鬧如李山甫一輩人也。
壬辰。

【補注】劉學鍇《溫庭筠全集校注》（P.390）云：“將，持。尾聯謂我今霸
才無主，故臨風憑弔遥想，倍感惆悵，惟持書劍，效陳琳之從軍，庶幾可一遇
知己，施展才能。從軍，指入戎幕。”

【校勘】

　　［一］零　何校、全唐詩作“蓬”，全唐詩校“一作零”。
　　［二］古　全唐詩校“一作此”。
　　［三］始　全唐詩校“一作亦”。
　　［四］春　全唐詩校“一作秋”。
　　［五］淒涼起　磧砂本、全唐詩作“荒涼對”。

鸚鵡洲眺望①

崔　塗②

　　悵望春襟鬱未開③，重臨[一]鸚鵡益堪哀。曹瞞尚不能容物，黄祖
何曾[二]解愛才④。幽島暖[三]聞燕⑤鴈去⑥，曉江晴覺蜀波來⑦。誰[四]
人正[五]得風濤便，一點征[六]帆萬里回⑧。

【考證】

　　此詩見《全唐詩》卷六七九（P.7782），題中“眺望”作“即事（一作
眺望）”。

【注評】

　　①【圓至】題見前注。【增注】洲在鄂州江中。

【補注】鸚鵡洲，在今武漢西南長江中。相傳東漢末江夏太守黃祖長子射在此大會賓客，有人獻鸚鵡，禰衡作《鸚鵡賦》，故名。後衡為黃祖所殺，葬此。參見卷四崔顥《黃鶴樓》注⑤。

②【圓至】字禮仙，光啓四年薛貽矩榜進士。【增注】字禮仙，光啓四年登進士第。

【補注】吳在慶撰《中國文學家大辭典·唐五代卷》(P.714)"崔塗"條云，塗(850？—？)，字禮山，一作禮仙，恐誤。睦州桐廬（今屬浙江）人。家境貧寒，一生多羈旅各地。中和元年，僖宗避黃巢亂幸蜀，塗亦入蜀赴進士試而未第，曾羈留于渠州。光啓四年，方登進士第，後不知所終。塗逢亂世，漂泊失意，故其詩多寫羈愁落魄之情。善于借景抒懷，律詩最為警策，多有佳句。辛文房稱其詩"深造理窟，端能竦動人意，寫景狀懷，往往宣陶肺腑"（《唐才子傳》卷九）。《新唐書·藝文志》著錄《崔塗詩》一卷。《全唐詩》卷六七九編其詩為一卷。

③【補注】悵望，惆悵地遠望。春襟，春日的情懷。鬱未開，謂煩悶鬱結。

④【圓至】曹操小字阿瞞。《漢書》云：禰衡剛傲慢物，曹操怒之，送與劉表。後侮表，表送江夏太守黃祖，殺之。【磧砂】禰衡少有才辨而尚氣，孔融言于曹，使衡自謝。衡乃手持三尺梲杖槌地大罵。吏白，操怒，謂融曰："禰衡豎子，孤殺之猶鳥鵲耳。顧此人素有虛名，遠近將謂孤不能容，今送與劉表，視當何如？"於是遣人騎送之。後以侮慢，表不能忍，以江夏黃祖性急，故送與之，為作《鸚鵡賦》。後以不遜，祖欲箠之，衡方大罵，祖恚，遂令殺之。此聯為衡慨，亦為操惜。【何焯】曹瞞，斥當時執政主張公道者；黃祖則節鎮也。

⑤【磧砂】地名。

⑥【何焯】捻春望。

⑦【補注】江，長江。蜀，古族名、國名，分佈在今四川西部。後泛指今四川一帶。參見卷二熊孺登《湘江夜泛》注③。此句寫早晨江水奔騰湧動的氣勢，謂晴日之下，空氣透明度高，所見遼遠，故覺江水仿佛是經蜀地一

瀉而下。

⑧【磧砂】敏曰：結應首句，"誰人"二字有不獨襧衡，即與己亦同感歎之意焉。【何焯】落句反應"鬱"字，振起一篇。

【補注】陳伯海主編《唐詩彙評》(P. 2864)：《貫華堂選批唐才子詩甲集七言律》卷八上："嗟乎，嗟乎！同是萬里，同是風濤，而便者已迴，鬱者未去，我亦猶人，如之何其獨至于此極哉！"

【校勘】

　　[一] 臨　全唐詩作"吟"。

　　[二] 曾　圓校、全唐詩校"一作因"。

　　[三] 暖　磧砂本作"遠"。

　　[四] 誰　全唐詩作"何"。

　　[五] 正　四庫本作"能"。

　　[六] 征　磧砂本、全唐詩作"輕"，全唐詩校"一作征"。

繡嶺宮①[一]

古殿春殘綠野陰，上皇曾此駐[二]泥金②。三城帳屬昇平夢③，一曲鈴關[三]悵[四]望心④。苑路暗迷香輦絕，繚垣秋斷草烟深⑤。前朝舊物東流在，猶為年年下翠岑⑥。

【考證】

此詩見《全唐詩》卷六七九(P. 7785)，題首多"過"字。

【注評】

①【增注】按《唐書》："河南道陝州峽石縣有繡嶺宮，高宗顯慶三年置。"

又《明皇雜録》載：上幸繡嶺宮，宮隘而暑，使高力士覘姚崇，報曰："方乘小駟按轡木陰下。"上從之，頓忘煩暑。【何焯】《唐·地理志》："陝州硤石縣本崤，有繡嶺宮，顯慶三年置。"與華清兩地，詩意却作一事説。

【補注】繡嶺宮，有二：其一舊址在今河南陝縣，唐高宗顯慶三年建；其二即華清宮，因建于今西安驪山西繡嶺之上，故稱繡嶺宮。張永禄主編《唐代長安詞典》(P.474)："繡嶺，驪山的兩個主要山峰總稱。因山上廣植松柏花卉，狀如錦繡，故名繡嶺。在唐代，東繡嶺主要有石甕寺、紅樓綠閣等建築，旁臨驪山瀑布，包納了芝蘭谷、玉蕊峰等觀賞區。西繡嶺有三峰：第一峰上有周代遺址烽火臺；第二峰上有王母殿，唐華清宮繚牆羅城南門即在該處；第三峰上有朝元閣，上有羯鼓樓，下有長生殿。華清宮的山上建築，多在西繡嶺上。"據詩中"一曲鈴""香輦""繚垣""東流""下翠岑"等語，知指與楊貴妃、温泉相關之華清宮。陳貽焮主編《增訂注釋全唐詩》第4册(P.1089)沿襲何焯等舊注，認為乃在河南陝縣者，并釋"東流"為黄河，誤。

②【圓至】《封禪儀注》曰："持禮三十人，發壇上石礎。尚書令藏玉牒畢，持禮覆石礎。尚書令纏以金繩，泥以金泥，四方各依其色。"玄宗開元十三年，封禪幸東都，故杜牧《洛陽》長句云："連昌繡嶺離宮在，玉輦何時父老迎？"又云："君王謙讓泥金事，蒼翠空高萬崴山。"【何焯】以樂惱憂，何成功之可告？"曾此去"紐作一事，諷刺尖促。

【補注】上皇，太上皇。這裏指唐玄宗李隆基。泥金，用金箔和膠水製成的金色顔料。用於書畫、塗飾箋紙，或調和在油漆裏塗飾器物。後借指帝王所乘的塗泥金的鑾車。

③【圓至】《唐·百官志》云："尚書[五]奉御[六]，行幸設三部帳，其外蔽以排城。"【增注】三城，明皇還蜀，復分蜀東、西兩川為節度，西山列防狄三城。民罷於役，高適上疏論之，不聽。杜工部《西山》詩"辛苦三城戍"，正謂是此三城，姚、維、松三州也。帳，將幕也。杜詩："將軍玉帳軒勇氣。"又："空留玉帳術。"注："《唐·藝文志》有《玉帳經》一卷，蓋兵書也。"【磧砂】開元間吐蕃、突厥、契丹三城內附，安史之亂實兆於此。

【補注】三城，指韓國公張仁願在黄河以北所築東、中、西三受降城。中受降城在今内蒙古包頭市西南敖陶窰村古城；東受降城在今托克托縣南，黄河北大黑河東岸，西去中受降城三百里；西受降城在杭錦後旗北烏加河北岸，狼山口南，東去中受降城三百八十里。靳極蒼《長恨歌及同題材詩詳解》（P. 303）：《舊唐書·張仁願傳》：神龍三年，仁願“於河北築三受降城，首尾相應……自是突厥不得度山放牧，朔方無復寇掠”。帳，軍中帳幕。這裏借指將士。屬，zhǔ，依託，寄託。《楚辭·天問》：“日月安屬？列星安陳？”

④【圓至】《楊妃外傳》：玄宗幸蜀，霖雨涉旬，道聞鈴聲，帝擇其聲為《雨霖鈴》曲。

【補注】一曲鈴，指《雨霖鈴》曲子。《明皇雜録·補遺》：“明皇既幸蜀，西南行，初入斜谷，屬霖雨涉旬，於棧道雨中聞鈴，音與山相應。上既悼念貴妃，採其聲為《雨霖鈴》曲以寄恨焉。”關，牽繫。陳琳《飲馬長城窟行》：“結髮行事君，慊慊心意關。”悵望心，陳鴻《長恨歌傳》謂，玄宗自大駕還都，思念楊妃，“三載一意，其念不衰。求之夢魂，杳不能得。適有道士自蜀來，知上心念楊妃如是，自言有李少君之術。玄宗大喜，命致其神”。方士多番搜尋，終在最高仙山之“玉妃太真院”見到楊妃。楊妃取金釵鈿盒，各析其半，授使者獻玄宗，以尋舊好，并言曰：“太上皇亦不久人間，幸惟自安，無自苦耳。”使者還奏，皇心震悼，日日不豫。其年夏四月，南宮晏駕。此聯意謂，玄宗以為三受降城早已築就，國有楨幹，朔方無事，昇平可期，孰料不久即發生了安史之亂，車駕幸蜀，美人難保，歸來只能自製《雨霖鈴》曲聊寄思念之情耳。杜甫《諸將五首》之二：“韓公本意築三城，擬絕天驕拔漢旌。豈謂盡煩回紇馬，翻然遠救朔方兵。胡來不覺潼關隘，龍起猶聞晉水清。獨使至尊憂社稷，諸君何以答昇平。”

⑤【圓至】《黄圖》曰：“西郊苑繚以周垣四百餘里。”【磧砂】《西京賦》云：“繚垣綿聯，四百餘里。植物斯生，動物斯止。”

【補注】香輦，指帝王后妃所乘之車。繚垣，圍牆。《南部新書》卷己：“驪山華清宮毀廢已久，今所存者唯繚垣耳。”此聯謂久無人行車過，苑中道路被草木所遮蔽；圍牆殘缺不全，由缺口可以望見苑中野草很深，秋靄蒼蒼中顯得非常荒涼。靳極蒼《長恨歌及同題材詩詳解》（P. 304）云，此聯可與竇鞏《過驪山》"蒼蒼宮樹鎖青苔"、崔櫓《華清宮》"草遮回蹬絶鳴鸞"、許渾《驪山詩》"瓦落宮牆見野蒿"等參看。

⑥【補注】岑，《爾雅・釋山》："山小而高，岑。"靳極蒼《長恨歌及同題材詩詳解》(P. 304)謂"東流"爲温泉。此聯意謂，繡嶺宮已傾頽嚴重，面目全非，惟有温泉之水依然從青翠的山峰上奔流而下，向東流注。"爲"字妙，以泉水之有情，寫盛衰之無情。歎，歎！

【校勘】

[一] 磧砂本題首多"過"字。

[二] 駐　底本、元刊本、正統本、明應本、高本作"去"，據四庫本、磧砂本、全唐詩改。

[三] 關　磧砂本作"聞"。

[四] 悵　底本作"帳"，據元刊本、正統本、明應本、磧砂本、高本、四庫本、全唐詩改。

[五] 書　何校"舍"，并于其後增"局"字。

[六] 何校于此後增"二人，直長二人"六字。

已前共四首

前實後虛

周弼曰：其說在五言，然句既長，易於飽滿，景物、情思互相揉[一]絆無痕迹，惟才有餘者能之。

【校勘】

[一] 揉　底本作"雜"，據詩説本、正統本、明應本改。

春山道中寄孟侍御①

張南史②

　　春來游子傷[一]歸路③，時有白雲邀[二]獨行④。水流亂赴石潭響⑤，花發[三]不知山樹名。誰家魚[四]網求鮮食⑥，何[五]處人烟事火耕⑦。昨日已嘗村酒熟，一杯思與孟嘉傾⑧。

【考證】

　　此詩見《全唐詩》卷二九六（P. 3359—3360），題中“山”作“日”。

【注評】

　　①【補注】侍御，御史臺臺、殿、察三院長官侍御史、殿中侍御史、監察御史的簡稱。參見卷一柳宗元《酬曹侍御過象縣見寄》注①。孟侍御，待考。

　　②【圓至】蕭、代時參軍，幽州人，寓居揚州。【增注】字季直[六]，幽州人。以試參軍避亂居楊州，再召，未赴卒。按《間氣集》云：“張君，弈棋者，中歲學文，稍入詩境。”

　　【補注】賈晉華撰《中國文學家大辭典·唐五代卷》（P. 426）“張南史”條云，南史（生卒年不詳），字季直，行二，幽州（今北京）人。天寶末任試左右衛倉曹參軍。至德元載與李紓同避地蘇州，依紓父江東采訪使李希言。後間居揚州揚子，大曆五年與皇甫冉隔江唱酬。十一年移居宣州宣城。建中初至貞元二年前曾再召，未赴卒。南史善弈，中年苦節學文。高仲武稱其“稍入詩境。如‘已被秋風教憶膾，更聞寒雨勸飛觴’，可謂物理具美，情致兼深”（《中興間氣集》卷下）。《新唐書·藝文志》著錄《張南史詩》一卷。《全唐詩》卷二九六存其詩一卷。

　　③【補注】春來，入春以來。

　　④【何焯】“獨”字貫注“與”字。

⑤【何焯】三句正從佳景中反點化出敗意來。

⑥【圓至】《尚書》：“奏庶鮮食。”

【補注】鮮食，鮮活的食品。指鳥獸、魚鱉之類。《尚書·益稷》：“予決九川……暨稷播，奏庶艱食鮮食。”孔安國傳：“川有魚鱉，使民鮮食之。”亦謂鮮美之食。

⑦【圓至】《漢書》：“江南火耕水耨。”注曰：“燒草，下[七]水種稻。草與稻並生，芟去，復[八]下水，草死稻活，曰火耕。”

⑧【圓至】孟嘉在桓溫府，溫歎曰：“人不可無勢，我乃能馭卿。”【增注】晉孟嘉江夏人，為桓溫幕府參軍。九日遊龍山，僚佐畢集，風至，吹嘉帽落，嘉不知覺。溫問：“酒有何好，而卿嗜之。”答曰：“明公但不得酒中趣耳。”此詩借以比孟侍御也。【磧砂】謙曰：此不過借比侍御。

【校勘】

　　［一］傷　全唐詩作“傍（一作傷）”。

　　［二］邀　全唐詩作“遮（一作邀）”。

　　［三］發　全唐詩作“開（一作發）”。

　　［四］魚　高本、四庫本作“漁”。

　　［五］何　全唐詩作“幾”。

　　［六］季直　底本作“李直”，據正統本、大系本改。

　　［七］下　底本殘缺，據詩説本、正統本、明應本補。

　　［八］復　底本殘缺，據詩説本、正統本、明應本補。

早春歸鼇屹[一]寄耿湋李端①

盧　綸

野日初晴麥壠分②，竹園村巷[二]鹿成群③。萬[三]家廢井生新[四]

草，一樹繁花對[五]古墳④。引水忽驚冰滿澗，向田空見石和雲⑤。可憐荒[六]歲青山下[七]，惟有松枝好[八]寄[九]君⑥。

【考證】

此詩見《全唐詩》卷二七八(P. 3156)，題作《早春歸盩厔舊居(一作别業)却寄耿拾遺湋李校書端》。

【注評】

①【圓至】盩厔縣屬鳳翔府。【增注】盩，張流反。厔，竹乙反。唐關内道鳳翔府扶風郡盩厔縣，今屬陝西路恒州[十]。按張衡《西京賦》："右極盩厔，并卷鄠鄠之下。"注："盩厔，山名。山曲曰盩，水曲曰厔。"

【補注】盩厔，縣名。西漢太初元年置，屬右扶風。治所在今陝西周至縣東終南鎮。東漢廢。西晉復置，屬始平郡。北魏屬扶風郡。北周天和二年遷治今户縣西北三十五里，為恒州治。尋廢。建德三年徙治今周至縣。隋屬京兆郡。唐屬雍州，天寶元年改名宜壽縣，至德二年復名盩厔縣，後屬鳳翔府。耿湋、李端，與盧綸友善、唱和，皆入"大曆十才子"之數。生平參見卷四耿湋《送友人遊江南》注①、李端《宿淮浦寄司空曙》注②。劉初棠《盧綸詩集校注》(P. 282)："按：耿湋於寶應二年(七六三)為盩厔尉，在此稍後些時與盧綸相交。又，姚合《極玄集》卷上：'(李端)大曆五年進士。'李端為校書當在大曆五年(七七〇)春後。盧綸於大曆六年(七七一)二月赴閿鄉為尉。此詩題為'早春'，詩云'冰滿澗'，而唐人春試多在二月，放榜、釋褐須晚春，故作於大曆六年(七七一)春正月或二月初也。"

②【磧砂】敏曰："分"字從"晴"字來。韻不論新舊，只要自在，誠哉是言也。

【補注】麥壠，麥田。王僧達《答顔延年詩》："麥壟多秀色，楊園流好音。"陳增傑《唐人律詩箋注集評》(P. 607)云，麥隴分，言小麥已長，初分隴行。

③【何焯】對耿、李。

【補注】劉初棠《盧綸詩集校注》(P. 282):《新唐書·地理志一》:盩厔"有司竹園"。《長安志》卷一八"縣八·盩厔":"司竹監,在縣東南三十里……漢孺子詔曰:'翟義作亂於東,霍鴻負倚盩厔、芒竹。'師古曰:'芒竹在盩厔南界,芒水之曲,而多竹林也。即今司竹園是其地矣。'"王建《原上新居十三首》之十三:"住處去山近,傍園麋鹿行。"可參證。

④【何焯】無可任之友,無相收之族。

【補注】劉初棠《盧綸詩集校注》(P. 282):柳宗元《盩厔縣新食堂記》:"自兵興以來,西郊捍戎,縣為軍壘,二十有六年,群吏咸寓於外。"

⑤【何焯】此句言欲自食其力而失時。

⑥【圓至】蓋史思明、吐蕃亂後之景也。【何焯】落句望其相為存恤,敦歲寒之節也。○軍後凶年,寫得乃爾清新。

【補注】可憐,可歎。《論語·子罕》:"歲寒,然後知松柏之後彫也。"劉初棠《盧綸詩集校注》(P. 282):《舊唐書·五行志》:大曆四年,"大雨。是歲,自四月霖澍,至九月。京師米斗八百文"。《資治通鑑》唐代宗大曆六年:"自兵興以來,所在賦斂無度,倉庫出入無法,國用虛耗。"大曆六年始"連歲豐穰",故云。

【校勘】

　　[一] 何校在"盩厔"後增"舊居却"三字。

　　[二] 村巷　全唐詩作"相接(一作村巷)"。

　　[三] 萬　何校"萬,《才調》作幾",全唐詩作"幾(一作萬)"。

　　[四] 新　全唐詩作"青(一作秋,一作新)"。

　　[五] 對　全唐詩作"傍(一作對)"。

　　[六] 荒　何校"芳":"《才調》作芳;○'荒'字露骨,《荊公選》作'芳'為佳,仍收得'春'字,意到。"全唐詩校"一作芳"。

　　[七] 下　全唐詩校"一作裏"。

　　[八] 好　元刊本、磧砂本、高本、四庫本作"可",何批"好"。

　［九］好寄　全唐詩校“一作寄與”。

　［十］恒州　底本、正統本、大系本作“桓州”，據史實改。

松滋渡望峽中①

劉禹錫

　渡頭輕雨洒寒梅②，雲際溶溶雪水來③。夢渚草長迷楚望④，夷陵土黑有秦灰⑤。巴人淚應猿聲落⑥，蜀客船從鳥道回⑦。十二碧峯何處所⑧，永安宮外是[一]荒臺⑨。

【考證】

　此詩見《全唐詩》卷三五九（P.4050），題中“渡”下校“一作洞”。

【注評】

　①【圓至】松滋縣屬江陵，有松滋渡。【磧砂】此貶朗州而作。

　【補注】松滋渡，在今湖北松滋市西，唐時屬荆州江陵府。參見卷三竇常《赴武陵寒食次松滋渡》注①。峽中，由詩中涉及景、地之開闊推測，應泛指三峽之中。中國社會科學院文學研究所選注《唐詩選》下（P.121—122）釋為“在秭歸縣東”，吳汝煜《劉禹錫選集》（P.174）注為“唐峽州地”，皆有失拘泥。吳氏云此詩作于長慶二年（822）春赴夔州途中。按，《雲溪友議》卷中《中山悔》載，劉禹錫曾説：“頃在夔州，少逢賓客，縱有停舟相訪，不可久留，而獨吟曰：‘巴人淚逐猿聲落，蜀客舟從鳥道來。’忽得京洛故人書題，對之零涕。”據唐蘭《〈劉賓客嘉話錄〉的輯校與辨偽》（《文史》第4輯）一文考證，此條本之韋絢《劉賓客嘉話錄》，當是韋絢在夔州所親聞。陶敏、陶紅雨《劉禹錫全集編年校注》（P.210—211）沿襲何焯舊説（詳下），釋首句“寒梅”為梅雨，既不符合用典習慣，又與詩中所寫“雪水”“草長”等冬末春初之景扞格;將詩繫于"元和十年夏自京赴連州道中作",亦誤。

②【何焯】起用黃梅雨。

【補注】寒梅,梅花。因其凌寒開放,故稱。

③【磧砂】江源在蜀雪山之下。

【補注】溶溶,水流盛大貌。杜甫《登樓》:"錦江春色來天地,玉壘浮雲變古今。"

④【圓至】楚昭王曰:"江、漢、睢、漳,楚之望也。"又顏延年詩曰:"江漢分楚望。"【增注】夢渚,即雲夢澤,在岳州。蓋岳陽、衡州,巴蜀、荊楚之會。

【補注】夢渚,即雲夢澤,古澤藪名。本在今湖北江陵以東,江漢之間。晉以後的學者將其範圍説到大江以南、漢水以北,把洞庭湖也包括在内。參見卷三李頻《湘中送友人》注⑤。馬茂元《唐詩選》(P. 554):"夢渚句:意謂原野荒蕪,一望無際,楚國的遺迹都已湮没。"

⑤【圓至】夷陵,今峽州。毛遂説楚王曰:"白起,一[二]豎子耳,一戰而舉鄢郢,再戰而燒夷陵。"【何焯】"雪水來"合用"水深雪霧"之意,"有秦灰"借以自比心變寒灰也。

【補注】吳汝煜《劉禹錫選集》(P. 174):"夷陵:戰國時楚邑名,楚國先王陵墓所在地。漢始置縣,屬南郡。有夷山在西北,因為名。唐時為峽州治所。舊址在今湖北省宜昌市東南。"《史記·白起王翦列傳》載,秦昭王時,白起"攻楚,拔郢,燒夷陵"。《初學記》卷七引曹毗《志怪》云:"漢武帝鑿昆明池極深,悉是灰墨,無復土。舉朝不解,以問東方朔。朔曰:'臣愚,不足以知之,可試問西域人。'……至後漢明帝時,外國道人入來洛陽,時有憶方朔言者,乃試以武帝時灰墨問之。胡人云:'經云:"天地大劫將盡,則劫燒。"此劫燒之餘。'"此處説"土黑",乃化用其意。

⑥【圓至】見前注。【磧砂】"巴東三峽巫峽長,猿鳴三聲淚沾裳。"【何焯】第五用"巴東三峽巫峽長,猿鳴三聲斷人腸"。

【補注】巴,古族名、國名,其族主要分佈在今川東、重慶、鄂西一帶。參見卷三高適《送王李二少府貶潭峽》注④、卷五岑參《晚發五溪》注②。

⑦【圓至】江出峽至夷陵始平。"鳥道回",言自高而下也。

【補注】吳汝煜《劉禹錫選集》(P. 175)：“鳥道：原指險峻狹窄，只容一鳥飛度的山路，這裏指險阻曲折的三峽航道。”

⑧【圓至】見前注。【何焯】七句“望”。

【補注】馬茂元《唐詩選》(P. 554)：“十二碧峰，指巫山十二峰，即望霞、翠屏、朝雲、松巒、集仙、聚鶴、净壇、上昇、起雲、飛鳳、登龍、聖泉（見《方輿勝覽》）。”吳汝煜《劉禹錫選集》(P. 175)：“何處所：巫山周圍常有雲霧繚繞，山峰時隱時現，不易看清，故云。”

⑨【圓至】永安宫，在夔州奉節縣，先主崩處。【增注】夔州巫山縣巫山十二峰，四時常碧，上有神女廟、宿雲臺，高百二十丈。【磧砂】此譏楚王淫放之詞。【何焯】永安宫是峽中盡處。○觸目嶮巇，并不得如襄王、宋玉之遇，是其寄託所在也。

【補注】陶敏、陶紅雨《劉禹錫全集編年校注》(P. 211)：永安宫，故址在今重慶奉節縣。荒臺，指陽雲臺，在今重慶巫山縣，其地别有楚宫。《太平寰宇記》卷一四八“山南東道七·夔州·奉節縣”：“永安宫，漢末公孫述所築。蜀先主崩於此城中，故曰永安宫。”又“巫山縣”：“楚宫，在縣西北二百步，在陽臺古城内。即襄王所遊之地。陽雲臺，高一百二十丈，南枕長江。”宋玉《高唐賦》序：“昔者楚襄王與宋玉游於雲夢之臺，望高唐之觀，其上獨有雲氣……王問玉曰：‘此何氣也？’玉對曰：‘所謂朝雲者也。’王曰：‘何謂朝雲？’玉曰：‘昔者先王嘗游高唐，怠而晝寢，夢見一婦人曰：“妾，巫山之女也，為高唐之客。聞君游高唐，願薦枕席。”王因幸之，去而辭曰：“妾在巫山之陽，高丘之岨；旦為朝雲，暮為行雨。朝朝暮暮，陽臺之下。”’”杜甫《詠懷古迹五首》之二：“雲雨荒臺豈夢思？”

【校勘】

　[一]是　全唐詩校“一作有”。

　[二]一　底本作“小”，據詩説本、正統本、明應本改。

春日閑坐①[一]

官曹崇重難頻入②，第宅清閑且獨行。堦蟻相逢如偶語，園蜂速去恐違[二]程③。人於紅藥偏憐色[三]，鶯到垂楊不惜聲④。東洛池臺怨[四]拋擲，移文非久會應成⑤。

【考證】

此詩見《全唐詩》卷三六一（P. 4074），題作《和僕射牛相公春日閑坐見懷》。

【注評】

①【補注】本集題同《全唐詩》。僕射，官名。秦代始置。唐代于中央最高行政機構尚書省設左、右僕射各一人，從二品，為實際長官；名義長官尚書令一職因太宗即位前曾經擔任，故一般不輕易授人。初期與侍中、中書令同掌相權，而左僕射為首相。後來，僕射如不帶同平章事之銜，即不是真宰相，但習慣上仍以其為朝端，就職禮節特別隆重。《舊唐書·王璠傳》載李絳上疏云：“左、右僕射，師長庶僚，開元中名之丞相。其後雖去三事機務，猶總百司之權。表狀之中，不署其姓。尚書已下，每月合衙……禮儀之崇，中外特異。”僕射牛相公，指牛僧孺（780—848 或 849），字思黯，安定鶉觚（今甘肅靈臺）人。貞元二十一年登進士第。元和三年與李宗閔同登賢良方正、能直言極諫科。因條指失政無所隱諱，為宰相李吉甫所忌，授伊闕尉。後僧孺與李宗閔朋黨相結，同為牛黨首領，排斥李吉甫之子李德裕黨，史稱“牛李黨爭”。後又任兵部尚書同平章事等職，并于開成三年九月拜尚書左僕射，故稱“僕射牛相公”。兩《唐書》有傳。陶敏、陶紅雨《劉禹錫全集編年校注》（P. 721）據此詩尾聯，認為當為禹錫開成四年（839）春任太子賓客分司東都（洛陽）時作。

②【補注】陶敏、陶紅雨《劉禹錫全集編年校注》（P. 721）：“官曹：官署。

崇重：崇高重要。"僕射位高權重。

③【增注】偶語，對語也。《史記》：秦丞相李斯上書言："偶語詩書者棄市。"【何焯】鉤黨刺促，閑坐静觀，豈不如蜂蟻之紛紜乎？

【補注】陶敏、陶紅雨《劉禹錫全集編年校注》(P. 721)："違程：耽誤規定的期限。"

④【增注】紅藥，即芍藥。【何焯】"人於紅藥偏憐色"，謂中書崇重，眷戀者多。"鶯到垂楊不惜聲"，攀附者衆，不能不因之紆意。然我為牛公計，惟有為東洛趣駕而已。○紅藥開則春將盡，故倍覺可憐，不必用小謝詩也。下句亦言"鳥猶如此，人豈無情"耳。

【補注】吳汝煜《劉禹錫選集》(P. 199)：紅藥，紅色的芍藥。《唐語林》卷二"文學"："禹錫曰：'芍藥，和物之名也。此藥之性能調和物，或音著略，語謡也。'絢時獻賦，用此芍藥字，以'煙兮霧兮，氣兮靄兮'，言四物調和為雲也。公曰：'甚善。'因以解之。"按此段當引自《劉賓客嘉話録》，"絢"即《嘉話録》的作者韋絢。"紅藥"句言外之意是説，作者看到芍藥，想到了它的調和之性。牛僧孺在政治上黨同伐異，不能容物，故此句含有深意。姑備一説。

⑤【圓至】蕭子顯《齊書》曰：周彦倫隱鍾山，後應詔為令，却欲過此山，孔稚圭作《北山移文》譏之。【增注】周平王東遷洛邑，唐屬東都。按劉禹錫系出中山七世祖，近洛陽，故有"東洛池臺"之句。【磧砂】敏曰：夢得中山人，王叔文得幸，與之交。叔文敗，斥朗州司馬。此似初被指摘，有悔改初服之意。

【補注】吳汝煜《劉禹錫選集》(P. 198)：《舊唐書·牛僧孺傳》："開成二年五月，加檢校司空，食邑二千户，判東都尚書省事、東都留守……洛都築第於歸仁里。任淮南時，嘉木怪石，置之階廷，館宇清華，竹木幽邃。"又白居易《太湖石記》云："公以司徒保釐河洛……東城置一第，南郭營一墅。精葺宮宇，慎擇賓客。"移文，舊時指行于不相統屬的官署間的公文，亦泛指平行文書。陶敏、陶紅雨《劉禹錫全集編年校注》(P. 721)：《文選》卷四三孔稚珪《北山移文》呂向注："鍾山在都北，其先周彦倫隱於此山，後應詔出為海鹽縣令,欲却過此山,孔生乃假山靈之意移之,使不許得至,故云'北山移文'."文中有"使我高霞孤映,明月獨舉,青松落陰,白雲誰侶"等語。

【校勘】

[一]何校題作《和僕射牛相公春日閑坐見懷》:"本集題云《和僕射牛相公春日閑坐見懷》,'官曹崇重',乃指奇章,中二連託意甚深,誤削上下八字。○《御覽集》往往非全題,有所避也。後人妄效,則詩家本趣不可得而見矣。"

[二]全唐詩詩末校"違,一作遲"。

[三]偏憐色　全唐詩作"惟看色",詩末校"惟看色,一作偏憐色"。

[四]怨　元刊本、磧砂本、高本、四庫本作"恐"。

晏安寺①[一]

李　紳②

寺深松桂[二]無塵事③,地接荒郊帶夕陽。啼鳥歇時山寂寂,野花殘處月蒼蒼。碧[三]紗凝艷[四]開金像,清梵銷聲閉竹房④。丘壠漸平連茂草,九原何處不心傷⑤。

【考證】

此詩見《全唐詩》卷四八一(P. 5478),為《新樓詩二十首》之《晏安寺》,題後注"寺在州城東北隅,越中謂之小北邙"。

【注評】

①【何焯】自注:"寺在州城東北隅,越中謂之小北邙。"去此則落句不可解。

【補注】集本題注同《全唐詩》。據《新樓詩二十首》自序及盧燕平《李紳集校注》附錄一"李紳生平繫年箋證"(P.386—397)，《新樓詩二十首》當爲大和七年(833)十月至九年五月，李紳任越州(治所在今浙江紹興)刺史充浙東觀察使時所作，多記越州風物、名勝。北邙，亦作北芒。山名，即邙山。因在洛陽之北，故名。東漢、魏、晉的王侯公卿多葬于此。沈佺期《邙山》："北邙山上列墳塋，萬古千秋對洛城。"

②【圓至】字公垂，無錫人，會昌宰相。【增注】字公垂，中書令敬玄曾孫。爲人短小，時號短李。憲宗元和初擢進士第，穆宗召爲拾遺、翰林學士，敬宗遷滁、壽二州刺史，文宗開成河南尹，武宗中書侍郎同平章事、右僕射，淮南節度使卒。李德裕、元稹同時，號"三俊"。

【補注】吳汝煜撰《中國文學家大辭典·唐五代卷》(P.296)"李紳"條云，紳(772—846)，字公垂，行二十。爲人短小精悍，故友人白居易輩稱之爲"短李"。郡望譙(今安徽亳州)。武后朝中書令敬玄曾孫。其父寓家無錫(今屬江蘇)，遂爲無錫人。元和元年登進士第。南歸潤州，浙西觀察使李錡辟爲掌書記。二年，李錡謀叛逆，李紳數諫，又不肯作疏，遂遭囚禁。錡敗，始獲釋。四年爲校書郎。九年遷國子助教。十四年爲山南西道觀察判官。同年五月，除右拾遺。穆宗即位，擢翰林學士，與李德裕、元稹同時，號爲"三俊"。旋遷右補闕，長慶元年三月，加司勳員外郎知制誥。二年二月，遷中書舍人加承旨，爲李逢吉所排擠，于三年三月改御史中丞，罷內職。十月，出爲江西觀察使，未離京，改戶部侍郎。敬宗即位，又遭張又新等誣陷，貶端州司馬。寶曆元年五月，量移江州長史。大和二年遷滁州刺史。四年改壽州刺史。七年正月，授太子賓客，分司東都。閏七月，爲浙東觀察使。至九年復爲太子賓客、分司東都。開成元年爲河南尹，六月改宣武軍節度使。五年九月，代李德裕爲淮南節度使，嚴懲貪吏吳湘。會昌二年二月，拜中書侍郎同中書門下平章事。四年閏七月，罷爲淮南節度使。六年七月卒，謚文肅。李紳早年遊蘇州，以詩見知于韋夏卿。鄉賦之年，其詩諷誦多在人口。元和四年，作《樂府新題》二十首(已佚)，與白居易、元稹同倡新樂府運動。《新唐書·藝文志》著錄《追昔遊詩》三卷。該集編成于開成三年，未包括早年和晚年作品，喜以詩自誇政績、炫耀榮寵，故胡震亨謂"大是宦夢難醒"（《唐音癸籤》卷七）。今人王旋伯有《李紳詩注》（上海古籍出版社 1985 年版）、盧燕平有《李紳集校注》（中華書局 2009 年版）。

③【何焯】用一"深"字，發端即淒冷。

④【補注】碧紗，這裏指用碧紗做成的幃帳或用碧紗蒙糊的紗厨，佛像四周一般有這樣的罩飾。凝艷，疑指碧紗蒙上灰塵後顏色顯得陳舊、不鮮亮；一作凝餤，疑指經火焚燒的痕迹。金像，金身佛像，這裏是對佛像的美稱。《晉書·呂光載記》："又進攻龜茲城，夜夢金象飛越城外。"清梵，謂僧尼誦經的聲音。王僧孺《初夜文》："大招離垢之賓，廣集應真之侶，清梵含吐，一唱三歎。"竹房，竹林掩映的房屋。相傳釋迦牟尼在王舍城宣説佛法時，皈依佛教的迦蘭陀長者，獻出竹園。摩揭陀國王頻婆娑羅在此修建竹林精舍，施與釋迦。釋迦牟尼成道後，嘗久居此説法。故亦用"竹房"美稱寺廟中的房屋。

⑤【增注】《禮記》："適墓不登壠。"字與"隴"同。秦晉之間，冢謂之壠。丘，大也，高也。又《檀弓》"九原"注："晉卿大夫之墓地在九原。原本作'京'字，誤也。"【何焯】曹唐"洞底有天"一連學此，所以人誚爲鬼詩。○五六一片鬼氣，并僧亦不逢也。○自第二以下，全勢皆趨落句。

【補注】九原，原指春秋時晉國卿大夫的墓地。《禮記·檀弓下》："趙文子與叔譽觀乎九原。"這裏泛指墓地。

【校勘】

［一］晏安寺　高本、四庫本作"宴安寺"。

［二］桂　全唐詩校"一作徑"。

［三］碧　全唐詩作"絳"。

［四］艷　何校、磧砂本、全唐詩作"餤"，全唐詩校"一作豔"。

館娃宮^①

皮日休

艷骨已成蘭麝土^②，宮牆依舊壓層崖。弩臺雨壞逢金鏃，香徑泥銷露玉釵^③。硯沼祇留山^[一]鳥浴^④，屟廊空信^[二]野花埋^⑤。姑蘇麋鹿真閑事^⑥，須為當時一愴懷^⑦。

【考證】

此詩見《全唐詩》卷六一三（P. 7075），題末多"懷古"二字。

【注評】

①【增注】在蘇州硯石山，因西施得名。吳以美^[三]女為娃。娃，於佳切。

【補注】館娃宮，在今蘇州西南靈巖山上，今靈巖寺即其故址。吳王夫差所築，以館西施。參見卷一陳羽《吳城覽古》注⑤。咸通九年（868）日休遊蘇州，十年蘇州刺史崔璞辟為軍事判官。與陸龜蒙等唱酬頗多。此詩應為日休在蘇州期間所作，與陸氏和作皆編入《松陵集》卷六。

②【圓至】西子死於此。

【補注】艷，美女，這裏指西施。蘭麝，蘭與麝香，指名貴的香料。《晉書·石崇傳》："崇盡出其婢妾數十人以示之，皆蘊蘭麝，被羅縠。"

③【圓至】《劉禹錫集》云：館娃宮在郡西南硯石山^[四]，旁有采香徑，云吳^[五]王遣美人采香於此。【增注】吳王有教弩臺，在吳地。○金鏃，矢鋒也。○《洞冥記》：漢元鼎間，招靈閣有神女，留玉釵與帝。帝賜趙婕妤，至昭帝元鳳中，猶見此釵。宮人謀碎之，明日視釵匣，惟見白燕升天，後宮因作玉釵。

【補注】弩，用機械發箭的弓。弩臺，弩箭發射臺。金鏃，金屬製的箭

頭。香徑，即采香徑，俗稱箭涇。吳王使美人泛舟于溪采香，故名。一説為
吳王寵姬西施采摘香草的小徑。參見卷一陳羽《吳城覽古》注④。

④【圓至】《圖經》云：“靈巖，又名硯石山，山頂有硯池。”

⑤【圓至】《蘇州圖經》：“響屧廊，吳王所作，以楩柟木板藉地，西子行則
有聲。”

【補注】屧，木屐。信，任意，聽任。《荀子·哀公》：“故明主任計不信
怒，闇主信怒不任計。”

⑥【圓至】伍子胥諫吳王曰：“臣見麋鹿遊姑蘇之臺。”【增注】蘇州吳縣
西三十里有姑蘇山，吳王闔閭就山起臺。吳破越，越王進西施，請退軍。吳
王許之。王得西施，多遊姑蘇。伍子胥諫曰：“臣恐不久，麋鹿遊於姑蘇之
上。”吳王不聽，已而果亡。

⑦【何焯】此《松陵倡和集》中詩，時黃寇入長安，故云“須為當時”。魯
望亦以荆懷比僖宗，非牽於韻脚也。

【補注】愴懷，悲傷。李益《城西竹園送裴佶王達》：“愴懷非外至，沈鬱
自中腸。”

【校勘】

［一］山　全唐詩作“溪（一作山）”。

［二］信　圓校、全唐詩校“一作任”。

［三］美　底本、正統本作“善”，據大系本改。

［四］硯石山　底本、正統本、明應本作“岸石山”，據詩説本、《劉禹錫全
集編年校注·館娃宮在郡西南硯石山上前瞰姑蘇臺傍有采香徑梁天監中
置佛寺曰靈巖即故宮也信為絶境因賦二章》(P.594)詩題改。

［五］云吳　底本脱，據詩説本、正統本、明應本補。

方干隱居①

李山甫②

　　咬咬嘎嘎水禽聲③，露洗松陰滿院清。溪畔印沙多鶴迹，檻前題竹有僧名④。問人遠岫千重意，對客閑雲一片情⑤。早晚塵埃得休去，且將書劍事[一]先生⑥。

【考證】

　　此詩見《全唐詩》卷六四三(P. 7365—7366)。

【注評】

　　①【圓至】方干故居在嚴州白雲源。【增注】方干本嚴州新定人。

　　【補注】方干，大中中舉進士不第，遂隱居會稽，漁于鏡湖，蕭然山水間，以詩自放。廣明、中和間，詩名大著于江南。生平參見卷三方干《龍泉寺絕頂》注②。

　　②【圓至】咸通中舉進士，不第，依樂彥禎幕府。【增注】咸通間人。按《王鐸傳》載：李山甫者，數舉進士被黜，依魏幕[二]，内樂禍，且怨中朝大臣，導樂彥禎子從訓，以詭謀使伏兵高雞泊劫王鐸，鐸及[三]家屬吏佐三百餘人皆遇害。即其人也。

　　【補注】吳在慶撰《中國文學家大辭典‧唐五代卷》(P. 260—261)“李山甫”條云，山甫(生卒年里不詳)，咸通中，累舉進士不第。僖宗時，流寓河朔間。光啓中，依魏博節度使樂彥禎為判官。時嗣襄王李熅亂，彥禎使山甫往見鎮州王熔，欲合幽、邢、滄諸鎮同盟拒熅，然卒未成。山甫以仕途不得意，且怨朝中大臣，遂慫恿彥禎子從訓伏兵劫殺宰相王鐸。後落拓不知所終。山甫不得志，時狂歌痛飲，拔劍斫地，以抒抑鬱不平之氣。故其文筆雄健，名著一方。為詩多托諷，辛文房稱其“詩文激切，耿耿有齊氣，多感時懷古之作”(《唐才子傳》卷八)。尤長于七律,“語不忌俚”(《唐音癸籤》卷八)。《新唐書·藝文志》著録《李山甫詩》一卷等。《全唐詩》卷六四三編其詩為一卷。

　　③【增注】嘎,《韻書》無從口者,只於“夏”字注“齟齬”也[四]。

　　【補注】咬咬,jiāo jiāo;嘎嘎,二詞皆為象聲詞,表示禽鳥的叫聲。

　　④【補注】檻,jiàn,防護花木的柵欄。

　　⑤【補注】遠岫,遠處的峰巒。謝朓《郡内高齋閑望答吕法曹詩》:“窗中列遠岫,庭際俯喬林。”岫,xiù,峰巒。此聯既寫隱居之環境,謂山若有意、雲如有情,皆來問候客人;又形容會面時方干給詩人留下的印象,謂其意若遠岫、態比閑雲。《世説新語·賞譽》:裴令公目夏侯太初:“蕭蕭如入廊廟中,不修敬而人自敬。”“見山巨源,如登山臨下,幽然深遠。”

　　⑥【補注】早晚,何日,幾時。塵埃,猶塵俗。得,用在動詞前表示能夠。《論語·八佾》:“儀封人請見,曰:‘君子之至於斯也,吾未嘗不得見也。’”休去,謂隱遁。將,攜帶。書劍,書和劍,借指文、武兩方面的才藝。《史記·項羽本紀》:“項籍少時,學書不成,去學劍,又不成。”事,謂從師求學。《史記·老了韓非列傳》:“(韓非)與李斯俱事荀卿。”

【校勘】

　　[一] 事　磧砂本作“問”。

　　[二] 大系本“幕”後有“府”字。

　　[三] 鐸及　底本、正統本脱,據大系本補。

　　[四] 底本此條注在前首詩末,正統本、大系本在此詩末,現據注文内容移置此處。

　　　　已前共七首

酬李端病中見寄①

盧　綸

野寺昏鍾[一]山正陰②,亂藤高竹[二]水聲深③。田夫就餉還依草,野雉驚飛不過林④。齋沐暫思同静室,清羸已覺助禪心⑤。寂寞日長誰問疾⑥,料君惟取古方尋⑦。

【考證】

此詩見《全唐詩》卷二八〇(P.7509),題作《酬李端公(一本無"端"字)野寺病居見寄》。

【注評】

①【何焯】次韻之始。

【補注】李端,與盧綸友善、唱和,二人皆入"大曆十才子"之數。生平參見卷四李端《宿淮浦寄司空曙》注②。見,用在動詞前面,稱代自己。劉初棠《盧綸詩集校注》(P.487):李端與盧綸等大曆中聚于長安,且李端原唱《野寺病居喜盧綸見訪》有"一卧漳濱今欲老"句,知此詩似作于大曆年間。關于次韻唱和之詩的起源,趙林濤《盧綸研究》(P.119—122)第四章"盧詩的風格及成就"第六節"'次韻倡和始于盧綸、李端'是非考"指出,《唐音癸籤》卷三已云:"盛唐人和詩不和韻……至大曆中,李端、盧綸野寺病居酬答,始有次韻。"然《洛陽伽藍記·城南》載:"(王)肅在江南之日,聘謝氏女為妻。及至京師,復尚公主。謝作五言詩以贈之。其詩曰:'本為箔上蠶,今作機上絲。得路逐勝去,頗憶纏綿時。'公主代肅答謝云:'針是貫綫物,目中恒任絲。得帛縫新去,何能納故時。'肅甚有愧謝之色,遂造正覺寺以憩之。"這纔是最早的次韻之作。不過,"中唐以前,次韻詩只是偶有出現,至元和間元、白等人出,而此風始盛。因此,元和略前,大曆詩人盧綸、李端、李益等的次韻唱和活動便多少帶有了開風氣的意味"。

②【圓至】《李端集》題云《野寺病居喜盧允言見訪》。

③【何焯】含"寂寞"。

④【補注】就餉,用餐。餉,所饋之食物。依草,藉草而坐。野雉,野雞。陳伯海主編《唐詩彙評》(P. 1468):《唐詩貫珠》卷二九"疾感":"'不過林',得雉飛之情。"

⑤【補注】齋沐,齋戒沐浴。静室,清静之屋,多指寺院住房或居士修行之屋。綦毋潛《題靈隱寺山頂禪院》:"觀空静室掩,行道衆香焚。"清羸,清瘦羸弱。禪心,佛教用語,謂清静寂定的心境。江淹《吳中禮石佛詩》:"禪心暮不雜,寂行好無私。"劉初棠《盧綸詩集校注》(P. 487):李端《書志贈暢當》序:"余少尚神仙,且未能去。友人暢當以禪門見導,余心知必是,未得其門,因寄詩以咨焉。"知端亦佞佛,故云。

⑥【圓至】維摩居士疾,佛勑文殊問疾。

【補注】問疾,探問疾病。《禮記·雜記下》:"弔死而問疾。"

⑦【圓至】按李端詩云:"青青麥隴白雲陰,(【何焯】前半皆反對末句。)古寺無人春草深。乳燕拾泥依古井,鳴鳩拂羽歷花林。千年駮蘚明山腹[三],(【何焯】起第七。)萬尺垂蘿入水心。一卧漳濱今欲老,誰知才子忽相尋。"允言蓋次其韻。但觀李詩,則此章語意自見。

【補注】料,料想。古方,古代流傳下來的藥方,參見卷四雍陶《秋居病中》注④。劉初棠《盧綸詩集校注》(P. 487):摯虞《疾愈賦》:"尋越人之遺方,考異同以求中。"

【校勘】

〔一〕昏鍾　全唐詩作"鍾昏(一作昏鍾)"。

〔二〕竹　全唐詩校"一作下"。

〔三〕腹　底本、詩説本、正統本作"履",據明應本改。明山腹　高本作"閒山屐"。

贈道士

褚載①[一]

　　簪星曳月下蓬壺②，曾見東皋[二]種白榆③。六甲威靈藏瑞檢④，
五龍雷電遶霜都⑤。惟教鶴探丹丘信⑥[三]，不使[四]人窺太乙炉⑦。
聞説葛陂風浪惡⑧，許騎青鹿從行無⑨。

【考證】

　　此詩見《全唐詩》卷六九四(P.7990)。

【注評】

　　①【圓至】《唐詩紀事》云：字厚之。【增注】字厚之，乾寧二年登進士第。
《詩史》云：載家至貧，客梁宋間，困甚，以詩投襄陽節度使那君牙云："西風
昨夜墮紅茵[五]，一宿郵亭事萬般。無地可耕歸不得，有恩堪報死何難。流
年怕老看將老，百計求安未得安。一卷新書滿懷淚，頻來門館訴飢寒。"君
牙贈絹十匹，薦於鄭滑辟支使，不行。明年，裴贄知貢舉，薦之擢第。
　　【補注】吳在慶撰《中國文學家大辭典·唐五代卷》(P.788)"褚載"條
云，載(生卒年里不詳)，字厚之。家貧寒，曾客梁、宋間。文德元年，劉子長
出鎮浙西，至江西時，載投文二軸謁見，然誤投于陸威，且犯威家諱。威雖
激賞其文而終不能引拔。乾寧五年登進士第，後流落不知所終。《新唐
書·藝文志》著錄《褚載詩》三卷。《全唐詩》卷六九四存詩十四首，其中
《雲》係杜牧詩誤入。
　　②【圓至】星冠、月珮也。《列子》："海中五山：一岱輿，二員嶠，三方壺，
四蓬萊，五瀛洲。"
　　【補注】簪星曳月：簪星，道士所戴星冠上鑲有星宿圖象，故稱。李頎
《王母歌》："頭上復戴九星冠，總領玉童坐南面。"簪，插、戴。曳月，謂腰間

帶有圓形玉珮。曳，拖，拉。暗譬道士為神仙，自天界下凡，與"下蓬壺"呼
應。《漢語大詞典》第 8 卷(P. 1242)釋"簪星曳月"為"形容佩帶光彩耀眼"，
書證首列《唐才子傳》卷八："時京師諸宮宇女郎，皆清俊濟楚，簪星曳月，唯
以吟詠自遣，玄機傑出，多見酬酢云。"次列此詩。釋義未考慮魚玄機等"諸
宮女郎"及褚載所贈對象的道士身份，不確。蓬壺，即蓬萊，傳說中的海中
仙山。

③【圓至】《選》詩："天上何所有，歷歷種白榆。"注曰："白榆，星也。"【增
注】皋，高也，岸也。又《廣雅》曰："皋，局也。"謂界局也。

【補注】東皋，水邊向陽高地，也泛指田園、原野。皋，水邊地。阮籍《詣
蔣公奏記辭辟命》："方將耕于東皋之陽，輸黍稷之餘稅，以避當塗者之路。"
白榆，《七緯・春秋緯・春秋運斗樞》："玉衡星散為榆。"

④【圓至】《老君六甲符》云："丁卯神司馬卿，丁丑神趙子玉，丁亥神張
文通，丁酉神臧文公[六]，丁未神石叔通，丁巳神崖巨卿。"《神仙傳》："左慈明
六甲，善役鬼神。"(【高士奇】瑞，玉也。)檢，印匣也。言神藏匣內。

【補注】六甲，道教神名，供天帝驅使的陽神，包括甲子、甲戌、甲申、甲
午、甲辰、甲寅。常和陰神"六丁"並稱。道士可用符籙召請以祈禳驅鬼。
參見《無上九霄雷霆玉經》《上清六甲祈禱秘法》等。《宋史・律曆志四》：
"六甲，天之使，行風雹，筴鬼神。"威靈，指神靈的威力。劉禹錫《君山懷
古》："千載威靈盡，赭山寒水中。"瑞，古代用作符信的玉。這裏指玉石刻製
的印信。檢，匭函。《困學紀聞・雜識》："璽也而更爲寶，匭也而更爲檢。"
瑞檢，猶言印匣。召神的符籙寫完後一般要鈐印，故稱。

⑤【圓至】五龍，五方之龍。霜都，猶言霜壇，鬼神所棲。壇場謂之都，
猶《南粵志》"人都""豬都""鳥都"是也。

【補注】五龍，古代傳說中五個人面龍身的仙人，道教稱為五行神。《鬼
谷子・本經陰符七術》："盛神法五龍。"陶宏景注："五龍，五行之龍也。"《文
選》卷二一郭璞《遊仙詩》："奇齡邁五龍，千歲方嬰孩。"李善注引《遁甲開山
圖》榮氏解："五龍，皇后君也，昆弟五人，皆人面而龍身。長曰角龍，木仙
也。次曰徵龍，火仙也。次曰商龍，金仙也。次曰羽龍，水仙也。父曰宮

龍,土仙也。"雷電,傳説龍能作雷雨,故稱。

⑥【圓至】見前注。

【補注】《初學記》卷三〇引《相鶴經》謂鶴為"仙人之驥驦"。丹丘,傳説中神仙所居之地。

⑦【圓至】太乙爐,煉太乙丹爐也。

【補注】太乙爐,道家煉丹之爐。太乙,亦作太一,即道家所稱的"道",古指宇宙萬物的本原、本體。《莊子·天下》:"建之以常無有,主之以太一。"成玄英疏:"太者廣大之名,一以不二爲稱。言大道曠蕩,無不制圍,括囊萬有,通而爲一,故謂之太一也。"後衍為神名、星名、山名等等。丹爐名太乙,亦有讚美、神化的意味。

⑧【圓至】《神仙傳》:壺公遺費長房竹一竿,乘竹縮地而歸。後投竹於葛陂,化為龍。【增注】葛陂在信州弋陽。

【補注】葛陂,《後漢書·方術列傳下·費長房》云,長房者,汝南人也。曾為市掾。市中有老翁賣藥,懸一壺於肆頭,及市罷,輒跳入壺中。長房辭家,從之得道。辭歸,翁與一竹杖,曰:"騎此任所之,則自至矣。既至,可以杖投葛陂中也。"長房乘杖,須臾來歸。即以杖投陂,顧視則龍也。遂能醫療衆病,鞭笞百鬼,及驅使社公。後東海君來見葛陂君,因淫其夫人,于是長房劾繫之三年,而東海大旱。長房至海上,見其人請雨,乃謂之曰:"東海君有罪,吾前繫於葛陂,今方出之使作雨也。"于是雨立注。李賢等注:"(葛)陂在今豫州新蔡縣西北。"陂,池塘湖泊。《淮南子·説林訓》:"十頃之陂,可以灌四十頃。"高誘注:"畜水曰陂。"

⑨【圓至】《列仙傳》:鹿一千年為蒼鹿。又:蘇耽獵,常騎鹿,遇險絶處皆超越。問之,答曰:"龍也。"【何焯】詞太勝。○歧路多艱,騰變不易,欲得有氣力者為助,託詞於《贈道士》爾。第二句以樹木比樹人也。

【補注】騎鹿,傳説中多有仙人騎鹿事。從行,隨行,謂師事之。無,副詞。用于句末,表示疑問,相當于"否"。白居易《問劉十九》:"晚來天欲雪,能飲一杯無?"此聯意謂,欲從之習術,除害安民。

【校勘】

　　［一］褚載　底本、元刊本、正統本、明應本、磧砂本、高本、四庫本作"褚戴"，據全唐詩改。按，褚氏既字厚之，則"載"是。其名、字當出自《易‧坤》"厚德載物"。"戴"當為"載"之形訛。

　　［二］東皋　何校"東皋，疑東皇之誤"。

　　［三］信　磧砂本作"井"。

　　［四］使　全唐詩校"一作遣"。

　　［五］茵　底本、正統本作"菌"，據大系本改。

　　［六］臧文公　底本作"戚文公"，詩說本、明應本作"藏文公"，據正統本改。

送客之湖南①［一］

白居易

　　年年漸見南方物，事事堪傷北客情。山鬼趫跳惟一足②，峽猿哀怨過三聲③。帆開青草湖中去④，衣濕黃梅雨裏行⑤。別後雙魚定難覓⑥［二］，近來潮不到溢城⑦。

【考證】

　　此詩見《全唐詩》卷四三九（P. 4886）。

【注評】

　　①【補注】朱金城《白居易集箋校》（P. 1007）認為，此詩乃白居易元和十一年（816）任江州司馬時作。

　　②【圓至】《廣異記》："山魈［三］，嶺南所在有之，獨足反踵。"【增注】《魯國語》："木石之怪曰夔、蝄蜽。"或曰："夔，一足，越人謂之山獵，即山鬼也，

人面猴身，能言。”○趫，丘妖切，捷也，善緣木走。○跳，田聊切，躍也，又
舞貌。

【補注】山鬼，山精，傳說中的一種獨脚怪物。《太平御覽》卷九四二引
《永嘉郡記》：“安國縣有山鬼，形體如人而一脚，裁長一尺許，好噉鹽，伐木
人鹽輒偷將去。不甚畏人，人亦不敢，伐木犯之即不利也。喜於山澗中取
石蟹。”

③【圓至】見前注。【增注】梁簡文帝《巴東三峽歌》：“巴東三峽巫峽長，
猿鳴三聲淚沾裳。”

【補注】“猿鳴”句《水經·江水注》亦有記載，參見卷三高適《送王李二
少府貶潭峽》注④。

④【圓至】洞庭湖、青草湖半屬潭州，半屬岳州，南曰青草湖，北曰洞
庭湖。

【補注】青草湖，湖名，古五湖之一，亦名巴丘湖，在今湖南岳陽市西南，
和洞庭湖相連。因青草山而得名。一說湖中多青草，冬春水涸，青草彌望，
故名。唐宋時湖周二百六十五里，北有沙洲與洞庭湖相隔，水漲時則與洞
庭相連，詩文中多與洞庭並稱。

⑤【圓至】周處《風土記》曰：“夏至前雨名黃[四]梅雨，沾衣服皆敗黦。”

【補注】黃梅雨，指初夏產生在江、淮流域持續較長的陰雨天氣。因時
值梅子黃熟，故稱。此季節空氣長期潮濕，器物易霉，故又稱霉雨。《本草
綱目》卷五：“梅雨或作黴雨，言其沾衣及物，皆生黑黴也。芒種後逢壬爲入
梅，小暑後逢壬爲出梅。又以三月爲迎梅雨，五月爲送梅雨。”

⑥【圓至】古詩：“客從西北[五]來，遺我雙鯉魚。呼童烹鯉魚，中有尺
素書。”

【補注】雙魚，指書信。

⑦【增注】溢城，在江州德化縣西一里。《郡國志》：“有人於此浦中洗銅
盆，墮水，取之見一龍而出。”《晉志》作盆，《隋志》作溢。【磧砂】謙曰：按居
易自敘，其言關美刺者謂之諷諭，詠性情者謂之閒適，觸事而發謂之感傷，
此亦所云觸事而發者乎？時二李黨爭[六]，更相奪移，進退毀譽，若旦暮然。

“山鬼”以比黨魁，“峽猿”以比客。帆開湖中，承言所如之漂泊；衣濕雨裏，轉言此世之凄凉。“潮”喻天恩，不到溢城，前期渺渺，能不傷心乎？雖句句情景，亦句句比意。

【補注】溢城，即溢口城。相傳西漢高帝六年灌嬰所築，即今江西九江市。以地當溢水入長江口得名，為沿江鎮守要地。南朝陳曾為江州治所。隋開皇中置尋陽縣于此，後改名彭蠡縣，大業二年改為溢城縣；唐初又改為潯陽縣，屬江州。

【校勘】

　　[一]湖南　磧砂本作“南湖”。

　　[二]定難覓　全唐詩作“難定寄（一作定難覓）”。

　　[三]魁　底本作“鬼”，據詩說本、正統本、明應本改。

　　[四]黄　底本脱，據詩說本、正統本、明應本補。

　　[五]西北　底本作“遠方”，據詩說本、正統本、明應本改。

　　[六]争　底本、三徑堂本作“事”，據文意改。

送劉谷①

李　郢[一]

　　村橋西路雪初晴，雲暖沙乾馬足輕。寒澗渡頭芳草色，新梅嶺上[二]鷓鴣聲②。郵亭已送征[三]車發③，山館誰將候火迎④。落日千峯轉迢遞，知君回首望高城⑤。

【考證】

　　此詩見《全唐詩》卷五九〇（P.6850—6851）。

【注評】

①【補注】劉谷（生卒年里不詳），唐末進士。與郳有篇什酬和。會昌二年，有若耶溪女子題詩於三鄉驛以自傷身世，劉谷過此，題詩以和之。今僅存此詩，見《全唐詩》卷七二六。生平參見吳在慶撰《中國文學家大辭典·唐五代卷》（P. 195）"劉谷"條。

②【補注】鷓鴣，為中國南方留鳥。古人諧其鳴聲為"行不得也哥哥"。參見卷四鄭谷《鷓鴣》注①和⑤。《唐詩鼓吹注解》卷四："見渡頭芳草之色，聞嶺上鷓鴣之聲，皆有以動客情也。"

③【增注】郵亭，境上行書舍。《孟子》："速於置郵而傳命。"【何焯】只一句點。

【補注】郵亭，驛館，遞送文書者投止之處。《漢書·薛宣傳》："過其縣，橋梁郵亭不修。"顏師古注："郵，行書之舍，亦如今之驛及行道館舍也。"征車，遠行人乘的車。韓愈《送侯參謀赴河中幕》："別袖拂洛水，征車轉崤陵。"

④【補注】山館，山中館驛。將，持，攜帶。候火，候館迎客之燈火。候，驛站，驛館。《後漢書·和帝紀》："舊南海獻龍眼、荔支，十里一置，五里一候。"

⑤【何焯】更無起承轉合拘縛。○歸心若此，固知不可復留，但前路知己為誰？我方目斷千峰，君獨無意一回首耶？○發端二句已了"送"字，第三言仍是不歸，第四言并無可行之處。

【補注】迢遞，遙遠貌。

【校勘】

［一］李郳　正統本、明應本脫。

［二］上　全唐詩作"外"。

［三］征　全唐詩作"輕（一作征）"。

江上逢王將軍①

虬鬚[一]憔悴[二]羽林郎②，曾入甘泉侍武皇③[三]。鶻沒夜雲知御苑④，馬隨春[四]仗識天香⑤。五湖歸去孤舟月⑥，六國平來兩鬢霜⑦。惟有桓伊江上笛，臥吹三弄送斜[五]陽⑧。

【考證】

此詩見《全唐詩》卷五九〇（P. 6848），題作《贈羽林將軍》（一作《江上逢王將軍》）。

【注評】

①【增注】《周禮》：“萬二千五百人為軍。”《通典》：“三代之制，天子六軍，其將皆命卿。諸侯大國三軍，次二軍，小一軍，亦命卿。晉獻公作二軍，公將上軍。”將軍之名起於此。【何焯】李詩多慷慨。

【補注】江上，江邊。將軍，戰國時始為武將名。唐十六衛、羽林、龍武、神武、神策等軍，均于大將軍下設將軍之官。王將軍，當為羽林將軍，生平待考。

②【圓至】唐太宗虬鬚可以掛弓。《漢書》：“羽林孤兒。”注曰：“天有羽林星，喻若林木之盛。羽翼鷙擊意，故以名武官焉。”【增注】晉王彪之年二十，鬚鬢皓白，狀如蟠虬。〇羽林中郎將比二千石，羽林郎比三百石，掌宿衛侍從。唐十六衛，左右羽林大將軍各一人，將軍各三人。

【補注】虬鬚，拳曲的鬍鬚。《三國志·魏書·崔琰傳》：“太祖令曰：‘琰雖見刑，而通賓客，門若市人，對賓客虬鬚直視，若有所瞋。’”羽林郎，禁軍官名。漢置。掌宿衛、侍從。《後漢書·百官志二》：“羽林郎掌宿衛、侍從。常選漢陽、隴西、安定、北地、上郡、西河凡六郡良家補。”陳伯海主編《唐詩彙評》（P. 2660）：《東嵒草堂評訂唐詩鼓吹》卷四：朱三錫：“‘虬鬚羽林郎’五字極其豪邁,中夾入'憔悴'二字,便覺意氣索然,讀之真可為英雄下淚也。"

③【圓至】甘泉宮有三:秦甘泉在渭南,漢甘泉在雲陽縣磨石嶺上,隋甘泉在鄠縣。秦始皇迎太后入咸陽,復居甘泉。徐廣曰:"表云咸陽南宮也。"秦時咸陽跨渭南北,則此宮不在渭北咸陽,而在渭南咸陽。此秦甘泉也。漢武元封元年,始即磨盤嶺秦宮之側作甘泉。此漢甘泉也。《元和志》曰:"隋宮在鄠縣南二十里,對甘泉谷。"此唐甘泉也。

【補注】甘泉,宮名。故址在今陝西淳化西北甘泉山。本秦宮。漢武帝增築擴建,在此朝諸侯王,饗外國客,夏日亦作避暑之處。《三輔黃圖》卷二"漢宮":"甘泉宮,一曰雲陽宮。《史記》:'秦始皇二十七年,作甘泉宮及前殿,築甬道(築垣墻如街巷),自咸陽屬之。'《關輔記》曰:'……宮周匝十餘里。漢武帝建元中增廣之,周十九里。'"

④【圓至】言鵰之習於獵也。鵰非夜放者,詩言夜雲,豈語病耶[六]?然古人亦有夜獵者,如"齊武帝射雉鍾山,至青溪橋西雞始鳴"是也。【何焯】承入侍。○此言其戀主,不以既夜而不歸御苑耳。注癡絕。

【補注】御苑,帝王家的苑囿。沈佺期《奉和洛陽玩雪應制》:"灑瑞天庭裏,驚春御苑中。"

⑤【圓至】言馬習於隨仗而識香也。蓋仗前必以香引輦,如"隋煬帝每駕,則擎香爐在輦前行"是也。【何焯】此制至今未改。○第四兼用曹丕馬聞衣香事,暗寓將軍得罪流落。

【補注】春仗,帝王春日行幸的儀仗。沈佺期《昆明池侍宴應制》:"春仗過鯨沼,雲旗出鳳城。"仗,儀仗。《新唐書·儀衛志上》:"凡朝會之仗,三衛番上,分爲五仗,號衙內五衛。"天香,指宮廷中用的薰香。皮日休《送令狐補闕歸朝》:"朝衣正在天香裏,諫草應焚禁漏中。"《三國志·魏書·朱建平傳》:"帝將乘馬,馬惡衣香,驚嚙文帝膝。"

⑥【圓至】范蠡事,見前注。【何焯】承"憔悴"。

【補注】五湖,古代吳、越一帶的湖泊,説法不一。范蠡功成身退,隱于五湖。後因以"五湖"指隱遁之所。參見卷四杜牧《題宣州開元寺水閣》注⑥。

⑦【圓至】秦王翦平六國。【增注】平六國，按史，始皇十七年，內史勝滅韓，虜韓王安。十九年王翦擊趙，虜趙王遷。二十二年王翦之子王賁伐魏。二十四年王翦虜楚王負芻。二十五年王賁攻遼東，虜燕王喜。二十六年王賁攻齊，齊王降。此秦平六國，皆王翦父子之功。詩引以比王將軍也。

【補注】王翦，戰國末秦國將領。頻陽(今陝西富平東北)人。秦王政任為將，後以平六國功封武成侯。晚年交出兵權，隱退鄉間。《史記》有傳。

⑧【圓至】晉桓伊為征南將軍，王徽之遇之江上，曰："聞卿善吹笛。"伊便下馬踞床，三弄而去。【何焯】壯盡其力，老而棄之，又無美田宅可以優游暮景，後半極言其顦顇。落句借桓將軍事收出"江上"。"惟有"二字，即承五、六來，反覆歎其末路之窮也。○"五湖"句并無妻子，"六國"句未嘗請田宅也。○王建《宮詞》"總把金鞭騎御馬，綠鬢紅額麝香香"，亦識香證佐。

【補注】陳伯海主編《唐詩彙評》(P. 2660)：《貫華堂選批唐才子詩甲集七言律》卷七下："'孤舟月''兩鬢霜'，言一無所有也。昔年豪事竟何在哉？惟有弄笛江上，眼看殘陽而已。嗟乎，嗟乎！虯鬚憔悴，一至此乎！"《山滿樓箋注唐詩七言律》卷五："只起句七字，已明明畫出一個鳥盡弓藏之故將軍矣。却用'曾入'二字振起一筆，將昔日豪華、今朝寂寞兩兩相比。然又暗暗插入'五湖歸去''六國平來'，見將軍於國勳勞不淺，未若他人虛邀寵遇者也。夫既不是虛邀寵遇，便不應如此'憔悴'，此言外意也。"

【校勘】

　　[一] 鬚　全唐詩校"一作髯"。

　　[二] 憔悴　高本、四庫本作"顦顇"。

　　[三] 武皇　全唐詩作"武(一作玉)皇"。

　　[四] 春　全唐詩作"仙(一作春)"。

　　[五] 斜　磧砂本、全唐詩作"殘"。

　　[六] 耶　底本作"也"，據詩說本、正統本、明應本改。

和皮日休[一]酬茅山廣文①

陸龜蒙

一片輕[二]帆背夕陽,望三峯拜七真堂②。天寒夜漱雲芽[三]淨③,雪壞晴梳石髮香④。自拂烟霞安筆格⑤,獨開封檢[四]試砂床⑥。莫言洞府能招隱⑦,會輾飆輪見玉皇⑧。

【考證】

此詩見《全唐詩》卷六二四(P. 7174),題作《和襲美江南道中懷茅山廣文南陽博士三首次韻》之一。

【注評】

①【補注】何錫光《陸龜蒙全集校注》(P. 486)云,皮日休有《江南道中懷茅山廣文南陽博士》三首,此為陸龜蒙和詩。二人詩皆見于《松陵集》卷六,陸詩題《奉和次韻》。《(至正)金陵新志》卷五上"山川志一·山阜":"茅山,在句容縣東南四十五里,周迴一百五十里,初名句曲山,像其形也。茅君得道,更名曰茅山。三十六洞天之數,第八曰金壇華陽之天,此山是也。"廣文博士,《唐語林》卷二"文學":"廣文博士自鄭虔始。"《新唐書·百官志三》:"廣文館:博士四人。助教二人。掌領國子學生業進士者……天寶九載,置廣文館。"《松陵集》卷九有李縠《浙東罷府西歸道經吳中廣文張博士皮先輩陸秀才皆以雅篇相送不量荒詞亦用酬別》及張賁《旅泊吳門呈一二同志》等十四首。此"廣文張博士",當即張賁。《唐詩紀事》卷六四:"賁字潤卿,南陽人。登大中進士第。唐末為廣文博士。寓吳中,與皮、陸二生遊。其詩多羈旅感激。"南陽,《舊唐書·地理志二》:"鄧州。隋南陽郡,武德二年,改為鄧州。"治所在今河南鄧州市。

②【圓至】茅山有三峰。【何焯】"七真"有本注,乃遺之耶。○三茆、楊、

郭、二許，郭是郭朝。【全唐詩】三茅、二許、一楊、一郭，是為七真。

　　【補注】何錫光《陸龜蒙全集校注》(P. 487)：三峰，指茅山之大、中、小三茅山。《方輿勝覽》卷一四“江東路·建康府·山川”：“三茅山，在句容縣南五十里。”七真：三茅，《(至正)金陵新志》卷一三下之下“人物志·仙釋”：“三茅君，兄弟三人，長諱盈，字叔申，咸陽南關人……盈弟固，字季偉。衷字思和。皆生漢景帝中元間。盈天漢四年道成，至元帝初元五年來江左句曲之山，哀帝元壽二年乘雲而去，是為大司命君。固至孝元時拜執金吾卿，衷宣帝地節四年拜上郡太守，五更大夫，並解任，從兄修學，俱得為仙。固為定錄真君，衷為保命仙君。詳見《茅山志》。”《吳郡志》卷四〇：“晉楊羲者，吳人。好學沉厚，與許先生遁、許長史謐結神明之交。嘗為公府舍人。興寧三年，羲年三十六，眾真降焉。”《(景定)建康志》卷一九“山川志三”：“華陽洞，在茅山側，三茅、二許俱得道於此洞。”《真誥》卷二〇“翼真檢二·真冑世譜”：“長史名謐，字思玄，一名穆，正生。少知名，儒雅清素，博學有才章。簡文帝久垂俗表之顧，與時賢多所儔結。少仕郡主簿、功曹史，王導、蔡謨、臨川辟從事，不赴。選補太學博士，出為餘姚令，入為尚書郎、郡中正、護軍長史、給事中、散騎常侍。雖外混俗務，而內修真學，密授教記，遵行上道，挺分所得，乃為上清真人，爵登侯伯，位編卿司，治仙佐治，助聖牧民。”一郭，何錫光認為指郭璞，然郭璞乃被殺于姑孰後兵解，未在茅山得道。《漢語大詞典》第 1 卷(P. 159)謂指唐代的郭崇真，應是。按，郭崇真為唐代著名道士潘師正高足之一。《雲笈七籤》卷五“經教相承部·中嶽體玄潘先生”云，潘師正“弟子十八人，並皆殊秀，然鸞姿鳳態，眇映雲松者，有韋法昭、司馬子微、郭崇真”。

　　③【圓至】《上元寶經》云：“太極真人服四極雲芽。”【增注】雲芽，茶也。或又云：漱雲芽、燕玉池，導引之法也。【高士奇】注云：雲牙、雲根，皆石也。【何焯】第三用“漱石礪齒”。

　　④【圓至】《風土記》曰：“石髮，苔也。”

　　⑤【圓至】梁簡文《詠筆格》云：“仰出寫含花，橫插[五]學仙掌。幸因提拾用，遂厠璇臺賞。”

【補注】筆格，筆架。

⑥【圓至】《倦遊録》：“辰州有朱砂處即有小龕，龕中生白石床，上乃生砂，大者如芙蓉。床重七八斤，價十萬。”

【補注】封檢，加蓋印記的封口。砂床，何錫光《陸龜蒙全集校注》（P.488）：《溪蠻叢笑》：“石之不碎而砂附著其上者，名砂床。”一説指道士煉丹之鼎。

⑦【圓至】《五岳圖》：“赤城有洞府，仙人居之。”小山有《招隱》。【增注】《文選》左太冲、陸士衡俱有《招隱》詩，注云：“思苦[六]天下溷濁，故將招尋隱者，欲以退不仕。”

【補注】洞府，道教稱神仙居住的地方。沈約《善館碑》：“或藏形洞府，或棲志靈岳。”

⑧【圓至】《神仙傳》：“玄圃閬苑，環以弱水九重，非飈車羽輪不可到。”【增注】飈輪，即風輪。《楞嚴經》云：“故有風輪，執持世界。”○《隱訣》曰：“太清九宮，最高者稱太皇、紫皇、玉皇。”

【補注】飈輪，指御風而行的神車。玉皇，道教稱天帝曰玉皇大帝，簡稱玉帝、玉皇。李白《贈別舍人弟臺卿之江南》：“入洞過天地，登真朝玉皇。”

【校勘】

　　［一］皮日休　何校“襲美”。

　　［二］輕　高本、四庫本作“春”。

　　［三］芽　高本、四庫本、全唐詩作“牙”。

　　［四］檢　底本、正統本、明應本作“撿”，據元刊本、磧砂本、高本、四庫本、全唐詩改。

　　［五］插　詩説本、正統本、明應本作“抽”。

　　［六］苦　底本、正統本作“若”，據大系本改。

蒲津河亭①

唐彥謙

　　宿雨清秋霽景澄，廣庭高樹更[一]晨興②。煙橫博望乘槎水③，日上文王避雨陵④。孤棹夷猶期獨往⑤，曲欄愁絕每長憑⑥。思鄉懷古多[二]傷別，此際[三]哀吟幾[四]不勝⑦。

【考證】

　　此詩見《全唐詩》卷六七一（P.7672）。

【注評】

　　①【圓至】蒲津，在同州。【增注】唐河中府有蒲津關，即蒲坂，舜所都地。【何焯】在河中府，此王重榮幕府所作也。

　　【補注】蒲津，又名蒲阪津，以東岸在蒲阪得名。在今山西永濟市蒲州鎮西南與陝西大荔縣東北古黃河上。《左傳·文公三年》，“秦伯伐晉，濟河焚舟，取王官及郊”，當取道于此。歷漢、唐至明，凡秦、晉間兵事，往往濟自蒲津，為戰守必爭之地。《北齊書·神武紀下》：東魏天平四年，“神武西討，自蒲津濟”。袁津琥《唐彥謙詩箋釋》（P.4）：“據《集古錄》卷九《唐王重榮德政碑》：彥謙嘗為中和四年立《王重榮德政碑》書碑，則此詩當作于唐僖宗中和四年（八八四）前後。時王重榮為河中節度使，辟彥謙為河中節度使從事。”

　　②【何焯】合後半讀，蓋是巢寇初平，王路復通，將為入關之計，故託興於新霽也。

　　【補注】晨興，早起。《說苑·辨物》：“夙夜晨興。”

　　③【圓至】張騫封博望侯，嘗泝河乘槎直至天河，見牛、女。寶曆中嘗詔有司，取其槎以進。見《因話錄》。

【補注】博望，縣名。西漢元朔六年置，屬南陽郡。治所在今河南方城縣西南五十六里博望鎮。《漢書·張騫傳》載，漢武帝封"騫爲博望侯"，顏師古注曰"取其能廣博瞻望"，故名。西晉屬南陽國。南朝宋永初後廢。槎，木筏。《苕溪漁隱叢話·前集》卷一一引《荆楚歲時記》："張華《博物志》云：漢武帝令張騫窮河源，乘槎經月而去，至一處，見城郭如官府，室内有一女織，又見一丈夫牽牛飲河，騫問云：'此是何處？'答曰：'可問嚴君平。'織女取楮機石與騫而還。"今本《博物志》卷一〇載類似傳説，然未記乘槎者姓名。《癸辛雜識·前集》《乘槎》云："乘槎之事，自唐諸詩人以來，皆以為張騫，雖老杜用事不苟，亦不免有'乘槎消息近，無處問張騫'之句。按騫本傳止曰'漢使窮河源'而已。張華《博物志》云……然亦未嘗指為張騫也。及梁宗懍作《荆楚歲時記》，乃言武帝使張騫使大夏，尋河源，乘槎見所謂織女牽牛，不知懍何所據而云。又王子年《拾遺記》云：堯時有巨槎浮於西海，槎上有光若星月，槎浮四海，十二月周天，名貫月槎、掛星槎，羽仙棲息其上，然則自堯時已有此槎矣。"

④【圓至】見前注。【磧砂】即蹇叔所云。

【補注】《左傳·僖公三十二年》記蹇叔之言曰：文王曾在殽山北陵避風雨。殽山在今河南洛寧縣西北六十里，位于蒲津東方稍南，二地相距數百里。參見卷三崔曙《九日登仙臺呈劉明府》注⑤。

⑤【圓至】《楚詞》："君不行兮夷猶。"

【補注】夷猶，亦作夷由，猶豫、遲疑不前。

⑥【補注】愁絶，愁到極點。李白《灞陵行送別》："正當今夕斷腸處，黄鸝愁絶不忍聽。"

⑦【補注】不勝，無法承擔，承受不了。《管子·入國》："子有幼弱不勝養爲累者。"尹知章注："勝，堪也。謂不堪自養，故爲累。"袁津琥《唐彦謙詩箋釋》（P.6）：李商隱《無題》："萬里風波一葉舟，憶歸初罷更夷猶……人生豈得長無謂，懷古思鄉共白頭。"陳伯海主編《唐詩彙評》（P.2830）：《删補唐詩選脉箋釋會通評林·七言律詩·晚唐》：周珽："前四句敘河亭秋霽所臨覽，就蒲津之景言。後四句述臨覽之情，有無限悽楚之感。"

【校勘】

［一］樹更　全唐詩作“樹向”。

［二］多　全唐詩校“一作人”。

［三］此際　全唐詩作“況此（一作此際）”。

［四］幾　高本、四庫本、全唐詩作“意”，何校“幾”。

已前共七首

感　懷

劉長卿

秋風[一]落葉正堪悲，黃菊殘花欲待誰。水近偏逢寒氣早[二]，山深長[三]見日光遲。愁中卜命看周易，夢裏招魂誦[四]楚詞①。自笑不如湘浦鴈②，飛[五]來却[六]是北歸時。

【考證】

　　此詩見《全唐詩》卷一五一（P.1572）；又見卷一九七（P.2021），屬張謂，題作《辰陽即事》（一作劉長卿詩，題云《感懷》）。儲仲君《劉長卿詩編年箋注》（P.530）云：一作張謂詩。《元和郡縣圖志》卷三〇“江南道六·辰州·辰溪縣”：“本漢辰陵縣，屬武陵郡，後改曰辰陽，以在辰水之陽為名。《離騷》云‘朝發枉渚，夕宿辰陽’是也。隋平陳，改為辰溪縣。”“按張謂嘗為潭州刺史，集中有湖南詩多首。”佟培基《全唐詩重出誤收考》（P.121—122）亦認為，詩中“湘浦”應即《楚辭·涉江》之“漵浦”，唐時屬辰州。張謂永泰元年末至大曆初曾任潭州刺史，曾在附近活動，而辰州與潭州相鄰，故詩當非劉長卿作，宋殘本《文苑英華》卷二九二正作張詩。

【注評】

①【增注】卜命，《易·説卦》：“窮理盡性，以至於命。昔者聖人之作《易》也，將以順性命之理。”【圓至】宋玉《招魂》：“帝告巫陽曰：‘有人在下，我欲輔之。魂魄離散，汝筮與之。’”

【補注】儲仲君《劉長卿詩編年箋注》（P. 530）云：“周易，即《易經》，古人亦用以占卜。招魂，楚辭有《招魂》，王逸以為宋玉作，以招屈原魂。”

②【補注】儲仲君《劉長卿詩編年箋注》（P. 530）云：“湘浦，湘江之浦。其傍有衡山，有迴雁峰，相傳雁飛至此即北歸。”此聯歎息人不能如雁北歸。

【校勘】

［一］秋風　全唐詩校“一作青楓”。

［二］早　磧砂本作“蚤”。

［三］長　全唐詩作“常”。

［四］誦　全唐詩作“讀”。

［五］飛　全唐詩校“一作春”。

［六］却　高本、四庫本、全唐詩作“即”。

輞川積雨①

王　維

積雨空林烟火遲，蒸藜炊黍餉東菑②。漠漠水田[一]飛白鷺，陰陰夏木[二]囀黄鸝③。山中習静觀朝槿④，松下清[三]齋折露葵⑤。野老與人爭席罷⑥，海鷗何事[四]更相疑⑦。

【考證】

此詩見《全唐詩》卷一二八（P. 1298），題作《積雨輞川莊（一有“上”字）

作》(一作《秋歸輞川莊作》)。

【注評】

①【圓至】輞川在藍田縣。【增注】按王維本傳：晚年得宋之問藍田別墅，在輞口[五]，水周舍下，竹洲花塢[六]，與道友裴迪浮舟往來，彈琴賦詩終日。嘗聚其田園所為詩，題《輞川集并圖》。代宗時，維弟縉為宰相，求維文，縉編詩得四百餘篇上之。唐藍田縣在京兆府。

【補注】馬茂元《唐詩選》(P. 100)：輞川，水名，在今陝西藍田縣終南山下。宋之問在這裏建有藍田別墅，後為王維所得。《唐國史補》卷上："(王維)得宋之問輞川別業，山水勝絶，今清源寺是也。"《陝西通志》卷九"山川二·西安府·藍田縣"："輞谷(谷，一作峪)在縣西南二十里……二谷並有細路通上洛(《長安志》)。○上洛，今屬商州。商嶺水流至藍橋，復流至輞谷，如車輞環湊落疊嶂入深潭，有千聖洞、細水洞、茶園、栗領(嶺)，唐右丞王維莊在焉，所謂輞川也(《雍大記》)。"陳鐵民《王維集校注》(P. 413—414)：《長安志》卷一六"縣六·藍田"："清源寺在縣南輞谷內，唐王維母奉佛山居，營草堂精舍，維表乞施為寺焉。"王維自天寶三載(744)至十五載陷賊前常居于輞川，此詩當作于這一時期。

②【圓至】李周翰曰："藜，野菜。"《爾雅》："田一歲曰菑。"【增注】藜草似蓬。○餉，饋也，餴也。《孟子》："有童以黍肉餉。"

【補注】"煙火"與"蒸藜炊黍"呼應。黍，古代專指一種子實稱黍子的一年生草本作物。參見許渾《洛陽城》注②。馬茂元《唐詩選》(P. 110)："因為積雨，空氣潮濕，炊煙緩緩上升，故曰遲……藜，藿一類的野菜。一年生草本植物，初夏開花，新葉及嫩苗可食……餉東菑：送飯到東邊田裏去。送食物叫餉。"

③【圓至】李肇謂"水田飛白鷺，夏木囀黃鸝"乃李嘉祐詩，王維但增二字而已。【磧砂】敏曰：今人每用疊字，非惟覺得單弱，且與全句精神俱失。試觀此聯，偏似無此疊字，徑直無情。加此疊字，情景活現，則用疊字之法具在矣。況乎七言最忌五字句泛加二字，惟此真是七字句，並非五言泛加

二字也。聞王勃《滕王閣序》"落霞與孤鶩齊飛,秋水共長天一色"最為新警,死後猶然自誦者。有人云:"何不去此'與共'二字?"參觀此聯,可見苟屬閑字,一字亦不許增添矣。

【補注】漠漠,廣闊、迷蒙貌。陰陰,幽暗貌。

④【圓至】習静,猶坐禪,張籍[七]有《和陸司業習静》詩。《埤雅》曰:"槿花如葵,朝生夕隕。"一云舜,瞬之義,蓋取此。

【補注】陳鐵民《王維集校注》(P. 444):習静,猶静修,如静坐、坐禪等。何遜《苦熱詩》:"習静閟衣巾,讀書煩几案。"馬茂元《唐詩選》(P. 110):"觀,有觀照、參悟之意。用佛經用語。朝槿,即木槿。夏間開花,朝開暮落。觀朝槿,是説從槿花的開落,悟到世事無常。李頎《别梁鍠》:'莫言富貴長可託,木槿朝看暮還落。'取義與此略同。"

⑤【圓至】史謂維末年長齋奉佛,故詩有此語。按《顔氏家訓》,蔡朗父諱純,遂呼蓴為露葵,面墻者效之。有士人聘齊,主客郎李恕問曰:"江南有露葵否?"答曰:"露葵是蓴,水鄉所出。今所食者緑葵耳。"此詩云"松下折之",豈亦誤以為緑葵耶? 然《七啓》云:"霜蓄露葵。"注曰:"葵宜露。"意謂維或[八]本此耳。

【補注】清齋,謂素食、長齋。支遁《五月長齋詩》:"今月肇清齋,德澤潤無疆。"馬茂元《唐詩選》(P. 110):"上句言心情曠遠,下句寫飲食芳鮮……露葵,帶露的葵菜。葵,有秋葵、冬葵、春葵等,均可食。《詩經·豳風·七月》:'七月亨(烹)葵及菽。'"

⑥【圓至】列子往見壺丘子,道中舍者避席。及見壺子歸,則舍者爭席。

【補注】馬茂元《唐詩選》(P. 110):《列子·黄帝》:"楊朱南之沛……至梁而遇老子……老子曰:'而睢睢而盱盱,而誰與居? 大白若辱,盛德若不足。'楊朱蹙然變容曰:'敬聞命矣。'其往也,舍迎將家,公執席,妻執巾櫛;舍者避席,煬者避竈。其反也,舍者與之争席矣。"

⑦【圓至】《莊子》:"海上翁每之海上,則群鷗隨之。後欲取之,機心一萌,鷗鳥舞之不下。"【磧砂】敏曰:玄肅之際,安史之餘,正所謂"野老與人争席"時也。自表五短,願歸田里,則庶幾海鷗之不疑耳。【何焯】悟富貴之無

常，乃彌甘於藿食。無妨為農没世，入鷗群而不亂也。五、六遞對，無復筆墨之痕。○"海鷗"又雙關"積雨"。

【補注】何事，為何，何故。馬茂元《唐詩選》(P. 110)：《列子・黄帝》："海上之人有好漚鳥者，每旦之海上，從漚鳥游。漚鳥之至者百住而不止。其父曰：'吾聞漚鳥皆從汝游，汝取來，吾玩之。'明日之海上，漚鳥舞而不下也。"陳伯海主編《唐詩彙評》(P. 338)：《續昭昧詹言》卷三："此題命脈，在'積雨'二字。起句敘題。三、四寫景極活現，萬古不磨之句。後四句，言己在莊上，事與情如此。"

【校勘】

　　[一]水田　何校"水田，《讀書志》作水天，似更佳"。

　　[二]木　何批"日"。姚世鈺："'木'字遠勝'日'字。世鈺。○'日'字死，'木'字有兩層意。鈺。"

　　[三]清　何批"行"。

　　[四]事　何批"處"，全唐詩校"一作處"。

　　[五]口　底本作"日"，據正統本、大系本改。

　　[六]塢　底本作"鳩"，據正統本、大系本改。

　　[七]張籍　底本、詩説本、正統本、明應本作"張藉"，據史實改。

　　[八]或　底本作"成"，據詩説本、正統本、明應本改。

石門春暮①

錢　起

　　自笑[一]鄙夫多野性，貧[二]居數畝半臨湍②[三]。溪雲雜雨來茅屋，山雀[四]將雛傍[五]藥欄③。仙籙滿床閑不厭④[六]，陰符在篋老羞看⑤。更憐童子宜春服⑥，花裏尋師到[七]杏壇⑦。

【考證】

此詩見《全唐詩》卷二三九（P. 2672），題作《幽居春暮書懷》（一作《石門暮春》，一作《藍田春暮》）。

【注評】

①【圓至】石門，在濟南府臨邑縣。【何焯】《水經注》："臨邑縣有濟水祠，水有石門，以石為之，故濟水之門也。"

【補注】錢起生平未考見行迹曾至濟南一帶。本集題同《全唐詩》。王定璋《錢起詩集校注》（P. 268）云："此詩當為錢起為官藍田時之作。幽居蓋即'藍田舊居'。"

②【補注】鄙夫，庸俗淺陋的人，多用作自稱的謙詞。張衡《東京賦》："鄙夫寡識，而今而後，乃知大漢之德馨，咸在于此。"湍，急流的水。

③【圓至】《資暇集》云："園亭中之藥欄，藥即欄，欄即藥，非花藥之欄也。"按蘇林曰："以竹繩[八]連綿為禁籞，使人不得往來。"【何焯】三、四即為後半託興。○"春暮"。

【補注】藥欄，芍藥之欄，泛指花欄。庾肩吾《和竹齋詩》："向嶺分花徑，隨階轉藥欄。"

④【圓至】《北夢瑣言[九]》："法籙外別有一百二十法，天師所禁。"【增注】籙，籍也，又圖籙也。

【補注】王定璋《錢起詩集校注》（P. 268）：仙籙，即道籙，道家符籙圖訣。凡入道者必受籙。《隋書·經籍志四》：道經者，云"其受道之法，初受《五千文籙》，次受《三洞籙》，次受《洞玄籙》，次受《上清籙》。籙皆素書，紀諸天曹官屬佐吏之名有多少，又有諸符，錯在其間，文章詭怪，世所不識。受者必先潔齋，然後齎金環一，并諸贄幣，以見於師。師受其贄，以籙授之，仍剖金環，各持其半，云以為約。弟子得籙，緘而佩之"。

⑤【圓至】蘇秦受《太公陰符》於鬼谷子。【增注】《黃帝陰符經》三卷。鍾離注："陰者性之宗，符者命之本。"《鬼谷子》下篇有《陰符七術》。

【補注】陰符，古兵書名。《戰國策·秦策一》："（蘇秦）乃夜發書，陳篋數十,得《太公陰符》之謀,伏而誦之。"後泛指兵書。篋,小箱子,藏物之具。大曰箱,小曰篋。

⑥【圓至】《論[十]語》:"春服既成,冠者五六人,童子六七人。"

【補注】春服,春日穿的衣服。

⑦【圓至】《莊子》:孔子休乎杏壇之上,弟子讀書,夫子鼓瑟奏曲。【磧砂】謙曰:首句起第三聯,次句起第二聯,在第二聯則為承,在第三聯則為轉,甚是簡明矣。結用餘意作合,正在"自笑""更憐"作照應。【何焯】投老歸與,百事俱廢,然雖不一試,猶將[十一]望我後人。此落句意也。○司馬彪《莊子注》:"杏壇,澤中高處也。"落句收"春暮",仍與"石門"相關。

【補注】杏壇,相傳為孔子聚徒授業講學處,參見《莊子·漁父》;後因三國董奉在杏林修煉成仙,故又指道士修煉之所。這裏雙關。《太平廣記》卷一二引《神仙傳》云,董奉"居山不種田,日為人治病,亦不取錢,重病愈者使栽杏五株,輕者一株。如此數年,計得十萬余株,鬱然成林"。白居易《尋王道士藥堂因有題贈》:"行行覓路緣松嶠,步步尋花到杏壇。"

【校勘】

[一]笑　全唐詩作"哂"。

[二]貧　磧砂本作"貪",全唐詩校"一作閒"。

[三]臨湍　全唐詩校"一作村端"。

[四]雀　全唐詩校"一作鳥"。

[五]傍　全唐詩作"到(一作至)"。

[六]厭　圓校"厭,一作檢",高本、四庫本作"檢(一作厭,非)"。

[七]到　何校"指":"'指'字乃與'尋師'相應,'到'字死。"全唐詩作"指(一作到)"。

[八]繩　底本脫,據詩說本、正統本、明應本補。

[九]北夢瑣言　底本作"北鎖夢言",詩說本、正統本、明應本作"北瑣夢言",據何校改。

[十]論　底本、詩說本、正統本、明應本脫,據文意補。

［十一］將　瀘州本作“可”。

酬慈恩文郁上人①

賈　島

袈裟［一］影入禁［二］池清②，猶憶鄉山近赤城③。籬落罅間寒蟹過，
莓苔石上晚蛩行④［三］。期登野閣［四］閑應甚，阻宿幽［五］房疾未平⑤。
聞説又尋南岳去，無端詩思忽然生⑥。

【考證】

此詩見《全唐詩》卷五七四（P. 6681），題中“慈恩”後有“寺”字。

【注評】

①【補注】慈恩，指慈恩寺，在今西安南和平門外雁塔路南端。參見卷
四鄭谷《慈恩偶題》注①。上人，對和尚的尊稱。齊文榜《賈島集校注》（P.
462、355）：賈島另有《慈恩寺上座院》云“未委衡山色，何如對塔峰”、《宿慈
恩寺郁公房》云“病身來寄宿”，當同為贈文郁詩。文郁為越人，出家嘗居衡
山寺，後至京居慈恩寺。

②【增注】袈裟，梵音迦羅沙，本作迦沙，至梁葛洪［六］撰《字苑》，字方添
“衣”。一名袈裟，一名無垢衣，又名忍辱鎧，又名消瘦衣，又名離塵服。【何
焯】指曲江。

【補注】齊文榜《賈島集校注》（P. 462）：“袈裟，梵語音譯曰迦沙曳，簡稱
迦沙；意譯曰不正色、壞色、濁色等。僧人法衣避青、黄、赤、白、黑五種正
色，而用雜色（不正色）染壞之，故僧人袈裟乃從顏色言之。禁池，宮苑中的
池沼。此似指慈恩寺側之曲江池。”

③【圓至】孔靈符《會稽記》曰：“赤城山色赤，狀似雲霞，今在天台縣北

六里。"

【補注】赤城,即赤城山,又名燒山,在今浙江天台縣北六里,是登天台山的必經之地,有天台南門之稱。孫綽《游天台山賦》:"赤城霞起而建標。"

④【補注】籬落,亦稱籬藩,即籬笆牆。《抱朴子外篇·自叙》:"貧無僮僕,籬落頓决。"罅,裂縫、縫隙。莓苔,青苔。孫綽《游天台山賦》:"踐莓苔之滑石。"蛩,蟋蟀的别名。鮑照《擬古詩八首》之七:"秋蛩挾户吟,寒婦成夜織。"

⑤【補注】齊文榜《賈島集校注》(P.462):期,邀約、約定。《詩經·鄘風·桑中》:"期我乎桑中,要我乎上宫。""阻宿"句,謂己元和十五年(820)秋冬間患病數月,曾宿于文郁上人處,後島詩中多次提及,感激無比。

⑥【補注】:南岳,五岳之一,即衡山。在今湖南衡陽市南岳區和衡山、衡陽縣境,爲湘水與資水的分水嶺。有七十二峰,以祝融、天柱、芙蓉、紫蓋、石廪五峰最著名。《周禮·司馬·職方氏》:"正南曰荆州,其山鎮曰衡山。"《尚書·舜典》:"南巡守,至于南岳。"孔安國傳:"南岳,衡山。"《元和郡縣圖志》卷二九"江南道五·衡州·衡山縣":"衡山,南嶽也,一名岣嶁山,在縣西三十里。"又引《南岳記》曰:"以其宿當翼、軫,度應機、衡,故爲名。"無端,没有界線,没有頭緒。《抱朴子内篇·對俗》:"錯綜六情,而處無端之善否。"詩思,做詩的欲念、興致。

【校勘】

［一］袈裟　元刊作"袈娑"。

［二］禁　全唐詩校"一作鏡"。

［三］行　全唐詩校"一作鳴"。

［四］閣　正統本、明應本作"閤"。

［五］幽　全唐詩作"山(一作幽)"。

［六］葛洪　底本作"藹洪",據正統本、大系本改。

江亭秋霽

李　郢

　　碧天涼冷鴈來踈，閑看[一]江雲思有餘①。秋館池亭荷葉後[二]，野人籬落豆花初②。無愁自得仙翁[三]術，多病能忘太史書③。聞説故園香稻熟，片帆歸去就鱸魚④。

【考證】

　　此詩見《全唐詩》卷五九〇（P. 6852）；又見卷五四九（P. 6363），屬趙嘏。題中"秋霽"皆作"晚望"。陳增傑《唐人律詩箋注集評》（P. 1004）云，此詩《唐百家詩選》卷一八、《唐詩鼓吹》卷四等均作李詩，《瀛奎律髓》卷一二作趙詩。當為李作。李郢《立秋後自京歸家》云："西江近有鱸魚否？張翰扁舟始到家。"乃以吳中為故鄉，與此篇結聯所詠"聞説故園香稻熟，片帆歸去就鱸魚"，正相印證。

【注評】

　　①【補注】陳增傑《唐人律詩箋注集評》（P. 1004）："雁來疏，是説天寒雁少，正切深秋景物"，"思有餘，謂思緒紛多"。

　　②【補注】野人，村野之人，農夫。籬落，籬笆牆。

　　③【圓至】太史公作《史記》。【增注】葛洪，自號抱朴子。從祖玄，吳時學道得仙，號葛仙翁。以其鍊丹秘術授弟子鄭隱，而洪乃就隱更學其術。○太史公，司馬遷也。武帝獲麟，遷因作《史記》，上紀黃帝，下至麟趾，猶孔子作《春秋》止於獲麟也。

　　【補注】仙翁術，謂修煉成仙的方法。

　　④【何焯】亦與趙詩命意同而力薄。

　　【補注】陳增傑《唐人律詩箋注集評》（P. 1004—1005）："言此時故鄉稻

熟魚肥,正宜還家。鱸魚,産于太湖一帶,味美。晉張翰在洛陽做官,見秋
風起,想吃故鄉吳中的蒪菜羹、鱸魚膾,就辭職回家。見《世說新語·識
鑒》。就鱸魚,謂趁鱸魚肥時而取食。'就'字下得很妙,猶孟浩然'還來就
菊花'之'就'。"

【校勘】

　　[一]看　全唐詩作"望"。

　　[二]後　圓校"後,或作歇者非,今從本集"。

　　[三]仙翁　元刊本、正統本、明應本、高本、四庫本作"山翁",全唐詩
作"仙人"。

漢南春望①

薛　能

　　獨尋春色上高臺,三月皇州駕未回②。幾處松筠燒後死,誰家桃
李亂中開③。姦邪用法元[一]非法④,唱[二]和求才不是才⑤。自古浮
雲蔽白日⑥,洗天風雨幾時來⑦。

【考證】

　　此詩見《全唐詩》卷五五九(P.6484)。

【注評】

　　①【增注】漢南,本楚地。秦兼天下,自漢以南為南郡,即荆州;自漢以
北為南陽,即鄧州。唐山南道江陵府江陵郡,本荆州。

　　【補注】漢南,漢水以南。按,薛能曾任廣武軍節度使。《舊唐書·秦宗
權傳》云,廣明元年"十一月,忠武軍亂,逐其帥薛能"。此詩當為廣明二年

(881)三月，能被逐流寓漢南時作。吴在慶撰《中國文學家大辭典·唐五代卷》(P. 836—837)"薛能"條據《新唐書》，謂能在廣明元年軍亂中被殺，不可信。因為僖宗以黄巢亂幸蜀在廣明元年十二月，此詩云"皇州駕未回"，顯指此事，而做此詩之"三月"，薛能仍在世。

②【圓至】僖宗之亂，凡再幸興元[三]。

【補注】皇州，帝都，京城。鮑照《侍宴覆舟山詩二首》之二："愛景麗皇州。"駕，皇帝的車駕。《唐詩鼓吹注解》卷四："唐僖宗廣明元年十二月，黄巢陷長安，僖宗幸蜀，時能為京兆尹。"《舊唐書·僖宗本紀》：廣明元年"十二月庚辰朔。辛巳，賊據潼關……攜聞賊至，仰藥而死。是日，上與諸王、妃、后數百騎，自子城由含光殿金光門出幸山南，文武百官僚不之知，並無從行者，京城晏然。是日晡晚，賊入京城……壬辰，黄巢據大内，僭號大齊，稱年號金統"。

③【補注】筠，竹子。《唐詩鼓吹注解》卷四："蓋桃李止一時之榮，松筠有後凋之節，故以松筠比忠烈、桃李喻小人。時中原擾攘，天子蒙塵，斯誠版(板)蕩識忠臣。故忠烈之士見危授命，小人則貪生苟活，與時浮沉者多矣。此具微意也歟！"

④【圓至】謂田令孜輩。

【補注】僖宗即位，使宦官田令孜知樞密，擢為左神策軍中尉，政事一以委之，呼為"阿父"。令孜倚寵招權納賄，結黨營私。廣明元年，募兵守長安，以禦黄巢，旋兵敗，挾帝逃奔西川。

⑤【圓至】唐末年進士皆尚浮薄之文，無實用，至謂"挽二石弓，不如識一丁字"，天下遂亂。【何焯】倡和，用鄭箋"群臣無其君而行，自以强弱相服，如倡矣，我則將和之"。言此者，刺其自專之意。

【補注】《詩經·鄭風·蘀兮》："叔兮伯兮，倡予和女。"孔穎達疏："先發聲者為倡，後應聲者為和。"《唐詩鼓吹注解》卷四："《詩·鄭國風·蘀兮》，刺忽也，君弱臣强，不唱而和也。天子之職，求賢而已。用非其才，法必大壞。既奸邪用法，則所求和者非其才也。"

⑥【圓至】苻堅[四]宦[五]者曰："不見雀來入燕[六]室，但見浮雲蔽白日。"

【補注】《文選》卷二九《古詩十九首·行行重行行》："浮雲蔽白日，遊子不顧返。"李善注："浮雲之蔽白日，以喻邪佞之毀忠良，故遊子之行，不顧返也……《古楊柳行》曰：'讒邪害公正，浮雲蔽白日。'義與此同也。"《唐詩鼓吹注解》卷四："漢陸賈《新語》曰：'邪臣之蔽賢，猶浮雲之蔽白日也。'李白詩云：'自古浮雲能蔽日，長安不見使人愁。'"

⑦【圓至】武王伐紂，大雨，太公謂之洗兵雨。【增注】此詩以薛能之時考之，第[七]二句言僖宗幸蜀，第三、第四句言黃巢之亂，第五、第六句言臣下矛盾意，末二句言上下相蒙意。【何焯】粗豪。

【校勘】

［一］元　磧砂本、全唐詩作"原"。

［二］唱　何校"倡"。

［三］興元　明應本、正統本作"蜀元"。

［四］苻堅　底本、正統本、明應本作"符堅"，據詩説本改。

［五］宦　底本作"宫"，據詩説本、正統本、明應本改。

［六］燕　底本作"蕪"，據詩説本、正統本、明應本改。

［七］第　底本作"弟"，據正統本、大系本改。

春夕旅懷①

崔　塗

水流花謝兩無情，送盡東風過楚城②。蝴蝶[一]夢中家萬里③，杜鵑[二]枝上月三更④。故園書動經[三]年别[四]，華髮春惟[五]兩鬢[六]生⑤。自是不歸歸便得，五湖煙景有誰争⑥。

【考證】

此詩見《全唐詩》卷六七九(P.7783)，題末無"旅懷"二字，題下校"一本下有‘旅懷’二字”。

【注評】

①【補注】春夕,春夜。旅懷,羈旅之情懷。中和元年(881),僖宗避黄巢亂幸蜀,塗亦入蜀赴進士試而未第,曾羈留渠州。此詩當是在渠州作。《輿地紀勝》卷一六二“潼川府路·渠州·詩”録此詩,詩末注云:“沖相寺距州城四十里,乃定光佛道場。此詩古(故)老相傳,是唐相崔塗,僖宗時避亂至蜀所題。今無墨迹存,惟定光岩間有題云:‘前進士崔塗,由此間(閒)眺,翌日北歸。’”《全蜀藝文志》卷六四載崔塗《渠州沖相寺題名》:“中原黄賊煽亂,前進士崔塗避地于渠州,春日獨遊沖相寺,由此登眺,翌日北歸。”唐時渠州治流江縣(今渠縣),轄境相當今四川渠縣、大竹、鄰水、廣安等縣市地。戰國時期,渠州一帶為楚之附屬小國賨國所在地,故首聯稱為“楚城”。《太平寰宇記》卷一三八“山南西道六·渠州·流江縣”:“故賨國城,在縣東北七十四里,古之賨國都也。”《蜀水經》卷一四“渠江”:“渠縣,故賨國也,羋姓子爵,亦作宗。頃王四年,執宗子,圍巢,即此。”沖相寺,隋建,本名藥寺,為定光古佛道場,唐賜額曰沖相。在今四川廣安市廣安區肖溪鎮東北沖相村。唐宋時期為渠江流域著名梵刹,氣勢恢宏。寺後有定光岩摩岩造像及唐、宋題記三十多處。

②【補注】東風,指春風。陳伯海主編《唐詩彙評》(P. 2864):《貫華堂選批唐才子詩甲集七言律》卷八上:“水流是水無情,花謝是花無情。何謂無情? 明見客不得歸,而盡送春不少住,是以曰無情也。何人胸中無春怨,如此却是怨得大無賴矣。”

③【圓至】蝶夢見前注。【何焯】“不歸”。

④【何焯】“歸”。

【補注】杜鵑,又名杜宇、子規。相傳為古蜀王杜宇之魂所化。春末夏初,常晝夜啼鳴,其聲哀切,似“不如歸去”,故又名催歸。參見卷一李涉《竹枝詞》注④。三更,古時一夜分為五更,每更約兩小時,三更約指半夜十一時至翌晨一時。陳增傑《唐人律詩箋注集評》(P. 1075)云:此聯謂“夢中恍若回到了萬里以外的家鄉,醒後相對,只見三更冷月,杜鵑悲啼。蝴蝶,《莊子·齊物論》寫莊周夢中覺得自己變成蝴蝶,醒來後仍是莊周。這裏狀夢境的虛幻……此聯意象生動,對偶錯綜",杜鵑啼近承"家萬里","'蝴蝶夢'遥應'月三更',切合'春夕旅懷',題意于此已括寫殆盡"。

⑤【何焯】"兩鬢"不如"滿鏡"字活。髮未應華,旅懷既惡,不意忽生,對鏡驚歎,於情事最生動也。

【補注】動,往往,常常。《三國志·吳書·周瑜傳》:"曹公,豺虎也,然託名漢相,挾天子以征四方,動以朝廷爲辭。"經年,經過一年的時間。杜甫《北征》:"經年至茅屋,妻子衣百結。"別,一作絕,應是,謂家書斷絕也。華髮,花白頭髮。《墨子·修身》:"華髮隳顛而猶弗舍者,其唯聖人乎!"鬢,臉旁靠近耳朵的頭髮。人衰老時,兩鬢先白,故稱。"惟"字妙,春來惟生華髮,則境遇一如既往、功名遥遥無期可知矣。歎歎! 陳伯海主編《唐詩彙評》(P. 2864—2865);《唐詩摘鈔》卷三"七言律":"以'春'對'年','鏡'對'書'。'滿鏡'有意,俗本作'兩鬢',索然矣。"

⑥【補注】自是,自然是,本來是。李商隱《咸陽》:"自是當時天帝醉,不關秦地有山河。"歸,歸鄉隱遁。得,得到,實現。《詩經·周南·關雎》:"求之不得,寤寐思服。"五湖,古代吳、越一帶的湖泊,説法不一。范蠡功成身退,隱于五湖。後因以"五湖"指隱遁之所。參見卷四杜牧《題宣州開元寺水閣》注⑥。塗爲睦州桐廬(今屬浙江)人,故用"五湖"兼指其鄉,呼應上句。此聯抒發在進退、出處之間權衡、抉擇的矛盾心態,由一己擴展到古往今來普天下的士子,反省深刻。陳增傑《唐人律詩箋注集評》(P. 1076—1077);《唐詩鼓吹注解》卷四:"此二句兼説盡千古耽名逐利輩,作者其有悔艾之思歟?"《一瓢詩話》:"崔禮山'自是不歸歸便得,五湖煙景有誰爭'與'相逢盡道休官去,林下何曾見一人'同一妙理。"甚是! 然陳氏注解此聯僅從詩人自身着眼,有點拘泥。

【校勘】

[一] 蝴蝶　全唐詩作"胡蝶"。

　　［二］杜鵑　全唐詩作“子規（一作杜鵑）”。

　　［三］經　全唐詩校“一作多”。

　　［四］別　何校、全唐詩作“絶”，全唐詩校“一作別”。

　　［五］惟　何校“移”，全唐詩校“一作移”。

　　［六］兩鬢　高本、四庫本、全唐詩作“滿鏡（一作兩鬢）”。

長　陵^①

唐彦謙

　　長陵高闕此安劉^②，附^{［一］}葬纍纍盡列侯^③。豐上舊居無故里^④，沛中原廟對荒丘^⑤。耳聞英^{［二］}主提三尺^⑥，眼見愚民盜一抔^{⑦［三］}。千載豎^{［四］}儒騎瘦馬，渭城^{［五］}斜日^{［六］}重回頭^⑧。

【考證】

　　此詩見《全唐詩》卷六七一(P. 7673)。

【注評】

　　①【圓至】《三輔黃圖》云：“長陵，在^{［七］}渭北，去長安城三十五里，高祖所葬。長陵山東西廣一百二十步，高十三丈，長陵城周十里八十步。”

　　【補注】長陵，漢高祖陵墓名，在今陝西咸陽市東。袁津琥《唐彦謙詩箋釋》(P. 11)：“長陵：又名長山，位于今陝西省咸陽市東約二十公里的窑店鎮三義村北。是漢高祖劉邦與吕后同塋不同穴的陵墓。”

　　②【圓至】高祖曰：“安劉氏者，必勃也。”此借用。【何焯】“安”字反呼第六句。

　　【補注】高闕，高大的宫闕。《後漢書·馮衍傳下》：“疏遠壟畝之臣，無望高闕之下，惶恐自陳，以救罪尤。”這裏指陵上闕。安劉，《史記·高祖本紀》：高祖病危，臨終對呂后説：“周勃重厚少文，然安劉氏者必勃也，可令為太尉。”後，呂后欲立諸呂，勃為太尉，入北軍，誅諸呂，立文帝。陳伯海主編《唐詩彙評》(P. 2832)：《瀛奎律髓彙評》卷二八“陵廟類”：許印芳：“‘安劉’借言安厝。”安厝，即安葬。

③【增注】列侯，《高祖紀》：“漢興，功臣封列侯者百有餘邑。”列，通也，亦作通侯。

【補注】附葬，合葬，陪葬。《漢書·哀帝紀》：“昔季武子成寢，杜氏之殯在西階下，請合葬而許之。附葬之禮，自周興焉。”纍纍，重疊貌。張祜《遊天台山》：“群峰日來朝，累累孫侍祖。”列侯，爵位名。秦制爵分二十級，徹侯位最高。漢承秦制，為避漢武帝劉徹諱，改徹侯為通侯，或稱列侯。後亦泛指諸侯。袁津琥《唐彥謙詩箋釋》(P. 13)：“按：長陵的營建規模雖不是漢代帝王陵墓中最大的，但其陪葬墓却是西漢帝王陵墓中最多的，構成了一個龐大的陵墓群。長陵以東，為功臣貴戚陪葬墓群，計有張耳、蕭何、曹參、周勃、周亞夫、王陵、張耳、紀信、田蚡、田燃、田勝及王娡母親平原君臧兒等人的墓。每個墓冢占地不多，但墓冢之間前後左右的行列間距大致相當，排列得井然有序，形狀有覆斗形、圓錐形、山形三種。”

④【圓至】高祖生於豐，秦為泗水郡，今徐州豐縣。“無故里”者，蓋高祖嘗[八]徙豐民於驪邑。

⑤【圓至】高祖起兵於沛。《漢書》：“叔孫通願為原廟。”注：“原，重也。先有廟，今更[九]立也。”【增注】高祖本沛豐邑中陽里人，及即皇帝位，擊黥布，還過沛。故人父老子弟佐酒[十]，酒酣，上擊筑歌舞，謂沛父子曰：“吾雖都關中，萬歲後魂魄猶思沛也。”

【補注】沛中、豐上，地名。秦沛縣之豐邑，漢置縣。今江蘇徐州市豐縣。《漢書·高帝紀上》：“高祖，沛豐邑中陽里人也，姓劉氏。”顏師古注：“應劭曰：‘沛，縣也。豐，其鄉也。’孟康曰：‘後沛為郡而豐為縣。’師古曰：‘沛者，本秦泗水郡之屬縣。豐者，沛之聚邑耳。’”原廟，在正廟以外另立的宗廟。漢高祖在沛的宮室，後來被立為其原廟。《史記·高祖本紀》：“及孝惠五年，思高祖之悲樂沛，以沛宮為高祖原廟。”裴駰集解：“謂‘原’者，再也。先既已立廟,今又再立,故謂之原廟。"

⑥【圓至】高祖曰:"吾以布衣持三尺劍取天下。"

⑦【圓至】張釋之曰:"他日有愚民,盜長陵一抔土,將何以罪之?"

【補注】抔,手捧。引申為量詞,猶捧、把。張載《七哀詩二首》之一:"毀壞過一抔,便房啓幽户。"陳增傑《唐人律詩箋注集評》(P. 1031);《唐詩鼓吹注解》卷八:"一興一廢,感慨係之矣。"《瀛奎律髓彙評》卷二八"陵廟類":馮舒:"力在'耳''目'二字,包括却許多大議論。"許印芳:"'提三尺'乃往時事,故曰'耳聞';'盜一抔'是後來事,故曰'眼看'。"

⑧【圓至】高祖罵酈食其曰:"豎儒幾敗乃翁事!"詩意謂:帝昔慢儒,今日陵寢廢掘,使豎儒千載見之。【增注】豎儒,詩人借以自喻也。豎,童僕未冠者,亦作竪。【何焯】生不能與爭,死向千載乃笑之,真豎儒也。

【補注】豎儒,對儒生的鄙稱。《史記·酈生陸賈列傳》:"沛公罵曰:'豎儒!夫天下同苦秦久矣,故諸侯相率而攻秦,何謂助秦攻諸侯乎?'"司馬貞索隱:"豎者,僮僕之稱,沛公輕之,以比奴豎,故曰'豎儒'也。"渭城,在今陝西咸陽市東北。參見卷一王維《送元二使安西》注②。袁津琥《唐彦謙詩箋釋》(P. 18);《唐詩善鳴集·晚唐》卷下:"'重回頭'三字深,此時腐儒胸中有無限議論没處告語在。"

【校勘】

　[一]附　全唐詩作"祔"。

　[二]英　全唐詩作"明(一作英)"。

　[三]抔　全唐詩作"坏"。

　[四]豎　全唐詩作"腐(一作豎)"。

　[五]城　全唐詩校"一作濱"。

　[六]日　全唐詩作"月(一作日)"。

　[七]在　底本作"有",據詩説本、正統本、明應本改。

　[八]嘗　底本作"常",據詩説本、正統本、明應本改。

　[九]今更　正統本、明應本作"更重"。

　　〔十〕佐酒　底本作"左"，大系本作"置"，據正統本改。

咸　陽①

韋　莊②

　　城邊人倚夕陽樓，樓[一]上雲凝萬古愁。山色不知秦苑廢，水聲空傍漢宮流③。李斯不向倉中悟[二]，徐福應無物外遊④。莫怪楚吟偏斷骨，野煙蹤迹似東周⑤。

【考證】

　　此詩見《全唐詩》卷七〇〇（P. 8048），題末多"懷古"二字。

【注評】

　　①【補注】咸陽，古都邑名。在今陝西咸陽市東北二十里窰店鎮一帶。曾為秦都，有阿房宮等建築，秦末為項羽焚毀。參見卷三許渾《咸陽城東樓》注①。聶安福《韋莊集箋注》（P. 365）："按《才調集》錄此詩列《癸丑年下第獻新先輩》與《綏州作》之間，蓋亦作於景福二年（八九三）下第後遊咸陽時。"

　　②【圓至】字端己，乾寧元年進士，後入蜀為相。【增注】字端己，杜陵人。見素之後，曾祖少微宣宗時中書舍人。李詢為兩川宣諭和協使，辟莊為判官。中原多故，潛依王建，建辟掌書記，遷[三]起居舍人。選唐詩三百首為《又玄集》。

　　【補注】吳在慶撰《中國文學家大辭典·唐五代卷》（P. 72—74）"韋莊"條云，莊（836？—910），字端己，京兆杜陵（今西安）人，應物四世孫。少孤貧力學，才敏過人。為人疏放曠達，不拘小節。屢試不第，輾轉于長安、洛陽、越中、江西及湖南、湖北等地，長達十年之久。中和三年，在洛陽，作《秦

婦吟》，人稱“秦婦吟秀才”。乾寧元年登進士第，授校書郎。四年，隨昭宗
在華州，時李詢為西川宣諭和協使，辟為判官，奉使入蜀。光化三年，擢為
左補闕。是年，編選唐一百五十人詩為《又玄集》成書。十二月，奏請追賜
李賀、皇甫松、陸龜蒙等進士及第。天復元年，入蜀依王建，為掌書記，遂終
身仕蜀。三年，奉王建命出使，修好于朱全忠。天祐三年，王建立行臺于
蜀，承制封拜，以莊為安撫副使。次年，勸王建稱帝，為左散騎常侍，判中書
門下事，蜀之開國制度、號令、刑政、禮樂，多出其手。前蜀武成元年，拜門
下侍郎同平章事。二年，為吏部侍郎平章事。三年八月卒，諡文靖。莊工
詩，其弟韋藹稱其詩“流離漂泛，寓目緣情。子期懷舊之辭，王粲傷時之製。
或離群軫慮，或反袂興悲。四愁九愁之文，一詠一觴之作”（《浣花集叙》）。
詩風凄婉哀怨，情調低沉，時有真切動人之篇。善詞，與溫庭筠並稱“溫
韋”。其詞多敘男女離別、相思之情，時寓身世之感，清麗流暢。周濟稱其
詞“清豔絕倫，初日芙蓉春月柳，使人想見風度”（《介存齋論詞雜著》）。其
弟韋藹編其詩成《浣花集》，卷數各書著錄不同，《崇文總目》載為二十卷，
《郡齋讀書志》錄為五卷，《直齋書錄解題》則記為一卷，今傳本為十卷。今
人齊濤有《韋莊詩詞箋注》（山東教育出版社 2002 年版），聶安福有《韋莊集
箋注》（上海古籍出版社 2002 年版）。

　　③【補注】秦苑，上林苑，本秦舊苑。漢代曾于秦咸陽宮地築未央宮。
參見卷三許渾《咸陽城東樓》注⑤。

　　④【圓至】李斯少為小吏，見厠鼠食不潔，近人犬數驚。觀倉中鼠，食粟
居大廡下，不憂。歎曰：“人之賢、不肖，亦猶是矣。”乃從荀卿學，後相秦。
〇《仙傳拾遺》及《廣異記》曰：徐福，字君房，始皇遣福童男女三[四]千人入海
尋神仙，不返。唐開元中有於海中見之者。【何焯】第五言李斯但知大廡可
以不憂，豈悟倉中亦難常恃？第六言除是逃之物外，免見此亡國景象耳。
〇李斯既貪，徐福更妄。貪者其欲無極，奉己而不顧國家；妄者分外鑿空，
惑主以邀身利。二者相循而唐之為唐掃地無餘矣。壬辰。

　　【補注】聶安福《韋莊集箋注》（P. 365）云此聯“蓋謂若非李斯佐秦並天
下，則無徐福入海求仙之事”，不妥。其一，此詩主旨為感慨興亡、懷古傷

今,此解與其不合。其二,此解與韋莊對李斯"倉中悟"的一貫態度相悖。韋莊《題李斯傳》:"蜀魄湘魂萬古悲,未悲秦相死秦時。臨刑莫恨倉中鼠,上蔡東門去自遲。"《同舊韻》:"安羡倉中鼠,危同幕上禽。期君調鼎鼐,他日俟羊斟。"細揣詩意,知此聯雖然用了"不向""應無"等詞,但上、下聯之間並無因果關係,而是承上啓下,謂:李斯不悟倉中亦難常恃,徐福海外求仙也為虛妄,但人主偏偏寵信、重用這樣的小人,社稷能不亡乎?

　　⑤【圓至】言秦滅東周,今其故都與周俱為亡國之迹。【增注】楚屈原行吟澤畔。○成王周公雖營洛邑,尚都鎬京,至幽王為犬戎所攻,平王乃始東遷洛邑,是為東周。【磧砂】此專言秦事,秦滅東周,今亦似黍離也。【何焯】大臣持祿,智士保身,則扶危定傾,將誰任之? 西周既滅,猶有東周復延之祚,今則直似東周矣。所以行吟憔悴,目送夕陽,知宮苑之方為荒煙蔓草也。丙戌。

　　【補注】楚吟,指《楚辭》哀怨的歌吟。謝靈運《登池上樓詩》:"祁祁傷豳歌,萋萋感楚吟。"《楚辭》中的《哀郢》等篇章,抒發了楚國都城被秦國攻陷的沉痛之情。這裏乃詩人自謂其謳吟。斷骨,骨頭折斷,比喻極其悲傷。徐彥伯《登長城賦》:"試危坐以側聽,孰不消魂而斷骨哉。"《詩經·王風·黍離》:"彼黍離離,彼稷之苗。行邁靡靡,中心搖搖。知我者謂我心憂;不知我者謂我何求。悠悠蒼天,此何人哉?"毛詩序云:"《黍離》,閔宗周也。周大夫行役,至于宗周,過故宗廟宮室,盡為禾黍,閔周室之顛覆,彷徨不忍去而作是詩也。"此聯呼應首聯,意謂:不要驚訝我的謳吟為何如此悲傷,是因為看到秦苑漢宮淪没于野煙荒草之中,聯想到飄飄欲墜的國勢,我的心情也像周大夫行役、看到故宗廟宮室盡為禾黍一樣啊。聶安福《韋莊集箋注》(P.365)引李斯臨刑黃犬之歎典與鍾儀作楚聲典,云第七句"蓋指李斯臨刑懷念故土",既不符合用典習慣,又與此詩主旨、意脈相悖。

【校勘】

　　[一] 樓　全唐詩作"城"。

　　[二] 悟　全唐詩校"一作死"。

　［三］遷　底本、正統本作“及”，據大系本改。

　［四］三　底本作“二”，據詩説本、正統本、明應本改。

已前共九首

結　句

　周弼曰：其説在五言，所以異者，皆取平妥婉順意盡而止，非奇健比也。王貞白末句稍振作矣。

過九原飲馬泉①[一]
李　益

　緑楊着水草如煙，舊是胡[二]兒飲馬泉②。幾處吹笛明月夜③，何人倚劍白雲天④。從來凍合關山道[三]，今日分流[四]漢使前⑤。莫遣行人照容[五]鬢，恐驚憔悴入新年⑥。

【考證】

　此詩見《全唐詩》卷二八三（P. 3219），題作《鹽州過胡兒飲馬泉》（一作《過五原胡兒飲馬泉》）。

【注評】

　①【圓至】九原郡，今豐州。【增注】《前漢書》：五原，屬并州。《後漢志》：漢五原本秦九原，武帝改為五原，屬并州。唐太原府本并州，屬河南道。又鹽州五原郡屬關內道。《十道志》：五原屬鹽州，即漢五原郡地。按，

李益本集云：君虞長始八歲，燕戎亂華，出身二十年，從事十八歲，五在兵間，巡行朔野上郡五原。【何焯】一作《鹽州過胡兒飲馬泉》，則中四句正德宗新城鹽州後語也。

【補注】九原，郡名。唐天寶元年改豐州置，治所在九原縣（今內蒙古烏拉特前旗西北西小召鄉土城村。一說今五原縣西南）。轄境相當今內蒙古陰山以南、黃河以北，卓資、涼城以西，磴口、杭錦後旗以東地區。乾元元年復為豐州。按，豐州隋大業初曾改為五原郡，九原一作五原，或緣此。馬茂元《唐詩選》（P. 434）："北方沙漠地帶，行軍時，遇到有水的窪地，可以飲馬，就稱之為飲馬泉。鸊鵜，是這個飲馬泉的專名。"

②【圓至】【全唐詩】鸊鵜泉，在豐州城北，胡人飲馬於此。

③【圓至】晉劉琨為胡騎所圍，乃乘月登樓奏胡笳，賊流涕棄圍去。【何焯】第三是言候月內侵。

【補注】笳，古管樂器。即胡笳。漢時流行于塞北和西域一帶。傳說為春秋時李伯陽避亂西戎時所造，漢張騫從西域傳入，其音悲涼。後形制遞變，名稱亦各異。魏晉以後以笳、笛為軍樂，入鹵簿。馬茂元《唐詩選》（P. 434）云，此句"寫邊地遼闊荒涼，用月夜笳聲，點出戍卒思歸之情"。

④【圓至】宋玉《大言》曰："長劍耿耿倚天外。"

【補注】倚劍白雲天，想像中將長劍倚靠在天邊，形容豪邁的氣概和高遠的志向。陳伯海主編《唐詩彙評》（P. 1480）：《大曆詩略》卷四："慨守邊之無良將也。"

⑤【補注】凍合，猶言冰封。關山，關隘山嶺。漢使，詩人自指。馬茂元《唐詩選》（P. 434）云，此聯"寫由冬入春旅行的過程。意謂在旅行中，不覺已到了春深的時候。北方苦寒，冬天大地凍成一片，到了春天解凍，纔能看到綠水分流"。

⑥【何焯】"入新年"與"憔悴"反對。○落句不能振起全篇，然詩以各言其傷，不妨結到私情也。

【補注】馬茂元《唐詩選》（P. 434）云，此聯"因春興感"。陳伯海主編《唐詩彙評》（P. 1480）：《唐詩成法》卷九"七言律"："'行人'即自己，容鬢已衰，空有'倚劍白雲'之心,而日月逝矣,歲不我與。四有'時無英雄'之歎。"

【校勘】

　　[一]高本、四庫本此篇在韓偓《惜花》後,何校"舊刻此篇居第一"。

　　[二]胡　高本空格。

　　[三]道　全唐詩作"路"。

　　[四]分流　高本、四庫本作"流分",何校"分流":"流分,舊刻作分流,古人對法原非死板。"

　　[五]容　正統本、明應本作"客"。

欲到西陵寄王行周①[一]

李　紳

　　西陵沙岸回流急②,船底黏沙去岸遥③。驛吏遞呼催下纜,棹郎閑立道齊橈④。猶瞻伍相青山廟⑤,未見雙童白鶴橋⑥。欲責舟人無次第,自知貪酒過春潮⑦。

【考證】

　　此詩見《全唐詩》卷四八三(P.5493)。

【注評】

　　①【圓至】【全唐詩】西陵渡,在蕭山縣西二十里,錢王以陵非吉語,改曰西興。【增注】西陵,屬越州。

　　【補注】西陵,即西陵渡,在今杭州蕭山區西北十里西興鎮。《水經·漸江水注》:"浙江又逕固陵城北,昔范蠡築城于浙江之濱,言可以固守,謂之固陵,今之西陵也。"五代時錢鏐改名西興。盧燕平《李紳集校注》(P.10、

340—341)云，此詩與紳《遙知元九送王行周遊越》詩俱作于元和四年(809)春紳由越州返長安任校書郎時。西陵渡在浙江畔，東鄰越州，從西陵渡江便至杭州，紳此行當是從越州至杭州。王行周，兩《唐書》無載，待考。與元稹(即元九)有交往，稹《送王十一郎遊剡中》詩所謂"王十一郎"，當為王行周。

②【何焯】追敘惜別，了不露迹。

【補注】回流，回旋或倒流的水。

③【何焯】潮過。

④【磧砂】敏曰：竊聞唐人作詩，胸中先作一畫，蓋謂景物次第先有位置，然後追而賦之，則無湊泊相背之謬，亦無重疊雜遝之疵也。觀此，豈非詩中有畫者乎？況畫能圖影，詩更繪聲。

【補注】陳增傑《唐人律詩箋注集評》(P. 727)：驛吏，管理驛站的小吏。棹郎，船夫。齊橈，合力划槳。橈，船槳。李白《陪侍郎叔遊洞庭醉後三首》之二："船上齊橈樂，湖心泛月歸。"

⑤【圓至】【全唐詩】盧文輔《伍子胥祠銘》曰："漢史胥山，今名青山，謬也。"【增注】《國語》：伍員，字子胥，自楚奔吳，吳封之申地，又稱申胥，為吳相。《方輿勝覽》："子胥廟在杭州吳山，嘗封英烈。"按史，狄仁傑奏吳楚淫祠，伍員廟不在焚毀之數。

【補注】《史記·伍子胥列傳》："吳以伍子胥、孫武之謀，西破彊楚，北威齊晉，南服越人。"後子胥因受讒，開罪吳王。"乃自剄死。吳王聞之大怒，乃取子胥尸盛以鴟夷革，浮之江中。吳人憐之，為立祠於江上，因命曰胥山。"青山，即胥山，江南胥山不止一處，這裏指今杭州南之吳山。《(雍正)浙江通志》卷一一"山川三·嘉興府"："胥山，《(弘治)嘉興府志》：在縣東二十七里。"《(光緒)杭州府志》卷二〇"山水"："吳山在府城內西南隅，舊名胥山，上有子胥祠。唐元和十年刺史盧元輔作《胥山銘》(《一統志》)。吳人憐子胥以忠諫死，為立祠江上，因名胥山(《淳祐志》)……城南隅諸山蔓衍相屬，總曰吳山而異其名(《名勝志》)(盧元輔《胥山記銘》："……漢史遷曰胥山，今云青山者謬也……屬鏤之賜，竟及其身。鴟夷盛屍，投於水濱。憒恑

鼓怒,配濤作神,迄今一日再至……')青山之稱,今已不聞。唐人實多言
之。徐凝《杭州祝濤頭》詩:'寄言飛白雪,休去打青山。'又《題伍員廟》詩:
'浙波只有靈濤在,拜奠青山不肯休。'許渾有《寄錢塘青山李隱君》詩。羅
隱有《青山廟》詩。李紳有'猶瞻伍相青山廟'句……皆以胥山為青山也。
吳山之名,始見《太平寰宇記》。祝穆《方輿勝覽》亦云:'下有伍子胥廟,命
曰胥山。'然則本名胥山,至南宋始名為吳矣。"相傳伍子胥死後化為潮神。
《吳越春秋・夫差内傳》:吳王賜子胥屬鏤之劍,子胥"遂伏劍而死。吳王乃
取子胥尸,盛以鴟夷之器,投之於江中……子胥因隨流揚波,依潮來往,蕩
激崩岸"。《太平廣記》卷二九一《伍子胥》引《錢唐志》:"伍子胥累諫吳王,
賜屬鏤劍而死。臨終,戒其子曰:'懸吾首於南門,以觀越兵來。以鮧魚皮
裹吾尸,投於江中,吾當朝暮乘潮,以觀吳之敗。'自是自海門山,潮頭洶高
數百尺,越錢塘漁浦,方漸低小。朝暮再來,其聲震怒,雷奔電走百餘里。
時有見子胥乘素車白馬在潮頭之中,因立廟以祠焉。""猶瞻"句既言擱淺耽
誤行程,又含盼潮得渡之意。

　　⑥【增注】《會稽志》:"白鶴橋,在蕭山縣東三十五里。又白鶴橋,在餘
姚縣西二里。"【磧砂】敏曰:杜詩有"青惜峰巒過,黃知橘柚來","過"字、
"來"字寫出舟行之疾馳。此以"猶瞻""未見"字寫出舟行之濡滯,正與"黏
沙"有關合,併與結語無矛盾也。

　　【補注】浙江白鶴橋不止一處,詩題云"欲到西陵(在蕭山)",知當指蕭
山縣之白鶴橋。陳增傑《唐人律詩箋注集評》(P. 727):《(雍正)浙江通志》
卷三六"關梁四・蕭山縣":"白鶴橋,《(萬曆)紹興府志》:在鶴鋪前,東與山
陰界。"盧燕平《李紳集校注》(P. 11):《初學記》卷八引《幽明錄》:"孫鍾以種
瓜為業,有二少年詣鍾乞瓜,曰:'此山下善,可作冢,當為定墓。'鍾隨下山
三十步,二人悉化成白鶴,飛入空中。即孫堅所葬地。已上杭州。"

　　⑦【磧砂】謙曰:此"過"字即潮退以後之謂,用意灑落,造語正復平妥。
"過"字亦移換不得。【何焯】野逸不拘。

　　【補注】舟人,船夫。次第,條理、頭緒。《南齊書・周山圖傳》:"知卿綏
邊撫戎,甚有次第,應變算略,悉以相委。"

【校勘】

　　〔一〕王行周　底本、元刊本、磧砂本、高本、四庫本作"王行"，據正統本、明應本、全唐詩改。

洗　竹①〔一〕

王貞白②

　　道院竹繁教略洗③，鳴琴酌酒看扶疏④〔二〕。不圖結實來雙鳳，且要長竿釣巨魚⑤。錦籜裁冠添散逸⑥，玉芽修饌稱清虛⑦。有時記得三天事，自向琅玕〔三〕節下書⑧。

【考證】

　　此詩見《全唐詩》卷七〇一（P. 8064）。

【注評】

　　①【圓至】洗，芟也。

　　【補注】洗竹，削去叢竹的繁枝。劉禹錫《遙賀白賓客分司初到洛中戲呈馮尹》："洗竹通新逕，攜琴上舊臺。"《埤雅·釋草》："今人穿沐叢竹，芟其繁亂，不使分其勢，然後枝幹茂擢，俗謂之洗。洗竹第如洗華例，非用水也。"

　　②【圓至】字有道，乾寧二年張貽憲榜進士。【增注】字有道，五舉禮部，登乾寧二年第，後七年始遷授校書郎。薛能、羅隱、方干、貫休同唱和，詩號《靈溪集〔四〕》。

　　【補注】吳在慶撰《中國文學家大辭典·唐五代卷》（P. 27）"王貞白"條云，貞白（生卒年不詳），字有道，信州永豐（今江西廣豐）人。乾寧二年登進士第，七年後始調校書郎。後因世亂，退居著書，不復仕進，頗為當世所稱。

貞白學力精贍，篤志于詩，詩名大播于時。王定保稱其詩"皆臻前輩之閫閾"（《唐摭言》卷七《好放孤寒》）。辛文房亦謂其"清潤典雅，呼吸間兩獲科甲，自致於青雲之上，文價可知矣"（《唐才子傳》卷一〇）。與羅隱、鄭谷、方干、貫休諸人友善、唱和。嘗作《御溝水》，頗自矜，内有句云："此波涵帝澤，無處濯塵纓。"以示休，休云："此甚好，只是剩一字。"貞白初不服，拂袂而去。休云："此公思敏，當即來。"取筆書"中"字于掌中。不久，貞白回，欣然云："已得一字，云'此中涵帝澤'。"休以掌中字示之，遂傾心成至交，傳為佳話。所作頗多，曾有詩五百首寄鄭谷。後手編詩三百篇為《靈溪集》。《新唐書·藝文志》著録其集一卷。《全唐詩》卷七〇一編其詩為一卷。今人毛小東主編有《王貞白詩集》（江西人民出版社 2013 年版）。

　　③【補注】道院，道士居住的宫觀。

　　④【補注】扶疏，又作枎疏，枝葉分披貌。《説文解字·木部》："枎疏，四布也。"段玉裁注："枎之言扶也。古書多作扶疏，同音假借也。《上林賦》：'垂條扶疏。'"

　　⑤【增注】《韓詩外傳》："黃帝時，鳳凰止[五]帝東園，集帝梧桐，食帝竹實。"〇《莊子》："任公子為大鉤，蹲會稽，投竿東海，得大魚，離而臘之。"【何焯】次連豪氣，却有語病，以為此非吾事耳。

　　【補注】實，指竹實，竹子所結的子實，形如小麥。也稱竹米。《本草綱目》卷三七引陶弘景曰："竹實出藍田。江東乃有花而無實，頃來斑斑有實，狀如小麥，可爲飯食。"此聯緊承"略洗"：欲竹多實，則須枝繁；欲得"長竿"，則須删去側枝，以使中幹强壯。

　　⑥【圓至】漢祖以竹皮為冠。【增注】漢高祖嘗以竹皮為冠，及貴猶冠。

　　【補注】錦籜，竹筍皮的美稱。包在新竹外面的皮葉，竹長成逐漸脱落。俗稱筍殼。殷文圭《題友人庭竹》："鈿竿離立霜文静，錦籜飄零粉節深。"竹筍皮可以製冠，名為籜冠或竹皮冠。據説為劉邦貧賤時所製，後代沿用。《史記·高祖本紀》："高祖為亭長，乃以竹皮為冠……時時冠之。及貴常冠，所謂'劉氏冠'乃是也。"裴駰集解引應劭曰："以竹始生皮作冠，今鵲尾冠是也。"散逸，閒散飄逸。

⑦【補注】玉芽，嫩芽的美稱。這裏指嫩筍。修饌，準備飯食。《太平廣記》卷四三七引《集異記》：“汝等當修饌，伺吾食畢，可進毒於吾，吾甘死矣。”稱，chèn，相稱。清虛，清净空虛。既指飲食清淡，臟腑通暢，也指思想清静無雜念。《備急千金要方》卷二：“欲子賢良，端坐清虛，是謂外象而内感者也。”此句意謂：嫩筍做的飯食非常適合清净空虛的修道生活。毛小東主編《王貞白詩集》(P. 65)云：“清虛：味道清净純正。”不僅釋詞不確，且將“稱”當平聲(chēng)理解，不合平仄。

⑧【圓至】謂以竹為簡也。【增注】道家三天：清微天、禹餘天、大赤天。〇《禹貢》“琅玕”注：“石似珠。”《本草》：“琅玕是琉璃之類，數種青者為勝。”此詩“琅玕”指竹如琅玕也。【磧砂】謙曰：詩有一聯中有開闔者，第二聯是也。芟去繁枝，欲看扶蘇茂盛，不想結實，待鳳棲食，且養長竿可釣巨魚耳。況乎芟之而收拾錦籜，可以裁冠，挑取玉芽，可以修饌乎？第三聯應“略洗”句也，結語雖是另意，即是“看扶蘇”餘意也。原注謂以竹為簡者非，此即今人刻竹題詩云耳。【何焯】通篇皆貼“道院”。〇自第四至結皆賦既洗之事，細用作竿，粗用作簡，不如伯敬所謂振作也。

【補注】琅玕，似珠玉的美石。《尚書·禹貢》：“厥貢惟球、琳、琅玕。”孔安國傳：“琅玕，石而似玉。”孔穎達疏：“琅玕，石而似珠者。”這裏喻竹。元稹《寺院新竹》：“寶地琉璃坼，紫苞琅玕踯。”

【校勘】

　　［一］竹　四庫本誤作“行”。

　　［二］扶疏　磧砂本作“扶蘇”。

　　［三］琅玕　磧砂本作“瑯玕”。

　　［四］增注正統本、明應本“王貞白”小傳重出，另一條云“字有道，乾寧二年進士第”，不録。

　　［五］止　底本、大系本作“上”，據正統本改。

惜　花^①

韓　偓

　　皺^[一]白離情高處切^②,膩紅^[二]愁態靜中深^③。眼隨片片沿流去^④,恨滿枝枝被雨淋^{⑤[三]}。總得苔遮猶慰意,若^[四]教泥汙更傷心^⑥。臨堵^[五]一盞悲春酒,明日池塘是綠陰^⑦。

【考證】

　　此詩見《全唐詩》卷六八一(P. 7811)。

【注評】

　　①【補注】吳在慶《韓偓集繫年校注》(P. 468、471)據《全唐詩》韓偓詩編次等,斷此詩為乾化五年(915)春末作。

　　②【磧砂】高處遠望,不堪舉目。

　　③【磧砂】靜裏閑思,未免縈懷。

　　【補注】陳增傑《唐人律詩箋注集評》(P. 1128):"高枝上快要萎謝的白花,將落未落,離情最為迫切;那盛開的紅花,好像也預感到凋零的命運,默默中充滿了愁態。皺白,指殘花。皺,指花瓣萎縮皺折。膩紅,豔潤的紅花。"

　　④【磧砂】承首句。

　　⑤【磧砂】承次句。雖"沿流""被雨",另是兩意,而"眼"字、"恨"字,實是分承也。

　　⑥【磧砂】此是更深一層語,非真要苔遮、不教泥污也。

　　【補注】陳增傑《唐人律詩箋注集評》(P. 1128):"掉落的花瓣,如得青苔遮護,那還是乾乾淨淨的,稍可安慰;若是被泥土污損,就更教人傷心了。總,總算。"

　　⑦【磧砂】敏曰:上三聯已是慘目傷心,讀至結語,真使有情墮淚。"昨

日少年今白頭”,猶為太露,露則含怨淺。“明日池塘是綠陰”,洵為蘊藉,則
蓄意尤深矣。此亦就落花言之耳。若按致光當昭宗反正,與有勳勞,朱全
忠怒其薄己,譖為喜侵侮有位,崔胤亦與之貳,貶濮州司馬。帝涕曰:“我左
右無人矣。”致光挈其族南依王審知而卒,唐亦遂亡。此詩謂其比己可也,
謂其比國可也。即不可強為穿鑿,而誦之者莫不哀之矣。

　　【補注】陳增傑《唐人律詩箋注集評》(P. 1129):《唐詩貫珠》卷五七“花
木九”:“皺白,乃力枯將墮者;膩紅,芳潤尚可留者……此聯正如棘端削猴,
于微茫處刻劃,字字有情,心細如髮,妙! 三、四亦分言已落將落;五、六獨
承已落,而又分‘苔’‘泥’不同。中間五句全做‘惜’字,第八直至題後矣。”

【校勘】

　　[一] 皺　全唐詩校“一作毻”。
　　[二] 紅　全唐詩作“香(一作紅)”。
　　[三] 淋　全唐詩校“一作侵”。
　　[四] 若　何批“便”。
　　[五] 堦　全唐詩作“軒(一作階)”。

　　已前共四首

詠　物

　　周弼曰:説在五言,至唐末忽成一體。不拘所詠物,別入外意,
而不失模寫之巧。有足喜者,然特前聯用意頗密,後聯未能稱。

崔少府池鷺①[一]

雍　陶

雙鷺應憐水滿池②，風飄不動頂絲垂。立當青草人先見，行傍白蓮魚未知。一足獨拳寒雨裏，數聲相叫早秋時③。林塘得爾須增價，況與[二]詩家[三]物色宜④。

【考證】

此詩見《全唐詩》卷五一八（P. 5914），題作《詠雙白鷺》（一作《崔少府池鷺》）。

【注評】

①【增注】鷺鷥，一名屬玉，一名春鋤。

【補注】少府，縣尉的別稱。周嘯天、張效民《雍陶詩注》（P. 19）：本篇當作于長安。崔少府，一作崔少卿，當即崔杞。同州刺史崔淙之子。《新唐書·宰相世系表二下》：崔杞（杞）"駙馬都尉"。尚順宗東陽公主。《舊唐書·文宗本紀下》："（大和八年六月戊申）以將作監、駙馬都尉崔杞為兗海沂密觀察使。"與姚合、王建、賈島、顧非熊等有交往。諸人皆有詩唱和贈答。姚合《題大理崔少卿駙馬林亭》："每來歸意懶，都尉似山人。臺榭棲雙鷺……"少卿，北魏大和十五年始置，為正卿之副，太常、太僕、光祿、大理諸寺皆有此職。鷺，鳥類的一科。嘴直而尖，頸長，飛翔時縮着頸。白鷺、蒼鷺較為常見。《詩經·周頌·振鷺》："振鷺于飛，于彼西雝。"《本草綱目》卷四七："鷺，水鳥也。林棲水食，群飛成序，潔白如雪，頸細而長，腳青善翹，高尺餘，解指短尾，喙長三寸，頂有長毛十數莖，毰毰然如絲，欲取魚則弭之。"

②【補注】憐，喜愛。白居易《戲半開花贈皇甫郎中》："人憐全盛日，我

愛半開時。”

③【何焯】略拈“雙”字。

【補注】拳，捲曲，彎曲。《漢書·外戚傳上·孝武鉤弋趙倢伃》：“女兩手皆拳，上自披之，手即時伸。”

④【何焯】少卿。○二篇於後連猶作體物語，蓋是專詠一物耳。若託物比興，豈得沾沾著題？伯敬患後連未能稱，蓋是限於宋人詩體。

【補注】詩家，猶詩人。杜甫《哭李尚書》：“詩家秀句傳。”物色，景色，景象。鮑照《秋日示休上人詩》：“物色延暮思，霜露逼朝榮。”

【校勘】

［一］何校題作《崔少卿池雙鷺》。

［二］與　全唐詩校“一作是”。

［三］家　何校“人”，全唐詩校“一作人”。

鷓　鴣①

鄭　谷

暖戲煙蕪錦翼齊②，品流應得近[一]山雞③。雨昏青草湖邊過，花落黃陵廟裏啼④。遊子乍聞征袖濕⑤，佳人纔唱翠眉低⑥。相呼相喚[二]湘江曲[三]，苦竹叢深春日西⑦。

【考證】

此詩見《全唐詩》卷六七五（P.7737），題下注“谷以此詩得名，時號為鄭鷓鴣”。

【注評】

①【增注】《交州志》：“鷓鴣象雌雄，其志懷南不思北。”《古今注》：“南山

有鷓鴣,自呼名。"

【補注】鷓鴣,亦稱越雉、懷南、逐影。雉科。形似雞而小,頭頂黑,頭側及頸棕紅。羽色多黑白相間,胸、腹、背多卵圓形白斑。足橙黄至紅褐色。棲居于有榛莽及疏樹的山地,多分佈于我國南部各省。《古今注》卷中:鷓鴣"常向日而飛,畏霜露,早晚希出"。

②【何焯】破題用"煙蕪"二字,妙絕。鷓鴣飛最高而戲於平蕪,正是"行不得"也。"煙"字、"雨昏""日西",無不貫。○破題寡味,是得句後妝綴成章者。

【補注】煙蕪,煙霧繚繞的草叢。權德輿《奉陪李大夫九日龍沙宴會》:"煙蕪斂暝色。"

③【增注】山雞即小雉也。山谷詩:"山雞之弟竹雞兄。"【何焯】第二自歎有文而值世方務武。

【補注】品流,品類、流別。山雞,鳥名,形似雉。雄者羽毛紅黄色,有黑斑,尾長;雌者黑色,微赤,尾短。古稱鸐雉,今名錦雞。

④【補注】青草湖,古五湖之一,在今湖南岳陽市西南,和洞庭湖相連。參見卷四白居易《送客之湖南》注④。黄陵廟,又名二妃廟,在今湖南湘陰縣北。舜之二妃從征,溺于湘江,民為立祠焉。參見卷三李群玉《黄陵廟》注①。

⑤【何焯】起落句[四]。

⑥【圓至】樂府有《鷓鴣詞》。【增注】鄭谷又詩云:"坐中亦有江南客,莫向春風唱鷓鴣。"蓋詞中有《瑞鷓鴣》及《鷓鴣天》等調。

【補注】《本草綱目》卷四八:"鷓鴣……今俗謂其鳴曰'行不得也哥哥'。"徐凝《山鷓鴣詞》:"南越嶺頭山鷓鴣,傳是當時守貞女。化為飛鳥怨何人,猶有啼聲帶蠻語。"嚴壽澄等《鄭谷詩集箋注》(P.267):"鷓鴣啼聲悲苦,其鳴有如'行不得也哥哥',傳為貞女所化,故民間仿其聲作《山鷓鴣》曲辭,多言思歸之情。"

⑦【何焯】守愚遊舉場十六年,此詩正是下第南遊人語也。青草浪高,況復雨添新漲,如何可過? 三、四正畫出行不得也。結句一意作兩層寫耳。

○體物之極詣。

　　【補注】湘江，即湘水，在今湖南省境内，參見卷一戴叔倫《湘南即事》注④。曲，水流曲折處。苦竹，又名傘柄竹，筍有苦味，故名。唐人詠鷓鴣，多與苦竹相聯繫，或是為了渲染啼叫氛圍之凄苦。白居易《山鷓鴣》："山鷓鴣，朝朝暮暮啼復啼，啼時露白風凄凄。黄茅岡頭秋日晚，苦竹嶺下寒月低。"鄭谷《侯家鷓鴣》："苦竹嶺無歸去日，海棠花落舊棲枝。"

【校勘】

　　［一］近　何校"入"。

　　［二］喚　全唐詩作"應（一作喚）"。

　　［三］曲　何校"曲，集與《英華》作濶"，全唐詩作"闊（一作遠，又作曲）"。

　　［四］此條瀘州本脱。

緋　桃①

唐彦謙

　　短墙荒圃[一]四無鄰②，烈火緋桃照地春③。坐久好風休掩袂，夜來微雨已沾巾④。敢同俗態期青眼，似有微詞動絳脣⑤。盡日更無鄉井念，此時何必見秦人⑥。

【考證】

　　此詩見《全唐詩》卷六七二（P.7682）。

【注評】

　　①【補注】緋桃，桃花。

　　②【何焯】"四無鄰"三字與"鄉井"呼應。

③【補注】袁津琥《唐彥謙詩箋釋》(P. 20)：錢起《梨花》："桃花徒照地，終被笑妖紅。"

④【補注】掩袂，用衣袖遮面。劉孝綽《侍宴離亭應令詩》："掩袂眺征雲，銜杯惜餘景。"沾巾，沾濕手巾。常用以形容落淚之多。

⑤【增注】晉阮籍，字嗣宗，能作青白眼，見禮俗之士，以白眼待之。母終，嵇喜來弔，籍作白眼，喜不懌而退。喜弟康聞之，賫酒造焉，籍悅，乃見青眼。由是士疾之。【何焯】第六翻案，用事在虛實之間，恰好轉到落句。

【補注】敢，豈敢。青眼，指對人喜愛或器重，與白眼相對。杜甫《短歌行贈王郎司直》："青眼高歌望吾子。"微詞，即微辭，委婉而隱含諷諭的言辭。《公羊傳·定公元年》："定、哀多微辭。"孔廣森通義："微辭者，意有所託而辭不顯，唯察其微者，乃能知之。"絳唇，朱唇、紅唇。揚雄《蜀都賦》："眺朱顏，離絳唇，眇眇之態，吡噭出焉。"

⑥【圓至】桃源事。【磧砂】謙曰：桃源事，翻出妙語。【何焯】中二連白描，只第二句一點。

【補注】陶淵明《桃花源記》謂，有漁人從桃花源入一山洞，見秦時避亂者的後裔居其間，"黃髮垂髫，並怡然自樂"。參見卷二劉長卿《過鄭山人所居》注③。

【校勘】

［一］圃　磧砂本作"囿"。

牡　丹①

羅　鄴②

落盡春紅始見［一］花，花時比屋事豪奢③。買栽池館恐無地，看到子孫能幾家④。門倚長衢攢繡軛⑤［二］，幄籠輕日護香霞⑥。歌鍾滿坐^[三]爭歡賞⑦，肯^[四]信流年鬢有華⑧。

【考證】

此詩見《全唐詩》卷六五四(P. 7506)。

【注評】

①【增注】按《本草》："一名鹿韭，一名鼠姑。"《事類》云："論者以其花富貴，故為花王。"

②【圓至】餘杭人。【增注】餘杭人。父則為鹽鐵少吏，有二子，俱以文學干^[五]進，鄴尤長七言詩。崔安潛侍郎廉問^[六]江西，志在弓旌，為幕吏所沮。既而俯就督郵，因兹舉事無成而卒。

【補注】吳在慶撰《中國文學家大辭典·唐五代卷》(P. 499)"羅鄴"條云，鄴(生卒年不詳)，吳(今江蘇蘇州)人，一作餘杭(今屬浙江)人，鹽鐵吏羅則子。屢舉進士不第，羈旅四方。咸通末，崔安潛侍郎為江西觀察使，頗賞其才，欲薦舉之，然為幕吏所沮。後為督郵，甚不得志，遂赴單于都督府幕，抑鬱而終。鄴擅七言律詩。與羅隱、羅虬俱以聲格著稱，號"三羅"。詩多感懷怨憤之作，故胡震亨謂其詩"無一題不以寄怨"(《唐音癸籤》卷八)。辛文房謂其"素有英資，筆端超絕，其氣宇亦不在諸人下"(《唐才子傳》卷八)。《新唐書·藝文志》著錄《羅鄴詩》一卷。今人何慶善、楊應芹有《羅鄴詩注》(上海古籍出版社 1990 年版)。

③【補注】春紅，春天的花朵。李白《怨歌行》："十五入漢宮，花顏笑春紅。"比屋，原指所居屋舍相鄰。引申為家家戶戶，常用以形容眾多、普遍。《中論·譴交》："有策名於朝而稱門生於富貴之家者，比屋有之。"比，並列、排列。事，實踐、從事。這裏引申為追求。何慶善、楊應芹《羅鄴詩注》(P. 3)：唐人尚牡丹。《唐國史補》卷中："京城貴遊尚牡丹三十餘年矣。每春暮，車馬若狂，以不耽玩為恥。執金吾鋪官圍外寺觀種以求利，一本有直數萬者。"

④【何焯】第四點破後半，仍極寫其愚不可反。唐人諷刺詩韻味自深。

【補注】陳伯海主編《唐詩彙評》(P. 2797)：《刪補唐詩選脉箋釋會通評林·七言律詩·晚唐》：周珽："牡丹，花之富貴者也。繩樞甕牖之家，那得栽之？'恐無地'者，見人當自守其分也。人生貴（富）貴，多不長久，一身未必能保，況于子孫！'看到''幾家'者，見在人者不足欣羨也。二句雖不過形容花之豪奢，實深入世故，勘破民懵。"

⑤【何焯】"看"。

【補注】倚，靠憑。這裏引申為臨近、對着。長衢，大道。《古詩十九首·青青陵上柏》："長衢羅夾巷，王侯多第宅。"衢，qú，四通八達的道路。攢，cuán，簇聚，聚集。繡軛，這裏借指裝飾華麗的車輛。軛，è，牛馬拉物件時駕在脖子上的器具。

⑥【何焯】"栽"。

【補注】幄，篷帳。幄籠，古人為防日曬風吹，多用篷帳遮花。何慶善、楊應芹《羅鄴詩注》(P. 3)：白居易《買花》："上張幄幕庇，旁織巴籬護。水灑復泥封，移來色如故。"輕日，微弱的日光。香霞，美麗的雲霞。多用以比喻花。宋之問《龍門應制》："鳥來花落紛無已，稱觴獻壽煙霞裏。"

⑦【何焯】"豪奢"。

【補注】歌鍾，伴唱的編鐘。亦借指歌樂聲。李白《魏郡別蘇明府因北遊》："青樓夾兩岸，萬室喧歌鍾。"坐，座席，座位。

⑧【何焯】此刺詩，又別一體。牡丹關係京洛風俗，如《秦中吟》亦特作一篇。若尋常小草，忽加訶罵，裂風景矣。○起句破"牡丹"，卻已暗呼"流年"二字。豈惟子孫，即一生歡華有幾也？

【補注】肯，豈肯。流年，如水般流逝的光陰、年華。鮑照《登雲陽九里埭詩》："宿心不復歸，流年抱衰疾。"

【校勘】

［一］見　全唐詩作"著(一作見)"。

［二］軛　全唐詩作"轂(一作軛)"。

［三］滿坐　何校“對此”，全唐詩校“一作對此”。

［四］肯　何校“誰”。

［五］干　底本、正統本作“于”，據大系本改。

［六］底本、正統本“問”後衍“知”字，據大系本删。

牡　丹①[一]

羅　隱

似共東風[二]別有因，絳羅高捲不勝春②。若教解語應傾國③，任是無情也[三]動人。芍藥與君為近侍④，芙蓉何處避芳塵⑤。可憐韓令功成後，辜負穠[四]華過此身⑥。

【考證】

此詩見《全唐詩》卷六五五(P.7532)，題後多“花”字。

【注評】

①【補注】李定廣《羅隱集繫年校箋》(P.8)：“本篇作於大中年間羅隱二十多歲時，當時傳播極廣。因羅隱大中十三年入京經襄陽徐商幕與周繇交往時，周繇曾拿此詩頷聯打趣。咸通四年羅隱在長安與曹唐交往時，曹唐亦拿此詩頷聯打趣。”

②【補注】東風，春風。因，因緣。絳羅，紅色紗羅，喻指牡丹花瓣。不勝，承受不了，引申為非常、十分。《後漢書·皇甫規傳》：“臣不勝至誠，没死自陳。”不勝春，猶言春意盎然。

③【圓至】李延年曰：“一顧傾城，再顧傾國。”

【補注】唐玄宗曾譽楊貴妃為“解語花”，參見卷四鄭谷《中年》注③。傾國，傾覆邦國。《漢書·外戚傳上·孝武李夫人》：“延年侍上起舞，歌曰：

‘北方有佳人，絶世而獨立，一顧傾人城，再顧傾人國。寧不知傾城與傾國，佳人難再得！’”後因以傾國傾城等形容女子極其美麗。

④【圓至】《埤雅》曰：“世稱牡丹花王，芍藥花相。”

【補注】近侍，指親近帝王的侍從之人。《新唐書·百官志一》：“獻可替否，拾遺補闕，爲近侍之最。”

⑤【補注】芙蓉，荷花。芳塵，指美好的聲譽。韋應物《送雲陽鄒儒立少府侍奉還京師》：“甲科推令名，延閣播芳塵。”避芳塵，猶言望塵莫及。

⑥【圓至】《藝苑雌黃》曰：韓弘罷宣武，始至長安。第中有牡丹，命斸之，曰：“吾豈效兒女輩耶？”【何焯】託意深但不甚奪目。○同發者名價，為其所壓，後時者尚在萌芽。此自比早擅綺筆，不逢賞音也。落句與“傾國”“動人”反對，自負天與俊才，終為一時獨步，惟交臂失之者，辜負却此生耳。

【補注】可憐，可惜。李定廣《羅隱集繫年校箋》(P. 9)：“韓令：指唐元和年間中書令韓弘……功成後：韓弘平淮西吳元濟有功，封許國公，還長安，遂有砍牡丹事。”穠華，繁盛豔麗的花朵，亦喻指美女。

【校勘】

〔一〕元刊本、正統本、明應本、磧砂本題作《又》。

〔二〕風　全唐詩校“一作君”。

〔三〕也　全唐詩作“亦（一作也）”。

〔四〕穠　何校“襛”。

梅　花

吳王醉處十餘里，照野拂衣今正繁①。經雨不隨山鳥散②，倚風如〔一〕共路人言。愁憐粉艷飄歌席，靜愛寒香撲酒樽③。欲寄所思無好信，為君〔二〕惆悵又黃昏④。

【考證】

此詩見《全唐詩》卷六五七（P. 7550）。

【注評】

①【何焯】吳中舊時梅花最盛莫如靈巖，故云"吳王醉處"。

【補注】李定廣《羅隱集繫年校箋》（P. 143）："吳王醉處：指姑蘇臺一帶，在今蘇州。李白《烏棲曲》：'姑蘇臺上烏棲時，吳王宮裏醉西施。'照野：映照郊野……拂衣：郭震《惜花》：'艷拂衣襟蕊拂杯。'"

②【磧砂】謙曰：此句亦靜中冷眼。【何焯】鏤心之句。

【補注】李定廣《羅隱集繫年校箋》（P. 143）："隨山鳥散：喻指凋零飄落。姚合《山中述懷》：'曉來山鳥散，雨過杏花稀。'"

③【何焯】中二連從風雨說到飄落，猶遭喪亂而又漂泊也。

【補注】李定廣《羅隱集繫年校箋》（P. 143）："'愁憐'句：樂府橫吹曲辭有《梅花落》，多歌唱梅花飄落之愁。"

④【增注】越使者登執梅枝遺梁王，梁臣韓子曰："烏有以一枝梅遺列國之君者乎？"梅花寄信起於此。【磧砂】信，使人也。敏曰：詠物詩太泛固不佳，太切亦不妙。所謂認桃辨杏，情致索然也。故不得物之精神，總不足取矣。【何焯】落句比要路無媒，其中有一昭諫在焉。○名擅江東，身託霸府，起結分明自畫小影。○不粘不脫，詩格最勝。

【補注】李定廣《羅隱集繫年校箋》（P. 143—144）："欲寄所思：指寄梅給所思念的友人。典出南朝陸凱《贈范曄》：'折梅逢驛使，寄與隴頭人。江南無所有，聊寄一枝春。'信：信使，驛使。南朝釋寶月《估客樂》：'有信數寄書，無信心相憶。'"《唐詩貫珠》卷五六"花木四"："結是直看到夜，亦翻案，妙。"《山滿樓箋注唐詩七言律》卷六："一不過是記看梅之地，在虎蹊、鄧尉之間耳，卻寫出'吳王醉處'四字，大是為梅花生色。蓋夫差雖亡國之君，然知為梅花而醉，亦無忝一風流小天子也。二之'照夜拂衣'，與三、四之不隨鳥散、如共人言，皆極寫'今正繁'三字可知。五愁憐，六靜對，非一開一合，乃故作低徊之筆，以引起'欲寄所思'。花耶？人耶？眼底心頭兩兩相照者如此。'無好信',當句掉法。'爲君''君'字,指花乎? 指人乎? 吾不得而知矣。'惆悵又黃昏',真覺黯然魂斷,殊不比吳王醉時也。"

【校勘】

［一］如　四庫本作"知",全唐詩作"疑(一作如)"。

［二］君　全唐詩作"人(一作君)"。

已前共六首[一]

【校勘】

［一］何焯在卷末計本卷詩數云"七十首"。